有爱的青春陪伴者

冬夜回信

（上）

林格啾——著

贵州出版集团
贵州人民出版社

图书在版编目（C I P）数据

冬夜回信：上、下 / 林格啾著. -- 贵阳 ：贵州人民出版社，2023.1
ISBN 978-7-221-17325-6

Ⅰ. ①冬… Ⅱ. ①林… Ⅲ. ①长篇小说－中国－当代
Ⅳ. ①I247.5

中国版本图书馆CIP数据核字(2022)第182052号

冬夜回信：上、下

DONGYE HUIXIN:SHANG、XIA

林格啾/ 著

出版统筹：陈继光
选题策划：大鱼文化
责任编辑：潘　媛
特约编辑：欧雅婷
装帧设计：颜小曼　姜　苗
封面绘制：我的宗介
出版发行：贵州人民出版社（贵阳市观山湖区会展东路SOHO办公区A座
邮编：550081）
印　　刷：长沙鸿发印务实业有限公司
开　　本：880×1230毫米　1/32
字　　数：615千字
印　　张：20
版　　次：2023年1月第1版
印　　次：2023年1月第1次印刷
书　　号：ISBN 978-7-221-17325-6
定　　价：65.80元

贵州人民出版社微信

目录 / contents

目录

/contents

·第一章·同学录

[1]

迟雪一直都不太喜欢自己的名字。

究其原因，或许在于许多亲戚朋友都曾说过她人如其名——是个说话做事都总迟人一步、性子比雪清冷的孩子。

早在本该少女怀春的浪漫年纪，她就曾因说话温吞被人叫作蜗牛。

后来又因母亲病逝休学一年，导致本就发蒙稍晚于同龄人的她，念高三时已经十九岁。

在新的班级里，友谊尚未培养起来，已经面临毕业难题。

最后导致的结果即是整个高三，除了山高的试卷和做不完的习题，她几乎没有交到什么新朋友。

那段沉默而忙碌的青春，许多年后算起账来，和中国的其他万千学子一样，依旧是一段辛苦而不愿回想的经历。

她已许久不曾也不愿提起。

直至某个难得的休假日，突发奇想陪父亲整理旧橱柜，从角落里翻出来两三张泛黄的旧照片。边角都发了霉，父亲仍不舍得丢、拿在手里稀奇得直叹气——她这才凑过去看，发现照片上原来是读书时的自己。

穿着旧校服的她，那时头发还很多，足够扎起两只乌黑发亮的三股辫，垂在两颊边。近视眼还没做手术，所以仍戴着厚重的瓶盖眼镜，眼神十分平静地看向镜头，嘴唇紧抿着。

防备而又有些无措的样子。

模样已是久违。

“是我那时候补校徽拍的照片。”

她却只看了一眼，便无甚兴致地别过脸去，继续在飞灰中收拾着橱柜里堆满的老物件，低声道：“又不好看。我还以为早丢了，怎么还收着？”

父亲闻言笑笑，只道都是纪念品。

——不想，越往下找，这所谓的纪念品竟越找越多了。

老头儿前脚刚把照片收进饼干盒，宝贝得不行。

后脚，迟雪又在一堆课外书和老掉牙的辅导材料里，找出一本同学录来。

别说，这同学录倒也看得出有点“年纪”，封壳都褪色。只是翻开看，一页页过去，却几乎都是空白的。从没人填过。

“怎么不叫你同学填几个？”

父亲凑过头来。

见状，他又忍不住颇遗憾地感慨：“小时候的同学情谊多不容易。进了社会，难再有那么单纯的时候了。”

迟雪点点头。

不说话，却只把同学录往父亲手里一塞，示意他丢进旁边垃圾篓。

“这就扔了啊？”

然而父亲接到手里，左看右看了半天：“这纸摸起来质量还蛮好啊，又大半都没写动。不如拿来给我当记账本得了。”

“又没有行距，不方便的。”

“没事、没事，给我吧？”

“……”

迟雪终究是拗不过他。

无声地抗议了几分钟，最后，也只得点点头，闷声闷气说行，你要就拿去吧。

“反正也没什么用了。”她说。

长到二十六岁半，小半辈子都在和手术刀、解剖室为伴的迟医生，的确已成功把自己活成了个喜怒不形于色、回忆也难叨扰的稳重人。

日子常是这样过，也没什么稀奇，她恍惚便忘了自己伤疤被揭开过，又或是早不当那伤疤还流血了。

唯有偶尔看到微信里某个免打扰群的信息——告知一众同学某某结婚、某某生小孩，她的心却仍会莫名其妙动一下。

她点开看，视线却是从下往上看的，要做许久的心理建设，才能试探性地看一眼诸多喜事的主角。

“……”

不是他。

还是不是他。

确认再三，卡住喉咙那口不上不下的气终于松下去。

然而，等她抬起头——带着不自知的、不明所以的笑容看向对面，那位初次见面的相亲对象却已不知道盯了她多久，满脸写着疑惑。

她尴尬之余，唯有向对方回以一个不咸不淡的笑。

“刚才说到哪儿了？”

一直等到回家路上，公交车上，迟雪才有空点开群成员：那个人的头像果然一直没变，还是那只脏兮兮却张牙舞爪的白猫——高中时，这只猫常混迹在教学楼讨食，高一到高三讨了个遍，大家都“欻欻”或“咪咪”地叫。这图看起来正是白猫最初流浪到学校时的样子。

那一年，它从夏天一直待到了冬天。

直到有位匿名者悄悄把教学楼进了猫的事捅到保卫处。

听说解凛为找猫而翘了课，几乎把整个学校翻了个底朝天。

然而，找到最后却才发现：那猫原已被学校保安毒死。

他当场和那保安厮打在一起。

事情传出来，亦无意外地被年级领导记了处分，勒令在家停学一周。

只不过等到他处分解除回到学校时，倒又好像丝毫没受影响——总之依旧是那副冷冰冰不近人情的样子。

唯有头像，是再没改过了。

迟雪想到这里，又靠着车窗，盯着那头像发呆：

他没有朋友圈。没有近况。

她似乎也没有理由加他叙旧。

两人之间唯一的联系，算下来，亦只有许多年来，她偶尔旁观他在同学群里出现，又消失。如果没记错，最近一次的发言甚至还是在去年三月。

一个和她一样几乎从没在群里说过话的男同学，问了一句有没有人在本市，方便帮他回学校开个 ×× 证明，但他存在感太低，过了好几个小时也没有人回。直到晚上八点多，解凛却突然出现，回了一个“好”。

那时迟雪刚陪同导师忙完最后一台手术，换下白大褂出来。

打开手机，正好看到解凛又补充了一句："加我发下地址。"

男同学瞬间秒回，感激地回了好几个表情包，又说家里人都已经搬家去邻市还好老同学给力云云，发了一大堆。解凛却再没回复了。

转眼到了秋天，一年多来，也再没有别的消息。

有时迟雪会想起他、翻出群来看看；但更多时候，其实也会忍不住想，或许，如果，如果自己在群里发一个类似求助的话，解凛也会表态吗？会出现吗？但想归想，却最终没有付诸实践。

毕竟，她和他之间，这样的距离似乎刚刚好。

不至于美梦破灭，更不至于打扰。

这一天，上班加相亲折腾下来，等迟雪回到自家的小诊所，墙上时针已指向晚上九点。

虽说比起她平时值班的日子，时间其实不算太晚，但沿街走来，大多铺面却都已关了门，只诊所的灯还亮堂着、格外显眼——其实也好理解。

过去新城区没开发时，这地方还算有点人气。如今人气都奔着新城区去，这里成了半个"贫民区"，鱼龙混杂的，倒叫人不敢半夜开门。

再说回迟雪家那小诊所。

其实房子也已然有了年头，看着破破旧旧。

加上迟父，拢共就两个医生能坐班，一共也才两个床位。走进门，便看到一整排药柜。帘子隔开，旁边便是同样一把年纪的红木诊桌。一楼用来给人看病，二楼便留着自己住了。

迟雪回到家，父亲照旧一个人在值夜班，这会儿正坐在进门处刷着手机等她。

生意不好，手机声音索性也开了外放，嘈杂的背景音、听着像是什么科普视频。

她人才刚走进门，父亲却又马上关了，抬头看她，随即和颜悦色地问道："回来了？小伙子怎么样？还满意吗？"

迟雪摇摇头，简单说了下今天见面的经过，又说可能不会见第二次。

父亲听完，脸瞬间便耷拉下来，但依旧强忍着。看她心情像是不好，脸上也没个笑容的，他又赶忙摆摆手，招呼她上楼去休息。

迟雪遂很快收拾好，冲了个热水澡。换好睡衣，在二楼客厅四处找吹风机时，却发现自己那本同学录正大剌剌敞开在茶几上，不由得皱了下眉。迟疑半天，她最终还是走过去，随手翻了两页。

想来父亲应该是真把它当作废物利用的账本，密密麻麻，在上头写满了每日的支出和进账。才一两个月，已写了有小半本。

她一页页往后翻，翻到最后，发现母亲当年生病欠下的巨款如今只剩下零头，终于才有了一点笑容。正要把这“账本”放回原位，突然，却皱了眉。

她指腹蹭了蹭下一页，又蹭前几页。

最后索性翻到后面去确认。

……可还是不对。

这一页为什么格外厚一些?

她把同学录捧在手里、上看下看琢磨了半天，猜测也许这是放在橱柜受潮而导致的纸页粘连，于是努力摩挲着、试图将两张纸分开——可大概是经年维持着这黏合的状态，仅靠手指已经无法奏效。

想着本也不影响写字，她正打算放弃，父亲却正好上楼。

看到她抱着自己的新账本满脸为难，过来问了下情况。听完始末，他直接将那纸沿着装订线整齐撕下。

“这样不就好了吗？”他说，又把手里漏出缝隙的两张纸小心翼翼撕开。

“不过说真的，也就你们女孩子家手巧，”老迟忍不住感慨道，“手上是没茧子，所以这都能摸出来——不然我写了好多天了，愣是没注意哪页厚。”

而迟雪接过来纸，当下看到其中一张正面背面全是空白，便随手放到茶几上。

又看另一张——

她的表情仍如往日波澜不惊，甚至连眼睫也不曾惊动颤抖，唯手指摩挲着向上，落定在姓名那行。她嘴唇翕动了下，没说话。

老迟却太了解她，久久沉默之下，意识到气氛不对，忙凑过头来问她怎么了，怎么表情这么难看。

她却只是摇摇头。

不知要如何告诉他。

在这张多年不曾见天日的同学录上。

姓名为解凛的这一页，纸面很空，什么星座兴趣之类都没有写，甚至没有写背面的赠言。

他唯独填了联系电话那一行。

而简短的留言，小小的另起一行，也就写在那串数字旁。

他写："有事 call 我。"

又写："不要失约。"

那一刻，记忆仿佛又回到遥远的盛夏。

彼时的老城尚未拆迁成风，每到周末便人山人海。

学校一个月才放一天假，迟雪收拾好书包从学校跑出来，爬山虎已绿了满墙。她肩膀沉重，心却轻快，甘愿跟着"大部队"，排着长长的队伍买豆粉糍粑。

买到了，她便端着装糍粑的塑料盒，边吃边走回家。

回家的路很长。

那时节，桂花还没开，玉兰花却已从学校围墙窜出枝头来，掉了一朵在她肩上。

"哎——"

她被这声音吓了一跳，下意识地抬头看。

树上，抱着猫的少年也低头看她，然而那模样比起他平时，却实在不算游刃有余，甚至有些意料之外的困窘。那样好看的脸，眉心却皱成"川"字，满头是汗。

猫挣扎着挠他的脖子，他避让，头发被汗浸湿，脸色僵硬地紧绷着。

"让开一下。"但他还是说，"猫偷溜上来了，结果不敢下去，我得抱着它。"

说罢，等她让开，那少年遂眼也不眨，撑着树干一跃而下。

第一下落在学校围墙上，之后右手撑着墙垛借力，又稳稳落地。如电光石火间，便从云端入了人间。

她呆站着，端着糍粑，只知傻眼看他，却想不起来要说什么。

而少年亦没有多余的话，拎着猫与她擦肩而过。

不说话，仅带走了玉兰扑鼻而至的馨香。

——也许他永远不会再回忆起这意外的三分钟吧。

后来迟雪想。

但，直至许多年后，当她想起他，依然会想起潮湿的夏日，浸润了玉兰香的校服白衬衫。而他垂下眼睛，目光从她的脸上挪到别的地方。

她忽然转过身去看他。

"哎——"

或许有那么一瞬间，是想叫住他的。

她心里酝酿了那样久的没话找话，想说“你的脖子被抓伤了，一定要消毒，要涂碘伏”，又想说“需不需要帮忙？我可以帮你”。

但他却没有听见。

又或是听见了依然没有回头，走进人海中。

梦里花落。

只有她没变，依然站在那个永远回不去的夏天里，玉兰树下。目送他穿过人群，没有回头地往前走。

[2]

那时母亲还好好的，迟雪正在煎熬并快乐地念着高二，要高过解凛一级。

只不过，在校规严苛又层级分明的一中，作风一向乖巧的她，似乎横看竖看也不会和解凛这种出了名的问题少年有什么交集，更没人会把她和解凛联想到一起。

除了她自己。

——她对解凛的关注起于那阴错阳差的三分钟，从此如温水煮青蛙般潜移默化地持续下去。

有时甚至闲着无聊点进贴吧，第一反应也是搜索解凛。

回车键一按下。

数不清的关联帖便争先恐后蹦了出来。

“求问之前新生运动会上高一那个个头好高的、站第一排的举旗手是谁啊？好帅，感觉之前都没看过，确定新生还是学生会调过来的啊？”

“解凛你都不认识？”

“是高一（7）班的解凛吧……初中的时候就听说过他了，脾气有点炸。”

“我怎么听说他挺高冷的？”

“老大呗，都这样。你不惹他就没事。”

“谁没事往老虎屁股上拔毛哈哈！”

“但他长得真的好帅。”

“而且个子好高欸，感觉跟他站在一起一定很有安全感。”

“好像他爸也很高吧，之前看过他爸来接他，听说是北城人。”

“北城人干吗跑咱们这儿来上学？体验生活？”

……

类似的帖子一多，从此，几乎每个课间，解凛所在的高一（7）班门口，总是络绎不绝“路过”来看他的女孩——连迟雪偶尔也会去——只不过她一直觉得自己掩饰得很好。

高二与高一之间隔了两层，她总要找到十足借口才敢下楼，借着问老师问题或找同学的理由，装作不经意地路过他窗前，往里看一眼：

偶尔在逗猫的解凛。

被一群人围着的解凛。

写检讨写得烦躁的解凛。

甚至侧过头来、刚好与她四目相对的解凛。

“……”

她做贼心虚，瞬间撇开视线，加快步子小跑离开。

这样匆忙的过程，她一直以为是不会有人发现的。

直到有一天。

坐前桌的男生突然回过头来，手肘撞了一下她桌面。

“喂，迟雪。”

“嗯？”

她吓了一跳，眼神悚然地瞪着对方，又忙扯过课本、遮住自己草稿纸上无意识描画下来的侧脸。

他却像是早有预料，眼神故意从那半遮面的纸页上滑过。

“画谁呢？”

他又问她：“搞暗恋啊？干吗每天往楼下跑，还每天换——”说着努努嘴，示意她两条辫子上不同颜色的花朵发圈，“给谁看啊？”

“随便画的，也没想给谁看。”

“真的？”

“真的。”

“……”

那男生分明把她慌张的样子尽收眼底，却不戳穿，只说：“哦，那不好意思吓到你了，是我会错意了。”

然而话虽如此，他的头仍不扭过去，反而一眨不眨看向她，半晌，又微微一笑：“我差点还以为你也和那些女生一样，喜欢楼下那个……什么凛的了。不是就好。”

迟雪一愣。

但或许也正因为这次短而诡异的对话。

时过境迁，许多年后，她几乎都忘光了最初那班级里的人，却依旧牢牢记得这个叫叶南生的男孩，记得那天他说话时漫不经心的笑容。

巧的是，当她因母亲重病休学、时隔一年再回到校园时，曾经的同班同学大多已顺利升学，各自去往遥远而少有动荡的城市生活。记忆中，也唯有叶南生——他在高考中发挥失常，又回到一中来复读。

复读班价格昂贵，气氛也尤其特殊，学校为此格外划出一栋旧教学楼供其使用。整五楼的建筑，只有二楼才有点“人气”，其他教室都空着。她来得也少。

只一两次，因两班共用一位化学老师，那老师随手指派她过去送一下随堂测的试卷。

她不好久留，放下试卷便离开。

不料前脚刚下楼，忽却听得楼上有人在喊她。

她循声抬头看。

也是看了对方半天，才反应过来站在那儿的原来那是叶南生——许久不见的叶南生。

懒散支着下巴，如旧时爱笑的少年，在二楼冲她招招手。

“迟雪，”他说，“好久不见了，你现在读哪一班？”

那教学楼寂静得连脚步声都显突兀，复读班的学生，每一个都片刻不敢停地埋在山般试卷中，唯他是个异类，轻佻、戏谑，更不走心。

迟雪一直说不清楚那种奇怪的感觉。

即便叶南生在许多人眼中，始终都是个帅气、开朗、大方的话题人物，甚至自有些小聪明。哪怕不那么用功读书，也总能考到不错的成绩。听说包括老师在内的许多人，都曾为他的高考失利而叹惋。

但在她为数不多和对方的接触里——她却始终觉得，他是甘于享受那些叹息和目光的。正如他十分享受观察她的无措和窘迫那样。

“高三（7）班。”

她于是只小声地回复对方，说完，却没有追问他的近况，只是轻声补充了句“马上要上课”，便指了指高三教学楼的方向，踏着上课铃声匆忙跑开了。

不巧的是，这节课却正好是连着两节的数学大课。

矮而精瘦的数学老师名叫老严，今年已经五十出头，出了名的年纪大、压力大，脾气更大。

他的课上，向来都有一条明文规定，那就是绝不允许迟到、早退和请

假，也不允许一切诸如上课举手上厕所等所有打断他的行为。

毕竟——

“为你一个人喊报到喊请假耽误一分钟，五十六个人就是五十六分钟。下课就知道到处跑到处跑，课都不上了？早干吗去了？”

“高三了还不想着读书，你不读书你想玩你上什么学校？你在大马路上玩去，谁管你？！”

整个班被训得鸦雀无声。

迟雪就站在班门口，进不是退不是，看老严唾沫横飞，手里的三角板把讲台拍得粉尘四溅，最终不出意外地被罚站在教室外听课。

没承想这节课的“插曲”却远不止一件。

教室里，气氛才刚认真没几分钟，老严却忽停下嘴，脸黑得像锅底。又狠瞪向教室角落倒数第二排那只幽幽高举的右手——

“老师，我要上厕所。”

那只右手的主人如是说，听声音像是刚睡醒的。

这时已入了秋，大部分人都换上秋冬校服，深蓝色的臃肿长袖，但他却仍穿着夏天里那套白衬衫。洗得近褪色的白，白得过分的手，在一群灰头土脸的高三生中尤其醒目。

老严骂他是故意找碴儿，气不过，当下扔着粉笔头把他赶了出去。

结果等一出了教室，他却压根没有要往厕所走的意思，反而捞了本数学书在手里，索性就在迟雪旁边两步远站定，也在教室外头“上课”了。

“你倒是自觉。”老严见状气得发笑，“怎么又不上厕所了？就非得罚站你才舒服是吧解凛？”

说罢，又是一颗粉笔头扔来。

不想之前总扔不中的粉笔头，这次竟然正中他脸颊，甚至留下一道滑稽的白印。

靠窗的同学一声惊呼。

一瞬间，所有人的视线皆向窗外聚焦。

就连老严似乎也没想到他会躲不开，露出微妙又尴尬的表情。

“干吗看着我，不是上课吗？”解凛却只是面无表情地擦了擦脸，话音微顿，又淡淡道，“别又耽误五十四分钟了。”

全班明明有五十六个人。

在他这里，却好像忽就被分成了五十四比二的天然阵营。

迟雪那时就站在他身后两步远的地方。

看课堂在一阵诡异的沉默后又不得不继续，看他无所谓地扭过脸来，似乎丝毫不觉得被罚站是件羞耻或需要同情的事，她心里莫名一动。

想低头，解凛却在这时忽然看向她。

“干吗不跟他解释你是去送卷子了？”

他说。

是问句。

说话的声音却很平静，没有惊扰到教室里的人。

她心跳得极快，闻言忍不住抬头看了他一眼——他右眼眼皮靠眼尾处，有一点浅褐色的小痣，掩映于长睫，垂目时尤其明显。正是这画龙点睛般的一笔，让他原本苍白冷厉的面庞，莫名却带了一丝菩提垂目般的慈悲意味。

他看着她，面无表情。

她却在他面前无所遁形。

“我只是觉得，说出来也没什么用。”

思考片刻，她只能也尽量真诚地、小声地回答：“本来‘杀鸡儆猴’被杀的那只鸡，应该也不知道自己怎么死的才对。”

说多错多，索性不说——这是她经历过生死大事之后重新树立的人生准则。

“但是，还是，谢谢你。”

迟雪说：“你本来不用……”

话音未落。

教室里讲课的声音忽几倍放大，盖过了她的。她被老严的声音吓到，莫名抖了一下。

等回过神来，她想说的话，却因面前人已转过身去，又沉默地咽回肚子里。

在发现同学录秘密的当晚，迟雪在辗转了小半夜后，尝试着加上了解凛的微信。

——但或许用“加上”这个词也并不准确。

因为此时的她也仅仅是发送了好友申请，等待着对面通过而已。

起初她以为是自己发送申请的时间有些晚，对方没有看到。但一觉睡醒，甚至下了两次手术台过后，依旧没有收到通过好友申请的消息。她终于也忍不住后知后觉地怀疑：是否有些话说出口，总有过时不候的隐藏条件？

何况是过时了快七年。

她为此心神恍惚。

自以为遮掩得很好，一向关心且颇看重她的导师，却仍一眼看出爱徒的心不在焉。

出了会诊室，忽又在楼道处拉住她，提醒她私人的情绪问题绝对不可以带到工作环境里来。

“你才二十七岁，就一个医生的职业生涯而言，还正是前途无量的时候。”女人满脸严肃，话也说得毫不留情，“我知道规培生的待遇一般，这两年你日子过得紧巴，可能生活上也有烦恼。但越是这样，自己心里更要有掂量。毕竟你也是读了那么多年书出来的，这中间付出了多少努力、吃了多少苦，我相信你应该比任何人都清楚。”

做医生，尤其是刚出茅庐的医生，其实容错率是相当低的。

更别提在硕士学位已成为基本标准、内卷极其严重的医疗行业，哪怕顺利毕业，也动辄七八年乃至十年，才能够真正独当一面。像她这样因勤勉出众获得教授青眼，能够就近放在身边用心培养的规培生，已是少之又少。

说完这些，保险起见，导师甚至又提前放了她下班，让她自己处理私事，调整心情。

迟雪遂在这天下午带着满腹的心虚和怅然走出医院。

平时她常主动值夜班，从晚八点待到至少早八点，出来看到的，不是清晨朦胧的白雾，便是早餐摊上袅袅升起的热气。如今深秋时节，行人匆匆。快到饭点，却只能闻到医院外头大马路上车挤着车蔓延的尾气。

——似乎出了什么意外，催促的喇叭声不停。

她从旁边路过，打眼一看，才发现原是一起不大不小的剐蹭事故导致道路堵塞。

“肇事”的是一辆出租摩托，被撞的则是一辆银白色的宝马 X7，右侧车门留下了明显的一道划痕。

双方车主下车交涉，直接堵住了路口。

一方背脊佝偻，怀里抱着个满面潮红的小男孩，不住向对面鞠躬。

一方西装革履，满脸写着不耐烦，又频繁向车里张望，汇报进度。

不需观察便能明了的差距横亘其间，已注定了这不会是一场公平的谈判。

一直到交警赶来调停，双方避让到道路一旁，道路终于才疏通。

此时迟雪已站在围观人群中许久。

见那肇事的老伯满面愁容，怀里孩子脸更像快要熟透，喘气都艰难无比，她一时心软，竟又鬼使神差地挤上前，探了探孩子的额头。

温度几近烫手。

“交警同志，我是这边附院的规培医生。”

她眉头微皱，当下向旁边满脸疑惑的交警小声提议：“你看，那个，可不可以协调一下，先让他带孩子上医院挂个水？孩子烧到这种程度，不及时治疗，怕会很容易留下后遗症。”

……

半分钟后。

迟雪目送原本还气势汹汹要说法的年轻司机掉头往车那头走，看样子，是要去咨询真正的车主。

“那就是你说的爱管闲事女医生？”而车后座，正百无聊赖玩着手机的男人亦闻声抬头。

说话间，边听司机抱怨，视线又淡淡飘向前视镜：那女人背对着车的方向，一袭米色风衣，身量纤长。一副很符合他心目中女医生形象的、利落干净的打扮。

尤其黑发扎起马尾，露出一截纤长白嫩的后脖颈。单看背影已十足清丽漂亮。

又想到女医生嘛，救死扶伤是天性，何不妨成全一下。

于是车主单手撑住下巴思索片刻，最终摆摆手，道：“算了吧。”

“……算了，什么算了？”司机一脸茫然。

“正好想让我爸给我换辆车了。”他说，“意思就是让你别为难人家。”

此金口一开，事情果然很快解决。

那老伯留下联系方式，随即抱着孩子向医院一路狂奔，女人也紧随其后转身离开。

男人依旧坐在车上，目睹一切，忽然却像有些好奇，她转身时，他亦降下车窗回头看——

一辆搬家车却刚好路过。

堆高的家具如山，将女人纤薄的身影遮得严严实实。等车驶过，人已转入拐角，不见了踪影。

[3]

晚上六点整。

迟雪拎着菜场刚买的新鲜排骨到家。

送走最后一位脱臼接骨的街坊，父亲迟大宇上楼负责做饭，她则负责清洗碗筷摆桌，不多时，简单的两菜一汤便已做好。

两父女拿诊桌当餐桌，垫一层桌布，坐下一楼吃饭。

背景音除了诊所电视上一如既往的新闻联播，却还夹杂着街对面搬家车的巨大噪声。

迟雪端着碗，向外瞥了一眼，只看到上上下下进出的搬家工人。

“爸，谁搬家吗？”她随口问。

迟大宇一向和附近的街坊邻居混得熟，有什么消息都是第一个知道。

闻言，他果然想也不想便回答：“听说是黄玉的房子租出去了。”

“黄玉？”

“就你黄阿姨，住对面楼上，腿不利索又死活不愿意动手术那个。”

迟大宇连说带比画——苦瓜脸，腿一跛一跛的模样。

迟雪这才反应过来，点点头。

想起这位黄阿姨，之前和丈夫、儿子住在对面那栋老破小公寓的二楼，一住就是二十几年。直到后来儿子长大搬走、前年丈夫又离世，自那以后，总频繁要到诊所来开止痛药。

她不上夜班时偶尔会帮忙父亲值班，碰到过对方几次。

四十七八岁的女子，打扮朴素，从不化妆。唯一头枯黑的长发永远齐整地盘在头顶，夹一只浅灰色的蝴蝶发夹——如不是生活沧桑，看得出来，少时也曾是个爱美的姑娘。

只是两人都不爱说话，交流自然也不多。

仅有的两三次，大多还都是迟雪见对方跛足的症状日渐严重，好心劝了对方几次去医院全面检查，但每次却都被人以“不想给孩子添麻烦”的理由给挡了回来。

“这次也是准备去跟她儿子麻仔住嘛，”迟大宇“模仿表演”完毕，又给女儿碗里夹了一块排骨，“人到老了也想享享清福。这边房子空着倒可惜了，说是能利用一点是一点，干脆就便宜租给别人了。”

毕竟，老街区的房子本就不值钱又不安全。

最近几年，附近的邻居大多能搬走都搬走，房子甚至很多就直接空在那儿。

黄阿姨还能找到租客已经很不简单——迟雪对此也表示理解，心想噪音什么的，能忍就忍了吧。

不想等一餐饭吃完，她洗了碗下楼，听到对面搬家的动静稍歇，刚松了口气，一转眼，却又见迟大宇提着一袋满当当的水果进门。

在桌上按照个数基本分成两半，苹果、香蕉多些的那半提在手里，西柚、葡萄之类的贵的，想了想还是装回去。分完，他便又开始招呼迟雪，说是去对面认识认识新邻居。

“我特意还去隔壁小刘那买了点水果。人家搬家，送点见面礼嘛。”迟大宇说，“多认识认识，以后说不准还能做点他生意——这年代，谁还没有个小病小痛的。”

他在这片给人看病看了二十年，靠的就是这一手得天独厚的“亲和力”兼之人长得也整齐，脾气更好，是附近出了名的老好人。所以哪怕医术是半道出家、不见得多好，但平时人人都爱来找他聊几句。

“我就不去了。”迟雪却从没能接到他这个优点，因此这次也不例外地摆手，“怕等下有人要来开药或者看病呢？总得留一个人在这儿……爸你想去就去吧。”

话落。

无意外地，这次也是只剩她一人看家。

不过倒也好——迟大宇不在，她明着看微信也不怕被偷瞄，便又打开好友申请看，却发现解凛依旧没有通过。以至于她打招呼的那句“我是迟雪”摆在那儿，倒显得傻愣愣的，看着莫名刺眼。

……要不，或许，还是算了吧？

她于是忍不住又想。

这是不是算是一种委婉的拒绝？

还是别打扰人家了吧？

然而人的想法与做法似乎永远可以背向而行，她的踌躇和退缩，并没有影响到她的手指在屏幕上反复滑动，滑动。

滑到几乎快没有下文，终于找到了好友列表里久未联系的，也几乎能算是唯一的一个高中同学：方雅薇。

她曾经的同桌。

在苦闷的高三生涯里，方雅薇是为数不多和她有些交集的“熟人”。

虽说这些交集经常性地只建立在借她笔记、借她中性笔，甚至临开考前要借2B铅笔等琐事上，但毕竟，方雅薇至今还存在于她的好友列表里，且同在老家，偶尔节日还能互送祝福。

因此，虽有些突然，她还是在聊天框里试探性地发过去一句："雅薇，你知道解凛最近是什么情况吗？有点事想找他。"

方雅薇读书的时候就爱八卦，且和谁关系都好。

问她是准没有错的。

果然，没多久，对面便回过来一句："听说过一点吧。"又问，"你突然找他干吗？"

紧接着，一个微信电话便不由分说打了过来。

迟雪还没来得及现场编理由，对方声音已近在耳边，只得在电话里结结巴巴说是有点私事。

"什么私事？"方雅薇的语气却莫名沉重起来，且神神秘秘的，聊了两句，话音微顿，又说，"不如你还是别找他了吧，听说他现在有点'那个'。"

那个？

那个是哪个？

迟雪听不明白，下意识地回了一句："他不是警察吗？"

她甚至还清楚地记得那是高三下半学期，解凛的成绩在逐次考试中稳步上升，颇有点势不可当的劲头，最后，更以一个出乎大多数人意料的优异成绩考入警校。那一届，全校最后只有他一个通过体检，被北城公安大学录取，因此还破天荒登上了学校象征光荣的"红榜"。

可谓是扶摇直上九万里，叫人跌破眼镜。

迟雪虽没有机会去更多了解他的后续，但记忆至今为止，却仍鲜明地停留在为数不多的消息和那张红榜上。

那也是解凛在她记忆中最后的"出镜"。

和以往不同，不再"恶名醒目"，不再是手捧检讨，总被谴责的混世魔头。

他手里抓着那张叫人羡慕的录取通知书，看着镜头，只是淡淡地微笑。

——天知道他的照片永远臭脸，永远没有太多表情，连毕业照也是。

只有那一张，他的眉毛、眼睛、嘴巴却都是笑的。

打眼一看，迟雪当时想：如果你从不知道他的人生，他的过去，或许真的会觉得，他好像多么感念地爱着这个世界一样。

但电话另一头的方雅薇显然从不那么想，反而一副"你怎么这都不知道"的语气，又低声道："怎么可能是警察？他后来被退学了啊，杨冬说的，他也在北城上学。”

“……啊？”

“本来偶尔他们那群同学还会出来聚一聚的，都在一个城市嘛。结果后来解凛因为一个什么事，总之被退学了，之后就联系不上了。”

“啊？”迟雪彻底愣了，“什么时候的事？但我看群里……”

群里从没说过这些啊？

她还尝试想要争辩一下，或许方雅薇说的是假消息，又或者只是人云亦云。不然惯爱捧高踩低的同学群，怎么可能一点风声都不走漏？

“都私下讨论好吧，谁会在群里公开说——谁敢说他啊？”

方雅薇却道：“你看他每次在群里诈尸说话，大家还不都是只敢捧着他。毕竟以前的形象摆在那儿呢。反正我是不敢惹他。”

“……”

“不过听说前两年陈娜娜出差，倒是还在北城碰到过他。老同学嘛，叙叙旧很正常的，结果他根本理都不理人家，不认识她一样，好装啊。而且娜娜还说感觉他现在好阴沉，不笑的时候特别吓人。大夏天的，感觉就他旁边跟零下十四五度一样，能冻死人。”

该说的不说。

方雅薇倒不愧是八卦达人，描述能力惊人。

短短几句下来，迟雪已经完全能够想象到那种尴尬的场面。

在冲击的现实面前，竟也一下忘了自己接下这通电话的本意，喉口发哽，说不出半句话来。

直到方雅薇缓过劲，喝了口水，又想起问她：“对了，你说找解凛有私事，什么私事来着？”

她沉默中没有回神。

方雅薇倒自觉了然，等了半天，忽“哦”了一声，故意拖长语调：“我大概猜到是什么私事了。”边说着，话里还带着笑，“其实是想打听他是不是单身吧？我之前不还专门问过杨冬，搞半天大家都一样——不过也是，当年咱班女生谁没暗恋过解凛啊。没什么不好意思的。”

方雅薇道：“只是当年毕业，他一下考那么好，我们还都以为他真能出人头地呢。结果绕一大圈，最后还是一棍子打回原形……果然人的本性不会变。”

本性。

迟雪忽然问：“你觉得他很坏吗？”

“晕。难道你觉得他好？那个脾气。”

“……”

“长得好和人好可是两回事。”

话落。

迟雪默然，不接茬。

诡异的气氛忽在两个旧日同学中蔓延开。

持续了片刻。

“……别这样吧，高材生。”

电话那头，方雅薇终是再开口，话里却带上似有若无的叹息：“你不是学习特好吗？《爱莲说》都背过吧。但我赌你肯定不懂恋爱，不然你就会知道——‘只可远观而不可亵玩焉’的不止莲花。长大了之后，还有诸如解凛的那一类人。”

迟大宇提着水果去对面公寓，很快空着手回来，一进门，却丝毫没注意到迟雪脸上异样的表情，只边脱下外套挂衣架上，又神神秘秘地和女儿八卦，说这新来的小伙子，感觉是有点东西啊。

“关键人长得也挺……帅，就是精神气不怎么样，跟病了很久一样，不过还是出挑，”迟大宇说，“尤其是观察力惊人啊，我还没自我介绍呢，他就知道我是个医生，说闻到药味和消毒水味了，还一下看出来我右手几年前应该做过手术——那架势简直跟电视里演的侦探似的，真神了。”

“小心是骗子。”

迟雪发了半天呆，此时回过神来，恰好却只听到后半句，脸色仍旧不好看，又忍不住蹙眉提醒：“这一块住的很多都没正经工作，说不定专门靠这种招摇撞骗。爸你别当真了。”

“那肯定，那肯定。”

“水果他吃了？”

“不晓得，总之推了两下，还是接过去了。总不至于浪费吧。”

迟雪说：“那就好。”

短短几个字，话里话外的不感冒就差没摆明面上说。

迟大宇满腔热情顿时被浇灭，被她噎得沉默片刻，半晌，只突然又蹦出一句：“……但那新来的小子长得确实不错。”

“嗯。”

“不感兴趣？一点兴趣没有？”

“嗯。”

得了。

他再想替人吹嘘，女儿不搭腔也没辙，最终也只能摆摆手把人放上楼。

然而得了“自由”，迟雪却仍依旧是满腹说不上来的心事重重。

她早早洗了澡上床，直到半夜，还躺在床上翻来覆去。努力闭上眼睛，又不自觉睁开、睁开又闭上，最后干瞪天花板，如此反复数次，终于逼得她一把掀开被子坐起。

她在房间里翻箱倒柜好半天，最后，竟真给摸出半包烟来。

只是烟盒藏在床下不知多久，已是皱巴巴的模样，不知过期没有。

她倒不嫌弃，不过依旧不敢在房间里抽，怕迟大宇白天帮忙整理房间时会发现，于是索性跑到阳台——从前读医的时候，总有看不完的书，做不完的实验，她实在压力大到熬不下去，也会在深夜的宿舍阳台点根烟抽。这老毛病就是在那时候留下。

只不过毕业后为了身体健康，原已努力戒了的。

现在破戒了。

她蹲在阳台上，身上只一件睡裙垂到脚踝，头发披散着，单薄伶仃的模样。她沉默地吐了一口烟，类似想把满腹的心事也吐出去，吐得很是刻意用力。

白雾般的烟云却不会沉潜，只兀自向上或向前飘。

她抬头看，看烟也看天，眉心紧蹙，发愁的表情越发显得五官极冷。

冷而寡淡而白。

不是亲和的长相。

正沉思着，忽却又听到突如其来的“咔哒”一声。

迟雪吓了一跳。

以为是迟大宇上楼来，她下意识想要把烟和打火机都藏起，将熄未熄的半截烟亦火速摁灭在地上，随即慌忙起身，扑腾着裙摆，想要驱散一身的烟味。

然而她忙了半天，却迟迟没听到父亲的声音，后知后觉地环视一圈才发现：打开的并不是自己身后的阳台门。

准确来说，是对面。

对面阳台上的男人同样手里拿着打火机和烟。

他左手仍扶在阳台门上，显然，刚才的声音正是他发出的，亦避无可避地旁观了她左支右绌的全过程。

不过他依旧没什么表情，连蹙眉也没有，只是漠然地看着她。

两个“陌生人”四目相对。

迟雪满脸错愕，而他神色疏冷，转瞬便又垂目，垂眉——如此可见右眼眼皮那颗浅褐色的痣似乎还在，没点掉——迟雪还想说些什么，又或是追问一句半句的，没话找话也好，他却已转过身去。

“不好意思。”

只有轻飘飘的一句顺着风飘到她耳边。

下一秒，男人不犹豫地合上了门。

“……”

如来时一般果决。

[4]

更好笑的是。

迟雪忽然想起，这类相似的场景，甚至都已不是第一次发生在他们之间。

高三寒假，也就是高中的最后一个在校生假期，迟雪背着迟大宇在外头打工赚钱。

虽说按理在那年纪，家庭经济其实远不是她该管的事。

毕竟在坚信“知识改变命运”的万千家长心里，再苦不能苦教育，再穷不能穷孩子——所以哪怕家里因为母亲的癌症治疗负债累累，各家亲戚都借了个遍。迟大宇在迟雪面前，永远都是一副“没事，爸爸全都能搞定”的乐观态度。

只是迟雪压根不信而已。

她早熟而懂事，在母亲病重的那一年，已经被迫看透人情冷暖。

那些卑躬屈膝一家一家求着借钱的经历：电话里哀求的声音，父亲把她拉开，在门后向舅父鞠躬再鞠躬的背影，总反反复复出现在她脑海里，挥之不去。

有一段时间，她甚至总梦见母亲，死前已近乎瘦成一把枯骨的母亲，拉着她的手不愿松开，盛不住的泪一直往下淌，说阿雪啊，妈妈不该求着老天爷要多活的，妈妈不该活这么久的。妈妈走了，你们背着那些债怎么活啊？妈妈对不起你。

而她只是摇头，笑着说妈妈没事，我会赚钱，我会赚很多很多的钱。

我以后还会当医生。

未来世界上没有治不好的病。

我听说、我听说还有一种药……

“有一种药，呃，就是，人吃了，所有的病和痛都会飞走，他会变得健康，白白胖胖，每天都很开心，我，我真的，我听说过……也许未来会有……妈妈？”

梦里的妈妈一直在认真在听，认真的，只是没能等到她胡编乱诌的结尾。

但她一直坚信，妈妈是微笑着看着她，渐渐困了，才闭上眼，安心离开的。

许多人的长大开始于恋情，开始于高考，开始于工作。

而她的长大，迟雪想，或许只是开始于病床前的最后一面，母亲不受控制滑落的手。

那年她才十八岁。

之后是十九岁。

剩余不多的青葱时代，已被迫要面对现实世界的风霜雨雪、家里抽屉里厚厚一摞的欠条、医院的催款单……所以，在几乎大半高中生都在为高考焦头烂额，充分利用好最后假期的当口，她依旧选择了向迟大宇借口每天去图书馆自习，然后白天在超市兼职收银，下午晚上在咖啡店做服务生的生活。

如果生意好的话，她那时算了一下，一个月下来，除去过年那几天，也是能赚到五千多接近六千块的。

只是从此读书的事便只能塞在夹缝里。在打工通勤的路上，在咖啡店无人的角落，她总捧着那两本快被翻烂的错题集。

咖啡店的领班瞧见有人来，过去踢踢她的腿，让她招呼，她才忙站起身来，摸过菜单走上前去。

走近，却才发现原来是熟人。

迟雪把菜单递出去，对方亦抬头看了她一眼。她在咖啡店工作时，为了合群，所以除了尽量不戴眼镜和换工作服外，还总把头发全盘上去，刘海也别到一侧，打眼一看，气质总是成熟不少的。

她顿时紧张起来，眼神不知要往哪儿放。

解凛的目光却又只是懒懒在她脸上定了一下——她想或许两秒不到，又别开去。他从不认真观察别人，反而看菜单看得仔细。

“两杯热美式，谢谢。”最后他说。

很显然是没认出她。

迟雪心里失落，却也只能抱着菜单僵硬转身。

然而，这两杯热美式摆上桌，此后的大半个晚上，却一直没人动过。解凛对面的位置也一直没人坐。

迟雪只能猜想他或许是在等某个很重要的人。

但没有丝毫头绪，只能偶尔也帮忙往门口看一眼：男女老少，高矮胖瘦，每一个推门进来的人。可惜几乎每一个都不停留地路过他身边，不是他等的人——

“欸，想什么呢？怎么不说话？”

陌生的男顾客突然摸了摸她的手。

迟雪一惊，下意识地甩脱开。

那西装革履的中年男人却一点不生气，反冲她微微一笑，过于瘦干的脸，一副斯文模样，说：“我是问你，小妹妹，在这边兼职，是不是很缺钱花啊？你身材蛮好的，长得……”

男人的视线紧盯着她的脸，忽而一哂：“你平时戴眼镜吗？以后可以去做个手术，不过总之白白净净一小姑娘，打眼一看，倒挺漂亮的。”

迟雪那时毕竟还小，缺乏分辨这究竟是言语骚扰还是纯粹赞美的能力，闻言点了点头，却不接茬，只是接着询问对方点单的情况，又很快转身离开。

但这么一晃神的工夫——

她若有所思地看着不远处靠窗座位。

两杯冷透的美式还在桌上，没被动过。原本坐在那儿的人，却已不知何时离开了。

他等了快一夜，那个人终究没有来。

到了晚上九点多，迟雪帮忙打扫好卫生，终于换下工作服下班。

然而回家的路却还很长，咖啡店在新城区，回诊所需要坐9路公交车，在这之前还需要抄小路穿过一条长巷道走到公交站，如此可省去至少半个小时的弯路。不过粗算下来，到家也要十点半了。

还有的是时间。

她戴上耳机，从咖啡店后门出来，一如既往地边听英语单词边往小巷出口走。

“account，叙述，账目。”

“……”

“attempt，attempt，尝试，努力。”

“力”的音节才落，切换到下个单词的短暂间隔里，她耳尖一动，忽毛骨悚然，清楚地听见身后传来脚步声。

很轻，但很近。

……且越来越近。

带着诡异而粗喘的细碎声音。

迟雪忽然默默调低了些耳机音量，而后加快步子，然而身后的脚步声也跟着加快，甚至隐隐有堵截她的趋势。

三秒后，意识到自己的警惕被发现，她当下狂跑起来。

路灯下，被拉长的纤细影子一掠而过，紧随其后的人影同样快步追去，寒风吹开西服前摆，男人颇不耐烦地拽松领带，依旧不愿放弃。

已经很近了。

他想，前面就有个黑黢黢的拐角——到时把她往里推。

迟雪同样注意到了不远处的分岔口。

她的运动能力并不算好，此时胸腔已鼓噪作痛，更不敢回头观望耽误时间，只能咬咬牙继续加速——

但身后男人陡然暴起的速度还是吓了她一跳。

只转瞬的工夫，一走神，她的腰已被人扣住，往回拖，拖到阴暗的拐角，一只手捂住她的嘴，另一只手便迫不及待来揪她的衣领。她下意识地护住，那个人的手却还是触到了她的脖颈、锁骨，向下滑时被她一把按住，两人面对面僵持着。

“你皮肤真好。”男人说，“刚才在店里的时候，摸你的手我就知道，你……还没有跟过别人吧？看着就挺嫩的。”

“唔！”

“别叫。”

“放……”

“我会给你钱，你不是很缺钱吗？”

男人并不强壮，只是高而瘦。但迟雪两手一起用劲、手肘用力，却竟也推动不开他分毫，反而被他袖口隐隐的古龙香水味呛得连连咳嗽。

她的脖子被抵住，时间一长竟有些头晕目眩，眼神也跟着失焦。

空寂的小巷。

阴森的拐角。

路过的野猫“喵呜”一声，窜入黑暗中。

迟雪后背的寒毛直竖，忽从慌乱中回过神来。

男人有些愕然她还清醒，眉头紧皱。不料下一秒，她竟又张嘴狠咬下来，趁着男人吃痛收手，转身便跑，然而没走几步又被拽住——她将包甩过去，外套掉在地上也顾不得，疯狂向外跑，对方的手甚至几度掠过她后腰——

然后，在一脚踏出拐角明与暗交界的那一步，她就这样趔趄着，扑进了突然出现的少年怀中。

真的是扑进去的。

许久之后回想起这一幕，迟雪甚至可以数清楚自己趔趄的步数，整三步，差点滑倒，然后带着惯性摔进解凛怀里。解凛的手垂在两侧，差点被她带得退了几步，她就那样惶恐惊惧、呼吸如风箱般，在他的怀里止不住地发抖。

她那样用力地拽住他的两臂，生怕眼前这块浮木飞走，一时竟还没认出眼前的人是解凛。

以至于他回应她，做出拥抱她的姿势时，倒几乎像是跟她作对似的。

但他还是安抚似的拍拍她背，继而微弯下腰，回抱了她一下。

“等你好久了。”解凛说，“落东西了？你平时没这么晚出来。”

他说这话的语气很是稀松平常。

如果不是迟雪就是当事者本人，恍惚也会怀疑，好似平常每一天，他都曾经在这里等她出来似的。

说完，解凛便又松开怀抱，动作有些僵硬地揉了揉她的头发。

迟雪愣住，泪眼蒙眬间抬眼看他，他以指腹替她拭泪，视线又四下打量一圈，忽问道：“是摔了？怎么包都掉地上了？”

他径直走过男人身边，去帮她捡包，捡起外套，拍拍尘土。

全程男人没有说一句话。

他也没有主动向对方说一句话。

倒是等迟雪穿上衣服，背好包，他又主动牵住她的手——准确来说，是牵住手腕。

他的手掌扣住她，尺寸尚有盈余。

“还是我送你回家吧？”他说，“摔一跤都能哭成这样，走吧。”

话落，身后的男人听明白了这段对话，很显然大松了一口气，很快也装得若无其事起来，索性抢在他们俩前头，快步往巷子口走去。

迟雪盯着那个人模狗样、西装革履的背影。

解凛也在看着，一动不动，唯嘴唇轻翕动，看节奏，似乎是在数数。

等数到第四下的时候。

“你站在这儿别动。”

他忽然侧头对迟雪说了一句。

下一秒。

他果断松开手。

助跑。

加速。

一记横踢——

男人被他一脚正中后心，痛呼一声，伏倒在地，而他当机立断控住对方的双手，猛地向后反剪。

一切只发生在电光石火之间。

“老解！”

解凛忽又扬声向巷子口喊了一句：“人呢！这里没别人——这杂种身上有刀——拿手铐来！抓人！”

[5]

那一晚，是迟雪第一次，也是唯一一次见到解凛的父亲。

被解凛叫作“老解”的男人，个头很高，肩阔腿长，脸也年轻得完全瞧不出已有个十来岁的儿子。只不过解凛的五官——或者说是给人的感觉，却和老解一点也不像，甚至完全相反。

毕竟他的阴郁苍白早在十七八岁隐露苗头。

而老解却是个浓眉大眼的北方汉子形象，与迟雪从前在贴吧里听到那些“传言”无出左右。

这个从不出席家长会，不接老师的电话，哪怕解凛在学校犯了错，校领导三催四请也请不到他过来的不称职家长，据说也是出了名的“三不管”。

不管爹妈，不管老婆，不管儿子。

是以，迟雪也一度认定他是个很冷漠的人。

但事实证明，老解后来被解凛喊过来，看到眼前场面，又看到脸上泪痕未干的迟雪，第一反应却不是质询或惊疑，反而像个很能理解她心情的朋友，走上前来安慰似的拍拍她肩。

莫名地让她想起自己家里那位老好人父亲。

“没事了，”这位似曾相识的“老好人”说，“我家这兔崽子不是坏人。你安心，他就是正义感过剩，不会动你一个小姑娘的。”

但是，重点是不是偏了？

迟雪闻言一愣。

“我……我知道，我不是怕他。”她说，“我们是同学，我知道他是来帮……帮我。”

此话一出，迟雪自不觉得有什么，仅仅只是阐述事实而已。

然而，除了地上被解凛摁得吱哇乱叫的男人，老解，包括解凛本人在内，竟都齐齐一愣。

“同学？”老解从外套兜里掏出手铐丢给解凛，又观察着眼前的女孩，“那你不是也读高三？这么晚了还没回家？”

“我在这边咖啡店打工。”

“勤工俭学？”

“嗯。”

“好孩子。”

老解说：“辛苦你了……这杂种欺负你一个小女孩，真他……不好意思啊，叔叔没说脏话，我的意思是，他这种人就挺不是人的。”

说罢，大概是体谅到她和解凛毕竟是同学，关系要“亲近”一些，他又掉头走到解凛身边，边打电话报警，边把解凛赶到了她这头来——美其名曰要他安慰照顾。

解凛却仍是满脸莫名其妙。

大高个儿杵在她跟前，略低下头，安慰的话不知怎么说，倒是难得观察了她很久。

“你平时戴眼镜？”他忽然问。

“嗯。”

“梳，两条辫子？”

“嗯……不过今天我工作的时候盘起来了。”迟雪说，连说带比画，眼神却不敢直视他，只怯生生盯着他肩膀，“下班才披着头发。”

是吗？

解凛沉默片刻。

末了，他没头没尾喊了她一声：“迟雪。”

“嗯？”

“……”

她应了声，抬头看，却见他的眉心忽蹙起，又定睛看她。

“怎么了吗？”迟雪问。

读不懂他有一瞬复杂的表情，只能眼睁睁看他又低头，掏了掏外套的兜——不想竟当着她的面掏出个打火机来。

老解正好往这看，见状大骂他兔崽子不学好，无奈正押着人也不好起身，回过神来，又连忙给电话里被他莫名殃及的警察同志道歉，快速报了个准确的地址。

解凛想是对“兔崽子”的称呼早已免疫，倒是眼皮也不抬一下，只有点疑惑的表情，转而去翻另一个兜。

幸而这次却没翻车。

他从里头抓出什么，在迟雪面前展开手。

映入眼帘的是尤其纤长而骨节分明的手指、无凌乱的掌纹，以及手掌中央，两颗蓝白色的薄荷糖。

不是牛奶糖也不是棒棒糖，给女生似乎显得有些不伦不类。

尤其他还用了一个“压压惊”的借口。

算是，安慰？

迟雪愣愣接到手里，塑料糖纸不算精美，但他把两颗全给了她，至少没有小气。

他给完糖，又扭头看了一眼身后那黑咕隆咚、路灯微弱的小巷。

“你刚才说你在这边兼职？”

“嗯。”

我还给你点过单。

后面这句话迟雪忍住没说——唯恐两人之间又出现相对无话的尴尬局面。

果然，解凛压根没想起也没提这回事，只因为刚才救了她都没认出她的事稍有歉意，又小声说了句“不好意思”：“刚才我听到有声音，但是不很清楚，所以来的路上耽误了时间。”

“……对不起。”他说。

作为一个尽人皆知的刺头，解凛主动或被迫的道歉并不少见，说对不起，也不过是上嘴皮碰下嘴皮，轻而易举，光是国旗底下读检讨，从上小学开始，他读了没有十回也有八回。

但敷衍的嘲弄和真诚的对不起总归有区别。

这一次则显然是后者。

是以说完这句话，仿佛完成了一个浩大工程。迟雪莫名从他并没太多细节的表情里，读出“终于说出口”的复杂情绪。且他只表达，无需回应，说完，只定定看她一眼，又转身去找老解。

两人背对迟雪简单聊了几句。

迟雪站得稍远，听不清他们在说什么。只知在警察赶来的几分钟前，老解忽又向她笑着摆手，说了声再见，紧接着便快速离开了现场。

——“小姑娘一看学习就好，以后还麻烦你多带带我们家阿凛，等我哪天再回来，一定请你吃饭。”这是他对迟雪说的最后一句话。

等迟雪反应过来，想起他明明帮了自己为什么还要提前回避，手铐又是从哪儿来，已经是从派出所出来很久之后的事。

亦来不及细想。

旁边解凛忽然脚步一顿，又侧过头，问要不要送她回家。

“啊？”

“这么晚了不安全，而且你……”

他话音未落，迟雪已经开始摇头：“不不不……不用，真的不用了。”

“……”

“我的意思是，我，回家蛮方便的，一个人也可以，”她说，“今天已经辛苦你太多了，不好再麻烦你了。”

说是说得好听，但当然都是借口。

归根结底，还是小孩子脸皮太薄，下意识地觉得自家那块地盘“不宜见人”。

说完，为了证明所言非虚，她又急忙伸手，指向不远处空落落的公交站台。

“9路应该还有一趟末班车，我坐车坐到终点站就好了。我爸爸，他说会在终点站接我——刚才在派出所里借了手机，跟他打电话说了的。”

她原以为这样就可以最大程度上避免尴尬。

然而，事实证明，等车的过程，对于两只不折不扣的闷葫芦而言，依旧——十分漫长。

沉默许久过后。

迟雪：“我……那个……要不你先回家？这里好冷。”

解凛正想着什么出神，闻言侧过头，又问她：“你冷？”

“不是，不是，我的意思是你不用陪我在这里挨冻。”

“还好吧。”

“……”

他说："我衣服给你？"

他连说这话时也没什么表情，关心亦永远是淡淡的，秉持着你要就给你的态度——说着就准备脱外套。

迟雪见状，吓得忙按住他，唯恐他真说到做到，只得又踮起脚尖伸手，匆忙把他掉到肩下的外套全拉回来。

站得太近，甚至闻到他身上淡淡的皂角香味。

她的手指尖都在发抖。

"……"

解凛大概也没想到她会是这种反应。

他原本低下去看拉链的眼神，这会儿又抬起看她，甚至颇稀奇地挑了下眉。算是难得生动的表情了。

"不不不，不用！"

迟雪与他四目相对，连忙趁机解释："你也冷，你，你穿着就行。不用特别照顾我，我穿够多了。"

话落，见解凛眼神随即停在她拉他领口的手上，又忙收回手站定。

仿佛都没事发生似的。

两个闷葫芦继续低下头不说话。

只不过解凛还稍好些，看着不像想多的样子，继续望着远方出神。

迟雪却是说不上来的坐立难安。

不是动动衣角就是紧紧衣领，装作很认真看向公交车本该来的方向，实则眼角余光却总往反方向瞥——解凛距她也不过一步远，手插在外套兜里，维持这个姿势已许久。

"迟雪。"

"……啊？"

她的偷瞄却突然被发现，吓得差点当场跳开几步，险险才止住。

解凛却不觉有异，只是淡淡开口，又向她抛出句没头没尾的："你很会念书，学习很好？"

"啊，是啊。"

她还惊魂未定，完全没反应过来这话为什么现在要问。

直到解凛紧接着，又继续问了句对她而言，尤其是在今天这一天之内格外耳熟的话。

他问她："你很需要钱？"

最后一个字落地，仿佛一桶冷水当面浇了下来。

她脸色瞬间苍白。

冬夜的寒风刮落树叶，叶片在她脚下打着旋儿，总是不落地。

有一瞬间，仿佛是某根竭力绷紧的弦突然失效。

又或者她的遮羞布从未存在过——因他早已看穿她不上台面的窘迫。她只能站在那儿，低着头，久久不愿说话，久久沉默。

最后，她点头。

和公交车驶来的到站声一起。

她的声音变得轻不可闻："是，我很缺钱。"

[6]

次日一大早，迟雪顶着明晃晃的黑眼圈起床上班。

一路上，先后收获了来自亲人、路人、老师的亲切问候。

迟大宇问她："昨天是没睡好？"

公交车上，邻座的好心阿婆也问她："孩子啊，你还好吧？气色怎么这么差？"

她都微笑着答说没事，是为工作上的事烦心罢了。

但等真到了医院，见到导师，却再没有这样轻松就能应付过去的好事。

相反，对方没有看到她焕然一新的精神状态，当即脸色微沉，转背又把她叫去值班室狠训了一顿。

骂完了还不解气，连带着之后循例查房时，也一反常态，与她少有交流。

迟雪自认理亏，也不好争辩，只能乖乖跟在老师身后，做好病史记录和及时汇报，最后合并汇总，摘选一部分记入规培生手册。

等忙完已经中午。

职工食堂这两个月涨价涨得厉害，她为了省钱，一般不去吃，多是带饭或者在附近快餐店买个盒饭。

算算时间已经快来不及，她急忙又披上外套往医院外头跑。

到那一看，果然，十块钱的流动自助餐小摊前人满为患。

她只得到旁边的粥铺买了碗皮蛋瘦肉粥，又加了点小菜，就这样当作午饭吃。

她快速吃完，正想着这样回去或许还能小眯一会儿。

出了店门不远，忽却又有人从身后追上，拍了拍她的肩。

她回头一看，只是不经意地一瞥，那老伯倒像是被她眼神吓到，急忙撤开了手。

他黑黢黢的面皮上，挤出一个局促的笑。

"迟、迟小姐。"他话音试探，"是你吗？我们昨天见过，那个，你……您还帮了我和小远一个大忙。"

话落，见迟雪的目光仍疑惑，他又做了个抱小孩的动作，顺手扯了扯身上皱巴巴的冲锋衣："只不过昨天我穿的是个黑外套，今天换了。您还记得吗？就医院门口，我开摩托的时候不小心——"

这么一解释，加上独特的口音帮助辨别，迟雪终于反应过来，面前站着的原是昨天路上蹭了别人车的老伯。

她脸色一下缓和，也跟着微微一笑："是我。怎么样，您家孩子现在好些了吗？退烧了吗？"

"烧是退了，"老伯却没有想象中的舒一口气，反而依旧满面忧愁，"唉……不过还不知道什么情况呢。"

"嗯？"

"孩子还在住院。那医生也不乐意说个具体，说是还得等详细点的检查报告出来。"

迟雪多少算个内行人，听他的口吻，已大致猜出来是怎么回事，但想着图个吉利，也不好多说，只得好言安慰了两句。

见午休时间所剩不多，她打了个招呼，便又转身要走。

结果没走几步，那老伯竟再次匆匆追上来。

他欲言又止地跟在她身后，两手紧攥着，紧张得不住摩挲，就是不开口。

迟雪眼角余光瞥见，也是万般无奈。

眼见得快要走到医院门口，她索性又站定，回头直接开口问："梁伯，是还有什么问题吗？"

"我，那个……"

"有话直说就好，能帮忙的我会尽量帮，"她提醒，"但如果没别的事，我现在真的要回去上班了。"

毕竟本就只是萍水相逢，她也不可能做到面面俱到。

那老伯闻言，踌躇片刻，最终还是红着脸将情况和盘托出。

"是那个车主，"他说，"一开始跟我们打电话，说不用赔钱了。然后，后来又换了个人打过来……也不知道怎么了。总之，就是问了我一些情况，问我你叫什么、跟我们认不认识之类的。我说不知道，只知道您姓'迟'，可能也就是路过，好心帮了我们一把。结果不知道哪里说错话了，他们忽然又说要赔……要赔不少，至少四五千块钱。说出来不怕让您看笑话，这个钱，家里现在困难，真的是出不起。”

老伯说着说着，便红了眼眶，又从兜里掏出来一沓叠得很整齐的缴费单，想塞给迟雪看。

“我自己身体也不好，每个月要吃药。我儿子——我就一个儿子，前几个月刚死在了云南。他本来就是拿着国家的助学金读的大学，现在为国捐躯，是光荣的事……是分内的事，咱也没那脸伸手向国家要钱。”

“但现在儿媳妇也跑了，就我一个人带着小孩，每个月给人家守门赚千把块钱，孩子生病了，以后还不知道怎么办。只能一直给人家打电话道歉，最后那边终于松了口，说想不赔的话也可以，但还是有条件，”老伯说，“我实在是不得已，迟小姐，真的是没别的办法了，才觍着老脸来求您。”

那卑躬屈膝的样子，何尝不像极了多年前到处借债的迟大宇。

那些不愿回忆的记忆又找上门来，迟雪的表情变得凝重。

“没关系。是对方提的条件跟我有关？”

但她仍是从外套兜里找出两张纸手帕递给对方。

等到梁伯情绪稍缓，她才又耐心追问：“是我认识的人，还是别的原因？他提到过吗？”

“没说。”梁伯道，“车主只说要我把迟医生您的联系方式给他。说是如果做到了，这件事就当没发生过。其他的就不愿意透露了。”

意思是，四五千块钱换个联系方式？

迟雪简直丈二和尚摸不着头脑，心说这是哪门子的狗血剧情，又赶忙劝老人别急也别自责，不是什么大事。

“这样，您现在给车主打个电话，”她指了指老伯另只手上一直攥着的手机，“我就在这里，问一下到底什么情况，看是不是认识的人，之后的事之后再谈。”

梁伯感受到她的态度变化，很显然长舒一口气，又忙向她鞠躬感谢。

然而，电话很快拨出去，前两次却都没有接通，直等到迟雪一直抬起手腕看表的第三次。

那位只闻其名、不闻其声的大忙人才终于把电话接起。

老伯和他说了两句，转身把手机递给迟雪时，脸上终于挂上笑容，又小声告诉迟雪：“那位先生好像跟你早就认识。迟小姐，他说你跟他聊一下就知道了，应该不是找事的人。”

是吗？

迟雪将信将疑，接过电话，抵在耳边“喂”了一声。

她有心不说自己全名，因为昨天也只告诉了老伯自己姓迟，猜想对方应该更不会知道她具体名字。

结果一个“喂”字刚说出口，电话那头的人却突然笑起来。

“迟雪。”对方准确地报出她的全名。

她一头雾水，反问：“你是？”

“我就知道你认不出来。”

“……”

“迟医生，好久不见啊。”

虽然她毫无头绪，但这位颇有恶趣味的车主很显然乐在其中，因此既不回应她的问题，也不遵循应有的社交礼貌。

对方顿了顿，又在电话里笑着问道：“所以，方不方便告诉我，你现在又是在哪个科室上班？”

他说：“迟雪，既然真的是你，那我至少也得翘班来见你一回。”

后来再想起这神奇的一天。

迟雪其实不得不怀疑，似乎就是从她主动想要踏出“回忆青春”的这一步开始，命运的齿轮已开始转动。于是，许多从前觉得再也不会遇见的人，又突然出现在了她的身边。

比如解凛。

也比如——半小时后出现，坐在她对面，西装革履、贵气逼人，却依旧笑容随和的叶南生。

这个名字与这个人，于她而言，亦实在是久违了。

她已太久没有想起过这位老同学。

遥想上一次见，似乎还是高三毕业，回校拿成绩填志愿那天。叶南生突然在路上叫住她，手里拿着相机，提议说：“迟雪，不如我们拍一张照片吧？”

而她一脸莫名其妙，指指他，又指指自己，问：“我们吗？”语气其实是有些生疏乃至抗拒的。

他却一点没有为此感到冒犯或生气，只是笑着解释，说是好歹曾经同在一班，那些同学都已经毕业，拥有属于当年毕业生的毕业照，那么剩下的他们俩也应该有一张才对。

“当时我还想着，照片洗出来，可以给你也留一份作纪念。”叶南生说。

“不过可惜当时那年暑假，我家里出了点事。等再想起来，大家已经上大学、分散到天南海北……我算算，话说咱们上次见，隔了也得有快七年了吧？”

时隔多年，果然他也是最先想起这次“偶遇”，又旧事重提。

说罢，他又抬头看向迟雪，却只见她有些愕然地看向窗外——他们正坐在医院一楼的咖啡厅叙旧，靠窗位置，一窗之隔便是长廊草坪。

身着病号服的病人或坐或站，旁边多陪着护工或家属。

近来多阴雨，这样的晴天已是难得，所以不少人都趁此机会出来沐浴阳光。

叶南生循着迟雪的目光看去，只看到三两个身着病号服的小孩蹲在草坪上弹弹珠，他不由得莞尔，又调侃她：“迟医生，这是迫不及待想调去儿科了吗？”

迟雪一怔，闻言回过头来。

他便故作正经地撑着下巴，另一只手端起咖啡，又问她：“听说能跟你叙旧，我可是丢下我爸和一大班老伙计跑来医院找你。不会就准备请我喝一杯咖啡吧？”

“我只有二十分钟休息时间。”不想迟雪却仍然不解风情，实话实说，“而且，也没想到你会专门过来。其实改天也可以的。”

“你倒是一直不爱说假话。”叶南生微笑，“看来你还是觉得我们不熟。”

所以连不必要的客套和应酬都可以省了。

“我和很多人都不熟。”

迟雪却没有听出他的弦外之音，眼神又控制不住地往窗外飘，这次很显然是无意识地顺着他的话往下说，却不小心说了实话：“而且我觉得你很……”

“嗯？”

“你，变化很大。”

一个很明显的舌头打结又及时调整的动作，迟雪惊觉自己露馅，赶忙把话往回收。

可惜回过神来太晚，又给叶南生看了个一清二楚。

忍着不点破，没影响他忍俊不禁，似乎依稀还尝试着，从面前这个肤白貌美的女医生脸上，找到几分从前“四眼妹”笨拙的影子。

“你也变化很大啊。”于是他故意顺着话往下接，“迟医生，做了医生，所以顺便也把近视眼手术做了？你不戴眼镜，刚才差点没认出来。”

“嗯。”

“做得蛮好。”

“……嗯？”

“漂亮很多。”

迟雪一怔，有一瞬间，被他完全不迟疑且笃定的赞美“说服”，以至于耳根悄然飘红。

但她转念一想，又回想起似乎他读书的时候就是这样：有时惹了老师生气，还能没事人似的夸奖老师骂得好，装作认真道歉；女同学被男生调侃哭，他也会说没有，你很漂亮，别听他们乱讲——叶南生就是这样，所以才受欢迎。所以才有许多人为他人生中偶尔的失败叹惋不已。

如果她不曾偶然见证了他的“另一面”的话，或许也会吃这一套吧。

迟雪叹了口气，说：“谢谢。”

但也就到此为止了。

牺牲了午休时间的短暂会面，最终没有后文，她也没有礼貌性地邀请对方共进晚餐。只是在确认了叶南生不会再追究梁伯责任后，她又借口工作忙，先行快步离开了咖啡店。

——唯独路过草坪时，她忽然脚步放慢，又四下环视一圈。

刚才围着打弹珠的孩子还在，三五个聚成一堆。如果不是蓝白色的病号服如符号一般嵌入了他们的“身份”，眼前的孩子，也不过就是贪玩的年纪、普普通通的一群玩伴。

其中，尤数一个小男孩格外敏感。

她还没走近，那男孩已若有所感地抬起头来。太阳光底下，他的皮肤依旧如常年不见天日的苍白，身材亦瘦弱，与旁边七八岁体型的孩子站在一起，看起来至多五岁，甚至更小。

那男孩直愣愣地看着她，突然，把手里的弹珠一抛，猛地跑过来，抱紧了迟雪的腿。

小小的一团窝在脚边，扒都扒不开，他喊迟雪：“天使姐姐。”

其他男孩或不解或起哄，吵成一团。

被抛开的弹珠一路滚，最后骨碌碌，滚到了一双短筒军靴下，贴着鞋的边沿堪堪停住。

鞋的主人也因此停下，抬起脚，看了一眼。

他弯腰把弹珠捡起来。

“谁的？”他问那群孩子。

孩子们却哪里还顾得上弹珠，一拥而上，不是要他抱，就是绕着他手里提的打包袋转圈圈。

“哥哥，哥哥，我要喝可乐！”

“哥哥你说给我买薯片的，怎么没有——”

叽叽喳喳，吵成一片。

男人又看向迟雪，准确来说，是她脚底下那“一团”。

然而抱着迟雪不愿撒手的小男孩却依旧执着，不为所动。

迟雪的脸忽烧起来，只得又低头劝他：“小朋友，这个……哥哥，你认识吗？”

小男孩点头。

“你，先松开好不好？你看，哥哥给你们买了很多好吃的。”

小男孩摇头。

小男孩奶声奶气：“天使姐姐，我头疼，抱抱就好。”

迟雪默然。

她对小孩子一向没有抵抗力，同理，也没有威信。她只能求助似的抬头，又看向不远处，被更多“团”围在中间的男人——不过他显然比她游刃有余得多，仗着个子高，手稍微一抬高，手里的零食遂变得“高不可攀”——一群小不点跳破了头也抓不着。

他也正看着她，有些稀奇地蹙眉。

“……天使？”

头晕目眩。

迟雪呆站在那里，想笑，又怕笑得不好看，于是表情竟然很怪，在这种适合叙旧、感慨甚至流泪的场合，她游离其外，只是恍恍惚惚地想着，二十五岁的解凛，这样看，其实和当年的十五岁、十七岁，也没有区别。

尤其当他站在阳光下而非四下无人的阳台，提着零食，穿着白色外套、牛仔裤与短靴。

令她几乎有一种似是而非的错觉。

——在隔着时间的长河，漫长得望不到头的人生，无数次的回望之后。

解凛。

原来还是见到你，比见不到好。

“……”

她于是忽然笑了。

[7]

只不过，迟雪也是后来才知道，那个抱着她腿不放的小男孩，原来就是梁伯口中体弱多病的“小远”。全名叫梁怀远，上个月刚满了七岁。

迟雪又问他为什么叫自己天使。

小远脸蛋红扑扑，一边埋头啃着手里的甜玉米棒，又小声说，姐姐你就是天使啊。

“长得很漂亮，心地也很好。”小孩子的评价朴实无华，“而且，还是医生。别的医生都好凶、好可怕，但你很温柔——跟小解哥哥一样。”

他口中的“小解哥哥”彼时正紧蹙着眉低头看手机，手指上下滑动，闻言怔然抬头。

小远的眼神却依然澄澈，因营养不良而瘦得干瘪的脸，笑时嘴角隐隐现出酒窝，说小解哥哥，你真的是个很好很好的人。

“有吗？”解凛的语气竟也软下来，又伸手，摸了摸小男孩的头。

可惜之后他们再说了什么，迟雪却并没有能够在场“见证”——她甚至来不及和解凛多搭上一句话，才刚用玉米棒诱惑走小远，坐在草坪上歇口气，结果屁股还没坐热，导师的电话已打来，催促她赶快到岗。

她无法，只能火速赶回住院部。

今日的种种插曲如梦一般，加上昨天没睡好，今天又忙了几乎一天没停过，最后轮值大夜班，上下眼皮已几乎要黏在一起。

最后还是一同值班的男医生好心，撞了撞她的肩，又丢了根烟过来。

“醒醒脑。”他说，“迟雪，平日里没见你这么没精神啊？今天是怎么了？”

她却不想解释，只说一句：“谢了。”

她借了人家的打火机，披上外套径直下楼，去了靠住院部西门南侧的吸烟区。

医院里拢共才五个吸烟区，这处算是最隐蔽的。

前有绿植带，后头一排垃圾桶，平日里除了白天清洁工常路过，很少有人发现——老烟枪们贪路近，也都爱去东门那块，加上人多热闹，有时还可以干扯几句瞎话。迟雪却只爱这里的清静。

几个规培生都算同期，有种不必多说的默契，熬不住了，就来这里喘口气。

然而偏偏今晚，仿佛天公不作美，她才刚蹲下，甚至连烟都还没点着，火苗在风中摇曳不定。

她手一抖，忽抬头，似乎隐约听到草丛外传来一阵脚步声。

果然，来不及起身回避，对方已“迫不及待”开口——两个人几乎是争执起来。年轻的那个声音熟悉，老些的那个口音独特。

迟雪就这样被迫听了回墙角，却越往下听越心惊。

“这些钱你拿着，算是我的心意。”

“我不要你的脏钱！”

“……这是小远的救命钱。”

“够了！别一嘴一个钱，你给我再多钱，能还我一个健健康康的儿子吗？”

“……”

“脏钱，拿回去，脏钱！”

她听到什么东西落地的声音。

从草缝里瞄一眼看，才发现是厚重的两捆百元大钞，瞧着一捆得有小两万。

只不过这么一落地，散的散飘的飘，眼见着十几二十张红钞票被风吹得打着卷——有一两张，甚至被刮到了她脚边。

她尴尬地捡也不是不捡也不是，正迟疑着，手伸出去，却忽听得灌木被人拨动。

下一秒，她惊恐中抬头，便和正好弯腰打算捡钱的解凛打了个照面。

四目相对。

他的身影将她遮得严严实实，梁伯没有发现她的存在，盛怒之下，却依旧骂声不止。

“我和小远就算是饿死，就算是没钱治病要去讨饭，也不要你的脏钱！”

梁伯说：“七个人去，七个人哪，都是大好年纪的小伙子，我家那个最大，也就才二十九岁！最后死的死，残的残。一个个被折磨死，还有人死不见尸……最后只有你活着！你当时是怎么跟我说的？你说行动部署了接近十年，你们只是接手上一辈的工作，问题不大……最后呢？！那是六条人命啊！别人有妻有子，最后妻离子散、家破人亡！”

“小远才七岁，已经没了爸爸，以后等我这个爷爷也病了、死了，你要他一个小孩怎么办？”

“我当时就说过你不靠谱！让你一个最小的去当联络人……最后呢？

果然你就指挥出这么一个结果！你怎么还好意思回来见我们这些家属？解凛，你怎么不也死在……”

“梁叔。”解凛忽然打断梁伯。

说话间，他的视线仍停留在迟雪疑惑与惊恐表情交杂的脸上。

他眉心微蹙，却没有点破，只接过她颤颤巍巍递来的红色钞票，和手里捡的那些归置到一起，又站起身来，再次把钞票递给对方。

“如果之后还有我能帮得上的地方，”他说，“你有我的电话。”

“滚！”

“随时打电话联系我。”

“……解凛！”

对面骂得再难听，甚至动手推搡。

他依旧无动于衷，只兀自将钱塞进对方的口袋，又低声说了些什么。

可惜声音太小，迟雪完全听不清。

等她还想尝试靠近、仔细分辨时，却听“哗啦”一声，面前的灌木丛再次被拨开。

解凛居高临下，俯视着她这个好奇心过盛的偷听者。

而她僵硬抬头，视线飘忽之下，一时竟不知该说什么。她只得又举起手中的烟和打火机，假模假式坦白：“其实我、我来抽烟的。”

“抽烟，顺便偷听？”

“……”

“我们下午见过吧？”

他的目光扫过她的脸，只短暂一停，随即看向她眼熟的外套和一成不变的马尾发型。

不知想起什么，他竟又突然笑了一声——大概是故意，喊了她一句：“天使。”

迟雪一愣，反应过来，“天使本使”即刻闹了个大红脸，当下强撑着已经蹲麻的腿站起。

她本来还想解释，然而，被偷听的当事人反倒态度随和，似乎不准备追究这样阴错阳差造成的尴尬局面——也完全看不出来他本人刚才给钱还被痛骂的悲惨经历，表情始终是淡淡的。

低头看，吸烟区的石灰线就在脚下，他便又向前一步、一步已足够踏过灌木。

于是彻底到了“区内”。

“借个火吧。”他对迟雪说。

一个本就是借来的打火机，就这样“养活”了两个借烟消愁的人。

看到她真的点烟，他似乎还罕见地惊讶了下：“我以为医生都不抽烟。”

“本来是，但偶尔心烦或者精神不好的时候，也会拿来提提神。”迟雪说，心里却想你昨天在阳台上不就看过我抽烟了。

绕来绕去，问题原来还是：不在意，所以不记得。

似有若无的忧愁于是又漫上来，她连自我介绍的勇气都彻底消散，心想干脆就做“天使”吧。代号“天使”，实为你并不在意且没印象的旧相识。

正心烦意乱间。

一旁低头轻掸烟灰的某人，忽却又没来由地冒出一句：“不要说出去。”

“？”

“刚才我和梁叔说的话。”

“……”

迟雪：“哦。”

果然，比起叙旧，这听起来才更像他迟迟不走，又故意留下来抽烟的理由。

迟雪心事重重地吐了口烟圈，沉默了好一会儿，小声问：“所以，其实你是警察？”

解凛不说话。

她又自顾自补充：“这个老伯，之前我碰巧帮过他。他说他的儿子，几个月之前在云南殉职。我猜……你们也许曾经是战友？或者同事？”

“嗯。”

“所以你……”

“早辞职了。”

解凛说：“所以我，现在就一普通人。”

——“还是别找他了吧，听说他现在有点‘那个’。”

——“你不知道吗？他早就被退学了。”

——“喂，帮我保守秘密吧迟雪——我想当个警察。等我办大案那天，吓他们一大跳。”

——“现在就一普通人。”

迟雪一怔。

“为什么这个表情？”

而解凛将快要燃尽的烟头摁灭，扔进垃圾桶。

顿了顿，他突然却又问起："我们是之前见过，还是，你认识我？"

[8]

"为什么这个表情？"

而许多年前，十八岁的解凛也同样问过她这个问题。

彼时正是"小巷事件"的第二天。

迟雪出于安全考虑，最终决定辞去咖啡店的兼职。

正考虑要不要把在超市的收银工作转为全日，前脚刚从咖啡店出来，埋头一路走，忽却听有人在不远处喊了她一句："迟雪，这儿。"

她循声望去。

怔然间，竟瞧见解凛就站在不远处的路口，大冬天，穿一件浅白色的长款羽绒服——这颜色普通人多驾驭不住。压个子不说，还显得格外臃肿，穿在他身上却不知怎的，只愈显长手长脚，如雪里的松枝。

不免有过路的漂亮女生偷瞄他，脸红红间，又不住和旁边的女伴嬉笑打闹，听起来似乎是在争论谁去要电话号码才好。

结果看他在路边沉默等人许久，最后竟喊了这么一个貌不惊人的"四眼妹"，一时却都愣住，不好意思再上前，只能目送他们一高一矮、一白一灰聊了几句，跟着女孩随手一指，又并肩走进了旁边的馄饨店里。

而迟雪此时还浑然不觉自己即将面临的"命运"。

直到馄饨刚端上桌，她吃一口，解凛亦正好开始说明他的来意，表示愿意出咖啡店两倍的时薪，请她教他念书，时限是剩下的整个寒假。

迟雪那一口馄饨直接就卡在了喉咙管里，不上不下，呛得惊天动地。

解凛却依旧淡定，甚至有心为她倒了杯水，手指推着杯座，又慢吞吞推到她面前。

诚然。

此情此景。

她甚至有那么一秒，恍惚以为自己真一跃成为偶像剧女主角。

然而后来的事实仍是无情证明，那些电视剧里演的什么诸如"为了给你钱所以找个理由请你来我家""嘴硬心软其实是为了给你钱"等此类的后续，还真没有发生在他们之间。

甚至后来她才知道，解凛突然开始积极地要读书，或者说是单纯想要提升成绩，完全是因为头一天晚上他和老解聊天，提起要去警校。

而老解告诉他好的警校也不是想进就可以进，考到一本分数线是基本标准——他的好胜心因此瞬起，而她刚刚好又在他的视线范围内，同时通过了诚实与品格的考验，成了不错的考虑项。

于是，便有了这次奇怪，但某种程度上又有些合理的对话。

“决定好了的话，”他说，“明天就可以开始。”

“啊？”

“刚好我一个人住，也不用找地方了。”

说罢，他又问附近点单的服务生要了纸笔。

他快速将电话地址写上去，对折递给她。

而等到了第二天一大早，不折不扣的行动派本人——迟雪同学，果然便已乖乖背着上学期末第一轮复习的资料，按着地址找到了她学生的家门前，一栋与想象中稍有出入，但也远胜她想象中规模的私人公寓。

她在楼下观望许久，才学会笨手笨脚按呼叫铃。

面前的显示屏花白了好一阵，她的心也提到嗓子眼。

终于，随着“叮”一声的提示音，解凛睡眼蒙眬，顶着一头乱糟糟的“鸟窝”出现，一句“上来吧”。

迟雪正要追问怎么开门，结果手轻轻一推，刚才还纹丝不动的大铁门，此时竟被她轻易推开。

等她做贼似的进去大厅，坐电梯到十三楼。

解凛已穿着深蓝色长条纹的睡衣，揉着眼睛在门口等。

她惴惴不安，一个劲地扶眼镜，一会儿问要不要换鞋，一会儿又问自己是不是来太早了。

结果解凛只一声：“你随意。”便又趿拉着拖鞋，扭头进了客厅——最后一头栽倒在沙发上。

沉闷声音把迟雪吓了一跳，还以为他是身体不适晕倒。

结果等她哼哧哼哧背着沉重的书包跟上，在沙发前站定，还来不及尝试把人推醒，四下环顾一圈，却顿时傻眼：

这看着得有三百来平方米的大平层，入目可见空阔的客厅和开放式吧台，古色古香的屏风隔开足能坐下十几人的用餐区，甚至还有一块地方被划出用作健身，沙袋、拳套、跑步机一应俱全。

只是里头的具体环境，却显然配不上近于奢华的“摆设”。

茶几上散乱着比萨盒与空或半空的饮料罐，红白蓝游戏机被胡乱扔在地毯上，插线板上插着各色各样的充电器，两三个手机在沙发上、地板上任性“躺尸”。看得出来是不同时期的新款。

解凛头朝下躺着，躺了一会儿，大概是不舒服，单单又脑袋侧过来喘口气，头发乱糟糟地盖住脸颊。

缓半天，他似乎才想起来眼前站了个人，又掀开一丁点眼皮。

“迟雪。”

他问她，鼻音还很重：“吃饭了吗？”

“……”

“等会儿下午阿姨会来打扫卫生，”他开始闭着眼说话，“你不用管这些，饿了就按那边的通讯器1382——连的小区对面饭店，可以点餐。之后我付钱就行。”说完，脑袋一转，又睡过去。

而迟雪却仍傻站着，看了半天，忍不住望向墙壁上的电子钟。

时钟已指向八点。

平时这个时候，她已经在超市帮忙清货摆货。但为了来给解凛当“家教”，她昨天刚辞了职，然后花了几乎大半个晚上整理上学期的笔记和学习资料。

父亲看她背着这么一大书包出去，越发对她所谓“去图书馆自习”的借口深信不疑。

只是现在这个点，很显然，对于解凛而言——还早着呢。

她叹了口气，轻手轻脚把书包卸下放上沙发，又看着桌上的比萨盒，默默伸出手。

这天上午——

准确来说，中午。

等到解凛真正睡饱了起床，十二点已过半。

迟雪彼时正拿餐桌当书桌，小声地默读背单词，听见声音却瞬间转头来，解凛双手向后撑在沙发上，亦懒洋洋看向她，是在学校里看不着的随性懒散模样。

“你没点东西吃？”

他起身，顿了顿，忽然又低头，环视一圈。

原本满地的杂志游戏机不见了，桌上的饮料罐和比萨盒也消失无踪，取而代之是平整漂亮的地毯、光洁的茶几和一侧摆放整齐、按大小尺寸叠好的“杂书”。他前几天刚换了新款的Switch被压在上头——看这架势，大概是充当了个镇纸的作用。

“……”

他揉着脖子，眉头微蹙，问：“你收拾的？”

没等她回答，他又一脸头疼地揉了揉太阳穴，咕哝道：“怎么搞得像我请你来是为了压榨你一样。”

迟雪：“……”

用几年后时兴的话来形容他的表情及感受，大概即是：

干得挺好。

下次别干了。

她打小敏感，察觉到这一点，顿时紧张起来，想解释又不知怎么解释的时候，总是词穷，于是只能结结巴巴说了一大堆“因为所以”，等解凛喝了杯水润嗓子回来，她还站在那儿，眼神紧跟着他，两条辫子也跟主人一起，委委屈屈地垂下来。

“怎么了？”这回却换解凛不解，“干吗站着？坐啊，你想吃什么，等会儿帮你点。”

他说完又去洗澡。

每天固定一早一晚洗两回。

不想等他都换了身运动服，擦着头发从浴室出来，迟雪还站在那儿，很无措的样子。

解凛擦着擦着头发，动作倒逐渐慢了下来，又稀奇地一挑眉。

“我惹你了？”他问迟雪。

迟雪说：“要不，我，把东西全放回去？”

牛头不对马嘴的对话。

他哑然失笑。

也许是在家里不比在学校，只一个笑容罢了，他好像突然又从高傲不可一世、拒人于千里之外的解凛，变成一个可靠近的人。

迟雪莫名所以、满脸疑惑，可看着他笑，她忍不住也跟着笑，笑着笑着，才发现他原来是在笑自己，脸红得快要烧起来。

“我第一次来同学家做客，”最后她只能小声又小声地解释，“不知道有些东西可能不能动，只是想顺手收拾一下。是不是惹你不高兴了？那，我把它们放回去可以吗？”

“不用。”

他摆手，定定看她一眼，忽然又走过来，径直拉开椅子坐在她旁边。

她闻到沐浴露淡淡的橘子香气。

刹那拉近的距离，她依旧却站也不是坐也不是，只失神地看着他：右手撑脸，有一页没一页地翻动她刚誊抄的笔记。

——脸好小。

——手也好白。

她不说话，脑子里的思绪却漫无边际，甚至不忘悄悄低头看了一眼自己的手：与他相比明显短很多的手指，不够利落分明的指节，颇有种丑小鸭见白天鹅的复杂心情。

“想什么呢？”

解凛却又抬起头来，拍拍旁边椅子，示意她坐。

“我也没骂你，就是觉得没必要麻烦你。迟雪。”

他说：“你怎么就这么怕我，跟老鼠见了猫似的？”

第一天去解凛家。

迟雪紧张、害怕，在不知所措中被他招待着吃完了一顿大餐。

第五天去，解凛还是没有早早起床，但是已交给了她能开门的芯片卡。

于是她悄然上楼，却发现这次茶几上摊的，已从不知名的各类杂志，换作了她昨天写给他的笔记和试题。

解凛的字很漂亮，贴着她的字写“解”“因为”“所以”。

语文题答得乱七八糟。

英语单词字母对调。

唯有数学，竟然答得八九不离十。

她啧啧称奇。

再后来，到不知道第多少天。

她已习惯了解凛起不来床的坏习惯。

然而那天例外，他竟难得起了个大早，又解释说是因为昨天那个题想到半夜没有想出答案，“每次想做的事做不到就会很烦”，所以“干脆跳过那个题往下做，最后不知不觉做了半本练习册”——一回过神来，天都亮了。

迟雪闻言忍俊不禁，又一本正经接过练习册，就地批改起来——模样的确像极了个认真本分的小老师。

于是从此之后，她便在他那得了个奇怪的“外号”。

小老师，这个题怎么做？

小老师，锅煳了。

小老师，你怎么来得这么早？

“小老师，明天我要出去一趟，可能要一整天，”他说，“所以你也放个假，后天再过来吧。”

那天是大年二十七。

次日，解凛果真出了趟门，回来的时候带着一身寒气，没料到第二天又突降暴雪，半夜温度骤降。他不可避免地感冒。睡得昏天黑地，等迟雪上门来，仍窝在卧室里不愿起床。

迟雪等到快要中午，最后才下定决心，决定进房间看一看。

“解凛。”她开了门，蹲在床边，又小心翼翼戳他肩膀，“还不起床吗？十一点了。”

解凛没反应。

她又问：“那，早饭也不吃了吗？”

“不吃。”

“你声音……感冒了吗？要不要喝药？”

“不喝。”

总之是什么都不要。

他一直背对着她，沉默良久，又闷声道：“你先回去吧，别被传染了。”

话落，身后很快传来门关上的“咔哒”一声，紧接着是脚步声逐渐远去。

“……”

而他闭上眼，又开始做那些浑浑噩噩的梦：梦里的场景不断变化，时而是年轻父母的争吵，时而是男人坠楼时惊恐的表情，他伸出去想拉却没能拉住的手。

母亲在哭叫，白发人送黑发人，沉默而威严的老人抱着他宣读遗嘱。

他追逐着母亲决绝而去的背影，一路追，却永远差一步。

中途，是老解出现救下他，又蹲下身来摸了摸他的头，被他打也不还手。

“以后你就跟我姓吧。”梦里的老解说，“我会努力给你当个好榜样的。当然，什么时候你愿意喊我爸爸了，我也会很开心的。但不管怎样，以后我们就是家人了。”

“……别这个表情嘛！”

“跟我姓‘解’，名字也很好听啊！”

“你也这么觉得吧？”

如果一切都停在这里，其实，未尝不是最好的结局。

但是这个梦紧接着又开始分裂、破碎，最后定格于母亲惊恐而急于避嫌的表情。

她把他拉进隔间。

就在昨天，所以面容和表情都无比清晰。

他甚至清楚记得她那几乎是厉声警告的语气："不要再来找我了！"

"不要再来找我了！我不想知道你过得怎么样！"

"你奶奶给你过的日子还不够好吗？你已经选边站了，还来找我干什么？"

哪怕芳华已逝，她的模样依旧出挑，妆容精致，无往而不利的美貌让她无论在什么年纪，都总有出头日，只有他是她最大的累赘。

他烧得迷迷糊糊，分不清此刻究竟是梦里梦外。

放在枕下的手机却忽然响了。

他摸索着接起电话，来不及看联系人显示是谁，那头已响起无比耳熟的声音。

"小解，在哪儿呢？不会又在外头瞎晃吧？"

"在家……"

"你这声音怎么了？感冒啊，吃药了没？"

"还没起，等会儿吃。"

"行吧。"

老解笑了："反正我家崽子命硬，一点小感冒分分钟搞定。"

但说归说，电话却并没有就此挂断。相反，对面变得格外安静。

沉默了好一会儿，老解突然又小声说："儿子，祝你生日快乐。"

"爸爸给你订了生日蛋糕，这个点也该到了，"他笑，"很贵的，可得吃完啊！不过想想我儿子这就十八岁了，时间过得也真是快。爸要是可以，还挺想能陪你过的，毕竟也是一辈子只有一回，成年人了嘛——但是没有办法，这边情况比我们想象中要严重。"

"你注意安全。"

解凛却打断他："生日过不过无所谓，反正每年都有。"

老解道："你小子又嘴硬。"

"那不然呢？"

结果解凛索性反问："还跟你们撒泼？"

语毕，挂断电话。

只不过，想起那个或许该来的蛋糕，他却仍是扶着床，勉强站起身来。

拉开房门，解凛原以为自己看到的理应还是和往年一样冷清的场面：

偌大的房间空无一人，送来一个蛋糕，他就一个人吃。

然而这次，等他一步步踱出走廊，一路摁亮壁灯，才发现客厅的灯竟依然亮着。

迟雪正一如既往地在餐桌上写习题。

听见脚步声，她有些慢吞吞地抬头。

“你起来了，”她说，“我煮了一点白米粥，要喝吗？”

他沉默着不说话，扶住门框的手却忽然不自觉收紧，眉头紧蹙。

好半天，他又挤出一句：“你吃过了吗？”

“吃了，吃了，我吃过早饭来的。”迟雪说。

他这才点点头，心底某种奇怪的感觉稍霁，又想着其实也不意外：她一向是个负责任的人，也许是看到他这么凄惨的病人，也有恻隐之心罢了。

他转身准备去浴室洗漱。

然而，她突然又在身后叫住他：“解凛。”

紧接着，便是一阵急匆匆的脚步向他靠近。

等他回过身，入目第一眼，看到的并不是小老师永远乖乖巧巧垂在两颊边的黑辫子，不是她永远习惯性先低下头不让人看的脸，而是一张油墨尚新的贺卡。

贺卡上，卡通版的小老师手里拿着小喇叭，巨大的对话气泡框里，她写：“解凛，祝你生日快乐！年年有今日岁岁有今朝！永远快乐永远开心永远健康少生气多大笑……”

祝福太多，写得快装不完了。

画面一角，还画了个栩栩如生的、捂着耳朵不忍细听的他，有点像十回里偶尔会有一回，他狡辩某个题目正解，小老师嘴笨又不知道怎么抢话，最后突然大声说“听……听我说”的样子。

他突然忍俊不禁。

“不……不好看吗？”迟雪问。

她的脑袋从贺卡底下凑出来：“之前都没听说过你生日。刚才有人来送蛋糕——蛋糕我放在厨房里了，我才知道，你原来是今天生日，所以临时画的。”

“……”

“画得不好看吗？”

她对自己的画技不甚自信，当即又要收回重画，解凛却眼疾手快，抢在她之前，捻着那卡边角拿到了手里来。

“没有，画得挺好的。”他说，“小老师，谢谢你，我很喜欢。”

这已是他能说出口的、最温柔的感谢。

而他的小老师却浑然不觉，只抬起脸，想了半天，最后笨拙地接话说：“那就好啊。”

“解凛，祝你快乐。不只是生日快乐，要每一天都快乐。”

在这样不会再有第二次的十八岁。美好的十八岁。

希望你，能够拥有我不曾拥有的人生。

[9]

迟雪上大学的时候，临近毕业，有段时间其实压力奇大无比。

毕竟读医的嘛，十个里有八个内卷成痴，一个躺平，还有一个在某乎发“劝人学医，天打雷劈”。

恰好他们那一届又碰上规培政策改革落地，许多人的毕业计划因此被打乱。

从舍友到同门无一幸免，愁的事从上课到考证到实习，头发一把一把地掉。

那段时间，宿舍楼楼道里几乎每天都有人边背书边哭，或是打一两个小时电话和男友、家人诉苦。

迟雪却一向是个打落牙齿和血吞的个性，苦处从不往外说，每次电话里和迟大宇说了没两句，忽然鼻酸时，亦总是强忍住，不是说“爸生活费都收到了，不用那么多，我花不完”，就是说“我有课，下次再跟你说吧，这边都挺好的”，挂断电话之后，甚至眼也不眨，就又能背上包直奔实验室。

“拼命三娘”的美名就是那么得来的。

也因此，直到毕业前夕，她的成绩始终一骑绝尘。

好像连她自己都催眠住了自己，这样的生活是可以忍受的，也很难感知到痛苦。

直到有一天，偶然的机会，睡下铺的室友突然问她：“为什么总听见你半夜在哭？”

而她愣住，下意识地反问：“我吗？”

室友点点头。

大概是早有准备，又拿出了前一夜的录音。

音频里，传来断断续续的呜咽声，模糊的词与句。

迟雪的脸色越来越难看。

“话说，谢林是谁？”

而另个室友也跟着在旁边听了半天，忽然，又满脸八卦地凑上前问她：“你前男友吗？小雪你有前男友？什么时候的事？”

“……”

“小雪？”

“……”

迟雪肩膀被推了一下，怔怔抬头。

她的世界却仿佛在此刻被按下静音键。

只能看到鼓噪的唇舌，室友们各色神态的面孔，调侃或看热闹不嫌事大的表情，一点多余的声音都没有。

“……不是男朋友。”

而唯一的声音也只是来自于她自己，很轻很慢地回答，说：“一个从前的，普通的同学而已……不是男朋友。”

但也正是自那以后，她开始有意识地记录自己的梦。有时甚至起来的第一时间，就是打开手机备忘录，写下前一夜梦里的场景。

“3 月 10 日，梦见解凛。我们没有吵架，醒来很开心。”

“3 月 16 日，梦见解凛。我们在学校里叙旧，聊得不是很开心，他记恨我，说永远不会原谅我做的事……哭醒。”

“3 月 25 日，梦见解凛。他真的做了警察，但受了重伤，我给他做手术，他拒绝。最后手术失败……哭醒。”

“4 月 17 日，梦见解凛……哭醒。”

“5 月 5 日，梦见解凛。”

只有这个梦是最清晰的，甚至不需要记录。她清早起来，发现枕巾湿透。躲在床帘里，依旧止不住地小声痛哭。

而原因仅仅是因为梦见解凛。

只不过，不是曾经想象中盖世英雄一样的解凛，她梦里的他，是一个很普通的人，普通的上班族。朝九晚五努力工作，公交车通勤，甚至为了省钱不得不戒烟。看见她，他会要反应很久，才认出她的脸，然后拘谨地跟她握手，短暂叙旧一两句，最后告别。

他过上了曾经她最希望他能过上的生活。

很普通，很平凡，但是平安。

唯一也最大的缺点，仅仅是他不快乐。

于是，这张不快乐的脸，就在这个梦幻般平凡，且从不敢想象的梦里，忽然令她无法自制地号啕大哭起来。

可是，等她追上去，在人海里握住每一个人的手，每一个人回过头，却都是陌生的脸。

她说了无数句的对不起，但到最后，没有一个人用解凛的脸对她说没关系。或许是因为连她也打从心底里觉得，他是不会原谅她的。

一如他最后毕业时不留情面撕毁的同学录。

她写："解凛，祝你学业高升，前途似锦。"

而他只看一眼，便在旁人起哄的笑声里将那页一把撕去，甚至还不够。要揉皱了，再当着所有人的面扔进垃圾桶里，没有挽留也没有回头。

——他就是这样的人。

所以，哪怕同在北城念大学，四年来，她几乎在课余时间走遍了所有的大学城，也从来没有遇到过他。

哪怕她幻想过无数次重逢的场景，在枫叶红尽或大雪落满一地的夜，但是她一次也没能够见到他。一次也没有。

她从来只能够从别人的嘴里打听到他的消息，祈祷所有人都不知道这份隐秘的爱情。

直到这一天。

他们不再是阳台上或人群中遥遥一眼的偶遇，而滑稽地，因一根烟的时间搭上话。他忽然问她："我们是之前见过，还是，你认识我？"

那一句话响彻在无人的深夜。

她的两眼突然发涩，竟盛不住两汪泪水。

"也许吧。"

于是她也笑着说："小城市嘛，就这么大一点地方。说不定以前真见过呢？只是我大众脸，说不定你看过都不记得了。"

她说得如此举重若轻，匆忙起身、慌不择路，离开的背影却依旧狼狈。

甚至更好笑的是，等后来她回过味来，翻开手机想要制止自己曾经"愚蠢行为"的时候才发现，原来某软件上，好友申请的有效时限只有三天。

因此都不需要她"制止"。

三天前发送的那句"我是迟雪"，过了十二点，旁边多了三个灰色的提示字，显示"已过期"。

于是乎，她亦不得不承认。

过期，失约，不见。

这三个词，就如此阴魂不散地，追随完她这场横跨十年的盛大失恋。

生活却还是不得不继续。

这一天，迟雪的夜班，照例是熬到次日上午八点，和换班的同事打了招呼，这才换衣服拖着满身疲惫走出医院。

正犹豫要排队去买包子还是汤面，她放在包里的手机突地振动不止，打开一看，是个陌生来电。

只不过出于医生的职业习惯，她还是接起。

结果就在接起的同时，眼角余光一瞥，眉头紧皱——却又看见一个十足“危险”却熟悉的身影，手里提着绿豆粥站在医院门口，同样地将手机抵住右耳。

对方向她招招手。

“晚饭不能吃。”下一秒，手机音筒里便传来熟悉的声音，又问她说，“大忙人，吃早饭总行了吧？”

·第二章·再见初恋

[1]

清晨的医院，门口照旧人来人往。

叶南生就站在离迟雪几步远的地方，在蒸腾的薄雾与早餐的香气里，微笑着向她招手，一副“人尽可亲”的和善模样。

尤其他今天脱下西装，换了简单的风衣长裤，薄边的金丝眼镜架上鼻梁，与少时相比，内秀的气质倒越发昭然。

迟雪与他四目相对。

一个尴尬，一个坦然。

好死不死，此时却刚好有前后脚下班的同事路过。

同事见陌生帅哥提着早餐来找人，路过迟雪身边，打量两人的视线遂又带上几丝暧昧，甚至即刻便开始八卦。

“男朋友啊？”

“没有，以前同学。”

“高中同学？普通朋友？”

“嗯。”

“我怎么看他还怪眼熟的……”

话音刚落。

叶南生已挂断电话，走上前来。

同事小刘见状，也只得识相地收住后话，向迟雪挤眉弄眼地做了好一番表情，随即加快脚步径直从这对“小情侣”身边离开，独留下迟雪在原地避无可避，叹了口气，最后还是不大情愿地接过“老同学”递来的绿豆粥。

“谢谢。”她说。

两人就这样并肩往医院外头走。

外人看着倒是郎才女貌，天造地设一对。

但没走一会儿，她显然还是不大自在，又忍不住脚步稍缓，开口提醒旁边：“其实你要来，可以提前跟我说一声的。”

“猜到你会是这个反应了。”

“……”

叶南生说：“但我要是给你打电话，估计你就不会从正门出来了。”

连拆台都拆得这样不卑不亢。

迟雪被人说中心事，不由得神色微滞，绿豆粥的吸管戳了几下都落空，气氛陡然尴尬起来。

她索性装傻：“你说什么？”

“没什么。”

好在叶南生倒是不追究，一笑而过，只随手指了指不远处的大型商超，又问：“这边没有车位，所以把车停那边地下停车场了。老同学一场，难得见一面，要不我送你回去？”

先是偶遇，再是早餐，最后送你回家，像极了一环套一环的“拍拖战术”。

迟雪心底对他早有防备，只是苦于嘴拙，一下却也想不出来体面拒绝的理由。

等到反应过来，不知何时，她竟已随他走到地下停车场。

打眼一看，里头最显眼那辆蓝灰色宾利，很显然就是旁边这位新换的座驾。

果然。

“上车吧。”他先一步为她拉开车门，似乎还想顺手帮她系个安全带——

人稍一靠近，迟雪却瞬间反应过来，又忙抢过主动权，连声道：“我来、我来就好。”

叶南生便收回了手，看着她，却忽地淡淡一笑，说不上的意味深浅。

直至转背上了驾驶座，伸手调试导航，他才又故作不经意般问她：“你家还住在老街那附近吗？”

“啊……嗯。”迟雪点头，“不过那块路太绕了不好开。你送我到雁江桥，过了桥，我自己走回去就好。”

话落。

这漫长的一路就此开始。

而迟雪始终保持沉默。

一碗不过她手掌高的绿豆粥，喝了快半小时仍不见底，吸管头被咬得极扁——几乎无法吸上来粥，她仍不自觉地咬，以此逃避说话。

叶南生见状，也不怎么开口，只是开着开着车，视线不时便飘来。

她想也不想就扭头躲。

如此反复数次。

“迟雪。”

他突然说：“我觉得你对我好像有很多误解。”

“有吗？”

“你和解凛的事，我从头到尾没有和第四个人说过。”

“……”

没料到他会突然提起这件事，她的脸色忽变得难看，别过脸去看窗外：“我和他本来也没什么。”

“这样。”叶南生话里带笑，“所以，是我误会了？”

前视镜里。

他镜片下的眼似隐约还能窥得少年时轮廓：前端是圆的，过渡到后却显出狐狸似的狭长。扇形的双眼皮并不夸张，似只紧贴着上沿划出一道，抬眼时，在眼尾处有浑如天成的上挑。

他的故作端方中，或因此，总带着狡黠的明慧。

似已提前看破一切，看破却不说明。

迟雪默然抿唇，不说话。

车开到雁江桥下，一桥之隔，划出新旧两区的天堑。

她低头去解安全带，眼底余光，却忽见旁边伸出一只手，两指指尖捻着一张边沿泛黄的薄照片。

“给你。”叶南生说。

照片上，尚是少年的他伸手揽过她肩膀，向镜头比出剪刀手的模样。

迟雪却迟迟没有接，沉默半晌，只颇严肃地问他：“到底为什么突然找上我？”

“我说是缘分，你信吗？”

“……”

“迟雪。”他说，“不管你信不信，但有一点是真的——我希望你不要再和解凛有任何联系了。”

“这是我的事。”

“我不是在‘吃醋’，只是为了你的安全考虑。”

“什么意思？”

他没接话，只晃了晃手里那张薄薄的照片。

迟雪无法，只能先接到手里。

他仍不说话，她不得不又把照片翻到正面，勉强地、认真地看了看那张并不非常期待的“合影留念”。

太过于久远的回忆，于是此时又不可控地浮现在脑海里。

她想起复读班阴森沉寂的楼道，想起那个在二楼向她招手的少年。

后来偶尔他也会来找她——非常莫名地，偶尔是借笔记，偶尔是问问题。那时她也怀疑过，难道叶南生喜欢她吗？但很快，他便又和她新班级里最漂亮的那个女生走到一起，打破了她所有的疑虑。

只是后来不知怎的，关于她和叶南生的传言却骤然传开，指指点点的声音多起来。

她鼓起勇气去问流言的“始作俑者”，貌美的少女却只鄙夷地将她从上看到下，又从下看到上。

“迟雪。”她问，“就你这样的，拿什么跟我比？”

——“迟雪。”

而时隔七年，这一刻，她听见的，却是身旁的叶南生突然说：“这张照片我一直留着。”

今昔对比，此情此景，又何尝不是讽刺至极。

迟雪闻言，沉默着将那照片收进包里，想追问的答案，却从始至终只有一个——

“你刚才说的为了我的安全，”她看向叶南生，“指的什么？”

与此同时。

迟大宇独自拉开沉重的卷帘门。

家传三代的“诚业诊所”，一如既往在七点准时开门营业。

路过送小孩上学的街坊同他打招呼，他一概开朗地应和，眼角余光一瞥，正好又看见对面楼道下来的年轻小伙——正是前两天他带着水果上门打招呼那位，他当即主动迎上前，拍了拍对方的肩膀。

“小谢，这么早就起来了啊！”

名为“小谢”的青年循声转头。

只可惜一看那眉头微拧的表情，显然便是打眼没认出人来。

好在迟大宇也不介意，倒是又随和一笑：“是我啊，前两天才来敲过你的门，家里开诊所的。喏——”

他努努嘴，示意自家诊所招牌。

小谢，亦即解凛，闻言才反应过来，回给他一个淡淡点头示意。

“我去买早餐，”解凛随即指向右手边，“那边好像春卷味道很香。”

“哦哦！那是芳嫂的摊，生意可好。你赶紧去吧，不然排队难排。”

“好。”

“去吧去吧。”

迟大宇笑着摆手，一转头，已有街坊扶着腰慢吞吞踱过来，嘴里咕哝着：“七叔啊，给我看看我这腰……疼一整夜了！”

“好好，来，我扶着你啊。”

“还是七叔你人好，我跟你说，最近哪，有这么个事……”

“真的？不是说黄玉儿子对她挺好吗？”

“我干吗骗你，千真万确。”

这便又是诊所生活，全新且忙碌的一天开始了。

等到解凛买完早餐回来，诊所里已热闹非常。

他停下脚步，似乎若有所思，不过，亦只向那头略瞥一眼，又别开视线——背后追随已久的脚步声却反应不及，忽来了个明显的停顿。

等回过神来，解凛已率先一步走入不远处楼宇之间的小巷。

那人又急忙跟上。

一前一后。

一高一矮。

解凛的脚步并不算快，倒有些闲庭信步的轻松错觉。

只小巷幽深，一排有些年头的垃圾桶散发着恶臭，靠近居民楼那一侧，污水沿着楼宇的缝隙“滴滴答答”往下直坠，场面却实在不够美观，更不像是能够供人悠闲散步的地方。

解凛一手提着粥，一手拿着春卷，途中忍不住咬一口，然而似乎味道不佳。尝试几口后，他在原地停下，看着像是在犹豫要不要扔掉。

最终他决定要扔，塑料袋裹着春卷，沿着完美的抛物线入篓。

但紧接着的下一秒——

他倏然转身，一脚斜出，便正中欲扑上前的男人右颈。男人两眼大睁，顿时哀号出声，身体不受控制地向左翻倒，好不容易稳住身形，一个肘击已迎到面前，解凛面色森寒，扼住他脖颈，便几乎要将他整个人都提起来。

男人无法呼吸，扑打着手求救。

解凛稍一松开力气，对方已眼冒泪光，又劫后余生般奋力呼吸着。竟活生生啐出一颗带血的牙。

解凛却只居高临下，抱住双臂冷冷看他。

“是谁派你来的？”

“……”

男人不说话，颤颤巍巍抬头，似乎是认真端详了好一会儿眼前人，也更像是给了解凛一个观察自己的机会。

见久无回应，男人唇边复才咧开一个嘲讽的笑。

“谢哥……哦不是，现在该叫你解 sir，好久不见了。”

“谁派你来的？”

“谁会派人来找你，”男人闻言却反问，“大功臣，你心里不是很清楚吗？”

此话一出，解凛神色瞬变。

那男人竟快意地笑出声来，几乎上气不接下气，快要掉到地上的眼袋令他的整张脸向下耷拉，瘦到过分的手，五指指骨外突。他笑着捂住脸，笑声仍从指缝中向外满溢。

在空寂的小巷，这笑声显得格外诡异。

“解 sir，”他说，“哪有活着的英雄啊！难道你真的以为，你能够全身而退？”

“……”

“你要是聪明的话，就尽管像老鼠一样逃吧！不要被抓到。”

男人微微一笑：“否则，你的下场是什么样……我想，应该已经有好几个人给你做过示范了。”

[2]

而也是在这天夜里。

迟大宇正吃着饭，忽然有意无意向迟雪提起：“最近附近好像多了几个生面孔，”说着，顺手拿筷子指了指玻璃门外，又忍不住蹙眉抱怨，“不认识的，一天至少能看见四五个，也不知道老在附近晃悠干什么。”

“男的吗？”

“何止哦，男女老少都有。”迟大宇说，“有两次我正好出去扔垃圾碰到了，还一看我就跑。这不是做贼心虚？反正，我看就是不对劲！”

迟雪：“……”

与迟大宇的紧张兮兮不同，很显然，她听得心不在焉，脑子里依旧胡乱想着早晨的糟心事。

沉默片刻，她回过神来，亦只随口安慰：“会不会就是不认识路？听我同事说，市里最近想趁着什么‘网红热’，炒炒噱头重新开发这一片，应该会提前派人过来看位置。有些陌生人也很正常。”

“不可能！政府的人看见我跑什么？”迟大宇却依旧一脸笃定。说着，似乎是怕自家女儿不相信，又连说带比画地“表演”起来。

“那几个人哦，有个长得挺漂亮的、长头发的女的，昨晚上来过；还有两个老是搭伴来的男的，一个跛腿的老头子……还有一个穿校服的，不过天太黑，没看清楚长什么样，就个儿挺高的。”

“学生？”迟雪一愣，“那是不是可能谁家来的亲戚？齐婶、芳嫂她们也不认识？”

“都不认识。反正就是前几天开始，这几个人总是在这周边来回转，一天能路过咱们门口好几回。”

“有没有进来过？”

“没啊，”迟大宇说，“就是没有才奇怪嘛。怎么跟贼似的，在这儿踩点不是？”

一番长篇大论的解释下来，虽说在这块，有几个无所事事游荡的人总归不算太离奇，但联想起今早叶南生提起的种种，迟雪脸色骤然凝重，心里又似隐约猜到是怎么一回事。

她叮嘱父亲：“那最好注意一点，尤其是晚上。平时要是没病人的话，就早点关门。”

迟大宇点点头。

此事遂暂且放下。

无奈他一箩筐话总说不完，忙了一天，好不容易有个“父女聊天时间”，又想拉着女儿聊聊附近邻居的八卦。

结果刚说了两句，父女俩忽又默契地齐齐抬头，看向楼上——

一股类似烧煳的怪味飘了下来。

迟大宇嘴里咕哝着“糟了糟了”，急忙起身。

没多会儿，他便从楼上端了锅满当当的鸡汤下楼，香味倒是有，可惜是炖得时间太久，卖相瞧着着实减分。

迟雪在迟大宇写满期待的目光中浅试了一口。

“还不错吧？”

“还……行。”

虽然确实还能吃出来一点点煳味。

幸而迟雪一向不挑食，能吃就算好吃，倒是很快喝完了一小碗鸡汤。

不想，等她吃完了起身收碗，却见迟大宇又不知从哪儿拿出个小保温盒来，一声不吭，往里盛了丰盛的一碗。

迟雪问他：“这是干什么？”

结果迟大宇指了指对面楼，竟十分理所当然地回她：“有好东西，当然分点给新邻居吃啊。那孩子——你是没看见，估计是家里也没个做饭的，一个人住。早上大清早地去买春卷豆浆，那么高大一男孩，就买一个。怪不得那么瘦。”

迟大宇说话一向夸张：“他身上那T恤，穿着我感觉还能再塞下一人，都漏风了。多漂亮一孩子，高也高，就是太瘦了。”

迟雪：“……”

她一时竟不知是该先提醒人家已经二十有五不是“男孩”，还是该揭露亲爹，这么殷勤必定有鬼。

等回过神来，那保温盒却竟又不知怎的，直接传到了她手里。

“上次让你送水果就没去，”迟大宇理直气壮，“回来跟你说人小伙子怎样怎样的你也不信。这回爸来洗碗，你去送，没意见吧？”

迟雪默然，心想你这是要去送汤吗？明明是烂地里见着一个好萝卜，非要我去拔一下试试。

但真话终究不便说不出口，她只得心情复杂地接过这活。

然后她借着要上厕所的借口，又急急忙忙上了楼。

她重新描了眉毛，涂了口红，一个马尾拆了又扎，扎了又拆，来回得有四五遍才满意。

等迟大宇忍不住在楼下催，她才又装作不在意，换了早上的旧外套慢吞吞下楼。

“怎么不换个外套？”

果然，迟大宇一见她穿得朴素，瞬间一脸失望：“这颜色灰扑的，你这么白净，都给衬得黑了。之前不买过一白色的吗？”

“又不是去相亲。”

"但人家挺帅一小孩……"

"不是小孩，"迟雪听出自家老爸话里话外的恨铁不成钢之意，终于忍不住插嘴，"他都二十五了。"

就算因为瘦高所以看着年轻，但也不能说是小孩吧？

"那不是比你还小一岁多？"

结果不说还好，一说，迟大宇又算起账来，眼神瞬间一亮："但不对啊，小雪，你怎么知道人家多大的？"

"……"

"难道你对人家已经有意思了？偷偷背着老爸了解过？"

"没有的事！"

迟雪哪还敢再说话，赶紧提起保温盒，一溜烟跑了。

跑出门还听见迟大宇在背后喊她："等等，爸就问问，你别跑啊——"

"看路，过马路看路——"声音大到她跑上公寓楼二楼，还隐隐能听到"回声"。

而迟雪对自家诊所正对面这栋老公寓楼的记忆，其实仍停留在很小的时候。

那时她还是个开朗的小女孩，会经常和附近的小孩跑上跑下玩捉迷藏，互相串门也是常事。

偶尔相熟的邻居家里飘出饭香，便会互相送些个下酒菜或汤汤水水。他们这群小孩则成了负责跑腿的"专家"。有时能拿到个五毛一块的跑腿费，买两根麦芽糖，就跟路上捡了彩票似的，一个个乐得牙不见眼。

其中，就数她和黄阿姨家的那男孩，一个乖过头，一个最机灵，从来都是拿得最多的——她甚至还记得那男孩比她要小几岁，因脸上从小长雀斑，怎么涂药都不见光洁，因此附近都叫他作"麻仔"。

只可惜，后来她上了初中、高中，进入社会。小二十年过去，公寓楼越来越旧，邻居们一个个搬走，她亦变成一个很难快乐的大人，对少年时的玩伴，也早就陌生。

她循着记忆走到二楼，右拐尽头，理应便是属于"黄阿姨"的那一户——

"叮咚！"她伸手按下门铃。

屏住呼吸听，意外的是，里面却许久都静得没声音。

"……"

很快，便有了锲而不舍的第二下和第三下。

直到漫长的十五分钟过去。

在她按到第四遍门铃时——“哗啦”一声，陈旧的防盗门终于被拉开。

她没有敢抬头看他的脸，先闻到的，是熟悉的淡淡的皂角香气，而后是声音。

“有事吗？”他问她，声音却竟莫名有些沙哑。

迟雪怔怔抬头，瞧见他微蹙的眉峰、漠然而防备的眼神——右手甚至仍扶在门上，是时刻准备再关门的动作。

只一眼，原本心里反复排练了无数遍的所谓迟来的自我介绍，忽然就说不出口，咽回了肚子里。

“那……那个。”

她只能把保温盒当作挡脸道具般猛地提起，随即指了指对面楼下的“诚业诊所”。

结结巴巴解释一大堆，诸如自己父亲是诊所医生，看他一个人住所以邻里之间想多照顾，又说鸡汤营养好，瘦的人可以多喝一些云云。

完全忘了半天之前的凌晨夜里，她还在为他不记得自己而生气恼怒，宣称这是一场横跨十年的盛大失恋。

她努力地想要挽回一些自己的印象，想要稀释这种过分陌生的氛围。

“这个汤，”她说，“你拿回去试一试？我爸熬的汤，一般都还挺好喝的。”

“……”

“保温盒就不用管了！你，放门口或者顺路还到诊所都——”

话音未落。

“啊！你怎么搞的……”

房间里突然传来一道急促的女声。

解凛陡然色变。

迟雪脑子里也跟着“嗡”一声，根本没听清她后文说了些什么，脸上瞬间褪去血色。

一阵尴尬的沉默过后，解凛收回向后看的眼神，目光转而停留在她袖口，短暂地一落。

他忽然问她：“你住对面？”

迟雪怔怔不答。

他于是问了第二遍。

她却依旧只僵硬地把保温盒递出去，不知是太出神还是无法从震惊中回神。

等解凛接过，手里一轻，她才反应过来，抬头时下意识想笑——那笑却实在勉强得可笑。

“你，”她说，“喝完的话，保温盒放在，门口就好了。”

“你刚才说过了。”

“……”

“谢谢。”

他松开扶在防盗门上的手，似乎是想要邀请她进门喝茶的——但卧室里的人仿佛长了千里眼，又传来窸窸窣窣一阵不合时宜的声音。如此两相对比，再来“新客人”似乎更不妥当。

“我们在医院就见过吧，你是医生……小远很喜欢你，”他也只能作罢，扫了眼她身上穿着，转而不咸不淡地寒暄一句，“没想到这么巧。”

“嗯……嗯。”

“如果没事的话——”

她点头：“嗯、嗯……”眼泪快掉下来，只能一直低着脸，“嗯，我走了，保温盒……”

“我会送回诊所的。”

她说好，转身的时候便头也不回。

解凛看着她的背影，显出莫名其妙的表情。

身后卧室，手里捧着电脑打“扫雷”的长发女人却又再探出头来，喊他：“头儿，谁啊？还没走？”

旁边的少年也跟着起哄，手里抱着薯片，一边吃，薯片残渣掉满地。

解凛转身进来，放下鸡汤。

少年又瞬间循香而来，一揭开，发出夸张的“哇”声。

“头儿，谁给你送的爱心汤？”

他问：“我能不能喝啊？”

“又来了。”女人啐他，“你倒是什么都吃得下！这都煳了你闻不到？”

两人你一句我一句，就着丁大点问题吵得不可开交。

解凛：“再说就都滚。”

两人你看我我看你，各自在心里画圈圈诅咒对方，倒是都不说话了。

解凛遂低头喝汤。

[3]

次日一早。

迟雪算是被迟大宇如拆家一般的起床声吵醒的。

她做了一晚上噩梦，中途醒了少说有四五次。

正迷迷瞪瞪间，忽听得外头脚步匆匆、几次往返，木质的楼梯听着都快要被踏破。

一时不明就里，也不得不强撑着坐起，随手摸过床头柜上正充电的手机。

结果一看时间，才刚五点半，远不到诊所开门的时间。

但想到迟大宇鲜有这样慌乱失措的时候，又担心他情况，最终也还是开门去看。结果却正好和披了外套匆匆上楼来拿钱的迟大宇打了个照面。

“怎么了吗？”

她于是问：“爸，什么事这么着急？”

“你睡你的，你睡你的。”迟大宇却只一个劲地招呼她回房，翻箱倒柜，终于从压箱底的私房钱里凑出一摞百元大钞，又揣在兜里，急忙下了楼。

留下迟雪满头雾水。

瞌睡却终究被彻底吵醒。

等换了衣服出来，迟大宇早不见了人。她只得打开诊所侧边的小门向外张望：快要入冬，寒风卷着落叶满地打旋，薄雾中夹杂着汽车尾烟的尘土气。

四下无人，拼了命往远看，亦只隐隐窥见远去的出租车尾灯。

她叹了口气，正准备关门，眼角余光一扫，却竟又瞧见解凛衣衫单薄地踱下对面楼梯，在一层陈旧的信箱柜里取出什么——她没敢仔细看。

任由逃避心理作祟，只紧蹙着眉，在对方也注意到她之前，飞快关上了门。

陈旧的铁门发出“吱呀”一声。

解凛随即循声望来。

却已瞧不见人，唯那门上摇摇欲坠的倒“福”字，与空气欲说还休。

“听说了吗？又来一个闹的，在住院楼门口躺着死活不走。”

“这回又是什么事啊？”

“说是亲妈从三楼摔了，倒栽葱，孟医生给人做了开颅，他非说这手术是把他妈脑袋给整傻了，醒不来了，要医院赔钱负责。”

“啊？什么人啊这是……”

“可不是吗？听说到现在手术的钱都没给缴！当时考虑到情况急，还是插队给他妈做的手术，结果可好，现在不满意，光顾着闹事了。要我说这小孟医生也是倒霉！那麻脸看着就不是什么好人，这下是赖上了，几多人看热闹呢。”

上午十点多。

迟雪如往常般登记完查房情况，又被导师叫去教写医嘱，整理病历。

好不容易忙完，路过茶水间想泡杯咖啡，却阴错阳差听了次热闹墙角。

两个护士你一言我一语地八卦完，正好端着保温杯出门，四目相对，见她一脸惊讶地傻站着，倒却半点不尴尬。

年长的那个反而笑着调侃：“小迟听到了？这是还没主刀呢，当了医生就这情况，”说着拍拍她的肩膀，“真名气大了，这闹腾的事真是数也数不清，说不明白的。你现在看这些，就当积累经验了。”

迟雪只讷讷称是，然而回头边泡着咖啡，联想起今早迟大宇的“诡异”行径，又想起那护士阿姨嘴里一口一句的“麻子”“麻脸”——恍若某种无来由的证据串联。

她莫名不安，没多会儿，却还是借着吃午饭的时间，往住院部跑了一趟。

果然，远远便见着一个二十来岁的年轻人，瘦骨嶙峋、长手长脚，呈“大”字状横躺在住院部门口的柏油地上。

甭管旁边人群川流，他自岿然不动，时不时地，还要突然大喊一声：“孟万山庸医！”

“孟万山把我妈脑袋治坏了，赔钱！赔钱！”

“我妈死了我也不活了！”

“不给我说法我就去跳楼！我死在这门口！”

周围人的目光或好奇或鄙夷。

但大概是最初的热乎劲已过，闹了这么一早上，已没多少人愿意理他。

因此，任那青年怎么鬼喊鬼叫，众人都只当是听不到。

十几分钟喊下来，唯有迟雪走上前去。

“麻仔？”她蹲下身，手指推推他的肩。

她又小声问：“你这是怎么了？先起来再说，先起来。”

被叫作“麻仔”的青年却头也不抬，反倒瞬间勃然大怒，甩开她手便喊：“叫谁麻子呢！给老子滚远点！”

迟雪被他吓了一跳，脸瞬间通红，正要开口解释自己没有恶意，麻仔却又恶狠狠地侧过脸来瞪她。

她只得小声解释："那个，我是迟雪。家里开诊所的，我们以前是邻居啊。"又说，"我爸爸和黄阿姨也很熟。家里住得近，我们小时候，麻仔，我们还一起玩不是吗？你比我小，那时候还叫我小雪姐姐……"

一声"小雪姐姐"，仿佛打开记忆的闸门。

麻仔脸上神色几经变换，从凶狠到愕然，到不知所措，最后竟一个鲤鱼打挺坐起身来。

脸不晓得是被太阳晒的还是别的原因，一下比迟雪还红。

"迟雪？你是迟雪？"他问她。

刚才有多气势汹汹，这会儿看着就有多抬不起头。

迟雪忙说："我是啊，只是现在不戴眼镜了。"

他又飞快瞄了她一眼，点点头。

两人前后脚站起。

连旁边几次想来解围的保安，见状都一脸稀罕，眼睁睁看这无赖似的青年瞬间变作乖乖仔。

迟雪却没有多想，只想尽快把人领走。

当下她拉过麻仔脏兮兮的衣袖，很快，又带着在附近吃了一顿颇丰盛的中饭。

结果问了才知道，原来迟大宇早上已来过，还帮忙垫付了一部分的手术费，黄阿姨这才有个病房住。

而麻仔还不罢休，在这儿一个劲大闹。

一方面是其他的钱的确筹不够，另一方面——

迟雪看着对面欲言又止的表情，心里猜到他是想占医院便宜，当着自己的面却说不出口，也不好点破，只得给人碗里夹了一块鸡肉，又小声劝道："你有没有给阿姨买保险？医保有没有？总之，钱的事还可以再想办法，这么闹是没用的。何况阿姨的伤听着不轻，肯定还要再在医院观察一段时间。"

"嗯，嗯，这个我知道，小……"

"你叫我阿雪就好，"迟雪道，"反正也没差几岁。现在大了，还叫小雪姐姐，确实是有点难说出口。"

麻仔闻言，有些不好意思地笑了，和一小时前还撒泼打滚的无赖仿佛是两个人。

迟雪吃着饭，听他倾诉，了解到他现在失业，家里情况更是揭不开锅，原本还想匀些钱给他，但想到清早时迟大宇已拿走那一大摞钞票——自己家的情况同样也不宽裕，最后，亦只能从钱包里拿了小四五百元聊做安慰，结完账，便把人劝回了家去筹钱。

“谢谢你啊，谢谢你阿雪。”临走前，麻仔的情绪却仍有些激动。

原本他整个人一直缩在那又旧又脏的长袖外套底下，此时也伸出手来，不再揪着袖口遮掩，又尝试性地握住她的手:“那我、我会再想办法。你……方不方便给我留个电话？”

“好。”

迟雪不疑有他。

当下她叫来餐馆服务员，借来纸笔把号码写下。麻仔小心翼翼把那纸对折塞进外套内袋，又对她连连说了好几句感谢，这才扭头走了。

而迟雪只能心情复杂地目送他离开。

后来下班回家，难免和迟大宇提起这事。

她起初还以为父亲会对她表示赞同，不想前因后果说完，迟大宇却语气颇生硬地骂了她：“以后不要多管闲事！”

“什么叫多管闲事？”

她最近本就心烦，闻言也来了脾气：“爸你不还是听到人家出事就拿钱去帮？”

“我跟你黄阿姨那是……”

“是什么？邻居？老相识？”迟雪打断他，“但我和麻仔小时候也是一起长大的啊。总不能知道了他家里有事，还让他在医院里被人当笑话看吧？何况我也没做什么过分的事，给的钱也只是一点表示。”

“他那种人你表示个屁啊！”

“……”

迟雪一愣。

迟大宇话说出口，似乎也反应过来自己语气有点太过——两父女毕竟十几年没红过脸，他又哪里舍得凶自己的宝贝女儿？

一时也愧疚起来，他忙又给女儿碗里夹了几筷子肉。

“是爸说话太凶了，”他说，“但爸爸还不是怕你吃亏吗？之前，我们都以为你黄阿姨被儿子接过去是去享福了，结果这才几天，就从楼上摔下来。而且之前，就上个月，我还听黄玉提起过，说是儿子突然给她买了一大堆保险。”

“……”

“你别不信，这么一想不就说得通了吗？那不是人的东西，八成就是他把他妈推下来的！压根就没想他妈能好。什么闹医院闹保险公司的，为的就是钱，想钱想疯了，”迟大宇指了指自己手背，“而且你没看他那手吗？全是针孔！”

迟雪的脸色瞬间凝重下来。

果然。

下一秒，迟大宇神秘兮兮地压低声音，便又鄙夷道：“那臭小子，瘦成那样，还说不了几句话就打哆嗦。我在这附近好歹这么多年了，还能看不出来吗？也不知道哪里学的，竟然好的不学学坏的，学上了飞叶子！”

满手背的针孔。

不正常的神态。

精神恍惚、反复的兴奋失落，以及瘦骨嶙峋的体态。

确实一切都对上了。

迟雪怔怔停下筷子。

记忆里那个机灵又讨喜的小麻仔，和今天见到的没皮没脸的癞无赖，仿佛一瞬便分离开来——又怎么都彻底分不开。

而迟大宇仍在痛骂：“真的是造孽啊！清白人家出了个瘾君子，那何止是一个人毁了，是全家人都毁了！你黄阿姨的命得要多苦，才会……唉。”

这一声叹息的余韵，仿佛飘了极远。

远到有人推门而入，半面玻璃门进风，两父女还没反应过来。

电视的声音，亦全然遮盖过了那人淡淡的问候：“打扰了，保温盒放这边可以吗？”

凛冬将至，正是添置厚衣的时节。

他却仍是一身简单到不能再简单的白色T恤。没有花纹或图案，愈显出纤瘦利落的身形。然而说是瘦，又仍因身高而给人以无可避的压迫感。

迟雪眼角余光瞥到门口多了个人，下意识地侧头望去，就这样与他四目相对。

这次他的目光在她身上多停了几秒。

她“啊”一声，筷子却在这时好巧不巧掉到地上，只能狼狈地低头去捡，等好不容易捡起来，平复好心情，那厢，迟大宇已自来熟地和解凛寒暄起来，又热情地招呼他要不要留下一起吃饭。

“我女儿今天还下厨了！”老迟甚至面不改色心不跳地给她做宣传，“那盘子，呃，西红柿炒鸡蛋，就她炒的。刚出锅的时候可算色香味俱全——

现在是放久了，不过味道还是不错。要不试试？”

“不了，吃过了。”

“哦，这样。”

老迟遗憾地搭腔，却仍不气馁，很快又化灰心为勇气，继续追问：“你一般家里都吃什么啊？小谢，有人给你做饭吗？要是天天吃外卖什么的，那可不健康，不如常到我们家来搭个伙吃饭。”

解凛：“……”

迟雪满头黑线：“爸！”

心想你偶尔送送汤就算了，这是不是还要招上门女婿陪吃陪聊？

“小……谢，他有女朋友了，”当下她忍住酸溜溜的心情，努力轻松地替人补充，“你别让人家尴尬。”

她看向他，挤出一个比哭还难看的微笑，又道：“那个，小谢，我爸平时说话就很不着调，你别当真。”

你别当真。

我的殷勤、我的讨好、我的自找麻烦。

我的眼神、我的眼泪、我关于你的所有梦。

解凛，你一定都不要记得。

也不要当真。

解凛：“……”

迟大宇在旁边看看这个、看看那个，似乎也自觉是牵错红线，不由得露出懊恼的神情，又忙打起圆场：“原来是这样？有女朋友了？那都怪叔叔，叔叔这个，没想到啊，那你肯定也有人照顾，这……这就轮不到叔叔瞎操心了。小谢，你就当我刚才没说过，这个，实在是不好意思啊。你看我女儿都给闹尴尬了。”

何止是尴尬。

迟雪一边微笑一边想：完蛋。

怎么只是说几句真话，鼻子又开始发酸了？

她目送解凛出门。

原本心底还有的一点希望，此刻也彻底破碎。

好不容易调整心情回过神来，却见自家老父亲仍满脸愧疚，眼也不眨地盯着她看——大概是后悔自己的一时失言，让一向内向的宝贝女儿在别人面前丢脸。

这下碗也不要她洗了，什么活也不让她干，只跟请尊菩萨出门似的，连连招呼迟雪要不出门走走或者约个朋友出来玩。

迟雪说好，扭头就一个人出了门。当然，压根也没约什么朋友，只不过就沿着自家诊所门口那条大马路，漫无目的地往前走。

路人行色匆匆，天色昏暗。

街边的路灯把她的影子拉得寂寞而长。

她只是往前走，直到走着走着，忽然又莫名想哭，于是一低头，还没来得及安慰自己，眼泪就又往下掉，甚至她拿手背擦，擦了还是不停掉。

这么个狼狈至极的样子。

她站在原地半天，却突然反而自己笑出声来。

想起很多年前做“拼命三娘”，做旁人眼里不会哭的冷漠姑娘时，其实泪点极高。

可是又该怎么办？被人知道了，笑她也没办法。毕竟每个人心里，多多少少都会有不能碰的地方。

而解凛就是她心里那个不能碰的地方——

她笑着深呼吸，想继续往前走。

“……哎。”

突然间，却有人在身后叫住她。

迟雪认出那个声音，只一瞬间，脚步已下意识顿住。但她也只是僵硬地站着，没有回头。

原以为对方只是随口一声。叫她，或者叫路边的野猫小狗也没有区别。

然而脚步声逐渐靠近，那个人真的走近。

离她甚至只有半步或一步远。

“……”

她不说话，手指倔强地紧攥着，唯有呼吸声是无可控的从心，突然便乱了节奏。

仿佛还是许多年前。

也是这样的夜，也是如此长街，同样的两人。

她一个人闷头往前走，倔强着不愿回头。走了没多远，身后却有匆匆的脚步跟上，而后，那少年温度异常发烫的手指，郑重地握住她的右手。

她被吓到，脚步一顿，有些怔怔地侧头看他，而他脸上潮红一片——那病态的红令他不似往日冷清，反而染上朦胧的烟火气。

就这样四目相对，许久又许久。

她闻到他的身上熟悉的皂角香，问他是不是生病，是不是哪里不舒服，他却不说话，只伸出手，轻轻碰了碰她的脸颊。

“小老师，”他说，“我会记住你的脸。”

[4]

然而于那年十九岁的迟雪而言，却其实很难分辨，这究竟是郑重其事的告白，又或只是高烧病人的一通胡言而已。

因说完这句话，他的脑袋便软软垂倒在她颈窝，额头贴近她的脸，那滚烫的温度吓得她脸色一变，匆忙扶正他的身体，他却只是无知无觉，紧闭着眼睛。

大雪纷落，他们两人的头发上、袄面上都尽是白雪。场面犹如有情人雪中告别，不少路人纷纷侧目。

她却来不及羞怯或避让，只因怕他跌倒，手足无措而又努力地将他抱紧，之后半拖半拽，又硬是生生地将这远高过她一大截的高个儿送回了家。

那天又正好是正月十五，高三寒假的最后倒计时。

瑞雪兆丰年，又逢好时节，本该是个十足的喜庆日子。

可解凛却无来由地失踪了一天。

她联系不上他，又想起昨天开始他的情绪似乎就不对劲，到底放心不下，只能无头苍蝇般出去到处找。

从学校找到常去的公园，又从公园问到附近的网吧和小店。最后，是在小区附近一家家地问，一户户店家去找，找到傍晚快入夜，才在一个破公园的电话亭旁边，找到了沉默地坐在一旁的解凛。

他们因他的“失联”而大吵一架。

但到最后，仍然是她把他带回家，把人搬上床，盖好被子。

她侧耳听他梦呓，却又听到极脆弱的喃喃，说着愿意认错和不要走的破碎字句。

可是她依旧什么都做不了，连安慰也不知从何说起，只能默默抽出被他攥住的手，转背去厨房，将一碗元宵热了又热，等他醒来。最后甚至等到夜里快十点。

她正纠结要怎样打电话给迟大宇保平安，顺便找到借口在外头过夜。

此时，一直放在客厅里的座机却先一步响起。

电话声如催命的铃。

她不好接，又不能不接，怕铃声再这么下去把卧室里的解凛吵醒。

于是，在电话响起第三遍时，终于还是小心翼翼拿起话筒。

结果还没来得及说话，对面的女声已在惊怒中抢过话茬："解凛！是真的吗？解军真的死了？"

"为什么一直不接电话……你不可能不知道！他拿你当亲儿子，他宁可什么都告诉你也不跟我说……你……他，"女人突然哽咽，足顿了许久，才努力平缓呼吸，又以几乎是训斥的语气愤怒质问，"你现在就给我说清楚！解军他是不是真的死了？为什么我到现在才知道？为什么你不告诉我？！我和他从小一起长大……我们青梅竹马，又是夫妻……为什么所有人都瞒着我？"

"他们那些人，他们跟我说解军，说解军死得很惨，眼珠子被……还有手脚都……说遗骨会有人处理，要按照解军的遗愿埋在当地，他们只是通知我。我问他们，他们说身后事都不要我插手，可是那是……是我老公啊。"

迟雪一怔。

女人却似乎对电话这头的沉默习以为常，又在习以为常后出离愤怒。

迟雪听到话筒里传来东西摔碎的噪声，继而是女人的尖叫与哀声哭泣。

到最后，却只有语无伦次的哭诉，一遍又一遍，不厌其烦地伴着哭声从话筒那头传来："我早就说过了，让他不要多管闲事，是他非要一股脑扑上去，他不听我的劝。现在好了！"

"别人都说我克夫，可究竟是我克他们，还是我的命不好？！他以为他是个什么人物？他逞什么英雄？还有你……"

女人痛骂道："野种！畜生！就是你！是你！你克死你的亲爸，又把解军也克死了！是你，你从来不愿意站在我这边，还把我身边的人全都克死了，如果不是生了你，我的命怎么会这么苦？！我就该在你爸嗑疯了跳楼摔死的时候也跟着他一起跳下去，这样就不会有之后的事，就不会——"

"够了。"

话筒里突然传来熟悉的声音。

迟雪悚然一惊，忽然才反应过来，客厅和卧室的两部座机话筒，声音实是共通的，又下意识捂住自己这边的话筒。

但偷听的"罪名"当然已经坐实。

听到电话转瞬被挂断，卧室里传来清晰的脚步声，她几乎是瞬间站起身来。

等他缓缓穿过走廊，摁亮一排壁灯，照得客厅犹如白昼。

她望着解凛，竟又一下忘了要说什么，只是讷讷不言。许久，她问他，要不要吃点元宵。

黑芝麻的团子滚入沸水，熟透后漂浮起来，捞起放凉。

过程中，她又悄然把旧的那碗热了热，不舍得浪费，想着他吃新的，她随便试两口旧的就好。

结果两只碗刚放上餐桌，他又忽然伸手，试了试碗边各自的温度后，把自己面前的碗换到了她跟前。

“吃吧。”他说，惨白的脸上带着木然的神情。

那点浅褐色的小痣似也因此失了生机，枯萎在一瞬之间。

而他像是没有胃口却强逼着自己往下吃的样子，几乎是飞速，很快将一整碗元宵解决。

迟雪看在眼里，忍不住问要不要再煮一点，或者自己的再分给他一些，便见他忽又伏倒在餐桌上，额头抵住手臂，从她的角度看去，只望见后颈绷出的、颤抖的经络。

“解凛？”

她被他吓到，当下起身绕到餐桌另一侧，也顾不上矜持或本该有的拘涩，便伸手，几乎强硬地掰过他的脸，去探他额头的温度。果然滚烫。

窗外大雪纷飞，室内，她的心也如坠冰窖。

仿佛此刻便是他的厄运季节。

感冒发烧、噩耗打击，一切都积压在一起。

“解凛，”她亦只能小心翼翼地又轻握了握他的手臂，问他，“你不舒服是吗？我们去医院好不好？”

“……”

“去挂个水就好了。”

她说：“我陪你去。真的，大医院很快的，挂个水，很快就不那么难受了。你换个衣服，然后我再——”

话音未落。

她忽然“啊”的一声，不知是吃痛还是震惊，等反应过来，却见解凛抬起头，一双通红的眼睛直盯着她，右手紧扣住她手，攥得很紧。

她的手掌竟因此而不受控制微微颤抖。

“你都听到了。”他说。

迟雪呼吸一滞。

当即想要解释自己只是不想把他吵醒，但话说出口，结结巴巴说了一大段，才后知后觉这理由实在苍白——她在第一句就听出不对劲，本是可以挂断或打断对方的。但她没有。

说好奇也好，说迟钝也罢，那一刻，她的的确确有着窥探他不为人知一面的欲望。她想要知道在他身上发生了什么。

“我……”

于是骤然词穷。

“……对不起。”

于是，怔怔看向自己被松开的手。

解凛说：“小老师，你想知道什么，问我不就好了吗？”

他说话时，分明是极轻松的语气，脸上却一点笑容都没有。

迟雪傻站在原地，无言以对，又听见他话音淡淡：“是想知道我是谁家的野种，还是想知道我妈为什么不把我当人？”

“……”

“或者，你想对我这个克死亲爸又克死养父的天煞孤星，表示一下你一如既往的怜悯？”

“解凛，我不是……”

“不是什么，不是偷听？”

他却根本不需要她的解释，甚至说到最后笑了：“是不是你也以为什么事都可以靠装傻蒙混过关？我不说就当没发生，对不对？迟雪，你也是这么想的。”

她的眼泪几乎都要被逼问下来。

又如何看懂那一刻他眼里的绝望，好似一种破罐破摔的疯狂。

只能反复一而再地解释，从今天等他找他，解释到为什么要接电话。

她道歉，自己今天或许不该来。最后又一再地表示其实自己并没有听明白电话里在说什么，她也完全不好奇、不会再追问——可解凛依旧不变。从始至终，只是漠然又冷静地看着她。

“回家吧。”最后他说，眼圈是红的，可脸色是始终不改的冷漠。

那一刻的目光，似乎与看陌生人，看校园里那些争相追逐他的人，那些他不愿理睬的人没有区别。

一切都回到了原点。

“好。”于是她也说，却没有接他递来的所谓“打车钱”。

只是在决定放弃的那一刻转身就走，任眼泪如断线般，刹那间滚落两行，她也依旧擦都不擦，便手忙脚乱地收拾好东西，飞快换了鞋出门。

一路跑到小区门口，还被保安拦住，担心是哪家的孩子大半夜不睡觉离家出走。

她只能抽噎着解释自己是回家——结果刚解释到一半，忽见保安瞪大了眼。她回头一看，身后，解凛已追上来，又一言不发拉起她就走——但她就是不走。

说来也是好笑。她很少发脾气，一向也都好声好气，这次却是真的恼了，眼泪不停往下掉，说什么都不肯跟他走。

迟雪犯起犟脾气，到最后，甚至死活掰住保安亭的窗户边，不管保安问什么，解凛向保安解释什么，她总倔强地一言不发，就眼镜底下圆溜溜红彤彤一双眼瞪着他。

结果越瞪眼泪就流得越快，水龙头似的往下流。

最后那架势，连保安都被吓住，险些便报了警——至于为什么没报。事后再看，似乎还得多亏旁边来了个“解围”的：

彼时两人都吵在最气头上，保安也是一头雾水，倒没注意不知何时这“闹剧”中多出来个人。

那人优哉游哉两手插兜。

从夜色下的阴影中，走到保安亭那亮光底下，又饶有兴致地、左右打量了两人片刻。

“迟雪？”最后才话里带笑地开口，“大过节的，你怎么跑这儿来了？”

她和解凛闻言，都是一愣，循声侧头去看，便见叶南生一副忍俊不禁的样子，满脸打趣地望向两人，略一顿，又笑着冲迟雪招招手，问她：“谁惹你了？哭成这样。”

迟雪：“……”

解凛：“……”

两人一个松开窗户边，一个松开拽人的手，默契地装作无事发生。

好在叶南生也不怕冷场，又扭头向保安解释两人都是同学，估计是小打小闹，一点小矛盾而已。这段不和谐插曲这才完美蒙混过关。

迟雪转身便走，解凛忽回头瞪了叶南生一眼，亦跟出去。

她一个人闷头向前，听到身后不远不近的脚步，顿时又气又好笑，气的是他怎么可以刚吵完架就当作什么都没发生过。

好笑的是这种场面总恍惚让人觉得是小孩子斗气——可明明就不是。

于是越想越委屈，越想越生气，故意走得更快，到最后几乎小跑起来。

可他毕竟人高腿长，追上她也一点不费力。

只是故意的，仍永远落后她一步两步。就这样不远不近地跟着。

这条路似乎前所未有的长。

她甚至忍不住想，不知道此刻在他眼里，看到的她会是什么样的：是斗气的，是莽撞的，是绝情的还是傻气的。但她担保绝没有一丝的快意。

她只觉得委屈而已，心里却转念又想，如果他追上来……如果他主动跟她说一句话，甚至不用是道歉，随便的话都好，今天的事，干脆就当没发生过好了。

她还是会说："解凛，今天的事我也有错。"

说："以后我不会再乱偷听关于你的事，只从你这里知道你想告诉我的。"

说："明天的作业是第四十五到四十七页的练习册，我会检查的。"

腹稿打了一箩筐。

但一直到她坐上公交车，到她终于下决心，趴在后车窗回头一看，正好看到他的背影消失在不远处的拐角，那一晚，该说的话，想要说的话，亦始终都没有机会说出口。

——甚至于，迟雪真正得知解凛的身世。

知道他不堪的过去，也并不是因为这一夜的电话。

而是来自另一个少年。

他在目睹那次争吵的三天后，也是高三下学期开学的第一天找到她，话音轻快而带笑："其实你想了解解凛的话，早问我就好了啊，我还算很熟悉他吧。"

那是她做过最错误也最无可回头的决定。

在叶南生找到她的那一天，她从他口中，得知了一切的"真相"。

为什么没有父母看管。

为什么独自住着大房子且独来独往。

为什么母亲视他如累赘，以"孽种"的肮脏词句来称呼他。

"好几年前，嗯……我不记得了，大概七八年前吧，"叶南生说，"那时候我叔叔还没有死，不过我们也知道，像他那样的人，离死差不远了——毕竟他有钱也不学好。自甘堕落去吸毒，就算不死，也是要被警察抓的。"

"不过其实抓也无所谓了，这种人本来就是社会祸害，关键是，那次是解凛去举报的——他爸当时已经嗑疯了，怕被抓所以趴在露台上，结果一脚踏空，直接从五楼摔下来，脑袋着地，当场死亡。这还不止……"

大概是有许多次都把这故事当作笑话讲出来听。

叶南生说到这里，亦有些忍俊不禁了。

“但最搞笑的是什么你知道吗？是他妈后面竟然和一个缉毒警察在一起了，一个富太太死活要嫁给人家，倒贴也嫁，还哄着解凛来讨好我奶奶。家里人要他站边，他妈哄着他认祖归宗，要分我叔叔那几个亿的财产。结果你知道，要继承财产，最后我奶奶给他三个条件是什么？”

“第一，永远不许他改回姓叶。”

“第二，永远不许他亲妈分走遗产里的一块钱。”

“第三，我奶奶说，像他这样狼心狗肺的、害死亲爹的杂种，这辈子活该孤独终老，无依无靠，这是他的报应——所以，要他给每个叶家人跪下磕三个响头才肯走。”

那日大雨瓢泼。

叶家人群情激愤，他的母亲面露惊恐。

而叶家奶奶看似亲密的姿态，却真正犹如桎梏，压弯了他的脊梁，亦将他活生生按下去，按到地上。

他的额头碰着地板。

“咚。”

“连亲爹都能害，这孩子真的黑心啊……”

“不要给我磕头，我受不起你这大礼！滚！滚！”

“咚。”

“老太太到底怎么想的？这样就把钱给他了？”

“说起来他妈也不是个东西，果然生出来个不要脸的孽种……”

“咚。”

他的脊梁仿佛在那一刻被彻底压弯，是山一般的坍塌，再抬不起来。

他跪在那里，迟迟无法起身，迎接他的却依旧只有铺天盖地的嘲弄与诋毁。

他亦不会知道。

许多年后，即使在故意将这段经历说得可笑的人眼中，也会有人因他的故事，骤然泪流满面。

同样是无可抑制的泪流。

[5]

潘多拉的魔盒在那一刻被彻底打开。

后来回想起来，似也正是从那一刻起。

关于解凛的种种，令她于无望中多了新的希望与奢望。她是如此恳切地期盼过，他能够从此远离危险和不幸的命运，愿他能够过上平静而美满的人生。

希望他能够得到梦寐以求却缺失的爱与珍重。

却从没想到，正是因此阴错阳差。

她最终亲手将他推向了更加难堪的选择，并不得不走向了两人关系的彻底决裂。

乃至于，不得不在沉默中告别青春。

乃至于，所有的承诺和祝福，最后都变成垃圾桶里被揉皱的纸，不见天日的同学录某页——而那一页上她曾写，“解凛，祝你学业高升，前途似锦。”

其实是。

解凛，如果再见不到你，祝你学业高升，前途似锦。

那句“如果再见不到你”，被她划去，涂成一个可笑的墨团。

而那句“不要失约”的回复。

等她再看到，中间已隔了遥远而陌生的七年。

时间回到高三下学期。

在迟雪的记忆里，那本是段平静如死水无波，却也同样忙碌的时光。

尽管彼时的她已因为叶南生和班花的绯闻而惨遭波及，时不时要被人拿来开涮。“蜗牛女”“四眼妹”的外号不知何时传遍了班里班外。

但好在她的性格如此。

总归是“你说你的，我做我的”，倒也仍能和高三做不完的试卷，写不完的错题集，以及无穷无尽的考试和谐相处，尽可能地不受影响。没有朋友这件事，并不会让她失落，反而到后来习以为常。

甚至于，逐渐习惯于麻木的做题生涯，她还斩获了一个接一个的考试榜首。

她的名字几乎写在了每一次考试、每一个红榜的榜头。

连叶南生偶尔来向她借笔记，还不忘调侃，说是也要向她借一借“状元运”。又问是不是有她帮忙，成绩就会扶摇直上——比如某某。

迟雪沉默不答。

“什么某某？某某是谁啊？”反倒是一旁的方雅薇按捺不住，忽然开口接茬。

然而左看右看，当事者双方谁也不接着往下说话。

一时只觉气氛诡异，又被斜后方班花的视线看得如坐针毡，她忙又指向自己，干笑道："不会是在说我吧？哈哈，不过我确实也是进步了，进步了哈。"

话音刚落。

恰巧晚自习铃声敲过第一遍。

解凛如旧打完篮球，又被一群男生簇拥着回班，笑闹间，有人提起快到的二模考试。远远听着，话语中亦不乏老生常谈，羡慕解凛那如坐了火箭，自返校后便开始逐步攀升的成绩。

一群人遂旁敲侧击问他"心得体会"。

"解哥，传授传授经验啊。救命关头了都，没几天高考了。"

"我也想体验一下坐火箭的感觉……"

"就是啊，上学期我记得解哥还跟我们一起在五楼考呢。上次一模直接到二楼了。进步了六百多名啊我的天。"

你一言我一语，旁边的讨论眨眼已趋热火朝天。

解凛却照旧只手里晃着篮球玩，头也不抬，懒洋洋的样子。

倒是身旁那一群青春期无处发散荷尔蒙的少年，见没人接梗捧场，话题逐渐遂又转向某种不可描述的方向。

"难道家里藏了个仙鹤姑娘？嘿嘿嘿。"

"放屁吧，帮忙洗衣服做饭那啥的仙鹤老婆就有，帮教学习的还没听说过。"

"你懂什么？这叫新时代仙鹤——"

"听起来挺不错。"

叶南生忽然失笑，不等一众少年反应过来，又在旁笑着接了一句："话说解哥，真有这种仙鹤姑娘的话，什么时候方便，也介绍一下给我这个高四的啊？"

此话一出，一群男生都扭过头来看他。

——眼神自然不大善意。

毕竟是高中生，班群集体意识很强。

小群体之间的笑闹可以不当真，但一旦有陌生人介入，便有种类乎侵犯隐私的不适感。有冲动些的，差点马上就要开口呛声。

旁边却有人及时认出"挑事"者是谁，立刻把人拦住。

“别惹他，”那人小声向同伴耳语，“那可是叶南生。”

“什么叶南生叶北生的……看他就不爽，笑嘻嘻的给谁看啊。”

“你管他笑不笑，人家姓叶的啊。”男孩一脸无语，“他家里搞房地产可有钱，校领导都得卖他面子，去年还给学校捐了两栋楼。”

“嘁，那之前贴吧里说的土豪就是他？”

“可不是嘛。而且听说他爷爷以前还是——”

还是什么？

一颗篮球砸在地上，又因惯性弹回解凛手中。

钝声的闷响打断了两人谈话，下意识循声看去，却见解凛已然独自走在前头，既不搭理旁边人，也不搭理叶南生，就这样进了班级大门。

剩下几人面面相觑。

而叶南生面上的笑容亦淡淡隐去，只低头又望向始终一言不发的迟雪。

“仙鹤姑娘的故事果然不可信，”他轻声说，“我还是比较相信看得到摸得着的东西。”

迟雪闻言，低头攥紧手中铅笔。

如果有人细心观察，其实会发现，她和解凛的做题习惯至今都是一样的。包括折角、标记、写错题的顺序，甚至隐隐被改变的坐姿。

哪怕他们坐在教室对角线的位置，一个靠窗角落，一个进门前排，在沉默中，却依旧是用同样的态度和姿态来面对这个世界。

是以她只说了一句：“笔记用完了，麻烦还给我。”便继续翻动手肘下压着的习题册，埋头于题海之中。

沉默而压抑的时光，一直持续到二模结束后的当周周六。

年级组开会后，通知召开高三下学期的最后一次家长会。

这次迟雪仍不负众望考了个年级第一。

每次开家长会，别的家长都难免惴惴不安，唯恐被通知家里孩子成绩下滑或一本无望，唯有迟大宇永远满心期待，甚至一大清早，便起来换了套郑重其事的西装，见迟雪一副打不起精神的困倦样，还难得严肃地“提点”了她一番。

两人吃完早饭，一齐赶到学校时，才不过早晨八点。

家长会原本预定九点召开，只开两个小时，之后家长离开，学生便如旧上课。

彼时负责布置教室和打扫的小组却还没开始准备，教室里仍杂乱堆着书箱，桌面上亦大多都被山般的立书架覆盖得严严实实。

其中，又尤数迟雪的桌子最为拥挤。

迟大宇一时也没地方坐，索性笑呵呵接了某个好心同学递来的塑料茶杯，端了满满一杯茶，便跑去老师办公室“唠嗑”兼陪聊。

迟雪花了好半天收拾完桌子，还没见他过来，正准备去叫，眼角余光一瞥，忽见教室门口不知何时多了个“鬼鬼祟祟”的身影。

——但说人“鬼祟”似也不恰当。

因为对方虽大夏天把自己裹得严严实实，不露半点肌肤，但看身形仍然十足窈窕；虽戴着口罩，下半张脸看不着，但光凭那遮不住的瓜子脸脸型，披散到腰间的大波浪长发，兼之一双漂亮出挑的眼睛——天成的双眼皮和分外浓密的长睫毛，扑扇扑扇，极为好看。也不难想象，口罩下的脸多半是个叫人挪不开眼的大美人。

稍一走近，便又闻到她身上传来淡淡的橘香，不刺鼻，却清爽宜人。

“小同学。”

两人擦肩而过时，那女人忽然叫住她。

迟雪一愣，疑惑地看向对方。

不料下一秒手腕却被人轻轻握住，女人以近乎耳语的微弱声线，复又小声询问她说：“可不可以过来一下？那个，有点事想要问问你。”

“……”

“我是你们班上同学的家长。”

女人也不说是谁的家长，用词含混不清。

然而，或许是同性之间天生亲近的本性使然，实在很难拒绝一个美丽而透着优雅馨香的美好形象。迟雪虽迟疑，到底还是亦步亦趋跟在女人身后出去。

两人很快到了楼梯间一处隐蔽的拐角。

而女人仍不取下口罩，扭捏片刻，只又小声问她：“你们班上，解凛，他平时表现怎么样？”

“啊？”

迟雪没料到她问的会是解凛，一时愣在原地。

女人却似乎对迟雪的态度毫不意外，反倒显出羞愧逃避的眼神来。

“他有没有欺负别人，或者跟人打架之类的，老师评价怎么样？”唯恐自己被人发现，说着说着，女人又越发压低声音，“他是看起来就挺凶的，脾气也不怎么好，但是，在学校里有老师管，应该不至于到处惹事吧？

没惹过什么大事吧？”

“他挺好的。”迟雪忙回答，却忽然意识过来不对劲，转而发问，“不过阿姨，你是解凛的……”

“呃，其实也不是很熟、不是很熟。是他妈妈的朋友。”

女人心虚地提了提口罩：“他妈妈说是比较忙，没时间过来，所以就让我来帮忙，我那个，来代开一下家长会。”

只不过这结结巴巴的语气，磕绊的说辞，却又实在很难说服一个智商正常的成年人。

迟雪：“……”

其实聊到这里，她倒是已大致猜出来了对方的身份。

那声音亦隐隐与昔日电话里的尖叫和痛骂声重合。

只是面对解凛母亲的突然造访，她一时也摸不清对方的来意，更不清楚解凛的态度，只能暂时保持体面的沉默。

“呵呵，呵呵，工作忙嘛，也挺正常的。”

反倒是那女人说完自己都觉得蹩脚的借口，又忽然尴尬地笑出声来，怕她不信或许也是怕她多嘴，又忙此地无银三百两地追问：“不过话说解凛，他之前有没有提起过他家里的事啊？他家里，比如爸爸妈妈什么的，他有跟你们这些小……同学说过吗？”

“没有。”

女人松了口气，大眼睛滴溜溜转一圈，眼见得附近已有三三两两的家长上楼，又赶忙拉住转身想走的迟雪，连声道：“别急着走，别急着走。”

她伸手指了指教室外头的红榜：“我刚看了半天，你应该是你们班上成绩最好的了吧？那个，小迟，对吧？麻烦你再跟阿姨说说，那解凛的成绩，他能考个什么学校啊？能至少考个一本吗？”

迟雪说：“差不多。”

这倒不是敷衍人的谎话。

毕竟解凛的进步，这一学期来也算有目共睹，只要能够稳住现在的成绩，在语文英语这两门上再下点功夫，他想考个不错的一本应该不成问题。

女人闻言，有一瞬的愣怔，反应过来，却是难得满意地点了点头，嘴里小声咕哝着“看来南生这孩子倒没骗我”，下意识地，又冲迟雪弯弯眼睛，温柔一笑。两人间的谈话气氛亦因此松弛不少。

有那么一瞬间，迟雪甚至恍惚觉得，那天打来电话的女人，和面前关心着解凛的女人都不像是同一个人。

或许解凛心里那个“从不把他当人看”的妈妈，在心底里，也会有一处柔软的地方属于他，也会以母亲的温柔偷偷关心着他。

“他其实最近真的很努力，进步也是真的很大，”于是，她亦终于忍不住为他说话，“阿姨，他也没有在学校里惹事，脾气也不差——他没有你想得那么坏，而且一直都有自己的目标，一直向着这个目标拼命努力。”

“不出意外的话，按照去年的起分线，他甚至真的有可能考到北城公安大学。那是最好的警校，每年我们学校过线的人都只有……”

“什么？！”

话音未落。

迟雪还在努力为解凛“挽救形象”，却见女人的表情陡变，几乎是语无伦次地追问：“北城公安？警校？他考警校？”

“不是，那也是一本。阿姨，而且那是全国最顶尖的——”

“他已经填了志愿了？”女人却完全乱了节奏，根本想也不想就又打断她，“谁跟你说的？他亲口说的？”

“……”

“真是有病他！我真要给他搞疯了，他生下来是专门来讨债的吗？”

如此激烈非常的口吻，已足够让迟雪意识到自己说错话，但震惊之余，挽回和收回前文却都来不及，说得再多，甚至撒谎说自己是道听途说，也比不上错口说出的客观事实来得“震撼”。

甚至于那天的家长会，那位自称解凛“妈妈朋友”的女人，最终亦选择仓皇离开，没有出席。

迟雪根本拦不住她。

隐隐感到自己做了极大的错事，却也不得不惴惴不安地回到班上。

家长会已经开始，临近高考，气氛尤其紧张，就连班上此前几个格外不管事的家长，这次都抽空前来。

教室里坐得满满当当，唯有解凛的位置是空的。

他的家长和之前的每一次一样，没有来，连解凛本人当天也没有再出现。

老师一时联系不上他，只能喊人到处去找，最后甚至因此惊动了年级组。

等联系上家长，当夜把解凛强行带回学校，解凛又因此事，被迫写了他高中三年的最后一篇检讨。

那天一整天都下着大雨。

夏季的暴雨连绵，空气闷热而潮湿。

迟雪心神不宁，辗转反侧到半夜，最后索性起床，在宿舍阳台上打起手电筒，借着微弱的灯光背书。

雨声敲打着窗沿，落在阳台整一排的不锈钢铁桶里，起初，倒当真如“大珠小珠落玉盘”的清脆乐声。到后来却越下越大，失了节奏，如群魔乱舞。

她被吵得不得安宁，莫名地，又想起早晨解凛的那篇检讨，想起他头一次念着检讨，竟从未抬头，只是木然望着白纸黑字，一字一顿念出口的模样。

好像有什么东西变了。

她想。

高一时候的解凛，哪怕在课间操时被催上去读检讨，一板一眼，检讨不该和保安打架，不该影响学校基本治安违规养猫。也会“趁校领导不备”，陡然杀个回马枪，说着什么“我下次还敢”。

任台下哄笑声一片。

他也尽管跟着笑，但那笑却并不快意——那时的她眼也不眨地望着他。某一瞬间，总会惊觉那其实是种极轻蔑的笑。大概既是在笑底下那些无动于衷的少年，也笑漠然只知规矩的领导。

笑“肇事者”。

笑自己。

“为一只猫打架，违反校规，影响学校形象……八条罪还是八百条都无所谓，总之是我不对。所以念检讨是我该。”他说。

“但一只猫，你容不下它，你杀了它，反正是一脚或一棍子的事，它是被规矩杀的，这没办法——何必又要折磨它，把它吊在树上？难道用血淋淋的样子杀鸡儆猴，又不违背你们的规矩吗？”

“这里是学校，这么多老师，教我那么多思想政治语文历史，难道到最后，连教人‘尊重生命’四个字的都没有吗？”

那时那刻，死去的仿佛不是一只猫，而是他对于某些事、某个人、某些道理的信任，一旦没有，就再也没有了。

他将如此这般的信条贯彻始终。

所以那一夜，当迟雪被凌乱雨声吵得不得不站起身，收拾手电筒准备回宿舍，却看到宿舍楼下隐隐约约的一道人影时，其实她甚至都不算特别意外，反而有一种“终于还是来了”的感觉。

她向下望，楼底下的那人撑着一把黑伞，雨水淅沥，沿着伞面滑落。

他也同样抬头。

雨水沾湿了他的衣襟袖角，显出蜿蜒的湿痕。

他们就这样隔着很远、几乎看不清对方表情的距离，遥遥望了一眼。

她不知道他已经在那里站了多久。

不知道他此时此刻在想什么。

不知道一觉睡醒，是否还会有“正式的”告别。

甚至不知道这一眼过后，后来，要有多久，才会有另一次真正的再会。

但没有告别或许正是最好的告别。

她想。

只是，原来临了才知，她还有那么多的话想讲。

好像要说很久。要一天一夜，三天三夜才够。

但又好像只要一声叹息。除此外，无所求。

她低垂下眼，摁下开关，手电筒的光随之熄灭。

梦里的雨声亦嘈杂，深夜也无星。

她流着泪告诉自己从此后也什么都不会变。

她的青春亦不过是和许多没有结局的青春一样。

在无声中，与初恋告别。

[6]

于是，到七年后。

此夜恰如彼时夜，但不同的是，这次解凛选择叫住她。

以一个略显陌生的，甚至不知如何称呼的“哎”为开始。

她仍憋着一肚子的伤心，提醒自己不能回头，却还是忍不住，忽又悄然去看地上那两人被路灯光拉长的身影：一步之遥，他的手指已靠近她的肩。

将触未触。

最终却仍是迟疑着挪开，只转而轻拉了下她袖口。

“不好意思。”他说，“打扰你一下，我想问件事。”

很是礼貌的口吻，却既不是道歉，也不是“相认”，更不是解释。

意料之外的展开，连迟雪本人都怔住，顾不上脸上泪痕仍未干，又倏地回过头去。

四目相对。

一个写满无解，一个满是失措。

“你……”解凛一贯淡定。

此时却也甚至没来得及遮掩表情，因她的狼狈面容而不禁一愣。

他几乎是下意识，便又低头，想找包纸巾出来。

然而他这时压根没穿外套，单一件透风的白T恤，又哪里来的手帕纸能藏。果然找遍全身都没有，最后也只能匆匆丢下一句“你等等”。

没多会儿，竟还真去路边还开着的便利店，买了包纸回来。

最后的场面遂变成：

迟雪擦眼泪，他在旁边干看。

迟雪背过身，他无言以对。

迟雪转过来，他脸上仍写满无辜。

以及她莫名从他眼神里读出来的：“到底为什么哭啊？”

如此这般僵持许久。

“你刚才说要问我一件事。”最终还是她先调整好心情，深呼吸，又尝试着开口，“是问什么事？”

一语打破僵局。

解凛这才被提醒着从尴尬的气氛中回过神来，沉吟片刻，却还是先尝试着问了她一句：“你没事了？”

显然对于女人的眼泪感到相当棘手，且处理方式相当简单粗暴。

迟雪一时被堵得无言，亦不得不扶额叹气，最后随便借口说我哭是因为我家里的事，跟你完全没有关系，想问就问吧。

他才终于罪恶感稍霁，又开门见山问起她，是不是和“周向东”很熟。

“他跟你是邻居，我想你应该会比较了解他的过去，”解凛补充，“不过，如果不方便的话，就当我没有问过——希望你也不要告诉别人。”

“是，这倒没问题……不过……”迟雪被他笃定的语气问得一脸茫然，在记忆里检索了半天也无头绪。

愣住半天，她只得又颇不好意思地把问题抛回去，问：“不过，周向东是谁？”

“儿子，黄玉阿姨的……你说麻仔？”

“哦，那我知道了。我们一起长大都叫外号，很少叫他名字的。”

绕了半天终于绕回来。

她恍然大悟：“不过如果你说的就是麻仔的话，就今天中午，我确实是在医院见到他了。”

解凛问："之前很久没见？"

"嗯，他成年之后就一个人搬出去住了。"迟雪便又点点头，"之前读高中的时候也是寄宿，挺独立的一小孩。后面我去外省读大学，见面就更少了，基本上一年到头也见不到一回。"

"他和家里人关系怎么样？"

"应该，也还算不错吧？"迟雪道，"听我爸说，麻仔有段时间也挺会赚钱的，还给他爸换了车，但是跟黄阿姨的关系好像就只有一般。叔叔过世之后，没见麻仔回来看过黄阿姨。她一个人，年纪大了腿脚不好，上下楼都不方便，也过得挺辛苦的。"

这些事邻里皆知，大都不算秘密，也没什么不好提起。

只是迟雪说着说着，仍是越发觉得奇怪，心想为什么解凛会突然问起和他八竿子打不着的麻仔，还是暗地里找她来问。

正想旁敲侧击打探一下缘由，突然间，她又想起今天餐桌上父亲义愤填膺的责骂。

关于麻仔"飞叶子"和"杀母骗保"的种种猜测浮上脑海。

果然，下一秒，便听解凛继续追问："那他之前赚的钱怎么来的——你们附近的邻居，有人打听到过吗？"

说来惭愧，迟雪对于周边人家的了解，其实远不如父亲迟大宇来得知根知底，顶多也都是从旁人嘴里或多或少听到一点，加上自己与之浅薄的交际，囫囵说个大概样子罢了。她倒也没藏着，聊到最后，尽数都"交代"了。

交代完，才惊觉这所谓悠闲漫步的场景，其实颇似被"审讯"了一回。

然而这些证词又是要留到什么时候用？

她毫无头绪，唯有抬起头，看向解凛——解凛却只神色凝重，又兀自看向手中她交给他的东西，那是今天麻仔作为交换留下的小纸条，纸条上字迹潦草，简单写了麻仔眼下的住址和联系电话。

迟雪又莫名低落起来，心想别人是同床异梦，他们是故人相见不相识，同路也陌路。她忍不住打破沉默，再次出声询问："为什么突然问这么多关于麻仔的事？"

"毕竟是租给我房子的人。"他却明显地避重就轻，只将纸条对折交还给她，"出了这么大事，什么都不知道也不好。以备不时之需吧。"

从表情上看，此刻已看不出丝毫微妙之处。

迟雪便也不好再问什么。

眨眼已走回诊所附近，两人就此分别。

一个在迟大宇的唠叨声中捂着耳朵上楼。

一个则掏出简单的单片钥匙，拧开门锁。

推开门，摁亮壁灯，入目所见是一片狼藉：玄关处拖鞋乱飞，没吃完的薯片撒得到处都是；两三部小型掌上电脑或合或敞，总之连上接线板上的组装线路各色各样；甚至下午那两桶没吃完的方便面还放在茶几上，早已冷透。

泡面桶下，压着一张被油污浸透、不仔细看都发现不了的小纸条。

上头字迹龙飞凤舞，看了半天，也只能隐约能辨认出个“走”和“来”。

合起来，称得上一句乱七八糟。

“……”

解凛额角青筋微抽，当下摸出手机，向某个没有备注的陌生号码拨出个电话。

亦一如往常。

等到嘟声响到第三下时，电话被迅速接起。

“难得啊，解凛，你竟然会主动找我。”电话那头的声音虽颇为老态，语气倒还算“慈祥可亲”。

自顾自寒暄了两句。不等他回答，对方又颇为关心地问他回家之后一切是否还习惯，需不需要“组织支持”云云。

“不需要支持。”而解凛径直打断对方废话，单刀直入，“但你也不要私人名义给我增加麻烦。我已经辞职了。”

“什么叫给你增加麻烦？”

“让我带小孩。”

“什么叫带小孩？！”

老人顿时怒道：“我可是你师父，帮我带新人不是你的分内事吗？臭小子。”

“白捡的便宜师父不叫师父。”

“你老爸都要叫我一声老大呢！”

“我老爸。”解凛淡淡道，“已经是一把真骨头了。我还管他。”

但话虽如此，他的语气却终究是略微恭顺起来。

环顾室内一圈，他忍耐意味十足地伸手摁了摁太阳穴，算是各退一步：“总之，你至少给我派个听话点的来。一个只知道吃，一个只知道玩电脑，我养着他们干吗？”

“辞职了你问题还比天王老子都多。”

"……"

"是不是当大哥当久了，忘了自己本职是人民公仆了？"老人豪饮一杯茶，又感叹道，"就是熊孩子才分给你，不然人正经教官都拿他们没办法。毕竟也不是咱公安大学的正经学生，跟你一样，一个是特别行动处收的电脑天才，一个是中间半道就被退学的懒虫，像这种人，以后都是要改头换面换身份做事的，交给你最合适。"

解凛："……"

沉默片刻。

"还是那句话，"解凛蹙眉，"我辞职了。"

"还是那句话，我是你师父！"老头子牛气哄哄，"而且你以为我是单纯叫他们来给你训给你管的？你不想想你现在情况有多危险——多一个人也多一个保障。何况你现在也没有个正经职位的，不可能明面上派人保护你。本来就想着越低调越好，让他们来不正合适？两全其美，有什么不好？"

是吗？

解凛瞥了眼茶几上没关上的电脑：上头还挂着至少五个聊天软件在线登录，查个 IP 就能全军覆没。更别提这些满地飞的购物小票，毫无措施的指纹和毛发痕迹。

懒得再多说，他"嗯"了一声，准备挂电话。

"你等等！"老头子却又如有预感般及时叫住他。

"……什么事？"

"该我问你！臭小子，说是要回去办事，找你爸当年那个笔记，现在找到了没有？"

"没有。"

"那你——"

"还在查他当年的线人。应该很快会有消息。"

解凛说话一贯如此。不是把人堵死，就是在把人堵死的路上。

老头子一时词穷，也想不上来怎么说他，只得咕咕哝哝骂他别偷懒，抓紧时间小心小命。

而后话音一转，却又忽然没头没尾地问起："话说，那个什么，叫什么雪的。"

"……"

"怎么不说话？问你呢，人找到没有，就是那个什么雪的。"

老头子年纪渐长，记忆力渐弱，一口一个“什么什么雪”，就是想不起来叫什么名：“总之就你小子写行军日记里的那个——”

什么这个那个的。

解凛每听一个字，眉头的“川”字便陷得更深，最后索性直接打断，就一句斩钉截铁的：“没找。”

短短的两个字，倒把老头说愣了。

“什么叫没找？”

“字面意思。”

解凛一脚踢开插线板上的网线。

说不清是因为烦躁还是别的情绪，动静却终究毫无障碍地传到电话那一头。

老头亦突然沉默。

诡异的气氛里，许久无人开口。

“解凛。”直到老头终于下定决心，试探性地一问，“你是没有找，”他说，“还是那次之后……到现在，已经真的，彻底认不出来人了？”

·第三章·真相

[1]

在解凛记忆里。

事实上，他印象中第一次意识到自己对于人脸的辨认出现问题，大概是在十岁左右。

那时正逢中秋宴前夜。

叶家人自北城发家，财力雄厚，又一向自诩书香门第，循规蹈矩。

因此每年逢中秋端午等一众传统节日，必会聚集来自全国各地，甚至各大宗族和分支的亲戚朋友，大摆筵席。

而他的父亲叶振宗，作为老太太膝下唯一的亲生子，本该是宴上的话题中心人物，却不知怎的，那一年，竟和妻子一起，胆大妄为放了老太太的鸽子——一个去和“太太团”乘游艇出海赏月，一个彻夜不归、翌日失踪。

无法，最后只有他一个人被老太太接去，又代替父亲，和父亲的堂兄堂姐等一众长辈坐在一处，过了极不自在的一次中秋。

一直等到宴席过半，他才被老太太放行，和一群亲戚家小孩一起，由那时年纪最大的“南生哥”领着到外头花园里玩。

算起来他与叶南生倒是同辈，相差也只两岁，但彼此间并不算熟。

他只记得曾听人提起过，叶南生的父亲是在娶了大姑后入赘叶家，后来又被派到南方开拓市场。因为能力突出，业绩屡创新高，因此，叶南生虽是个外戚子，仍给冠了叶家的姓。且和他不同，是个很会讨老太太欢心的孩子。

两人居一北一南，一年到头见不到几次，性格也几乎南辕北辙。

因此，很是自然地，孩子堆便由此一分为二：一部分，由叶南生带着，在花园里捉迷藏荡秋千。而解凛则独自一人找块空地坐下，准备随便找点事打发时间。

毕竟他从小就是个自己和自己下五子棋，都能一动不动下五个钟头的怪孩子。

但这次，才在地上随便画了几格，旁边却又忽地递出来一根小木棍。

一抬头，竟是叶南生。

“阿凛，你一个人玩吗？要不要我陪你？”他不知何时丢下一群“小伙伴”，又来和孤身一人的解凛搭话。

两人遂有一句没一句地闲聊着，下了一场尴尬而没营养的五子棋。

叶南生输了也不上脸，瞧着似乎是个好脾气的人，只是临到要走时，却迟迟不起身，反而不知何时，又坐得离解凛近了些。

“话说阿凛，你知不知道你爸爸平时往手上打的那个，”他做了个插针的手势，忽然发问，“这是什么意思啊？”

“什么？”

“我上次偷看到了哦，”叶南生说，“上次我们好几家一起聚餐。吃到一半，舅舅他突然很不舒服的样子，我妈怀疑是吹多了风感冒了，让我去给他送点药。然后我就看到，他躲在房间里给自己打针。打完针一下就瘫在地上了，还一直抽，手和脚都发抖的，看起来好可怕。你知道是什么情况吗？”

那话里鼓动和怂恿的意味明显。

解凛只沉默地盯着他，不说话。

叶南生却一点不露怯，反而很快又正色道：“总之我觉得你应该问问大人，或者问一下知道情况的人。应该要给他找医生才对，听说这种事是很伤害身体的，健康课老师应该也教过你们吧……你可别觉得这些事和你无关啊。”

“而且，你可是舅舅唯一的儿子，难道不关心他的身体情况吗？”

“你要勇敢一点才行！舅舅那么疼你，肯定会听你的话，考虑到你的感受的。我们这些外人反而不好说什么。”

这是身为兄长的叶南生，告诉解凛的第一个秘密。

却也正是这个秘密，开启了一切不幸的源头。

数日后，等警方接到举报消息，赶到叶家私宅，叶振宗彼时还正独自窝在房间里醉生梦死。听到楼下嘈杂声传来——或许也是因药效而见着什么吓人的幻觉。警察破门而入时，他已趴在阳台上，下半身悬空，整个人摇摇欲坠。

解凛跟着母亲后脚进门。

见到那情况，他第一反应便是扑上前去，尽全力伸出手。

他当然是想要救人的。

“不要过来！”

“不要杀我不要过来！”

可是叶振宗看他的眼神却惊恐无比，脸色亦灰败至极，只一个劲胡乱嚷嚷着莫名所以的怪话，又挥舞着左手，拒绝所有人的靠近。

“我知道错了，不要过来，不要过来……”

“救我，救救我，我给你钱全都给你！”

在死亡的最后一刻。

叶振宗到底看到了什么，这是无人能够解答的谜题。

在场的所有人。

那一天，扑上阳台帮忙的也好，紧急联络救援的也好。楼上楼上，亦都只来得及捕捉他径直向下坠落的残影——

“爸！抓住我！！爸！！！”

咫尺之距。

少年徒然地伸出手去。

那张惊恐的脸，却就那样永不褪色地刻在他眼底。

高大的、可靠的、曾经像是无所不能的父亲，如一块残破的布，没有翅膀的小鸟或蝴蝶，以一种扭曲的姿态落地，嘴角、身下、目之所及的地方，都不受控制地沤出斑驳鲜血。从一点点，到一大片。

用人们尖叫、母亲哀号哭泣，救护车和警车的声音此起彼伏。

而他仍僵硬地伏在阳台上，不敢置信地向下看。

那双临死仍不愿闭上的眼似乎还圆瞪着。

不甘心地，永远怨恨地瞪着他。

从那天以后。

仿佛是一种诅咒。

解凛开始逐渐记不住别人的脸：眼睛、鼻子、嘴巴，每一个五官都清晰，却无法准确地拼合在一起。

如果不依靠服饰、发型、味道和独特的习惯辨认，他甚至会把跟在身边最亲近的人都弄混。

最初，是把一周来一次的钟点工，认成住家的保姆顾嫂，后来变成认不出服饰相似，且同样一身缟素的母亲和姑姑。

再到后来，老太太要求他原原本本说出来事情的经过，要他证明自己是被人“唆使”。但在一群同样黑西装的少年里，他甚至也一下认不出哪一个才是叶南生，只能茫然失措地站在那里，最后，被愤怒的姑姑一把推倒在地。

“你杀了你爸！你害死他还不够，你还想害死我儿子！你才多大……心为什么这么毒！这么小就知道栽赃陷害，你根本就不是我们叶家的孩子，你就不配做我们叶家的种！”

种种控诉，不计其数。

他成了人见人骂的小杂种，狼心狗肺养不熟的狗。

后来，亦不得不离开北城，又被迫改名换姓，狼狈地去往南方。

父亲留下的数以亿计的财产，在老太太的安排下，除了提供不动产和基本的出行需求外，其余都转而以信托基金的方式，在成年前，每月供给他两万元的生活费用；成年后，则需要向基金会呈递申请来继续获得部分财产的合法转让。

而他的母亲薛蔷，则被要求严格按照婚前协议，不得分走属于叶家的任何财产。

昔日的富家太太，一夜之间如丧家之犬，被扫地出门。

一无所有又出身贫穷的她，后来四处求告无门，几乎沦落街头。

贫困交加之际，只有少年时青梅竹马，后来又做了缉毒警察的解军向她伸出援手——她也许是被感动，也许是“别无选择”，最终与解军结为夫妇。

至此。

如一个被两边来回踢的皮球。

解凛既不被叶家所接纳，也无法得到母亲的谅解，终于到最后，成了所有人都不愿意接手的累赘。

在陌生的城市，他没有家，没有亲人，没有朋友。压力之下，脸盲的症状也开始越来越严重，甚至影响到他在学校的日常生活。

即便他改名换姓，彻底脱离叶家，想尽可能低调度日。但在新的学校，还是会因为无法认出同学老师，经常被指责为目中无人。也因为从不参加班级的任何社交活动，被人说是傲慢，不服管教。

最终滋生出无法避免的校园暴力。

孤立，冷嘲热讽，排挤。

最初的忍让变成忍无可忍。

忍无可忍之后便是爆发——

他甚至都记不清，自己第一次动手是在什么时候。

或许是那个面容模糊声音却刺耳的同桌，又故意当着所有人的面问他，上次在街上碰到为什么不打招呼。

或许是年级里一贯称王称霸的隔壁班老大拦住他，问他是不是有妈生没妈养，没长眼睛，连认人都不会。

“解凛，你是叫这名儿吧？人都认识你，你不认识人？”

“哑巴了，长这么高以为自己挺能是不是？上次让你买水为什么不去？”

“说话！”

“一看这嘴脸我就恶心——还瞪我？你什么意思？转校来的，以为自己背景很牛是不是？”

“我看你就是欠打，你这样子装给谁看，以为人妹子就喜欢你这种是不是，今天就给你上一课……”

课桌翻倒在地。

尖叫声陡起。

慌乱中，不知是谁喊了一声：“新来的打人了！快去叫老师！快快快！”

一语落地。

逃的逃，跑的跑，喊老师的喊老师。还有几个看热闹不嫌事大的，趴在门框上争相往里看。

解凛却仍一动不动，只面无表情地低下头，看向地上捂着鼻子鲜血狂流的少年。

一战成名。

只不过代价是被严肃警告、记过，留校察看一年。

他的坏脾气自此传遍了整个初中，之后伴随他一直到高中。

有人慕强而攀附他，自然就会有人视他为校园里的不安定分子。

不过，至少自那以后，人们似乎开始可以忍受他的“轻慢”。可以忍受他看人时永远只轻飘飘一眼，不停留也不曾用心去记。

目中无人，拒人于千里之外的表象，很是合适甚至天衣无缝地掩盖了

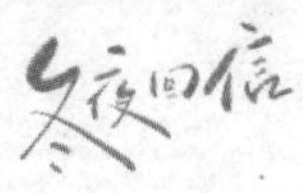

他的“缺陷”。

而那时，唯一一个发现他不对劲的，也只有老解。

在第三次和解凛擦肩而过却没有得到任何回应后，老解专门找到了他，并和他说了个不知真假的故事。

“我有个朋友，当初出任务的时候倒大霉，脑袋被人一颗子弹直接横穿过去，”老解指着脑门，说得煞有介事，“脑子都给打穿了，场面特恐怖。但也多亏医生尽心尽力，最后竟然真的把他救活了。醒过来之后，别的屁事没有，就一个毛病，不认人。”

“所以？”

“所以什么所以，小兔崽子，年纪轻轻别这么阴沉。”

老解搂过他的肩，用力拍了两下：“我是想告诉你！不认人算什么大毛病？人近视眼不也还过日子嘛，近视几千度就不活了？何况你眼睛视力又没有问题，只是脸盲嘛。认不出他的脸，还可以认衣服、认发型……办法总比问题多。我那战友现在不还活得挺好的——人缘还挺不错呢，后来成了大领导。”

“只要人活着。”老解说，“只要还有一口气在，就不怕有什么能把你难倒的。”

说到做到。

那之后，老解每一有时间，便开始教他如何“以形取人”。

这大致类似于刑警学院的观察力培养课程。

通过反复的试验和强化印象，后来的他，甚至可以在很快时间内，不通过容貌，而通过对方的衣着、口音、气味等细节，判断面前人的职业和生活习性，某种程度上来说，速度已然快过普通人。

只要短时间内，对方不在可供辨认的细节上出现太大的改变，基本便可以避免出现相见不识的尴尬局面。

不承想，后来他的第一次“败绩”，却出现在一个并不怎么惹人注目的女生身上——

起因是她总奇奇怪怪地出现在班级附近。

从高一开始，有时是门口，有时是窗边，有时是课间操后的转场拐角。

他尝试观察她，却发现每一次她路过，两条长长的辫子上，都戴着不一样颜色的花朵发圈。

她的眼镜时有时没有，她的刘海有时放下，有时又别到一侧。

总而言之，非常严重地影响到他的判断。

出于不信邪，也出于某种好胜的心理。

他甚至曾装作随口问过旁边人，那个经常路过班门口，梳着两条长辫子的女生是谁。

一群小弟却嘻嘻哈哈，说每天路过这里的女生没有一百也有八十，哪里知道长辫子的是哪个。

再问便显得有些古怪，于是他不得不作罢。

再加上之后很长一段时间，那个女生几乎都没有再出现，他也就逐渐忘了这回事。

直到高三开学的第一天。

梳着两条长辫子，戴着厚重瓶盖眼镜的女孩，踌躇着从门口走进教室，在众人疑惑的目光中站上讲台。

班主任随后进来，又语气沉痛地介绍，说这位迟雪同学，高二的时候家里有些变故，不得不休学一年，现在转来咱们班一起上课。

“大家鼓掌欢迎一下。”

话落，台下传来稀稀拉拉的掌声。

而女孩亦转过身去，寥寥几笔，写就一手极漂亮的粉笔字，随即又扭头，向众人略微鞠躬。

她说：“我叫迟雪。迟来的迟，白雪的雪。”

那一天，她的辫子上没有发圈，孤零零地垂在两颊边。

解凛听到这里，趴在桌上，懒洋洋抬起眼皮，看了她一眼。

她的脑袋却瞬间迅速低下去，不敢看人，总是胆怯。

如果不是有特征辨认，简直和从前那个每天一个样，花心思换不同颜色发圈的女孩不像一个人。

课间时。

趁着迟雪被老师带去拿书，一群半大少年围在一起，话题亦不知不觉，就又绕到了新来的身上。

“你说那个迟雪啊？”

“我是听说她好像家里死了人……好像她妈得病死了吧？也挺惨的。”

“是啊。貌似是什么癌症，治不好光烧钱那种。”

“之前我们高二的时候，不是校领导还喊话要爱心捐款吗？我还捐了二十呢，就是捐给的她。”

“她学习是不是还不错？不知道能不能给我抄作业。”

“你说得有道理——我看她是挺好说话的，回头一起问问去啊。”

幸运的人不知疾苦，不幸者却总有类似。

解凛趴在桌上假寐，听到种种八卦，自然也听到迟雪被人围住、讷讷应答的声音。

她似乎不懂得什么叫拒绝。

之后的很长一段时间，抄作业也好，打扫卫生留到最后也罢；被人使唤送卷子也好，莫名其妙被劈头盖脸骂一顿也罢，永远是低着头任你说，点点头任你用。解凛这辈子从没看过这种没脾气的人。

于是，大概也是抱着某种程度上的好奇心吧，某次数学课上，他莫名其妙为人出头，高举起手。

一起被罚站时。

他又回头问她，说为什么不告诉老严，你其实是去帮忙送卷子。

事出有因，不就不会被骂吗？

他原以为会因此得到一个委屈或忍不住抱怨的答案，从而看透小姑娘脆弱的本质。

然而，她怯生生地抬头看他，却只露出有些疑惑的神情，认真地想了很久之后——最终出乎意料地，却用一种很温和，很平静的语气，看着他说："我只是觉得，说出来也没什么用。"

"本来'杀鸡儆猴'被杀的那只鸡，"她说，"应该也不知道自己是怎么死的才对。"

你以为所谓的命运是因为你没有抗争，才将坏运气一股脑砸向你的吗？

或许命运只是因为你是你，所以不得不接受。

但这并没有什么。

她的平静中带着宽慰的力量。

好似为了证明这一点。果然，那之后，也真的没有什么可以打败她。

被浪费的时间可以被补上，被责骂也可以左耳进右耳朵出，哪怕跑腿也不耽误她背单词。她依旧挺直着背，永远是直视着前方往前走，有着柔软却不脆弱的心肠。

所以，会耐心地教一遍两遍三遍都听不懂题的女孩如何解题。

所以，会在所有人都怕脏不想上前的时候，面不改色地拧拖布、主动和男生一起去倒垃圾。

所以，也会在一道题难倒所有人，老严借机发难的时候，主动举手说"我来试试"，就算做错了，也不过只是很不好意思地笑笑，又从容地走下讲台。

她的模样似乎永远是平和而温柔的。

带着无法被击溃的坚强。

是以，很久之后。

当他远离故土。

当他的长官临别前问他：这次任务，九死一生，有没有什么还没能达成的愿望。

他竟仍是又想起许多年前的这一幕：那个女孩走下讲台，脸上带着有些羞怯的笑。

那一刻，他恍惚觉得自己看清了她的眉毛、眼睛、嘴巴，看清她乌黑的辫子垂落两颊，看到她向他走来——如许多次，他装作还没睡醒，却清楚地听见芯片卡“嘀嗒”确认的声音。

房间里太安静，静得能听见开门声，听见她故意放轻的脚步。

他知道自己只要打开房门，睡眼惺忪地走出那条长廊，就会看到小老师抬起头来，有些讶异地说：“解凛，你今天怎么这么早就起来了？”

于是他推开门。

长大后的小老师果然就站在门后。

仿佛漫长的岁月没有横亘在他们之间，没有分开，没有误会，没有争吵，小老师还是会有些苦恼地抬起头来，说解凛，昨天的我好像布置错了一道题。

“解凛，我还有很多话想对你说。”

“解凛，我想我们不要吵架了。”

“解凛……”

她很不好意思地冲他笑。

“其实，我还想问你……你过得还好吗？”

“有过上你想过的人生吗？”

“我们还会再见吗？”

会的。

他想，如果有那一天的话。

总之绝对不要告诉她。

后来他去读警校，体能相关的课全都满绩，唯有犯罪心理学和文件检验的课，背书却背得一团糟。实属辜负她厚望。

后来没多久，又阴错阳差被父亲的长官挑中，中途退学。掩盖身份，改头换面，去往他乡——这些话都不必说，说出来只会让人担心。如此一来，她便不会紧皱着眉。

他要平安地回来。荣归故里，应了那句“前途似锦”，不做人人唾弃的庸人。

如此，他们应该还会再有重逢的一天。

如此便不算失约。

“心里有愿望，就会一直记挂，会想回来。”

那一天的最后，老头拍着他的肩膀对他说：“记住，解凛。不要信命，要信自己。只要你还有想活下去的希望——或许关键时候，还能够救你一命。”

而解凛点头。

只是说好，我一定会回来。

不想正是这句临别前的赠言。

后来竟一语成谶。

一行七人，整支小队到任务最后，几乎全军覆没。只有他在掩护下勉强突出重围，在中枪后，仍奋力一跃跳入湍急江水，并带着最关键的资料名单漂流到岸上，被渔民所救，独活下来。

送往医院手术过后，仍昏迷数月。

再醒来，能下地后的首要任务，却是在上级的陪同下，去往太平间里认尸。六具残缺不全的尸体，是六个与他一样隐藏身份的卧底。

他不得不面对这残酷的一切。

然而，也正是在那一天。

解凛单手遮住左眼，而后又遮住右眼，反反复复地重复这些动作，却仍然不上前。

“解凛？”老头子在一旁搀扶他良久，此刻看他奇怪的举止，不由得也面露疑惑，又问，“怎么了？”

怎么了。

他的脸上血色褪尽。

恍惚还是许多年前，老解搂着他的肩膀，说：“我那个战友啊，特倒霉，被人一枪穿了他脑袋。后来虽然勉勉强强给救活了，从此却落下个怪毛病——就是认不出人，站在面前也认不出来，跟他打招呼，嘿，他还挺稀奇……”

这怪病。

他看着面前模糊的人脸，无法拼凑的五官。

“我好像……”

他几乎是僵硬着转过头去，看向同样只有嘴唇在翕动，五官却错位的老头，声音竟止不住地颤抖：“我好像……”

[2]

——“解凛，你要想清楚。”

——“这份辞职报告交上去，你这辈子往上走的路基本上就断了。没人在跟你开玩笑！”

——“你拿命立的功劳，那些同伴费尽千辛万苦留下来你一个独苗，‘凛冬计划’前前后后牺牲了多少人？横跨三十年，死了十九个人！这次拿回来的名单，联动破了十一个窝点，抓了二十几个龙头，这些功劳汇报到上头，你至少能升个二级警督……你才二十五岁，你知道这意味着什么吗？大好前途在前面等着你！结果你倒好，想着辞职！这不是自毁前程是什么？你想查叛徒也好，想怎么都好，至于非得和肩膀上那几朵花过不去吗？”

“我答应过你爸要照顾你，没理由让你发疯。总之不管你说什么，我告诉你，这份报告我都绝不会——解凛！臭小子……给我站住，解凛！”

……

从小到大，解凛一向都是个做了决定便十头牛都拉不回一步的犟脾气。

是以，那天老头怒而拍桌的巨响也好，纷飞摔落在地的 A4 纸也罢。

凡此种种，皆阻不住他的去意已决。

甚至在辞职当天，没有留下任何挽回余地的，他便又毫不犹豫买了最近的一趟航班“回家”。

至此。

距离上一次因任务而短暂停留南方，已经过去一年有余。

而距离上一次“游子归家”，已有整整七年时间。

于他人而言再寻常不过的一段旅程，于他而言，却是太过陌生地重新成为自己，重新拿回属于“解凛”的身份证。

以至于，当他走过进站闸机，听到那“嘀”的一声响，暌违数年，再度认证了他为解凛本人。

忽又忍不住低头，看向身份证上，仍停留在十七岁的自己，好像从那时开始他就不爱笑，时刻显出锋利和警惕的姿态，看向镜头时，亦不自觉流露出抗拒的表情。

想再仔细看，那些五官却又开始模糊、错位。

他实在头疼得厉害，不得不咬牙放下。

在嘈杂的广播声中，最后回头看了一眼站口。

人来人往，爱侣惜别；母亲依依不舍，孩子号啕大哭。

他尝试从那些游离的面孔里找出一个，哪怕一个都好，本该来为他送行的人：总是乐天、爱安慰人的梁哥也好，嘻嘻哈哈的吹水仔也好，甚至不苟言笑的李叔，如果能够顺利回来才不过读大三的“七妹”……但一个都没有。

他们都躺在冰冷的太平间，然后消融于焚化炉。

临死前，他们被狠狠折磨。

那些鲜活的生命永不会再回来。

倒是老头子的信息后脚“送到”，偌大的聊天框，洋洋洒洒三百字，把他骂得狗血淋头，勒令他立刻赶回总部，一切从长计议。

而他没有回复，选择关上手机。

这一生，似乎总是反复地从北到南，又从南到北。形单影只地背井离乡，孑然一身地，踏上回家的路。

而除了横亘这其间漫长的七年。除了他身上多出的弹孔和新旧伤痕，一切似乎都没有变。

包括他旧日里曾住过的公寓。

作为叶家名下的置业，他不住，也一直空着，每周定期有钟点工来打扫。他推门进去，甚至瞧见阳台上的一束百合仍滴着露水。

只要给老太太打个电话“报平安”，毫无疑问，他很快又能过上衣食无忧的生活。

他却只在那间公寓住了一夜，随即简单收拾了行装，带走公寓里唯一属于他的东西——藏在卧室床头暗格锁上的一只黄底信封。便又循着当初老解留下来的线索，按照计划，住进了位于城市老街区的破旧公寓里。

左邻右舍几乎都是老人。

而对门便是诊所，住着一对似乎还算好心的父女。

父亲很是热情，女儿……有点奇怪。

但具体哪里奇怪，他一向敏感的警觉雷达竟然毫无反应，也就无从辨别对方到底是何居心。倒是某个看热闹不嫌事大的女人对此意趣颇深，别人过来送汤，她在旁边憋笑。

等他喝完最后一口，她已笑得前仰后合，正要开口调侃，又被他轻飘飘一记眼刀子吓得肃然跪坐。

“头儿。”某女于是调整表情，言辞恳切，“你有没有想过，别人其实不会莫名其妙给你送汤啊？”

解凛：“……”

“此情此景，又让我不禁想当年，”她说话间，一把拍开旁边薯片男的脑袋，“小孩别来凑热闹。咳咳，又让我不禁想起当年——我还没有从北安麻溜滚蛋的时候。学校里还流传着头儿您的传说。”

“……”

解凛把不锈钢饭盒规整完毕。

听她说得煞有介事，倒也难得认真看她一眼。思忖片刻，他话音淡淡：“说来听听。”

他并不记得自己在北安的时候，除了训练发狠闹出过几次骨折入院的事之外，还有什么值得被人讨论的。

然而这么一准许，倒是打开了对面的话匣子。

女人眼冒金光，逮着机会不放手，当即在被八卦者本人面前大聊特聊：“因为长得帅所以照片被传上 BBS、票选成级草这种事都不值一提了，毕竟咱北安年年都一大堆盘靓条顺的，头儿您尤其是这个，”她竖起大拇指，“不过，人家男神的头衔都是什么‘侦查一哥’‘特警之光’，头儿您的叫‘北安喜马拉雅’，这就有点说不过去了——”

“什么叫‘北安喜马拉雅’？”

“就……雪的故乡啊。冰山中的冰山，不近美色。”

女人轻咳两声。

似乎怕他以为自己说假的，她甚至还特地举例：“据说当初侦查学院有个超好看的师姐，你打球她连着给你送了一学期的水，结果后来学期末竟然收到你托人转交的信封——还以为是情书，都准备发朋友圈了。”

结果是两张崭新的百元大钞加一张纸条。

附文：感谢，但以后不用破费。宿舍有水。

龙飞凤舞的字迹于无声中击碎一颗玲珑少女心。

这还不止。

“后来又有个国安学院的师姐不信邪，就托人直接问你喜欢什么类型，结果……”

世上男人，十个里有九个，喜欢明眸善睐，但解凛喜欢的女孩戴眼镜。

世上男人，多半竞相追逐高矮胖瘦古灵精怪，但解凛喜欢的女孩……

很土。

“哪里土了？”

结果他只拣到一个关键词。

扎两条辫子哪里土了？

说完，自觉这话题极没营养且完全没印象的解凛，又忽地脸色微沉。

他当即起身，拿了饭盒去厨房洗。

两个不省心的师弟师妹却依旧不“放过”他。

两颗脑袋趴在门框边。

男的那个问：“头儿，汤好喝吗，下次我可不可以也蹭一点？”

“头儿。”而女的那个说，“玩笑归玩笑，不过，安全起见，需不需要我打听一下那个女生的底细啊？黑了她家的网怎么样？”

“不用。”

“那我到附近打听打听他们家的事？起码要知道个名字什么的吧——人家都上门来送汤了。说不定，那个什么呢，是吧？说不定被我说中了。”

她挤眉弄眼。

“不用。”

可惜说再多，解凛依旧是不解风情。

恰如他对他人的关心无动于衷，又随手将洗净的饭盒放在一旁。

“有这个工夫，不如去查查黄玉——两天时间，尽快把她这十年来的人际关系、出行情况之类的整理给我，”他说，“至于其余的人，多说多错。不用跟他们有太多牵扯。”

话是这么说。

只不过，短短两日后——

迟雪一起床，便连打了几个喷嚏。

环顾房间一周才发现，原是昨晚睡前忘记关严窗，缝隙间漏进冷风，大概已害她在不知不觉中感冒。恐症状加重，只得又在旧外套下多加了两件毛衣，把自己裹得严严实实才下楼。

而迟大宇此时早已做好了简单的早餐和便当，正在听天气预报。

“据气象台预报，近日本市将迎来冷空气的频繁到访，或将出现大范围的雨雪天气，各位市民可适当减少不必要的户外运动，注意保暖，勤添衣物……”

一抬头，见女儿裹得比平时胖了两圈，他又忍不住失笑。

“阿雪啊！”

结果笑完之后便是愁，愁得叹出声来。

边给她盛面，老迟又禁不住小声嘀咕，说怎么这几天老是看你穿着这外套，颜色压根就不像你这年纪爱穿的。

不用说，又是在烦恼她并不怎么茂盛的桃花运。

无奈迟雪始终毫不挂怀，照旧拿她保暖又实惠的灰大衣当宝。

一碗面没吃几口，听到迟大宇又旁敲侧击问起她某某邻家的儿子在哪儿创业，有没有兴趣接触了解一下，她只得囫囵喝了两口面汤，便又提起便当，声称自己“赶着去上班”。

一路出门，才走到路口。

遇到红绿灯，她停下脚步。

正准备低头刷会儿手机，却忽听得身后传来颇明显的刹车声。一时心疑，当下回过头去，便见解凛单脚撑地，正好刹停单车——他今日仍是一副颇休闲的打扮，天气冷了也不见多穿，不过在外头加了件黑色的薄绒外套。

此刻停车等红绿灯，一大清早，马路这头也不过他们两人。

他不好装看不见，遂回以她一个礼貌的颔首。

红灯此时还有五十几秒。

道路上车辆寥寥，偏他俩一丝不苟遵守交通规则。

就这样杵着未免尴尬。

于是迟雪清清嗓子，强压下心里挥之不去的酸涩心情，又仍是装作普通邻居般主动向他问好：“早上好，这是去……附近逛逛？”

解凛：“去医院看小远。”

“哦，哦。”

她点头，下意识又蹦出一句：“那我们是同路，我去上班。”

所以呢？

自不会期待解凛说什么“不如一起”。

倒是冷淡地“嗯”一声，之后低头或看远方，比较符合她对于他的了解。

果然结果亦正如她预料。

没有下文的对话差不多要结束在此刻。

然而，一辆 9 路公交车却恰在此时从两人的眼皮子底下开过去——

竟然没停。

公车尾气掀起尘土，留迟雪在原地傻眼，紧接着抬起手腕看了眼表，仍是一脸不明所以的表情。

往日里都停，今天是撞什么邪了？就因为没赶紧跑过去？

惊讶之余，险些连解凛在旁边问她那句“下一趟一般什么时候来”都没听见，匆匆回了一句“这趟车比较少，一般十几二十分钟吧”，又低头准备直接打车。

唯恐又犯了导师最讨厌人迟到的忌讳。

而解凛默然无声，在旁边目睹她由慌乱到镇定到平静应对的过程。

末了。

“等打车来，再过二十分钟上雁江桥会堵车。”他竟然破天荒地撂下一句，“要是不介意，我送你。”

[3]

送个人而已，应该不算“过多牵扯”。

坐个顺风车而已。

虽然是单车——不过，那个……

迟雪迟疑且困窘地低头，看向自己因两件毛衣“添砖加瓦”而比平时粗了整一圈的腰，竟头一次觉得，原来父亲说的话实在颇有先见之明。

她以实用实惠且好穿为主旨的穿衣风格，在如此貌似浪漫的机会面前，活生生将你侬我侬，诠释为黑衣少年驼小灰熊。但也已经无力回天。

既来不及回去换一套美丽冬装，也不舍得拒绝。

她只能低头走上前去，咬紧牙关一跨——如小时候迟大宇骑着单车带她。她就这样坐在后座，边吃糖葫芦，边听父亲的唠叨和着风声，在耳边呼呼作响。

“我，我这么坐行吗？”

“嗯。”

然而才刚一碰上坐垫，她突然又后悔，心想这么大马金刀是不是不好，忙又“欸”一声叫停人，小声说了句：“我我……我觉得斜着坐比较稳。”语毕，便飞快换作比较淑女的坐姿，整个人靠左，把包别到右侧，免得硌人。她小心翼翼牵住解凛外套的衣角。

他问她：“好了？”

她点头：“嗯，谢谢你送……”

话音未落，这辆有些年代感的二八单车，便在他稳稳一蹬下，摇摇晃晃载人上路。

起初还有些难以平衡重量。短暂的适应过后，倒是骑得越来越稳当。

晨风清冷，吹拂她的头发，路边有早餐摊借风迎面送香，她忽然又想起什么，小声问他："那个，你吃早饭了吗？"

风声有些大，险些盖过她的声音。

但解凛仍是简单回了一句："在医院门口买。"

这话一出，便知是为了不耽误她上班，饿着肚子任劳任怨了。

迟雪闻言，默默伸手掏了掏包。

结果手未来得及碰到便当盒，单车车轮忽碾到一颗颇刁难人的石子。她本就只敢伸出两根手指扭扭捏捏牵他的衣角，这下直接身体失衡，大惊失色之下，整个人向前扑，便不由自主抱紧了他的腰。

人太瘦。哪怕穿了外套，她仍旧两手轻松一圈，竟就将人环住。

靠得太近，又闻到属于他身上淡淡的皂角香。不知是洗衣粉的"余韵"还是太爱干净的后遗症，总之已跟了他许多年。是清爽而温和的味道。

恍如一梦黄粱。

面前还是许多年前叫她"小老师"的少年。

两颗小脑袋凑到一起为一道习题争论不休的时候，她也会闻到这个味道，会忍不住多呼吸两次。

两次就好，悄悄地，不要叫他发现微红的脸。

只可惜，眼前人倏然僵直而显出抗拒意味的身体，已十足表明这并不是他许可范围内的动作。

迟雪忙把他放开。

"不好意思，那个，我刚刚没坐稳。"口不择言之下，她竟然还把心底话说出口，"那个、我，你、你要多吃点。"

"？"

"你……太瘦了……我的意思是。"

恨此时风声不够大。

声若蚊蚋，竟也恍惚响彻如雷霆。她把包扣得死紧，随时一副准备尴尬就跳车的惨烈模样，结果又是这样不经意一松手——附近正在开发，残砖碎瓦滚落地，障碍物一个接一个——她根本控制不住惯性，一个颠簸，遂第二次往前扑。

手倒是强制规矩了，宁可垂落两边也不愿抱他，脸颊却仍重重撞上他后背。

下一秒，单车在此急停。

他单脚将车刹住。

她突然听见他叹了口气。

而后也不回头，便似乎脑袋后头长了双眼睛，一手扶车把，另一只手向后，竟一丝不差捉住她手臂，又向前轻轻一拉。

她的手就这样环住他的腰。当然，仍隔着薄绒的外套，脸颊蹭在绵软的绒絮上。是暖和的痒。

好像又回到好多好多年前。

他在认真做题，她在装作认真做题，有时悄悄拿眼角余光看他，他撑着脸颊，一支圆珠笔在五根手指间来回打转。

她的脸突然红了，还没来得及收回视线，忽然却听见他凉飕飕一句，说小老师，你走神了。

下一秒，把玩圆珠笔的手便向后揪住沙发上毛茸茸的玩偶抱枕，紧接着如“惩罚”般，将玩偶轻轻贴了下她的侧脸。

也是这样暖和的痒。

她瑟缩一下，少年便将玩偶拿给她玩，笑着说小老师，你要是真的去做老师该怎么办。

她趔趄一下。

“抱吧。”

七年后，二十五岁的解凛便无奈地说：“坐稳就行。”

可她仍不敢抱得太紧。

怕两件毛衣和厚重外套，也遮不住如擂鼓般的心跳。

怕他知道这一刻抓不住就要溜走的幸福。

反正不用太近。

只要轻轻地，多呼吸两次就好。

半小时后。

解凛在到医院的前一个路口将迟雪放下。

虽明显是为避嫌，仍客气地找了个“买早餐”的借口。

迟雪点点头。

然而刚走出几步，她却还是迟疑着叫住他。

趁他停车的工夫飞快上前，她从包里掏出自己的便当盒同筷子盒一并递了过去。

“这个给你。”她说，“早点摊那边，这个点一般都排很长队，而且忙起来会有一点顾不上卫生。你吃这个吧。这个是我爸做的，味道挺好的，当作我的……谢礼。”

语毕，也不等他说好或不好，她扔下一句“饭盒什么时候还都行，放诊所就好”，便飞也似的快步走了。

到最后，甚至变成恍如身后有鬼在追似的一路小跑，上班时间，算下来竟比平时还早。

正换衣服，却又接到父亲的电话。

“走的时候忘了跟你说，”话筒那头，迟大宇声音迟疑，“你要是有空，看中午或者下班之前，找个时间去看看你黄阿姨。”

“……”

迟雪没料到他专程打电话来又是为这事，不由得愣了一下。

这么一晃神的工夫，便听那头又絮絮叨叨说起：“缴费的事，我之前已经垫了一万五，不过住院总是个烧钱的事，也不知道这点钱能撑多久。麻仔又是个靠不住的，连欠的手术费都不知道筹够没有。你要是过去看你黄阿姨，再帮忙问问那边科室的医生吧。要是钱不够，跟爸爸说下，我再想想办法。”

听到这里。

迟雪久不吭声，终于忍不住蹙眉，又提醒道：“舅舅那边的钱不是年底要给息了吗？爸，你手里不留点余钱？”

有时远亲不如近邻。毕竟邻居一场，她倒也不是不愿意帮人家的忙，只是心底总隐隐约约有些莫名的怀疑：当年为了给母亲治病，一家人前前后后向亲戚朋友借了接近二百万。这七年来为了还钱，日子过得抠搜紧巴。眼见得终于七七八八还得差不多，日子也算终于是看到了盼头。迟大宇却莫名其妙对一个在她看来并没有太多交集的邻居大方起来。

这种帮忙难道不有些超出能力了吗？

然而迟大宇却依旧只是一个劲以“好邻居”的理由借口搪塞。

听得多了，做女儿的也不好再多说什么，唯有心底大致已认定：或许父亲真的是孤独寂寞太久，对人家黄阿姨“心有所图”，才会这么殷勤。

思来想去，她到底还是怀着极为微妙的心情，打听到了黄玉阿姨的病房所在。

趁着午休时间，迟雪便又在医院门口买了些水果，专程跑去住院部探望。

不料才刚到病房门口——甚至还离着老远一段距离，便听那头吵吵嚷嚷，沸反盈天。

动静太大，引得不少病人家属都忍不住探出头来张望。

迟雪听出那里头混杂着麻仔的声音，知道这八成又是他闹出来的祸事。她忍不住又重重叹了口气，但人都走到这里，水果都买了，掉头就走也不现实，只得还是硬着头皮走上前去。

只见两个西装革履的青年人，还有一位打扮颇为精致漂亮的女性，正和麻仔推搡争吵。

麻仔一生气就容易红脸，声音大了还直打哆嗦，样子看着有些吓人。但那两个青年都比他高壮，看着也丝毫不怵他。倒是那位女性——迟雪与她四目相对，双双都有些愕然。

正要上去为麻仔解围，但迟雪话未开口，对面那女人却显然已认出她，也不知是真惊喜还是装惊喜，总之微笑着迎上前来，又一把攥住她的手。

“迟雪！是你！”

这一声出口，麻仔原先还叫嚣不止的声音忽弱下去，扭过头，便见迟雪和那女人站在一处。

女人似乎是怕迟雪“眼拙”认不出自己，唯恐场面尴尬，又笑着指了指自己右边脸颊的一颗小痣：“是我啊，迟雪，你不认识我了，这可是我的‘标志’——我是娜娜呀。陈娜娜。”

怎么可能不认识。

当年班里最漂亮的女生。

叶南生的“昔日女友”。

当然，也有可能现在仍然是，但她并不想问。

毕竟当年陈娜娜对她的轻慢态度，仍然让人记忆犹新，不受影响也不代表完全不受伤。

是以她全然没有对方那样热络，只回以礼貌的微笑，与陈娜娜松松握了下手，便又不着痕迹将手抽了出来，说：“好久没见了。”

“是啊，是啊，”陈娜娜笑着点头，又看向她一身打扮，“迟雪，听说你现在当医生了？是在这家医院吗？”

“嗯，算是吧，规培医生。”

“那不也挺好的！不过说来也是巧，几百年碰不上一回，竟然在这里又见到你……你现在可变漂亮不少，刚才我都认了半天呢。”

美丽的女人，配上甜美的笑容和比蜜更甜的话，稍有不慎就会迷了本心，忘了往日恩怨情仇。

“嗯。”

幸而迟雪打从解剖室里便培养出的定力还摆在那儿。

她只仍是淡淡一笑，又示意自己手里的果篮，指向旁边默默低头的麻仔："这是我朋友。"

她说："他妈妈之前不小心摔下楼，在我们院做手术，今天专门来看他，你们怎么吵起来了？"

"啊，原来是你朋友。"陈娜娜闻言，一脸恍然大悟。

聊着聊着，她又递给迟雪一张漂亮的白底鎏金名片。

迟雪低头看，见前面排头第一行，便写着"中国长昼人寿保险股份有限公司业务经理"的硕大头衔，当即反应过来，这是如迟大宇所言，上门来彻查"杀母骗保"的嫌疑来了。

但话总不能是这么明说的。

果然，陈娜娜也只是笑，说："我们算是想一块去了。我也是来看客户家人的。"

麻仔听到，当即嘴一撇，又在旁边嘀嘀咕咕："有这工夫搞这搞那拖时间，不如赶紧赔钱。"

旁边两个青年对视一眼，正要出声。

"倒也不是不赔。"却都被陈娜娜按住——估计是当着迟雪这个老同学的面，也不好发火。

她调整完呼吸，反而又温柔看向麻仔，低声说道："但我们总要先确认一下客户的情况。最近这段时间，出现了不少骗保的情况，这也是为了以防万一。还有，这些营养品都是我们的一片心意……"说着便要从两个青年手里接过礼品递给麻仔。

却不知是哪句话惹怒了麻仔，如一下被点燃的炮仗，麻仔脸色一变，猛地将她手一拂，那些个包装精美的水果和奶粉等，便都顷刻间散落一地。

"你意思就是怀疑我了！"麻仔仰着脖子怒骂，脸涨得通红，"怀疑我会把我亲妈推下楼骗你们的钱了？我在你们这群人眼里就这么没人性！那是我亲妈！我再缺钱也不至于这么不择手段！"

"何况我在你们那买的保险，白纸黑字，怎么就不能赔了？你要是怀疑我，你让警察来查我！你在这儿给我装什么腔拿什么调？买两个烂香蕉烂苹果的就是心意了？"

手里同样拿着香蕉、苹果的迟雪："……"

但麻仔话说出口，环视一圈，大概也迟来地惊觉不对，又怯生生回头看她，赶忙把水果接到手里，紧接着对她补充了句："你又不是阿雪，别装好人了。”

场面尴尬得几乎马上就要原地结冰。

陈娜娜的脸色亦冷了，当下转而看向迟雪：“那你让阿雪来评评理。”

“之前从来没有买保险习惯的人，突然给自己亲妈买了四百多万的保险，又把腿脚不好的亲妈接过来住。投保才一个月不到，老人家就从楼上摔下来头着地，伤成这样，换了你的阿雪，她怀不怀疑你？”

迟雪：“……”

迟雪：“我觉得……”

她字斟句酌的话还未来得及说出口，肩膀忽被人从后轻轻一拍，连带着陈娜娜看向她身后的表情亦诡异起来。

她当即扭过头去，便见叶南生好整以暇地抱着手，视线打量一圈，最后落定在她身上，与她四目相对。

“小迟医生。”

这个怪称呼不知道他怎么说出口。

“这是在干什么？”他瞄了眼手里提水果的麻仔，又懒洋洋，看了眼旁边面色不佳的陈娜娜，嘴上却仍是笑着和她说话，“怎么每次我看到你，你都焦头烂额的……又当滥好人了？”

迟雪默然。

她本不该打扰面前这对前任男女朋友的烂俗重逢戏码，更不想当两人中间的电灯泡，当下拉着麻仔想要撤退。

不想，手刚碰到麻仔手腕，一句“我们先走”还没说出口，自己另一只手却反被拉住。

她疑惑间侧过头，却见叶南生笑着拉起她的手，附耳过来，小声和她说了声：“仙鹤姑娘，这回轮到我帮你的忙。”

她瞪大眼睛。

他却反倒驾轻就熟——甚至有点颇享受这“难得”机会。

他又与她十指紧扣，紧扣的双手，故意向陈娜娜晃了晃。

“陈经理，原来你说的麻烦业务，是关于小迟医生的朋友的？”

“老板……”陈娜娜的笑容僵了僵，“迟雪她也是刚刚过来，我们之前并不知道客户和她认识。”

“现在知道了。”他说。“陈经理，所以，看在我和这位迟小姐关系的份上。不如你的这单业务就交给我，正好我这个挂名老板刚回来，也该找点事做——不然你也不好向我爸交差。”

迟雪的手被他攥在手里，抽不出来又不好狠拔，眼见陈娜娜脸黑得像锅底，看她的眼神亦逐渐不善，简直像是被架在火上烤，恨不得猛踩叶南生一脚。

但大庭广众之下，她实在做不出来这样撕破脸皮的事，只能眼睁睁看着对面用力挤出一个微笑，从牙缝里挤出一个“好”字。

很快，陈娜娜便带着她那两个跟班愤愤扭头离开。

旁边的麻仔眼神却也极微妙。

看看这个，又看看那个。

手里提水果的塑料袋，系口处被抓得死紧，末了，他开口问迟雪：“男朋友吗？”

迟雪几乎是两手齐用力，终于把手从某人掌中“拯救”出来。

一句“没有”刚要出口，却忽听得一道熟悉童声由远及近，等她反应过来一低头：又是熟悉的姿势，又是熟悉的称呼。

小男孩牢牢抱住她的腿，一口一个“天使姐姐”，又开心地仰头看她，蹦蹦跳跳求回应的样子，看起来比上次见要开朗活泼了许多。

几人间原本尴尬沉寂的气氛，亦肉眼可见地因孩子的出现而稍有缓解。

迟雪蹲下来抱住小远。

叶南生也跟着主动弯下腰，伸手揉了下小远的脑袋。

“小远。”她尽量忽视旁边某人，又笑着看向满脸天真的孩子，“你怎么到这儿来了？吃饭了吗？”

“吃了呀。”

小远笑眯了一双眼：“而且天使姐姐，我就住在那一边！不是偷偷来的喔。”

他说着，指了指同一楼层的反方向。

迟雪却陡然心里一紧。

从儿科病房调来这一层，明显不是什么好事。甚至有可能他的病因，远比最初她想象的要复杂许多。

小远却浑然不觉她的担心，笑着笑着，忽然又“欸”了一声，四下张望，紧接着攥住了迟雪的衣袖。

“天使姐姐，”他满脸疑惑，“你有没有看到小解哥哥？我们刚刚一起吃晚饭，他刚才带我过来的呀？刚刚都还在的，我们还说等你和这个哥哥说完话再过来，不要打扰你。可是我过来了……他怎么不见了？”

迟雪的脸色当即一变，来不及捂小孩的嘴巴，却几乎是下意识地抬头看向旁边站着的叶南生。

果然，他眉头陡然一跳，若有所思地望向小远，又问：“你有个哥哥……叫小 xie？哪个 xie？”

“谢谢的谢。”她赶忙解释，“是这边的护工，经常带着这个小朋友玩的。他们关系很好。”

话音刚落。

“关系很好。”小远突然又喃喃重复她这句话，视线在她和叶南生之间来回打转。

末了，他竟问了一句几分钟前，麻仔问过的一模一样的话：“这个哥哥，他是天使姐姐你的男朋友吗？”

“什么男朋友女朋友的……”迟雪有些尴尬地揉了揉他的头，“谁教你这些的，小远，这就是姐姐的同学，不是什么……”

“是小解哥哥说的呀。”

小远却一脸正义地抢答，又煞有介事地模仿着，做出两手紧扣的样子：“而且你们这样牵手的喔！我问小解哥哥这是什么意思，他说是因为姐姐你是哥哥的女朋友，所以才这样的。”

迟雪整个人都蒙了。

一旁的麻仔一声不吭，突然甩下几人，提着水果进了病房，房门甩得震天响。

唯有叶南生笑得开心，又作势捏捏小朋友的脸。

“真有眼光。”他说。

[4]

迟雪尴尬且无语，然则实在又甩不开叶南生这只跟屁虫——毕竟他前脚才刚帮自己解了围，似乎名义上又是麻仔那保险公司的老板。赶人也轮不到她赶。她只得索性抱起小远，又小心翼翼推开病房门，进去看了一眼。

双人病房里，进门靠左的病床上，黄玉阿姨头上缠着纱布，仍躺在床上昏迷不醒，需要输氧。

而麻仔正闷声不吭坐在一旁，手里削着迟雪带来的苹果，刀法利落，苹果皮接连不断。

听到开门声，他抬头看她。

他原是挤了个笑的，但紧接着看到她身后跟进门的叶南生，脸色却又飞快冷下去，到最后竟是对迟雪都显出爱搭不理的神色来。

迟雪莫名其妙在这儿碰了一鼻子灰。

没说两句话，深感气氛不对，只得叮嘱了麻仔有任何问题及时和她联系，便又借口要把小远送回病房，转身离开，留下叶南生和麻仔独自商量保险的“售后”问题。

不承想，等到她和梁伯寒暄了几句，正好走出住院部的时候，身旁却不知何时，又阴魂不散地跟上个熟悉身影。

“去哪儿啊？”那人问她，“小迟医生，吃过饭了吗？我请你吃饭。”

“……不要给我发明一些奇奇怪怪的外号。”

“哦。”叶南生被她提醒了也不恼，反而微笑，“那，叫仙鹤姑娘？”

他到底对仙鹤姑娘有什么执念啊。

迟雪心中腹诽不断。

她听得无奈，也只得摊手：“随便你。”

她一向自认和对方是两个世界的人，不会有什么接触，也就无谓他要仙鹤姑娘还是小迟医生，左耳朵进右耳朵出也就罢了。

结果他似乎料到她会是这种反应，默然无声间，跟在她身旁良久。眼见得快要叫她溜回门诊部，他才突然话锋一转，又提起。

“刚才说的那个什么小解哥哥。”

他说：“其实不是什么护工，就是解凛吧。”

“……”

迟雪瞬间停住脚步。

他“如愿以偿”，却仍是又叹了口气，说不清是假担心还是真忧愁：“迟雪，我记得那天我送你回家，已经跟你说得很清楚了。”

“不管明里暗里，就我知道的来说，现在很多人都在找他——所以，哪怕是为你自己的安全考虑，也应该能离多远离多远。而不是帮忙给他打掩护。”叶南生淡淡道，“毕竟，就算以他的能力可以自保，不代表还有余力保护你。”

“我不需要保护。”

“你就这么笃定？”叶南生话里有话，“从小到大，经他手招惹过的，可都不是小麻烦。”

迟雪闻言，眉头一蹙，正要还嘴。

他却相当适可而止，仿佛刚才的背后坏话不是他说的，只又顺手指向不远处，某个眼熟的咖啡厅：“对了，还有关于你那个朋友周向东，我也有点事想要问你。”

“啊？”

“小迟医生，午休时间还没到吧，要不去喝杯咖啡？”

这俨然已是叶南生的惯用伎俩了，自己的事说不动迟雪，总有别的消息能够吸引到她。

于是很快，他们第二次在同样的位置落座，甚至连点的都是上次一模一样的热美式和热可可。

迟雪问他麻仔的保险究竟有什么隐患，是否能够如期兑现。

叶南生却只挑着回答了些不痛不痒的问题。

话到最后，看她一副认真样子，他这才忍俊不禁道：“放心吧。”

“其实我也才从北城回来不久。至于那个保险公司，是我爸扔给我做成绩刷存在感的，真正管事的人暂时还不是我，是陈娜娜。后面具体的细节，我到时候会再帮你那朋友跟她聊的。”

真的吗？

迟雪面露怀疑。

“那你刚才还对陈娜娜那个态度？”

“还好吧。你也可以理解成一种……”

他托了托鼻梁上架着那副金丝边眼镜，思忖片刻，仍是温和微笑道：“隔山打牛？指桑骂槐？大概是这意思。其实真的也还好了。毕竟不是每个人，对于勾引亲爸的前女友，都能做到平心静气的。”

再大的惊天八卦从他嘴里说出来，似乎都显得云淡风轻。迟雪一口咖啡还在嘴里，险些呛得惊天动地。

叶南生从桌上抽了张纸递给她，却复又挑眉：“很惊讶吗？看来你都不怎么关心财经八卦。年前我爸妈离婚，事闹得还挺大的。”

毕竟，能够从一贫如洗的家庭入赘叶家，本来已是一步登天。

他那位典型“凤凰男”父亲，却还不知满足，二十余年来，偷偷转移财产高达十几亿，最后和小了自己三十岁的女孩约会接吻被拍，放在财经头版上供人“观赏”。

叶家老太太如今年逾八十。早年经历过丧子之痛，已落下了心绞痛的病根。如今，女儿的姻缘也成了别人嘴里的笑料，为此又大病一场，从此便卧床不起。

“我就是被派到南方来‘避难’的。”他说，“结果回来的第一天，就碰上医院门口那小车祸——四舍五入是碰到你。小迟医生，所以你说，这怎么就不算缘分呢？”

迟雪因他的“想当然”而无言以对，心说缘分也要你情我愿，咱们俩算哪儿跟哪儿？

她正打算借口溜走，还未起身，叶南生却又接到个电话，短暂聊了几句，竟将手机转而递给她，说：“陈经理找你。”

还有哪个陈经理。

迟雪一头雾水地接过手机，刚递到耳边，“喂”了一声，便听电话那头的陈娜娜声音热切——一副完全不记仇的语气，又招呼她道：“是迟雪吧？对了，刚才忘了跟你说。你是不是也好久没看咱们同学群消息了？我们定了这周末同学聚会。你一直没回消息，正好碰到了就想着提醒你一下，要是方便的话，记得看看群啊。”

“啊……好。”

“有空一定要来啊！”

迟雪应付几句，挂断电话，把手机还给叶南生。

顺手摁黑屏幕时，却依稀瞄见锁屏桌面是个模糊的图片：雨幕里，女孩背对镜头，撑着一把漂亮的小花伞。

有些眼熟。

她愣了下，想细看一眼，叶南生却同样注意到她视线，脸色忽变，竟难得有些慌乱地伸手“抢”过了手机。

迟雪也不好真的追究什么，有些尴尬地耸了耸肩，低头拿起自己的手机，打开免打扰的同学群。

入目所见第一行，便是两个并排的名字。

【@解凛，@迟雪】

【两位大忙人，能来的话回个1呀，出来冒个泡哦。】

底下稀稀拉拉有几个同学发表情包催促或捧场。

她看着，竟有一瞬的失笑。

从没想过他们两人的名字有朝一日并排出现，竟然会是在这样的场景。

当夜，迟雪又替同事顶了个大夜班。

一直熬到次日早上八点，出来时才发现，外头已不知何时，纷纷扬扬飘落一地雪。

她没带伞，只得就着外套帽子一路跑。

到公交车站时，灰外套险些被染作白的。上了车，将帽子一脱，又恍若在原地下了一场小范围的雪。

等回到家，身上的雪早已融成一片片肉眼可见的深渍。

幸而诊所里开了暖空调，她便又顺手脱了外套，挂在衣架上等着烘干。

旁边，迟大宇前脚刚送走一个年轻病人，见她回家，忽又神秘兮兮凑上前来，撞了下她的肩膀。

“女儿。”

他挤眉弄眼：“给你个机会，说说最近是不是有什么新情况，自己藏着掖着没告诉爸啊？”

“什么什么情况？”迟雪听得莫名所以。

说话间，她眼角余光一瞥，才瞧见诊所进门处的药柜上，靠墙放着自己昨天的便当盒——便知解凛昨晚已来过，又错过一回和他见面的机会。她心里不由得怅然起来。

迟大宇却对此浑然不觉，见她反应平淡，当即不知从哪儿掏出来张照片，又咋咋呼呼在她面前晃。

迟雪定睛一看，发现竟然是那张前不久刚从叶南生那拿到的“毕业合影”。

“爸。”她当即嘴角微抽，又有些无奈地提醒，“说了很多次了，你可不可以不要乱翻我的东西。”

“哪里是爸乱翻的？怎么就乱翻了？”

结果迟大宇却照旧毫无“悔改”之意，声音反倒大起来：“明明是你自己随手放那儿的，爸要不是打扫卫生捡到，还指不定就丢了。”

丢了。好像也没什么吧。

迟雪心想。

但她的话未说出口，迟大宇翻脸比翻书快，又转怒为笑，就差没把“八卦”两个大字写在脸上。

他捏了捏她的肩膀，又试探问说：“女儿，这男生到底是谁？从前没见过啊？怎么突然翻出来以前的合照看了？”

“是不是你同学？现在还有没有联系？”

“……”

“看着也算一表人才嘛，文质彬彬的，穿着打扮也好，家境应该不错。”迟大宇对着照片一脸满意。

别的不说，至少看起来，比不久前刚给她找来相亲的那个药店老板儿子要满意一些。

而迟雪说：“他不是我喜欢的类型。”

就这么简单的一句。

她说完，就此上楼——虽没去抢那张照片，倒是顺手将便当盒捞在手里，拿上楼去洗。

洗完了路过阳台，她又下意识望了一眼对面：

从那天抽烟被“撞破”之后，对面阳台便拉起了密不透风的厚厚窗帘。

显然主人不在，因此下雪也不见收衣服，完全看不到里头是怎样光景。

她叹了口气，低头看手机，同学群里，除了她孤零零回复的那个“1，会准时到”外，解凛也照旧没有任何消息。

她亦只得带着如此这般疑惑又莫名不安的心情，一补觉，便干脆睡到了下午。

后来还是老迟着急忙慌把她叫醒。

一问才知道，是黄玉阿姨那里又出了事。

情况不好，麻仔帮不上忙不说，反倒在医院里闹起来。医生只得打了迟大宇原先留在那儿的备用电话。

迟雪听完前因后果，当即准备一起跟去。

迟大宇却想也不想就拦住她。

“下这么大雪，你就别过去了，昨天刚上一晚上班。”

他说着，手忙脚乱套了个外套，只来得及招呼迟雪一声晚饭记得要吃，便又匆匆拿了伞出门。

“你给爸看着点诊所的事就行，有事随时打电话——”

迟雪点点头。

她原本还想提醒他雪大注意路滑，结果下楼一看，人一眨眼已跑了老远，入目所见，只剩下雪地里一排凌乱脚印。

等到五点半，甚至除迟大宇外，诊所在职的另一位医生也准时下班。

往日里一向热闹的诊所，遂只剩下了迟雪一人。

她也懒得做饭，在隔壁水果店买了点特价水果垫肚子，就当作是吃过了。吃完饭，便坐在诊桌内侧，边看书边等着有可能会敲门进来的病人。

然而等到夜里快九点，或许是受天气影响，竟然一个人也都没有。马路上，更是从入夜开始，便瞧不见行人，给迟大宇打电话亦没人接。

安全起见，她只能先拉下诊所大门的卷帘门，留个侧门出入。

结果门才刚落地。

便听不知哪里“嗡呲”一声。

下一秒，室内的灯光全黑——竟雪上加霜地停电了。

[5]

虽说老街区停电本也不是什么新鲜事，但选在这样的寒冬夜里，总归是有些刁难人。

尤其没了空调，室内的气温亦很快骤降，湿冷的寒气从脚底往上一个劲窜。

迟雪冷得厉害，却仍是怕老父亲回来时诸多不方便，没舍得上楼，只拿手机当手电筒，在橱柜底下找了好一会儿备用台灯。折腾半天终于找到，打开看却发现，储电只剩下两格多。

亮度有些微弱不说，还时明时暗地晃眼睛……却也只能将就着用了。

她叹口气，接着坐下看书。

诊所里静得只能听到翻页的轻蹭声，没有关严的侧门，隐约能窥得外头簌簌落雪。

一晃到了十一点。

迟大宇却仍没有半点消息回复。迟雪不放心，只得又打了自己值夜班同事的电话，拜托对方去住院部看看。

“对，是，”她边打着电话，又不安地摩挲着纸页，“我爸应该是六点钟左右就到了，结果之后四五个小时都没回我消息，你看方便的话，能不能去住院部六栋那边看看，应该是503。再帮我问下是什么情况。”

“患者是叫黄玉对吧？”

“嗯，嗯，是，麻烦你了。”

她点头。

她得了肯定的答复，遂又起身，准备干脆关上门等。

“谢谢啊，可以的话，问到之后回我一个电——”

回我一个电话。

话未说完，她的手恰好碰到门把手，作势要往回拉，把侧门带上。然而竟忽有人从外使力，她力气没那人大，顿时惊慌起来，下意识用更大力气，两手使劲合门。却又忽然听到有重物跌撞到门上的声音，几乎是带着惯性，也把她向后撞倒。

好在门亦因此阴错阳差关上。

她再三确认门锁安好，这才稍安下心，站起身来，又在电话里向同事解释了缘由。

她正准备坐回原处，挂断电话，却再次听见侧门处传来极沉重的敲门声。

她面色凝重地看向那扇抖簌的小门，唯恐是台灯泄出有人在的痕迹，又忙熄了灯。

屏气凝神。

外头的敲门声果然静了片刻。

然而没多会儿，犹如上天刻意与她恶作剧一般，门外竟突然传来嘈杂的机车轰鸣声，间或夹杂着年轻人吆五喝六的讨论声。

她当然知道“来者何人”。

老街区的经济已走了十年下坡路，条件好些、能搬走的家庭大多都早早离开，剩下的那些，多半都出于贫苦或鱼龙混杂的社会偏下层。而她本人，包括这群附近游荡惹事的少年自然都在其中。

十来岁的孩子，一个个学习不好，歪门邪道却不少，多出没在晚上。

因诊所是为数不多几个敢开到半夜的“门面”，而老迟脾气虽好，却绝不受什么逼交保护费的气，还因此和他们起过好几回冲突，之前甚至报了警。

好不容易让他们安分了几天，怎么好死不死，偏就今天找上门来了？

迟雪自知双拳难敌四手，只得装作诊所没人，努力不发出任何声音。

然而卷闸门紧接着便被人从外头用脚踢得砰砰响。

不等她反应，又传来叫嚣声：“七叔是吧？死老头，人呢？”

“之前不是骂我们骂得挺有劲的吗？现在不吭声了？”

“上回就是你这个老不死报的警吧？”

“出来！别装死！”

迟雪索性把手机的光都熄灭，催眠自己当听不到。

听不到就无事发生。

“不开是吧？”

然而外头却完全不慌，竟然又齐声哄笑起来。

不知是谁喊了一句：“拿撬棍来！”

她瞬间心头警铃大作。

果然，只下一秒，便听整片卷闸门乍然抖簌起来，底端吱呀作响。

不到两分钟，左右两片的钩锁便被强行敲掉，紧接着外头“万众一心”——

“哗啦”一声。

卷闸门被人整个提拉向上。

手电筒的光照进来，在室内睃了一圈，最后定在她脸上。

她被晃得睁不开眼，下意识地伸手阻光。

然而这么一耽搁，来不及报警或上楼，领头的少年却已吹着口哨快步进来，一脚蹬在诊桌上，便来抓她的手，竟直接把她抓得趔趄起身。

“原来死老头不在，‘小姐姐’还在。”他笑道，“长得倒是挺漂亮的。问题你刚才是聋了还是哑了？非要我们进来才开口是吧？”

说话间，旁边的少年也围上来，视线四下打量着她，哄笑声不断。

领头那个瞧着大些，但应该也不过十八九岁，见她绷着脸不发一言，声音里越发带上几分轻佻意味，又作势去摸她的脸：“还不说话？”

迟雪把他手一把拍开，仍想平心静气讲几句道理，但对方人多势众，已然火速将她围在中间。

不等她说话，那领头者又强行拽着她的手往外拖，绕过诊桌，往外头雪地上走。

“来，哑巴姐姐，跟我们玩玩去。”

“别害羞啊，你多大啊？”

真是疯了！

察觉到对方是真的想把自己往机车那头拉，迟雪挣脱不开，一时也顾不上什么长辈不长辈的，对着小孩手就是狠狠一咬。

趁着对方吃痛松手，她便又火速往回跑——然而旁边七八人已围成个圈，她一跑，仍如钻入渔网，被挡得严严实实，间或有手脚不干净的，甚至向她腰后趁机摸去。

迟雪吓一大跳，反手就是一巴掌。

“啪”的清脆一声。

那被打的少年大概没料到，她看着文静，打起人来力气一点不输男人，又听旁边伙伴捧腹大笑，笑他“心急吃不了热豆腐”，登时红透了脸，一把将她推倒在地。

眼见得就要将那一巴掌还给她，高举起的手，却突然被人从身后拽住。

他莫名所以地扭过头，骂人的话还哽在喉口，那人竟又顺势将他手拉向己方，紧接着一个肘击，猛地将他身体向下压！

少年哀叫一声，根本来不及反应，电光石火之间，上半身已整个向后栽倒，顷刻间便后脑落地。若不是大雪够厚，眼见得就要见血。

他那一群同伴显然都被来人的狠辣果决吓到，当即拉人的拉人，躲避的躲避。

四周嘈杂声顿起。

“这人谁啊！”

“有病吗？泡个妞关你什么事？”

“是不是没长眼睛？不识相是吧？”

而迟雪仍跌坐在雪地上，怔怔看向那面无表情扒开人群，向自己走来的男人。

他的脸色极苍白，不是平日里那种肤色透出的白，而更类似于人至极痛时，连嘴唇都毫无血色的白。白雪落在他脸上，近乎消融于一体。

他向她伸出手，说：“起来。”

然而她握住他的手时才发觉。

他的手也冷得吓人。

仿佛在雪水里冻过一回。

于是几乎没多想，她原本伸出的一只手便变成两只手。两只手都紧紧握住他，直到站起身来仍没有放——却并不是因为贪恋这点亲昵或暧昧。仅仅是因为想要稍微捂热他的手而已。

而他没有制止，也没有看她，只低头盯着面前领头的那少年，冷冷问了一句：“你今年多大？”

“什么大不大的，你是我爹啊这么问长问短——鬼才告诉你。”

少年嘴上仍在逞强骂人，脚步却颇从心地向后退。

“我问你今年多大。”

“你……”

“不要让我问第三遍。”

旁边鸦雀无声。

此时却竟都没有半点哄笑了。

一群少年人，只怯生生地面面相觑，不敢走，也不敢抬头。方才被解凛按倒的那少年，悄然缩在同伴身后。

而解凛沉默着等待，俯视面前少年。

那少年肉眼可见的害怕，在一群同伴面前却仍要强撑。

直到最后解凛上前一步——

“十八！十八！”

他顿时缴械投降，努力憋了又憋，仍是一副快要哭出来的表情，一箩筐的话随即往出倒：

“我都说了我多大了！你不要动手，不要动手！”

“我哪知道这哑……这姐姐有男朋友啊？！我也很无辜好吧！”

“我又没打她！”

解凛：“……”

说来也怪。

其实他并没有用任何非常残暴的手段，仅仅是用三秒钟为他们示范了如何放倒一个人。他甚至控制了力气，并没有伤到对方。

然而，或许刀尖舔血的生活终究不可避免会给人带来戾气，那是一种抹不去的，无法自控的、令人在恐惧面前天然的感应。

如果这是在三年前，另一个城市，他如此这般垂眼看人，对面想必不会只是打哆嗦这么简单。

但他此刻所能做的，也就只是到此为止了。

“十八了。”他的声音淡淡，“那，下一次再在这里看见你。小朋友，我会请你吃几年牢饭。”

话落。

迟雪忽感到不对。

因那群少年望来的眼神，于恐惧间又带上几丝困惑，几乎是齐刷刷地看向这边——准确来说，是看向解凛——而视线往下。

她于是也在困惑中跟着低头，便清楚地看见，血珠从他衣角滴落。

起初是斑驳而不成片的鲜红色，到最后汇成醒目的一洼。他另只手捂住右腹，眉头紧蹙，然而那血仍不断向下滴落。

越来越多。

一群少年见状，瞬间默契地左右对了个眼神，趁此机会，当即作鸟雀四散，机车轰鸣声却比来时更多了几分仓皇。只一眨眼的工夫，如逃难般，已再见不着踪迹。

只剩迟雪搀扶着身旁人，几乎做了他的拐杖。

“走。”她的声音发着抖。

她就这样扶着他，带他往回走，向诊所走，说：“我帮你包扎，会没事的。”

她慌了阵脚的样子落入他眼底。

他任她拉着，在雪地里深一脚浅一脚，走到诊所门前，血迹亦蜿蜒了一路，他却始终不说话。

只当她踮起脚尖，努力伸手要去够卷帘门想虚掩着将之拉下时，他才又伸出手。

闸门落地，沉重闷响。

隔开白雪与暗室。

而他亦无需再掩藏痛苦，终于半跪在地。

迟雪毕竟是医生，当下将人搀扶到诊所里仅有的两张病床之一，又抄起诊桌上的台灯当手术灯，另一只手果断掀开他的衣服。

眼下劲瘦匀称的胸膛却丝毫没叫她分心。

她只瞧见触目惊心的刀疤横亘其上，左腹处及右肩各有一道弹孔。右腹的旧伤未愈，缝线处却因外力而崩开，出血量一时止不住。

她立刻建议他简单包扎后去医院进行缝合，然而解凛仍坚持不去医院。

甚至她再三重申小诊所里原没有缝合伤口的条件，他亦只冷着脸说，从前没有条件，拿根针火上烧一遍就敢直接上手，一副她不敢来他自己也能行的不怕死架势。

迟雪无法，只能硬着头皮顶上。

几乎是动用了诊所里几乎所有的药品资源，再三消毒，亲手缝合，最后简单包扎。

而解凛全程替她举着台灯。

她冷汗直流，他竟连眉头都不皱一下，只垂在一侧的左手默不作声攥紧。

迟雪包扎伤口时，将他略微搀扶起，台灯光线不经意拂过他的左手，才发现他的左手手掌竟已被他抠出血来。

——哪怕极痛时，他在人前仍是永不喊痛的。

她的手一抖，却仍勉力强撑着，只右手执绷带绕过他身后时，在他看不到的角度深呼吸，强憋住眼泪。很快，她便又若无其事地抬起头来，紧咬牙关，继续她的工作。

狭窄的空间里，静得只能听到两人并不重合的呼吸声。

她没有问他这伤口到底怎么来的，一如他也同样没有问她，怎么会把自己搞得这么狼狈。

只有微弱而闪烁的台灯光线映出她的脸，眉头紧蹙，两眼汪汪。

最后给绷带打结时，她几乎是一口气没上来，便要腿软跌坐在地，强撑住病床边沿才勉强站稳。

“不好意思……”她忙道歉，“我……”

我什么？

解凛察觉到不对，忽然抬头看她：依旧是无法看清的脸。

倒没什么稀奇。

偏偏等他要低头时，她脸上眼泪，却竟正好沿着下巴往下落。

不偏不倚，砸在他才刚稍稍舒开的左手手心上。

“……”

他忽然一怔，只以为是自己过于生猛的“疗伤方式”吓到了普通人，亦才后知后觉意识到，面前也不过是个年轻女生——不是他们行军作战或者卧底生涯里见惯生死的同伴。

“我……”

于是一瞬间，他亦想要说些什么。

可无奈安慰人的话，说起来似乎还是好多年前，碾磨于唇齿总觉得陌生。

说对不起又太沉重。

他想了半天，也没想起来对一个女孩说抱歉，最好该说什么。

最后，他只能抬起手——在她也恰好低头收拾床边医用品的时候，有些试探性地，轻轻拍了拍她的头。

“吓到你了。”他说，“不好意思。”

他没有问过她的年纪，甚至不知道她的姓名，下意识通过举止判断，把她当成了二十一二岁初毕业的女孩。

而迟雪如被这动作施了法，瞬间僵在原地。

“……”

等回过神来，他的手已收回去。

如无事发生过的样子，只有那只沾过她眼泪的手，却仍有些无措地不好收紧，虚攥着。

迟雪眼角余光瞥见他掌心伤口，喉口又是一哽，再不忍说什么，只轻轻应了一句“嗯”，便又接过台灯，端起托盘。她将双氧水、纱布等一应物什装好，扭头撩起帘子离开。

直到她真正一个人去洗手消毒时，瞧见自己衣服下摆上沾到的斑斑血迹，才无声地哭了一场。

她并不知道他经历了什么，不知道在他身上发生过什么样的可怕的事。

却是第一次，如此直观地面对了他的痛苦。

原来过去的许多年，她以为的两相安好互不打扰，在他身上应验，却是刀疤、弹孔、枪伤的灼痕。

是面不改色忍受痛苦。

是烤过消毒的一根针，穿透皮肉也绝不能皱眉。

她无法回避，于是亦不得不残酷而清醒地认识到，原来那个托着下巴对她说“小老师，帮我保守秘密——等我当成了警察办大案，要吓他们一大跳”的少年，已经不会回头地长大，如她一样。

她长成没有勇气说“我们和好好不好”的胆小鬼。

而他亦沉默而持重地捍守着隐秘的过去，一语不发。

她双手掩面，不知缓了多久，直到脑子里不再嗡嗡作响，终于努力舒出一口气。

她从洗脸台捞起一泼冷水洗脸，勉强拾回几分清醒，然而，回到前头诊桌旁时才发现，解凛竟然又起了身。

他甚至完全无视刚刚才缝完针的痛感，简单和她聊了几句，便提出要开药回家——

哪怕那个所谓的家，也不过就在对面而已。

他仍坚持。

“不给你添麻烦了。”

站在诊桌前，他亦仍是如旧平静的语气：“但希望今天的事，你也能够帮我保密。我不想有其他人知道……关于我受伤的事。”

迟雪闻言默然。

换了往常，她也许会制止他，但今天夜里，劝慰的话却无论如何说不出口，只能放行。

她给他开了不少消炎和镇痛的药，又叮嘱了好几遍伤口不能碰水，如果方便的话，最好再去正规的大医院看看。

说完，她这才坐下诊桌，又最后给人登记用药。

“姓名？”

她装作如常询问，努力把他当作一位再普通不过的病人。

他亦配合，说：“谢凛。”

两人都不觉有异。

直到台灯明暗光线之下，她伏案誊写医嘱。

一笔下去，起笔是一撇，紧接着横钩。

一个“解”字转眼成形。

她仍没意识到有什么，正要紧接着写“凛”字。

他眼神紧盯着那纸页，却突然说了句："你竟然知道是这个'解'。"声音是极冷的。

她笔锋一顿，墨渍瞬间沤出一团滑稽的墨点，忽又怔怔抬起头去，望向他。

"……"

【求问之前新生运动会上，高一那个个头好高的，站第一排的举旗手是谁啊？】

十年前，怀揣着一腔少女心事的迟雪，做贼心虚地捧着手机缩在被窝里，按下确认发帖键的那一瞬间，却又忍不住猛地丢开手机。

她脑袋捂在被子里，努力忍住再忍住，仍险些要尖叫起来，心里的情绪相当复杂。

害羞。

不好意思。

大概还带着一点窥探秘密的愧疚。

然而别人当然不会想这么多。

就算是半夜里，帖子下面仍很快建起高楼。

【解凛你都不认识？】

【高一（7）的解凛啊！】

【楼主，坦白从宽抗拒从严，老实说，你是不是也要成为解凛迷妹大军的其中一员了？】

【不是谢谢的谢吗？楼上是不是错字了。】

【拜托，解是多音字！你们这群人花痴也打听清楚人家名字好不好。】

……

一路讨论下去。

直到第二百三十楼。

【话说我还去给解凛的名字算了算……感觉好准啊！】

【什么什么？发来看看。】

那栋高楼如若至今还未删，或许仍能见到那张图。

【解凛。】

【家庭缘薄，孤独遭难。】

【六亲无靠，有伤夭寿。】

【施恩招怨，劳而无功。】

【……然此数之男女均属好貌。】

当初他们都以为只有最后一句为最真。

然而睽违多年。

她看着他。

窗外大雪纷扬，门内冰霜如昨。

十年了，从树上树下的遥遥一望，到如今的沉默，怀疑。他的眼神何其冰冷，只要稍有不坚定，一定就会被吓走吧？

但很奇怪，此时此刻，她心里却只有很小很小的声音，几乎微弱地在说。

“解凛。原来你过得不好，我会这么这么伤心。”

伤心得无法以眼泪形容。

却在你面前，十年如一日，只知自惭形秽。

·第四章·过线

[1]

但她的情绪似乎无法通过表情或声音传递给对方。

相反，沉默是危险的暗号。

解凛眉头紧蹙，左手背在身后，握紧又松开。

在等待对方回答的间隙，借着忽明忽暗的微弱光线，他又无声打量着面前人：

长发披肩，没有烫染痕迹。

以桌高为标尺，身高在一米六四到一米六六之间。

身上没有项链、耳环、戒指等任何装饰。

没有肉眼可见的胎记或疤痕，没有习惯性的口癖和肢体动作。

简而言之，所有无法短时间内参考判断的个人特点在一个人身上重合，对他来说简直是“天生宿敌”。

“你怎么知道我的名字？”于是索性再次重复刚才的问题，只不过，他这次问得更加直白。

不料话音刚落，压抑的气氛之下，响亮的手机铃声却仿佛掐准时间般响起。

如送救兵般，迟雪搁下笔，毫不迟疑地将电话接起，背对着他。

却听电话那头传来同事略显焦急的声音：“你还是赶紧来医院一趟吧！”

“什么？”

“总之你爸也是倒霉！那个病人的儿子不知道什么毛病，听那边的护士说，你爸给他代缴费，他知道之后非要闹到住院部让人退钱，说不要你爸的钱。最后两个人在缴费处那吵起来——你爸拖着他走让他别惹事，还没走到门口，就台阶那，他一推，把你爸直接给推倒了。”

迟大宇算是晚婚晚育，四十多岁，才得了迟雪这么一个女儿。如今虽看着身子骨健朗，可到底也是六十多岁的老人。

而老人最怕的就是磕碰。

迟雪闻听这消息，当即白了脸，挂断电话后脑子还嗡嗡响，一时也来不及和解凛解释什么，只能将开好的药简单装好，鬼画葫芦般写了用药标准和医嘱一并交给他，送人出门。很快，她便又换了鞋和干净外套，打了车赶往医院去。

心急如焚之下，她连平时再熟悉不过的医院，进去都险些迷了路。

末了，还是同事好心过来领她，这才顺利到了父亲所在的急诊科外——至于为什么坚持不住院——

“我就是个医生，我还能不知道吗？”

迟大宇一看她脸色白成那样，知道自己吓到了女儿，忙又把人拉过来安慰：“也就这腿崴了下，你看着肿老大，其实骨头没事。我休息休息就行了，咱家里就开诊所的，何必在医院花这冤枉钱。”

迟雪眼圈都要红了：“那给你打电话发消息怎么也不回？”

“这我知道，”结果迟大宇还没说话，旁边的热心同事便插嘴道，“我刚过来找叔叔，他都在这儿杵着拐睡着了，旁边人来人往都没吵醒他。”

“咳……咳。”

迟大宇被人掀了老底，忍不住尴尬地轻咳两声，还要给自己解释两句。

正值此时，在外头抽完烟回的麻仔却恰好向这头走来。迟雪看见他，当即起身迎上前。

一向温和寡言如她，此刻竟也显出几分凌厉的怒意来。

“麻仔。”她一把拽住他的手，“我们家是有做什么事对不起你，还是你对我们有意见？”

麻仔被她问得一怔，眼神下意识地垂下，看向她紧扣他手臂的纤细手指，脸上露出复杂的神情。

然而也只一瞬。

迟雪一句“你有任何不满可以跟我说，你为什么要动我爸”，瞬间激起他滔天怒火，冷不防地，便把她手重重甩开。

“你还问我？你爸爸就是老不羞，六十几岁的人了，对我妈什么心态你以为我看不明白？他都不要脸了我还干吗尊敬他？还有你……你，”他说，“你嫌贫爱富。”

“我怎么就嫌贫爱富了？”迟雪气笑了。

“我嫌贫爱富我会过来看你，会让你有事可以找我帮忙？我嫌贫爱富我会帮你在保险公司那边说好话？升米恩斗米仇也不是这么算的！我们年轻点的，有些磕磕碰碰我都尽可能理解，可你推我爸是什么意思？”

“小雪，小雪。”迟大宇见她难得发怒，也知道她是关心则乱，忙又咬牙杵拐上前来，想着把两人先分开，把迟雪往自己身边拉，嘴里一个劲咕哝着，“你别跟小孩计较，爸爸知道你脾气是最好的，这，只是吵起来了没控制住情绪嘛，爸也没有什么大事。”

“爸！”

“何况这里是医院，到处都是你的同事，”迟大宇压低声音，“不要和人家吵，影响不好。咱们也是一片好心，人家不当回事是他的事，但我们还是要……”

“还是要什么？六十多岁了为老不尊，一个死了老公一个死了老婆，最好勾搭一起是吧？”麻仔突然冷笑着开口，“你自己糊涂，别把别人都当傻的！我可看得一清二楚。”

此话一出，犹如一团火直冲天灵盖，迟雪窝了一肚子的气、愤怒不满，全都化作迎面而去利落的一耳光。

“啪”一声。

麻仔的脸被她打得歪向一侧，半天没回过神来。

迟雪也不让迟大宇拽，示意同事把父亲扶开，一贯好脾气如她，又猛地拽过比她略高半头的麻仔衣领。

“你给我听好了！”她眼圈都是红的，“我十七岁就没妈了，这十年，我爸为了养我、供我上学念书，省吃俭用，一分钱都不敢乱花。但听说你妈出事，他二话不说就拿出来一万五，今天又过来给你交了两万！这些钱你以为是天上掉的吗？全都是他从牙缝里省出来的！就是打发给叫花子，钱掉进碗里还能听见一声响，叫花子还会感恩戴德磕两个头，你呢？你的良心被狗吃了？”

“我不管你妈和我爸是什么关系，这是他们之间的事。等你妈醒了，要怎么样随便你，但你别一副你为了你妈付出多少多不甘心的样子！我问你，从你爸爸走了之后，你回来看过一次她吗？你知道她腿疼到下楼都痛，从你家到我家这么点距离，她要挪一个小时吗？知道为了给你省钱，她手术都不愿意做吗？现在你有什么资格说这些话！”

她气得整个人都在打哆嗦。

别说同事，连老迟都被吓到，似乎还是人生里头一回，见到温吞乃至有些软弱的女儿，会有如此咄咄逼人的一面。也是人生里头一回，知道不善表达、遑论开口说爱的女儿，其实心里——她心里什么都知道。

相依为命的这些年。

辛苦又艰难的这些年。

“还有下次，我真的会报警抓你的！”迟雪说。

语毕，松开对方，她转身和仍傻眼站在原地的同事说了声“谢谢”，便又去搀扶父亲。

“我们走。”

如小时候父亲总牵着她的手一样。

她也牢牢地把住他的手，让从前总觉得像山一样的父亲，也能够在她小小的“翅膀”底下，得到小小的“庇佑”。

而亦是在这一夜的不欢而散过后，迟雪拒绝再去探望黄阿姨，也拒绝再和麻仔有任何接触。

后来的好几回，其实都在医院凑巧碰见，迎面看到，她也权当不认识对方，至多是淡淡点个头，便任由对方擦肩而过。

用迟大宇的话来说，即自家女儿看着温柔和善，倒是真的把“护短”两个字发挥到了极致。

但对外人强硬归强硬，到解凛那边，却反而因为她逃避问题的态度，似乎引起了他的警惕。接连几次，他们在她上班或是医院午休时偶遇，都能明显感觉到他对于她的防备。

态度的冷淡无需以言语表明，只需要一个眼神、一个动作，她已然能够无奈地会意，或许他是把她当成了窥探他身份的不安定分子。再加“叶南生女友”这口黑锅牢牢扣下来，简直是永无翻身之日。

她几次想要找他解释，却又总是临了打了退堂鼓。

日子只得这么不尴不尬地僵持着过下去。

有时她也安慰自己，其实能见到已经是万幸。解凛是个犟脾气，如果让他知道自己就是当年那块差点阻拦他梦想的绊脚石，失约又失信的旧同学，或许还不如现在这个局面，他会当场甩脸搬走也说不定。

然而时间久了，连老迟这个格外迟钝的老父亲也看出来不对劲。

怎么自家闺女从前还偶尔能配合配合去相个亲——最后结果都是失败暂且不论，但起码让自己有个盼头。现在是对相亲一百个不乐意。

偶尔空下来，还尤其积极要代替自己值诊所夜班，眼神看着对面望眼欲穿。时不时还旁敲侧击，让自己给对面那个“小谢”送点药，问候一下情况。

反应过来这些表现背后意味着什么，他的一颗慈父心，顿时是心如刀绞。

“小雪啊。”

失眠一整夜后，当天早上，迟雪要去上班，他就把人叫住，又语重心长地劝她：“两条腿的狗不好找，两条腿的男人还不满街都是吗？女儿，咱们真的不能太外貌协会，尤其不能一个劲吊死在歪脖子树上。放弃了这一棵树，外头还大片的森林。”

给迟雪听得一脸疑惑，又问他说：“所以呢？”

“所以，”迟大宇掏出那张迟雪早都忘了的照片——也不知道他哪儿来的执念，或许只是想要以此作为比较。指着照片上头叶南生的脸，老父亲又开始以过来人的经验劝她，“依我看，这孩子真的就挺不错的。看着会读书，脾气也不错，笑眯眯的。咱们过日子还是不能光看脸，要看……”

“爸！”迟雪再迟钝，这时也终于听出他的话里有话，一时不知该作何表情，忍不住尴尬地扶额，无奈抢照片又抢不过来，只能坐在那里干着急。

“我说了他不是我喜欢的类型。”

“那你喜欢什么类型嘛，对面小谢？”

“……”

“你可得想清楚了！”

老迟的话音突然变得严厉：“先不说人家对咱们总是冷冷淡淡的。退一万步讲，你再喜欢人家，别人是有女朋友的人，有些事情，底线是要清楚的。”

“我……”

“迈过这条线。”老迟手指上沾了点水，在诊桌上划开一条具象的水纹，又望向她，话里若有所指，“很多事情就变味了。”

迟雪：“……”

她当然能听懂父亲在说什么，却说不上是心虚还是心酸，再不说话，只默默低下了头。

偏偏那天上班的路上，仿佛刻意安排，迟雪又好死不死碰见解凛。

他依旧骑着那辆似乎颇具年代感的二八单车。两人与上次无二，又是在红绿灯路口打了个照面。

只不过这次，寒暄止于各自颇有分寸的点头颔首，却再没有多余的话。

迟雪跟在寥寥几人的队伍后上了公交车，脑袋抵着车窗，仍忍不住地去看他远去的背影。

雪已融了许多，地上却还打滑，寒风刺骨，将他的外套衣摆鼓吹膨胀，又渐次落下。而他不回头。

从不回头，就这样离开她的视线。

她忽然觉得，自己似乎已经错过太多本该剖白的机会。

于是恍惚着，一直到了医院门口，还有些回不过神来，连凑巧迎面看见叶南生和麻仔走来都毫无反应。

正要径直路过，叶南生却又伸手轻轻按住了她的肩。

“迟雪。”

这次倒是不叫她什么奇奇怪怪的外号了。

他话里带笑，另一只手又在她眼前挥了挥：“大清早就开始梦游？怎么一副不在状态的样子。”

她反应过来，抬起头，便见叶南生今天装扮尤其郑重，西装革履，配上那副不离身的金丝边眼镜，颇有些衣冠禽——不是，温文尔雅的气质。旁边跟着低头耷脑的麻仔。

见她视线望来，麻仔亦看向她，只是那眼神说不上来的奇怪，她看得蹙眉，又飞快别开脸。

“有什么事吗？”别的不说，单单问了叶南生一句。

“倒也没什么。”而叶南生好脾气地回她，“这不是正好见到了。而且，我今天就专程为你这个朋友来的。你要是有空，要不要也来看一下？”

“看什么？”

“周向东。”叶南生闻言，扭头看麻仔，“结果你没跟她说啊。”

麻仔一声不吭，一副不爱搭理人的模样。

好在叶南生这个做老板的倒没太跟他计较，只转而一脸无辜地摊手，又向迟雪“抱怨”起来：“你不是之前说让我帮忙解决一下他买的那保险的事，陈娜娜不乐意，所以我直接报上去总部了，最后公关部给了个建议。”

“什么建议？”

“就，钱不是大问题，但是要发挥最大作用。”

叶南生指了指医院外头停着的几辆媒体车——迟雪刚才一路走来竟都

没发现，今天的医院比往常要格外热闹。

“我爸说，做保险这一行，最关键是要信誉，但是也不能让别人觉得保险公司是冤大头。既然要两全其美，给了钱，照顾到你的心情，又要让这个钱花得有意义，不然就把它做成一个公益的形式。”

可怜的孤儿寡母。

救命的四百万元。

体恤穷人的保险公司。

最后，由英俊善良的新老板，手里拿着偌大的捐赠证明，交给眼含热泪的被救助人。

这样的剧情虽说烂大街，但对于“新官上任”的叶南生而言，倒是个不错的宣传机会。

他要名，麻仔要钱——同时又照顾到了迟雪这个“朋友”的心情。

算下来，不只是两全其美，倒是三方讨好了。

不愧是二十年转移十几亿财产的凤凰男，叶南生那个只闻其名不见其人的老爸，做人的确有一手。

迟雪内心腹诽，脸上却很难表现出什么不满或冷淡的神色来。

尤其想到麻仔拿了钱，也从根本上断绝了迟大宇再去热脸贴冷屁股的必要。她乐见其成，当然也不会故意去拆穿人家。最后，她也只冲叶南生点了点头，又道：“挺好的，谢谢你啊……他们现在确实挺需要这笔钱的。解了燃眉之急了。”

“没什么。”而叶南生亦当即回以微笑，“小迟医生你都开了金口。我当然尽可能满足你的要求。”

这一来二去的，反倒真正要被“捐助”的麻仔，恍惚成了个局外人。

迟雪也意识到这一点，察觉气氛不对，更不愿久留，准备借机脱身。

无奈话还没说出口，又见一两个记者打扮的男人上前来，叶南生同她打了个手势，便又和那两人边说话边走开。这下她反倒不好“不告而别”，正犹豫要不要先脚底抹油。

“迟雪。”一旁的麻仔却突然开口，又沉沉喊了她一声名字，“跟我聊聊？”

迟雪心底不太乐意，但见他一副受了天大委屈还头都抬不起的样子，毕竟是几多年的邻居，也难免有恻隐之心。

想了想，抬头看了眼手表，见离正式上班时间还有差不多十五分钟，她最终还是点了点头，说：“行。”

话落。

两人很快沿着医院门口，一路走到了住院部附近那偌大的人工湖旁边，不远处就是之前碰到小远他们那群孩子的花园长廊——这里环境好，早上下来呼吸新鲜空气的人也不少，间或有几人同他们一样在“散步”，倒不算幽僻。

然而，两人谈话的气氛却着实诡异且沉重。

迟雪本来还想问他黄玉阿姨的情况是否有好转，麻仔却冷不丁抛出一句：“你现在满意了。”

她一怔，觉得这话实在带了点阴阳怪气的意思，表情也变得不好看起来。

“什么叫‘我现在满意了’？”她眉头紧蹙，“我觉得现在的处理方案，已经算是尽可能照顾到了你的需求。你需要那笔钱，人家那边也要走程序——现在程序不好走，就用这样的方式来代替，难道也是做错了？”

“哦。”麻仔冷笑一声，“是啊。那他们没错，你也没错，是我们这些穷鬼不识好歹。”

“……”

“你不就是想看我笑话吗？别以为我不知道，你和你那个男朋友就是商量好的，本来就该给我的钱，现在非要我上电视！上电视看什么？看我出丑？看我一脸麻子丑八怪？让别人去议论我，为什么正儿八经拿不到钱，还要走这些歪门邪道？让他们说我是有阴谋所以拿不到钱，然后你就得偿所愿了！”

这些奇怪的逻辑摆上明面，迟雪简直是无言以对，心想自己再怎么说，估计也没办法跟他解释人家合理正常的怀疑和他确实急需用钱之间的冲突，更没办法说服他，自己压根就没有嫌贫爱富或者看热闹不嫌事大之类的情绪存在，再多说也是浪费口水。

于是她叹了口气，眼见得快要到上班时间，只能简短回以一句：“总之，我希望你的事能够很好解决，保险公司那边的钱给到你就好。”说完，便转身准备离开。

不想这句话在她看来是安慰，在对方看来是全然的敷衍。

麻仔满脸通红，一下攥住她的手腕。

迟雪措手不及，险些被拉了个趔趄，下意识要掰开他的手。却不知他看着瘦弱，究竟哪里来的力气，任她如何用力，对方依然纹丝不动，反而拽着她就往人工湖的栏杆那头走。

“你要干吗！”她脸色一变，“松手！周向东，我警告你这里是医院，不是你闹事的地方。”

然而麻仔显然已进入一种奇怪的癫狂状态，嘴里一个劲咕哝念叨着“你讨厌我”“你嫌贫爱富”“坏女人”，便不管她的挣扎，埋头向湖边走去。

前几日才下过雪，只见那湖面枯枝残雪十足寥落，且水面混浊。

迟雪手脚并用也挣不开他，只得大声呼救。

有几个散步的病人看到，指指点点望向这边，却没人敢走近来阻止，就这样全程目睹她被人半拖半拽，几乎是被挟持着猛地拉到栏杆边。

背后就是人工湖。

这里距离湖面甚至还有恐怖的垂直距离。

“麻仔！”迟雪背抵着栏杆，当下失声惊呼。

——她小时候就曾经在游泳池里差点被淹过，怕水怕到极致，根本不会游泳。

下去很明显是自寻死路。

所以哪怕明知对方情况不对，她仍在奋力挣扎。

恐惧压过了一切。

“麻仔，我不是，真的不是……”

话音未落，脚下一轻。

她脸上惊恐的表情甚至来不及褪去。

整个人几乎是被翻过，根本不受控制，双手无力地挥舞着——

然后，“扑通”一声。

水花四溅。

脏污的湖水向她涌来，淹没口鼻。

[2]

迟雪从小到大都很怕水。

起因是小时候被堂姐带去游泳池玩，压根不认识的陌生大叔，非要借口考验她的“憋气能力”，一个劲把她的脑袋往水里按。

她人太小，根本没办法反抗，手脚扑腾，用力挣扎也无法逃脱。

最后还是好心的救生员发现不对，一把将她抱过来解救，这才免于一场大祸。

然而，尽管如此，童年时的溺水阴影却也始终没有离开过。

时隔多年，那种大脑一片空白，水灌入鼻腔的窒息感，哪怕是在梦里，也依旧能够让她瞬间大汗淋漓地醒来。

她因此多年不曾进过泳池，连大学时选修体育课，尽管任课老师是全校有名的“给分管够”且脾气好。她也依然坚定在所有人挤破脑袋选课的同时，对游泳课敬而远之。

由此不难想见，在被推下人工湖那一刻。

她心里其实只有一个声音，那就是：“完了。”

一切都完了。

几乎同时。

住院部门口不远处。

解凛路过，听到旁边人工湖附近传来刺耳的喧哗声，难得循声望去。

他前脚刚从小远病房离开，趁着梁伯不在，放下慰问的营养品，又续交了三万块的住院费。

眼见得围观人群越来越多，又想起之前进医院时看到门口停着的几辆媒体车，他下意识认定是剧组取景拍戏或是新闻媒体为博噱头又闹出什么啼笑皆非的丑闻。

他本就不想暴露在太多人视野之下，正要与人群逆行离开，然而不知何故，越往外走，心里莫名跳得更厉害。

他似乎隐隐有一种奇怪的预感——这种预感让他想起当年接起老解的电话。

对面明明声色如常，但他的心里发紧，总是一种喘不过气来的感觉。后来，果然不久便应验。他得知老解在任务中为人挡枪而死，放下电话，除了茫然失措外，当时竟还有一种宿命应验的错觉。

一种……非常让人不愿再回想的错觉。

于是他不知不觉便加快脚步，只是这次，是掉头往湖边走。

附近已经聚集了许多看热闹的病人与病人家属，还有一个瘦干的男人捂着脑袋跪在湖边，一直疯疯癫癫，喃喃自语。

解凛几乎是在看见他的第一秒，便从他裸露在外、布满针孔的手背上，读出了某种阴森的熟悉感，是以脸色骤寒。

然而此刻问题的关键却显然不是在这个男人。

他不得不逼自己把目光投向湖面：果然，离得虽远，且看不清脸，仍依稀可见底下扑腾的人影。

雪上加霜的是，从动作来看，那人甚至很明显不会游泳，手脚都是胡乱在挣扎，根本起不到漂浮的作用，反而加剧下沉的速度。呼救的声音传到这边，也越来越微弱。

旁边的人聚集得越来越多，一刻不停，叽叽喳喳在讨论，却没有一个人愿意下去救人——毕竟湖面森寒，还未消融殆尽的残雪乌黑地沉浮其间，树枝树叶更是杂乱密布。真要下去救人，救不救得上另说，这么高的一段垂直距离，还有可能把自己也搭进去。

他眉头紧蹙，捂住右腹伤口。

之前在对面那诊所里的简易处理并没有能够完全缓解疼痛。

这几天他几乎睡不着觉，伤口仍然时不时渗血。他甚至考虑过要不要借"薯片仔"的身份证来医院做手术。

而且眼下这个情况……

解凛回头看向医院正门处的几辆媒体车。

对他而言，有可能正在赶来的记者才是最大的威胁。

一旦被拍到，见报或者上电视，他之前的一切努力就将白费，也将把自己和"新同伴"置身于最大的危险之中。

他不能，也无法冒这个险——

"我的天！这不是小迟吗！小迟！！！"

然而此刻，旁边忽然有人扒开人群。

他侧头看，发现对方是个医生打扮的青年，两手撑在栏杆上，几乎要扑下去的姿态，一个劲往湖里张望，边看，还不忘拽过身边病人问："底下是不是个医生？太远了看不清！是不是迟医生？谁干的！"

语毕，他有些迟疑地脱下白大褂，一副要跳不跳的样子，脸上堆满快要哭出来的表情。

"但是我也不太会游泳啊……迟雪……我……"

迟雪。

他欲哭无泪地趴在栏杆上，还在纠结到底要不要跳，手腕却猛地被人攥住。

小刘医生一脸茫然，看向身边突然发狠"袭击"他的帅哥，正要问有何贵干。

"你说她叫什么？"那男人声音却似乎在可怜地发抖，好像掉湖里的不是小迟而是他似的。

冷得发抖，牙关打战。

小刘医生只以为又碰到个比自己还严重的胆小鬼，当即没好气地应道：

"迟雪！迟雪！迟医生！"

"哪个'迟'，哪个'雪'？"

"迟到的迟，下雪的雪！"

小刘医生更不耐烦了。

"你们这群男的……不对我们这群男的，总之，你又不去救人你问这么多，"他随即转向湖面，又壮胆似的喊了一句，"迟雪，你等着，我现在马上就——"

"扑通！"

……欸？

他后头的喊话仍哽在喉口，眼见着湖面几乎是瞬间掀起水花，不由得愣愣看向空出一块的旁边，呆了好一会儿，才又看向不复平静的湖面：

已经昏迷失去意识的迟雪，被人单手搂在怀里。

那人显然"水面生存能力"极强，哪怕带着个人，游泳速度也绝不算慢。

周围人惊呼声不断，快门声不停，却仍是没有一个人敢去帮忙，就这样眼睁睁看着男人把溺水的女医生救起。

唯有小刘医生眼尖，心说这男的怎么救了人，自己反倒一副"如丧考妣"的死人脸，再仔细一看，湖边的草地竟蜿蜒了一路血迹，吓得他急忙在岸上高呼："喂——你看看迟雪是不是在湖底下被什么东西刮到了，流血了！喂——"

那男人却根本看也不看他，只十分熟练地进行心脏按压，又俯身去听她的呼吸和心跳。

迟雪整个人却依然毫无反应，黑发狼狈地粘连在脸侧，脸上惨白而无人色，脑袋歪倒在一边。

小刘医生一看便急了，又开始远远遥控指挥："喂——那个，救人英雄——人工呼吸啊！"

"人工呼吸知不知道怎么做！人、工、呼、吸！"

这次那男人终于回头看了他一眼，不知是无法忍受他的魔音绕耳，还是的确以伤者的安全为第一，最终，却仍是轻轻托起迟雪下颌，捏住她鼻子，随即深吸一口气——

他伏下身去，双唇相贴。

一次又一次。

小刘医生看在眼里，虽然明知那是再正常不过的急救方式，嘴仍是忍不住逐渐从紧闭紧抿，到震惊又八卦的"○"形，末了，忍不住又"啧"

一声，捂住了眼睛。

才刚捂上，正从指缝里悄悄看。

不想下一秒，他旁边的空位忽又有人补上。

那人甚至也和之前的男人一样着急问他："什么情况？"

模样看着有点眼熟。

小刘看了眼底下人工呼吸的两人，又定睛看向面前同样眉头紧蹙、面露焦急的帅哥眼镜男。

他灵光一闪，忽然想起：这不就是不久前刚在医院门口碰到，提着早餐来找小迟的那个"绯闻男朋友"吗？

"这、这这……"他一时犹豫起来，心想说真话虽然诚实，但很有可能败坏了人家的好姻缘。可说假话，这眼前的场景还需要他遮掩吗？这不都——

还好。

正纠结着，倒有人上赶着代替他说了真话。后脚跟上的叶家保镖，小声和叶南生交代了事情经过。

叶南生的表情倏然变得很难看，拨开人群，径直找到仍跪地抱头喃喃自语的周向东，便是一脚过去。

"你是不是找死！"

那一脚正中心窝，踢得男人哀号不止。

附近人顿时齐齐向此处望来，隐约间，又响起几下快门声。

保镖见状不对，连忙拉住他，提醒记者马上要来，必须注意形象。

然而叶南生却一反常态，过去的好脾气全都抛之脑后，只冷着脸随手将人拂开，之后又看向湖面，脸色极为不善。顿了顿，他很快脱了西装扔给保镖，也紧跟着"扑通"一声——

这都第三个人了。

旁边目睹全程的小刘医生默默想：今天的人工湖，大概要迎来湖生的最"高光时刻"。

很快，叶南生亦湿淋淋的上了人工湖一侧堤岸。

不远处即是他那多年未见的堂弟，然而他此时此刻，很显然丝毫没有任何与人叙旧的心情，只几乎是拖着沉重的脚步走过去，猛地掰过他的肩膀。

"解凛。"

这两个字他说得咬牙切齿。

恨意。

嫉妒。

厌烦。

种种复杂的情绪汇聚在一处。

他只有一句："该死，你为什么每次都要给人添麻烦，要消失就消失彻底一点不好吗？！"

而解凛面无表情地回望向他："松手。"

"你……"

"不要让我动手。"

已近乎是威胁了。

解凛说："很脏。"

但究竟是湖水脏还是人心脏，是自不必点名的冷嘲。

叶南生不想和他逞一时口舌之快，也没时间纠缠，只得松开手。转而半蹲下身，试了下迟雪的呼吸，这才稍微安下心来。

两人脸色却都没有丝毫缓和，依旧横眉冷对，剑拔弩张。

沉默片刻。

叶南生忽伸手指了指人工湖的反方向——那里有一道斜坡，直通岸上，平时专供清理湖水的工作人员使用，难上难下，不过恰好远离人群。

"你还有三分钟能走。"他说，"记者马上就要来了。"

"……"

"你应该不会想面对记者吧？"他话里带着平静的讥讽，"毕竟当年你从叶家走得狼狈，现在再入镜，让那些想看你热闹的人平白捡了个热闹看，想想是个不划算的事。哥也是为你着想。"

当然，他同样并不掩饰自己私心，即并不希望让老太太或者自己母亲从电视镜头或报道里，看到这个本来应该死掉的人。意外的麻烦已经够多，再来一次就显得过分多余了。

"你应该懂我什么意思。"

而解凛沉默无言，只冷冷看向叶南生，背在身后的左手却不自觉攥紧——他心里很清楚，出现在镜头下是什么后果，甚至远比叶南生说的严重更多。

一旦被暴露在大众视野之下，昨天才刚解决掉一批的人便毫无意义，他现在的身体情况，也很难再一次应付那么多人。

他不能把危险全都留给两个小孩。

但是——

他咬紧牙关，又看向地上昏迷不醒的女人。

模糊的脸。

只有苍白的轮廓。

但是这是小老师。

是……小老师躺在这里。

“而且……”叶南生观察着他的表情，突然幽幽说了句，“如你所见，我和迟雪也不只是普通朋友而已，你不觉得自己待在这里其实有些多余吗？”

“……”

解凛一怔。

“我以为你那天在医院应该也看到了，不用我再提醒你第二次。”

“什么？”

完全没有反应过来叶南生指的是什么，直到亲眼所见叶南生轻攥住迟雪的右手，十指相扣。

叶南生以一种近乎挑衅的眼神看向他：“如果没记错的话，当年我甚至也问过你，是不是不会再纠缠了。你说的‘是’。”

“解凛，如果我是你，就绝不会出尔反尔。”

“而且，你不如想想清楚你现在的身份，把人拖下水，难道就是你想看到的吗？”

语毕，叶南生眼神落低，原是想要把迟雪抱起，眼角余光不经意一扫，一顿，忽却又看到，那一地蜿蜒血迹的尽头，原来是解凛不知何时紧捂右腹的手。

那伤口在往外渗血。

他的眼神蓦地闪烁，有一瞬而逝的不忍。

“你……”

但也仅仅是一瞬而已。

“你没有时间了。”

他咽下原本想说的话，只依旧无情提醒对方：“你现在走，之后我还来得及封锁消息。但你再不走——后面会有什么后果，恕我概不负责。”

这是最后的警告了。

解凛清楚叶家人一贯的做派，当下站起身来，做了决定，便头也不回地走向斜坡，迅速离开现场。

而小刘医生此时仍在岸上，目睹那“救人英雄”三下五除二爬上另一侧的坡面，转瞬消失无踪，顿时一头雾水。想问附近人才发现，旁边竟然不知何时，多了好几个扛着长枪短炮的记者朋友。

闪光灯、快门声，活似一场英雄救美的童话现场。

唯有他这个全程莫名其妙参与其中的“局外人”还在挠头。

这……不是英雄救美吧。

他想，怎么好像《小美人鱼》的历史性重演？等小迟醒过来，这可该怎么说才好。

[3]

迟雪做了个很奇怪的梦，甚至也分不清到底是梦还是现实。

她只依稀记得自己在水里挣扎、浮沉，而目之所及，解凛就在岸上，在人群中。

她于是在求生欲望的驱使下拼命向他呼救、努力地招手。

然而他只是自始至终，迟疑地站在那儿，和所有围观的人一样，以陌生的眼光看向她，和旁边人说话，在岸上冷眼旁观。

“解凛……”

于是乎，在失去意识的最后一刻，她忽然茫茫然想：原来，陌生是一件这么可怕的事。

因为没有纠葛，没有感情，没有牵挂，所以对近在咫尺的生死也可以做到无动于衷。

她并不是恨他，也没有怪他，只是感到无能为力，亦只能绝望地闭上眼睛。

直到不知多久后，眼睫颤抖着，她被身边熟悉的对话声吵醒。

“好的，好的，我们家小雪真是多亏你帮忙。她打小就怕水，又不会游泳……我听到电话里说她被人推水里，真是差点急死了！”

“没关系的，叔叔您先坐。”

“不，你听我说。小叶啊，真的，叔叔对你真是感谢，无以言表。”

老迟的声音传到她耳边，起初还伴着阵阵的嗡鸣声，后来逐渐清晰。

她尝试睁眼，却被过分刺眼的白炽灯光晃了下，足缓了好半天，这才调试过来，循着声音传来的方向微微侧头望去，便见一旁的沙发上，老迟夹着拐杖，仍激动地站起身来，一把拉住叶南生的手。

“叔叔只有小雪一个女儿，都怪我做什么滥好人，耳根子软，不然的话，她是最不爱管闲事的人，哪里会管……别人家的事。叔叔差点把她害死了！我怎么对得起她妈妈……”

叶南生闻言，立刻安抚似的拍了拍他后背。

“都没事了，”青年温声细语，“叔叔，刚才医生已经给她做过身体检查，只是呛了水，应该很快就会醒过来。周向东那边的事，我已经让公司法务部的人去办，把他移交警方处理了，一定会给你们一个交代。”

这话按理说已算是进退有度，迟大宇的脸上却没有丝毫得到安慰的宽心表情，反而眉心越发紧蹙。迟疑片刻，他又小声问说：“他……我是说，周向东，他会被判刑吗？”

“您希望他被判刑？”叶南生说，“从后果来看，有点难。毕竟他的精神问题也要被考虑进去。”

“这样。”

“不过如果您坚持的话，我可以让我这边的律师提告……”

“不不不！不用了！”迟大宇连忙摆手，脸上的表情说不上是慌乱还是愧疚。

“我的意思是，”迟大宇压低声音，“他妈妈还是那个状况，如果他也坐牢了，那，黄玉醒过来，估计天都塌了。”

叶南生：“……”

叶南生：“叔叔，倒也不必这么为人着想。”

这种蠢事简直是在挑战他的世界观。

语毕，他又下意识扭头看向病床方向，这才发现迟雪竟不知何时已醒来，正眼神迷蒙地望向这头。他当即脸色一变，快步走向病床——走了两步，才想起来迟父腿脚不便，又急刹，强压下开心表情，转而来搀扶迟大宇。

可惜迟雪的脑子还有点蒙，一脸状况外的表情，直到看见老迟走近来抹眼泪了，她才稍稍反应过来，又勉强伸手，抓了抓父亲满是老茧的右手。

“我都已经、没事了。”她的声音还带着嘶哑，“爸，别哭了。”

迟大宇握着她的手连连点头，却仍是心疼得直掉眼泪。

她无奈，一方面是没力气，另一方面也是不知怎么安慰才好。倒是一旁的叶南生反应快，从床头的抽纸盒里飞快抽了几张手帕纸，又给老迟擦了擦脸。

“叔叔，”他装起温柔礼貌的确有一手，“迟雪才刚醒，可能情况都没理清。您先不要哭。不如这样，我给她讲讲经过，您也平复一下情绪，好不好？”

不得不说，叶南生似乎从小到大，一直就是个很会讨长辈欢心的人。

整整半个小时，迟雪除了听明白了自己是如何凄惨溺水、被救、意外被记者拍到、最后叶家方面已经让人去压消息尽可能保护她个人隐私外，就是听自家老父亲几乎不间断地在旁边给她洗脑，说小叶这个人如何如何好，如何如何可靠。

“你知道那湖离地多高，又深。最近这天气，不亚于数九寒冬的，湖面上还有冰，我刚才看了眼，真是吓人，真的吓人，”老迟说，“光是他敢跳下去，老爸都觉得很感动，这次真的多亏了小叶，不然爸爸真的不敢想象……”

话未说完，老人家眼窝子浅，又哽咽起来：“咱们真的是要谢谢小叶。真的，之后要不是请人家吃一顿饭，怎么都好，这个人情一定要还。”

“他这么瘦一孩子，刚你没醒之前，爸爸赶过来医院，他还没换衣服，整个人都在打哆嗦，都冷得不行了。”

说法之逼真凄惨，迟雪只得无奈地讷讷称是，犹如是被架在火上烤，这声谢谢不说不行。

是以她沉默良久，终于还是看向叶南生。

“今天的事，”她深呼吸，“是我，给你添麻烦了。谢谢你。”

“你跟我之间好像不用这么客气。”

“……”

叶南生说：“而且，其实这件事，我算是‘捡漏’吧。”

“什么？”

她心里忽然一动。

对方尚未明说，她心里已不自知地、无可控地，有蔓生的细密枝丫向外冒头，每一个花苞都在争先恐后地说：果然……果然……

果然。

她就知道，是解凛吧。一定是他。

他怎么可能会见死不救？像他那样的人，就算认不出她，就算是不认识的人，他也一定会去伸出援手。

因为他就是那样的人——看着冷漠，但连一只猫，一个不怎么熟悉的同学，他也愿意倾其所能为人出头。何况是一条人命呢？

她根本不知道自己此刻的表情。

是犹如溺水的人抓住最后一根浮木的，写满渴盼和期待的表情。

“是他吗？”甚至先对方一步说出口，“他也在对不对？我今天上班的路……我今天，看到他了。”

甚至差点说漏嘴解凛的住址。

然而叶南生沉默着看她许久，末了，亦只是在老迟疑惑的目光注视下，半是遗憾，又似乎很理解的语气，温和地同她说：“你要知道，今天这里有很多记者，原本来拍周向东的记者。”

“对很多人来说，出名都是件好事。但是对于他，我想，无异于自杀吧？所以才让我来捡了这个‘漏’。给我这个机会……救你。”

“……”

“不过总之，对我来说，只要能救你，”叶南生说，“都没什么差别。”

一番稀奇古怪的秘密通话下来，老迟听得一头雾水：“你们在说谁？什么自杀不自杀的？”

迟雪没有回答，脸色却逐渐从喜悦、期待，平静成一张无色的画纸。

她忽然低下头，长长地深呼吸，分散两股披散在肩头的长发随着她脑袋垂低，也跟着一坠一坠，恍惚有些像当年那两条乌黑的发辫。

叶南生的目光变得温柔，沉默许久，伸手拍了拍她的肩。

而她没有回应，也没有拒绝——至少没有在老迟的面前拒绝，只是重复着，沉沉地说了句：“谢谢。”

第一声谢，是谢他愿意“捡漏”下水救她。

“……谢谢。”

第二声，则是无论如何。

发自心底地，谢谢他没有让解凛暴露在镜头之下。

然而，自此之后，因坠湖事件导致的一连串“后遗症”，却显然还是远远超出了迟雪的预想。

光是她在医院住院疗养的两天时间里，同城的实时热点上，关于“市医院某病人家属推医生落湖”的相关热搜就再没下过首页。

尽管叶南生说自家公司已经尽可能派人封锁消息，但相关的片段视频还是流出。

不是她打着马赛克的脸在湖里瞎扑腾，就是叶南生抱着她上临时救生船，又或是采访当时相关的目击者。

医患矛盾、吸毒者闹事、医院安保不力……甚至还有记者挖出了麻仔，也就是周向东杀母骗保的嫌疑，直指这个一手背针孔，精神状态极不正常的男人，非常有可能是为了那四百万的保金，从而狠心将亲生母亲从楼上推下导致重伤，至今昏迷不醒。

小小一座城市，流言甚嚣尘上。

医院顶不住每天群涌而来的记者压力，最后甚至由她导师出面，亲自拍了不少前来慰问的照片，又宣布医院领导体恤她目前的身体状况，愿意给她放半个月的有薪假期。

当然。

说是放假，其实也是为了更多把记者的锋芒引开而已。

迟雪本就为此焦头烂额，结果又被提醒，次日便是原本约定好的周末同学聚会。

她原本想要借口身体不适失约，不想出院当天，陈娜娜闻讯而来。

而她在医院了吃了两天的营养餐，面色红润，能跑能跳。这下是想撒谎都没地撒，只能无奈扶额，表示至少次日的晚餐一定会到场，再晚点的各种活动，就不参加了。

与她相比，连老迟都显得悠然自在起来。

她前脚刚拎上自己简单的行李回家，踏进诊所，后脚就听老迟正在和叶南生打电话——又是救命恩人又是老同学，很显然，老迟已经把姓叶的列入给她相亲名单中的 VIP 榜首，语气那叫一个和蔼可亲。

“嗯嗯……是啊，小叶，多亏你安排得好。那什么 VIP 病房的，条件什么的都好，叔叔也放心了。本来腿摔了也不方便两头跑，现在——啊，小雪回来了。”

他边打着电话，又单手杵拐站起身来，做口型问迟雪要不要也说两句。

迟雪摇头。

老迟一脸“闺女怎么这么不争气”，但终究也是没说什么，目送她提着行李上楼。

等迟雪都洗了个澡出来，底下还依稀能听到聊电话的声音，也不知道他们两个大男人哪里来的这么多话。

她叹了口气，顿时止住了下楼的念头，忽想起明天还有同学聚会，遂又扭头走向卧室，打开衣柜。

原想找件冬天的厚裙子来穿，一件件试下来，却都不是大了就是过时了，穿上身总哪哪儿都不对，最后只能退而求其次，去阳台把前两天刚洗了的毛衣同牛仔裤给取下来。

虽已到傍晚，衣服上似还依稀留有阳光晒过后的清香。

她把头埋在毛衣里，长长舒了口气。

其实那天在医院醒来时，都尚未来得及有什么劫后余生的感觉。但在这一刻，回到家，却突然觉得生命可贵，活着真好——她沉默良久，又看向对面，被窗帘遮得严严实实的房间。

她愣了一下，发现厚重的灰色窗帘不知何时换了浅底的蓝色。

而后，听到“咔哒”一声。

熟悉的开门声。

和那天她在阳台抽烟被撞破时一模一样。

入目是一只骨节分明的手，扶着阳台门稳稳一推。然后解凛便走出来。隔着不远不近的距离，他们一个手里抱着衣服，一个手里空无一物——不知是不是她的错觉。她甚至觉得解凛下一秒马上若有所察，去外套兜里找烟的动作，看起来都是亡羊补牢，似乎是要给自己找一个出现在阳台的理由。

但她很快又否决了自己这个荒谬的想法，只转而有些紧张地抱紧衣服，又向他微微颔首。

本该马上离开才对，但脚步却始终走不动。

“对了，你的伤怎么样了？”她只能挖空脑袋找些话题，又问他，“好点了吗？还有再渗血吗？有没有去医院……”

解凛衣兜里的烟盒已经被他捏得变形，但他仍显得无波澜的模样，只点头，淡淡说已经好很多。

“你呢？”而后他问她，“我看到新闻了。你身体恢复得怎么样？”

本是正常关心的话，迟雪闻言，却不由得一怔。

不知是惊讶于他竟然会撒谎，还是失落于对方平静的语气。

回过神来，她亦只能勉强挤出一个笑容，选择不戳穿他：“嗯，已经好多了。那个，你是出来……”她做了个吸烟的手势，“出来这个吧？那我不打扰你了。”

唯恐多待一秒就忍不住委屈，也害怕自己狼狈的样子招人反感，她只能抱着衣服落荒而逃。

她没有回头，自也看不到他的表情如何一瞬之间变化，强装的平静不复存在。

直到他转身从阳台回到房间，“大波浪”正伸手抢“薯片仔”的薯片，冷不丁抬头一看，吓得咋咋呼呼：“头儿，你、这怎么了？”

好像一个人的背活生生给压弯了一样。

从没见过他那种表情。

而解凛没有回答，只反手将门推紧。

“继续说。”他转瞬切换回了方才几分钟前的工作状态，仿佛突然一声不吭起身去阳台的不是他似的。

“大波浪”虽丈二和尚摸不着头脑，也不得不轻咳两声，同样一本正经起来，又将自己手上的掌上电脑翻了一面，正面对向自家老大。

“……就接着我刚刚说的嘛。”

“根据现有的线索，的确可以合理推断，黄玉应该就是二十多年前警方在云南收罗的线人之一，当时她还叫罗小玉，有吸毒前史——我这边找到了她当年在戒毒所的登记资料。但离开戒毒所之后，她就隐姓埋名换了名字身份，也许也是在什么人的提点下，不远千里到了这边生活，之后没有过任何犯罪记录。我和薯片仔分头在附近打探消息，根据这些居民的说法，她也生活得相当低调。一直安安分分，深居简出的。”

在凛冬计划的三期人员中，罗小玉，或者黄玉，可以算得上是最神秘的一号线人。

如果不是当年解凛曾经从老解的电话里听到过蛛丝马迹，知道有这么一号人物存在，后来又从老头子口中得知老解当年的卧底日记交给了一名线人保管，或许还无法将线索整合，察觉到她的存在。

解凛陷入深思。

一旁的大波浪倒是丝毫不受听众影响，手指轻轻滑动屏幕，仍旧兴致正浓地展示着自己的劳动成果：

“当年凛冬计划的一期失败，直接导致了三名线人和两名卧底身亡，只有陈之华侥幸逃过一劫，后来还和二期顺利接头。她当时作为陈名义上的情妇，身份应该很敏感，最后竟然成了唯一的幸存者活下来，还让她隐姓埋名抚养孩子。其实是个很不符合常理的事。”

大波浪若有所思地摩挲着下巴：“不过，如果按头儿你的推断，说她当时已经怀孕……这倒是说得通。无论从人道主义精神考虑，还是从她丈夫的角度……但是现在问题的关键是，那个孩子在哪儿。是不是周向东。”

“因为年代久远，我只能从戒毒所的记录上大致推测，她大概是在二十七年前左右离开云南。以十个月的怀孕周期来看，周向东今年二十六岁，大致差距不大。但是还需要进一步的证据——不过，嘿嘿。”

大波浪尴尬一笑：“本来都找机会接近他了的。结果他犯了事被抓进派出所，这会儿又好多记者关注这事，实在不好下手。估计得等风波平息之后，再看有没有别的机会了。”

解凛点点头，又转而看向消失好几天的薯片仔。

少年仍是一刻不停地吃着零食，十足一副没睡醒的懒散模样，状态却和他说出来的话毫不相符，显得十分稳妥可靠：“头儿，都解决了。”

虽没说是具体解决什么，在座的三人却都了然于心。

薯片仔说完，又微微一笑：“虽然只是头儿的三分之一，不过，总有一天我能赶上你吧。”

“臭小子！”大波浪当即伸手推他头，“跟谁说话呢？我们头一个打十个的时候你还在读小学。”

解凛却反倒对他的“挑衅”没太大反应，只略微整合了下这段时间来的信息，颇倦怠地捏了下鼻梁。

“我在梁伯那边，”他说，“暂时没有找到可疑之处。但最近附近的生面孔不少，清理起来花了点时间。”

两个小孩立刻都颇理解地点点头。

“不过说真的，头儿。”大波浪又好奇地凑过来，“那个陈之华都被抓了这么久了，一直以来为了活命不愿意松口，就硬耗着。现在竟然真的说找到他小孩，他就愿意做污点证人？”

“嗯。”

“那你是怎么说服他的啊？我真的一直很好奇欸。还有你是怎么确定三期凛冬计划里有叛徒啊，不是说除了你以外，其他的师兄师姐都……”

“你今天的问题有点太多了。”

话落，解凛伸手指了指门。

两人平日里为安全起见，都不和他住在同片区域。他如此动作的意思亦很明显：汇报完了，可以走人。

大波浪和薯片仔见状，对视一眼。

毕竟自家头儿是个浑身秘密的狠人。当下也不好耽搁，各自灰溜溜收拾了东西，拿电脑的拿电脑，拿薯片的拿薯片，最后齐齐给头儿鞠个躬，便飞快闪人。

而解凛目送他们离开，没说再见。

——这也是他从第一次参加演练之后就留下来的习惯。

当年的老班长曾告诉他，很多时候人不能轻狂，尤其不能作妄语，说了再见，哪里分辨究竟是下次再见还是再也不见？就跟电视剧里演的那样，说“打完仗了回家看爹娘、看老婆”，有哪一次真回来了？

他此后一直记着这件事。

唯独的例外，是半年前那最后一次“私下会面”，酒过三巡，梁哥问他，如果以后不干卧底了要干什么，他说他没什么远大的理想，做完了大事，就回家乡，做个普通的警察，如果可以的话，还想娶一直心心念念的那个人当老婆。

一群人听完哈哈大笑。

最后约定好，如果都能顺利回去，一定来喝他和他那位“小老师”的喜酒。

那天酒兴太浓，以至于分开前，他头一次喝得酩酊大醉，又举起酒杯，鬼使神差地对这些出生入死的伙伴们，说了句“再见”。

“一定要在南方见。”他说，“任务结束了，我就回南方去。把一身的血腥味都洗干净了，就结婚。到时候请你们再来喝一次酒——把小老师也带来。但你们别吓到她。”

“一口一个小老师的，你还是自己别吓到她吧！”

梁哥当即拍拍他的肩。

“可以啊小解，没看出来，你还挺浪漫的。”

李叔也和他最后一次碰杯。

一旁的吹水仔和七妹搂着肩膀嘻嘻哈哈，说到时候要当伴郎伴娘。

他们都以为，卧底的这些年已然做到天衣无缝，尤其以梁振为首的几个线人，已然打入组织内部的层层关节，那份名单已经是囊中之物。

直到吹水仔被蒙着眼睛跪在他面前，被活生生斩断一只手。

这是第一个。

直到七妹睁眼枉死，死不瞑目。

这是第二个。

直到李叔死的时候哭着求人不要动他的孩子——他是这些人里唯一一个暴露了自己家庭的。后来他的孩子也被人残忍杀害。

他一直就站在旁边，就站在很近的地方，他们死时的鲜血甚至溅到他的脸上。他们垂落的手就落在他脚边，但他什么都不能做，甚至无法为他们流一滴眼泪。

他需要的是保住自己的身份，减轻自己身上的可疑程度，保住警队留在敌方老窝的重要内线。

为此，他甚至要负责将昔日的同伴们抛尸荒野。

也唯有在那些危险人物都不在的时候，他才终于能够支开那些小弟，在那些破碎的尸体面前跪下。

为了日后警方的人能够找到这些尸体，他不得不在埋尸地上做上标记，

直到他终于崩溃，疯了一样在地上无声地磕头。

一下又一下，磕在泥土上，没有声音，眼泪却也落进泥土里。

那种绝望的感觉。

绝望到他无声地张开嘴，想要最后喊一声他们的真名送他们走，才发现自己已经满嘴是血。他竟不知不觉中咬破了自己的舌头。

他们的线人被一个个拔除，卧底被一个个除去。

直到最后只剩下他和梁哥。

而梁哥亦在最后的突围战里，为掩护他而中弹，跪倒在地——

世界变得灰白。

自他跃入江水时，自冰冷的江水淹没他开始。

解凛想，自己的愿望似乎变了。

他无法再成为普通人，洗干净一身的血腥味；无法再成为一个普通的警察；无法再娶一个心爱的妻子，心安理得地过上平凡的生活。

他甚至无法接受那些染满鲜血的荣耀。

它们都太沉了，沉得要压垮他的肩膀。

即便经历这一切时，他也不过才二十五岁而已，正是普通人奋斗求职、成家立业的年纪。

然而噩梦仍然每一天萦绕他。

他梦见死亡、杀戮，梦见同伴惨死时无法闭上的眼睛，以至于无时无刻不盼望着自己的生命同样被人收走。

他已经完成了自己的任务，把名单带回国内，已经没有必要爱惜这条从同伴手里抢来的“好命”。

如果不是已在狱中被囚禁近十年的恶徒陈之华要求见他，并告诉他，他所带回来的这份名单并不完整，他们所谓牢不可破的凛冬计划，同伴之间必然存有内鬼。

“我可以告诉你剩下的那些漏网之鱼是谁，甚至可以出面做污点证人，但是我要你答应我一个条件。”陈之华说。

这个看起来慈眉善目甚至憨态可掬的中年人，曾经也是警队方面合作的“重要线人”，更是老解曾经的同伴。然而，正是他在关键时候的反水，导致凛冬计划二期人员全军覆没。

“我要你帮我找一个人，解凛。”陈之华隔着探视窗，一字一顿，“你是解军的儿子。这些警察，我只相信你。你帮我找一个人，找到之后，我死也能瞑目了。你们要我做什么都可以。”

“……说。”

交换的条件一旦提出，交易便已成立。

只是他从没想过自己回到南方，竟然会是以这样的心情，也从没想过自己和迟雪的重逢，会是在那样的场景。

迟雪躺在人工湖旁的草坪上，脸色苍白，濡湿的长发水草般贴着脸颊。有那么一瞬间，解凛恍惚觉得自己已失去了她。

他给她做心肺复苏，他扶着她的脸确认呼吸，他几乎惶恐地不断重复着那些动作。

不要死。

不要死……不要死。

其实他的经验足够判断，他知道这样的溺水有百分之九十的概率，只要营救及时，不会造成伤亡，可是他的手依然发抖，不受控制地发抖。

他说：“迟雪。”

“迟雪。”

“……小老师。”

——“解凛，祝你快乐！”

——“不只是生日快乐，要每一天都快乐。”

他好像已经感受不到右腹隐隐作痛的伤口，只是无力地重复着，一次又一次的心肺复苏……人工呼吸。

迟雪。

“可以收走我的命啊。”

他竟然会哀求，哀求上天。

“但是……求求你，不要连我最后的一点奢望都收走。”

“一点点快乐。”

“唯一的……一点快乐，一点奢望。”

“求求你，不要收走。”

他可以远远地看着她度过幸福美好平静的一生。

他会比任何人都期盼，希望她能做幸福的新娘，拥有自己圆满的家庭。

正如她少年时曾祝福他快乐——

他忽然出神地看向阳台。浅蓝色的窗纱被夜风拂动，他看见她，不知何时又从房间出来，把阳台上剩余的衣服也收进衣篓，一一叠好。

他想。

她的头发原来长长了，不再戴眼镜了，还长高了一些。

她变了很多，只有脾气还和以前一样——有点太温吞了。

他偶尔会担心她受欺负。

但是啊……

这岁月无声的刹那，无人知晓的目光里。

他望着她，只是很平静，很平静地想。

十七岁那年，你祝我永远快乐。

那么，在你的二十七岁。

迟雪，我希望你永远平安、健康。

[4]

第二天便到了约定的同学聚会日。

临睡前，迟雪还不放心地看了眼群消息。

结果发现不管班长再怎么“@解凛”，他依然没有任何回复，便知这次同学聚会他八成要缺席。

果然，第二天副班长在群里发聚会地点和包厢，同时附上人员名单和均摊费用时，里头就压根没有带上解凛的名字。

还是方雅薇热心，出来在群里最后问了一句，说有没有谁加了解凛的微信，私聊问下，说不定他没有看群消息。

然而问了一大圈，最后也只有那个之前让解凛帮忙查档案的男同学出来回了个表情包，没多会儿，又灰溜溜地回来补充了句，说他没有回复。

这便没有办法了。

毕竟同学聚会本来也是件你情我愿爱来不爱的事，群里七嘴八舌讨论，暗暗的意思便是解凛有可能是故意不想来。

而迟雪盖上手机，没有回复，心里对于这场同学聚会的排斥却又更深了几分。

尤其是当天下午，当她换好衣服下楼，照旧一身简单的毛衣牛仔裤加灰绒外套。

迟大宇见了，却当即一脸兴奋地向她招手，又指了指诊所进门处柜子上的两个礼盒状物件。

“怎么你还打算穿这样去同学聚会啊？”

老迟先是开口教育她，说完，又拄着拐站起身来，一个劲地推她去“开箱”：“打开看看，打开看看。”

迟雪无法，只得依言打开礼盒。

打开一瞬又合上。

“哪儿来的？”她问老迟，又正儿八经打量了那礼盒半天，亦才注意到盒子上头显眼的品牌 Logo：土包子也知道的高奢品牌。

简而言之，根本就不是她们家能消费得起的水平。

“小叶送的啊。”而老迟依旧答得面不改色心不跳，“昨天你不还说嘛，那些裙子都不合适，我想着你好歹也这么多年头一次参加同学聚会，可不得穿好点，所以正好就跟他说了一下。”

“……”

“干吗这个表情？”老迟说，“就算放我们那个年代，男生追女生也送礼物啊。我追你妈妈的时候工资都不舍得花，全都拿来给她买衣服买吃的。这不就两条裙子嘛。”

“两条裙子？”迟雪的太阳穴一跳一跳地疼，“问题这是咱们家能消费起的裙子吗？伸手跟人家要几千几万块一条的裙子……爸，你要卖女儿吗？”

“啊？”迟大宇愣了下，一脸压根没想到两块破布能值几万的惊悚表情。

在他的概念里，几万块是大半年的生计，省吃俭用从牙缝里才能攒下来的钱。要他把几大沓红钞票和眼前这两个盒子画上等号，简直是天方夜谭的事。

迟雪看得无力又无奈，只能把盒子原模原样扎好丝带，放回远处。

“你打电话给他，让他拿回去。”她嘱咐老迟，“还有，爸，当我求你好了，我说过不知道多少次，他不是我喜欢的类型了。你不要跟他私下里有什么多余的交流。”

“那人家不还救了你……”

“他救了我，和我要以身相许是两码事。”

她的语气骤然加重，也顾不上老迟表情失落，知道自己再不制止一定会酿成严重后果，这次亦难得地不容置喙：“总之，爸，我自己的事我自己会处理。欠了他的人情，到时候不管我是请他吃饭、帮他做事甚至还钱给他都好，我会算清楚的。”

她说：“你不要帮我做决定，就是对我最大最大的帮忙了。”

语毕，她叹息一声，向老迟摆了摆手，转身离开诊所。

等到达约定的饭店时，倒像是掐好时间，刚刚好不多不少，晚上六点整。

进门前，还正好遇到衣着光鲜的方雅薇。老同学许久不见，默契仍在，都一眼便认出对方。

方雅薇停完车，专程过来和迟雪一道进去。曾经的八卦大王，竟也忍了一路没有问她之前“坠湖事件”的种种八卦。迟雪起初还在庆幸，不想，一推开约定包厢的门，一群依稀能见昔日轮廓的老同学，视线顿时齐齐向这头聚焦。

迟雪还没来得及自我介绍，已有个男生认出她，又笑着吹了下口哨：“还以为谁来了，原来是准叶太太哦！”

方雅薇闻言啐他：“我不是人啊？什么叶太太不叶太太的，哪儿听来的八卦。”

“又没说你。”

“说谁都不行好吧，你又没住别人床底下。”

方雅薇白了那男生一眼，态度之刚烈，连迟雪都有些惊讶这位并不怎么熟络联系的老同桌，竟然会这么回护自己。

一群老同学亦面面相觑，似乎不解为什么曾经的好脾气八卦大王，也变得这么牙尖嘴利。

方雅薇却不管那些，径直拉着迟雪在女生桌子上坐下。

陈娜娜几次想找迟雪搭话，都被方雅薇挡了回去。哪怕酒过三巡已微醺，她起身想上厕所，都非要拉着迟雪一起。

“干吗这个表情？”

方雅薇刚上完厕所出来。

洗手台前，她瞄到迟雪一脸疑惑打量自己的表情，又忍不住失笑：“青天白日见鬼了啊？还是觉得我今天跟护崽母鸡似的拽着你不放，受宠若惊？”

迟雪听她语气轻快，想了想，也笑了，说：“嗯啊。”

受宠若惊是有的，一头雾水当然也是有的。

方雅薇却只是越笑越大声，差点笑出眼泪来。

半天过去，她才一手捂着笑痛了的肚子，另只手拍了拍迟雪的肩，又宽慰道：“别想太多。我只是有点羡慕你而已。”

“羡慕，我？”

“是啊。”

方雅薇点点头，酡红的脸上还带着笑容，托着下巴思忖半天，又囫囵地解释起来："不过，不对，也不是羡慕。该怎么形容呢？就是……我也不知道。但那天我接到你电话，你问我解凛现在怎么样了。一开始我感觉好无语哦，怎么还提起他，都戳动我的伤心事了。感觉好像都是上辈子的事了。"

"但是，我听着你说的话，听到最后，突然反应过来。原来你到现在还喜欢他。那个心情就变了。说不上是羡慕、嫉妒，还是忧伤，就挺复杂的，挺发酸又发苦的。"

她轻声说："总之那一刻我就在想，真好啊，原来真的有人可以喜欢一个人那么久。毕竟读书的时候不觉得，但是走进社会，要考虑的东西、面对的诱惑实在太多了。现在想想读书时候做的那些傻瓜事，写的情书，靠笔画算缘分……迟雪，你到底是什么神人，竟然可以把一种傻瓜事坚持得这么久？"

被点到名的傻瓜本人："……"

她不知道方雅薇是醉了，又或只是纯粹借着醉的机会说真话，只是静静地站着听对方回忆。

许久，她才又小声问："你……也还喜欢解凛吗？"

"喊！怎么可能！"结果方雅薇立刻笑着摆了摆手，"老娘马上都要办婚礼了好不好。证都领了，回头给你发请柬。只不过，但是，结了婚了，也不影响每个人都有做梦的时候嘛。少女梦。"

——"年轻的时候，谁没喜欢过解凛呢。"

那天她在电话里和迟雪说。

这并不是假话。

少年时代的解凛英俊，出挑，说一不二。

在一群半大少年堆里，你永远能够一眼就看到他。不只因为他高，也因为他几乎永远都是走在第一的那一个。

但他其实并不是强势，充其量是有个性。

所以，偶尔也会有"呆萌"的一面。

方雅薇还记得，自己这辈子唯一一次单独和解凛说话，是因为她家里也养了一只小猫。

有次看到解凛从商店买了火腿肠来喂流浪猫，忍不住小心翼翼凑上前去，又提醒他，小猫吃多了火腿肠其实不好，应该买适合它的猫粮或者猫罐头云云。

"如果你要的话，"她甚至小声说，"我可以从我家里带过来一些给

你。我有很多的。”

结果解凛只是看着她的脸，看了两秒又移开，说不用，语气平静中带着冷淡。

她还在失望，不想一晃眼，却见他很快又拿了本子和笔过来，向她请教该如何喂猫。

真的是请教。

没有颐指气使。

没有像后来她偷偷躲在被窝里看的“校霸文学”那样桀骜不驯。

生活里的解凛，虽然眉目是冷的，态度是疏离的，可是他会说谢谢。会迁就她说话的速度，字也写得很漂亮。

那时她一边说着话，一边悄悄地打量他，心跳得好像马上要从胸腔里蹦出来，仿佛全世界都只剩下了他们两个人，即使只有这十分钟属于她，她依然成全了自己永远无法再重现的初恋。

“但是，也就到此为止了嘛。”方雅薇说，“你没办法再多靠近一步了，也只能到喜欢为止了。隔得太远，打听消息也只是从别人嘴里，后来年纪大了，家里也催恋爱，催婚，渐渐我都想不起来解凛长什么样了。我觉得，好像顺其自然放弃喜欢，是一件很正常的事情。可从你那一通电话之后，我才知道，原来是还有不同选项的。”

她眼眶红了，却还是微笑。

“所以迟雪，我好讨厌你哦。”

“……”

“又好羡慕你。又想要好好保护你的这份心。”

虽然我的故事也只停在十八岁而已，却由衷地希望你的故事，可以很长很长。

长到让我久久地嫉妒你，又因为你的幸福而感同身受地祝福。

“所以我到时候结婚，”方雅薇说，“你一定要来哦。来接捧花。”

“……”

“我会努力抛给你的！”

迟雪最终答应了方雅薇这趟“婚礼之约”。

只可惜，这一天，两个女孩之间的悄悄话却没来得及说很久。

因方雅薇回到包厢不久，随后便被家里一通电话叫走，临走时，还试图拉着迟雪一起。无奈陈娜娜总是推说蛋糕还没上，要迟雪赏脸留下来一起切庆祝蛋糕。方雅薇当着她的面也不好多说什么，只得先走。

这下可如了剩下这些八卦群众的愿，几乎是方雅薇前脚刚走，后脚就一窝蜂围上来，问的不外乎就是迟雪现在有无婚配，和叶南生又是什么关系，是不是真要做准叶太太，诸如此类。

一副生怕她哪天飞上枝头变凤凰，忘了这群“刷脸”的老同学的架势。

幸而迟雪早有心理准备，不管对面怎么说，她只一概就是“没恋爱，没发展，没打算”。兵来将挡水来土掩，竟也生生撑到了夜里八九点。

传说中的蛋糕终于姗姗来迟。

众人吃蛋糕的吃蛋糕，合影拍照的拍照，迟雪却已喝得有些头晕，正起身准备想走，又被陈娜娜一把拖住手。

“迟雪。”大美女冲她展颜微笑，“干吗急着走？再喝几杯啊，难得见一面。”

“我有点醉了，不喝了。”

“怕什么？我到时候让家里司机送你。”

“我不……”

“对了，还没祝你当上医生，来，碰一杯吧。”

“我话说前头，不喝这就是不给我面子了啊，这么多同学都看着呢。总之，喝完我一定送你回家。”

陈娜娜毕竟是个业务经理，酒量都是在饭桌上活生生练出来的。

而迟雪虽然体质上不太易醉，但也经不住她这样灌，尤其今天胃口不好，喝酒之前没能多吃点东西在肚子里垫垫。

是以喝到最后，已经有些找不着北。察觉到不对，她几乎是立刻撑着桌子站起身来，又跑到洗手间去，试图抠吐缓解一下酒醉的症状，无奈怎样都吐不出来，反倒是脑袋越来越晕。

陈娜娜此时也跟了过来，见状，忙又一脸关心地搀扶住她，连声问：“没事吧？都怪我喝上头了也没个度，不知道原来你酒量已经到顶了……吐出来了点吗？”

迟雪连连摆手。

正打算打个电话给迟大宇，陈娜娜却又伸手按住她。

“你现在喝得这么醉醺醺的，打电话给老人家他还担心。何况我那天就发现了，你爸爸是摔了腿吧？还杵着拐，别让他半夜睡不着觉了。这都快十一点了。”

说着，陈娜娜又指了指门外：“反正我刚已经和同学们打过招呼了，说你喝得不太舒服。这样，不如我先送你回家？”

“我记得那天问你，你说你家住九路那个终点站附近，老街区那块是吧？”

虽是询问的语气，但她此时分明已经拽牢了迟雪的手腕。

迟雪脚步虚浮，人也迷醉，不得不跟着她上了车，一上车，便又开始打起瞌睡，脑袋一点一点的。

陈娜娜也不叫她。

一直等到司机发动引擎，扭头询问陈娜娜是否回家。

“不，”美丽如昨的班花，这才笑着摇摇头，“去九路终点站，我记得那块叫华兴街吧？”

“是啊，陈小姐，”司机点头，视线默默飘向后座熟睡的迟雪，“这是要送朋友回家？”

“嗯。”陈娜娜憨笑，“不过，你帮我查查华兴街。那地方不是一直都挺乱的吗？有没有什么比较热闹的酒吧之类的，导航查一下。”

“啊？”

“看不出来吗？我朋友还没喝够。”

陈娜娜面不改色，又伸手拨了拨迟雪鬓边垂落的头发，低声道：“所以还想去酒吧嗨一下。我顺路送送她。”

司机表情一滞，几乎瞬间听出她的弦外之音。

但毕竟是她给自己发工资，他一时却也不敢再多嘴说什么，低头兀自开车了。

只是，等到真把人送到了酒吧门口，他仍是忍不住好心回头提醒：“陈小姐，这边真的一直都挺乱的。我看你朋友也是一白白净净的姑娘，不是那种乱玩的人。要不，你再问问她？”

他又道：“我听说这种酒吧，很多人专门挑着喝醉酒的姑娘带回家，稀里糊涂就把人家糟蹋了……陈小姐，这毕竟是你朋友……”

“哦。”陈娜娜闻言，忽幽幽看他一眼，“你的意思是，我是那种乱玩的人？”

“……”

“方先生派你来给我当司机，可不是为了让你管我的。”

“是。”

司机再不敢说什么，就是再心有不忍，也只能眼睁睁看着陈娜娜强行把迟雪叫醒，又趁着她还没醒过神来，把人搀扶下车，随即独自飞快上车了。

车辆绝尘而去，剩下迟雪一个人呆呆站在原地，几步外远，就是老街最有名的酒吧。

灯红酒绿，大冬天一个比一个穿得少，耳环、鼻钉望眼皆是，堪称一声“先锋人士聚集地”。

她一个外套毛衣裹得严严实实的，在门口显得尤为格格不入，却仍因为模样长得秀气白净，招来不少想入非非的打量目光。

迟雪脑袋晕乎乎，在那儿傻站了半天，终于觉得冷，又想吐。

正好瞄见旁边有棵树，她便蹲在那儿尝试吐起来，结果吐了半天还是没有效果，倒是眼圈被生理性泪水逼得通红，看起来就像刚哭过。

“嘿，小姐姐。”结果身后恰时有人来拍她的肩，“你在这儿干吗呀，要不要跟我们玩一……”

话音未落。

迟雪扭过头来，两人四目相对。

那新打了唇钉的少年瞬间吓得后退十万八千里。

旁边一群同伴打趣问他怎么吓破胆，结果少年颤颤巍巍指向她，众人一看，也都变了脸色。

“不是臭老头的女儿吗？”

“那天我们撬门……”

“后来臭老头还又报警把我们老大抓去少管所了！”

“她男朋友呢？”

原是那天那群惹事的问题少年。

老熟人了。

一群人也不敢看迟雪，围在一起窃窃私语。

“那个，要不我们走吧？”

“我也觉得……她男朋友可是个狠角色。”

“但是我们这么走了，她要是出什么事不会赖我们吧？”

“你别什么事都往自己身上揽好不好，关我们屁事。”

“但是……那个……她男朋友真的很凶欸……”

几人对了个眼神，很快，蹲得更紧更密了。

“那到底怎么办嘛。我那天被他卸了手，脱臼可疼死了！我可不想再疼一回！”

“要不把她送回诊所去？”

“滚啊，要去你去，我才不去臭老头那儿。”

“那，有没有人知道她男朋友住哪儿啊？在附近吗？”

沉默半晌。

终于，几人里头话最少的小胖墩，小心翼翼地举起了手：“那个，我上次好像看到过他，骑单车，然后……就住在诊所对面。貌似是二楼最里面那个房。”

于是，当天夜里十二点。

解凛已经睡着——只不过他永远不会睡熟。是以半梦半醒间，忽听到门外窸窸窣窣一阵敲门声，顿时警觉地坐起身来，下意识地摸出枕头下的水果刀，背在身后。这才起身走向门口，他通过猫眼观察外头：只看到几颗鬼鬼祟祟的头。

紧接着又听到有人敲门，急促的三下过后，那几个人飞速跑开，仿佛抛下了什么烫手山芋。

解凛眉头紧蹙，就站在门口，一直等了足有十分钟。直到确认鬼祟的几人没有返回的意图，这才试探性地打开了门，手中紧攥的水果刀却丝毫未松。

他站在门口环顾一圈：同水平线下没有障碍物。

结果他一低头，地上，一摊“不明物体”：准确来说，应该是个二十岁上下，穿着朴素、长发披肩的年轻酒醉女子。

他一怔，某些奇奇怪怪又莫名吻合的特征干扰了他的判断，以至于，这天夜里，他甚至算是人生头一回，没有能够防备住对面的“偷袭”——下一秒，便被牢牢抱住了大腿。

“解凛。”抱住他腿的女子如是说，“我好想吐，我不舒服，我要吐……”整个人看着迷迷瞪瞪的，一身酒气。

他看得不住蹙眉。

怎料一句话刚说完，她整个人又往下滑，他瞬间脸色一变。

顾不上水果刀“当啷”落地，他已然俯身抱住她。

·第五章·永不过期的约定

[1]

迟雪其实很少喝酒。

且一般来说，按照她的性格，哪怕喝酒也不会上头。上头了基本也会控制住量，不会喝醉。因此，这大概能算是她人生头一回，喝得如此狼狈。

以至于解凛根本拉不住她，也不敢真的对她用力，只能任由她八爪鱼似的缠上来。

焦头烂额间，他又看了眼对面楼下——诊所里分明还亮着灯。也不知道刚才那几个人到底是怎么“避人耳目”把人送上来，但绝对可以肯定的是，如此一来，既没有照顾到半夜苦等女儿归家的老父亲，也顺手给他送来了一个堪称史诗级无法应对的大……“麻烦”。

而大麻烦本人还犹然不觉，并在喝醉的时候尤其“色胆包天”。

不知是否真的借酒消愁解放天性，总之他稍一回抱住她，她便得寸进尺，抱着他的腰不放。

他咬牙，僵持片刻，亦终于是不得不放弃了把这状况下的迟雪送回诊所的选项，一手揽住她的腰，便又把人抱了进来，关上门。

——恐怕再迟几分钟不关上，被隔壁看见，估计明天就能上社会新闻。

他叹了口气，低头看，迟雪仍埋在他怀里，两手抱着不撒手，他问她今天为什么喝这么多，又怎么被人送回来的。她却只委屈巴巴说解凛，抱你一下为什么还凶我。

“……什么？”

“骑单车。”

她把眼泪鼻涕全蹭在他睡觉时穿的白T恤上：“我只是一不小心栽了一下。”

“我也没有凶你。”

他无奈，却也着实无法和喝醉酒的人争长短，眼见得她泪眼汪汪抬起头来，张嘴又要控诉，索性抢先一步：“对不起。”

“……好吧，”迟雪闻言，又低下头，两手把他抱得更紧，“那我原谅你。”

他哭笑不得。

结果也就安分了两分钟不到。

她站了一会儿，又因不舒服闹着想吐，一个人去还不行，说怕，必须得有人陪，他便又陪她去厕所。

眼睁睁看她趴在马桶上吐了半天，愣是一点没吐出来，他正想着要不要帮忙给她拍背顺个气。

迟雪却又眼红红抬起头，与他四目相对。

她说：“解凛，吐不出来，你看着我我不好意思。”

解凛：“……”

“那我站在门口等你，”他说，无奈地放轻语气，“好不好？”

“好……吧。”她点头。

这下总算是断断续续吐出来一点。

情况却没见好转，反而是整张脸都给吐红了，跟充血似的。他端水来给她漱口，轻轻拍她的背给人松气，说有没有好受一点。

而她仍是摇头，忽然，又委委屈屈地说：“薄荷糖。”

“……什么？”

“为什么不给我薄荷糖？”

迟雪红着眼睛盯着他，说以前都有的，后来你再不给我了，小气鬼。

有些人清醒的时候什么都不说。

原来是把隔夜仇和“小肚鸡肠”的算账本都给他留在了这里。

解凛满脸写着头疼，却也是真的怕她再哭，只能把她搀出去，让她在旁边等，自己便真的翻箱倒柜开始找糖。

而她蹲在旁边当小蘑菇伞，没两分钟，就要问他一句：“解凛，糖呢？”

糖呢，我的糖呢。

小姑娘人长大了，自以为是地成熟了，可是好多的、本该属于她的、可以撒出来的小脾气却没地方说。

在家要做懂事的女儿。

在外是不怕辛苦的拼命三娘。

也只有在这种时候，她会故意刁难他似的，说解凛，我要吃糖，给我找糖。

很难形容这一刻奇怪的氛围。

但如果让解凛来说——

他松了口气，看向掌心那颗费尽千辛万苦终于从橱柜底下找出来的、估计是薯片仔上次落下的蓝色糖果，又转身递给她，说在这里。

迟雪接过去，很是小心翼翼地剥开糖纸，把糖扔进嘴里。

那张糖纸却还舍不得丢，对折再对折，又放进外套口袋里。

到底谁才是精打细算的小气鬼？

他无奈摇头，可是看着她此刻心满意足的笑容，却也忍不住，半晌，跟着莫名其妙笑起来。

两个二十五六岁的大人，还像十五六岁的小孩一样，蹲在地上，你看我我看你地笑。

好像也没有什么格外庄而重之的词语来形容此夜。

解凛想。

他只是觉得，似乎很多年没有这么简单地快乐过，而理由仅仅在于自己给她找到了想要的糖。

清醒的时候无法做的事、无法靠近的人，在这个荒唐又戏剧化的夜里，好像是上天对他难得的施舍和怜悯。

所以她想做蘑菇，他就在旁边陪她做蘑菇。

蹲到腿酸了，她苦着脸说解凛抱我起来，他便把她抱起来。

“迟雪。”

那一刻，不是梦里而是现实。

他抱着她，清醒之后也不会是幻影。

忽然间，他又淡淡笑着说：“你今年几岁了？”

“二十六岁，半。”

“还带半吗？”

“当然要带！”

她的声音大起来，趁着这拥抱，又猛地伸手掰过他的脸。

脸是红的，手却是冰凉凉的，她在他怀里抬起头，一本正经地看着他，说：“解凛，我不要比你大很多，最多最多，只能大一岁半。”

他又失笑，不明白她对于年龄的固执从何而来，只能好言安慰此夜格外顽固的醉鬼，说不管是一岁两岁，还是三岁十岁，他永远都是只有一个小老师。

“骗人。”结果她听完，不仅没感动，反倒反应颇大地控诉，“解凛，没想到你还会撒谎！”

“……什么时候撒谎了？”

“那你为什么不认识我了？”

迟雪的声音因愤怒而发抖：“你！看到我也不认识我，我已经很努……嗝……很努力地表现了，我给你送汤……”

“我喝了。”

“我给你我的便当……”

“我也吃了。”

“我给你……缝针……”

“嗯。”

他说：“那，谢谢？”

一语毕。

迟雪的眼泪却又开始“啪嗒啪嗒”往下掉，也忘了最初问题的重点究竟在哪儿，只是问出了那天晚上没有能够说出口的话。她说：“解凛，你疼不疼啊？”

“没有麻药，”她说，“我很认真地在缝了，可手还是发抖，我都不晕血的，但那天我弄完感觉人快晕倒了，一闭上眼睛就是你手心上全是血的样子。我真的害怕，我真的很害怕。”

很少哭的小老师，坚强又善良的小老师，原来是个隐藏的眼泪水龙头。

解凛拿她没有办法，只能当场掀开衣服给她看，说：“你看，已经不渗血了，已经好了没事了。”

结果迟雪又指着左边那个疤。

“这个怎么弄的？”

“……忘了。”

她两边嘴角一撇，要哭不哭的样子。

他只能举白旗投降：“想起来了，想起来了。”

“嗯？”

她憋住眼泪。

“以前当卧底的时候被人捅的。不过当时混得不好，也不敢去医院，也是在小诊所缝的，”他看了眼那难看的疤痕，“老眼昏花了，手艺没你好，所以留疤挺严重的。”

他没说当时年纪小，第一次遭这种苦，以为自己能挺过去，结果中间痛晕了两次的事，总觉得说出来挺丢脸的。

迟雪却伸手摸了摸那道丑陋的疤痕，又一本正经地抬头，说：“我要给你推荐去疤的药。”

“好。”

“但是去不了也没关系。”

“……好。”

“解凛，不管你变成什么样。”她说，“刀疤在脸上，在身上还是在哪里，你十几岁，二十几岁还是三十岁，我真的都喜欢你。好喜欢你。”

说完，她大概是觉得有点害羞，又迅速地低下头。

但尽管如此，至少没有反悔或“收回”，她只是头埋下来，又在他怀里痴痴地笑了。

“……”

而解凛怔怔看她，无言以对。

甚至不知所措。

一向毫无表情的脸上，竟显出慌张的神情来，手僵在离她背脊不过丁点远的距离，却一时不知该往哪里放。

这种怔然一直持续了很久，直到迟雪厌倦了拥抱的“游戏”，嘴里说着犯困，又直接把他往床上拉——

她脱了外套，身上只一件雪白毛衣和牛仔裤，人往床上钻，还不放开他的手。

解凛回过神来，说：“你等等。你在这里睡，我不睡这里。”

然而迟雪又疑惑地回过头来，环顾室内一圈，问他说：“这里还有第二张床吗？”

“我睡地上。”

“为什么？”

“因为你是，女生。”

他一字一顿，说得艰难，又尝试着从她的手下脱身。

然而迟雪这会儿还在酒劲上，哪里肯放，手指箍住他手腕，掐出红痕来也不肯松。

“解凛，我想你。”到最后甚至索性用起“恬不知耻”的甜言蜜语，“我要看着你的脸睡。不然我就会做很坏的梦，梦里你很凶。所以我要跟你一起……”

“我在床边上。”

“不行。”她指了指床，开始理直气壮起来，“听我的。”

“迟雪。”

“听我的。”

“……小老师。”

她干脆耍赖：“听我的，你说过听我的。”

解凛闻言默然。

的确，遥远的很久很久以前，他似乎真的说过这样类似的话——不过前提是，那道题他真的做错了，得听她讲才行。那是“小老师”才拥有的指点学生的“特权”。

只不过，还带这么使用的吗?

解凛无法，拗不过她，又不舍得真的用一贯手段把“问题分子”敲晕，最终还是在十分钟后败下阵来。然而他的妥协，也不过就是两个人在床上和衣而卧而已。

不承想，清醒时候的迟雪有多小心翼翼，喝醉了的迟雪就有多么胆大妄为。

她的手臂紧贴着他的，絮絮叨叨说着话，身体也靠过来，作势要抱他。

但在床上抱和站着抱怎么相提并论。

没多会儿，他的身体也开始烫起来，推不开她，以至于额头竟冒起汗，难得地局促起来，只得一手按开她肩膀，又起身，从壁橱里搬出一床更厚的棉被，把她严严实实裹了起来。人卷在被子里，毛毛虫似的，这才终于安分下来。

迟雪问他：“干吗把我包成这样？”

他说：“冬天了，怕你冷。”

“你关心我。”

“嗯。”

“那好吧。”迟雪喝醉时和清醒的最大相似之处，大概就是真的都很好哄。一句话而已，又开心起来，点点头说，“好吧，我原谅你。”

虽然有点热。

还是原谅你。

她于是就这样安分地，隔着厚厚的棉被继续和他说话。

那些平时都说不出来的抱怨、不开心、委屈，都可以跟他说。不怕被他知道。

那些憋了好久的心里话。

想念。

喜欢。

也要说出口。

然后，也不知是作为总结陈词又或是别的什么。她说着说着，突然又没来由地冒出一句："解凛，我想带你去见我妈妈。"

她看着天花板，眼中泪光闪闪："我爸爸他，很大了才有我这个女儿，所以很担心以后他走了我怎么办，我知道他是为我好，可是爸爸是个粗心眼，他不知道我喜欢什么样的人。我喜欢你。"

"……"

"但是我妈妈一定知道。"她话音笃定，"我还记得，小时候我和妈妈路过卖芭比娃娃的地方，只要看一眼，就一眼，我妈妈就知道我喜欢的是哪一个，然后会给我买。所以，她一定也只要看你一眼，就知道我有多喜欢、多喜欢你了。真的。"

"这样也就有多一个人喜欢你了。"

她说完，又侧头看向他，小声地询问："你说呢？好吗？"

"……嗯。"

而解凛沉思片刻，轻声说："那等我见到她的时候，会代替你跟她问好。"

"为什么要代替我？我也一起去啊。"她说，"你又不知道我妈妈长什么样。他们都说我和她长得不太像哦。"

他闻言默然。

沉默良久，忽却又借着月光看向她，伸出手。

只有在这样的时候，酒醉、不清醒、一梦全忘，他才能够这样触碰她。不会受到所谓良心的谴责，不会担心自己终有一日的离去，会带给她无法痊愈的伤痕。

于是他以指尖细细描摹她的脸。

在脑海中，在心里，努力地拼凑。

从眉毛，到眼睛，到鼻子，之后是嘴唇。

她怕痒，瑟缩着往后躲。

他手指一顿，停下，只是轻轻捧住她的脸，以指腹小心翼翼，蹭了蹭她柔软的脸颊。

“你不用急着来。”他说，“到时候，我会帮你把今天说的话，全都复述给她听的。”

迟雪听到就笑了。

他能感觉到手掌之下，她牵动嘴唇的笑容。

原以为她会因此宽慰地睡去。她本就困了，然而并没有。

久久的沉默之后，她又小声地对他说：“你不走，我哪里也不去。”

“……”

“但是，解凛，你要走的话，一定把我也带去。”

她的身体被被子裹住，只有脑袋露出来，便又孩子气地转过脑袋蹭了蹭他的脖子。

她说：“解凛，人生好长好长，我不要和一个不喜欢的人一起走。我要和你一起。”

“你受伤了我会给你治好，你难过的时候我会安慰你，”她说，“但你也要接我下班，我们就这样长长久久地过下去。”

“……骑单车也可以吗？”

“走路都可以，”她说，“只要你在那里等我。”

她说得那样认真，甚至一条条细数他们未来的“生活准则”，连谁来洗碗谁做饭都想好，一直说到睡着，嘴里还在喃喃着梦话。

而他就那样一直静静听着她说，看着她坠入梦乡。

直到她的呼吸平缓下来，安稳地睡着，他这才起身，给她捻了捻被角，免得让被子裹得喘不过气来。

随即，他放轻脚步，转身离开房间，合上了门。

[2]

第二天早上。

约莫四五点钟，天光未亮，迟雪便被肚子里翻江倒海的感觉闹醒，晕晕沉沉翻下床，她下意识伸手去按床头柜上的台灯，怎料摸来摸去都扑空，迷瞪的眼这才勉力睁大。四顾着环视房间一圈，和她精心布置且有巧思的卧室不同，眼前是简单到不能再简单的装潢，没有阳台，更像一个四方的格子间。

朴素的单人床，甚至连被罩被单也是平实的灰白纹，写字桌和衣柜各自靠墙放，室内宽敞整齐，却显得格外空荡。

所以，这是哪儿?

迟雪傻坐了半天，也想了半天，脑子里却白茫茫糨糊一片，只能努力又努力地回忆着昨天发生的种种细节，心说陈娜娜……对，是陈娜娜说的送自己回家。

所以现在这是……送哪儿来了?

她下意识低头检查起自己的衣物，又环视一圈房间，脸色变了又变。无奈心是慌的，宿醉的身体却支撑不起行动，折腾了老半天，才终于摇摇晃晃站起身来。

她想着四处观察一下，但没走两步，那种欲吐未吐的感觉就又找上门来。

酒气从胃里往上翻涌，她急忙又拧下门把手往外走，直奔卫生间，很快，便抱着马桶，生生将昨天吃下肚的食物全数吐了个干净。

生理性的泪水盈满眼眶，简直鼻涕眼泪横流。

她整张脸红得滴血，吐完了，仍半天瘫坐在旁起不来身。

幸而这小卫生间虽模样陈旧，却很干净。看得出来主人似乎有某种洁癖或强迫症，肥皂沐浴露和洗发水，入目所见，由高到低，在置物架上有空隙地排成一排，连斜侧角度也高度相似。

如卧室的布置一般，一切都井井有条，亦莫名让她生出几分奇怪的亲切感。

蹲在地上缓了不知多久，她终于起身，在洗脸台前捧水漱了漱口，这才晕头晕脑地走出去。

站在洗手间门口，她正迟疑自己眼下到底是个什么处境，越看这房间越像来过——似乎是自己家对面公寓的一贯布局，心头慌得直跳。正愣神间，却听不远的玄关处，突然又传来钥匙开门的窸窣声音。

她下意识看了眼客厅墙壁上挂着的钟表：才刚刚四点半而已。

却来不及迟疑乃至回避，斜对着她的公寓门已打开。

她就这样迎面瞧见晨跑回来的解凛——额头上似乎还隐约绵密着汗珠，抬眼见她，亦难得肉眼可见地愣了一下。

他们谁都没有说话。

迟雪自起床开始，心头悬着的大石却在一瞬间悄然落地，而后几乎紧跟着，紧张、手足无措、愕然，种种的情绪争先恐后冒出来。

她只后悔自己洗脸出来时没能再梳梳头发。

而太过生活化的场景，似乎也总给人一种过分亲昵浪漫的错觉。

有那么一瞬间，她恍惚觉得他们似乎还停留在十八九岁，那个再漫长还是会嫌短暂的寒假。

心想，原来那时解凛起晚了床，迈过长长的走廊到客厅，看见自己进门，就是这种感觉。

是尘埃落定的感觉。

正晃神间，解凛却已恢复如常神情，又默默摁亮客厅壁灯，走到她面前，随即面不改色地探了探她额头。

“没有发烧。”

他说：“脸为什么这么红？”

“……啊。”

“吐过了？”

他又侧头看了眼卫生间。

话落。

迟雪忽回过神来，忙又将门虚掩——以防万一，唯恐他闻见什么气味。随即装作不经意，又小心低下头，右手捂住嘴，轻轻呼了口气。

没有味道。

她这才安心，抬起头，冲他提了提嘴角：“嗯啊，我……那个，我昨晚喝醉了，给你添麻烦了？我……都不记得，怎么跑到你这里来了。”

“没事。”

而他回答：“而且本来都是邻居。”

言下之意，似乎是照顾你不过是邻居间的举手之劳，不必受宠若惊。

迟雪一旦听懂，回过味来，顿时便又不想再说话，心想果然刚才所谓的亲昵都是幻觉。

解凛不过是又一次，像顺路送她上班，或是在她哭时顺手买包纸，在无奈之下，好心接纳了她这个醉酒昏头的“问题邻居”罢了。

是以沉默良久，亦只能又小声道歉：“不好意思，昨天聚会喝多了，”她说，“也许是我朋友搞错了我家的位置，然后我又喝醉了乱走……结果给你添麻烦了。我现在回去。实在不好意思。”说着就顺手捞起挂在衣架上的外套，往玄关处走。

“等等。”解凛却在她开门之前，又蓦地出声叫住她，声音仍是听不出情绪的清冷。

“你们诊所没有这么早开门。”他说，“要不你先坐。我正好做早饭，你可以喝碗粥再走，暖胃。”

这算不算好心挽留？

迟雪有些意外，当即回过头去，却见他已先一步进了卫生间去。不用想，一天洗两次澡，早晚固定两回。这习惯还没变。

她脑子却还晕胀着，努力克制胡思乱想的情绪，索性在沙发上抱着外套坐着等。发了半天呆，才想起自己昨晚彻夜未归，也不知迟大宇打了多少电话来，于是又急忙翻找起口袋。

打开手机。

还好，有赖于是静音模式，这持续续航五年多的老手机竟撑了一夜，还剩下不到百分之二十的电。

她将通知消息一路往下拉，果然，光是迟大宇的未接来电提醒，就足有三十多条。

方雅薇也在微信上问了她有没有到家。

她忙回复说到了，又为昨晚上的事向对方道谢。

不过这个点想必对面还没起，也就没有回音。至于其他，翻来翻去，的确还有一些奇奇怪怪的陌生电话——自从她被麻仔推落湖的事情被报道出来，每天总多少有些记者打听到她的联系方式，邀请她出镜接受采访云云。

最初她还会礼貌回绝一下，不过自打其中有一家记者因她“不给面子”而在电话里破口大骂后，她便再也没有理会过这些陌生号码。

以及拉到最后，她的手指顿了下。

看着备注是“叶南生”的号码，昨天夜里十二点多的十几条未接来电，又打开短信箱，竟然也有七八条时间极贴近的短信。内容无外乎是问她是否到家，后来又变成问陈娜娜有没有安全送她到家，现在到哪儿了。

“有事随时给我电话。”

最后一条消息，似乎是有点急了，他说：“你在外头多长点心，别跟你爸一样当滥好人，迟雪。”

这是装都不装了？

她一头雾水，正想着要不要也给对方回复一句报平安，忽听卫生间那头传来开门声。

她抬眼看，便见解凛换了身黑T恤——仍是没花纹的简单款式，只前襟被他头发上滴下的水微微沾湿。

他边擦着头发，又看向她。

迟雪瞬间放下了手机。

“熬粥吗？”她问他，“我帮你？”

“不用。”他说完便转身去厨房。

毛巾还搭在脖子上，没多会儿，他端了杯热水出来，又放在她面前的小茶几上。

“喝这个。”说完这句，他指指电视，“要看吗？”

莫名其妙。

虽然他的语气还是冷的，让人联想起冬日里房檐下结起的薄冰，透着沁人却不锋利的凉。

但她竟觉得他这样的行为，很像……哄小孩，于是竟不舍得婉拒他的“好意”，勉强正色，又点点头。

解凛便开了早间的新闻给她看，转身去熬粥了。

米想来是他出门前就泡好的，因此煮粥很快。迟雪托着下巴，边打瞌睡边看了半个小时从不感兴趣的新闻加天气预报，很快闻见米香。

不多时，解凛便端着两只碗出来，迟雪起身坐上餐桌，两人一人一碗粥，后来再加一只白煮蛋，就这样吃了一顿简单的早餐。

只不过速度有快有慢，迟雪才喝了三分之一不到，抬头看，解凛已经放下勺子，解决战斗。

她来不及惊讶于他并不算狼吞虎咽，反而吃得慢条斯理，怎么竟然这么快吃完，解凛已起身端碗进厨房去洗。

之后进卧室，铺床叠被。

进卫生间，洗衣收拾，阳台晾晒。

他的生活好似程序设定一板一眼的机器，被子是豆腐块规整，晾衣褶皱一一抚平，迟雪惊觉自己在他面前简直懒虫一枚，不知不觉也跟着加快了喝粥速度，等到最后一口喝完，为表勤劳，赶紧又准备起来洗碗。

结果人还未站起，解凛正好收了衣服路过，见状将衣服随手搁在沙发，又接过她手里的碗，也没说什么“我帮你你坐着”之类的话，只是很自然地帮她收了碗筷，将桌上的蛋壳扫进碗里，又转身进了厨房。

好像有什么变了。

但……

迟雪捂着脑袋，残存的关于昨晚的回忆，仍停留在昨晚上车时混沌的梦。

在她的想象里，自己哪怕喝醉酒，应该也就是乖乖坐着一语不发或者睡不醒而已。何况面对的是解凛，应该不至于发生什么超出安全范围的事才对。

所以，到底是哪里变了？

这个问题，一直到她离开，走到自家诊所门口。苦等十分钟，最后和顶着两只硕大黑眼圈开门的老迟四目相对，仍然没想清楚。

“你这丫头，打电话打电话不接，发短信短信也不回，昨晚干吗去了？”

“聚会……弄到太晚，”她强自镇静地撒谎，“所以在朋友家里睡了。你认识的，我以前的同桌雅薇家里。是个女生。”

“是吗？”迟大宇狐疑的目光将她从头打量到脚，“那你不给我打个电话报平安？”

“同学都是好久没见了的，一不小心就喝多了，睡着了。”

迟大宇闻言，凑过来闻了闻她身上味道，顿时一脸嫌弃地摆摆手。

“你这孩子，没事喝这么多！”他说，“现在社会哪能跟以前比，说了多少次，喝酒误事喝酒误事，你一个小姑娘的，喝醉酒了被人占便宜都不知道，你还不多长点……”

迟雪一边应是，一边飞快进门上楼。

好不容易逃进房间冷静。

“记得把衣服洗了，洗之前掏掏口袋——”

还听见迟大宇在楼下冲她喊话：“别把零钱也给洗了，得把袋子里都掏空再进洗衣机！”

她把头捂在被子里，翻来覆去挣扎许久，却还是想不起来一丁点昨晚的事。

倒是纠结中途，又接到了叶南生的电话——还是老迟把手机送上来给她接的。说是打她的电话总关机。她也不好拂了亲爸的意思，只得拿过来抵在耳边。

“安全到家了？”

电话那头，叶南生问她。

“嗯。”

“陈娜娜昨晚送的你？”

“嗯。”

他沉默片刻，末了，却仍是又放缓语气，开了个玩笑道：“好吧，那就这一次就够了，以后别跟她来往了。昨晚一晚没看你回消息，还以为你被哪路妖怪‘吃’了。”

“我……”

“对了，说起来，你最近不是放了半个月假吗？同学聚会之后，还有没有什么别的安排？”

他一向重要的话说一半藏一半，转移话题倒是转移得快，听着这是又要给她抛烫手山芋了。

迟雪一张脸瞬间皱起。

旁边听了半天墙角的老迟却瞬间喜上眉梢，以至于她刚要说有安排准备读读书充充电，老迟赶紧截断她，又在旁边看热闹不嫌事大地插嘴：“没有安排，没有安排，她这整天闲着呢，我还担心她在家无聊。”

“这样。”叶南生笑，“那有没有空赏脸吃个饭？昨天给你买的衣服你也没要。但我想着你也算大病初愈，应该吃个饭稍微庆祝一下才对。”

不等她有时间想借口，他又紧跟着善解人意地来上一句：“不过我想你昨天已经有聚会了，今天就好好休息一下吧。不如明天？之前因为周向东的事，那些记者也给你添了不少麻烦，我也想找个机会跟你道个歉。”

“其实没有必要……”

“哪里的话！”

老迟见她表情不好，赶紧抢过手机。

迟雪宿醉未醒，脑袋还晕沉，拦都拦不及，便见自家老父亲满脸堆笑，又向电话那头的“理想女婿”连连称是：“你这又是客套了，小叶。”

“我们家小雪还得亏你救，算下来本来该她请你的。结果你还反过来请客，那肯定是要去的，一定要去。你放心，我到时让她准时到啊。”

任迟雪在旁怎么挣扎挥舞着手，老迟概都当看不见，索性边应承着电话，又转身乐呵呵下了楼，一副“大好姻缘已尽在我囊中”的得意样——一看便知，昨天迟雪跟他说的那些，是一句都没听进去。

只剩下迟雪在房间抱住脑袋，又无奈地往被子里一埋。

如此混混沌沌，一觉睡到中午。

被老迟叫醒去吃饭，她又因不脱衣服睡觉不洗外套被说了一顿。

她叹了口气，只得先洗澡换了新衣，把昨日衣物收拾收拾扔进洗衣机前，又如父亲所叮嘱的，左右掏了掏口袋。

而里头内容果然十足“丰富”：

有昨天同学聚会上收到的三五张名片。

有用了还剩半包的手帕纸。

有补补气色的口红小样。

翻到最后，迟雪都还算有印象。

直到她亲手掏出了一张对折又对折，仍舍不得丢的浅蓝色塑料糖纸，展开看，瞧见上头薄荷糖的卡通字样。

迟雪："……"

——"解凛，糖呢？"

——"小气鬼，以前都给我糖，后来再不给了。"

——"我要薄荷糖。"

不知此夜是何夜。

醉鬼与清醒者的胡言乱语却无来由地浮上脑海。

那一刻。

似乎蒙尘多年的某根弦，亦突然颤动不止。

她攥紧手中糖纸。

变与不变的答案。

恍惚即在一念之间。

[3]

而与此同时，另一头，叶南生挂断电话。

坐他对面，眉眼间隐约有三五分相似的男人，登时有些稀奇地挑眉，又扬扬下巴示意手机，问他："刚才给谁打电话？"

"也许是你的未来儿媳，"而叶南生微笑，"和我的未来岳父。"

八字还没一撇的事，他倒说得面不改色心不跳。

男人闻言，脸色却隐隐一变，指节有节奏地轻敲面前梨花木案，思忖片刻，这才温言劝阻他："看看我和你妈的结果，你应该对结婚这事有最坏的预想了。南生，所以我建议，你不如还是再多玩两年，再想定不定下来的事吧。"

语气口吻，简直不像是寻常父亲能说出来的话。

叶南生却对此不置可否，只推了推眼镜，没有正面回答。

"我的事先放放。"他话音一转，又问眼前这位远道而来的"贵客"，"但你现在，爸，难道不该在为离婚的案子焦头烂额吗？怎么有空来管我？"

"那你倒是说到点子上了。"

"……"

"还是我来问你吧，"男人说，"特意让你回来查叶……解凛的消息，怎么这么久了，一点回音也没有？如果不是娜娜告诉我你花钱压新闻，里头有个男人，和她上次在云南出差看到解凛的样子很像，你是不是还打算等我打完官司再告诉我？到时候黄花菜应该都凉了。”

这便是不打算和他绕圈子的开门见山了。

是以，叶南生也不再装腔拿调。

“如果你不来的话，确实。”他随手端起桌上一盏茶，吹凉茶面，又淡淡道，“毕竟我还有个亲妈，她的想法也要考虑在内，一碗水得端平。你先告诉我，奶奶的情况怎么样了？”

“你现在应该叫她外婆。”

男人马上纠正。

人不怎么靠谱，奇怪的好胜心倒是常有。

叶南生耸了耸肩，不过也懒得和他争辩，索性顺着往下说：“那，外婆怎么样了？”

“还不是那样，拿钱吊着一口气——总之，吵着要见解凛一面。要我说，已经神经都不太正常了。”

归根结底，谁让他们叶家人对外一向死要面子活受罪。

亲女儿离婚的事已经让老太太备受打击，对自己的病情，更加讳莫如深，绝口不提。但尽管如此，她身边最亲近的那批人，心里头也是明镜儿似的清楚：老太太的日子，想来是不会太长了。

只是她这些年权欲极重，凡事都要紧握在手里。一朝病倒，却忽然有了种种旁人看不透的计较，其中之一，便是某日突然提出，要见一见自己那个逐出家门多年的孙子。

这倒是给了他们这些晚辈一个不小难题。

毕竟解凛脾气犟、不听劝，已许久不和叶家人联系。上大学后，更是直接搬出了叶家名下物业，也没有再动过叶家给的那张银行卡里的一分钱。一直到最近，负责给那套公寓打扫卫生的固定钟点工发现房子似乎被动过，消息一传到北方，几乎是隔天，叶南生便被父亲打发回了南边。

毕竟南边本来就是他爸这凤凰男的大本营，找个人是轻而易举的事。

用他爸的原话来说：“归根结底，圆了老太太这个心愿，离婚的案子上，她不至于为难我太多，大家互换个人情也就罢了。好聚好散。”

但是在叶南生那同样犟脾气调子高的亲妈眼里，这个害死自己亲弟弟的侄子，则无异于眼中钉肉中刺。

回来了让她心里不舒服且不说，还有可能会威胁到她目前暂时作为唯一继承人的身份。

做夫妻的时候两人想不到一块去，离婚在即，纠纠缠缠间，想法也背道而驰。

而叶南生刚好卡在他们中间。

此刻，他亦只是微笑看向父亲，又道："找解凛，我想不会是一个太大的难题。"

"之所以一直拖着，只是因为我感觉，当年好不容易把他赶出去，现在又让我想方设法把他找回来……爸，你好像也只拿我当个工具。需要的时候，就让我来当打狗棍、传话筒，不那么需要的时候，又拿我当狗腿子。我未免活得太没尊严了点。"

"那还不是为了咱们两父子的将来考虑吗？"

"咱们还有没有将来，"叶南生话里有话，"好像还不一定吧，爸。听说咱们陈经理已经怀孕了？"

此话一出，男人的表情变得略有些难看："你倒是消息挺灵通的。"

"毕竟关乎我的身家性命，和我们父子俩的将来。"

而叶南生立刻反唇相讥，语毕，又放下手中茶盏。

金贵的瓷器重重磕在桌案上，响声清脆——听着犹如泄愤。他的表情却仍是兴味十足的。

"还有，忘了告诉你。你的未来儿媳，"他说，"十分不巧，和陈经理也是高中同学。论辈分，这可不好各管各地叫。就看咱们谁更丢脸了。"

"你！"

"不过话又说回来，你毕竟是我爸。所以我还是要给你个很真诚的建议，"叶南生面不改色地压下父亲颤颤巍巍指向自己的手指，语气云淡风轻，"陈经理吧，人虽然长得很漂亮，心肠还是太歹毒了一点。"

"昨天同学聚会，就差点给我把人搞丢了。依我看，这样佛口蛇心，就算再美，生下来的小孩，能比我好到哪儿去……所以又何必生呢？多来一个讨债的，不是给你们遭罪吗？我也是为你着想，也让大家脸面上，至少都好过一点。"

字字带笑，句句带刀。

男人听出了他的弦外之音，表情瞬间变得极不好看。

叶南生却是个惯会打一巴掌给颗糖的，目的达到，不忘给人"顺毛"："不过解凛的事还有得商量。爸，你先坐。"语毕，又将还未动过的另一盏茶推到对方面前，劝他喝口茶消消气。

"只要你把陈娜娜肚子里那个孩子解决了，让我在婚姻上少一点后顾之忧，"叶南生说，"我会想个办法让你把解凛带回去，问题不大——毕竟他这个人，软肋一向是很明显的。”

同样的谈话，这天也发生在迟家的饭桌上。

迟雪自下楼后便魂不守舍，满脸写着心不在焉。

迟父给她夹了几回菜，也没见她吃几口，终于又忍不住伸手摸了摸她的脸，心说孩子是不是生病了，蔫了吧唧，像霜打的茄子似的。

“是不是昨晚上同学聚会被打击了？”

于是憋了半天，老父亲最终，又半带打趣半试探地问出一句：“难不成都拖家带口来的？就你一个单着的了？”

简直是哪壶不开提哪壶。

“怎么可能。”迟雪立刻埋头吃饭，不愿多说。

然而这副失落的表情却貌似是给了对面错误的暗示。

老迟眼见得女儿似乎隐隐有开窍趋势，反倒一下来了劲。趁此机会，又开始大夸特夸叶南生如何出手大方、善解人意，对她又是如何关心，昨天知道她深夜未归，光是电话就来来回回打了十几遍。简直比他这个做父亲的还要着急。

“说真的，现在这社会，小雪，上哪儿打着灯笼找这样又有钱、长得又好、对你也好的男人？何况你看看咱们住在这能接触的是什么样的人，而他又是什么样的人。”

老迟语带暗示：“爸爸也不是强迫你，更不能帮你做决定。只是你是不是也可以稍微听一下我们老一辈的意见，学着敞开一下——”他说着，做了个拥抱的动作，“去迎接新生活？”

“我觉得我现在的生活挺好的。”

“什么挺好的？”老迟怒其不争，“说到底你就是太封闭了，不愿意去‘睁眼看世界’。所以才一直单着。你看看你们同龄的女同学，就那个雅薇，我上回是没跟你说，我都听说她快要结婚了。”

“嗯。”

而迟雪仍是一副左耳朵进右耳朵出的迷离状态，脑子里来来回回，还在想着那张莫名出现在自己兜里的糖纸。

老迟却只当她是在沉思，继续给自己的理论添砖加瓦，顺带卖弄两句苦肉计：“何况退一万步讲，你又以为爸爸真的想让你嫁出去？爸爸也只有你一个女儿，也舍不得你。”

老迟说：“但是做爸爸的不能这么自私，我把你留在家里，你就只能跟着我一起守着一个破诊所，放着大城市不去回家里。你为了我好，我难道就不为你考虑？小雪，你听爸爸一次，小叶这个孩子，以我这么多年看人的经验，我觉得他虽然精明，但对你是真的好的。”

“本来有钱的人家，尤其是他那样的家庭，孩子多多少少会有点心眼，但是那不都是对外的吗？往远了说，等你跟他成了一家人，他对别人精明，对你们的小家庭未尝不是一件好事，而且……小雪！”

迟大宇还沉浸在自己语重心长教诲不休的辞海之中。

迟雪却不知为何突然放下碗筷起身。他跟在身后喊也喊不住，只目送她一溜烟跑上了楼，又一溜烟下来，

“我出去一趟。”她说，“爸你不用给我留饭了，我在外面吃。”

说完，瞄了一眼对面楼道，确定今早分开时解凛骑走的单车还没归回原位，她定了定心，又如平时上班时的路线，乘公交车一路到了医院。

因害怕被熟人发现，她还特意戴上口罩，结果在小远病房里，却意外扑了个空。问他解凛有没有来过，小朋友也只一脸单纯地摇头，说已经好几天都没见过小解哥哥，之前来，也不过是放下营养品，交了些钱就走了。

“小解哥哥是不是最近很忙呢？”

小远牵着她的手舍不得她走，又有些苦恼地问她：“天使姐姐，我感觉他总是很不开心。好久以前，我和爸爸视频的时候，小解哥哥明明还很……有，活力？但他现在好像不爱笑了，爷爷和爸……爷爷不喜欢他，可是，我真的很喜欢小解哥哥，你说，我要怎么才能让他开心一些呢？”

小小的孩子还不知大人的愁苦。

他还那样小，甚至也许认不清楚，写在他床头的残忍的病症，那些读不出来的字背后是未来一眼看不到头的痛苦，同样在残酷压榨着他的生命。

但他却问她，我要怎么做才能让对我很好很好的小解哥哥开心一些呢？

迟雪沉默良久，最后，也只是揉了揉他的头。

“你只需要好好配合医生的治疗，”她说，“你活得久一点，再久一点，比我和小解哥哥都活得久，这样的话，就是最让人高兴的事。他会为你开心的。”

她轻拍着小远的背，直到将他哄睡着，轻手轻脚离开病房，却又在下楼时偶遇了同事小刘——她还在失神地慢吞吞往下走，对方却一眼就认出她，猛地拍了拍她肩。

“迟——”

意识到自己声音太大惹人注目，他忙又压低声音：“迟雪，你怎么来医院了？不是放假吗？身体好点了没啊？”

“啊？”

“是我啊，小刘！刘程！”对方拉下医用口罩，又笑着把她拉到一旁，作势寒暄起来，“不会才几天没见就不认识我了吧？你是不知道，这几天你不在，我们可被奴役惨了。怎么样，休假的感觉不错吧？”

[4]

小刘与迟雪虽是同岁，但性格完全相反，外向得很，是科里有名的大嗓门兼大嘴巴。

按道理两人该是风马牛不相及，不过因同年入职规培，又时常一起值班，长此以往，倒是培养下来不错的革命友谊。

而迟雪又惯是个不在人前表露消极情绪的性子，是以心情再低落，此刻见了他，也忙又挤出了几丝笑容来：“挺好的，不过就是我一走累了你们了。等我回来，一定多值几个夜班补偿。”

“哪儿的话。”小刘闻言笑着摆手，“我们几个大老爷们应该干的事，还要你一姑娘补偿啊？”

但话虽如此，他边说着，看她笑容勉强，眉间愁云难消，突然却又像是想起什么，有些尴尬地摸了摸鼻子。

“那个……迟雪啊，”小刘试探说，“不过话说，你和你那个男朋友，现在关系还好吧？那么多新闻啊记者啊采访……没有，那个，影响到你们吧？”

又来了。

迟雪最近简直被这个男朋友的名号搅得没个安生，当即蹙眉问：“什么男朋友？”

“就是那个戴眼镜的啊，”小刘比画了两个圆圈扣在眼睛前头，“你不记得啊？那天我还看到他给你送早餐，你一开始害羞说不是，结果后面我亲眼看你们一起走了。那天你掉湖里也是……”

“不是，等等。”

迟雪刚听了个开场白，已经忍不住扶额，忙摆手叫停，心说平时对着亲爸撒不出来气也就罢了，现在对着小刘——

小刘。

好吧，看他一脸认真，全然不像开玩笑的样子，她实在也不好说什么，只能自己强忍住头皮发麻的不适感。

“没有男朋友。”紧接着她又解释，“就算有也不会是他，我们只是普通朋友而已。那天他跳下去救我，也只是因为我们过去是同学。大概是不好见死不救。”

“哦……”

小刘眨巴眨巴眼，又问：“那你也不喜欢他？”

“不喜欢啊。”迟雪答得毫不犹豫。

此情此景。

不知道的还以为小刘暗恋她，不然没事在这儿抓住她盘问半天，又正儿八经看了好久。

迟雪被看得浑身不自在，都准备找个理由赶紧走，免得又被盘问什么男朋友不男朋友的。

结果小刘似乎下定决心，在她转身之时，又突然抛出来一句：“可是，他，也不算救了你吧？”

“他跳下去的时候，”小刘说，“你不是已经被救起来了吗？只是后来记者来了，那个救你的人不知道为什么又走了。”

“我后来还稀奇呢，怎么那些记者弄什么报道发什么视频的，都掐头去尾的？但又怕坏了你的好事，一直不好说什么——毕竟你爸看起来挺喜欢那男的，那天我全程都在，看你爸一直拉着他不放在那儿说话。”

她一愣。

——“对很多人来说，出名都是件好事，但是对他来说无异于自杀。所以才让我来捡了这个‘漏’。”

忽想起某日某人温柔的嘴脸。

——“我看到新闻了，你身体恢复得怎么样。”

也想起那天病后再会，阳台上四目相对，平静的目光。

他甚至没有叫过她的名字。

悚然的感觉随着散落的话语，从某处陡然滋生开。

她却一下无法相信，只能僵硬地转过头，又看向小刘一本正经的脸。

他还在喋喋不休：“你不知道，那天我一直在。呃，当然本来也想跳的——被抢先了嘛，我又不会游泳。人把你救上来，我眼尖，我就瞧着怎么一地血，我还以为你腿给石子什么的刮破了，一直让他给你看看。结果……”

结果。

他说着便拿出手机，又把某个自己转发过的微博视频点开给她看，指着画面左上角的斜坡，暂停、放大：“这里，就这里你看。”

“而且就差了一秒！差点拍到人了，有个影子晃过去看见没？不知道是被剪了还是故意没拍到。”

迟雪循着他手指的方向看去，哪里有什么黑影，只依稀斑驳的血点，彼时尚未被人工清理，如绽落血花，如此堂然地留在画面左上角。

她甚至可以想象他忍痛攀上陡坡，头也不回离开的背影。

在她人生中的许多次，解凛都扮演着这样的角色。

似乎不管她是谁，是迟雪还是陌生的同学，甚至是路边的猫狗，他都施舍以怜悯，不留以姓名。不会遗憾那份“嘉奖”属于谁，因他只求自己心里的安宁。

他那样正直，愈显得她狭隘。

他救了她的命。

她却在想：为什么你不告诉我。有无数次的机会，我站在你面前，你认出我，或是不认出我，你看到我的胆怯、我的小心翼翼吗？你看到我低下头，只敢看我们地上才碰在一起的影子吗？你救我时究竟出于怎样的心情，所以连感谢也不需要给。你做无名的英雄，我却饱受无法给予别人同样感激的折磨。而我对你的喜欢，我甚至有些虚无地想，还要怎样加码才够呢？解凛，还要怎么剖露呢？

她是无理取闹索要糖果的孩子。

他却只是悲悯地低头施舍给她。

正如那些很快被冲刷洗净的血迹。

曾存在过。

但当她苏醒时。

当她后来许多次路过那面人工湖旁。

斜坡如旧，湖水干涸。

没有人会再记得浮沉的那一日，蜿蜒的血迹，从湖畔延伸极远。

因他本也不需要被谁铭记。

委屈。

愤怒。

被欺骗的难堪。

想念。

喜欢。

无法压抑的倾诉欲。

种种的情绪搅成一团，迟雪揪住前襟，在回家的公交车上，突然觉得仿佛不能呼吸。而旁边的高中生手里抱着薯片，已然默默观察了她半晌，见她无声地低垂着眼帘，一颗接一颗的眼泪却不停向下滚落，沾湿口罩。

他迟疑着，终于还是从口袋里掏出一包纸递给她，又小声问说："你不舒服吗？"

迟雪没有接，只是哽咽着，礼貌地说谢谢。

她左手挡在额前，却仍是下意识地抗拒被看到这样狼狈的状态，不住地向他摆手，到下一站后，便飞也似的下了车。

一路跑到诊所，父亲正在给人接骨，看她这样哭到上气不接下气地进门，闷头跑上楼，却顿时慌了神。他把病人交给另位医生，便急匆匆杵着拐跟着她上了楼。

迟雪关上门在门里哭，他就在外头一直敲门，最后实在是急得没办法，一咬牙，也顾不上什么门不门，拿了工具箱来便把门锁撬开。

迟雪却只是依旧趴在床上哭，见他进来也没反应。

剩下迟大宇站在那里，反倒突然手足无措起来。在他的心里，女儿一向是不爱哭的，甚至可以说，过了十岁，除了在她妈妈的葬礼上哭过，她便从没在他眼前流过泪。

别人家的女儿都在父亲面前撒娇的时候，他们家的小雪已经自己偷偷出去勤工俭学——她以为他不知道，其实他每一天晚上都装作值夜班到很晚，就是为了等她回来。他害怕碰伤她的自尊，更惭愧自己不是一个富有的父亲，许多年来，似乎问过她最多的话就是，在外面钱够不够花，而每一次，小雪的回答都是，够花。

小雪不是不爱买衣服，是要省钱给家里减轻负担。

小雪不是喜欢读书，只是因为读书是成本最低的向上途径。

小雪不是没有才艺，可是系统地学画画要很多钱，她总说爸爸我不爱学。

小雪不是不想留在大城市，可是那天他问她毕业后打算怎么办，电话里，她沉默很久，也只是叹气，说爸爸，如果我不在你身边，你已经六十多，再老一些的时候该怎么办呢？

他们相依为命了这么些个年头啊。

小雪从不哭，总是笑。

于是当这一天，小雪在他面前痛哭失声，像个孩子似的号啕大哭起来，他反倒突然无所适从了。

他想，我这个父亲，怎么就当得这么失职了呢？

小小的、白白的一团被抱来他怀里的小雪。

如今怎么就这样了呢？

他伸手想抱她，却又发自心底地不知如何抱她才好，只能把拐杖丢在一边，蹲在床边，又很小声地说："小雪，你怎么了。小雪，谁欺负你了，爸爸去帮你打回来好不好？"

"爸爸。"而迟雪的头仍埋在被子里，许久了，只是呜咽着，重复说，"我很难过，我只是很难过。"

本该感到庆幸的。

她不再欠叶南生天大的人情，原来那个梦是假的，她所相信的一切一直都存在。

可是那一刻，所有的，一段时间以来笨拙的表现都一桩一件浮现在她脑海。

她如笨拙的小丑，在解凛面前挥手，说你看看我，再看我一眼，你认不出来我吗？

你再看我一眼，一眼就好。

她快要低到泥土里，唯恐他发现，又唯恐他发现不了是因为忘记。

反复的试探，落泪；反复的传达，失落。在她得知真相而想起出院后阳台上、解凛淡淡的寒暄时全部崩塌。

她的丑态何其滑稽，方雅薇说羡慕她，其实她自知这一切不过只是自己感动自己，原来最可悲的，并不是他憎恨或忘了她，而是他愿意为她流血受伤愿意照顾包容，可在他心里，她无论在哪个时间出现，始终都只是可以伸出援手的芸芸众生之一而已。

他有多么慈悲。

她就多么可悲。

"可是爸，我真的，"她说话都在抽噎，"我真的，很喜欢他。我没有，没有别的，很大很大的奢望。我只想，我只想……"

我想问他，你还记得我吗？

我们还可以和好吗？

我想问他解凛，我还会是，还会是和别人不同的，只有一个的"小老师"吗？

这一次不要不看我的脸。

不要只是看一秒就移开。

不要沉默，不要冰冷得像一个陌生人不要伪装。

“我一直说，不认识，也没关系，”她说，“可是原来有关系，很有关系，我做不到不在意。”

她捂着脸，只是在父亲无措的目光中痛哭着。

直到楼下忽传来单车的车铃声。

解凛一如既往把车停在楼道里，锁上车，准备离开。

然而站起身时。

“解凛——”

有人忽然在背后叫住他，熟悉的声音里带着哭腔。

他人僵住，却忍住没有回头，想装作没有听到，继续上楼离开。

“解凛。”

然而那个人仍然固执地叫住他。

在他已经踏上几层阶梯过后，那个人远远问他：“当年说过的话，还作数吗？”

他仍然往上走，不回头，右手死死攥住灰尘遍布的楼梯扶手。

而那个人也始终没有走近，仿佛只要他不停下，她就绝不会再进一步。

只是在他即将要走进拐角时，才最后问他。

“七年，算失约吗？”

他脚步顿住。

只一瞬地晃神。

忽又听到身后匆忙的脚步声由远及近，而后，她便紧抱住他，在清醒而非醉意蒙眬的时候，两手收紧，紧搂住他的腰。

她流泪的脸贴着他的背。

她说：“我是迟雪。”

千千万万句，无数欲诉未诉。

落到最后，也只这一句而已。

而这次没有已过期的灰标，没有撤回的选项。

她要亲眼、亲耳，站在他面前。

固执地等待答案。

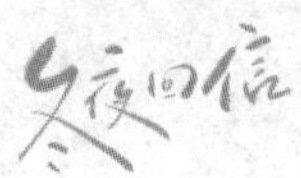

·第六章·青春回音

[1]

七年前。

整个高三下学期，迟雪其实过得都非常郁悒，以至于夏天来到，高考和毕业在即，似乎也没什么实感。

只要在学校，她的生活永远是宿舍、食堂、教室三点一线。六点的早起铃声成了她身体的默认信号，起床后洗漱，旁的宿舍同学大都还埋头在被子里赖床，她已赶早去食堂买糯饭团或吃碗粉解决早餐。

食堂里稀稀拉拉只坐几个人，有人边吃粉边背书或看单词，迟雪也不例外，吃一碗粉，温习了一页物理错题。

从食堂出来，有时天阴，有时尚未天光尽。

高一高二的学生匆忙跑过她身边去大操场赶早操，她也莫名其妙跟着小跑起来，第一个到了教室——便又总是成为第一个摁亮教室灯光的人。

高三唯一的任务只有学习，已取消早操和跑操，整天似乎就是泡在教室闷热的书海中。

空调驱散湿热空气，没办法缓解日甚一日的焦虑，连方雅薇那样平时不怎么着调，历史书里夹小说的吊车尾，也开始捡着最后两节晚自习在楼道里背化学方程式。

黑板上头那个“距离高考还剩最后 ×× 天”的数字越来越小。

从十位数到个位数。

晚自习的教室鸦雀无声，连课间也很少有人走动，只有笔尖蹭在纸页书写的窸窣声音和避不开的翻页声，营造出叫人经年难以忘怀的紧张感。

偶尔迟雪学累了，眼睛都疼，会取下眼镜，停下笔来做会儿眼保健操。

前桌的同学刚好从老师办公室问完问题回来，踮着脚尖从旁边椅子后过身，想挤进去，衣服后摆却不留神蹭到她的立书架。

迟雪还闭着眼，便听一阵“稀里哗啦”滔天巨响，睁开眼，是四五六七八颗齐刷刷回过来的头——而后齐齐视线落低，和她一起看向散落满地的笔记参考书和课本，以及她碎了一块镜片，镜架也被垂直落地的《五三》好死不死压变形的眼镜。

迟雪：“……”

她愣了下，第一反应是蹲下身去捡书。

旁边的人也来帮忙，但好不容易重新归置整齐，眼镜的事却没人提。前桌女孩看着她，欲言又止。

而迟雪说：“你方便的话，”她轻声细语，“这几天可以给我配一副新的吗？”

女孩说：“可我也是不小心……”

“但眼镜摔碎了。”迟雪说，语气仍是温和的，“或者你把我这副眼镜拿过去修？可能会便宜一点。我把度数告诉你。”

四百块的眼镜对她来说毕竟不是一个小数目，也没办法做到置之一笑。

女孩不情不愿地“哦”了一声，接过去眼镜和她写度数的纸条，坐下时却故意用力地拖动课桌椅，发出刺耳的声音，椅背和她隔开极远。

迟雪把一切看在眼里，没说什么。

只是她此时的近视其实已很严重，没了眼镜，几乎方圆五米外认不出人。写字亦时不时就要眯缝起眼，很快就两眼发昏。以至于十点半晚自习结束，她原定的三张卷子也不过才做了一多半。

十一点宿舍关门，她拖到十点五十才舍得收拾东西离开，无意外地，又是整个班里最晚走的人，负责锁门。

回宿舍的路不算近，还要经过漆黑的食堂和旧教学楼。她走得慢吞吞，生怕眼神不好看见什么不该看的，比如半夜躲小树林里拉手的隔壁班同学，或者蹲草丛里抓人的校领导。

然而，就算她是这样小心翼翼，却还是不经意，在抄近路横穿教学楼时，听到奇怪的声音。她吓一跳，兔子似的跳开老远，才发现一楼楼道底下，似乎隐约站着两个人。

“迟雪。”

高一点的那个人喊她，声音很熟悉。

她却站在那里不敢动，眯缝着眼，只能依稀看清楚个轮廓。

那人于是干脆从黑暗里走出来，校服不似平常规整，大剌剌敞开着，露出里头浅色的T恤。走近了才看清，那Logo亦是她不认识的奇形怪状图案。

“迟雪，”那人又叫她，话里带笑，“半夜不回宿舍，跑这儿来干吗……你眼镜呢？”

话落，陈娜娜忽从后边跑过来，一把挽住他的手。

迟雪这才认出眼前这对男女的身份，顿时连声说了几句不好意思，也没管叶南生在后头喊她，一溜烟跑了。

当夜却做了个奇怪的梦。

她梦见楼道底下的男女换了主角。

许久没有说过话的解凛站在她面前，只是站着不说话已很有压迫感，她在梦里亦无所适从，只能迟疑良久，说解凛，那个，我们要不换个地方说话。

……

而她满头虚汗从梦中转醒，睁开眼一看，窗外天还黑着，手表上的时间指向五点一刻。她却怎么都再难入睡，一直这样睁着眼睛瞪上铺床板，等到了六点宿舍开门，

吃完早饭到教室也不过六点二十，教学楼大半都还黑着。

她习惯性地进门便按亮灯。

这天是周五，轮到语文早读，亦轮到她这个语文课代表擦黑板、开电脑，提前写好一手漂亮粉笔字提醒今天抽背哪篇文言文。

忙完一大圈下来，她才回到座位，又翻开桌板，准备把昨天未做完的卷子拿出来。

然而“咔哒”一声过后，桌板底下，她所见第一眼，却赫然是只白色的新眼镜盒。旁边压着她昨天写的小纸条，眼镜度数分别是350°和400°。

她疑惑于前桌的女生怎么动作这么快，却也没有太惊讶，心想或许是打了电话叫家长连夜送来？又好心给她换了个眼镜盒？然而打开看，却全不如想象中的“以旧换新”。相反，是手摸也能摸出来不一样的镜框材质，眼镜的款式亦不似她之前的老土，她戴上去洗手间照镜子，浅银色的镜框架上鼻梁，不似之前的笨重，倒透出几丝文静的秀气来。

审美真好。

她心想。

然而又觉得有些不好意思，因之前的四百块不过是眼镜店中偏下价位的材质，这副眼镜则一看便知要贵出许多。是以，等到前桌女生拖着沉重脚步走进教室，她当即主动戳戳人肩膀。

“谢谢啊。”迟雪说，“没想到你会这么……上心。”

只是话虽如此，她却仍窘迫得说不出要补差价的话，只能道谢。那女孩反而一脸见鬼的表情，一开始是惊讶，后来是生气，最后是无语。

“给你。”末了，她从书包里掏出四百块和昨天的破眼镜放到迟雪面前，丢下句“我可没那么有时间”，便气冲冲地坐回去，不说话了。

迟雪还想追问，却听教室后门处一片嘈杂，又下意识回过头去，便见解凛从教室角落的座位、山高的立书架后直起身，下一秒，被乌泱泱涌入教室的五六个男生围在中间。

谈话声依稀传到这边。

“解哥。”领头那个少年嘴里啃着糯米丸子，一看就是起晚了床来不及吃早饭，囫囵嚼了两口，又作势敬礼，向自己老大交代，“报告！不辱使命，宿管压根没发现。”

“老四确实有一手，那被子弄得，不爬上去都看不出来里头没人。”

“那肯定的，我和阿姨斗智斗勇三年了好不好。”

“不过解哥你昨天到底翻墙出去干吗？上网啊？”

“开什么玩笑——”

旁边有人推他头：“解哥最近心里只有《五三》和《黄冈》，已经投奔考神的怀抱，能和你这学渣比？”

“那不然还能去干吗……难道发奋刻苦，去挑灯夜……”

一个“读”字还没说出口。

迟雪背忽然被人拍了下，也就此错过解凛的回答，惊得瞬间回过头去，便见叶南生又不知何时过来“串班”，方雅薇还没到，他又短暂做了她的同桌。

然而他脸上的笑容却在看见她转过脸来、新换的眼镜过后变了意味，随即稀奇地一挑眉，作势来拨弄镜架，被迟雪躲开。

“哪儿买的？”他于是干脆问，“这眼镜不便宜吧？”

话落，前桌的女生似长了顺风耳，当即故技重施，又将椅子拖得刺耳的响。

迟雪却不回答叶南生的问题，只问他又过来干什么。

而叶南生沉默望着她——准确来说是望着那镜框，脸色有些不好看。

直到迟雪又问了第二遍，他这才反应过来，挤出个无所谓的笑脸，说想跟你借一下物理的错题集，参考参考学霸经验。

迟雪闻言，从立书架里抽出相应的本子给他。

叶南生说了谢谢，起身就走。路过教室后头垃圾桶时，却从兜里掏出个什么东西，随手一扔。

垃圾桶才刚倒过，是空的。是以他扔的东西直接撞到桶底，发出一声无法不引人注目的钝响。

只有迟雪没回头。

连解凛亦侧头望去。

"好像是个眼镜盒。"旁边站着的少年很快去垃圾桶旁晃了一圈回来，瞄了一眼，确定叶南生已消失在走廊尽头，却忍不住阴阳怪气，"有病吧，干吗垃圾扔我们班。天天串班，准是有点毛病。"

"说谁有毛病呢。"结果没人搭腔，反倒是陈娜娜忽然呛了一句。

她就坐在解凛前边三排，不知已听了多久的墙角，漂亮的脸上神情阴恻。

众人都没反应过来，她又霍然起身，也不怕脏，直接探手到垃圾桶里，把叶南生刚扔进去的眼镜盒捡了出来。

迟雪还在胡思乱想做着试卷，一只几乎和她抽屉里一模一样，只是表皮上脏了些的眼镜盒突然被扔到她面前。

她木然抬头，看向旁边。

"戴呗，这个也戴上。"却见陈娜娜抱着手臂，又在旁居高临下冷冷盯着她，"多一个不多，迟雪，你还是挺宁滥勿缺的。"

"啊？"

而迟雪看了眼对方，又低头看向脏兮兮的眼镜盒。

"什么意思？"她刚才完全没有注意到后边的动静，一时也忍不住蹙眉，"我不用那么多眼镜。"

"你是不是觉得撬别人墙脚挺爽的？"

"什么意思？"

"你觉得你拿什么和我比，迟雪？"

陈娜娜突然摘下她鼻梁上架着的新眼镜。

迟雪脸色一变，下意识去夺。

然而陈娜娜本就比她高，此刻趁她坐着一手按住她肩，又拼命把眼镜往上举，她一时竟也抢不过来，急得脸色通红，挣扎间，险些又一次把课桌上的立书架撞倒，书全在抖，她拼命伸手——

却见只手忽然从陈娜娜背后伸出来。

几乎轻而易举地将陈娜娜的手一翻，吃痛间，眼镜脱手下落，而他捞起接住，翻过来看一眼，镜架没歪。

这样一折腾，连陈娜娜也惊住，不解地回头，却见解凛一手眼镜，一手语文书，满脸写着漫不经心，又淡淡道："你吵到别人背书了。"

"？"

他转手将眼镜还给迟雪。

而迟雪手忙脚乱戴上眼镜——他的脸终于不模糊，清晰地映在眼底。

只不过，不像见义勇为，倒像是正好路过而已，他表情总是懒散，似乎前一夜没睡够，还隐隐能看到眼下的浅浅一圈灰色。

迟雪说："你、你要背书吗？"

解凛低头看她，说："是。"

眼神却定在她脸上许久，没有挪开。

[2]

只是，单纯从结果来看，却实在很难界定他那天的行为到底是为了给她解围，又或者真的只是纯粹为完成任务而已。

毕竟书背完，他们的关系似乎又回复到不尴不尬的境地，见了面也不会主动打招呼。

哪怕不得不打招呼时，也至多不过互相点点头，类似于，比普通朋友更普通的陌生同学，倒是那副眼镜，后来一直陪伴了迟雪很久。

哪怕近视加重、度数提高，她也坚持只换镜片，一直用着原来的镜架。直到近视眼手术做完，永久告别了眼镜的"束缚"，那副镜框仍然被保留在她床下装贵重物什的铁盒里。

而至于那副多出来的眼镜。

其实她一开始根本没搞懂，那天早晨的闹剧到底因何而来。是以脏兮兮的眼镜盒摆在桌上，也就一直不知该还给谁，最后，还得多亏方雅薇打听清楚来龙去脉。

说完了前因后果，小姑娘眼珠子一转，又小声委婉地提醒她："其实，要不咱以后别借叶南生笔记了怎么样？你们以前是同学，不过现在又不在一个班了。就，他和娜娜玩得好，又跟你……娜娜有点小脾气也很正常。”

方雅薇说着，又偷偷摸摸从抽屉里拿出手机——生怕被路过巡查的老师发现，做贼似的小心翼翼，之后点开陈娜娜 QQ 空间的第一条置顶说说。

发说说的时间就在昨天夜里，配图是路灯下两道依偎的影子。

陈娜娜：“终于（爱心）”

迟雪这才终于反应过来自己做了什么蠢事，连忙托人把眼镜还给叶南生，又听从了方雅薇的建议，顺带要回了自己的笔记。

然而，据那位中间人后来自己说，叶南生也仅仅是当着他的面，又一次把眼镜丢进了垃圾桶而已。

但无论如何，于迟雪而言，这笔记是再不愿意借了，从前的所谓同学情谊，亦可暂放一边。

她从此对叶南生越发敬而远之。

无奈，此人却依旧没有半点自觉，也似乎感受不到她的躲避。偶尔有事没事，他还是会趴在窗边找她说话——那时是最后一次座位轮换，她和方雅薇换到了靠窗的第二排。老师随时要来检查，不让把窗户锁上，也不让拉上窗帘。是以窗户一打开，任是谁都好，直接就能和她“对话”。

而这个对话人，十次里有九次都是叶南生，不是问她：“干吗突然就不借我笔记了？我还没看完。”

就是叹气：“我们可是从高一开始就坐前后桌的革命战友。迟雪，这个学校里还有谁比我跟你熟。”

迟雪低头翻卷子做作业，不理他。

叶南生却也不生气，下一次路过，又能想出新的话题问她：

“你大学有没有想好考什么学校？去北方还是留南方啊？你成绩这么好，应该可以随便填吧。”

“迟雪，再这么读下去要变成书呆子了。”

“去操场走一走散散步啊。”

对此，迟雪的回应大多是不咸不淡的一个“嗯”，或装作没有听到。

只因自那次“眼镜事件”后，她已莫名为叶南生的事而经受了不少风言风语。温吞如她，能想出来最严厉的拒绝方式，也无非就是不理睬而已。在她看来，这种表态已十分鲜明。

唯有叶南生不这么认为，披着“温良恭俭让”的讨人喜欢的人皮，此人私底下，却似乎颇有些看世人焦头烂额的恶趣味：从来只考虑自己是否欢喜某件事的发生，而不考虑因为这件事受到波及的人，也乐于看到别人为他而争得头破血流。

迟雪越是不配合，他越是乐在其中，且尤其喜欢在陈娜娜或者解凛面前表现两人的“同学情谊”。

而迟雪百口莫辩，忍无可忍，有次终于鼓足勇气问他：“可不可以告诉我，我到底哪里惹你了？”

记得读高一时，她就是叶南生的后桌，两人还曾在老师的安排下当过一段时间的“学伴”，她尽心尽力，没有过一点怠慢。

后来她高二因母亲患癌而休学，收到学校的捐款，捐款名单上，叶南生的名字也遥遥排在前头——足可见他至少这个时候还是不讨厌她，也是没必要为难她的。

高三就更不可能了。

他们压根就不在一个班，连交集都不多。

她想破脑袋也不知道到底哪里出了错。

然而叶南生似乎亦被她问蒙了一下，反应过来，又饶有兴致地指了指自己：“你觉得我是在刁难你吗？”

不然呢？

迟雪的表情里写满“你不要明知故问”。

他看着，突然便笑了。

笑得让人莫名其妙。

笑到迟雪怀疑自己是不是真的又说错话闹笑话，作势便要把窗关上，把他隔绝在外。

他这才收住笑容，一手扶住窗框。迟雪推不动，只能抬头看他，又听他说也许吧——但我只是觉得不公平。

“明明什么事都是我先来的。”

“什么？”

“我说，”他见她愿意接话，又一副故作苦恼的表情，“你不给我借笔记，我万一又发挥失误考不上大学，这辈子就完蛋了。”

迟雪：“……”

迟雪：“严老师。”

哪个严老师？

叶南生回过头去。

她趁此时机飞快把窗关上，这才坐定深呼吸，又打开一张新的卷子。

可惜才刚做到第三道选择题，便听上课铃声敲响，下一节是英语课。

方雅薇从外头蹦蹦跳跳回来，手里捧着一本花样精致的同学录。

课上到一半，也不管讲台上的英语老师如何唾沫横飞，她忽又撞了撞迟雪手肘，随即塞过来一张粉色的“卡纸”——她买的同学录比较“高级”，是以无需人手传阅，只需解开卡扣随便取任意颜色，到时再装回来即可。她还特地给迟雪选了张好看的。

“填下这个呗，”等迟雪接下，方雅薇又小声做口型，“要毕业了，留个纪念。说不定以后还有联系呢……我看隔壁班都在弄。”

紧跟潮流一向是八卦大王的天性。

果不其然，眼见得六月将至，学校商店里的同学录很快售罄。紧接着是附近的文具店、礼品店，货架上的同学录也都先后被扫荡一空。

得亏有方雅薇提醒，迟雪买得还算早，挑了价位适中的一款。优点是装订灵活，同样可以随意取页，缺点是灰不拉几，从外壳到内页都是不大显眼的颜色。

迟雪让方雅薇选了一张，之后又精挑细选，自己挑出一张——然而，却总是没机会亲手送出去。

解凛身边永远不缺簇拥的人，而她怯于在太多人面前表露自己的心意，尤其不想把自己对解凛的喜欢端上台面，害怕引来和“眼镜事件”一样铺天盖地的嘲笑。

毕竟几乎在所有人眼里，他们两个人，都是没有也不会有交集的两条平行线。

她只能在第二天起了个大早，如愿在第一个来到教室，然后蹑手蹑脚，拿着自己那张精挑细选的同学录，附上简单说明“来意”的便利贴，塞到了解凛的抽屉里。

怕被别人发现，还特意拿了两本书压住。

解凛却一直到下午第二节课，才发现这藏在他化学练习册底下隐蔽的“小秘密”。

偏偏旁边同桌又是个坐不住的，时刻关注他。瞥见那张写字写得密密麻麻的便利贴，顿时好奇地凑上前来，又指着底下那张同学录：“解哥，又有人喊你填啊？”

他把人脑袋推开，也把抽屉桌板合上。

同桌却对他这副态度丝毫不意外——毕竟解凛是出了名的对这种矫情玩意儿不感冒。之前班上写同学录热乎劲最上头的时候，不知收到多少张更漂亮精致的纸片，全都是空空的来，然后又空空的去。

解凛从来不填那些，电话住址之类的信息更是从来不泄露。是以，哪怕他跟解凛同桌两年多，也依旧不知道人住哪儿。

结果接下来的整堂化学课，解凛似乎都有些心不在焉。笔没停过，却做一道错一道，仿佛被打回了两年前的“学渣”原形。

连同桌都觉得稀奇，到了课间，想要八卦两句，解凛又突然问他：“最近很流行，填什么同学录？”

“当然啊！”

此话一出，连前桌的两人都回过头来，笑道：“解哥，怎么，你也感兴趣了吗？搞本玩一下啊，我们给你发。”

“要不给隔壁班的也发发吧，”闻言，同桌也在旁边插嘴傻笑，“解哥，给林静发吧，我一直想要她 QQ 来着，她肯定给你面子。”

“还有楼上的谢雯！”

“丁若惠也不错，嘿嘿。”

到最后，不用解凛说，三五个人便起哄买了本厚厚的同学录回来，当天发遍了全年级上下。别人要问，只都说：“解凛让填的。”

解凛懒得管他们，只是，在午休时，又一个人去阳台，把那张贴着便利贴的同学录拿出来看。

娟秀的字迹，在一张小小的便利贴上，写出长篇大论的即视感。写得太密，以至于部分的墨迹都被手蹭花，看起来是匆匆写完，又“做贼心虚”地塞进了他抽屉。

他以为自己不会有什么波澜，但原来还是忍不住笑。

笑完了，自己都觉得奇怪。

叹口气，便又展平那边角皱起的便利贴，从头细细读到尾：

解凛：

我想你也许还在生我的气，一直以来，很想找个机会和你解释。可是总不知道怎么开口。

或许早该说的，但是我也害怕自己再说错话。我对待人很迟钝，对待你又无法不斟酌。我只能和你说很多的对不起，那天我错口说的话，一定给你带来了不小的麻烦。

马上要毕业，也许大家再也不会见面，也许能见到也不会再能回到当初那样，但我还是想要和你，也许，尽可能地保持联系。

如果你觉得不适合也没关系，就当没有看到这些话吧。

希望你一切顺利，考上理想的大学。

迟雪。

他把那张便利贴读了前前后后五遍，也没有看到自己原本想象中会出现的字眼，通篇只有对不起和抱歉。

他又看那张空落落的灰色同学录：很有迟雪的风格，实用主义至上。

他忍不住叹了口气，连自己都不知道那种无来由的失落从何而来，最终却还是提笔，一如既往的简洁，填上姓名与电话。

至于住址之类，他已决定毕业后便搬出叶家名下物业，暂时还没决定，也就不必写上。

只不过想了想，怕迟雪的个性，也许给了电话也只是看着发呆，他又在电话旁边加了一句："有事 call 我。"

笔尖却仍停在纸面上。

午休结束铃响的同时，他又淡淡添上一句——不要失约。

这大概就是他能想出来，所谓保持联系，最后的"双保险"了。

为此还特意最早离开了宿舍，没有带旁人，头回第一个到了教室，把便利贴留下，把那张同学录放回了迟雪的抽屉。

然而桌板才刚放下——

"稀奇了，解凛，今天怎么来这么早。"

[3]

身后忽然有人喊他的名字。

解凛回头看，便见叶南生正好走进教室，后头还跟着表情明显不大开心的陈娜娜。

两人的状态，看样子是又偷跑了午休，在教学楼附近过了一段"私人时间"。

叶南生眼尖，见他站在迟雪桌前，手还扶着桌板，顿时表情微妙，又开口调侃："来这么早偷东西来了？我还不知道你已经穷成这样。"

解凛没理他，转身走向自己座位。

叶南生平时并不主动和他单独说话，今天却不知怎的一反常态，又跟上来，下巴轻扬，指了指教室外，问他："跟我聊聊？"

"我不觉得我们有要聊的东西。"

"对你哥就是这个态度吗？"

"哥？"解凛正坐在座位上找书，闻言抬头看了他一眼，表情与眼神都极冷。

如果这里不是教室，不是还有第三人在，叶南生怀疑他的拳头下一秒就要落在自己脸上，顿时哈哈大笑，又摆手：“行，那我叫你哥，解哥？”

“……”

“跟我出来聊聊吧。趁着还没上课。”

诚然，解凛倒是突然好奇，叶南生过了这么多年，到底还有什么话好跟自己说，于是起身随他去。

只是没想到，两人走到楼梯拐角处，四下无人，叶南生又莫名其妙提起迟雪，问他：“那副眼镜是不是你买的？”

“跟你有关系？”

“当然有关系。”叶南生说，“因为我也买了一副，而且，是当天晚上就买了。只是比你晚来几分钟而已。”

解凛闻言，却眉头紧蹙，又下意识地侧头，望了一眼自己班上的方向。

陈娜娜已不在门口张望。

“那眼镜本来也不需要你买。”他这才冷声道，“你如果有钱，可以花在陈娜娜身上。”

结果叶南生却稀奇地反问：“我为什么要给她花钱？”

“……”

“她喜欢我是她的事。”

叶南生说：“但我也有我喜欢的人和事，大家互不干涉是最好，一旦你干涉我了，解凛，尤其是你，会让我很烦。更别提你每次都是这样。从出生开始，好像事事都和我过不去。”

“我读书考到一百分，奶奶只夸我聪明；你考个六十分，奶奶说你不用太用功，想考多少都可以——反正以后会有聪明人帮你做事，你做你想做的事就行。”

“我爸在南方打拼了整整二十年，分到的股份才不到公司的百分之三，分给我的就更少；而你呢？你什么都不用做，只需要张开嘴对着天上，馅饼就砸在你嘴里。就这样你还说你命不好？”

“哦。”解凛听完，却始终显得兴致不高的样子，对他的那些抱怨、憎恶、不甘，只有一句话，“那我们换？”

很多事情，喜怒悲欢。

在旁人看来是一回事，落在自己身上又是另一回事。

他并不想把多余的口水花费在“和一个不会理解自己的人讲道理”这件事上。

倒是叶南生仍然一眨不眨看着解凛的表情，良久，突然又笑了。

“换是换不了了，”他说，“但是我想，人是可以尝试跟自己的恐惧共存的。”

“只要你别在我周围出现，不要像噩梦一样纠缠我。那么天南地北，解凛，不管你考去哪儿，在哪儿生活，我还是愿意祝你，和你爱的人平安的。”

语毕，他又从校服外套的兜里掏出一张对折的同学录，随手递给对面。

“我也跟人要了一张，”他说，“弟弟，毕业快乐。”

解凛回到座位的路上，路过垃圾桶，顺手就把那张同学录揉成团，就地扔了。

结果桌上竟然还有整一摞的“回信”，想来全都是那群小弟到处分发同学录让人填写后，收到的满满“成果”。

一见他来，旁边的一群人立刻都开始起哄，吵着要看看别人都给他写了些什么赠言。他对这些事一向不怎么感兴趣，也没过多表态。

而没表态就默认可以。

是以，当下便有人随手从那摞纸里抽起一张，又大声朗读起来：“To：解凛，祝你越来越帅，早日出名，以后苟富贵勿相忘，考上大学请吃饭。”

“这谁啊？”

“一听就是个哥们儿，没意思。”

旁边的吐槽声此起彼伏。

于是又换另一张。

另另另一张。

没多会儿，已经换了五六张。

只可惜都没什么大八卦——大概大家也都没那么蠢，知道同学录上不宜写什么煽情话语，被人翻出来嘲笑，至多也就写那么一二句文艺范儿的歌词或诗句，有揣摩余地，但不至于暧昧过火——

这种平淡无味的局面，也一直持续到解凛同桌的伸手一摸。

“欸……”

吊人胃口的惊叹声瞬间响起。

声音不对。

旁边八卦的众人嗅出味来，顿时围上前，又你一句我一句地读开：

“解、凛……这里后面这么划掉了？呃，什么见不到你。”

“如果见不到你吧？再见不到你。”

“解凛，如果再见不到你，祝你学业高升，前途似锦。”

倒不是什么缠绵悱恻的话，却又颇有让人浮想联翩的意味，一本正经之余，也和前面或文艺或搞笑的赠语形成鲜明对比。

一群人哄笑声不断，又作势要翻开正面看写这种傻话的人是谁——旁边却突然伸出只手。

众人未及反应，解凛已劈手夺过那张同学录，之后更干脆将纸揉成团，直接断绝了他们想看名字的念头。

气氛即刻变得有些紧张。

一群少年面面相觑，不知解凛为何突然反应这么大，也没人敢直接问。

最后你看我我看你，也只能尴尬地打起哈哈：

“确实……那个，写这种话有点像立 flag 哈。”

“是啊，这还需要祝吗？还什么见到见不到的。”

“我、我们来看看别的？”

话音未落。

解凛忽又起身走向垃圾桶，背身对着他们，看着像是随手丢了什么东西，随即才转身面无表情地坐回座位。

有眼尖的悄悄侧头去瞄，瞧见里头特显眼一纸团，顿时明白过来是什么意思。

几人对了个眼神，也不敢再聊什么有的没的，只默契地放下同学录，很快，便又借着要上课的借口作鸟兽散。

可怜前排的方雅薇看热闹正到兴头上，忽然被人拆了“大舞台”，顿觉扫兴，只得苦着脸回过头来，没骨头似的趴在课桌上。眼角余光一瞥，见旁边原本在认真粘准考证照片的迟雪不知何时停下了动作，这才骤然惊醒。

“迟雪，”她忙又拍拍同桌的肩膀，“话说，借我一下固体胶吧，突然想起来我也没贴照片呢，差点坏事了。”

“……”

“迟雪？”

怎么不理人的？方雅薇只得在她眼皮底下晃了晃手，又加大音量喊了她一声：“迟雪！”

对方这才如恍然梦醒般，肩膀抖了下，悚然抬头。

她又重复了自己想借固体胶的需求，迟雪遂把手里的固体胶递给她。

然而，等方雅薇粘好照片把东西还回去，迟雪却依然一反常态地维持着僵坐的动作，没有背单词也没有做卷子，简直“闲”得不像她本人了。

方雅薇以为她是不舒服，关切地问说脸怎么这么白，要不要去医务室看看。

迟雪却只是摆手说没事，左手撑着额头，严严实实挡住脸，怕人不相信，甚至又随手扯了一张卷子来做——

当然。

如果忽略那天她人生头一次，做选择题低到离谱的正确率，这种伪装倒是的确很好地将她心情掩盖过去。

偏偏那天下午又轮到她们那一组值日，几个男生一下课便不知所终。

扔垃圾的工作于是不得不交给她和方雅薇，两人一人一边，抬起大垃圾桶。

到了垃圾场，负责收废品的清洁人员将垃圾桶整个倒扣，怪味瞬间扑面而来。

“呕！”方雅薇拿着早提前准备好的餐巾纸捂住鼻子，仍然忍不住干呕，又顺势踢开地上滚落到她脚边的塑料瓶。

直到迟雪淡定地从那叔叔手里接过空了的垃圾桶，她这才不情不愿地“捻”起另一边扶手。

“气死我了！”小姑娘边走还不忘抱怨，“那群男生真的没点用，关键时候还要我们两个女孩子来倒垃圾，要他们干吗？”

“嗯。”迟雪点点头，却还是忍不住，又回头看向垃圾场的方向。

工人正在挑挑拣拣，把能回收的塑料瓶和易拉罐放在一边，其他如果皮或零食袋之类的又另作处理。翻来翻去，有个小小的纸团被随意丢弃在地。

还能回收吗？

她突然莫名地想。

也许这张纸会和许多没用的废纸一起，脱墨漂白，变成一张全新的纸。又或者它太微小，会被遗落和丢弃，最终在某个草丛又或是垃圾场的角落被人发现。

然后廉价的少女心事，再换来几句调侃的笑语。

“什么年代了还写这么老土的话。”

“祝别人当然要祝发大财啊，”

“迟雪……你看什么呢？”

旁边的方雅薇突然戳戳她的肩膀。

而她被提醒着收回视线，又转而侧头，看向满脸疑惑的同桌。

“怎么你从下午开始就魂不守舍的，”方雅薇问她，“而且垃圾场有什么好看的？臭死了。”

她闻言笑笑。

远处，傍晚的火烧云映亮半面天空。

穹顶之下，她的悲欢那样小，小得微不可察。

好像只要不说，就不会被发现，可以藏好，就没那么痛了。

一点也不痛了。

“我只是觉得，”她说，“时间过得好快，我的青春，怎么好像就这么结束了。”

[4]

十九岁。

迟雪经历了一段平静的青春，迎来了不痛不痒的高考。

考完试那天下午，不管考得好坏，几乎所有人都在狂欢，试卷和笔记如雪花般从各楼层往下洒落。

年级领导平时最爱训人，可这次竟然也什么严厉的话都没有说，只拿着个大喇叭在楼下向他们喊话，说：“扔试卷可以！不要扔书砸到人！”

“同学们，高考结束了，最难的日子过去了——祝你们毕业快乐！”

“去往你们天南海北的大好前程吧！老师们都以你们为荣！”

大家先是哄笑声不断，然后，却不知是从谁先开始，忽然，没个预兆，又一个接一个，抱着身边“同苦”过的同学骤然痛哭失声。

老严从办公室出来，有人跑过去问他这次高考数学押尾题的答案。结果他眉毛一横，说老师都教了你三年了，自己不会算啊。

男生被吓了一跳。

但他竟然是故意装凶，凶完了又笑，还难得慈祥地拍了拍那男生的肩，说：“这个答案已经不重要了。”

“以后你人生的路还很长，孩子，不过只有到那时候，你才会发现这种有标准答案的时代，再也回不来了。”

迟雪也是听人说才知道，据说她们这一届，是老严带的最后一届高三了。

执教鞭四十七年，那天的最后一堂课，老严对他们这群最后的“花骨朵”，留下了最后的肺腑之言。

“一定要往前看，往前走。”

他说："同学们，当你们觉得路很难走的时候，不要想着回头。你要告诉自己，最难走的路是上坡路，而所有的失败，在你没有彻底倒下之前，都还不是'最后一次'。"

"所以，以平常心对待你们的高考吧！不管你们考的是30分还是130分、90分甚至满分——只要尽力了，在老师心里，我永远以你们为荣。"

话落，班里有活泼大胆的，把手机拿出来要和老严合照。

大家吵吵闹闹拍了最后一张合影，所有人都拼命从山高的立书架后探出头来，比出大大的"耶"字。连一向没什么存在感的迟雪，也被方雅薇拉着"合群"了一回。

只是最后收拾东西离开时却仍是不合群，什么都不舍得扔。连方雅薇也忍不住吐槽她，这些卷子啊《五三》什么的，以后都用不到了，还有什么必要吃苦搬回去，她却只笑着抬头，说这些都是"青春的回忆"。

一点点搬空桌面和抽屉时，却又意外发现了压箱底的那本同学册。

方雅薇见了，当下惊呼一声，立刻又说不好意思啊迟雪，你好像也给了我一张吧，我好像忘记填了。

她却摇着头说没事："本来也只是凑凑热闹买的，我也忘了给大家填了。"

因此打开来看，甚至还是崭新的一本，没有丁点书写痕迹。

比较适合做草稿纸。

迟雪想。

如此这般安慰着自己，倒是也将这本同学录带回了家，又和自己的这些参考书习题册一起，藏进了橱柜的深处。

她觉得自己好像真的放下了。

后来出了成绩，她发挥也果然稳定，丝毫没有受到高三下学期的种种糟心事影响，顺利以理科最高分摘取当年的全市状元桂冠。

最后一次见解凛，是回校填志愿那天。

她从老师办公室出来，迎面看见他正好上楼，两人打了个照面，但似乎都不知道说什么好，只是如旧淡淡点头，便就此擦肩而过。

"哎。"

然而，她快要走进班，忽却听到他在身后轻轻喊了她一声。

她脚步忽顿住。

回过头去，见解凛站在老师办公室门口，他们似乎不知不觉换了个位置，但是还是不远不近的距离。她以为他叫住自己是要问什么，但原来，彼此沉默良久，他也只是说了一句“你考得很好，恭喜你”。

和旁人差不太多的说辞。

迟雪一贯是会回一句“谢谢”的。

然而，她却没有对解凛说谢谢，只是静静看了他很久——她以为的很久。她努力记住他的样子，尽管三年来，他除了个子长得更高，似乎和她初见他时也没有太多变化，但她仍是如一遍遍温书般，一遍遍在心里温习他的样子。

直到似乎不太会忘了。

“解凛。”她才微笑着对他说，“时间真的过得很快，毕业快乐。”

“迟雪。”他却并不回应，只突然又叫她的名字。

“嗯？”迟雪因此倒愣了下。

不解他竟然还会有想对自己说的话。

正要上前去，然而方雅薇此时突然推开窗，又招呼她进来帮忙看志愿。

她一晃神，下意识侧过头，等再回过头来时，解凛已经离开。

而她迟疑良久，亦没有再追上去。

她最后一次以学生的身份走出校园，爬山虎依旧绿了满墙，玉兰花枝头含苞。

只可惜，当年卖糍粑的小摊已经被城管整治得不敢出现，她只能两手空空走在回家的路上。

年轻的男孩女孩从她身旁走过，话题无外乎是抱怨学校制度，愁眉苦脸；谈论追星的最新进展，眉飞色舞。

而她就那样饶有兴致地观察着身边的一切，仿佛陡然从透不过气的读书声里清醒，又在少年们的吐槽声里，也跟着想起某节被刁难罚站的数学课。

解凛就站在她前面。

他的颊边，仔细看，还有一点点粉笔灰的白色痕迹。

她低下头来，装作很认真地写笔记，但其实也只是在印刷字的公式底下，又原模原样无意义地誊抄一遍而已，她真正认真做的事，只是用眼角余光打量着他的背影。

在下课铃声敲响之前。

在下课铃声敲响时。

在下课铃声敲响之后。

她都曾无数次地在心里排练过，要去拍拍他的肩膀，在他转头时露出大方的笑容。

但那些碾磨于唇齿、无从开口的，亏欠于时机的话，许多年来累积到一处。终究只有秋风、阳光、读书声曾见证。从不曾说出口。

十九岁的迟雪，不善言辞的迟雪，那一年，只是又翻出了她落灰的花朵发圈。

为两条长长的辫子缀上不谢的花朵——她小心翼翼，无数次走过心上人窗前。

这个不美满的故事，于是因此而鲜艳了一些。

[5]

这个不美满的故事。

于是亦得以有机会在几年后，重启于她哽咽的那一句：

“我是迟雪。”

迟大宇杵着拐从诊所里追出来，看见眼前的场景，一时也讷讷失了声音。

他想上前去，又总觉得格格不入，只能愣在马路这头，看对面究竟是何发展。

而解凛沉默着被迟雪抱住，许久没有任何回应，只是放任她在这短短的几分钟里倾泻情绪，任由她的眼泪沾湿他的外套。他甚至都不曾转过身来。

一直到她的啜泣由崩溃的颤抖，而后落低，变成逐渐收敛的抽噎声。

“……迟雪。”

他才终于像是认输，也像是放弃与她“对峙”，轻轻叫了一声她的名字，之后才转身，给了她一个温柔却并不过分亲密的拥抱。

只可惜拥抱亦不过是一触即离。

他随即说：“好久不见。”又补充，“但没想到我们住得这么近，还挺巧的。”

迟雪闻言一怔，有些愕然又不知所措的，骤然停了哭声，红着眼圈抬头看他。

而眼前的人，清楚分明，从眼神到表情，从语气到动作，都不过像是在礼貌安慰一个情绪崩溃的女孩而已。甚至连哭泣的借口都为她找好。

毕竟，“久别重逢”似乎是所有都市男女间久盛不衰的情感窗口。

迟雪却恍若被打了个措手不及，两耳“嗡嗡”地响。她想象过无数种发生在他们之间坦承再见的场景，想象过喜怒哀乐每一种情绪，唯独没有想过他是如此平静。

理智告诉她，如果不想惨淡收场，现在就不该再追问什么。

然而心却在唱反调，不听使唤，反复叫嚣着不甘心，不放弃。不撞南墙不回头。最终，情感战胜理智。

她双手紧紧拽住他的衣袖，几乎是咬紧牙关才止住颤抖，又一字一顿地问他：“你，解凛。”

“除了好久不见。”她说，“你没有别的话要跟我说吗？”

“……什么话？”他的态度里却明显写满抗拒和回避。

于是僵持。

还是僵持。

他们一个看似疏离，一个看似温和，却谁都不愿意让步。

“那天在医院。”

迟雪只能努力让自己冷静下来，最后一点一点地开始复述：“我被周向东推进人工湖，不会游泳，差点淹死。明明是你跳下去救我的，但你什么都没跟我说？看到我出院，你也没有说，你有好多次机会可以跟我说……”

“可是迟雪，”他打断她，“其实不管是谁掉下去，那个情况下，我都不会见死不救。”

“但你为什么一个字都不跟我提？”

“我只是不觉得这需要邀功，”他说，“至少你确实脱离危险了。我只看到好的结果。”

她被他的平静堵得哑口无言，只能在心里，用今早看到那张薄荷糖纸不断努力催眠自己。

她深呼吸，又旧事重提：“那昨天我喝醉酒，你为什么愿意照顾我？”

“你喝醉酒的时候也没有惹什么麻烦，比很多醉鬼都好。”

他说：“而且，还是那句话，你已经走到了我门口，我不可能眼睁睁看你冻感冒。”

“那你为什么要给我糖？”

“因为你喝醉酒，因为你说你要。”

“那早上的时候你还给我煮粥——”

“你是客人，”他说，“我不至于那么小气。”

她如此挖空心思地想要找出他对她种种的好，却每一句每一段都被无情驳回。

解凛的表情不像捉弄，反而带着温和的疏离，对待她的无理取闹，他只有耐心，没有爱意。

她甚至无法从那眼神里找出丁点怜爱的痕迹。

于是，沉默良久，亦只剩下最后一个问题。

“你为什么，”迟雪说，“一直都，装作不认识我？”

才刚好些的情绪，瞬间又因为这句话而过载。

或许这段时间来，她的委屈本也已积攒到一个峰值。

似乎不哭不行，也根本无法忍住眼泪。说完这句话，她看向他，尽管不说话，紧闭着嘴，喉咙口那种微弱的嘶声依旧不停歇地往外冒，好似某种濒死的小动物在挣扎呼吸。

只消一眨眼。

每一句话，都伴着豆大的泪珠滚落眼眶。

“你是早就认出我了，只是装作不认识我，对不对？”

“……”

“还是说你根本就忘了我长什么样？可你明明说过，”她说，“你说过要记住我的脸。”

这么多年来，她每一句话都记得。

怎么他却全都忘了？

所以，时隔多年，他仍然只是淡淡看她一眼，随即不停留地挪开视线。

“和你没有‘认出’我的理由一样。”他说，“迟雪，我和高中的同学，大部分都断了联系了。理由你应该也多多少少听说过，我只是以为，你也和他们一样。”

一样什么？

——“还是别和解凛联系了吧，听说他现在有点‘那个’。”

——“冷冰冰的像活阎王一样。”

——“大家都不敢当着他的面说……都是背地里偷偷讨论好吧。”

她忽然松开了紧拽他衣袖的手。

她说不出话，只用不敢置信，又无法言说的眼神看着他，看着他眼底她哭泣的倒影。

而迟大宇亦终于再看不下去，气冲冲过了马路，又一把将女儿拽到身后。

“好了，好了！”他几乎是强忍着愤怒，“不管你们之前认不认识，到底有什么恩怨情仇的，我女儿都哭成这样了，你一个大老爷们，小谢，你不要怪叔叔说你，我们家小雪对你是真的仁至义尽。你这是什么态度？”

“你觉得我们小雪是倒贴你吗？我告诉你你不要太自以为是了！”

“就你这个条件，我跟你说别说小雪，就算是我，你也压根过不了我这关，你——”

话音未落。

“爸。”迟雪却又忽然出声，平静地叫停他，“够了，我们回去吧。”

但迟大宇哪里肯听，只猛地一摆手：“小雪你别管！爸今天就要给你出口气，我非得……”

“够了，别再说了。”

“……”

“爸，我已经很丢脸了。”

他身后，迟雪像是终于回过神来，找回理智，把眼泪鼻涕之类的都擦干，又吸了吸鼻子，努力调整表情，最后，两手并用掰过父亲指向解凛的手。

“是我误会了。今天的事，是我给人家添麻烦了。”

她说：“具体的我之后再跟你说。但我们别在这里吵架了，回去吧。”

“但是他……”

迟大宇仍然对于惹哭女儿的罪魁祸首余怒未消。

无奈迟雪坚持，被女儿拖着，他也不好甩开，只得用愤怒的眼神怒瞪新邻居，最终仍是不情不愿地被女儿拽回了自家诊所。

一进门。诊所里的病人和另位医生却都是一脸想问又不好问的八卦表情。

“看什么看看什么看！”老迟见状，顿时气得不行，当即又奋力摆手，试图驱散这种诡异气氛和落在迟雪身上的奇怪目光，“有什么好看的？我女儿，我不是吹，追她的人从这儿排到雁江桥都排不完，一向都是她看不上人家，没有谁是给她甩脸色的！”

说罢，他眼角余光不忘努力往门外瞟。

见解凛还没上楼，他又当即启用几倍的大喇叭式音量——几乎是嚷起来，故意给谁示威似的：“就明天，人家叶家，知道吧？市中心那个商贸大楼就他们名下的，新开的那个什么百合苑，大楼盘！也是人家搞的，还有什么保险公司一大堆的……就叶家那个准继承人哦，还约我们小雪吃饭。”

说话之夸张。

两个针对性的听众亦忍不住面面相觑，最后习惯性地捧场：

“真的假的啊？七叔，那你这是要平步青云啊。”

“一人得道鸡犬升天？”

“要是真的，你女儿……不是，小雪，真是好福气啊。”

迟大宇闻言，亦毫不觉得脸红，骄傲地一点头，又在两人面前，和在迟雪面前一模一样，大夸特夸起叶南生的阔绰大方、体贴温柔。

话落。

解凛转头上楼。

而迟雪已没有力气阻止父亲，只兀自坐在沙发上，头撑着额头。

之前哭得太阳穴一跳一跳地痛，现在还没有消停。

她的脑袋仿佛和身体里的常规生理系统强行隔离，晕沉如过载的电脑硬盘，被太多的回忆和酸涩的心情塞满，挤得再无法正常运转。

她想，或许自己还需要时间来消化这次冲动酿成的恶果，也需要时间，去接受时间本身带来的改变。

——毕竟，她早已没有任何任性的资本了。

而一道马路之隔。

此时此刻。

对面二楼尽头处的公寓，却也在解凛推门进去的瞬间，一反常态地鸦雀无声。

薯片仔不再吃薯片，大波浪不再玩电脑。

两人都规规矩矩坐着，一见他进来，忍不住紧张地吞了吞口水，眼神里写满“我是不是看了什么不该看的，听到了什么不该听的”惶恐心情。

解凛却根本没理他们，只径直去了卫生间，关上门。

水龙头开着，他一手撑在洗脸台上，另一只手不停捧起冷水，无情地往脸上泼，重复着一遍又一遍。

大冬天，没有暖气的房间，他的手很快被冻得通红。

然而还不够，大脑根本没办法冷静下来。

——“解凛，你不走，我哪里也不去，但是……你要走的话，一定把我也带去。”

——“就算是走路也可以，只要你站在那儿等我。”

——“解凛，你为什么要一直装作不认识我？”

她睡着时却在微笑的脸，和她清醒着两眼沤红、满脸是泪的表情，反反复复在他眼前交错出现。

他亦比任何人都清楚知道，以迟雪的性格，要有多难才能鼓起勇气说出那些话，一如他清楚地知道，自己这样做如何刺伤了她的心。

但是他却不得不做。

没有第二选择。

因为他已经没有任何筹码，来接受这场命运的豪赌。

前头已经赌输了六条人命，第七条，只能是他自己的。

思绪纷乱间。

外面的人却似乎无法再等，忽然小心翼翼地敲了敲门。

“头儿。”

静了片刻，大概考虑到没有得到回应，唯恐惹怒了他，那声音于是压得更低：“那个，你没事吧？”

“虽然这么打扰你很不好，”是大波浪的声音，“但是，那个，周向东已经被放出来了。叶南生好像真的没有起诉他。”

“我跟了他大半天的样子，也一直没找到机会近身……他好像又和那些狐朋狗友混在一起了。有点不好下手，然后——呃……”

洗手间的门突然被打开。

大波浪陡然和自家老大面对面，吓得立刻后退半步。然而解凛似乎已回复到了平时的工作状态，仿佛刚才面无人色开门进来的不是他，除了脸上依稀水珠透露出狼狈痕迹，他依旧冷静、果决、不容置喙。

“现在人在哪儿？”

他问她。

·第七章·送你回家

[1]

当夜。

雁江桥以南，乌通巷 7–2 号，某地下酒吧。

周向东太久没过来，不得不在一楼交了点“入场费”，这才得以畅通无阻，沿着楼梯慢吞吞下楼。掀开门口那耷拉半边的塑料门帘，里头嘈杂的骂声混杂着刺鼻烟味，顿时扑面而至。

他站定环顾一圈，正找熟人。

旁边却突然有穿着清凉的女人出现，顺势便来挽他的手，模样千娇百媚，问他今晚有没有伴。

“看你很眼熟啊。”女人的手指暧昧地蹭过他的脸，“小哥，你今晚给我付钱，我就跟你回家，怎么样？”

他沉默。

一看女人那两目翻白、神不守舍的模样，便知是“同道中人”。种种表现，亦不过是以身体换“毒资”的一种方式而已。

他对此早已司空见惯，此时却不知为何莫名排斥起来，当即一把推开她的手：“滚开点。”

凶得女人莫名其妙，却也到底不敢在这儿和人起冲突，只得小声骂骂咧咧走开，又继续找了个角落吞云吐雾。

周向东遂继续往里走，走到约莫尽头处，便见一坐得尤其满当的大卡座，约莫塞下一二十人，多是年轻男女，看着都非善类。

尤其被围坐在正中央的光头青年，大冬天只一件背心打着赤膊，头顶上文了个晃眼的繁体的义字，正和旁边锥子脸的美女调情，忽听有人喊“麻子哥来了”，顿时眉心一跳，又笑着回过头来。

“向东来了啊。”他并不叫他麻子，语气中格外显出一点亲昵的和气。

说罢，他打发走旁边美女，亲手拉着周向东在旁边坐下，随即关心问道：“怎么样，回家有没有买点柚子叶，挂门口去去晦气……你最近是不走运，怎么屁大点事，还被抓进去了？”

“被记者把事情给炒大了。加上那天情绪确实不太好，做了……过分的事。”

“什么过分，我看你那天是，”光头男做了个推针管的手势，“太嗨了吧？哈哈，不过嘛，你也想开点，就一个女人而已，不行就换，何必搞得你死我活的。大不了兄弟给你做主，把人给你‘搞定’呗，办法多的是。”

此话一出，旁边顿时响起此起彼伏的口哨声。

光头男还怕自己说服不了他，又一副哥俩好的架势揽过周向东的肩膀：“哥也听说了，你不就是为了那保险的事吗？四百来万，何必这么弯弯绕绕的，亲妈都给推下去。你要是真想要钱，回来跟哥一起干，哥就缺个脑子转得快的，到时候……”

“连你也觉得是我把我妈推下去的？”周向东忽然开口，语气之不敢置信。

倒是把光头男给说愣了一下，回过神，便又笑出声来。

“你跟哥还有什么不好说实话的，咱们当年一起打拼出来的，还不知根知底，都知道你对你妈本来也是……”

“我不喜欢我妈，我也干不出来推她下楼的事！”周向东的情绪激动起来，“她就是再不检点，再给我们家丢脸，那也是我亲妈！就为了四百多万我有必要害死她？当年我要是想，四千万我都能到手！别一个个都拿钱侮辱我！”

“好好好，”光头男和小弟对了个眼神，努力憋笑，“所以哥不是才跟你打商量吗？当初搞得好好的，你爸一死，你一言不合就拆伙，后来又输了个精光，你看看你现在过的什么日子？”

“……”

“你就听哥的！”他说，“回来跟哥一起干，什么女人什么亲妈，只要有钱，个个都能救得回。你要女人我回头就给你绑回来，你亲妈那边，你一句话，哥给你先垫着，等你在我这儿赚到钱了慢慢还也不迟。”说着，便又给周向东递了个啤酒瓶。

两人闷声不吭对瓶吹，眨眼又各自干掉半瓶。

“而且就说你来得巧吧，最近刚好有个活儿。”光头男说，“就明天，在万华会所，听说方进从北城回来，和他儿子定了，要在那儿吃个中饭——他儿子你也认识，就是那保险公司空降的新老板。新仇旧恨加一块，我们可得有笔账好好跟他算算。”

周向东一愣：“方进……谁？”

“就叶家那个上门女婿呗！”

“他个鳖孙，之前没跟他老婆闹离婚之前，叶家手里的航运生意全给他管着，一直把着我们跟东南亚那边的渠道，一样的海路，我们得比别人多交三成的钱，”光头男的表情忽变得阴沉，“现在叶家人都不保他，他还敢？不给他点教训，他真当我们吃素的。”说罢，又状若体贴和蔼地拍了拍周向东的肩。

“哥也知道你缺钱，你放心，哥答应你，只要你给哥办好这件事，哥之后再派几个人给你‘打下手’。事成之后，你妈就是我妈，你的事，哥能力范围内全给你搞——”

“等等，那边那个女的！”光头男忽然收了笑脸，大手一挥，指向正收拾好桌上酒瓶转身离开的女侍应生，“就你！转过来！”

“没长眼睛是不是？我们酒喝一半，你把瓶子收了干吗！”

女人背影看着一僵，但迟疑几秒的工夫，却还是兀自镇定地转过身来，又像是有些不好意思，含羞带怯地挽了下鬓边碎发。

“那个……我，我新来的，”她说，“我以为大哥你们喝完了，我看你们都……”

话音未落，光头男和旁边一众小弟的眼神，却在对她上下打量的过程中逐渐变了味，以至于压根忘了最初叫住她的因由，再开口时，反倒换了一副调笑的口吻：“行，那你告诉大哥你叫什么名字？”

光头男说：“我看你长得还行——身材看着也挺辣。这么年纪轻轻就出来混夜场，有没有男朋友啊？”

然而此时答案是有还是没有，似乎也没了意义。

女侍应生被几个小弟推搡着，几乎是架上前去，却还似乎努力要护住托盘上的酒瓶，最后勉强放到桌上，还没来得及说话，已被按着坐到了周向东和光头男中间，光头男伸手掰过她的脸。

“走近了看，果然更嫩了。”

他的视线带着暧昧的黏腻，又问：“你这么做一晚上挣得了几块钱？不如我跟你们汤姐说说，今晚跟我回去？嗯？”

“不……不了吧……”

“害羞？”光头男眼睛一转，突然又拉过周向东，扬扬下巴，“还是你看我长得凶？那不如陪他，他正缺女人。”

“不了。”周向东闻言，却也当即蹙眉拒绝，“我对这里的女人不感兴趣。”

“那对什么女人感兴趣？被你推进湖里的那个？哈哈哈！”光头男大声打趣着。

见他不给面子，光头男又作势拽起他的手，往女人的胸前摸去：“我说你就是太久没开荤了，来，哥带你见识见——”

眼见得那手指就要犯事，女侍应生突然惊叫一声，身手敏捷地向旁一躲。

下一秒，那光头男便被人一脚踢中后脑勺，整个人向前栽倒。

周向东也被“波及”，两人顿时滚作一团。

旁边的小弟们见状，匆忙来扶，整个现场鸡飞狗跳。

那突然偷袭的少年却只单手撑住沙发迅速翻到内侧，抓住女侍应生的手就往外跑。

可哪里来得及。

对方人多势众，加上大波浪——是了，那倒霉的女侍应生，正是解凛手下的天才电脑少女兼菜鸟师妹，仍然对桌上那只能够供她提取唾液样本的酒瓶“贼心不死”，两人还未跑到门口便被包围。

“哪里来的兔崽子！”

“那个女的也是他一伙的吧！”

“今晚都别想走！”

原本薯片仔读警校时便是出了名的体能优异，各种“三项”不在话下。

然而他一个人突围虽没问题，如果再加上一个只有脑子灵光，体能训练永远吊车尾的大波浪，很明显便左支右绌起来。

恰是时，身后的人群中却突然传来惨叫。

众人皆扭头望去，便见一全身上下裹得严严实实的黑衣口罩男子一手薅住周向东的头，手劲之大，竟迫使成年男子不得不努力仰面配合。

场面之混乱，叫人应接不暇。

有小弟看准时机，当即从后逼近，趁着薯片仔不备，随手抄起一只啤

酒瓶在柜台磕碎。

眼见得那啤酒瓶就要挥上少年的头——

“蠢货，愣着干什么？”解凛一声暴喝，当即松开周向东，又趁这一声威慑对方的短短数秒，拎起塑料托盘，便看准方向用力一抛——“正中红心”。

那意图偷袭的小弟瞬间直直向后倒下，眼冒金星。

然而下一秒，解凛自己亦被缓过劲来的光头男暴起锁喉。

对方仗着人高马大，要直接将他翻转来个过肩摔，几乎已凭借体重优势将他带离地面。情况危急之下，解凛只得当即屈膝后踢，随即趁其吃痛弯腰，右臂迅速后抡——快、准、狠直击太阳穴。

光头男哀叫一声，来不及反应，已被他反抱住左手。

“你……你！”

阻止的话未说出口，解凛已干净利落还以他标准过肩摔。

光头男后背砸向面前茶几，顿时玻璃四溅，正呼痛不已，又被解凛反剪双手压倒在地。

“都不要动。”他的声音并不算大。

但在短短几秒内鸦雀无声的地下酒吧内，却足以让每一个人听得清楚分明。

“对不起，头儿。”

“我们错了，头儿。”

当天夜里，一顿混乱过后，地下酒吧窝点被电话举报，由随后赶到的地方缉毒支队跟进。而解凛则是在报警过后，带着薯片仔和大波浪，在警方赶到的两分钟前迅速从后门撤退。

一直到回到公寓，确保安全之后，两个差点惹出大祸的菜鸟新人，这才终于安下心来。

两人你看我我看你，最后齐刷刷鞠躬道歉：一个说不该心急想着拿了酒瓶就走，一个说不该冲动先出手。

解凛：“之前是怎么告诉你们计划的？复述一遍。”

大波浪：“保持耐心，尽量低调，取得尽可能完整的血液或唾液样本。”

薯片仔：“负责‘安保’，同时做好窃听和记录工作，以备不时之需。”

“有但凡一件事做到了吗？”

“没有，头儿。”

“所以，明天上午六点之前，”解凛的目光从两人脸上淡淡扫过，“给我每人一份三千字检讨。之后围着这一块，东起公寓楼后巷，西到雁江桥，往返跑五十圈。下一次有任何任务，无论大小，听我指挥……安全第一。如果还有下次。”

他说：“你们两个就都可以滚回老头子那儿了，我担不起你们两条命。”语毕，又从外套口袋里掏出个小塑封袋，抛给大波浪，“亲子鉴定的结果，尽快给我。”

大波浪一愣，低头一看，只见塑封袋里几根凌乱的毛发，顿时反应过来，又连连点头。

而薯片仔在旁沉默良久。

解凛正要摆手赶人，他却又抬头，认真看向自家头儿，问了一句：“他们说明天要去万华会所，那我们呢？”

“我明天会跟进。”

“那我们……”

“你们——”解凛却没让他把想说的话说完，只强化加重了这两个字的语气，表情越发冷肃凝重，甚至头一次直呼其名：

“季一恬，季忍，我从认识你们的第一天，就反复强调过，我对你们没有任何要求，是上级指令，不得不受。而我唯一的底线是，服从命令，安全第一。”

“无论什么情况下，你们要做的唯一一件事，是保证自己的安全，保证自己还能见到明天的太阳。但你们反而不当回事，把嘻嘻哈哈的态度从生活里带到任务上。逞强、逞能、自以为是。”

“换句话说，如果今天我没有去，那你们有没有想过，现在你们面临的会是什么样的情况？那些瘾君子、亡命徒，会不会听你们说对不起？你们自己心里好好掂量掂量，再来跟我谈表现、谈计划，否则，我不认为有跟你们浪费时间的必要。”

他连训人的时候，语气都是极沉稳而听不出怒气的平淡。

然而话落，面前的两人却也俱都沉默，低着头，谁也不敢再开口。

次日一早。

全然不知昨晚对面发生了怎样争吵，迟大宇倒是兴奋得很，早早便起了床。

迟雪在睡觉，楼底下动静就没停过。

直到七点多，她终于被吵得再睡不着，换了衣服下楼，才发现诊所一楼，环境竟一整个焕然一新：地板拖得锃亮不说，陈旧的药柜诊桌也被擦得极光洁。活生生把这栋楼装点得似“年轻”了十岁。

迟大宇甚至不知从哪儿找出来个花瓶摆在诊桌上，插上了几株新鲜百合。

花香混合着空气清新剂的味道，连恰巧来打卡上班的另位医生也不由得感叹：“七叔，你今天这是抽什么风了？竟然舍得花这冤枉钱。”他指着桌上的花瓶。

迟大宇却嗤一声，直说他太“不解风情”，一点不懂人情世故，说罢，扭头一看迟雪已下了楼，又笑着迎上前，问她早饭想吃什么。

“吃面吧。”迟雪对迟大宇这分外殷勤的态度也是丈二和尚摸不着头脑，只能随便给了个建议。

结果面刚吃完，她正准备出去散散步消食，迟大宇却又一把拉住她。

“出去干吗呀？不化妆换衣服啊？”

“什么？”

“午饭啊！今天不是和小叶约了午饭吗？”

迟爸说着，又故意把“小叶”两个字的读音咬得重些，给旁边竖起耳朵听的医生听见：“小叶还说来接你，估计等下十点十一点就来了，你还出去散什么步呀？去换个漂亮点的衣服，好好化个妆！”

“但我……”

“一定记得涂口红啊！涂口红气色才好，去去去！”

迟大宇是铁了心要把昨天说出去的话落实到位，也不管迟雪怎么挣扎着解释，索性直接把人推上了楼。

迟雪只得给叶南生打了个电话。

因着昨天的事还如鲠在喉，也没有拆穿叶南生那个“捡漏”的话术如何误导了她，只解释自己心情不好，状态也欠佳，要表示感激的话，不如下次由她做东，在医院附近找个地方吃饭。

对面却笑着解释，说好是好，但是吃饭的地方已经订好了。

“在这边的一个会所，应该是这两年新开的——我看包间还挺贵，助理说光订金就交了四万三。对方说是厨师也是请的最好的，食材也大部分是空运，本来还想带你去试试新鲜。”

“呃……”

“不过也没事。就是我刚回来，之前不是又在医院门口刮坏了车吗？

我妈还有点生气，停了我两张卡。所以我手上也没有太多现金了，只能到时候让助理去问问，看已经订好的能不能退吧，要是实在不能退也没办法——”

什么叫没办法?

那可是四万三！四万三人民币，可以承包她十年每一天中午医院门口十块的盒饭。

迟雪的眼睛还肿得如核桃，也不影响心里为钱心痛得滴血，最终，还是在老迟的软硬兼施和浪费钱的罪恶感下低了头。

中午十一点。

迟雪换好衣服，简单化了点妆下楼。

老迟却显然还不满意，不是挑剔她衣服穿得太素，就是说她怎么嘴巴像没擦口红显得气色不好，当下就要催她上楼去补妆。

两父女正“争论”间，忽听门口汽车引擎声由远及近，不多时，一辆蓝灰色宾利便稳稳在诊所门外停下——很显然，是老迟给的准确地址。

叶南生这次没带司机，一个人开车过来。

他穿着简单的亚麻色风衣长裤，比平时西装革履的样子显得随和不少，再加上那副不离身的金丝边眼镜，越发衬出些书香气，简单来说，即是在老街这样鱼龙混杂的街区几乎看不见的“读书人”。以至于诊所里的零星两三位病人和另位医生顿时都被吸引，好奇的目光在迟家父女和这位贵客之间来回打转。

“小叶，你来了啊。”老迟为此备受“鼓舞”，开心地迎上前去，另一只手不忘紧紧拉着被这气氛尬住的女儿。

“我们小雪可等你好久了，老早就换好衣服化好妆了，这顿饭可得好好吃啊。”

“嗯，会的。”而叶南生只是微笑，笑完了，亦不忘在适当时机客套两句，“叔叔，或者，要不您也一起去？我订了个不错的餐厅，我想您也会喜欢的。”

“那怎么行？”果然迟大宇想也不想就拒绝，“你们年轻人去的地方，叔叔去掺和什么？而且你看我们诊所可忙着呢，走不开，走不开——倒是我们小雪期待着呢，难得化一回妆，还换新衣服了——”说着便把迟雪往叶南生那头推。

无奈这表情，这动作，这场面。

外人看着，倒莫名像是在“强点鸳鸯谱”。

迟雪亦尴尬得抬不起头，只能习惯性地右手遮脸，又连连低声对叶南生说“走”。

她想着只要尽快离开自己家这位“恨嫁”老爸的视线范围内就好。却不知是哪个病人在旁看热闹不嫌事大，又小声嘀咕了句实话：“不过我看小雪这妆化得，也不像什么特期待吧。”

就描了点眉毛，脸上粉都没见抹点，口红也是个低调到不能再低调的豆沙色。

这跟没化妆有什么区别?

叶南生闻言，突然停住脚步，又作势侧过头，伸手拉低了迟雪挡脸的手，仔仔细细看了她一眼。

“有吗？”他隔空与那位八卦人士接话。

沉默打量片刻，末了，他突然微笑，轻声说：“但我觉得蛮靓的。”

[2]

不得不说。

迟雪对叶南生的观感，时常在“一个不会说人话的怪人”和“比较会说话的老同学”之间反复横跳。

一方面觉得他这个人说话经常话里有话，让人摸不透。另一方面，却偶尔也会感念他的绅士风度和及时解围。

总之，矛盾的特性组成了叶南生这个矛盾的人。

两人离开诊所，之后前后脚上了车。迟雪沉默着，低头系安全带，叶南生亦沉默，时而侧过头来端详着她。

直到汽车发动，一路稳稳驶向大道。他两手扶住方向盘，一副目不斜视的认真驾驶状态，又似不经意地问了她一句：“之前你电话里说情绪不好，是为什么情绪不好？”

“……”

“是感情的事，还是家里的事？”

“都有吧。”

迟雪沉默良久，末了，看向窗外：“昨天我去了趟医院，见到我同事。他跟我说了那天我被推进人工湖之后发生的事。”

有些话只需点到为止，聪明人自能通晓其意。

果然，叶南生只稍一蹙眉，又平和地解释起来：“我当时也说过了，迟雪，我确实是‘捡漏’的那个，没有抢功的意思。但，如果我不是被记者拖着，早来三五分钟，那天我也会毫不犹豫第一个跳下去救你。”

如果换了从前，或许迟雪还会想争辩一下那天在医院里叶南生的话带来的歧义。

但经过昨天，她已经不想也无法再去重温那些糟心事，索性摆摆手，示意自己明白，便又把头靠向窗边假寐了。

“总之我爸爸，”她最后只抛下一句，“他还不知道这些，对你的态度也有些过分热情了——他这两年一直都是这样，之后我会再找个时间跟他解释，你不要太把他的话放在心上。”

话虽如此。

“但我没有觉得他说过什么过分的话。”叶南生说，“看能看得出来，听也听得出来，他只是很爱你。所以，跟我打一个小时的电话，五十分钟都在讲你爱吃什么、有什么忌口，让我可以的话多让让你，不要让你尴尬，因为你怕生，更加不要让你不开心。”

“……”

“迟雪，我很羡慕你有这样的爸爸。”

这似乎是他难得的真心了，因这一刻，时常戴在脸上的那种“笑脸人皮”并没有出现。他没有笑，没有话里有话。

他只是说：“你总是拥有我梦寐以求又得不到的东西。”

“所以偶尔也会想，是不是靠你近一点，就像离光源近一点——不用太多，阳光只要照一点进来，我就觉得暖和。”

只可惜，这些温情的、似是而非的、看似发自真心乃至都令她不知所措的话，影响范围，也就持续到迟雪被叶南生领着进入传说中奢靡非常的万华会所那古色古香的包厢中，瞧见他父亲方进的那一刻为止。

她愕然站在包厢门口，进不是退不是，看着面前和叶南生眉眼间有四五分相似的中年男人。

对方亦扶了扶眼镜，颇谨慎地上下打量着她。

“我来介绍吧。”最后还是叶南生拉着她进去，又指着男人，“这是我爸。阿雪，你叫他方叔叔就好。”

“他最近都在北城，难得回来一次——但我又提前约了你吃饭。不过，想着既然都是吃饭，一起吃也不碍事，所以干脆凑成一桌了，”他面不改色心不跳地解释完，又伸手指向迟雪，“爸，这是迟雪，我……朋友。也是以前的高中同学。”

方进闻言，眼神虽微妙，迟疑几秒，却仍是很给面子地挤出个笑容：

“原来是南生的朋友，来，坐。”

迟雪是以和叶南生先后落座，一个词语来形容此刻的感觉，即是如坐针毡。

短短十几分钟的餐前时间，她一连喝了三杯茶，却犹如牛饮，再好的茶也没喝出点滋味来。

而方进边和叶南生有一搭没一搭地聊天，又始终以眼角余光扫视着她。

半晌。

“对了，小迟啊，”终究是躲不开，方进借着请她试试这边餐前小点的机会，给她夹了一筷子糕点，又微笑问道，“听说你和娜娜也是同学？同班同学？”

还能有哪个娜娜，迟雪顿时会过意来，侧头看了眼叶南生。见他这个平白无故做了人“继子”的都没说什么，反而向她点点头，她便也没有遮掩，学着样子点点头：“啊……是。”

“你跟她同岁？”

“没有，我因为家里一些事，中间休学了一年，”迟雪说，“后面才转到下一届的七班念高三，所以，我应该比娜娜要大一岁吧。”

但方进的脸色很显然没因她的详细告知而有任何缓和，相反越发难看，连有节奏轻敲桌案的手指也乱了步调。

三个人里，只有叶南生在旁边轻松自如，又开始整理桌上精致的釉下五彩茶具，开始给迟雪沏茶。不想茶还未沏完，包厢门又被人从外推开。

迟雪循声望去，只见如旧妆容精致、一身名牌的陈娜娜，亦同样一脸愕然地看向她。

简直和十几分钟前的她一模一样。

只是陈娜娜毕竟是社交场上锻炼出来的牛人，难堪的表情也不过持续了三五秒。不过一晃神工夫，她便又端起笑脸，笑盈盈地向几人走来，随即贴着方进坐下。

“怎么不告诉我迟雪和南生也来？”她嗔怪地看向男人，“我还以为你要陪我过二人世界，搞得我两手空空来，也没带点东西。”

“带什么东西？”结果方进没搭话，反倒是叶南生悠悠来了一句，“长辈给晚辈的见面礼？”

迟雪正在吃糕，闻言差点全卡在嗓子眼，呛得惊天动地。

等到开餐，之后上来的什么鱼子酱，什么澳龙和牛，更是吃得她兴致缺缺，味同嚼蜡，最后只能小声和叶南生说了句去上厕所，便直奔洗手间。

弥漫着空气清新剂味道的洗手间，从此就是她的第二个家。

迟雪从兜里掏出手机，打定主意至少在隔间里待够半刻钟，以避开包厢里的真实“修罗场”。

无奈正低头刷着社交软件回复消息，却忽听见外头传来窸窸窣窣、由远及近的高跟鞋触地声。

有人打开她旁边隔间的门，很快上了厕所，又在洗手台慢悠悠补妆洗手。

水声“唰唰”中。

那女人不知是喃喃自语，还是故意讲给这个洗手间里的“相关人士”听，蓦地又开口——也是那声音，让迟雪彻底认出了来者何人。

“我还是想提醒有些人，”陈娜娜说，“凡事都要讲个先来后到，这是其一。其二，千万不要被人卖了还替人数钱，尤其更不要挡了别人的道。”

“第一次可以说是无心，小惩大诫就好了；但第二次、第三次……一次又一次，就别怪被人拿着开刀了。同学一场，不要闹得撕破脸，会很难看。”

语毕。

关上水龙头，陈娜娜站在洗手台前，最后端详了一眼镜子里的自己，抿开口红，这才满意地转身离去。

隔间里的迟雪却来不及松一口气，也来不及好好“品味”对方的话里有话，只忽听离得很近的地方，传来一声短促而惊愕的尖叫声，紧接着是陈娜娜挣扎着喊“救命”“你们是谁”的声音。

她的心重重一坠，又听有个低沉的男声指挥：“麻子，你过去看看厕所里还有没有别人。”

麻子？

脚步声又一次靠近她的方向。

迟雪困在小小的隔间之中，满头是汗，无处可逃。

心想如果锁门，除了暴露自己存在之外也没有任何作用——对方完全可以从旁边隔间爬进她这边。一时也没有别的办法，只能屏气凝神，躲在门推开后的门板后侧，祈祷对方不会进入隔间检查，借助视线盲角躲过一劫。

但是，下头空出一截的门板却偏偏藏不住她的两只鞋。

周向东几乎在推开门的一瞬间，已认出了她那双熟悉的小白鞋，眼神微微一变，却仍然装作没有看到，只上下环顾了一圈这连厕所都格外豪华的会所装潢，然后转身向光头男的“上级”，也是这次专程过来监督他的瘦高男人汇报："白骨哥，你想多了，没人啊。"

名为白骨的男人闻言，挑了下眉，被刀疤横贯的断眉显出几丝和他长相不符的匪气。

而迟雪呼吸都不敢，一直躲在门后。

直到清楚听见他们一行人远去的脚步声，又足足再等了十几分钟，这才惊魂未定地瘫软下来，坐在隔间里，拨通报警电话——

"哦。"

然而手机抵在耳边。

还在接通过程中，头顶却又忽然传来慢悠悠的笑声。

她悚然一惊，后背几乎瞬间爬上密密麻麻的鸡皮疙瘩。

她下意识地抬头看，却见一张似笑非笑的脸。

男人的眼神同样也胶着在她身上，两手轻松地搭在隔间木板顶端，不知就这样观望了她多久。

迟雪头皮发麻，迅速夺门而逃，内心祈祷电话马上接通马上接通。

然而，就在听见"嘀"声一响，她大松口气的瞬间，一句地址位置还没说出口，她肩膀忽然又被人掰住。紧接着手掌顺势击打她手腕，力气之大，她手臂只一瞬便彻底失力垂倒，手机也跟着摔落在地，来不及"抢救"，便被人毫不留情一脚踏碎。

她的手也被人紧攥住。

"我说呢。"男人话音淡淡，又半蹲下身来，看着仍然试图从他单手钳制中脱身的迟雪，另一只手强硬地掰过她下巴。

"那女人又不是个精神分裂，在厕所里还能跟谁说话。果然还有个人。"说着，他又看向洗手间门口尚未离开，此刻已然面如土色的周向东，蓦地，微微一笑，"麻子，这么大个人都看不见，你那双眼睛，是不是也该找人看看了？"

[3]

那之后，迟雪是被车辆的不尽颠簸和依稀传到耳边的电话交谈声吵醒的。

"我说过不要报警，你不要出尔反尔。"

"我们按照约定抓了陈娜娜，的确没有毁约，有什么问题吗？"

"那只能算是意外收获，怪她自己不走运，出现在不该出现的地方。"

"稀奇啊，你竟然也有这么慌的时候。"

“不过，与其在这里跟我谈这些，不如多拿点钱赎人吧。”

她眼前蒙着黑布，手被绑在身后，只能勉强在小块区域活动，尝试触摸才发现，自己现在大概率是被绑在一辆中型面包车的后座，旁边应该就是陈娜娜——她闻到了陈娜娜的香水味，只是也许还没有苏醒，没听见说话。

车厢里不知一共坐了几人，她只能听见自己斜前方的人打电话的声音。听语气和断句的方式，似乎就是在洗手间打晕她的那个断眉男。

“我们的诉求很简单，”他说，“让你爸出面，把我们航运费的成本降低五成，这件事不要惊动警察……你也知道，那样我们会很难办。”

“除此之外，既然我们还抓到了个‘兔子’，那，你们再给个几百万给兄弟几个打打牙祭，应该不算狮子大开口吧？我最多可以给你们两天时间，多过两天，就请你见谅，我们养不起这两张多余的嘴了。”

也许是因为眼睛被蒙，耳朵格外灵敏，迟雪将他说的话句句听得分明。无奈那云山雾绕般的说话方式实在过于说一半留一半，她仍是一头雾水。

正强迫自己镇定下来，理清楚这一段乌龙恐怖事件的前因后果，但只怪她醒得太迟，竟然没多会儿车辆便停下，显然是到了这群人的“窝点”。

她被人半拖半拽着下车，装作刚醒来的迟钝样，还好是没叫人生疑。

不多时，她便又被推搡着关进了一个小房间里——为什么说是小房间，大概因为她和陈娜娜此时几乎是手臂贴着手臂，腿贴着腿，身体只消左右摆动一小下，脑袋便撞到墙。

连手脚都舒展不全开的小房间。

给人唯一的感觉就是漆黑，安静。

良久，陈娜娜突然抖抖簌簌地说话：“是，迟雪吗？”

“嗯。”

“是谁绑的我们？”

“我不知道。”迟雪说，“我在洗手间听到你喊救命，后面我也被他们发现，没来得及报警，就被打晕了。醒过来的时候就在车上，之后到了这儿。”

她三言两语交代了事情经过。

陈娜娜却又小声哭起来，呜咽道：“肯定是……肯定有人想害我，害我和我的孩子……”

“孩子？”她一愣：“你怀孕了？方……那个，是叶南生爸爸的？”

陈娜娜哭着点头。

原本的盛气凌人，在危险面前都变成惶恐。

她近在咫尺的富贵生活很有可能会因为一时不察沦落成惨遭抛弃，更别提紧接着，迟雪又依照记忆小声给她复述了自己偷听到的电话内容，这种啜泣遂变成更加夸张的哭声。

“完了，全都完了。”陈娜娜说，“他不会愿意为了我降低五成的航运费的，那是总公司的大头收入，他不会愿意的，这群人什么都干得出来，我怎么办……全都完了……”

就这么哭到睡着，陈娜娜嘴里还喃喃自语着诸如“不要抛弃我”“救救我”云云的低声求救。

迟雪沉默听着，自己也身陷囹圄，一时更不知道安慰她什么才好，只能一遍又一遍在脑子里重新架构那些偷听到的电话内容：

是谁会做这样的事，又对他来说有什么好处？

他原本想要看到的结局是什么，加上自己这个意料之外的“因子”，结果又会发生什么变化。

冷静下来过后，她心里已隐隐描绘出一个大致的轮廓。

然而此时开门声突然又响起。

她一惊，纵然眼前被蒙着黑布，也隐隐分辨出突兀的光源，当下抬头望去，却清楚地听到塑料包装袋被撕开的声音。

随后，一个面包被递到她嘴边。

如此这般简单的“喂食”，后来反复上演了六次。

如果按照一日三餐的量来算，减去被绑来当夜的“晚餐”，时间竟一晃眼已经过去两天。

不得不说，这间小屋子的隔音效果极好，迟雪和陈娜娜待在里面，丝毫听不到外面的声音，也根本不知道所谓赎金和交换条件的进度如何。

只不过，比起多半时候在哭的陈娜娜，迟雪的反应倒是要平静一些。

毕竟她别的都不大担心，只担心家里的老父亲知道了自己身处危险之中，会不会要死要活，也担心他上次摔伤的腿本来还没全好，又为了自己的事四处奔波。而这件事，现在急也是没办法的。

“你怎么这么冷静？”

而察觉她态度之沉默平和，到后来，甚至连陈娜娜都忍不住问她：“你不怕死吗？”

“不是特别怕。”迟雪回答，“而且，我觉得我们也不一定会死。从小我爸就说我命很硬。”

“你这就属于侥幸心理，一看就是没见过他们大家庭里边斗得多狠，”结果陈娜娜到这时候都不忘嘲讽她，“我敢断定，这次的事一定是方进那个前妻搞出来的，她早就看我不爽了，知道我给方进怀了个儿子，千方百计要撕了我。但最后还是争不赢我……我年轻貌美，读了这么多书，她有什么？黄脸婆！”

“但是，你有一天也会变成黄脸婆的。”

“你……”

陈娜娜被她不经意的一句话气得不轻，半天没跟她说话。

然而人在这样寂寞的环境里，有一个伴始终却还是比孤单好。也许是太害怕了，没多会儿，陈娜娜又主动找她说话。

“迟雪。”陈娜娜说，“我其实真的很不喜欢你。”

“嗯。”

“你怎么还是这个反应？”

“因为很明显啊，”迟雪话音淡淡，“而且我也不太喜欢你。”

陈娜娜又被气得沉默了半天。

这么一趟折腾下来，迟雪都快要睡着——这几天除了吃就是睡，她的生物钟也被搞乱，有时坐着坐着就会打瞌睡。

然而，半梦半醒间，却听陈娜娜又突然小声说了句：“但是，其实，也许我还是要跟你说一句对不起。”

也许是“人之将死，其言也善”。

那些原本一辈子都不打算说出去的话，准备带到棺材里去的话，在这样无人倾听无处诉说的场合，她突然一股脑如倒豆子般倒了出来：“我一开始很喜欢解凛的，真的很喜欢他，但所有的男生都捧着我，只有他爱搭不理的。我不想让别人觉得我倒贴他，所以装作很不喜欢他的样子，去喜欢叶南生……去和叶南生在一起，我以为我都不在意了的。”

“可是偏偏那天我听到了——”

——“那副眼镜是不是你买的？”

沉默寡言的少年，似乎永远不会对自己以外的任何人有多余的关心，可是原来也有例外。

他不是什么都不在意。

他也会半夜为了喜欢的女孩去问另一个女孩要写了她眼睛度数的纸条，之后翻墙出校门，跑遍大街小巷的眼镜店，去为她配一副合适的眼镜。

也会为了喜欢的女孩出头，会许多次被她发现他无意识地望向那个伏在桌案上埋头题海的背影。

无数次，陈娜娜都忍不住问自己：如果他但凡坏一点呢？

但凡玩弄感情桀骜不驯，让人只要长大一点，就会觉得这样的“校霸”根本不值得喜欢呢？

可是偏偏解凛不是啊。

尽管他并不关心她也不喜欢她，可他还是会对着叶南生说：“你如果有钱，应该花在陈娜娜身上。”

尽管他甚至从来不曾将目光定在她身上，但是他也从来没有利用自己前呼后拥的强势，像别的男生那样调侃和戏弄她的少女心事。

“我当时真的好讨厌你，好恨你。”陈娜娜说，“凭什么是你呢？你没有我漂亮，你也一点都不显眼，别人都叫你‘蜗牛妹’‘四眼妹’……凭什么解凛喜欢的竟然是你呢。”

也因此，她那时走回教室，路过迟雪的课桌，终于还是无法忍受好奇心的驱使，打开了面前的抽屉。

于是，她便成了除了解凛之外，第二个看到那句“不要失约”的人。

厌恶。

气愤。

嫉妒。

种种的情绪糅合成复杂的心情，在她忽然看到抽屉一角的固体胶时，落实到了行动。

她将那面写了字的同学录，和另外一张空白的同学录粘在一起，然后随便翻了一个位置，便把这张组合型的“全新”同学录加了进去。

“我当时只是想着，不想让你那么顺心如意，”她小声说，“不过现在，好像隐隐约约又有点明白为什么是你，有时候，你和解凛真的很‘像’，迟雪，你——”

你？

她只听到绵长的呼吸声。

没有回答。

原是迟雪脑袋靠着墙，不知何时，也不知听到哪一句，已经沉沉睡去。

独留下她傻在原地。

突然觉得自己这良心发现的自我剖析，竟莫名显得有些多此一举了。

于是，就这样坐在黑暗之中，听着彼此鼓噪的心跳。直到思绪漫无边际，令二十五岁的她，忽又想起很多年前走在校园长廊下的自己。

那时的她，校服上会用记号笔画出可爱的图案；她扎着高高的马尾，先于所有女生，学会了怎么卷空气刘海；她的背挺得笔直，就算有课间在走廊上嬉戏打闹的男同学向她吹口哨，她也理都不理，高傲地从他们身边走过。她心里想，你们这些人怎么配得上我？

像她这样漂亮的女孩，一定要嫁给一个“盖世英雄”。

这个盖世英雄，也许不必很有钱，但一定爱护她、尊重她，让她像个小公主一样活在自己的城堡里。他们会有一个可爱的小孩，或许两个。

十八岁的陈娜娜，只发自内心觉得自己的愿望真的好简单，好容易满足。

二十五岁的陈娜娜，却在泪眼中凝望过去，忽然轻声说：“……好难。”

好难。

命运为她标注的价格如此昂贵。

她总是后知后觉地知道，不得不沉沦，于是，如此荒唐地过一生——甚至不敢把这话说得太重，怕被十八岁的自己听到，在心里又落一场雨。

[4]

而也就是在当夜。

迟雪和陈娜娜，并没有等到与前六次一样待遇的第七次送餐。

相反，这次打开门，她们两人几乎前后脚被拖了出去——哪怕对待陈娜娜这样一个孕妇，对方的态度也没有任何松缓，反而近于粗暴，陈娜娜几次险些跌倒，一路惊呼声不断。拉着迟雪这个倒是温柔很多，起码没有推搡她。

迟雪被人搀扶着，摸索着上楼，很快便感觉似乎是爬到了一个很高的地方，只是由于不是白天，黑布又完全遮挡了她的视线，她也只能勉强判断自己现在应该是站在一个露天的平台上，而无法辨别四周具体的方位和在场人员。

呼啸的冷风，刮得她两颊生疼。

两边的谈判甫一开始，她和陈娜娜便又被人押着坐在了一列长沙发上。

“钱给你，这里是六百万现金。”

她听出这是叶南生的声音。

距离并不远。

而后，也是差不多的方向，很快传来窸窸窣窣检查和数钱的动静。

她看不到的是，面前的场景其实是绝对性的一对多：叶南生独自一人前来，而面前站着的，足有以断眉男为首的十来个黑衣打手。

“不错，你倒是比你爸干脆一点，说给就给。”那断眉男最后总结，又将面前的公文包合上，随手交给身后低头候着的小弟，“我们也不是没有诚信的人，既然钱到位了，也不想闹出大事。”

“你最好是。”叶南生的表情极阴鸷，远不复平日里的温和可亲。

语毕，他的视线随即扫向沙发上安静不动的迟雪：单这么看，她应该是没有受到过什么虐待或不好待遇，除了衣服下摆脏了些，头发乱了些，整个人的情绪仍是平静的。

他心头始终吊着的大石终于落下去一半。

然而——

那断眉男似乎也注意到他的视线，随即扭过头去，看向沙发上的两人，不知想到什么，表情蓦地便兴味起来。

“叶大公子，”他托着下巴，忽然开口，“那边那个，你中意的？”

“别废话，清完钱放人。”

“急什么？合同呢。”

“……”

“航运费这种事，可不是一个电话、一句口头承诺就可以解决的，我要一份白纸黑字的合同。”

叶南生闻言，冷笑一声，指向刚才装钱的公文包：“自己检查。”

断眉男不置可否地“啧”了一声，指挥小弟把钱全部倒出来。末了，果然在底下发现了一份签字齐全的协议合同书，合同底端，赫然是方进的签名。签名日期是在今天早上。

“看来真是很急着救人啊，”断眉男笑着弹了下纸页，“急不可耐了，刚签好就过来联系我们。行，既然你们说到做到，那我也不会刁难——”

“放人吧。”

此话一出。

缚眼的黑布被人解开，双手也终于被“解放”。然而久未接触明光的双眼却连微弱的光线也无法适应，迟雪下意识拿手遮挡。旁边的陈娜娜却似乎比她更惨，手腕都被磨出血泡，解绑反而更难受，一下便又忍不住低声呜咽起来。

叶南生过来接迟雪，小心翼翼扶她起身，对旁边呼痛的陈娜娜却置若罔闻。还是迟雪好心拉人一把，陈娜娜这才勉强站起身来。

迟雪亦是此时才得空环顾四周，发现当下的确身处一栋废楼的楼顶天台，难怪四面漏风。

叶南生却似乎格外紧张，不由得她多看，拉过她就走。

于是场面变成叶南生拉她，她顺手拽住陈娜娜，三人“拥挤”地走向楼梯口。

断眉男目送他们离开，摆手示意旁边候着的十几名黑衣打手不要阻拦，又低头看向手里那份颇为正式的合同书，正打算致电自己的“上级”传达好消息，摸出手机，却发现对面亦刚好来电。

于是瞬间接起。

“白骨，你现在在哪儿？”对面的男人声音低沉，“叶家的合同搞定没有？”

“OK 啊，而且还格外赚了一笔外快。”他声音轻松，“良哥，之后你可得帮我在老大面前——”

话音未定，对方却陡然打断他，语气极为严厉：“谁给你的合同？签的谁的名字？”

“什么？”

“我让你回答。”

“叶南生给的，签的他爸的名字。”

他清楚听见电话那头传来两句刺耳的骂声。

未及细问，新的命令已传来：“别让他们走！把人抓回来——方进在今早卸任公司法人，要他的签名根本没意义——把人留下！我马上过来！”

断眉男闻言，脸色倏变，当即指挥靠近楼梯的两人：“把他们拦住！”

语毕。

迟雪等人瞬间一惊，旁边凶神恶煞的黑衣男却已训练有素地飞扑上来，陈娜娜躲闪不及，眼看就要被按倒在地，迟雪急忙伸手把人一拉，两人摇摇晃晃站定，然而哪里还有喘气休息的机会？十几个人围成一圈，很快将他们三人包围。

“等等！”叶南生自知不妙，额头亦顿时密密麻麻全是汗，一贯云淡风轻的表情陡生裂痕，只伸手将人拦在身后，又向断眉男的方向喊话，“我们钱和合同都给了，你们什么意思？”

“明知故问。”而断眉男甩开手机，又冷脸上前扒开人群，直走到叶南生面前。

“叶大公子，你不要告诉我，你爸做了什么事你心里不清楚。想拿着几百万就换两个人回去？”

“……”

“我不管这是你跟你爸商量好的把戏，还是你爸不配合你，总之，”断眉男一把抓过迟雪的手，“钱留下，女人留下，我再给你一晚上时间，给我把完整的合同带过来！”

“否则，”他攥住迟雪手腕，逼视着面前面无表情，同样直直看向自己的女人，“明天的早间新闻第一条，就会是雁江浮尸，两人三命。”

气氛顿时剑拔弩张。

迟雪也算是回过味来：眼前的场景，很明显是双方没有谈拢，果真如陈娜娜所说，方进根本不愿意拿大头的收益来换一个“女朋友”，而叶南生所能做的，也只是——

“我爸的事和我的事，是两码事。”

果然。

叶南生劈手挥开断眉男不安分的手，又二度把迟雪回护身后，只望向对方，一字一顿：“你说要六百万，这六百万我给了，换的是她的命。至于另一个‘人质’，她生或死，你找我爸去谈，今晚我只带一个人走。有没有问题？”

陈娜娜在旁瑟缩着一直躲在迟雪背后，闻言，猛地攥紧了她衣角，又不敢置信地看向叶南生——

这位昔日的恋人，如今的“继子”，却只从始至终冷漠地背对她，甚至都没有回头看过她一眼，没有露出丝毫怜悯的眼神。

她瘫软在地。

而叶南生望向面前表情晦涩不定的断眉男，只是又一次重复：“有没有问题？”

我只带走我在意的人，至于其他的人，是死是活，和我有什么关系？

断眉男品出他的言外之意，亦沉默良久，末了，却突然大笑出声：“你倒是打得一手好算盘！”

“叶大公子，兜兜转转，你还是拿我们当把好使的枪，想圆了你的‘愿望’了！我告诉你，没有商量余地，全都给我留下！”

混战，遂一触即发。

叶南生当机立断，踹开身后一个打手，拉起迟雪就跑。

两人手忙脚乱奔下楼梯，楼下又有早埋伏好的黑衣人迎上前来，顿时被两面包围，只能咬牙赌一把对方不敢用刀，加上叶南生早年在国外亦有些近身格斗的底子，当下一个左勾拳直击面门，趁其不备，拉过迟雪便从楼梯向下翻——

但迟雪又哪里有这种“经验”？一看底下高度，已经头晕目眩，勉强咬牙一跳，两腿顿时软倒在地。

眼见得就要被追上。

那群黑衣人中，却似有人陡然“反水”，忽地一记斜踢，将扑身上前的同伙踹倒在地。黑口罩遮挡住下半张脸，只一双眼睛露在外头，冰冷看向周围打手。

无奈对面人多势众，楼上楼下加起来也有二十来号人。

这争取来的宝贵时间竟无法好好利用。

叶南生拉起迟雪，亦不敢再带着她“跳楼”，只能原地僵持着。

而那反水的黑衣人——眼见着又是一个肘击加过肩摔，将意图抱摔自己的原同伙掀翻在地。动作丝毫不见拖泥带水，倒是把紧随其后要扑上前攻击的打手威慑住——然而断眉男此时已后脚追上，一声“抢人”，那群打手终究不敢耽搁，又一个接一个涌上前来。

人实在太多，叶南生亦不得不出力对付两个突出反水者“单人包围网”的强壮青年。

而断眉男旁观这场乱战许久，突然出手，一个翻身下楼，便直接攻向被几人围攻在中央的“反水者”。

两人追打如拆招，二十来招内你来我往，转眼已打出包围圈。旁边人竟都无法近身，断眉男一时不察，被人逼近眼前，又是那记熟悉的肘击直冲面门，对方随即屈膝直顶他小腹——

断眉男脸色一变，认出熟悉的套招出自谁手，一口血呕出来，便又失声怒吼：“谢凛，是你！”

谢凛。

亦即解凛。

读起来虽无分别，个中的含义却天差地别。

迟雪和叶南生顿时都循声望去——迟雪方才已经觉得那背影熟悉，这下更是直接认出来人。

心急之下，她看见有打手趁这两人对话，从解凛背后持刀上前，当即想也不想即冲上前去——结果冲到一半，被解凛拦腰抱住拖开，又平白做了他的借力点。

他身体重量压在她肩，短暂离地，一个飞踢，便将那把短匕踢落在地。

然而他的体力亦很显然在刚才的数场对战中濒临见底。

迟雪靠得太近，能闻到他身上清楚的血腥味，心知他的旧伤也许再度复发，再加上乱了步调的呼吸声，已经很明显是在强撑。

但尽管如此，他还是飞快捡起地下匕首，又一把将断眉男拉到身侧，横刀抵住男人脖颈："别动。"

断眉男不动，任他钳制着，然而垂落在身侧的两手却紧攥着拳，满眼血丝，又冷声道："谢凛，你竟然还敢出现！你还敢出现！你这个叛徒！"

而解凛默然不答，只将匕首更加贴近他颈侧，趁着众多打手都不敢再动，又摆手示意叶南生和迟雪靠近自己。

三人加上"人质"，围成小小的一圈，不断向下楼的楼梯口靠近。

十几二十名打手却也不敢轻易放弃，同样逼近他们，敌进我进，将楼梯口围得严严实实。

"谢凛，"断眉男此时突然喊话，"我劝你最好不要错上加错，你已经坏了我们的大事，现在还来送死——小心被人不留全尸，挫骨扬灰。我们毕竟兄弟一场，别怪我没有提……"

"闭嘴。"

"……"

"没有人跟你是兄弟。"解凛却只想也不想便打断他，"我从来没把你们这群草菅人命的亡命之徒当兄弟。"语毕，一手锁喉横刀，一手护住迟雪，便继续向后撤退。

退到一楼，又出了仓库。

仓库外，便停着之前把迟雪等人绑来的面包车。

临上车前，迟雪却突然扯了扯解凛的衣摆。

"还有陈娜娜，"她看向天台，忽然提起，"陈娜娜还在上面。"

此言一出。

旁边的叶南生顿时脸色难看起来，开口就要拦她。

无奈解凛已经先他一步开口，指挥着就近的打手上楼带人下来，他再说什么未免露馅，也只能紧攥双手，保持沉默。

寒风瑟瑟之夜，很快，陈娜娜几乎是被两个男人架了下来，腿软得撑不住身体，一见到迟雪几人和眼前的场面，才顿时喜极而泣，跌跌撞撞向他们跑过来。没有别人抱，她便一把抱住迟雪。

迟雪却也没说什么，安慰了两句，便转手将她塞进了车里。

"谢凛，"断眉男见状，此时却又开口，"你不会打算把我也'带走'

吧？你真要抓我？”

“……”

“等等！”断眉男，亦即白骨，猛地伸手攥住他手腕，另一只手扒住车门，誓死不愿上车，又忽然厉声道，“我知道你一直在找什么人！”

解凛表情一变。

白骨又趁热打铁：“你只要放了我，今天放了我，我就告诉你你一直在找的‘叛徒’是谁……我告诉你！我对着灯火发誓，我绝不撒谎！”

叛徒。

原来他们也知道——他们知道那支卧底小队的存在，甚至知道他一直在找那个答案。在那些已经死去的人中，到底是谁背弃了曾经宣誓的誓言。

解凛握刀的手在颤抖。

那些残缺不全的尸体、模糊的面容、临死时的惨叫，一瞬间又如风暴过境般席卷他脑海。

他必须做一个选择——

“呃！”

迟雪的双眼陡然瞪大。

鲜血四散飞溅到脸上。

她离得最近，甚至能清楚地看见子弹飞来的轨迹，横穿解凛肩膀，血肉翻开。下一秒，匕首当啷落地，断眉男果断逃脱，而解凛捂住肩膀，猛地跪倒，厉声向她大喊：“上车！”

她却仿佛福至心灵，瞬间抬头看向楼顶。

冰冷的枪口“探出”脑袋，她甚至隐约看见狙击镜反射的寒光。那预感忽然前所未有地准确，一旦她上车，下一枪对准的就会是解凛的头。

于是她猛地弯腰蹲下——

幸运至极，躲过第一枪。

她架起解凛，从未想过自己会有这样大的力气，连叶南生也被她吓到，下意识帮忙，于是两人合力将解凛推进车里——叶南生靠得近，也随即被带着趔趄倒向后座。

只有迟雪，还差一步。

车门近在咫尺。

“小老师——”

“迟雪！”

响彻这无常夜里的，只有两声近于变调的呼喊。

而迟雪的后脑重重磕在地上，脑子里嗡嗡作响——她几乎怀疑自己脑震荡，然而意识却还在，疼痛感只来自撞击而非他物。

她有些没能回过神来，直到一声、两声，清楚的枪响传到耳边，压在她身上的人闷哼着，嘴巴、鼻子甚至耳朵都开始流血，那些血流到她脸上、眼睛上，她忽然“惊醒”，满目惊恐地看着面前人，看着他脸上如出天花般密密麻麻的黑点。

“麻……仔……”她的声音在颤抖。

“麻仔……为什么……”

她的脑子一片混乱。

然而麻仔竟然还微笑了，他一说话，嘴里就不断地冒血，只能憋住咽下去，然而血还是流出来，从他的鼻子里。

断眉男见状骂了一声，抬头看向楼顶。

正要示意第四枪，却陡然有警笛声由远及近——他这才意识到谢凛很有可能不是“独自前来”，顿时骂声连连。但无论如何，终究暂时不敢和警察正面冲突，也只能带人紧急撤退。

四周兵荒马乱。

迟雪却仍愣怔着，无法接受面前的事实，只是慌乱地伸手去帮麻仔擦脸——她忘了所有的医学常识，忘了自己是医生，在这一刻，她只是一个手足无措的女孩，对流逝的生命束手无策。

而麻仔似乎还想说什么。

迟雪的眼泪停不住，只能努力贴近他的耳边，又小声问他：“你说什么……你说什么，麻仔，你……”

却听见那一刻，他用最后的力气，只是小声地很小声地叫她：“姐……”

“姐……我错了……”他说，“以后，不学坏……姐，对不起……”

那一刻。

仿佛还是很多很多年前，也是这样的冬天。

下了很大的雪，迟雪从前一夜就开始望着阳台期待，等到诊所终于开门，她也第一个跑出去，在漫天大雪里开心地蹦蹦跳跳，又招呼对面也早已等着的小男孩：“麻仔，来呀！”

她说：“我们一起堆雪人！”

附近的小孩都不喜欢麻仔。

因为他天生脸上长着密密麻麻的斑点，看起来一点也不好看。就算是小孩，有时也会有比较心理，谁愿意和丑小孩玩在一起呢？

只有迟雪例外。她一点也不在乎别人叫她“四眼妹”，当然也不在意别人嘲笑她和麻仔成为好朋友。

他们会一起去给附近的邻居跑腿，拿到跑腿费，就一起去买小零食。

麻仔是个大方的朋友，还经常会分糖给她，她喜欢和麻仔一起玩。

两个小朋友滚着雪球，玩得不亦乐乎，最后她要把自己的围巾分给“雪人朋友”，麻仔又拦住她，紧接着把他的围巾拆下来，围在了雪人脖子上。

他们用树枝给雪人当手臂，用胡萝卜给它当鼻子，迟雪还偷偷拿走老爸用来解闷的两颗黑色五子棋，给雪人做了漂亮的眼睛。

“真漂亮啊！”

“是啊是啊！”

“明年也一起堆雪人吧！”

“好啊。”

两个人围着雪人你一言我一语。

直到楼上的黄玉阿姨又来叫人——她似乎不太喜欢麻仔和迟雪玩得太近，每次看到，都会来打个岔。

迟雪闻言，连忙催麻仔上楼，别让妈妈久等。然而麻仔站着不动，却固执地拽着她的手不放。

“我不喜欢妈妈。”他说。

迟雪听得愣了下，忍不住劝他说：“怎么会不喜欢妈妈呢？我觉得妈妈是世界上最爱我的人了！黄玉阿姨也对你很好啊，麻仔。”

“但是我不喜欢她。”麻仔却仍强调，“我喜欢你，你是好人。”

“啊？”

“如果你不是姐姐就好了。”

结果迟雪被他这么一说，更加一头雾水。

“我怎么可能不是姐姐，”她反问，“我比你大一岁啊，怎么都是姐姐啊。”

小小的麻仔却只是笑笑，不说话了。

而他们之间的交集，似乎也随着长大而越来越少。

但麻仔仍然清楚地记得，甚至在生命的最后一刻，他的脑海里，忽然无比清晰地浮现出色彩鲜艳的画面。

他想起自己的十八岁。

每一个周末，最期待的就是回家那一天。

因为只有那一天，他偶尔会迎面看见迟雪，她那天戴的花朵发圈，也许是黄色，也许是粉色，但每一朵他都记得。他就那样观察着她，用正面对视的几秒，用只敢余光打量的几秒——

然后有一天。

“麻仔。”

在她高考结束的那一天，搬着一整箱书回家的迟雪，突然叫住他，然后跑过来把厚厚一摞的笔记塞进了他的手里。

“我毕业啦！这些笔记都用不上了，”她说，“那些练习册之类的我想你也有，拿给你没什么用，不过笔记你应该用得上，你拿去复习吧，好好考试啊！考个好大学。”

她做完了举手之劳的小事，笑着向他摆摆手，走进了诊所。

只有他还傻站着，久久回不过神来。

一如很久之后，在父亲的葬礼上，他又一次看到她。

那时的她已经不再梳着两条长长的辫子，披散着头发，素面朝天。

她不再戴眼镜，露出漂亮清澈的眼睛。

他看着她一步步走过来，悼念他的父亲，最后给了他一个温暖的拥抱。

“麻仔，”她说，“节哀顺变，你一定要坚强，好吗？以后要好好生活啊。”

她永远不会明白，她的存在对他来说意味着什么。

他也尝试过，为了她的一句话，断掉了所有肮脏的交易——他是想过重新做人的，他也想开始新的生活，不要成为自己曾经最讨厌的那类人。

可是命运仿佛总是在和他开玩笑，他在一场豪赌中输掉一切。反复地克制，反复地沉沦，直到他终于愿意放弃，认定自己就是一个烂人的时候，她却又再出现了。

她出现在他最丑陋、最无赖的时候。

他大闹医院，而她穿着白大褂出现，蹲在他面前。

——“那个，我是迟雪。”

——“我们小时候，麻仔，我们还一起玩不是吗？你还记得吗，你比我小，那时候还叫我小雪姐姐……”

那天的阳光太灿烂，竟刺目得让人想要流泪，他恍惚地以为，自己一伸手，也是可以摸到太阳的——

正如此刻。

“头儿！”

“好消息好消息，检测报告出来了，99.99%！我们真的找对人了！”

“等等，你没事吧？这是怎么了？还好我正好看了手机，收到你消息了，警察应该马上就……”

几乎同时，慢了一步的大波浪拉着薯片仔乘车赶到，却只来得及目睹面包车旁，周向东用最后的力气，伸出手——那只脏兮兮而染满鲜血的手，迟疑地，碰了碰迟雪的脸。

而后下一秒，他的脑袋便重重垂倒，栽在她的颈侧。

[5]

“嗯，您家人这个情况没有太大问题。”

“不过就是饮食方面还是要多注意，疗养期间，不要吃发物，辛辣油腻的食物也不要碰，另外……”

市医院住院部。

今夜轮到刘程值大夜班，本来过程倒还一如既往地顺利，不料检查到这一间，却颇折腾了段时间——甚至陪床的病人家属还不满意，他才转背一走，人又追出门来，拉着他问东问西聊了好一会儿。

最后眼见得四下无人，对方小心翼翼从兜里掏出个红包塞给他，又赔着笑脸小声询问：“医生，您看那个，能不能尽快给我们安排换个病房啊？”

“主要我们隔壁床那个，她儿子你也知道，就是之前把人推进人工湖，还上新闻的那男的。跟他们家人住一个病房，心里总是没底。”

“更别提最近两天又听人说，那男的好像又被放出来了。那指不定万一，他哪天又发疯……”

话说得并非全不在理。

何况刘程之前，也亲眼见识过那小子把迟雪家里老父亲推下台阶的凶狠样，无奈最近正是医院床位紧张的时候，调整也不是三两句话就能办下来的事。

刘程也不过是个规培医生，不可能只手通天，只能好言安慰几句，把红包塞回人家手里，便转身想走。

怎料人才刚走到楼梯口，刚才“敷衍”完的青年又紧追上来。

他还以为对方是又要纠缠，本来有些避之不及。结果听人说了一通，才知那青年竟然是好心，说话间，又一个劲拉着他往病房走，嘴里咕哝着：“那女的真的醒了！”

“什么？”

“摔坏脑子那阿姨啊。”青年道，“医生，她看起来跟傻了一样，嘀嘀咕咕要看儿子呢，样子……唉，也怪可怜的，不过突然就睁开眼睛，愣是吓我一跳！你赶紧去看看吧。”

数分钟后，等刘程检查完黄玉的情况，二度从病房出来，第一反应便是跑去卫生间打电话给迟雪。

无奈电话打了三五遍，每次总是“暂时无法接通”，他也没办法。

转念一想，索性又打给私下里偷偷跟他叮嘱过好几次，要多照顾这病人的迟父。

却不知今晚到底是什么“黄道吉日”，每个人的电话都忙线。他一直打到第六次，迟父终于姗姗来迟接起电话。

对面一片嘈杂，隐约还夹杂着耳熟的哭声。

“喂？”他也怕迟父听不清，只得赶忙抢占先机，又大声道，“是迟伯吧？我是小刘，对对，医院里那个，迟雪的同事！”

“告诉你个好消息啊，就是你之前让我多盯着点的那床病人，姓黄那位女士，她今晚终于醒了。现在我们这边值班医生在给她做全身检查，我也大致看了一下，应该是没太大问题啊，就来打个电话跟你说一声。”

“对了，迟雪最近情况还好吧？刚才本来想给她先打个电话的，结果一直没人接。”

小刘浑然不觉气氛的诡异，絮絮叨叨说个没完。

电话那头，此刻身在警察局的迟大宇，却只能强忍住激荡且不知所措的心情，手掌小心捂住手机话筒，小声地一一回应，唯恐自己的声音太大、会惊扰到旁边呆坐着默默流泪的女儿。

没多会儿，电话挂断。

小刘在洗手台前边洗脸洗手，身后的隔间门忽然又打开。

略有些佝偻着背的梁伯走出来，和他并肩洗手。

小刘认出那也是个同层的病人家属，还顺带随口问候了两句他家人的病况，之后才在洗手间门口“分道扬镳”——一个回了黄玉的病房，一个走向完全相反的方向。

黄玉这厢刚做完简单的检查，氧气罩还没取下，就急着要他们联系自己儿子。

结果顺着她报出来的号码拨过去，电话那头，也很快无例外传来“暂时无法接通”的提示音。旁边的病人和病人家属被打扰了睡眠，此时已经很不耐烦。最后还是小刘心善，安慰她明天早上再多打几个也不迟，总算是把人哄着先睡下。

谁知，等他在值班室也小睡两三个小时，早上六点多半梦半醒刷手机醒觉，竟然看到本市的最新特爆新闻：偌大的标题和马赛克画面，配上熟悉的媒体式宣传文案，无一不让他想起之前的“坠湖事件”。

连事件的当事人都——

他像是突然反应过来什么，急忙赶到了昨夜的病房外。

然而隔壁床的病人显然是个热心时事的，又有着极为良好的作息习惯。

此时不过六点，他已经点开早晨新闻，在病房外头都能听到清楚的播报声。

黄玉一夜未眠，自然也跟着一起看，起初甚至看得津津有味。

直到她看到这起命案。

看到警方发出的打着马赛克的死者照片、死者下巴上的一排麻点。

看到被担架抬走的尸体——尸体的脚上穿着一双眼熟的破运动鞋。

看到新闻一旁的注解，称呼死者为周某东——

那一天，一个母亲撕心裂肺的叫声，吵醒了这一层几乎所有的病人。

与此同时。

在解凛所暂住的公寓里，气氛却也同样是一片愁云惨淡。

和迟雪等人至今仍在警局接受笔录调查的情况不同，解凛与后脚赶到的薯片仔同大波浪，是先于警方离开了现场的。

他的枪伤亦不便在医院接受妥善治疗，只得找上过去老解相熟的一位医生，在对方那里做了简单的消毒和包扎处理。

然而归根结底，伤势事小，眼下摆在他们面前的难题才是重中之重。

“头儿。”最后一如既往，还是大波浪不堪忍受压抑的沉默，率先提出了问题，“所以，咱们怎么办？”

她小心翼翼点了下桌子上那份亲子血缘鉴定报告。

页面底端晃眼的“99.99%”，如果放在平常，无疑是一份好上加好的消息，意味着他们这次回到南方的任务进度有了长效的推进。

但眼下这份亲缘牵系的双方，一个在牢里苦等，一个已经和在场众人阴阳两隔。这种毫无挽留余地的收场，显然最不能为人接受。

“……”

以至于连解凛都沉默着，轻轻地扶了下额头。

而薯片仔和大波浪你看我我看你，在背后互相推手、催促对方先说——

“呃！”

最后不出意料，是薯片仔被推得一个趔趄，险些摔下凳子。

解凛抬头看他。

少年吓得心里一凛，不得不当下轻咳数声，调整呼吸，半晌，才正襟危坐着提醒道：“但是头儿，我们觉得也许还有一点‘生机’。”

“说。”

“其实就是昨天晚上我们到的时候。”

薯片仔道：“当时周向东还有一口气，我们观察到，他好像在叫迟雪，叫的是‘姐’。不是小雪姐姐——是姐。”

话落，眼见得解凛的脸色肉眼可见地变难看。

大波浪暗道不妙，忙又在旁隐晦补充：“而且，就我们最近不是一直在附近踩点吗？头儿，混熟了以后，确实听到过有些风言风语，说周向东之所以和他妈关系不好，很有可能是因为他妈妈的一些男女关系问题。”

“而且头儿你不觉得吗？对面诊所里那个医生，就是迟雪爸爸，他对黄玉的态度有点过分殷勤了。加上，据说他老婆生前和他一直非常恩爱，只是两个人结婚多年都没有孩子，到四十多岁，结婚二十年，也就是差不多黄玉搬来这附近不久，才有了迟雪这个女儿。”

她字斟句酌：“也就是说，种种的因素结合在一起，头儿，那什么，往往不可能的答案才暗藏玄机……迟雪和周向东，到现在这个地步，我们其实有理由，也不得不怀疑……”

哪怕有万分之一的概率。

假如这个所谓“陈之华的孩子”，并不只有一个标准答案。

假如还有他们之前没有想到的“漏网之鱼”。

“我想迟雪的头发应该很容易能采集到，”大波浪建议道，“不管结果是怎么样，我们从这儿入手，起码还有一线生机。不然的话，这么久以来的努力——头儿？”

解凛没有回答他们，只是忽然站起身来，转而吩咐薯片仔一句：“最近我不方便出面，附近如果有不干净的东西，帮忙清理一下。”

顿了顿，他又看向大波浪：“如果能抓到会说话的，就顺藤摸瓜，给我查白骨的位置。只要他没回云南，就算把这块地皮翻个底朝天，帮我把他找出来。”

“头儿？”

"总之，陈之华的种只有一个，就是周向东，现在周向东已经死了。一条路走不通，我们就走另一条。"

他无所谓，可以走更远、更辛苦、残酷更多的路。

但是——只有一件事，那就是所有人都可以被放在砝码架上，包括他自己。

只有迟雪不可以。

"不要动迟雪，"他说——或者说是警告，目光森冷地看向面前噤若寒蝉的两人，"不要赌那点微乎其微的可能性。"

这已经是他仅剩的底线。

因此。

无论什么时候，什么情况，哪怕退无可退。

只要他还活着，绝不可以让人迈过这条线。

而这一天，迟雪从警局回到家时，已经是傍晚。

诊所黑了灯，乌漆墨黑。

即便迟大宇摁亮壁灯，四周还维持着她上次离开前干净光洁的表象，但茶几上的花却是诚实的——没人照顾，早已枯萎着低垂下头，无精打采。

迟大宇循着她的目光看去，怕她触景伤情，连忙端起花就要去倒，她却忽然开口叫住他。

要知道前边叶南生送他们回来，一路上她都没说话。迟大宇顿时露出惊喜表情，回头拉住女儿，连声问："怎么了？"

"我饿了。"她却只是沙哑着声音，满目疲惫，"爸，给我煮碗面吃，好吗？"

迟大宇忙点点头，很快上楼，厨房里锅碗瓢盆一顿响，不多时，便又端了丰盛如满汉全席的一锅面下来。

原以为迟雪会没什么胃口，他还小声劝了她两句多少吃点。

然而她只是沉默地低着头，一筷子又一筷子，一反常态的好胃口，不断把面从锅里盛到碗里。

到最后，一整锅成年男子吃了都要吃撑走不动路的面，竟就这样无声无息进了她瘦弱的小身板里。

吃完了已经七点多，她又起身，说爸我要去散散步，脸上仍是无表情、淡淡的样子。

迟大宇闻言，却忙放下手中活计，说是要跟她一起去。无奈被迟雪无情拒绝，也不好强跟着，只能趴在门框上，目送了她很久。

直到她的背影消失在大道拐角处——

这片地方她毕竟从小玩到大，按道理，闭着眼睛走也不会迷路。但偏偏这一晚迟雪就像只闷头苍蝇，只是一直往前走，碰到拐弯的地方就拐弯，最后七弯八绕，她自己也不知道走到了哪里，只觉得走得太累，胃里一阵翻江倒海。

酸水和食物的味道，一阵接一阵地往喉咙口冒。

她还不愿意乱吐，一直活生生憋着。直到终于找到路边一个便利店，向人要了个塑料袋，这才俯身下去吐了个酣畅淋漓。恍惚连之前被绑在“小黑屋”吃的面包都给吐了出来，太阳穴那的青筋一直不停地跳。

作为医生，她清楚知道自己在生理上已经被逼到了崩溃边缘，但神智却还始终清醒。

她笑不出来，也不想哭，甚至给自己买了瓶水漱口洗脸。之后呆呆坐在便利店门口的长椅上，就这样看星星，看路人，看野猫野狗，不知看了多久。

便利店里的人流随着时间渐晚越来越少。

最后一个客人走进店里，与她擦肩而过。

服务员熬了大半夜，收银时原本已昏昏欲睡。不经意抬头看，与那男人四目相对，却突然没来由地一怔，紧接着红了两颊。

“那个，五十元。先生需要塑料袋吗？”

“不用。”

“……好，好的。那麻烦请这边扫码结账。”

她将手里的薄荷糖同香烟递给对方。

对方却并不扫码，只从钱包里抽出相应金额的纸币，等她检查无误后，便接过商品离开——

却也不算真的离开。

因为他只是迈出店门，又坐到了门口的长椅一侧而已。

迟雪正怔怔出神，没有注意他什么时候来，也没有注意到他什么时候坐下。直到旁边塑料包装袋簌簌作响的声音实在太过刺耳，吵到她，她忍不住蹙眉侧头看：那人却已伸手过来，握拳，随即翻面，摊开。

他掌纹明晰。

所有纹路皆深刻且清晰可见，没有杂乱，独一条直线横亘其中。

而手掌中心，躺着三颗蓝色薄荷糖。

她迟迟不拿。

他便久久举着。

直到她小心翼翼地把糖收下，沉默着拆开其中一颗的糖纸，把糖丢进嘴里。之前还发苦的舌尖，此时被糖果带出甜丝丝的清凉。

“迟雪，”而他亦突然开口，又淡淡问她，“怎么这个时候还不回家？”

迟雪低头抿着糖果，不说话。

于是他等了五分钟，又问了一次：“为什么这个点还在外面？”

“因为不想回去。”

“……”

“心里好像压着什么，解凛，你知道这种感觉吗？”她说，声音很轻很轻。

突然又伸手捂住心脏的位置，脸色平静，却仿佛呼吸亦艰难。

许久又许久，她没有侧头看他，只是失神地看向地面，看着自己的脚尖，半晌，喃喃自语：“有些话想问，但是我不敢问。我想找个地方逃避这件事，可还是逃不了。所以我只想喘口气……但喘口气也不行，不管我在干什么，我只要闭上眼，就是麻仔满脸是血的样子。”

“……”

“其实我对他不算好的，”她说，“我也有很多顾虑，会害怕、会觉得他做的事不可理喻。我甚至也想过，如果他再也不出现就好了，我爸爸维护他，我也会偷偷地生气，我觉得我们自己都顾不上了，为什么要去帮一个不会感恩的人？可是原来，我在想，如果有好几次、好几次都是，如果我不是抱着……抱着‘帮了这次没下次’‘不要被缠上’的想法。”

如果我但凡只是像对一个同事、对一个陌生人那样，愿意花时间去向他解释他误会的地方。

如果我也能设身处地问一问他现在的情况，而不是总想着要用尽可能低的代价打发他。

一顿饭，几百块钱，一袋苹果香蕉。

“如果我——”

“没有如果。”

解凛突然打断她。

迟雪一怔，好像也只是一怔而已，可不知怎么回事，一停下，眼泪竟倏然不受控制地落下来。她自己都没意识到自己在哭，豆大的泪水却止不住。

她的委屈，她的后悔，她的无能为力，都在这句“没有如果”中骤然爆发。

然而竟连哭泣都是无声的，她只是捂着双眼，默然流泪，而解凛在旁静静看着，破天荒地，却没有拆穿身边人的软弱和故作坚强，只是，又突然如讲故事般地向她提起。

“我的一个朋友，”他说，“之前也有一份很危险的工作——是每一天都不知道能不能看到第二天太阳的那种。”

“在那种处境下，其实死是最轻易的。死了不仅一了百了，不用每天提心吊胆，还能安慰自己虽死犹荣。而且你的心里因为早有准备，反而没那么害怕死……但是为什么到最后拼尽全力还是想要活？后来他——他跟我说，也许是因为心里总想着，这辈子，人活着还是要有盼头的。人活着就是为了一口气。除了尊严、理想，还得有那一口气撑着。如果那口气都没了，才是真的没了。”

“而你就是周向东吊着喉咙口的那口气。”解凛说。

“而如果你问我那个朋友，是死可怕，还是那口气没了可怕，我相信他也会是一样的答案：与其行尸走肉一样碌碌无为地活着，每天提心吊胆盼着死还活着，不如用这条命，至少在生命的最后，换一点有价值的东西。”

他说着，从外套口袋里掏出了一个小小的塑封袋。

塑封袋里装着那天他在地下酒吧得来的用于检测之外的那一小部分头发。

他静静看着那一点黑色，上午时的那些“争吵声”，小小的“提议”，又忽然浮现在脑海。

——“如果哪怕有万分之一的可能，我们有理由怀疑……”

他攥紧了那只塑封袋，再开口时，语气却依旧平静：“所以你可以想象，如果你我是周向东，也处在他当时的那个环境下。”

“我选了在可以逃生的前提下扑过来救你，那是因为，我的本能在告诉我，你能活下去，比我活更重要，那一刻，我遵从了内心的选择。”

“……”

“所以从来没有谁为你而死，迟雪。”

他将那一小袋头发，如递给她薄荷糖一般，也同样递到她面前。

“因为真正可怕的不是死，而是无意义的活，至少你让他在那一刻找到了自己生命的意义。”

也许他也曾经无数次问过自己，人活在这个世界上到底是为了什么？

为了受苦、为了贫穷、为了在饥饱和罪恶之间挣扎吗？

为了贪恋短暂的欢愉，为了出卖灵魂得到血腥的享受吗?

但是在那颗子弹向你飞来的瞬间。

他的瞳孔里也许清晰地映出你的脸，那一刻，脑海里的声音会悄悄对他说：全都不是，是为了这一刻。

——“因我的存在，而使你的生命得以延续，迟雪，这是我痛苦生命里唯一的救赎。”

他忽然闭上眼睛。

眼前是沉浮的江水，马革裹尸的荒山。

是泥土里的鲜血味道，是太平间中残缺不全却亦模糊的脸。

那一刻，二十五岁的解凛决意去死。

但是——

——“如果因我苟延残喘的存在，因我的不甘心而使你的生命受到威胁。”

——“迟雪，这是我忍尽所有屈辱和痛苦过后，仍然唯一无法忍受的事。”

夜色幽深，便利店外的长椅上，他们只是并肩坐着，谁也没有说话。

迟雪终于还是接过那一小包头发，在手心攥紧。

而在这许久又许久的沉默过后。

“迟雪。”

末了，却是解凛打破寂静，又轻声说：“路太黑，我送你回家。”

·第八章·归队

[1]

回想起来，好似他们之间的关系也都永远如此，是沉默的向前，和无话的跟随。

一如许多年前濒临决裂的夜，她心里有气，一路闷头往前走。他也不说什么，不挽留，就一路从小区跟着她到公交车站，途中始终隔开不远不近的距离。

她越走越慢，本来已经后悔。

到上了车，她还在车上暗自祈祷，心说如果他跟上来，如果他多说一句或叫住她的名字也好，他们一定可以马上就和好——

但等到鼓起勇气回头看，却发现他已经转身离开。伶仃背影融进夜色里，如每一次分别般头也不回。

他从来只期望看到她“安全”，现在也如是。

焉知她真正奢望的、想要的却远不止如此。

只不过，几年前说不出口的话，如今却也依旧说不出口。只能无声笑笑，她抬起头，和他在靠近诊所的路口分别，又轻声说：“谢谢你送我。”

两人的默契在无话之中。谁都没有提起就在几天前发生在咫尺之距的地方，那一幕失声痛哭的尴尬局面。

解凛点头说：“嗯，早点休息。”

迟雪转身进了诊所。

迟大宇如料想中的还没睡，仍亮着灯等她回来，看她气色好些，又忙努力提起个笑脸迎上前，招呼她早点上楼睡觉。

“还有……”他欲言又止，“那个，小雪，你明天……”

“嗯？”

“你黄玉阿姨醒了。”迟大宇说，“但小刘说她状态很不好。我刚才给她打了个电话，感觉她也确实，总之，胡言乱语的。我还是不安心，打算明天过去看看她。你……小雪，你想去吗？”

他满脸写着希望她去，但肢体动作里又充满排斥。

迟雪看在眼里，沉默良久，最终却还是轻声说：“去吧。”语毕，很快又上楼洗完澡，换了睡衣。

她拿毛巾擦拭着半干的头发，正好路过阳台，几乎养成习惯，又下意识地向对面张望了一眼，却突然一愣，发现对面的阳台上似乎又“多”了些什么——继从黑窗帘换成蓝窗帘之后。

“……”

她怔怔望着那串简单的金属风铃。

夜风清凉，拂动窗纱，风铃亦随之摆动。清脆的铃声从那头传到这头，宛如细碎的耳边轻语。

她莫名出神，站在那里看了很久。

直至解凛突然推开阳台门。

“咔哒”一声。

两人才分别不久，又这样措手不及打了个照面。

迟雪当即做贼心虚般后退半步，

“那个……”她赶紧拿毛巾裹住湿发，扯平裙摆，又没话找话地问他，“你，出来抽烟吗？”

“房间有点闷，出来透个气。”

“哦。”

“你呢？”

“我……刚洗完澡，准备睡了。”

迟雪说着，忽又伸手，指了指他左肩明显鼓出一块的位置——领口处依稀还能看见白色纱布，显然是那次枪伤后的“术后处理”。

“伤还好吗？”她问他，“你是不是又没有去医院？”

“嗯。”

“坚决不能去吗？”

“……嗯。”

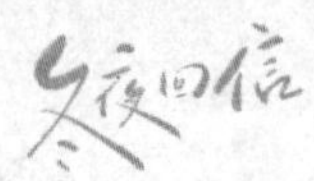

迟雪闻言，轻轻叹了口气，却终究是没有站在所谓医者的角度劝他如何如何，只是告诉他，之后方便的话，可以来自家诊所换药，顺带把之前——“我之前说了给你找祛疤痕的药，”她说，“过两天拿给你。”

话落，风又过，铃声阵阵。

这次忽然愣住的却换作解凛，以至于连原本要说的话都忘在脑后。

只是，在短暂的沉默过后，他问她：“那天……迟雪，你真的喝醉了吗？”

“醉了啊。”而她想也不想就回答，“只是有些事真的很重要，好不容易才能说出口，说出口就不会忘。”

说完，她忽然却释然般笑笑，抬手指向那串风铃。

“声音真的很好听，”她说，“不管怎么样，谢谢你，解凛，今天愿意跟我说这么多。”

“……”

“至少我想我今晚，也许能睡个好觉了。”

那些噩梦仿佛被似有若无的风铃声驱散。

果然到第二日，迟雪的精神总算稍好些，勉强收拾了一下自己，便陪同迟大宇一起去了趟医院。

两人一路找到住院部五楼。

黄玉的丈夫早已辞世，膝下只有一个儿子，和亲戚也没有什么来往。是以她住的病房总格外冷清，没有慰问的花篮水果，桌上也少有营养品，只半盒吃剩的盒饭在旁敞开着，还有几个上次迟雪提过来的苹果香蕉——只不过多半都已经坏掉了，也没有清走。

迟雪进门时，她把自己缩在被子里裹成一团，正面向墙壁喃喃自语，声音虽小，无奈一直持续。

旁边的另一床病人不堪其扰，终于一把拉开帘子，又厉声道：“能不能不要吵了，有完没完了？”

“这都两天了！你不睡觉别人还要睡，天天不是问东问西就是疑神疑鬼的，你不要扰民好不好！”

结果骂完了一抬头，正好和迟大宇四目相对，两人都是满脸尴尬。

最后还是迟大宇自知理亏，忙上前去赔礼道歉，又从自己带来的两袋水果里分出一袋给人家，这才算是勉强安抚下来。

无奈，十几分钟过去，“始作俑者”黄玉却还跟听不到人说话一样，一直不曾抬起过头，沉浸在自己喃喃自语的世界里。

迟大宇亦无法，末了，只能过去稍微掀开了她的被子——起码露出她的“全貌”来。

“黄玉，黄玉。”他又小声叫她，满面都是不忍。

“是我啊，老迟，我带……小雪来看你。你还好？是不是饿了？还是不舒服？我给你叫医生来好不好？”

可惜不管他怎么说，怎么安慰体贴，黄玉始终只是盯着墙小声说话，连眼神都没侧转过一下。

迟雪一直沉默着站在旁边，看着从前无论何时，总将一头长发盘起再夹上一只蝴蝶发夹的妇人，如今头发眨眼却白了许多，披散如枯草。

她心里没来由地泛起一阵心酸。

她自觉亏欠对方，但仅仅一句对不起又如何能说尽，索性定了定神，紧接着蹲到了黄玉的病床边，如从前查房时面对老年痴呆的病人般，耐心而又温柔地引导起来。

“阿姨，我是迟雪，”她说，“你是不是不舒服？哪里不舒服，告诉我，我帮你想办法。”

“……”

“小刘说你的术后恢复很不错，你好好听医生的话，一定可以很快痊愈出院。”

“我记得你很喜欢晒太阳对不对？以前你还常常搬藤椅在楼下睡午觉，这样吧，等你好了，我陪你去晒太阳散步。”

她如一个孝顺而乖巧的女儿，在脆弱的病人床边讲述着关于未来的种种构想，而避免提及对方的痛处。

黄玉的眼球终于动了动，迟钝地转向她的方向。

然而，许久过去，沉默之下，那眼神却逐渐从疑惑、宽慰、审视，最后转至惊愕，嘴皮抖簌不停。

迟大宇见状脸色一变，急忙伸手去拉迟雪，嘴里咕哝着“我们让她静静”。

不想人还未拉起来，黄玉突然又掀开被子，猛地扑上前来，整个人就这样严实压住迟雪。

不管她怎样好言劝慰，黄玉总是死活不放，两手又死死锁住她的肩膀，嘴里不住喃喃着：“是你，应该是你，本来应该是你……”

“什么？”迟雪却只觉得对方的重量压得她快喘不过气来，根本来不及多想，加上蹲久了腿麻，没支撑多久，很快一下跌坐在地。

迟大宇心疼女儿，费了九牛二虎之力才把人拉开，结果黄玉竟然又恶狠狠地瞪着她，边在迟大宇怀里挣扎着，又厉声尖叫道：“都是因为你！”

“你把我，还有我儿子的好命全都给毁了！就是因为生了你！全都毁了！全都毁了！”

“我绝对不会让你好过……就差一点了，明明我和小东，我们好不容易就可以过上好日子了，那是四百万啊……如果不是因为你，我们现在就拿着四百万过上新生活了！”

黄玉痛苦哀号的声音传到极远处，连值班的护士亦忍不住敲门进来提醒，让他们不要打扰别人休息。

然而迟雪却只听得愣在原地，心想什么叫“因为生了你”？

那所谓的四百万不是周向东“杀母骗保”吗？

现在黄玉反倒念念不忘起来，究竟又是怎么一回事？

她只以为黄玉或许是为麻仔的事而神志不清、胡言乱语。

迟大宇却吓得脸色越发苍白，显然对黄玉的态度始料未及，当即起身，又一把按住了她的肩。

“不要乱说话！”他两眼满是血丝，直视着她悲痛欲绝又异常愤恨的表情。

“谁都不想事情发展成这样，总之麻仔的身后事，我会帮忙处理，你以后出院的生活，有任何不方便，我能帮的也都会帮——但你不要乱说话！”

“我什么时候乱说话了？我哪里乱说话了？”然而黄玉压根不听，只是语气尖锐地反问。

“……”

“如果当初我不是为了保住她的命，如果我儿子现在不是为了救她……救她这个扫把星！”

女人眼泪横流，啜泣不止：“我们过的根本不会是这种生活，小东也根本不会死！我更不会为了钱做这种事……你知不知道有多痛，你知不知道，那是五楼……”

此话一出，迟大宇和迟雪都瞬间变了脸色。

不想病房门却恰在此时再次被推开，紧接着，许久不见的小远探进头来。一看见迟雪，这瘦弱苍白了许多的小男孩顿时又笑，屁颠屁颠跑过来，紧紧抱住了她的腿。

他的天使姐姐却没有一如往常地也蹲下身来抱起他，更加没有听他诉说他的想念，只是看向她父亲怀里张牙舞爪的女人，那一刻，她眼神飘忽，嘴唇止不住地抖颤，好似冷得厉害。

“是你主动跳下来的？”

她说：“你知不知道……”

你知不知道因为你自作聪明以为能骗过所有人，让多少人为你奔走。

你知不知道，就因为你自以为是的付出和那点市井小聪明，你的儿子百口莫辩。所有人都以为他杀母骗保，为了四百万不惜泯灭人性？

“你做的事情根本就是……”

“就是什么？就是什么你说！”

面对迟雪将将出口的指责，黄玉却忽然暴怒，一把推开迟大宇，便赤着脚跳下床来——迟雪见她大病初愈站不稳，甚至忍不住还好心扶了她一下。

然而也就是这一扶，黄玉直接顺手揪住了她的领口，连她脚边的小远也被毫不留情挤到一旁。

两个女人就这样面对面，几乎鼻尖抵着鼻尖的距离。

她甚至清楚地看见黄玉的眼底有泪，然而下一秒，说出口的话却只有斥责：“你知不知道我这么多年怎么过来的？迟雪，你凭什么这么一副高高在上的语气？归根到底就是因为你！就是因为当年怀上你，我的一切才全都被毁了！毁了！”

迟雪的瞳孔里，映出女人因愤怒而不复娴静的脸、狰狞的表情。

“也不过是你的命好啊，你运气好，生你的时候我忍住没碰毒，不像我们小东，是生下来就造了孽的！你已经大了，可以送人，可我们小东还在肚子里，我只能带着他嫁人。结果生了小东之后竟然大出血，子宫被摘除，从此再也生不了他们周家真正的种……我有苦说得出吗？”

“如果不是我把你送出去，我告诉你，跳楼的就会是你，你只会比我过得更苦，苦一百倍、一万倍！你也会像小东一样，像我一样重蹈覆辙，所以你才是全天下最没有资格说我和小东的人，迟雪！”

迟雪。

她近乎恶毒地重复着这个名字。

哪怕在老迟的拉扯之下，哪怕眼睁睁看着迟雪颓然软倒在地，依然高声强调着：“不过是你命好。”

小远吓得紧紧抱住迟雪不放，眼神怯生生地看向天使姐姐，盯着她毫

无表情却苍白的脸。

许久，迟雪才仿佛突然惊醒一般，抬头看向迟大宇。

而迟大宇配合护士按住黄玉，正急得满头大汗。

“爸。”迟雪却在这时轻声喊他，“她说的是真的吗？”

“……”

“我知道我和妈妈长得不像，”她说，“别人一直说我和妈妈长得不像。”

“小雪。”迟大宇突然红了眼圈，当即松开黄玉，伸手来拉女儿，只是一个劲道，“你先起来，爸爸回家跟你说，”他说，“爸爸会给你解释，不管怎么样，爸爸只有你一个女儿，你妈妈也只有你一个女儿。不管发生什么事，这都不会变。”

真的不会变吗？

她却仍然坐在地上不愿起身，不愿意握住他的手。

“我……”她哽咽得几乎说不出话，只能不断调整着呼吸。

深呼吸。

再深呼吸。

“麻仔，”她说，“爸，你一直让叶南生别起诉他。还有黄……她，你一直帮她的忙，给她垫钱，其实是因为，麻仔是我亲弟弟……她，是我……对不对？”

一切的困惑，仿佛都在这一刻有了解答。

无论是麻仔最后解脱般的微笑也好，黄玉此刻愤怒至极的“指控”也罢。

——“姐，我错了……”

——“以后，不学坏……姐，对不起……”

她突然仿佛闻到空气中水果腐坏的味道。

又想起那天去挑果篮，买二十块一斤的红富士太心疼，她最终挑挑拣拣，还是只选了旁边六块一斤的小果，心里想着，这样差不多就够了。

可原来一点也不够。

“爸。”她抬起头，看着迟大宇，忽然轻声说，“那天他抱着我，快要死的时候，一直在流血，但他跟我说对不起。你知道吗？他没有怪我，他说对不起。”

她没有流泪，却并不是因为不悲伤。而是悲伤的力量似乎一瞬间被抽走了，只剩下无措和无力。

直到旁边的小远突然伸手，轻轻摸了摸她的头。

“天使姐姐不要哭。”他说，“小解哥哥以前跟我说，大人说的‘死掉’，意思其实就是去放长假了。放很长很长的一段长假，可以想做什么就做什么。像我爸爸，他以前就没有假，也没有时间陪我，但‘死掉’以后，反而能做想做的事，放很长的假了。不是很幸福吗？”

语毕，他又小大人似的抱了抱她。

“不过等我‘放长假’，”小远在她耳边说，“一定会像爸爸一样，也偶尔偷偷从天上回来，看一下爷爷、看一下小解哥哥和看一下你，希望你们都是笑眯眯的。”

迟雪闻言，忍不住被他天真的孩子气逗笑，回抱他时，却终于是落下泪来。

[2]

当天，迟家父女离开医院，回到诊所时已是下午。

尽管两人都是饥肠辘辘，一副心事重重的模样，却还是谁都没有在一楼停留，而是一前一后默契地上了楼，又在客厅沙发各选一侧坐下。

起初是谁都没有说话。

迟雪几乎都要忘了，自己上一次和父亲这样面对面坐着气氛凝重地对谈，是在什么时候。

大概率是在当年她下定决心要去读医时。

父亲似乎也曾这样坐在她对面，苦口婆心地劝过她，说这样好的成绩，完全可以去读一个如今大热的互联网或大数据专业，否则像他这样半道出家的还好，真要规规矩矩念下去，没个八年十年，哪里能混出头？

他心疼她的青春，害怕会被耗费在做不完的实验和恐怖的医患矛盾中，为此还失眠了半个多月，天天不是无精打采，就是旁敲侧击问她是否考虑换个专业。就这么一直僵持到她要去北城报到的前一天。

她又说起了当年母亲临终前，自己拉着她的手说过的话。

“我答应过妈，”她那时小声说，“我以后会当医生。然后，用我的眼睛代替她看到，会有一天，世界上没有医不好的病。”

残酷的疾病再也无法轻易夺走一个人的性命，穷病不会轻易地压垮一个家庭。

这是她的心结，也是她的愿望。

迟大宇最后亦不得不妥协。

只是，在送她去火车站那天，两父女在进站口告别，他这个做父亲的却终究还是憋不住，忽然又牢牢攥紧她手，哽咽了很久。

“不管你学什么，学成什么样，”那天他说，“你要记住你的人生从来不是为了爸妈活的。在爸爸心里，小雪，爸爸其实只希望你过得开心，以后有一个美满的家庭，再也不要让你吃一点苦——你这辈子跟着爸妈，真的已经吃了太多苦了。老天如果有眼，爸爸只希望，他保佑你过得比我们都好。”

“所以你尽管去做你想做的事，只要爸还有一口气在，你就永远有退路。”

后来迟雪毕业出来，在医院规培，最初果然辛苦，每个月只有八百块钱补贴，迟大宇却也从不像别人家父母，挑拣她二十来岁还赚不到钱补贴家用，反而生活上的一应用度，从来没有短过她。

乃至于看见别家姑娘买衣服买化妆品，也每每要“撺掇”她去买，他给钱。知道她在医院舍不得花钱吃职工食堂，他就提出给她做便当，一做就是两年。

医院里的那群同事也好，附近的邻居也罢，这么些年下来，就没有不羡慕她有个好爸爸的。

是以也不怪迟雪想不通。

这样的爸爸，对她掏心掏肺的爸爸……

她茫茫然看向天花板——心说怎么就忽然一夜之间，不是自己的亲爸爸了呢？

记忆里最疼爱她、懂她、包容她、临死时还觉得对不起她的妈妈，怎么就变成了今天医院里张牙舞爪怪她不该出生，后悔生下她的妈妈了呢？

迟大宇沉默良久，不敢看她，末了，却也只是低头，从茶几抽屉里掏出一包双叶，捻出一根点上。

这还是他第一次在女儿面前抽烟，但似乎不借着尼古丁的劲头，有些实话就实在说不出来。他忧愁的脸，唯有隐在烟雾之下。

一口烟呼出去，尘封多年的真相，亦终于倾吐出来。

“第一回见到黄玉，是二十几年前了。”他说。

“那时候冬天过了半，正是最冷的时候。她孤儿寡母流浪到附近，说是被老公赶出来的。平时我记得偶尔看到她，就穿一单衣一个薄外套，也不换，一个人住在你舅舅那个招待所里。除了买点几块钱的快餐，也不下楼。”

“所以没人跟她私下里说过话，我和你妈，也是到后来她带着你到诊所看病，才知道她那么皮包骨头的一个女人，手里抱着你一个，肚子里竟然还怀着一个——真的，看着都挺可怜的。后来麻仔生下来先天不足，应该也和她这个时候营养不足关系很大。”

他回忆着遥远的往事，脸上的表情时而困惑，时而怀念，最后，却又突然做了个抱小孩的手势，低下头。

“但我到现在其实都还记得，小雪，”迟大宇说，“那天黄玉带你来开药，说小孩感冒了。你妈妈掀开襁褓一看，哟……你当时嘬着根手指，脸冻得通红，但瞧着手脚都是白白净净的，真像童话故事里那‘白雪公主’似的。一看见她，也不哭，反而咧开嘴就笑了。你妈当时也没说什么。”

“是后来才跟我说，就那一眼。她自己都说不上来为什么，但差点眼泪就下来了。”

迟母从此动了恻隐之心，后来，便经常找机会，给招待所里的黄玉送点营养品和闲置的衣服之类的。

而黄玉不知从哪儿打听到了迟母的“底细”，有天夜里，便突然找上门来，开门见山地说她准备要改嫁，又说肚子里这个已经让男方有点接受不了，如果再多个女孩，恐怕更是难说，指不定以后生孩子都要被计生办带走打掉。于是提议迟家父母如果愿意，不如抱了她这个女儿去“养老”。

“我一世都不会再认她了，以后这就是你家的女儿。”黄玉那时对他们说，“而且她也好养活，吃不饱都不哭不闹的。要是实在没有奶喝，给点米汤就行——饿不死就行。你们是好心人，留她一条命，也算是积福积德吧。”

说罢，把女儿和据说是“女儿父亲”留下的一本笔记交给迟母后，她甚至没有回头，只仿佛甩下了一个沉重的负累，毫不犹豫地离开了诊所。

不久后，黄玉便嫁给了附近修车店的小老板周正，再过几个月，顺利生下了儿子周向东。

从此二十多年过去，两家比邻而居。哪怕无数次打过照面、互有交流，她也的确说到做到，从没提起过自己和迟雪之间的关系。

甚至如果不是这次周向东的事情对她的刺激实在太大——迟大宇想，也许这个秘密，亦真的可以瞒到所有知情人都带进坟墓也说不定。

“什么笔记？”

迟雪沉默着听完这一切，末了，却突然又抬头问父亲：“哪里来的笔记？”

迟雪整个人趴到了卧室地上，手臂左右摸索良久，几乎半个身子都探进床底，终于，折腾半天找到了那只她过去用来“藏宝贝”的铁盒。

她已很久没有能够装进去的东西，所以铁盒亦蒙尘多年。

直到她小心翼翼擦干盒面，解开锁扣，入目所见第一眼，却是那许久未见的金属镜框。

她拿出来看了很久，无奈戴上一会儿却头晕，只能取下，又逐一从盒中拿出小时候妈妈给买的芭比娃娃、整整五六个颜色的花朵发圈、小时候学着折的一整瓶千纸鹤同星星、几片褪色的薄荷糖纸、毛绒手套……林林总总一大堆。终于，竟真的找到了压在盒子最底下，那个黑色的密码本。

只是时间过去太久，她对这个本子已然毫无印象，别说密码，甚至根本不记得是不是自己亲手放进去。

她还一度想过要不要干脆借用外力把密码锁破坏——但想了想，最终却也还是在迟大宇的劝说下放弃。打算过两天，如果黄玉的情绪能够冷静一些，再把这个本子交还给对方。

“比起我，她应该更有可能知道密码是什么吧。”

她把黑色的密码本放回盒中，沉思片刻，却又突然转而看向面前一脸踌躇的父亲，问起他有没有肚子饿。

“懒得做了，要不我点外卖吧。”

她说：“爸，你有没有什么想吃的？”

情绪与态度之平静，实在远超于迟大宇的想象。

这么多年来，他其实曾经无数次悲观地预想，得知“真相”的女儿或许会情绪崩溃、闭门不出，也想过她会因此和自己产生隔阂。

所以才始终努力保守秘密，也尽可能地和周边人打好关系，以避免某些添油加醋的风言风语在他不知道的时候传进女儿耳中。

然而，如今，所谓的真相以一种无比冲击的方式披露在迟雪眼前。

她却只是沉默而持重地接受了这一切，然后问他，爸，忙了这么久你不饿吗？

他像是在做梦，又觉得患得患失。

终于晚饭时，他还是忍不住问她：“小雪，你会怪爸爸吗？”

“什么？”

“我应该早点告诉你麻仔还有黄玉他们的事。”迟大宇说，“但是爸爸始终也是有自己的私心，爸爸心里想着，能帮的我们就帮，我们不欠人家的。但是有些事，有些事……”

有些事，爸爸宁肯自己辛苦多点，也不愿意让你沾得一身腥，终归我们才是一家人。

这些话换了从前，他早已经开始长篇大论，此刻却不知怎么才好说出口，只能欲言又止，吞吞吐吐。

“嗯。”迟雪却又突然伸出筷子，给他夹了一筷子满满的肉。

“小雪？”

她没说话，埋头扒了几口饭，直到吃完起身，才突然又低声说：“爸，我一直告诉自己要往前看。”

“你没说错，我是真的很愧疚，因为我欠了人家一条命，也因为知道他原来是我的亲人。但是我偷偷哭过了，难受过了，还是什么用都没有。所以，我告诉自己，如果还想好好生活，不再做噩梦的话，就只能让自己去理解他，然后逼着自己走出来——”

“也只有这样，我才有力气去代替他做完该做的事。我也已经和医院那边说好了，明天我会提前销假，回去上班。至于黄玉……阿姨的事，我也会好好盯着的，我会找机会和她聊聊。你放心。只不过，我可能还需要一段时间，才能接受你告诉我的那些‘事实’。”

迟大宇闻言一愣。

然而迟雪说完这一切，表情却仍然是平静的、温和的。

她只在上楼前，又轻轻叫了他一声：“爸。”

“……”

“你今天累一天了，晚上我帮你值班，早点睡吧。”她说。

如过去相依为命的许多年。

诊所里深夜亮起的灯。

从前如此，往后也不会变。

[3]

第二天上午，迟雪带着那本黑色笔记去了医院“报到”。

因她这回是提前销假，没有故意偷懒嫌疑，一贯严苛的导师竟也没说什么，反而好声好气关心了她几句身体近况，末了，又叮嘱旁边的小刘平时多照顾、多帮忙分担一些，随即才恢复从前的态度，又指挥她去帮忙查房。

四处奔走，累是累了一点，但原来琐事一多，烦心事反倒没空想。以至于迟雪一直忙到中午，才反应过来自己今天的“正事”，遂忍着肉痛在职工食堂打了满满一饭盒的丰盛午餐，又带着笔记，抽空去了趟住院部六栋五楼。

不想，却竟在病房门口碰见了熟人。

两天不见，叶南生脸上似乎突然清减不少，神色略显憔悴。

迟雪走过来时，他正在和旁边的同事低声说话，不经意间，一抬眼便看见她，又忍不住愣了一下。

“迟雪。”他喊她。

她的反应却尤显冷淡，全然不像是不久前才刚一起经历过生死一刻的人，甚至远比他们多年后重逢的第一面更加寡言。

眼见着她浅浅点头过后，就要径直从他身旁擦肩而过。

“迟雪。”叶南生偏在此时二度叫住她，“之前一直想找你，今天好不容易见到。有空聊聊？”

“不太有空。”

“但我最近听说了点不太妙的事——我想跟你聊聊。”

他说得笃定，乃至语气隐隐焦急。

然而她却依旧话音淡淡，不曾回头。

“可最近坏事确实太多了，”迟雪说，“不太妙的事数都数不过来，不知道你说的是哪一件。”

她往日里虽然冷淡，但总不至于当众驳人面子，今天却不知怎的，态度格外坚决，甚至不愿“借一步说话”。叶南生亦无法，只得当即摆手把两个同事支开，最后直接拦在了黄玉病房门口。

“迟雪。”他单手扶住门框，同时拦住她的去路。

“我今天过来，是因为周向东死前买了一份保险。”叶南生说，“他当时为了证明自己不是图财，闹着要买的。现在看也算是因祸得福吧。保单上的受益人是黄玉，保额有七十万。”

“……”

“这次的情况也和之前不同，所以这笔钱我想尽快办好。这样，起码他妈妈之后的生活能得到保障。他在天有灵，应该不至于不安心了。”

七十万。

轻描淡写的数字，麻仔的一条命，也就值七十万而已。

兜兜转转，这笔所谓的“保金”终归是送到了黄玉的手里，然而对一个绝望的母亲而言，七十万或者七百万，都已经一文不值。

迟雪突然抬起头，又很认真地看向他，轻声问了一句：“所以你现在跟我说这些，是要我感谢你吗？”

"什么？"

叶南生脸上有一晃而过的迟疑。

迟雪却不为所动，依然往下质问："还是害怕我知道什么不该知道的事，所以专门得在我面前强调一次，你是个多好的人？"

"什么意思？迟雪，你是不是误会了？"

叶南生听得眉头紧蹙，话音微顿，又向她耐心解释："我这么做没有别的意思，只是最近确实听说了些风言风语——总之，我想也许对他们好，某种程度上也是为你好。我希望你身上的担子轻一些，迟雪，这样未来至少也可以离'危险'远一点。"

"所以，为什么你会说这种话？谁跟你吹耳边风了？"

何其"暖心"。

何其冠冕堂皇的表演。

如果不是迟雪曾经意外偷听到了断眉男的电话。

之前彻夜失眠，又翻来覆去暗自整理着这几日惊心动魄的种种，逐渐从中窥得真相的原貌，也许她真的会像上次落湖"捡漏"事件那样，对他存有些不得不的感激之情。

然而——

"我一直在想，那天怎么就能这么巧？"迟雪话音平静，"叶南生，那个万华会所敢收一顿饭四万三的钱，安保会那么差吗？"

"我后来想起来，那天一路进去，至少过了六七次门。所以，如果不是有人放消息给那群人，让他们知道你爸回来了，那他们是怎么赶在你爸爸马上要回北方的关头，过来把已经怀孕的陈娜娜绑走？而且一路通行无阻的？"

叶南生的表情微微一变。

"退一万步讲，你原本的计划，难道不是想要一石二鸟？你真的是个很聪明的人，这点我从不否认，"迟雪说，"你知道你爸爸不会为了一个女人放弃航运费，你也知道那些人急切地想要降低成本，所以你才假意给他们放消息。你全都计划好了。"

如果计划顺利，则陈娜娜被撕票，航运费不减，卖了人情又打击了"对手"。一石二鸟。

而哪怕计划不顺利，陈娜娜八成也会在他的授意下，因这件事"受惊"流产，方进对一个没有利用价值还拖后腿的女人，态度想必也不复从前。他的算盘打得精明，只是错算了一步，是没想到会意外拖了她入局。

也没想到，她会在最后关头，一句话救下了最“该死”的陈娜娜，打乱了他所有的计划。

明白了这一切，便不难感慨，叶南生果然还是当年那个叶南生。

“你知不知道我最讨厌你什么？”

所以，迟雪亦终于能把多年前没说出口的话，在这一时刻尽数倾吐。

话语如钝刀，温柔得直刺心窝。

“我讨厌你不择手段，叶南生，只要为了你认为对的事，你从来不惜牵累别人，在你看来，你的利益是利益，别人只要碍到你，就必须付出代价。对于识相的人，你就大发慈悲，给些情啊钱的，自以为是的补偿；对于不识相的人，你就毫不留情一脚把她踹开。”

“从始至终，只有你的命是命，那些你不在乎的人，和路边的蚂蚁又有什么区别——但你又有没有想过，你凭什么这么高高在上？你现在拥有的一切，有一点是因为你自己吗？有人喜欢真正的你吗？如果你不装得温柔、优秀、文质彬彬，有人喜欢你吗？”

迟雪说：“归根结底，凭什么就因为你想要，所以别人就得给？就因为你装得好，别人就必须配合装作不知道你本来是什么样？”

叶南生的脸色从平静到愕然，最后落定在苍白。

但他沉默许久，竟破天荒地没有狡辩，没有反驳她。

“因为他们也是这么对我的，迟雪，”他只是试图解释，“因为我们生长的环境不一样，所以你可能觉得我太偏激了。我知道。”

“可我摸着良心说，我至少从来没有用这样的心来揣摩过你，迟雪，从认识你开始到现在，我一直都——”

“是吗？”迟雪反问，“没有吗？你从没有这么对过我吗？”

“那你为什么把我拉到那次饭局里，叶南生，扪心自问，你难道不是为了用我来气你爸爸吗？”

利用这件事，从来不分轻重。

甚至从你第一次生出微妙的心思，从你第一次付诸行动开始，在你心里，就只有瞒得住和瞒不住的区别而已。

而叶南生怔怔看着她。

这一刻，她的脸似乎完全和某个他并不想见到的人重合。

同样冷静的语气，连质问都平淡，不要结果，因为早已认定。

比起他，“他们”才是真正不给机会的人生玩家。

果然。

迟雪亦并不纠结于他还要再说什么，她的话要么不说，要么说了，即是已经说服自己，不需要别人来添油加醋。

只需要最后的一锤定音罢了。

“我相信现在的情况不是你想看到的结果，也相信你那时候想救我的心是真的，你也的确拿出了六百万，就像我感谢你那天愿意跳下湖。”

“我……”

“叶先生，我被淹过，知道那天的湖水很冷，所以我真的从不否定你为我做的这些——即便这里面多少有你自己自作自受的成分。但我还是感谢你，至少你曾经把我当作一个不能袖手旁观的朋友。”她说。

“只是这并不代表我能装作什么都不知道，也不代表我能够原谅你。”

“迟雪……”

“所以，”迟雪轻轻掰开他按在自己肩膀上的手，“两清吧。这么多年，同学也好，做过朋友也罢，都到此为止了。”

“叶南生，你的所作所为，让我害怕，更让我恶心。”

迟雪推门走进病房时，电视上正在播午间档的狗血家庭剧。

隔壁床的病人一边吃饭，一边看得津津有味。黄玉的床边却依然冷清——只床头柜上多了两只全新的果篮，想来也许是保险公司的人送的。

而黄玉整个人在被子里蜷缩成一团，似乎在睡觉，没有声音，存在感几乎为零。

迟雪看得心情复杂，站在原地愣了好一会儿，才小心走过去，又掀开一点被角。却发现黄玉压根没睡，亦没有闭眼，只眼底下两圈乌黑，两眼发直地盯着前方。

不知道在想什么，

“黄……阿姨。”她于是半蹲下身，又小声问，“饿了吗？吃点饭吧。”

黄玉的眼珠随着她说话的声音方向挪转，却也只是一两秒，又怔然地转回来，随即整个人翻了个面，拿背对着她。

这便是沉默的回避和厌恶了。幸而经历过了昨天那样的场面，对迟雪而言，这种“冷暴力”似乎也不过尔尔。

她得不到回答也不碍事，兀自打开打包盒，任饭香四溢，紧接着，便倾身过去，又拍了拍黄玉的背。

“多少吃一点吧，”她说，“不吃饭怎么恢复，怎么出院——麻仔的身后事还有很多要准备，我爸不如你细心。”

此话一出，果然，黄玉沉默片刻，终于还是转过脸，尝试着直起身来。

而迟雪把病床摇起，摆好桌子，就这样沉默着坐在病床旁的塑料凳上，陪着黄玉吃了一顿午餐。

她们谁都不说话。

倒是迟雪中途被电视声音吸引，抬头看去，只见狗血家庭剧似乎演到高潮处，双方争执不休。

而画面正中的女人瞧着不过三十来岁，容貌艳丽，却哭得梨花带雨，着实惹人垂怜。她恍惚还以为是电视剧的女主角，看了好半天，经台词提醒，才发现原来演的是男主的继母，正抱着男主同父异母的弟弟痛诉男主如何绝情。

她总觉得那双眼睛似曾相识，忍不住多看了几眼。

她低头在手机上一查，却不由得惊讶于这位名叫“薛蔷”的女演员竟然已经四十有七，从样貌上完全看不出来。

反倒是越看越眼熟，越看越——

“迟雪。”

她正在沉思中，旁边低头吃饭的黄玉却不知为何突然开口，又叫了一声她的名字。

她吓得险些摔落手机，好不容易手忙脚乱接住，又满脸疑惑地抬头看向面前人。

黄玉却只面无表情地盯着或者说是瞪着她，并不说什么。

良久。

“对了……”

最终却还是迟雪想起来自己这次过来的本意，出声打破沉默，又从随身的帆布包里掏出那只黑色的密码本，递到黄玉面前。

“那个，你还记得这个吗？”她问，“黄……阿姨。我想知道，这个本子里面记的东西和我有关吗？如果可以，你可以告诉我密码吗？”

她自认为语气措辞已足够礼貌，然而黄玉的表情却在她拿出密码本的同时陡然大变，猛地把那黑色笔记推回到她面前。

“不知道！”黄玉言辞激烈，动作太大，甚至险些推翻了面前的打包盒，弄得一片狼藉。

迟雪忙拿纸巾来擦，却又再被她推开，只听她嘴里仍一个劲念叨着：“你不要来连累我蹚浑水……拿回去！我什么都不知道。”

可什么叫蹚浑水？

迟雪只是对于自己的身世好奇，没料到她的反应会这样大，甚至惹得隔壁床都偷偷掀开床帘来看，只得又默默把黑色密码本装回了原处。

黄玉却还不满意，右手指着病房门，当即就要赶她走。

“以前的事我全都不记得了。”女人咬牙切齿，“你不要来烦我，滚，马上滚！”

“我只是……”

“说够了没有！我要你马上走，听不懂吗？！”

黄玉的声调霍地拔高八度。

迟雪毕竟是个医生，知道黄玉现在的身体状况不宜情绪过激，也不好久留，只得赶紧转身离开。

庆幸的是，病房外头，叶南生不知何时已经走了，她不用再尴尬地应对对方。

但不幸的是，她去看黄玉却又被赶出来的事，和昨天开始便莫名流传在医院的“母女传闻”一起，又一次让她成了话题中心人物。

她倒不觉得这是什么见不得人的事，也没有刻意去压消息或否认。

至多是值夜班的时候感觉到背后多了指指点点的议论声——小刘性子急，会扭头去骂人，说“看什么看看什么看，没看过活着的美女帅哥啊”，她却每每只是被逗笑，又摇摇头，平静地继续工作——全然不察已潜伏在身边的危险视线。

直到次日八点，大夜班结束。

她太久没有这样高强度地工作过，加上昨晚急诊接了一个被捅伤、三个食物中毒的病人，一晚上跑腿就没停过，是以出来时腰酸背痛，正考虑着要不要奢侈一回打个车回去。

肩膀却突然被人轻轻一拍。

“迟雪。”那人低声问她，“下班了吗？”

迟雪被这突如其来的寒暄吓了一跳，循声侧头看，才发现竟是解凛不知何时出现，又站到她左边。

他似乎没睡好，脸色显得很差，如旧的衣衫单薄，越发衬出整个人的瘦削。左肩上的绷带在衣服底下鼓起一团，他的左手是以只能不自在地垂落一旁。

迟雪看得一愣，末了亦只得点头：“嗯，刚下班。”

原以为他不过是来医院看小远，正好和自己撞上。

然而两人简单寒暄几句，解凛却仍完全没有离开的意思，相反，倒是

伸手指了下医院门口。

“我送你回去。”他说。

时间倒回到数小时前。

凌晨两点，诊所对面的公寓二楼最里侧，突然传来敲门声。

那声音匆忙而急促，解凛很快被吵醒，凑近猫眼一看，才发现外头竟是满脸焦急的大波浪。

无事不登八宝殿。

她这次独自一人找上门来，一进门，甚至水都来不及喝一口，便又从随身的包里掏出掌上电脑。

解凛在旁看。

她沉默着，纤细的手指飞快敲击键盘。

很快，电脑屏幕上遂跳转出数个陌生页面。她娴熟地步步操作，终于顺利破译最终界面——虽说早有心理准备，如今再看到，却仍是忍不住倒吸一口凉气。

“头儿。”她遂很快将屏幕一转，“亮相”在他面前，又轻声道，“你看这个。”

“我顺着上次叶南生和白骨的通话记录，黑了他手机，破译了白骨的IP地址，结果从他近期登录的域名开始检索，发现了这个。”

映入眼帘的是个黑底灰字的页面，一条条的白色数据栏。每一栏消息都极尽简洁。

区别是在上端的未回复消息，左侧的小点是表示存活的绿色，落到底端的已回复消息，左侧的小点是“已结束”的红色。

——这是专属于过去某个组织的内部网络。通俗而言，也可称为暗网的其中一种。极难破译，信息机密，能够被放上这个网站首页的，多是被盯上的关键人物。

解凛其实很熟悉这个页面。

不仅是因为他曾经作为内部成员登录过，并将相关消息回馈给警方接头人。

也因为他此刻一眼望去，自己的中英文名字便在其中格外显眼，标价亦尤其昂贵。

但还有一个更贵的。

他眼神逐渐变冷。看着最顶端紧靠着他，那个熟悉的名字：迟雪，

chi xue。

“为什么？”沉默良久，他侧头问大波浪。

大波浪同样也是一头雾水。她只负责破译信息，但是这个网站只显示“需求”，并不表明原因。出现在上面，只说明一件事，那就是“被盯上了”。

她也是被这个消息吓到，心里隐约猜到几分又不敢说，才匆忙找上门来。

沉默的房间里，四目相对。

空气顿时静得可怕。

解凛亦别无选择，只能当即致电曾经的上级。

原本以为这么晚八成要扰人清梦，不想老头子自诩养生退休，此刻竟然也还清醒着。电话一接起，那头的语气甚至比他还要焦急。

“解凛，”老头子说，“你是不是已经找到陈之华的孩子了？消息为什么被泄露了？”

“什么意思？”他的语气依旧平静，心却一点一点往下沉。

“你不知道？总之，是那边的线人发过来的消息，‘他们’已经知道陈之华以见小孩一面为条件，要爆出真正的交易名单，一个小时之前，陈之华也在监狱里被人袭击，对方拿磨尖了的牙刷捅穿了他的肺，现在还在急救中，生死不明——但袭击者已经自杀，没办法套出什么有用信息了。”

老头子似乎在来回踱步。

默然良久，再开口时，话音却终究从愤怒的高亢转作沉痛：“我也只是猜，按照他们的作风，哪怕为了保险起见，下一步八成就是要做掉那个可能存在的孩子了。”

“……”

“为什么不说话？回答我！你已经找到那个孩子了吗？”

老头子说：“总之一旦找到，解凛，不用我提醒，你应该也有心理准备，必须马上采取措施！我想用不了多久，那边派出来的人就会赶到，这次可不是小虾小蟹……你们几个人怎么对付？你应该比我更清楚之前的惨痛代价。”

带着怒意的声音从话筒传出，响彻整个房间。

解凛却自始至终只是沉默。

冥冥之中，某根紧绷的那根弦，仿佛终于到了断裂的关口。

“所以我……”

他能给的唯一的回应，似乎也只有文不对题的半句：“……如果知道会是这样。”

如果知道会这样。

“解凛！”老头子却听出他的弦外之音，语气突然变得严肃，“我说过没有如果！”

“你现在还活着，活一分钟，就有一分钟的价值。现在的结果，你只能想怎么挽救，别给我‘如果如果’，没有后悔药——就像死了的人没办法复活，活着的人更别给我随便想着去死！你以为当时死了，后来这一切就不会发生吗？”

“……”

“总之，那封辞职信我一直没有交上去。”老头子说，“我现在给你两个选择。第一，卷铺盖跑路，三个月期满，按照相关条例，我有权正式解除你的所有职务，删除你所有的卧底材料。你的警衔也不会被保留，你不缺钱，命也硬，到时候实在不行出国找个地方待着养老，没人管你。至于陈之华的事，我会找另外的人接手，让他负责保护那个孩子的安全。”

“至于第二个选择——”

老头子沉默片刻，再开口，坚定的声音，清晰传到他耳边：

“如果你选第二个。那么，作为上级，作为你的师父，解凛，我想我还是有必要对你说：011127——”

“……到。”

“欢迎你归队。”

·第九章·爱你的方式

[1]

迟雪总觉得今天的解凛格外沉默。

尽管平时他的话也很少，但两人之间的气氛似乎从没有这样凝重过，以至于他们前后脚上了 9 路公交车——解凛肩膀有伤，不方便来回折腾，再加上她其实也想和他这样多待一会儿，所以最后还是放弃了打车。

她察觉到他的情绪不高，因此，哪怕是这样没什么距离的并排坐着，她也只是时而低头看着手指，时而扭头看向窗外，侧对着他沉默不语。

眼底的街景在后退。

川流的人群隔着窗，只与她打个照面又分离。

她看着清晨的城市，人间烟火似乎就这样，逐渐蒸腾在早餐摊的白雾和穿着校服穿行街道的少年手中。而此刻，多年前没有上车追上她的解凛，就坐在她的旁边。

“……谢谢你。”于是鬼使神差地，在公交车驶过她过去曾兼职的咖啡店路口时，她突然说。

视线仍然望向相反的方向，唯有双手搭在膝上，却不自觉地揪紧。她说解凛，从重新碰见你开始，我好像一直给你添了不少麻烦。

坠湖事件也好，莫名被牵累绑架也罢。

那些过去似乎离她极遥远的事，突然便毫无预兆地打破了她平静的生活。

命运之轮似乎冥冥之中在飞速转动。

而眼前的人，不管是出于曾经的同学情谊，又或是对一个路人亦无法袖手旁观，但终究是一而再再而三，反复向她伸出了援手。

“解凛。”是以她亦终于鼓起勇气，又低声说，“但其实我很好奇，这几年你到底经历了什么，你这次回来又是为了什么？我已经不想总是，只能从别人的嘴里听到关于你的事了。”

“这几天，只要睡不着，我脑子里就一直翻来覆去在想那次绑架的前因后果。我也想知道，为什么你会那么正好地出现在那里？”

事实上，她亦向来不是个多么精通人情世故和筹谋布局的人，可以看透叶南生，推敲猜测出他的险恶用心，只因为从来不惮以最坏的恶意揣测对方。但是，解凛不一样。

或者说，解凛怎么能一样呢？

她扭头看他。

冬日里的阳光透过窗，渐次地落在他脸上。靠近她的那一侧落在光里，她离得那样近，肩膀几乎要碰到他的肩，因此甚至清楚地看见他落低而微颤的睫羽。每每垂眼，记忆里那颗浅褐色的小痣便浮现。如多年前，是菩提垂目的慈悲。

“我真的不想一直做那个被搭救、被帮忙的人了。”她说，“解凛，也许在你看来我很弱小，力气也不大，危难时候帮不上什么忙。但我们至少都一起经历过生死了不是吗？那一刻，我一点也不害怕。至少我也想要能够——”

解凛。

我也想要能够为你做一点事。一点也好。

我也想要能够在时隔多年以后，不是远远地、胆怯地，而是平等地看向你。

“但是，迟雪……”

她的后话未落。

解凛却在此刻，似乎下了极大决心，忽然亦扭头看她。

他说：“你不害怕，是我最害怕的事。”

这天上午，其实是迟雪第一次在清醒的状态下走进解凛租下的公寓——而且还是在他的“邀请”下。

她为此甚至还先回了趟诊所，上楼把包放好，换了身衣服，卸去一身未散的消毒药水味。她稍作打扮，正要下楼，迟大宇却正好也上楼拿东西，和她迎面撞上。

见她才回来不久又要出门，老父亲又顺嘴问了她一句去哪里，是不是去买菜、家里有，不用她买云云。

明明有现成的台阶可下。迟雪想了想，却终究没有撒谎，而是指向对面楼公寓，说："我去那边坐坐。"

至于那边是哪边。

顺着她手指的方向，其实已很明显。

迟大宇闻言，亦不由得愣了一下——换了从前，这表情配上动作，接下来少不了要逮着她唠叨几句。但不知是不是绑架事件后，他仿佛一夕之间看透了高门大户的波云诡谲，不是他们这样的寒门小户能够"高攀"得起。是以，这次竟也只是愣了一下，就很快回过神来，点头说好，但别麻烦人家，搞得有伤在身还要给你做午饭。

"正好，这个药给人家带过去。"说着，他又顺手打开茶几抽屉，翻出个药膏抛了过来。

迟雪吓一跳，手忙脚乱地接到手里，翻过来一看，才发现竟然是她心心念念的祛疤药。之前顺口和父亲提了一嘴而已，她并没有说是给谁用。

"知道你是给他准备的。"

但迟大宇这会儿却像是有读心的技能，见她表情疑惑，又无奈摆摆手。

"昨天晚上你不在，人家小谢过来换了药，"他解释说，"一检查，我不就看到他身上那些伤了。还有肩膀上那个洞。"

"……"

"是枪伤吧？"迟大宇感慨，"不过还好，只是打在左边肩膀上——最多是影响他左手，以后可能会不太灵活。好好养着还是能养回来的。"

他似乎已经猜到什么，却并不细问，见迟雪还傻站在楼梯口，一副欲言又止的样子，反倒摆手"赶"她。

"去吧，"他说，"记得回来吃饭，爸给你炖汤。回头给人带一碗。"

迟雪遂很快扭头下楼，心里感叹于父亲态度的前后转换，但等亲手敲开解凛公寓的门，入目第一眼看到客厅里坐着的大波浪同薯片仔时，那种微妙的心情，瞬间又变成快要酸倒大牙的奇怪感觉。

她站在玄关处，进也不是，退也不是。

而解凛关上门，一扭头，看她还站着不动，又问她："怎么了？"

"没什么。"她却只把手里药膏交给他，"祛疤的。"

简直牛头不对马嘴地对话。

无奈迟雪的性格一贯如此。一旦遇上她觉得棘手或不愿面对的问题，她就会生硬地转移话题。她说完便照着大波浪和薯片仔的样子，拿过旁边鞋柜上的塑料袋往脚上套。

剩下解凛在旁，手里拿着药膏，竟难得一头雾水，眉头紧皱。

很显然，对于他来说，感受到女孩生气和反应过来女孩生气的理由，难度层级完全呈指数型递增。

整个房间里，最后只有同为女生的大波浪最先反应过来，几乎是一跃而起，又亲切地过去挽迟雪的手。

“迟雪！早就想跟你聊聊天了。”她说，“之前头儿一直不让我们查……了解你，可憋死我了。哇——这么看你皮肤好白啊，怎么保养的啊？”

女孩之间的自来熟似乎总是从夸奖开始。

迟雪的性格慢热温吞，很少受到来自身边人如此直白乃至于喋喋不休的夸奖，竟然一下也被哄愣了。

反应过来，她小声向对方解释只是按时洗脸、隔几天敷面膜、少吃辛辣油腻即可，结果很快又收获了一系列诸如“你好懂啊”“你自制力好强啊”“你脾气好好”的彩虹屁。虽然无可避免有些在自家头儿面前恭维的成分，但是——

等等。

迟雪突然福至心灵，问：“头儿？什么头儿？你们不是男……男女朋友吗？”

此话一出。

比就地敲晕还管用，房间里顿时鸦雀无声。

薯片仔手里的薯片轻飘飘落地，满脸悚然。

而大波浪愣了一秒，对于自己“绯闻女友”的身份说不清是“受宠若惊”还是如遭雷劈，只下意识又瞄了一眼迟雪身后同样表情微妙的某人。

“我……”

这是让不让说真话啊？

头儿，给个准话啊！

服从命令的高度自觉和天降大锅的茫然感搅和在一起，她急得结结巴巴：“那个，他……他什么时候说过我们是男女……吗？也许，以他的说法为准？我也……”

迟雪：“也，什么？”

解凛：“……”

他忽然低头看了眼手里的药膏。在她看不见的身后，忍不住轻轻叹了口气——无法否认，他最近叹气的次数似乎突然多了起来，但也并不全是因为无奈。

只是很奇怪。

人事善变，人心也易变，这世上最简单的就是不复从前。

但他却偏偏在一次又一次地自我试探和审视里，清醒而无法自我欺骗地发现，有些东西大概从来没有变。

于是，越是清醒越是不可控，从前可以忍住的不从心，亦不得不从心。

——“011127——”

——“到。”

——“告诉我你之后的计划。”

恰如凌晨那通电话的最后。

他有太多话想说，关于叛徒，关于陈之华，关于眼下的困局。如果换了其他任何一个人，也许他都会毫不犹豫地启用原计划，勒令对方和自己一起去到北城，配合他完成接下来的任务。

——“第一，请批准我回到警队，启用警力保护，在最大范围内确保相关人员的安全。”

但是——

——“第二，请给我四十八小时核查消息的真伪。如果迟雪——”

——“迟雪？你什么意思，那个什么雪不会就是……”

电话那头的老头子声音顿时慌乱。

老头子对他的情况了如指掌，一个名字出口，已经察觉到不对。

彼时的解凛却没有解释太多，只是在沉默良久过后，又一字一顿，将他所能够想到的唯一“计划”和盘托出：

——“如果消息为伪，迟雪是被误认为陈之华的孩子，实际不存在血缘关系。那么她因此被打乱的生活必须回归正轨。我请求上级协助，抹消她在本市的身份档案，同时给她和她父亲建立新的社会身份，确保她和她家人的安全。这中间需要的经济成本由我来负担。”

——“而如果最后证实迟雪确实是陈之华的孩子。”

——“那么，我请求上级批准，让我尽快回到缉毒前线。只要我还活着，我仍然可以发挥作用。而不是试图通过撬开一个毒贩的嘴，满足一个毒贩的愿望来被动获得情报。”

——“我会竭尽所能向上级证明——没有她、没有陈之华，我也可以做到。”

……

“不是。”他侧头看向迟雪，突然开口，“他们俩，是我带的徒弟，”

[2]

因为受限于身份，解凛依然无法告知迟雪凛冬计划的具体内容，和他任务中所经历的种种——包括他和陈之华之间的交易，他也有意不在她面前提及。

但在这一天，他至少选择如实告诉她，她也许已经因为那位不曾见过面的生父，在无意中被卷入了一起极为危险的事件。

“他当初两面讨好，导致树敌无数，所以他有孩子的消息对外泄露之后，很多人都在找那个孩子的下落。你应该还记得我之前给你的那一小包头发，那是周向东的。”

解凛说：“我们之前也通过上级向监狱提出申请，顺利拿到了陈之华的头发。检测之后，已经证实了周向东和陈之华的血缘关系成立。”

这简直是坏到不能再坏的结果。

迟雪一怔。

尤其是想到自己毕竟年长麻仔一岁，如果黄玉确实曾经是陈之华的情妇，和陈之华保持着长期的男女关系。那么麻仔是陈之华的儿子，她不是的可能性又有多大？简直微乎其微。

想明白了这一层，她的脸色在一瞬间褪至苍白，甚至突然间，又想起昨天在医院自己拿出笔记时黄玉惊恐的表情，想起对方那样暴怒地赶人，还有那句“不要来连累我蹚浑水”……如果这一切建立在黄玉的前夫，她和麻仔的父亲是陈之华的前提下，却似乎，都有了合理的答案。

她的脑子里一团乱麻，既有面对自己可怕身世的不知所措，同时……同时——

“可是，警方也在找陈之华的孩子吗？单纯为了保护？”她抬头看向解凛，“所以，派你出面，从北方回到这里，就为了保护一个毒贩的孩子？”

好像总觉得有哪里说不通。

中间缺少了关键的一环。

她急于知道这中间少了什么，无奈解凛却只沉默着回避她眼神。

此时此刻，亦唯有旁观了凌晨那通电话全程的大波浪又跳出来打圆场："那个，人民警察啊，对大家都是一视同仁的，而且现在都21世纪了，哪里还有父债子偿的道理，姓陈的作孽的时候，迟雪你还没——不是，我的意思是，黄玉的小孩还没出生呢，总之，保护你一定是有道理的。"

语毕，女孩又小心试探："以及那个，方便的话，可以让我拔几根头发吗？要'连根拔起'那种，会有点痛哦。"

迟雪闻言，毫不犹豫地拔掉了头发给她，但转过头来，依旧还是追问解凛那个原来的问题。

"你好像有什么没跟我说。"

她固执起来，依稀还有当年讲题时坚持不懈一遍又一遍的影子："解凛，是吗？"

"……"

"或者我换个说法。"她沉思片刻，"我的意思是，找到这个孩子，对警方、对你，会有什么帮助吗？"

尽管她自己并不愿意接受这个"身份"，但在内心已经将这件事认可得八九不离十的情况下，大脑似乎习惯于先开始理性地分析。

末了，她甚至霍地起身，丢下一句"你们等我一下"，随即飞快转身出门，没多会儿，便又气喘吁吁地跑了回来，交给解凛一个黑色的密码本。

"这……这个。"她拍着胸脯，仍有些上气不接下气，手指戳戳密码本的封壳，"这个有没有用？黄……她说，这是我生父留给我的。"

她猜测，也许就像很多电视剧里演的那样，孩子并不仅仅是孩子，而因为孩子身上负有某种"秘密"，所以才引来竞相追逐。

但横看竖看，如果她的危险真的和生父有关，她搜遍人生二十六年半，和生父唯一的联系，也不过就在于这个从没打开过的密码本而已。

解凛闻言低头，看向眼前这个眼熟的黑色封壳，和熟悉得不能再熟悉的侧边密码锁。

应该说，凛冬计划里的每个卧底，都有一个这样的"记录本"。

他们必须每天如实记录自己的所见所闻和卧底行动的具体内容，无论是最终不幸身死或者顺利完成任务回到警队，这个密码本都是他们卧底"成果"的唯一全程见证者。

只不过，也就在几个月前，他才刚刚亲手向警队交还了包括他自己在内的七本笔记。

梁哥、李叔、吹水仔、七妹……那些曾经鲜活的生命，到最后，只剩下冷冰冰的一捧灰，几页纸。

但眼下放在他面前的这一本，虽然看得出有些年月，却明显要干净很多，很有可能就是陈之华当年未变节时，作为卧底所使用的记录本。

“你有没有试过外力破坏这把锁？”他把笔记接到手里，突然问她。

“没有。”而迟雪摇摇头，“我爸说让我随缘，所以我只在今天带去医院问了下黄……玉，但她说让我不要连累她蹚浑水，不愿意告诉我密码。”

“那就好。”

“啊？”

“这个密码锁是警队特制。”

解凛指了指那貌不惊人看似普通的按键：“如果连续输入五次密码错误或者感知到有意破坏，就会进入自动销毁状态——因为我们用来记录的笔也是特制的墨水笔。但‘销毁’当然也不是指爆炸，而是说里面所有的字都会消失，类似隐形笔，并且无法复原。”

因此，现在光看封壳，还无法判断这本笔记内的内容是否完整，也不好说是不是就是属于陈之华。

“如果你不介意的话，把这个暂时交给我。”解凛说，“我会找人寄回北城，委托对应的部门进行破译和修复。如果有结果，我会马上通知你。”

“好。”

“但是在那之前……”

“嗯？”

解凛将迟雪以为的“最关键利益”——笔记放到一旁，只定定看向迟雪。

“以我对‘他们’的了解，接下来的四十八小时，也就是等待亲子鉴定报告的时间，”他说，“为了你的安全，也为了确定‘对手’到底是谁。迟雪，我还需要你配合我做一件事。”

迟雪赶在午饭前回到诊所，拉着父亲迟大宇在自己卧室聊了会儿天。

末了，如旧用完简单午餐，她便又照着父亲“嘱咐”，提了一食盒的鸡汤返回对面二楼公寓，只不过这次却没待多久。也不知在里头聊了什么，但她离开时似乎受了气，戴上口罩，便埋着头一路跑回了家，把自己关进房间开始补觉。

这么一睡，直接睡到了晚上，连晚饭也没有下来吃。

卧室里黑着灯，迟大宇在外头敲门，半天没人应。

到了晚上九点，小刘掐着点似的打电话来，说是黄玉突然精神变差陷入晕厥。

迟大宇喊不醒迟雪，只能自己一个人冒雨前去。

于是很快，整个诊所都黑下来。

房间里静得只能听到绵长的呼吸声。

床上的人蜷缩在一角，睡姿虽显得极没有安全感，但显然睡得很安稳——毕竟，屋外雨声阵阵没有吵醒她，没锁好的窗户被人从窗外悄然推开也没惊醒她——靠窗的书桌上，很快留下两只湿透的鞋印。

暴雨掀开窗，雨丝点点，水渍从桌边一路延伸到床边。

近了。

女人似乎习惯于靠着墙睡。

这个“坏习惯”，让她此刻正好背对着的床边突然多出一道的高大身影。

直至骤然一道惊雷劈下——

声音惊醒梦中人，白光映亮来者被刀疤横亘的断眉。

他长相恐怖，气场骇人。但此时此刻，尽管占尽天时地利人和，却竟没有直接动手，只伸出手去，又掰住迟雪僵直的肩膀，将人整个往自己面前带，仿佛要确认般看清她的脸——

四目相对的瞬间。

他眉头却骤然紧蹙。

与之相反，是眼前容貌娇艳，一头长波浪卷发披散肩头的女人，倒饶有兴味地冲他展眉一笑。

“不好意思，帅哥。”她说，“你好像找错人啦……而且，私闯美少女闺房是不是不太好？”

不等她再出言“调戏”，白骨陡然发狠一把掐住女人喉咙。

“说。”他逼问她，“人呢？”

短短数秒时间，她已因窒息而满脸通红，不断拍打着他的手臂、胸膛，努力将人往外推。

他如猫逗耗子一般，遂又短暂松开她一瞬，问：“人呢？”

“咳咳……咳……什、么……人不人，我明明只是……”女人低声咳嗽着，满腹委屈，两眼通红，好一副可怜被吵醒的模样。

只等男人终于迟疑，目光由上到下打量她的那一瞬，她却陡然厉声向衣柜方向怒斥一声：“死衰佬，还要看戏到几时？轮到你‘出场’！”

而此时的公寓里。

茶几上敞开的掌上电脑，正连接着一街之隔的监听音轨。

伴随着一应家具稀里哗啦“陪葬”的大动静，大波浪本人此起彼伏的尖叫声——很显然，对面正陷入苦斗。

数分钟后，却听陡然一声演技夸张的“跑了跑了”，紧接着，便又传来重物坠地的声音。

雨声。

雷声。

男人在雨中急速奔跑，不断翻越障碍物的低声喘息声。

解凛抱住双臂，坐在沙发上侧耳倾听。而一旁的迟雪两手抱膝——不察觉两人竟不知何时越坐越近，只同样紧张地竖起耳朵，避免错过任何一个细节。

直到男人最终停下脚步，似乎是碰到了在附近接应他的人。

屋檐下，白骨愤愤接过男人递来的烟，借火点燃。

男人却显得比他沉默且平静很多，一语不发，只静静听他一叠声抱怨着：“真晦气，良哥，你说得没错。解凛和她住得那么近，八成有猫腻。”

“问题是天底下那么多男人没得挑？怎么偏偏挑解凛？又被人抢先一步，都搞得老子不知道怎么和上面交代。”语毕，又是怒意满载地接连吐出几个烟圈。

稍稍平复下情绪，他才紧接着开口问：“反正这边事情不急，不过，他‘那边’的事办得怎么样？”

这次不是抱怨而是询问。

男人和他应当是关系不错，亦不好晾着他，只得沉思片刻，又低声回答：“安排得差不多。等他伤好一些，从医院出来，之后我们会安排人在路上掉——”

话音戛然而止。

“怎么了？”白骨不明所以，当即侧头看向身边同伙。

却见男人脸色阴沉，忽抬手，指向白骨领口下，掩在夜色中难以察觉的小小黑点，随即两只手指伸出，一扯，一碾。

伴随着细不可闻的破碎声，这只微型监听器很快在男人手里报废。

——但“犹抱琵琶半遮面”的消息却已白白送出。

公寓里。

迟雪疑惑地看向解凛，不解他脸色为何陡然苍白，之后又隐隐似渗出某种不可置信的怒意。

正要开口询问，结果反倒是解凛先开口，又问她：“那男的声音，还有说话的语气，你觉得耳熟吗？”

迟雪闻言一愣，第一反应：“你说他的口音？”

岂止是口音。

解凛的手指紧攥着沙发扶手。

沉默良久，他说：“白骨叫他良哥。如果给你猜，你想到的，是哪个 liang？”

良哥。

量哥。

……

梁哥。

不知怎的，迟雪心里陡然一惊，小远天真可爱的面庞又莫名地浮现在脑海。

——“像我爸爸，他以前就没有假，也没时间陪我，但‘死掉’之后，反而能做想做的事……”

——“等我以后‘放长假’，一定也会像爸爸一样，也偶尔从天上回来……”

[3]

住院部六栋五楼。

大清早，刘程陪着导师过来查房。

别看年过五十的导师平日里是个不苟言笑的女强人，对待老人、孩子却一向格外温柔耐心，今日也不例外。走近了，看到病床上身形孱弱的男孩，女人又忍不住怜爱地摸了摸他的脸。

“小远，”她小声问他，“最近还有没有发烧？咳嗽出血的情况多不多？”

“如果身体不舒服的话，记得，要通知医生或者护士姐姐，不能像上次那样，最后搞得情况很危险，知道吗？你爷爷会担心你的。”

“小远乖。”

孩子年纪不大，才刚满七岁，瞧着却至多不过四五岁的样子，消瘦苍白，脸上常年没有血色——幸而性格是好的，没有像其他很多饱受疾病折磨的孩子，要不变得阴郁自卑，要不变得暴躁易怒。

她这边温柔嘱咐，他每每乖巧点头，一双黑葡萄似的大眼睛看着她，

一眨不眨，很是认真。

直到两个医生先后离开，小远却突然掀开被子，慢吞吞从床上挪下来，随即去了同层楼另一边的男厕。

门上挂着“清扫中”的标识牌。

他并不意外，只上前去敲门，三下又三下，门很快打开一条缝。他仗着个子矮，泥鳅般钻了进去。门关上的同时，他亦一把抱紧了男人的腿。

而男人由他抱着，伸手揉了揉他的头发。

“小远，”低沉的男声中，隐约听得出愧疚情绪，“听爷爷说，你最近一直在打针。”

“嗯！不过我都没哭哦。”

“你很勇敢。”

“因为我是爸爸的小孩啊。”小远抱着男人的腿，像只瘦过头的树袋熊，说罢，又抬起头来，亮晶晶的眼睛看向他，“我是警察的小孩，警察都是不怕苦不怕累，不流眼泪的。我也可以做到。”

有好几次打针的时候，小解哥哥在，他就是这么跟他说的。

梁振的表情却在听到这番童言稚语后微微一变，只是当着一个孩子的面，却终究不好说什么。他也只能拍拍孩子的肩膀视作鼓励，而选择性地忽视了一点：他和解凛根本不同。

他从来不是正编的警察，而是一个行走在灰色边缘的线人，如果顺利完成任务，或许他能够“弃暗投明”，在太阳底下开展新的生活，偏偏在临门一脚时，却走向截然相反的道路，以至于如今——

如今……罢了。

梁振冷下脸来，不愿再继续想下去。而这逼仄而短暂的亲子时间，也已是他海绵挤水般挤出来的宝贵空间。

没五分钟，厕所外头便有人拍门，他无法再久留，最后叮嘱了小远几句，如果缺钱就用之前给爷爷的卡，要好好照顾身体，要是“天使姐姐”有消息一定要告诉爸爸。他很快拉高口罩，恢复来时乔装的清洁工装扮，打开了厕所门。

他推着小推车去了楼道的清洁间，换下衣服，戴上帽子，随即快步离开了住院部。

然而，从前一向没出过岔子的小路——在他拐入医院右侧的小巷，翻过第三道围墙时，他却清楚地听到了不属于自己的呼吸声。

就在背后不远处。

他的动作已经很快，但那个“追击者”显然更快。他挥拳的瞬间，身体右侧露出破绽，那人瞬间矮身右撤，紧接着手臂横过他脖颈——快、准、狠地一记锁喉。

熟悉的果决和狠辣。

他瞬间意识到来人是谁，当下也不留情，用尽全身力气挣扎的同时，乘人不备，左边手肘猛地击向对方肩膀——正是解凛此前枪伤的位置。

他得以脱身。

但也只有三秒。

决意要跑的同时，一只短匕从身后横过了他的脖子。

“别动。”凉薄的声音近在咫尺。

——关键时刻，解凛竟然忍住了痛，拦住了他的去路。

狭窄的小巷只有直路没有分岔，已退无可退。梁振只得停下脚步，又叹了口气，侧过头，向这位曾经的队友扯了扯嘴角。

“好久不见，”他说，“解凛，看到你还活着，我为你开心。”

说罢，梁振眼神低垂，又看向距离自己脖颈也许只有几毫米的刀尖。

“你的立场好像不方便做这种事，”他提醒，“解凛，不如我们聊聊？”

看来昨天的窃听器确实已经把他的身份全部暴露出去。这个时候装相也没必要，他索性坦荡：“你来找我，是要问什么？我不觉得你的性格能对我下手。”

“梁振。”解凛却只是冷冷叫他的名字，“梁哥，你知不知道，七妹死的时候几岁？”

“……”

“还有吹水仔，他父母在闽南。他从出生到死，没有几块钱能寄回去，他的父母六十多岁还在住土屋——下雨的时候漏水，房子里到处是水盆。你知道吗？他死之前还剩最后一口气，只能在我手心里写字，他给我写了个‘雨’字。”

“我不久前去见了他父母，不敢告诉他们吹水仔已经不在了，只用吹水的名义给他们买了一套新房子，他们还留了一间给吹水——说等他忙完回来了，看见能住新房一定很高兴。他们都觉得吹水活了二十几年，最大的愿望是有一个自己的房间。但他们不知道，其实吹水最大的愿望，到死，只是希望是他父母有个能遮雨的屋顶。”

那短匕在话落瞬间逼近男人脖颈，刀刃冰凉，再一寸就要见血。

梁振的脸色极难看，却亦不敢挣扎，只能强行冷静下来，也劝对方“冷静”——甚至不惜拿他早已抛诸脑后的警员誓词提醒对方。

“你的立场不能做这种事，解凛。”

“为什么要背叛？”

“你一定要我把理由说得清清楚楚吗？”梁振说，“你刚才不是已经说完了吗？吹水仔就是过去的我，如果他能活下来，也许再过十年，他到了我这个年纪，也会成为下一个我。”

家徒四壁，最穷的时候穷得捡烂菜叶吃，活了半辈子都没什么出息，后来跟着自家兄弟走南闯北，想着做些货车运输生意混口饭吃，又被人诈骗，把钱骗了个干净，讨债时误杀了人，被判入狱十年。

妻子离开他，只留下年幼的孩子，他不敢告诉孩子自己的处境，只能痛哭流涕求律师骗孩子自己出了远门，最后，甚至和老父亲一起，为他编织了一个善意的谎言——于是，从小到大崇拜警察叔叔的小远，便有了一个正义善良的“警察爸爸”。

却不知，是否老天也听到了这个可笑的谎言，于是给他开了一个玩笑。

入狱第五年，他因为表现积极突出和长期混迹全国各地、颇善交际的经历被警方看中。招募他为重要线人并派往“前线”。此后，他便长期潜伏于金三角和云南周边。名义上，他是和边境组织来往密切的货车司机头子，私下里，却多次为警方提供重要接头消息，也帮助破获了几宗大案——一直到凛冬计划的重启。

这项计划横跨数十年，有相当一批人如他这样，早早潜伏，到用时才被归类。

因此，说实话，知道三期的领头羊是个才二十出头的警方新人，甚至取代了一直和他接头的方警官时，他是有不满的，只不过常年的线人生活让他已经习惯于掩藏自己的情绪——也一直藏得很好，甚至可以和对方称兄道弟，表面上演得推心置腹。

“但我是人，是人就会累。”梁振说，“尤其是这样的生活看不到头，甚至越走越黑的时候。我老婆跟了我十年，你懂吗？结果她和别人跑了，理由大概是对方比我能赚钱，也比我体贴，至少每天都能陪着她。”

“而我老爸呢？你也看到了，他快七十，省吃俭用一年赚不到两万块钱，靠给人蹬三轮送菜赚钱。”

他不是没见过钱。

这么多年，赌桌上、交易桌上，美钞比纸还轻贱，黄金堆得比山还高。他给老大点烟，对方拿金条给他当小费。

但是时时刻刻，还有戒条约束着他——他是线人，一旦犯法，一切前功尽弃。

因此有了钱，他也不敢用，更不敢花，害怕被重新抓回牢里，甚至面对更重的刑罚，如若这样，他要什么时候才能见到自己的儿子和老父亲？

从十八岁出门闯荡，到二十四岁坐牢，二十九岁出狱，整整十一年，他给家里寄回去的钱还不够小远发病之后，一个月住院的医疗费。甚至光是他打官司请律师的钱，就让家里的老父亲多辛苦了八年才还清，为此佝偻了背。

这样活下去，还有什么意义？

那时他问自己。

一眼望不到头的痛苦，一眼就能望到头的生活，哪怕他任务成功，回到了家乡，可有案底在身，最多也不过拿个几十万的奖金苟且度日。但有许多线人的前车之鉴，他和家人的余生也显而易见，仍然会受到无穷尽的生命威胁。他离开了监狱，余生却都还在服着无期徒刑。

"解凛，"梁振说，"你没吃过没钱的苦，没有需要考虑的家人，你孑然一身，你高尚，但是我做不到……我只是换了个活法而已，你明不明白？"

反正李叔已经活了五十多岁，该享的福都享过了；至于吹水仔和七妹，本来也是街上的小混混，后来被收编都不过是"杂牌军"，要是没有他好心，他们早就被人砍死在金三角或沉尸湄公河，能活到这个年纪已经是偷来的。

还有解凛，他就更没有对不住的了。

毕竟他还需要一个"好名声"，需要有一个人为他"做证"，做线人的那几年，他没有对不起任何人。

"我甚至还为你挡了一枪，解凛，你忘了吗？"梁振指着自己的左前胸，"那一枪的确差点把我杀了，但保下了你一条命。我自认为没有什么对不起你的。"

"那些死了的人来找我报仇就算了……你为什么要跟我过不去？解凛，我们完全可以各走各的。"

"闭嘴。"

"解凛——"

"我让你闭嘴！"

解凛额头上的青筋直跳，甚至于紧握短匕的手也开始颤抖。

就在不久前，他亲手交上去的记录本，他亲口讲述的逃亡经历，每一桩每一件，都让梁振在官方眼中成了可受嘉奖的对象，对他家人的补贴亦正在审批中。

他没有任何证据——包括昨天晚上的录音，因为获取的途径并不“正规”，也无法作为正式的证据被采纳。

因此，他要他血债血偿不假，但亦如梁振所说，他没有做这件事的立场。

而也就在晃神的这一刹那，梁振突然出手，将他的手腕反向一折——尽管刀尖向上割破颊边，仍然面不改色——随即就这样后退数步，快速退出了解凛可控的“危险范围”。

“到此为止吧。”

昔日的同伴，如今就这样在五步外沉默对峙。

梁振说：“解凛，你知不知道你最大的缺点是什么？”

“……”

“是信任，你太容易相信你认为的‘自己人’了。”他话有所指，“但是有的事没有表面上简单，也并不是说出来的话都能做数，很多人只是表面上做做样子，实际上心里想的是另一套。”

“比如你吗？”

解凛冷笑。但他终究没有去捡地上的短匕。

而梁振亦没有回答他的质问，只话音一转：“把陈之华的孩子交给我。之后的事，看在你对小远很好的份上，我可以放你一马。”

“你们打算做什么？”

“某种程度上来说，和你的目的一样。”梁振说，“但，我们的要求是‘only alive（只要活口），且势在必得’——这是我唯一能告诉你的了，解凛。”

迟雪下班时，正好下午六点。

解凛早在医院门口等她，这会儿见她出来，亦走上前。两人并肩往公交车站走。

“你在这边等了一天吗？看起来好累。”

她观察了他半天，最终，却仍是忍不住开口询问：“从早上送我过来之后？我还以为你只是说……”

只是说上下班来接送一下，确保安全而已。

毕竟医院附近已经进驻了警方的便衣，按理来说，对面也不至于在这样人来人往的地方动手。所以为了不打草惊蛇，她才会继续过来上班。

早知道这样的话。

她想。也许中午应该打个电话问问他在哪儿的——那至少可以一起吃个午饭。虽然迈出第一步很难，但也许，有了第一次，也会有第二次呢?

解凛却没有体会到她心思的百转千回，只是冷静地点点头，又补充说:“在这附近正好有点事。”

“……”

所以不是专程为了她一个人?

迟雪没说话，沉默着上了公交车，只是两人如旧并排坐着。她看着窗外傍晚的夜色，往来的行人，心情却仍是忍不住又低落下来。

虽然可以理解，但还是怅然。

她对解凛的许多事都是如此。

有时也会忍不住想，也许他但凡解风情一些，或是更加理解女人一些，很多事不会那么让人“难以启齿”——但无奈转念一想——这似乎比让他抓十个犯人还难，于是也只能作罢。

她长叹一口气。

旁边的人却突然开口：“迟雪。”

“嗯？”

“为什么叹气？”

“啊……”

还以为他在想事。

原来也听到了。

她只能现编借口，一时说工作强度太大腰酸背痛，一会儿说想到了最近发生的事，总之就是不能说真话。

解凛却似乎听出了她结结巴巴语气背后的心虚，侧过头来，定定看了她一眼。

那眼神落在她脸上很久，似乎是从眉毛眼睛到鼻子嘴巴，一点点游移过去。

如她许多年前，也曾这样看他——在分别前，她在教室门口，也是这样一点一点，试图永远记住他的脸。是以时隔多年，那次在阳台上的骤然“重逢”，她还是一眼便认出他。

好像他从未离开过那样。

她突然有了某种不祥的预感。

是幻觉吗?

迟雪一怔，反应过来时，自己的手却已先她的脑子一步，伸出去摁他放在膝上的手，冰冷的温度从掌心传递到心脏某处。

她慌了神，就那样紧捂着他的手，好像在挽救一个濒临死亡的人——他的手那样冷，如她今天登记的，那个被白布覆盖着推出病房的病人。

而他许久没有动。

“迟雪。”最后，亦只是说了句牛头不对马嘴的，“要去买菜吗，做晚饭。”

“啊？”

“之前一直喝你爸爸送给我的汤。”

而解凛解释：“但我还没有回过什么。”

说实话，明明解凛怎么看都不像是个有生活气的人来着。

带着解凛走在菜市场，迟雪总莫名有一种“暴殄天物”的感觉。

大概他这样的人，你能想象到他刀尖舔血，想象到他铁面无私，甚至想到他戴着胸花接受表彰或是如电视剧男主角一般冲锋陷阵所向披靡的画面。毕竟他那张脸摆在那儿，就足够充满说服力和戏剧张力。

但是……要怎么才能想象他挎着两个装蔬菜的袋子，然后陪你站在肉摊前挑哪一块“五层楼”看起来卖相更好的画面？

尤其现在还不需要想象。

事实胜于雄辩。

迟雪在风中凌乱。

解凛却似乎对这样的情况乐在其中，拎起挑中的那块五花肉，给钱，还没要人家的找零。

迟雪这才注意到，从刚开始到现在，他似乎一直没有用过任何的手机支付方式，连公交车上投币也是——当然，也包括微信扫码。

她于是又想起了当初加好友时，旁边那冷冰冰的三个字“已过期”，心里的酸味又泛上来。

到紧接着去买鱼的时候，她忽然抢着结了账。

“我扫你吧？”她问那小贩，边说边熟练地扫码付了钱，剩下解凛一脸疑惑地看着突然积极起来的她。

迟雪还等着他问她微信要转账，结果等来的是一句：“买完了，走吧？”

他提起那条还活蹦的鱼。

迟雪险些脚下打滑摔个趔趄，终于忍不住，等到卖葱的时候，她还是旁敲侧击，主动问他："那个，你不用微信吗？"

"不用。"

"啊？"

"我不爱用那个。"

撒谎。

明明去年还在群里帮人家回学校拿过资料呢。

迟雪说我不信。

而解凛正好挑完葱在结账，腾不开手，索性直接把兜里的手机抽出来递给她。

"密码是9503——"

等等。

他突然反应过来不对，连找钱的手指都瞬间僵住。然而迟雪脑子在这种方面一向转得慢，却还没反应过来是为什么，正怔怔看他等待下文，手机却被他拿回去，快速指纹解锁，放回她手心。

"你自己看吧。"他的声音竟难得的有点僵硬。

迟雪遂低头去看手机。

果然，屏幕上能看到的APP寥寥无几，甚至没有微信、微博等社交软件——基本可以说，除了通讯功能外，是什么多余的作用都没有，连通讯记录都是空的。

他似乎习惯删除所有的蛛丝马迹。

这也太干净了吧？

以至于迟雪亦忍不住，突然鬼使神差地想：像他这种人，靠网上的那种小伎俩，一定查不到出轨。

呃，不过，解凛这个性格……他能有老婆吗？

她心理安慰了一瞬，但转念一想，可是光看他的脸肯定也有很多人喜欢啊……毕竟自己当年也是……

不对不对。

她心底的小人又猛地左右晃动脑袋。

但是他肯定不会对投怀送抱的女生有那种想法啊！他那种性格！连女朋友都没有来着。

那个，应该不会吧……

她脑子里乱糟糟的。

"迟雪。"解凛叫她的名字，声音仿佛是从有点距离的地方飘过来。

她悚然一惊，回过神来，才发现自己已落后对方太远，忙又揣着手机追过去——眼前却并不是另一个卖菜的摊位。

“豆粉糍粑，八块钱一碗。”

摊主甚至是个年轻的小哥，见来了人，手里仍打着游戏，抽空抬头看了一眼，又笑着招呼他们：“美女帅哥，来一碗吗？”

“要吃吗？”于是解凛问她。

迟雪心里想着贵，但还是不知怎的点了头。

于是原本就在她心里“暴殄天物”的买菜场面，到最后，索性更添了一笔“单方面奴役”的即视感——她手里什么菜都没拎不说，出了菜市场，甚至还端了碗香喷喷的豆粉糍粑在吃。

而很久没吃过的味道，果然总是勾起久违的怀念。

她跟在解凛旁边，小口小口地吃了半天，突然又问他：“你怎么知道我喜欢吃这个？”

解凛：“猜的。”

“……”

那点演偶像剧似的浪漫感瞬间在某人的不解风情中烟消云散。

果然。

根本就不该做梦他会记得他们之间的第一次见面。

迟雪也不好真的说什么，只得忧愁地低头，继续吃她的豆粉糍粑，却并没注意到解凛此刻的表情。

想来是冬天入夜早，才不过六点多，没到七点，天黑得却像是深夜。夜色掩盖了所有微妙的情绪。

寒风凛冽，路人从他们身边走过，裹紧大衣行色匆匆。擦肩而过的瞬间，他忽然下意识站得离她近一些。

迟雪的肩膀就这样碰到他的手臂，才惊觉他们不知何时已然挨得太近——但这样也很好。她心想。她闻到他身上一如既往的淡淡皂角香气，没说什么，就当作没发现般，继续低头专注于吃。

他却冷不丁回头，去看他们的影子。

黑色的影子长长拖行在脚下。

她的头因为低头吃东西的动作，一点一点地起伏，影子遂也跟着一点一点地起伏，恍惚让人想起多年前那个“出走”的夜。

她走在前头，一马当先，头也是这样一点一点。

不过或许是因为在啜泣的缘故，要抽噎一声，然后才落下去。

而他跟在她后面。

他心里其实明白，只要追上去就好了，说几句软话吧，说自己其实不是生气，是担心连她也像那些人一样看不起他嘲弄他吧。

说他就是个克星。

说接近他的人似乎都没有好运。

哪怕她现在不这么想。

可是未来，当她也被厄运折磨得焦头烂额的时候，或许就会回想起那些被他“克死”的人吧。

人就是这样。

十八岁的解凛想。

只要有可以憎恨的人转移愤怒，就会宣泄愤怒。

而他可以接受所有人的愤怒。但不知道为什么，他不愿意也不能去接受她愤怒和指责的表情。

那样的话……太绝望了。如果连她也这样对他……不要，他希望连这个可能都不要有。

他是如此恐惧着被她厌恶或抗拒的自己。

但是很奇怪。

彼夜恰如此时夜，目送她坐上公交车，看着她背对着他坐在明亮干净的车厢里，他的心情好像忽然又变了。

他变得可以承认自己的命运，可以接受任何一种残酷的可能，因为他想——如果自己真的是这样的人，活该接受这样的命运。

公交车缓缓驶离车站，他没有回头，脚步却突然轻快起来。

他想，那至少她还没有被连累，真是太好了。

十八岁的解凛，和今日的解凛，突然冒出同一个想法。

[4]

迟雪也是第一次知道解凛原来还会炖汤的。

虽然之前看到过他熬粥，但是总觉得那还属于单身——咳，独居男性的基本生存技能，煮个面熬个粥之类的不在话下实属应当。

但炖汤……总感觉解凛似乎有些了不得的技能天赋在身。

而她因在家里也多只打打下手，反倒帮不上忙，只能在旁看个火候、递个碗洗个筷子什么的。

迟大宇被邀请到公寓里来吃晚饭——顺便还参观了下卧室。反复再三确认了迟雪在这里“借住”两天，两人的确是一个睡床一个睡沙发后，这才放下心来。见解凛没多会儿弄出来这四菜一汤，更是赞不绝口。

“小谢，看不出来你还有点厨艺傍身啊。”老迟满脸宽慰，“不像我们家小雪，我在家是一直不舍得她下厨的。厨房里总烟熏火燎，怕熏着她。这么一看你这孩子，确实是不错，很不错啊。”

他就差没把“以后我女儿估计下半辈子在家也不用做饭了，甚好甚好”写在脸上。

而事实也是如此。

从得知解凛的“绯闻女友”只是一个乌龙闹剧后，他对于自家女儿和“对面小谢”打交道的态度，简直来了个一百八十度大转弯。

不然换了从前，迟雪提出为了安全起见要在对面公寓借住两天，那他是打死都不可能答应的。

“好了好了。”迟雪一听，唯恐自家老父亲又旧事重提，在解凛面前乱点鸳鸯谱，急忙又拉着他在餐桌前坐下，连声道，“来吃饭吧，菜弄了好久的，爸你试试味道。”

结果这话似乎是给了老迟某种错误的暗示。

一道煎鱼，一碗乌鸡汤，配上一碟清炒时蔬同西红柿炒蛋。

简单家常的菜色而已，愣是给老父亲吹成了满汉全席，一时夸调味，一时夸卖相。

末了，话题更得寸进尺落定在：“看不出来，小谢是个好男人啊，就是不知道我们家小雪有没有——”

有没有什么？

有没有福气下半辈子都吃你给做的菜？

迟雪实在太了解老迟，吓得狂给父亲夹菜，用一碗满当当的鸡汤，才勉强堵住了他的嘴。

好不容易一顿饭吃完。

迟雪和在家里一样，吃完饭便打算洗碗，结果老迟又按住她，作势站起身来，道：“让我来洗让我来洗。”

但哪能真让他一个长辈做事？

解凛这点人情世故还是懂的，当下先起来收拾了碗筷，说：“我来吧。”语毕，便端了碗筷进厨房。

迟雪心里觉得不好意思，但这么当着老迟的面跟进去似乎也不好，正想着怎么办，一扭头，却见老迟冲她挤眉弄眼，嘴里咕哝道：“小雪，不错啊。”

什么不错?

昨天她并没有向老迟完全复述解凛告诉给她的“生父身份”，只简单说了也许会有仇家，因此常年生活在老街这种混乱地界的老迟对此似乎并没有完全实感，反而一心只注意到了自家女儿和“对面小谢”之间的氛围变化。

“……爸！”

好半天过去，迟雪这才像是意识到什么，突然面红，又按住了老迟乱指挥的两手，轻声道：“你别在人家面前瞎说！八字没一撇的事，我们只是老同学，我不是跟你说了吗？”

“老同学更好啊，老相识啊。”老迟道，“之前觉得他就是脸长得好，现在这么一看，嘶，还会做饭会洗碗的，这年代打着灯笼都找不着了啊。不像是小……那个谁那样的大少爷，爸就担心你嫁过去吃苦被公公婆婆欺负什么的，刚才听他说，那他家里……”

迟雪：“好了好了，爸你别说了。”

眼见得解凛正好出来拿东西，她吓得险些没捂住他嘴，心想她爸这是什么谈话天赋在身，短短一席话，全踩雷点上了。

结果老迟一看她那紧张样，反倒乐得呵呵笑。

一直磨蹭到八点多才舍得走。

临走前，他还特意当着解凛的面叮嘱迟雪，说等之后“事情”结束了，一定还得请人家小谢到家里用顿便饭——

但他又哪里知道，所谓的“事情”并不是两天就可以结束，而仅仅是个开始。而不管这个结局是好是坏，也许他们都不得不远走他乡避祸。

迟雪听得心里直发酸，却不好拆穿，只连连点头说好。

等门关上，公寓里又只剩下她和解凛两人，她才想起来和他解释：“不好意思啊，”她开口叫住准备去洗澡的解凛，“我爸那个人，性格一直就那样。”

她说：“他就是特怕我在外面吃苦，所以到哪儿都特别护短……不分场合的。我小时候，我记得我舅舅到我家吃饭，我爸炖了个鸡，然后他刚一上桌，别人都还没动筷子呢——他就先拆了鸡腿给我。后面看他们不吃，又把另外那个也夹到我碗里。”

偏偏她舅舅又一向是个直肠子，说通俗点就是不会说话，一见迟雪人那么丁点，碗里菜堆那么老高，立刻便开始阴阳怪气。

她学着舅舅当时的语气："哎呀，既然不想请别人来，就不用假惺惺喊了呗。大老远喊来了，结果好饭好菜也不给吃，就给吃点鸡屁股？"

连说带比画的，学得有些笨拙。她说完便开始不好意思，轻咳两声，想接着解释。

解凛看着她，却突然笑了。

尽管那笑很浅，但并不是稍纵即逝——他什么也没说，只是就那样看着她，莫名地，笑得垂下眼睛来。

她又看到他掩在右眼眼皮下的那点浅褐色小痣。

这次却不觉得是什么"菩提垂目"，反多了几分天生的韵致。

"挺好的。"末了，他说，"我觉得你爸爸很好，迟雪。"

"？"

"我到现在还记得，"解凛话音淡淡，"从前有个人跟我说，评判一个父亲的好坏，不应该看他贫穷还是富有，或者单单看他性格好还是坏，大方还是小气。"

——"亲情这种事，所有的客观好坏，在主观好恶面前都是要让路的，所以才会有养恩亲恩、富而不养这种亘古难题。"

——"所以啊，小解，一个父亲他好和坏，唯一的评判标准，其实只有他爱不爱他的孩子。"

——"不爱你的人，永远对你的痛苦熟视无睹，只有爱你的人，才忍受不了看你受一点苦。"

"用这个标准来说，你爸爸值得一百分。"解凛说。

语毕，少年时便有些小洁癖，且忍受不了半点油烟味的某人，终于得以进去洗手间。

迟雪还在原地苦思冥想那个给他讲"标准"的人是谁。

洗手间里，水声倒是很快"哗啦啦"响起。

迟雪后来亦洗完澡，进卧室换了睡衣，整个人窝在绵软的被子里发呆——被套床单亦都是解凛昨天新换过的，上头还有洗衣粉未散的香味。

她头埋在里头，忽又想起今天公交车上解凛的眼神，想起他那些"不像他"的行为，想起他刚才突然的笑容。她心里莫名燥得厉害，却并不是因为纯粹害羞或是喜悦的情绪。

相反，她心里总有块地方酸涩难受，觉得怪怪的。

而后来的敲门声亦果然证明了她的猜测。

“迟雪，你睡了吗？”解凛的声音在一门之隔外飘进房间。

她吓得惊坐起，下意识检查自己身上的睡衣有无不妥，又打开手机自带的镜子检查了老半天，这才起身打开房门。

解凛就站在门口，如旧一身简单的白T恤配运动裤——成年后他似乎没了睡衣睡裤之类的精致习惯，要保持随时都能走的状态，因此有专用的一套衣服替代睡衣的存在。

迟雪问他：“有事情吗？”

解凛说：“出去坐坐吧。”

显然在一个女孩的卧室里聊天不太妥当。

即便这个卧室……也才属于她刚刚二十四小时而已。

迟雪遂乖乖跟着他出门，一走出去，这才发现他手里似乎拿了什么，看着像本存折。

等两人在沙发上坐下，再仔细看，果然是。

“这个给你。”

最后，她甚至有了近距离观摩的机会。

递到面前，不接也不好，她只得有些茫然地接过那红本，在解凛的授意下，又逐页翻开看，才发现里头起初是每个月一笔笔整两万的进账，占据了好几页的篇幅。想来应该是过去他提起过的叶家发给他的“零用钱”。

到了近几年，却变成一些零碎的钱，三千五千都有。

而最近的一笔则是三个月前，有一笔二十万的大钱打入户头。

她对数字还算敏感，简单粗算下来，很快推测存折里的钱应该不会少于两百万，甚至更多，却仍不解他为什么要把存折交给她。看完了，她又试图塞回他手里，结果又被他反手推回来。

“你喜欢什么样的城市？”他问她。

没头没尾的一句话，迟雪被他问得一分神，反应过来，才发现自己原已下意识接住了那如“烫手山芋”般的存折。

无奈解凛却表现得无比正常，像没做过这种声东击西的小小坏事，甚至坦荡得很，又问她：“苏州怎么样？听说风景不错，山水也养人。”

“我没去过。”她讷讷，“但，应该都挺好的吧？我一直生命力挺顽强的，在哪儿感觉都差不多。”

这点她并没有撒谎。

在北城也好，南方也罢，她的迟钝让她很难感受到环境的剧烈变化。好像在哪儿都是那么过：三点一线，工作或者学习，最后回家或回宿舍，到现在依旧如此。

除了解凛这个“意外因子”，给她的生活带来从未有过的期盼和惊喜。她的日子总是寻常，总是安静。

“哪里算顽强了。”他却突然像是感慨，双手撑在沙发上，忽地向后靠——只是，似乎很久没有这样放松过，永远正襟危坐的人一旦松下那口气，反倒不适应起来。

他已不再是十七八岁，在家里坐没坐样的男孩，但仍然坚持于用这样尽可能轻松的语气和姿态和她道别。

“小老师。”他说，“人的生命是很脆弱的，我其实很抱歉，把你卷进这些事里来。”

“解凛……”

“这从来不是我想要的结果。”

她被那句突如其来的“小老师”镇住，一时词穷，只怔怔看向他平静的面庞。

解凛却偏偏闭上眼，逃开她难得勇敢的“窥伺”。

沉默良久，他亦只是轻声说：“我想你适合平静的生活。像今天这一天，早上早早起床、上班，家人给你做早餐，给你带上一份便当。忙碌的一天工作结束之后，偶尔会去菜市场买菜。哪怕是路边摊也可以吃得很开心。”

而且看样子，有她父亲在，她大概会能嫁一个不错的丈夫。

至少不会让她在烟熏火燎里度过自己的婚姻生活，而是包揽下家务和做饭的责任，让她度过许多个悠闲的晚上。

当然。

她和丈夫应该不会一个人睡床一个人睡沙发。

解凛无声地失笑。

只不过转念一想，心说如果是小老师的话。她要嫁谁，房子也会比这个房子更大，宽敞而整洁。沙发应该也会比这个更软一点，嗯——像他以前住的那个，也许稍微够格。但还是窄了，要更宽一点，皮质也要好些。

他送她一个吧。

如果那时他还在，能参加她的婚礼。

“小老师。”他说，“总之，拿着这笔钱，之后找个舒服的城市生活吧。钱不算多，但是应该也够在普通的二三线——”

他的话理应算得上是安慰的。

只可惜，后话戛然而止，止于突然倾身而来的一个拥抱。

她抱住他，紧贴着的身体传递着无声的热度，她的头发垂落在他颈侧，有未散去的橘子味洗发水的香气。她抱住他的脖子。

而他的手僵硬地垂落两侧，放也不是，不放也不是。

她却在加深这个拥抱。

“你骗人。”她说，“解凛，你为什么不敢看我？”

“……”

她的手其实亦在发抖，恨不得灯全熄灭，不叫她的表情先于心情泄露情绪。

可她分明却又在叫他看她。

一片死寂里。

分不清是谁的心跳如擂鼓。

她却只是凭借本能不断与他贴近。

“解凛。”她的头也埋进他的颈边，又重复问了一遍，“为什么闭着眼？你在说假话。”

明明是冬天，在没有暖气的南方，本该觉得冷，但过于紧贴的脸颊和侧颈却纠缠出黏腻的汗意。他在出汗。

“迟雪……”他睁开眼，推她，然而推不开。

她似乎铁了心要和他在今晚“一决胜负”，反倒是他的手不知往哪里放——上一寸或下一寸都太不妥。

但他也是个正常男人，没料到原本的诀别会发展成这样，无措的情绪终于盖过了伤感。他尽量避开敏感部位的相碰，但是睡衣和运动裤——该死。

“迟雪。”他的声音终究无可避免地嘶哑，“你起来。”

“为什么赶我走？”

“你起来。”

“你最近很奇怪，真的很奇怪。”

“先……起来。”

如果她此刻抬起脸，也许会发现一丝从未在解凛脸上出现过的窘迫表情。

他满头是汗，手指几次想覆上她背——为了把她拎起来，但考虑到这样拉扯会导致睡衣前襟出现怎样春光，终究是无法强制操作。

他不敢……冒险。

毕竟，纵然他对男女之间的情事没有概念，但起码也知道自己现在这种反应意味着什么。

他突然又想起很久之前吹水仔的话。

——“谢哥，昨天那美女身材那么辣你都不感兴趣，不会是不举吧？”

——“老大给的妞儿，你就让她在沙发上睡了一晚上？”

——“你就别说他了，他守身如玉呢，是不是平时‘那片’都不看啊——对了，好兄弟，这好东西哥是看熟了，分享给你得了。”

——“普及性教育人人有责，举手之劳，不用多谢。”

——“……闭嘴。”

话说到这地步，要是是一个经验丰富的姑娘，大概也知道言下之意所在。

偏偏他碰到的是迟雪。

这厮还在纠结他都没空纠结的问题。

“解凛，你告诉我发生什么事。”

“不过，反正，不管你怎么说——总之我不——”

忍无可忍，他一手揪起她前襟，另一只手托住她的背。

两手用力，两人之间的位置瞬间掉了个个儿，她被他压在底下，通红的脸上是愣怔的表情。

他手即刻松开，迅速想要抽身。

不想她的反应竟快起来，两手绝不松，死死扣住他脖子。他想挣脱就要弄痛她的手。

他不会的。

真是盲目——又的确有用的自信。

解凛平生没有过这么憋屈的时候，脸上的红说不清是急还是气，语气竟也不复一开始的从容：“我只是想你过安稳一点的生活，迟雪，听懂了吗？所以把钱收好，我会尽快安排人带你和你爸爸搬走——”

“但是亲子鉴定报告还没出来。”

“现在不需要了。”

“为什么？”

“总之就是不对，”他皱眉，又想起今天梁振的那一句“only alive”和微妙无比的语气，似乎总是若有所指，“感觉不对，再待下去会出事。”

“但是你呢？”

“不重要。”

“怎么不重要？”

迟雪说：“我觉得很重要。”

简直胡搅蛮缠！

小老师竟然也有这种胡搅蛮缠的一面。

解凛跟她解释也解释不通，只能不自然地屈膝，挡着某个不该被看到的地方。他脑子已在爆炸边缘，说出的话也口不择言：“总之我只要你安全。能听懂吗？迟雪，你现在松——”

松手。

话音未落，他唇角却有一触即离的柔软触感。

他顿时一怔，下意识地向下看，向“始作俑者”看。

但始作俑者呢？

大概是怕被他看到自己的表情，又或者是觉得这一吻还不够“表决心”。

是谁说的逼急了的兔子也咬人。

原来逼急了的小老师也咬人。

她忽然抬头，仰高了脸——生涩地咬住他的嘴唇。

真的是咬。

比起刚刚那轻轻的一贴，这个吻竟显得有些野蛮，充满孩子般的孤勇。

她对于亲吻不得其法，只是胡乱地吻他——说起来，她唯一的经验大概依然是十九岁那年那个模糊的梦，但那种“狼狈为奸干坏事”的事她学不上来，场面是以一度混乱。

解凛额头的青筋几乎是在跳踢踏舞……在强忍。

他试图躲开或者推开她，不让这种快要压过理智的情绪继续侵蚀他的大脑。

然而，这种几乎违反生理欲望的强行回避，最后也就堪堪至于迟雪突如其来——不对，其实是迟钝的一句——“解凛，你……那个……”

而已。

理智的弦在这一刻彻底熔断。

他原本撑在她身侧的手，忽地捏住她下巴，而后倾身而下。

说是无师自通也好，说是早有预谋——梦里的预谋也罢——他毕竟是个正常男人，二十五年没做过与她有关的梦，除非是神仙。

总之，他的吻一点也不似他平时冷静持正，相反，攻城略地，掠夺呼吸。

原本只是表心情的一个轻吻怎么变成这样。

迟雪心神恍惚，受不住，中途推开他，然而推开了又怎么收场。

明白自己大概是一时冲动惹了“大祸”，她反应很快，四目相对时，忽然又伸手去抱他——和不久前一模一样的思路。

只是这次她紧紧抱住他，最后又侧过头，亲了亲他的脖子。

“把我爸爸，还有黄玉，把他们送去安全的城市吧，解凛。”

她说：“但是我想留下等一个结果。”

“……”

“解凛，我明明能帮你的，对不对？”

“如果我走了，我一定会后悔的。”

“……”

他没说话，呼吸在平复，却依旧比往常急促太多。

迟雪能感受到，所以心情也跟着起伏不定，到最后，那句话几乎是不受控制地往外涌：“而且我喜——”

我喜欢你。

我这么这么地喜欢你。

解凛。

怎么可能丢下你。

她鼓足的勇气把欲说的话推向嗓子眼。

然而几乎同一时刻，解凛的手机铃声却忽然响起，紧接着在茶几上极为显眼地振动起来。

所谓，一鼓作气，再而衰三而竭。

已经经历过上次楼下相认惨痛教训的迟雪，表情动作瞬间僵硬，随即一蹦老远，火速撇清关系般向他猛地摆手，又指向茶几。

“先……先，”她说，“接电话。”

说着，她又四下环顾一圈，装作恍然大悟般，低头去捡刚才太过“激烈”以致不小心落入沙发缝隙的存折。

当然，解凛此刻的表情也没好到哪儿去。

几乎有点算诡异。

两个人就在这诡异却旖旎的气氛里。

一个捡起存折。

一个接起电话。

“头儿，头儿，头儿。”

且好死不死，电话那头，还是这个回回坏事的冤大头。

而大波浪犹然不觉自己头儿的沉默异常——毕竟他平时就挺沉默，只磕磕巴巴地向他说出了提前拿到的检测结果。

“头儿，迟雪真的不是陈之华的女儿。”

她说：“这……这也某种程度上算好消息？”

又或者说是彻彻底底的坏消息。

毕竟他们手上已经彻底失去了制衡，也可以说是威胁陈之华的砝码。

而且——

“最新消息……”大波浪的声音自带颤抖，“长官说联系不上你，所以让我把这个消息也一并告诉你，那个……头儿，陈之华，他……”

·番外一·人生海海，尘埃落定

[楔子]

黄玉小的时候，常听街口的阿婆说，人死前，一生最深刻最重要的回忆会如走马灯浮现眼前。

于是，人生海海，尘埃落定。

这一生，你们便在这一面永别。

“阿婆，可是这种事，你是怎么知道的呢？”

“我那死鬼老公说的呗。”阿婆一边绣花，又侧过头看着满脸好奇的小姑娘，笑道，“人走之前，有天突然找我说的，说得信誓旦旦——说他最放不下的就是我。”

“啊？”

“只可惜他走得太早，几十年了。那年代穷，又没什么照片留下，我连他长什么样，现在都要忘得差不多了。”

“你想他吗？”

“不想，不想，想了也没用，”阿婆说，“而且，反正，我们迟早都要见到的。”

几十年过去，直到遥远的后来。

直到黄玉自己也变成别人口中的“阿婆”，她仍然记得记忆里阿婆说这话时的神情。

那张写满岁月痕迹、皱纹密布的脸上，没有对死亡的恐惧，没有丝毫的遗憾，反而浮现出怀念的笑意。

阿婆说："我老了，他还年轻着。真好。"

"可惜人是没有下辈子啊，"阿婆低下头，继续绣着她那副绣不完的"家和万事兴"，停顿良久，才又幽幽叹息一声，"所以，有时候，确实挺想看看他——见一面也是好的。"

[1]

黄玉还记得自己第一次注意到解军这个人——其实是个极偶然的机会。

灯红酒绿、推杯换盏的酒局上，她已喝得微醺，实在头昏脑涨得难受，于是提议出去阳台上坐坐。

陈之华忙着应酬，没空搭理她，她等了几分钟，最终自行起身离开。

阳台上，她靠着藤架秋千吹风醒酒，几乎要睡着时，忽听见楼下传来一阵喧嚷声，中国话、泰语和英语混在一起，似乎是几帮人在吵架。

到最后，甚至伴着隐约的碰撞声，不出意外，一场"大战"即将一触即发——

"都给我停手。"

人群里，这时却钻出来个"主持大局"的男人。

一口娴熟的英语，加上熟练的拉架姿态，他很快把几方人马间的争端抚平，倒让她这个等着看热闹的人扑了个空，于是有些意外地睁大眼睛往楼下看去，却好死不死，正与同样下意识观察四周的男人双眼相对。

在这之前，她原以为他会是个足够凶狠威慑的人。

然而眼前人分明西装革履，剑眉星目，与旁边三教九流、烟不离手的混混相比，甚至多出三分莫名的正气凛然。简而言之，不像会出现在陈之华地盘的人。

她有些尴尬，却还是礼貌性地回以一个微笑颔首，短暂的面红过后，便起身回避。

然而手才刚碰到露台的玻璃门，底下那男人却开口叫住她。

"哎——"

而后，一口标准得不能再标准的普通话，在异国他乡，亲切却不僭越地传到耳边。

他问她："需要解酒药吗？"

"……"

"路口就有药店，"他抬头，看着那道萧瑟单薄的背影，说，"两三分钟，就买到了。"

她心跳得很快，却没有理睬，只装作没听见，兀自开了门回到内间。

陈之华正喝得上头，这时才瞧出她脸上不对劲，开口问了一句："喝得不舒服了？"

黄玉道："有一点。"

"那我叫人送你回家，"陈之华拍了拍她的肩膀，"等会儿我们还有别的活动，你在家早点睡，不用等我。"

这是他的一贯作风，她也从不说"不"，只无力地摆摆手，示意自己明白。

陈之华便打了个电话，叫了他的人进来。

她揉着太阳穴，漫不经心地循着推门声看去。

于是，几分钟前还见过的人，那西装革履的青年，便拎着一袋解酒药走了进来。

"这是谢钧，"而陈之华当着酒桌上众人的面，笑着指着他说，"大家也都认识认识，这新来的，做事还算利索，以后就跟在我身边了。万一有点什么事要办——我不方便出面的，叫他就行。"

[2]

谢钧是解军在金三角地区卧底时的化名，几个月后，黄玉才在陈之华的有意提醒下知道了他的本名。

彼时的陈之华还是警方的重要线人，在解军这个警方派来的卧底面前，私下里表现出十足善意。

黄玉没想太多，自然也被骗过去，想当然地觉得大家都是在卧薪尝胆做好事，是一个"阵营"，于是慢慢卸下心防。

在这陌生的异国他乡，危险的虎狼之地，比起这么多年变化太多以至于"面目全非"的陈之华，解军反倒成了她难得可以聊些心里话的朋友。

到后来，偶尔他接送她去和太太团见面或出席酒会，回家的路上，她也会借着酒意好奇地追问他，为什么选了这一行，如果任务失败他们会怎样，警察是不是都不怕死诸如此类云云。

尽管问题多而怪，解军却总是不厌其烦地回答她。

他告诉她，他家里很穷，父亲在他出生后不久便染上毒瘾，母亲不堪家暴和生活重担选择自杀，而父亲也很快死于并发症，他那时几乎流落街头——好在被一对好心的警察夫妇收养。

然而，美好的童年生活似乎只眨眼一瞬，初中毕业，养父母在追捕罪犯的过程中不幸惨死，他的生活又陷入动荡。

“后来我就去考了警校。”解军说，“以前读初中的时候熊得很，我妈老让我规矩一点，我没听话，说：‘你们都是警察了，我干吗还来抢饭碗？’但现在他们不在了，我就想着，那些活……你说总得有人来做吧。如果我不做，那别的小孩的父母，兄弟，就要顶上去做，世上又会多很多像我小时候那样的小孩。我也不是什么圣人，只是觉得相比于他们，我更适合去做警察就是了。”

“反正我的命也是我爸妈他们捡回来的，怕不怕死什么的——本来我早该死，现在多活了这么久，是为我爸妈积福，他们泉下有知也安心了。这么一想，心里不就好受多了。”

他总是如此坦然，如此不遮不掩。

反倒是黄玉听得哑然，良久，脑袋靠着车窗，她低头玩着自己绯红的指甲，只轻声说了一句，说：“周边全是‘匪’，独独你一个‘军’，解sir，你要小心才行。”

解军闻言，淡笑着点点头。

“你也是，很多事情要多当心。”

“我？”

“你应该也不太适应这边的环境吧？”

他说这话时的表情仍极平静，仿佛只是随口提及，眼神照旧望着前方，望着后视镜，望着所有除她以外的地方，手里虚握着方向盘。

直到很久都没听到她的回答，他才有些意外地抬起头，看了一眼前视镜：前视镜里映着后座愣神的她。

怔怔良久，忽然，她低声说：“我跟了陈之华十年，没想过自己能做个正常人。他坐了牢，又出来，现在告诉我说他在和警方合作，他说他在将功补过，我也得和他一起，我们永远都是一体的——”

“可我不知道我现在的生活到底是为了什么，我也不知道，像我这样的人，”她问解军，“也有资格过普通人的生活吗？每个人都有改过自新的机会吗？解 sir，你相信吗？”

解军说他相信。

[3]

类似的对话，后来在他们之间发生了许多次。

尽管黄玉心里清楚，解军对她的关怀和包容，本质上只因为他身为警察，对于心理问题严重的“线人”天然有着疏解的义务，他的耐心也好，他的毫无保留也罢，只因为她和他至少目前站在同一阵线。

但人性就是如此奇怪。

她明知他的好或许只是品质使然，是善良使然，却还是忍不住拼命从那些普通的好里找出不一样来，自己向自己证明，也许他们之间……是有不一样的。

于是她开始悄悄观察他。

知道他每天傍晚六点准时来接自己回家，五点五十分，她便会找个借口离开太太团的牌桌，而后装作不经意地撩开窗帘：十次里有九次，他会早早等在楼下。

他靠着车头——只有这时候会显出一点少年时的混不吝站姿来，低头点一根烟，路边有人认出他，过来点头哈腰跟他打招呼，他只淡淡一点头或摆手，通常没有什么多余的热切。

一根烟抽完，时针刻度也滑向六点，他给她打电话。

黄玉眼看着他从西裤口袋里找出一小盒薄荷糖，拿出一颗抛进嘴里，腮帮偶尔被舌尖顶出一块，说话的声音却一点不受影响，说了两句，右手又捂着嘴唇，轻轻哈口气，似乎是在检查嘴里还有没有残余的烟味——看着看着，她忽然忍不住笑起来。

“笑什么？”解军问。

“没什么，赢钱了。”而她借着旁边打麻将的吵闹声音，作势一本正经地回，“回头给你吃红啊。”

当然，真的给钱解军是不会要的。

于是所谓的“吃红”，后来便变成街头普通的两碗海鲜米线。

热情的老板娘“叽里呱啦”一通输出，无奈她不懂泰语，半天下来一个字没听懂，只能指着墙上贴着的中英泰价格表，一个劲地连声说：“This，this，two，two.（这个，这个，要两个。）”

解军被她“使唤”去买果汁，回来时看她满脸通红，坐下便问她怎么了。

她说起前因后果，说到最后自己都面红，有些下不来台，又忽然伸手指向对面马路——那是一间中学。正逢放学时间，熙熙攘攘过路人里，许多年轻学生穿着校服走过。她指着那些不知忧愁的少年人，说我要是当时好好念书，也许就不一样了。

“你不知道，以前我在我们镇上也是最漂亮的姑娘，别人都说，我一看就像学习很好、很乖的样子，如果我还接着念书的话，说不定也是高中、大学一路念下去，和那些姑娘……喏，和她们一样，也穿得漂漂亮亮，在学校里有一大把追我的男生呢。”

在那个她所幻想过无数遍的如果里，没有贫困的家庭，没有偏心的父母，没有早早为了生计而支起的小摊，没有——甚至没有陈之华。

于是，她也会是个普通而臭美的姑娘，循着正常的人生轨迹一路长大，经历青春懵懂的岁月，在平凡中蹉跎，在旁人看起来的平淡如水，有时也未尝不是另一种幸福。

她说着，却突然有些怅然地看向墙上反光的价格牌。有些模糊的镜面映出她的脸，她微笑，“镜”中人也微笑，然而愁绪却依旧藏在她的眼角眉梢。

而解军似乎也注意到她落寞的神情，于是，突然问她：“你想学吗？”

“学？”她一脸茫然，回过神来，“学什么？”

“泰语，英语，或者别的你感兴趣的。”

解军说：“打发时间也好，当作兴趣培养也行。有时候想学东西，不一定在学校，只要想学，其实现在也不迟。”

“会……吗？可是我基础很差。”她被说得有点心动。

他笑了笑，又指向自己：“基础差不是问题啊。你别看我这样，我小时候英语还经常零鸭蛋呢。后来是薛蔷一点点教，从音标开始一点点逼我背，我才入了门。所以说……”

“薛蔷？”

“嗯？”

“薛蔷是谁？”

他们的关注点明显不一样。

解军被她问得一愣，回过神来，似乎才发觉自己说得太多，露出有些微妙而尴尬的神情。

片刻过后，他低头拌了拌碗里的米线，说：“是我从小一起长大的朋友。我小时候混，多亏她经常在我身边……可惜，后来发生太多事，我们没再见过。”

[4]

薛蔷。

许多年后，黄玉回国，曾无数次在电视上看见过这个名字。

偶尔，这个名字出现在电视剧片尾的演职员表，偶尔，会出现在综艺节目的嘉宾名单。她起初总是一眨不眨地盯着看，看薛蔷的脸，看薛蔷的神情，后来次数多了，反倒莫名地开始抗拒，回避所有和这个名字有关的事物。

而原因亦无他：

她发现自己不可逆地老去，被生活摧残得不成样子。

薛蔷却仍然貌美高贵，仿佛连生活都格外宽待着这个女子。

这样的对比何其残酷，有时她甚至控制不住地恶毒地想，这是不是就是解军用生命为她积来的福，于是薛蔷可以万事无虞，美貌如初。而自己——陈之华是不会祝福自己的，他只会希望他们一起沉沦在深渊里，哪怕死，也要死在一起。她每多看薛蔷一眼，控制不住的恨意和嫉妒就会淹没她的心。

她只能选择不看。

然而，午夜梦回，无数次梦中惊醒，往事仍然历历在目——

那时的她和解军都还年轻。

她以为他们之间慢慢敞开心扉的过程，是他们相知相理解的过程，但原来，越到后来她越明白，自己从始至终只是一个倾听者，倾听他的人生，倾听关于他和薛蔷的一切。

尽管那些青梅竹马，两小无猜的往事，在她看来，早因为薛蔷选择了另一个家庭富有、生活无忧的男人而蒙上阴翳，可解军偏偏就是这样一个人——他从不去责怪薛蔷的选择。他只会说，也许那样是更好的，他给不了薛蔷安稳的生活，能看到她平安、幸福，就好像他自己也共感地幸福过。

“这样也很好。”他只会说，“她家里已经拖累她很多年，做什么事都要考虑父母，现在，她也是时候休息一下，找个能够照顾她的人。而不是跟着我颠沛流离，整天胆战心惊的。”

是吗？

在解军嘴里，永远懂事、善良、成绩优异乐于助人的薛蔷。多年后，因明艳而富有攻击性的长相，在各种裹脚布般冗长的电视剧里扮演坏母亲、坏阿姨、旧情人的角色。接受采访，她说自己从小就因为长相被人套上各种标签，说不被理解的心酸。

“但是那又怎么样？”

末了，薛蔷话音一转，却在镜头里微笑：“人生是只有笑到最后才是赢家。”

黄玉忽然抢过丈夫手中的遥控器，胡乱按着按钮想换台，却被男人猛地一巴掌拍开：“扫什么兴！”

她被拂开在地。

抬起头，男人愤怒的脸映在她的瞳孔深处，鄙夷的目光却仍残酷地扫过她的周身上下：“你看看人家，跟你差不多大，你看看她现在什么样，再看看你！”

再看看你。

再看看你！你能和她比吗？

她已经很久没有哭过。

从金三角逃亡回国时没有哭过，抛弃女儿时没有哭过，甚至再嫁，选中一个明里暗里两副面孔、窝里横的丈夫，再被毒打，她都没有哭过。可是那一夜，她半夜惊醒，却忽然无法抑制情绪，躲在家中的卫生间号啕大哭。

洗手台的镜子，前几日被酒醉后的丈夫砸碎，蛛网状的玻璃镜面被贴补起来，她的脸也在镜中破碎。

耳边仿佛又传来一道声音，隔着漫长的岁月，在清晨与深夜，无数次地拷问她：“……为什么要这么做？”

——“你何必这么做。”

[5]

黄玉是知道解军不爱自己的。

这一点，她从始至终都无需被提醒，因她已从他的眼神和行动中看得分明，怜悯和爱完全是两种感情。

但在那个环境下，她已然把解军当作了唯一的浮木，仿佛只有抱紧他才可以浮在水面呼吸，可以逃离陈之华对她的密不透风的管辖——而她唯一的筹码只有自己。

是陈之华教会她的，得到一个男人的爱，要曲意逢迎，婉转承欢，不计一切。

于是，某个借酒壮胆的夜，她让一切该发生的都发生。

一夜过去，宿醉清醒时，她却没有看到自己想象中的画面，相反，她看到的是从未那样严肃的解军——他跪在她面前，自己扇了自己十个耳光，而后，伸手指向茶几上昨晚她拿来的红酒，他问她："为什么？"

你为什么要这么做。

可他痛心疾首的分明不是发生的事情本身。

他或许只是想不明白，他花了那么多时间去引导她、去教她，他以为她只是在一个肮脏的环境里被教坏，但原来，她本也"乐在其中"。她已经无法改变那种走捷径的思维方式，改变的，只有被当作"浮木"的对象。

从前，那块浮木是陈之华，如今是他。

黄玉忽然慌起来，起身拉住他的手，棉被滑落，他眼疾手快重新把她捂紧。

在那样压抑的沉默里，他用眼神质问着她的手足无措，许久，却终究也没能站在高高在上的立场，对她说什么冠冕堂皇的话。

"我听了你说你的过去，"他只是说，"所以我真的很希望，你能够过上你想要的生活。但是黄玉，方法不该是这样的——你不能用一个错误去掩盖另一个错误，你的身体不是你获得自由的筹码。"

解军说这话时，紧紧攥住她的肩膀。

也许他试图从这动作中赋予她哪怕一点微弱的力量。

她却只是定定看着他的眼睛，从他的眼神中读出痛惜，读出许多复杂艰深的情绪——然而唯独没有她想要看到的——关于爱情，一点也没有。

想象得到印证，预想中的痛苦却一点也没有减轻，她变得歇斯底里，痛苦地捂住眼睛，摔碎了所有能够摔碎的东西，厉斥他出去。

房间里很快变得空荡。

她拖着疲惫的身体走下床，环顾四周，忽然鬼使神差地开始翻箱倒柜，一个一个打开房间里的抽屉，直到最后不经意一瞥，她发现床底似乎用胶布黏着什么东西。

准确来说，是一个被塑胶布缠着的黑色笔记本。

她将那个笔记本藏在包里带走。

[6]

某种程度上来说，这个笔记本其实是她有意偷来想要"威胁"他的证据。

但老天仿佛故意捉弄，她还来不及威胁他，已经先一步从身体的变化里察觉出了不对。

惶恐的情绪令她终日不安，最后还是选择瞒天过海，欺骗陈之华是避孕措施不到位，他们很快会有一个孩子。

尽管在此之前陈之华其实并不乐意，认为孩子会成为他束手束脚的限制——这也是他多年来要求她避孕的原因。

但事实证明，等到孩子真的生出来的时候，陈之华反倒一直抱着，爱不释手。

她看着，脸上在笑，心里却只不断暗自庆幸，心说那么小的孩子，还看不出长相像谁……

想到这里，她的视线又忍不住飘向陈之华身后寸步不离的解军。

而他看了一眼孩子，转过头，又看了一眼病床上浮肿未消，苍白孱弱的她。

她知道他想说什么，却只别过脸去，躲避开了那眼神，而后迎向面前的陈之华，扯出一个勉强的笑容。

“孩子的眼睛嘴巴，长得像你，”她说，“女儿都像爸爸，女儿都……像爸爸。”

这样的话，仿佛多重复几遍，就能连自己都骗过去。

于是，她也可以欺骗自己，所有的心动都不曾发生，她还可以做那只飞不出牢笼的金丝雀——带着他和她的女儿一起。她不再做那些全是奢望的梦。

然而，后来匆匆发生的一切，却终究都不如她所预料。

陈之华“两头骗”的真面目被发现，一切所谓伟光正的面具都只是假象。

那些暗地里发生的肮脏事，只有在暴露到阳光底下时，才足够触目惊心。

她在恐惧中连夜出逃，带着解军为她准备的证件和回国机票，带着初生不久的女儿，带着此时的她还不知晓却已然在她腹中“酝酿”的孩子。

临别前，解军问她，那天是否从他的房间带走了什么东西。

她摇摇头，说没有。

“那对你没有任何用处。”解军说。

“我什么都没拿。”她却还是坚持。

两人沉默对峙良久，最后，还是怀里孩子的哭叫声打破沉默。没了寸步不离身的月嫂，黄玉显得有些生疏，只能学着记忆里月嫂的动作，有些僵硬地哄着、拍打着婴儿的背。

那孩子却似乎故意和她作对，仍然扯开嗓子号啕。

解军把她的窘迫都看在眼里，半晌，伸手从她怀里接过了孩子。

"我来吧。"他说。

黄玉愣住，两手僵在原地。连孩子似乎也疑惑起来，在他怀里不哭不闹，只睁着哭得通红的大眼睛，嘬着手指，似乎有些好奇，又有些茫然地看着眼前的男人。

小小的婴儿，五官还没有长开，皱巴巴的，很难看。

她看着他的目光迟疑，忽然有些局促，又连忙开口解释说："小孩都这样，都难看，以后就好了。"

解军闻言，低头看了一眼孩子，又抬头看向她。

她说不清那样的目光背后到底代表着什么。

几乎窒息的沉默过去后，却只听见他的声音，仿佛在强忍着什么，末了，还是轻声对她说："挺好的。"

"……"

"好好教她。"解军说，"不要让她像她爸爸一样走错路，像你说的，要过——平凡普通的日子，平平凡凡地长大。黄玉，走吧。"

他直到最后的分别，都没有跟她说过一句"再见"。

仿佛已经知道，那会是他们此生的最后一次相见。

[7]

黄玉匆忙回国后，很快再嫁，如她昔日所愿嫁给一个普通人，经历着一个普通女人经历的一切：结婚生子，辛苦生活，而后熬死丈夫，变成一个孤独而冷漠的中年女人。

她的腿因为丈夫的殴打而留下旧疾，偶尔需要去对面诊所复诊拿药。

记忆里小小的女孩，从前是在药柜前玩耍，看见她，细声细气喊一声"黄阿姨"的存在；到后来，却成坐在药柜前开药的医生，低下头，头发柔顺地垂到腰间，她敲敲桌案，女孩便会抬起头来，看见是她，总出于礼貌地笑笑。

"黄阿姨，"迟雪说，"是腿又疼了吗？"

那种温柔中带着淡淡疏离的关心，尽管她不愿意去联想，但仍然无法否认，实在像极了记忆里的某个人。

也许他们自己都从未觉察。

那种毫不吝啬给予周边人的关心，简单平和的问候，不计得失的平和，对于一些从不知道什么叫爱也从未体验过毫无保留的爱的人来说，就像飞蛾扑火的光源。

小小的恩惠，已足够比作天上辉月。

可她什么都不能说，也无法点破，只能悲哀又无奈地笑笑，说：“是啊，麻烦你给我开点止痛药……麻烦你了。”

夜里，她提着药转身往家走，佝偻着背，一步一步地上楼。

迟雪却又不声不吭地从诊所里追出来，没有多余的话，只是搀扶着她，一路送到家门口。告别时，她却没说一句“谢谢”，只是像逃避什么似的，飞快合上了门。

然而迟雪被她关在门外也不恼，下次见到她，依旧还是微笑，依旧还是礼貌地问候。

“小迟医生”的温柔耐心，如她父亲一般远近闻名，而她黄玉的怪脾气和孤僻，也同样尽人皆知。任谁来看，她们都不像是一对真正的母女。

——可是那又怎样呢?

直到生命的尽头。

黄玉最后的目光，看向不远处涕泗横流，竭尽全力向她伸出手的迟雪，忽然间，她想，其实迟雪已经得到了她所奢望却没有得到的全部。这本就是她作为一个母亲，最应该感到庆幸的事才是。

而她已经不再为那些永远无法得到的东西挣扎。

她的人生，早已经毁在了遇见陈之华的那一年，之后的年年岁岁，都是在从毁灭中寻找救赎。

曾经她以为换个男人就可以换一段人生，后来，她以为学着别人的样子过普通的人生就能获得幸福，但原来，一个谎言救不了另一个谎言，她最终还是没能骗过自己。

“太累了……这一辈子啊，太累了。”

她说：“但是，终于可以结束了。”

她微笑起来。

那一刻，残疾的腿似乎也不再痛。

她的灵魂越过陈之华，越过迟雪，越过这场盛大悲壮的告别，越跑越快。到最后，她几乎飞奔起来，跑过漆黑的长路，漫长的甬道。

光亮的出口处，年轻如初的少女循声回头，扎着两条长长的马尾辫，面带微笑，正向她挥手。

[8]

变成“阿婆”的阿玉，和年轻的阿玉，走过少时的长街。

阿婆说：“没想到会是你来接我。”

阿玉却笑了，说：“当然是我啊！”

“我是全世界最最爱你的人，也是最放心不下你的人。”

“怕你又迷路，所以，这一次，我来接你一起回家了。”

·第十章·惊变

[1]

“陈之华，他之前在监狱里被人拿磨尖的牙刷捅穿了肺，申请了保外就医。但因为考虑到他这个人危险性大，而且最近风头正紧，所以今天做完手术，夜里监狱就安排了人打算把他送回去的。结果路上……”

车辆在行驶过程中突然失控，翻下公路，直接滚落进湍急江水之中。

“目前具体的情况还在调查，捕捞人员也已经就位。”电话那头的声音忧愁，“不过到现在为止，还只找到了部分的车辆残骸。没有明确的人员伤亡反馈。”

“……车上一共有几个人？”

“五个。”

语毕，电话那头传来窸窸窣窣翻找东西的声音，似乎在现找资料。

半天过去，大波浪才迟疑着答复：“应该是五个，那边监狱的基本配置就是这样。司机、护士、两个负责押送的警员，再加上陈之华。”

司机和护士啊。

解凛闻言，眉头却顿时紧锁。

多年的卧底生涯，让他对这种随机“不定向”人员超过半数的配置实在不大信任。

毕竟换了平时，普通的囚犯或许还好，但对陈之华这样一个充分熟悉“警匪双方”的危险分子来说，一旦警员的人数无法完全压制他的“野心”，便存在了微妙的可操作空间。

而且——

“从医院……”他低声重复，突然又回想起那天白骨身上窃听器录进来的只言片语。

——“安排得差不多，等他伤好一些，从医院出来——”

这个“他”指的会是陈之华吗？

可是陈之华毕竟已经入狱多年。照理说，一个养在监狱的废人，其身上的利用价值，应该不值得那群人再大费周章才对——更大的可能，难道不是彻底抹杀他说出交易名单的可能性？又或者说从一开始，他们这边的方向就错了？

陈之华和他的交易也好，“组织”对迟雪的悬赏也罢。

这一切的种种……

“车上的实时监控查过了吗？”他突然问，“执法记录仪呢？”

“监控只录下了前面他们上车的情况，中间好像是车里出了什么事，两个负责押送的警员吵起来了——后面监控和记录仪就被关了，现在还在查，得等等看能不能从江里捞出点什么，但如果确认这是一起严重事故的话……”

电话那头的大波浪欲言又止，但其实言下之意亦很明显：以陈之华术后虚弱的身体状况，一旦证实坠江为真，则很有可能他已经在这起事故中丧命。而陈一旦身亡，也意味着他们这次回到南方的“任务”彻底宣告破产，那么，毫无疑问，解凛之前向上级申请的警力增援也将大打折扣。

但迟雪身上的危险还未解除。

解凛当然听懂了，无奈脑子此刻还受着不久前意外旖旎的影响，实在不是冷静思考的良机。默然许久，他也只能回她一句：“你那边有新消息尽快通知我——我之后会再找老头子商量。”

得到肯定回答，他挂断电话。

然而，没了大波浪的声音在一旁“暖场”，原本就安静的客厅，此刻更是陷入一片死寂。

“……”

迟雪手里捏着那本存折，乖宝宝似的坐在沙发一侧。

解凛一扭头。

“我我……”她脑子里分明还糨糊一片，在想刚刚的事——想着那个吻，见状，却忍不住马上打破沉默，结结巴巴地转移话题，“那个，电话，呃，说什么了？”

好像谁先开口，谁就能显得不心虚似的。

反正我才不心虚！迟雪想。

而且解凛又……又没有女朋友。这，成年人了，亲一下，很正常吧？该不会因为亲了下就绝交吧……

而解凛静静站在她面前，低下头，虽看不清她的表情——只有模糊的轮廓。不过很明显，从她手里存折封壳的边角被揉皱的程度上来看，纠结和无措的心事八成也都写在脸上。

他看在眼里，却莫名松了口气。

至少紧张的人不止他自己。

“电话里说，”他遂轻声向她解释，“陈之华在回监狱的路上出了车祸，现在情况还不明朗，在调查中。”

“陈……”

然而迟雪对这个名字显然还有些陌生，好半天过去，乱糟糟的脑子才终于反应过来，这名字指向的是自己那位疑似的生父。她脸色一变。

她正要细问，解凛的下半句话却已然紧随其后说出口：“不过，刚刚那边也告诉我，说亲子血缘鉴定报告出来了，已经证明他和你之间不存在血缘关系。”

迟雪闻言愣住，下一秒，说不清是欣喜还是意外，这几天来悬在胸口的大石却终于落地。她原本因担忧而僵直不已的背亦瞬间松懈下去，靠向沙发，只是忧愁仍未解。

心说如果自己不是陈的女儿，那么那个素未谋面的生父究竟是谁？

为什么黄玉的表现会那么反常——愈来愈多微妙而无人解答的疑惑攒在心头。

四目相对。

她最终迟疑着，又问了解凛一句：“那，这件事，对你来说是好消息吗？”

“是。”

“……”

“但也不能掉以轻心。”他说，“给我几天时间，我要确定‘他们’也知道这些情况，才能够确保不会有人再盯着你。”

在此之前，得让人再想办法黑进一次那边的网络才行。

解凛想着。

手上却突然被人塞进了什么东西——他下意识低头看，果然，见自己那被“蹂躏多时”的老婆本存折，又被迟雪原模原样地递了回来。

“那这个我暂时用不到了。”迟雪说，“你拿回去。”

“……”

“解凛。”

过几秒，她又开口。

想来存折虽塞回来了，然而她握他手指的手却没有撤回去——而是仍虚虚攥着他那几根手指，像是要提醒他攥紧那存折别掉，实际上，却更像小孩子家试探性的牵手。

她说：“你没有女朋友，我没有男朋友。”又说，“而且我亲了你要负责。”

说到“负责”那两个字，她太过心虚紧张，还险些咬了舌头。

解凛的表情亦变得古怪起来。

他的视线原本定在两只手上，后来是她的眼睛，不知何故，此时却竟突然飘到她的嘴唇。

非礼勿视。

他想。

然而沉默的表象下，是心里的一团乱麻——这辈子似乎难再有这样的自我怀疑时刻——他心说你疯了，现在应该想想以后要怎么计划，但你现在在想什么？收收心吧。

然而眼神却仍是不受控制。

因迟雪此刻望着他。

唇上因亲吻而遗留下的湿润似乎还在，纠缠过的旖旎气息似乎还缠绕不散。

这一晚的一切，仿佛让他打开了某个不得了的闸门。

门外是许多年来的同一个梦——而梦里的主角永远是她。

是洪水猛兽般压抑亦不休的欲望。

——她原就是他的欲之本身。

但是——

“迟雪。”他忽然又轻声叫她的名字。

“嗯？”

他抽出自己的手指，却将那本存折重新放回了她的手里。

“这笔钱本来就是给你的，和有没有最近这些事没关系。如果你现在还用不到，就存着，以后总会有用到的时候。”

反正，攒了这么多年的老婆本，给不了她，也不会给别人了。

就这样给了吧——倒有一个现成的理由。

迟雪的脸色却变得越发难看，几乎像是要哭出来了。

“解凛，所以这也是你对一个老同学好的方式吗？”

“……”

“你上次说我掉到湖里，哪怕是一个陌生人你也会救，不能袖手旁观。所以这笔钱你也要解释成陌生人你也给？是个同学你就给？”

“……”

“为什么给我，你说。不然我不要你的钱。”

她的声音带着哭腔，甚至说着说着，像个孩子似的推了他一下——可惜没推动。

“你说。”她说，“就要你说。你亲口说。”

或许人有时就是这样，话憋得久了，会忘了当初怎么想的，忘了无数次计划的怎么说。时间一长，就像朱砂痣也熬成蚊子血，心也就变了。

——可这也只是你以为而已。

一旦有了说出口的机会，那一刻，白月光依旧落满地。

月光每夜常来，惊觉痴心常在，总要求一个结果。

“因为……”

“你不要骗我。”

“……”

“你骗我我不会原谅你的。”

“……”

“解凛，你说实话。”

迟雪难得强硬，又几次三番地打断他，说着话，两只眼睛却已瞪得通红，忍不住“啪嗒啪嗒”往下掉眼泪。

事隔经年啊。

解凛看着，忽然想：她真的还是一模一样的哭法。

是委屈到极点了。

他的谎言亦不得不咽下去，仿佛被某种无声的力量压制住，喉口变得艰涩无比。

“因为——”

他说：“因为全世界我找不到第二个人。”

“什么？”

“因为没有第二个人。”

他的青春和人生里，没有出现过第二个迟雪。

该如何形容？

他本也不精于表达，没人教过他“爱”的定义与含义，他是摸索着才懂。

“因为在我快死的时候。”他说，“迟雪，我突然想到的是你。你站在那里，我推开门，门后就是你。”

胡言乱语，不知所云。

果然是乱了。

“因为如果我和你之间，只能有一个人得到世俗意义上的圆满生活，我希望是你。”他说。

“我当警察的时候，宣誓效忠祖国，宣誓无私，应该要牺牲一切在所不惜。”

“但是意识到要牺牲你的时候，我第一次怀疑了自己的决心——原来我没有抛下一切的决心。我也有自私的那一面，我想要你。”

我想要你幸福还是我想要你？

迟雪愣住，眼泪还挂在脸颊上，忘了去擦，也不知是因为头一次听他说那么多的话，还是因为他说的话完全不像解凛会说的话。

解凛明明没有多话的习惯。

解凛也没有那么多挣扎的表情。

但是今天，全都被打破了。

他的“外壳”在剥落。

他想要的生活和想要的人，他自私的那一面，如他所说——他没有保留地说给她听。

而她听着。

惊讶压过了惊喜。

愕然压过了无措。

仿佛是第一天认识他。

所以，她才会在最后才问：“你……你……”她的声音“一波三折”地打战，“你是不是，你喜欢我？是吧？你喜欢我？”

解凛却突然沉默。

“你喜欢我。”直到她的话由迟疑变成笃定的语气，“不然你为什么这么对我？你就是喜欢我。”

她笑起来。

“原来你喜欢——”

你喜欢我。

她的后话被淹没在突如其来的拥抱中。

“解凛？”

而他终究没有让她看到自己这一刻的表情，却仿佛要在这一抱里把她揉进骨与血。

许多年前，空缺了一块的拼图，破碎了的拼图，就这样得到了圆满。

从那噩梦开始便始终纠缠着他的溺水的感觉。在这一刻，似乎也因一块——因世界唯一的这一块浮木，他得以浮出水面，呼吸到了一点稀薄的空气。

“迟雪，现在也好，未来也好，这世界上喜欢你的人还会有很多。”他说，“也许我不会是最适合你的人。”

“你又撒谎。”

“我没办法给你任何承诺。”

“……”

“但是迟雪，”他说，“我有我爱你的方式。比短暂的，脆弱的生命更长、更久。”

当你得见河清海晏，站在阳光底下的时候。也许你会知道，因为爱你我所做的一切——但不知道也没关系。

“因为我比爱自己更爱你。”

解凛说：“所以，迟雪，我把能给的一切都给你，交给你——除了我自己。”

“我们不会在一起。”

“……”

“但是，我永远和你在一起。用另一种方式。”

[2]

当晚，迟雪无意外地失眠了一整夜。

一直到辗转反侧至天亮，拖到不得不起床去上班时，手机自带的镜子里，照出那两只硕大的黑眼圈，仍是她最真实的心情写照。

好丑。

她心里叹气。

不想出去见人。

她捂着脸，光是做心理建设就做了很久，结果最后好不容易鼓起勇气打开门。她四下一看，客厅里却压根没有解凛的踪影，只有被子在沙发上叠得整整齐齐，如豆腐块。

餐桌旁边，大波浪哈欠连天。

桌上摆着明显是刚买来的早餐，什么包子馒头、饺子素面，应有尽有。一看见她，这姑娘便又热情招呼起来，连声喊她来吃。

“头儿临时有点事要办，把薯片仔也一起叫去了，让我来给你带点早餐。”

迟雪听得讷讷，心说到底是有事要办还是为了躲她？可这些话当着大波浪的面，却终究不好明说。

她简单地洗漱完，换了衣服出来，便在餐桌旁落座，和大波浪一起吃了顿丰盛的早饭。

只可惜，也许是她脸上藏不住事，终究显得心事重重的样子。

是以粥没喝两口，大波浪突然又凑过来盯着她，好半天，说了句：“迟雪，你看着不太开心啊，跟谁闹别扭了？”

人精不愧是人精。

她被对面说中心事，有些不好意思，连连摆手否认。

然而大波浪满脸写着不信，仍然盯着她，手指有一下没一下地摩挲着下巴，末了，竟抛出一句“炸弹”式的疑问句：“难道你和头儿吵架了？不该吧，他会舍……他会跟你吵架？”

迟雪被问得一口粥卡在喉咙眼，最后全吐出来，大波浪吓一跳，忙起身给她拍着背顺气。

只不过，这姑娘边做“好人好事”，嘴里却仍在咕哝着喃喃自语：“哦，不过这么一想就合理了……”她说，“我说今天头儿看着像没睡好，谁欠了他五千万似的，还以为咋了呢……”

哦？

迟雪脸仍红着，咳嗽不止，却突然抬头问她：“解凛今天心情不好？”

“是啊。”

“他……说什么没有？”

“别闹，头儿有心事怎么可能跟我们说——”

话音未落，大波浪眼珠子滴溜溜一转，又笑着看她：“迟雪，我说你是和他闹别扭了吧，你还说不是。”

所以谁说的女孩最懂女孩。

果然一语中的。

大波浪说完，搬着凳子，索性坐得离她近些。趁着解凛不在，更在迟雪面前大肆科普了一番自家头儿从前在学校时的“光辉往事”。什么给他送水他说宿舍有饮水机啦，什么写情书问他喜欢的类型，结果是四眼小土妞啦。

“瓶盖眼镜，两条辫子，还扎着那种土掉牙的发圈。”大波浪边说边给迟雪比画，“你也觉得听起来一点都不像头儿会喜欢的类型吧？不过当年可是他亲口说的——简直伤透一堆人的心。”

“……”

“但是他现在显然已经转性啦。过去的标准就不作数了。”

大波浪说着，似安慰也似鼓励，又拍拍迟雪的肩膀。

“说真的！你别看头儿经常性没表情，发火也很吓人，不过迟雪，我觉得他对你真的很不一样。真的真的很不一样。”

毕竟标准什么的，归根结底还是要看人嘛，等到真碰到了，才知道什么都可以变，只有人最关键。

有迟雪作对比——看来头儿的品位，这么多年来，总算也“精进”了一点。她想。

只是，等她回过神来，打算接着这话题往下说，劝说对方不要和不解风情的男生计较，却发现迟雪的脸色越发微妙而奇怪。

像是有点害羞。

有点惊讶。

然后，又有点恍然大悟的感觉？

……自己该不会说错话了吧。

她心里悚然一惊，正要开口找补。

然而下一秒，一贯迟钝如迟雪，这回竟然抢在她之前出声——且聊的是和原先完全不同的话题。权当之前那种表情没存在过似的。

“其实，我一直想问。”迟雪说，“你们到底是为什么要找陈之华的孩子？应该不只是为了那个笔记本吧。”

“啊？”

“因为我看那天解凛拿到那本笔记，并没有那种完成任务松一口气的感觉。但我问他，他总是不说。”

思路跳跃之快，堪称脑回路清奇。以至于大波浪亦被问了个措手不及，差点直接把解凛和陈之华之前的交易说出口——然而，陡然想起当时自家头儿刻意回避隐瞒的态度，她又谨慎地一顿。

本想打着哈哈糊弄过去，以免“惹祸上身”，但一抬头，偏偏又看到迟雪认真的神情。

她突然意识到，迟雪现在并不是在试探或者确认，而是已经有了笃定的答案在心里，是真的想要为某个人做点什么的。

“我……”

“拜托你告诉我。”

她的欲言又止亦被对方看在眼里。

“因为我真的觉得。”迟雪轻声说，“这件事上，我一定是能帮上忙的。我不想做旁观者。”

那个下定决心，一往无前的眼神。

曾几何时，她恍惚也在另一个人眼中见到过。

而也正是这次谈话过后，当天晚上，轮上大夜班的迟雪，又抽空去找了一次黄玉。

倒也不为别的，而是关于她和麻仔的生父，关于这中间的种种纠葛，她仍然有太多疑惑在心头，亦有太多问题要问——兼之心里的某个计划正在成型，她需要一些“细节”上的补充。

只可惜天不遂人愿。

好不容易抽出时间，但这次，她竟然连门都没能进去。

“黄……阿姨？”

站在病房门外，迟雪向下按着门把手。试了好几次都没能开门，意识到是里面将门反锁，她只得又凑近房门缝隙，轻轻向里喊了一声：“你在里面吗？为什么要锁门？”

之前和黄玉同个病房的病人一直闹着要换房间，最近终于空出床位，几乎是迫不及待便搬了走。

是以，眼下这间病房名为双人房，实际却只住着黄玉一个，连个从里面搭把手的人都没有——再加上怕她又控制不住闹脾气。迟雪心里没把握，更不好强行开门，唯有在外头连着劝了好几声。

声音虽不算大，仍然惊动了路过的护士。那小姑娘也是好心，当即要帮她拿钥匙来开门。

然而，两人的交谈声似乎一句不落地传到房间里头。

“给我滚，滚！不许开门！”顷刻间，黄玉那熟悉的骂声便传到耳边，“别来烦我——都滚！我什么事都没有，看见你才烦——给我滚！”

惊怒的声音里，似乎还带着几丝慌张。

迟雪见识过几次类似的场面，知道她是来真的，恐怕打开门进去，也是一顿乱扔乱打“伺候”，只得先拦下了准备去拿钥匙的小护士。

“算了。”她低声说，“病人情绪不稳定，可能是不想看到我。我等会儿让刘医生过来劝她吧。你也先不要进去了——别等会儿打到你。”

诚然，做女儿的做到她这份上，的确无奈之外，也显得可悲。迟雪心里说不难受是假的。

但她也的确拿黄玉的态度没办法，只能先行回避，想着等人情绪稳定些再找机会过来。

她边想着，人亦已慢吞吞走出住院部——

她没回过头，自然也无从察觉，身后六栋五楼，刚刚她进不去的那间病房，窗帘不知何时悄然拉起一条缝。缝隙背后的眼睛一路目送她离开，直到她的背影消失在另一栋楼宇间。

“华叔。”

窥视者这才转头，看向病床边坐着的男人，毕恭毕敬地低下头：“人已经走了。”

话落，那男人淡淡颔首，心思却显然不在这上头。

粗糙而布满老茧的手指，饶有兴致地抚摸着病床上女人的脸，一点一点的，指腹从她额角细碎的灰白头发，抚摸到她下巴上那点小小的黑痣。女人稍一瑟缩，又被他掰着下巴扭过脸来。

“阿玉。”他说，“你好像老了。”

“嗯……仔细看也变丑了一些。看来你过得不怎么好。”

“你后来的老公对你不好吗？”

他说着，又掀开被子，按了按她右腿。

女人疼得闷哼出声。

“还有这条腿，”他说，“谁弄伤你的？留了后遗症，怎么不尽早做手术？”

“……”

“你也不想想，你要是瘸了。”

他的话几乎像是在叹息，面露不忍之色，然而按在她腿上的力气却丝毫没有放松。

“你要是瘸了，”他说，“阿玉啊，以后老了谁来给我推轮椅呢？”

“……”

“我们的女儿？但她看着瘦巴巴的，一个人可推不动我。”

男人的脸上露出苦恼的神色：“而且，女儿以后八成也会有她自己的家庭，归根结底，一起到老的只有你和我。我真的很想你。”

“不……”

“所以才会一有机会离开那个鬼地方，就第一时间风尘仆仆赶到这里，就为了能来见你。”

“……”

“但你为什么这个表情？”他说，“难道你不相信我吗？”

那语气分明耐心且温柔至极，然而仔细看，他脸上却没有丝毫的笑意——连眼底亦是冷的。

比起说话，或许他更喜欢欣赏女人痛苦的表情。这副模样，又哪里还有一丝一毫解凛曾见过的，那个在他面前憨态可掬、显得温善可亲的中年男人的影子？

相反，他简直瘦了一大圈。卸下了在监狱里故意伪装出的那副笨重皮囊，依稀恢复年轻时轮廓后，那种尖刻、冷漠的感觉，瞬间压过了他原本伪装出那点微薄的善意。

而黄玉看着他，牙关打战，两眼蓄满泪水，仍然不敢多说一句话。

直到他松开了钳制她腿的那只手，紧接着，盖上被子，他的手又慢慢游移、滑动，如把玩一件物件般，捏住了她的脖子。

“告诉我为什么。”他说。

“为什么要带着我们的女儿逃跑？我找了你十年，后来又关了十年——算算下来，你对我还真是狠心啊，阿玉……你从没来看过我，甚至还敢背着我，和别的男人生了一个儿子。”

这个女人从始至终，对他都是不贞。

可恨他却还是爱她，甚至爱屋及乌，也想要见见那个被抱走的女儿——

他上回见到女儿，还是个粉雕玉琢的小婴儿呢。

那么小一团，却还挺可爱，也爱笑。算是个懂事的肉团子。

只可惜，早晨他刚看了手下送来的照片。她长大了，似乎就没那么可爱了，瘦得过分，看来也是过得不好啊。

他手中的力气又加重了两分。

黄玉毫无反抗之力，被掐得喘不上来气，脸很快憋得通红，求生意识驱使下，唯有努力去拍打他的手，想推开他。

“我……没有……”她的喉管里发出气声。

“没有什么？”

她两眼翻白，推他的力气减弱。

明明知道他想要听什么，然而，“背叛”，这两个字像是卡在喉咙口，无论如何都说不出来。

背叛啊——

她在几乎濒死的迷蒙中，忽然鬼使神差地想。

死就死吧。

但她从来都没有爱过他，怎么能叫背叛？什么才叫背叛？

——“你这是在干什么？他逼你吸毒还是你自己……”

——“你疯了！听我说，毒品这个东西不能碰！”

——“黄玉，看着我，忍一下就过去了。听到了吗？别咬舌头！忍不住你就咬我的手。我给你咬。”

——“行了行了，别哭了。你说你这么漂亮一姑娘，干干净净活着多好，别自暴自弃。人只活这一辈子，什么时候醒悟都不迟。”

——“你说我啊？嘿，我心里当然也有喜欢的人啊……没有才不正常好吧。喜欢她好多年了，不过我想，她漂亮又能干，现在也许都嫁人了吧。等我任务结束回去的时候，我再去见她。远远地看一眼就知足了。”

甚至分不清这一刻的泪水是生理性的，又或是情到浓处，她只知道，自己心里，那么多年来的恨意在逐渐消融。

也是到这一刻，她才恍惚明白，原来自己还是爱的。

哪怕他不爱她，她也仍然在心里藏着他的位置。

哪怕她迁怒于他们的女儿，但生死一刻，仍然还是为人母的本能在驱使，她拼尽全力也要把他们的女儿赶出风暴圈——还是爱的。

怎么能不爱呢？十月怀胎生下来，小小的一团肉，水灵灵的一双眼。

只是这么多年，她一直试图催眠自己，行差踏错那一步，才导致最后的结局。现在看来，却是因为那一步，所以才苟活了这么多年。

否则，在陈之华的手底下，一旦被发现女儿不是他的孩子。她和孩子又怎么能活到现在？

恨只恨老天爷从始至终都在捉弄着她，让她在逃出生天后才发现，肚子里竟然已经又有了一个孩子。她害怕是陈之华的种，怕被他找到，所以始终不敢打掉，最后留着留着，便生了下来。

这么多年来，她一直在恐惧、愧疚和自我催眠中把那个孩子养大，努力把他养成一个好孩子，但不计付出到最后，却依然只能眼睁睁看着心爱的孩子重蹈父母的覆辙，变成一个可怜又可怕的“瘾君子”。

是命啊。

都是命。

而现在，她终于可以对这残酷而苦痛的命运说一声“再见”了。

她闭上眼睛。

然而，等了很久，预料之中的痛苦和窒息感却没有再来。

相反，陈之华在莫名的叹息中，逐渐松开了手，只转而以指腹轻抚着她脖子上被掐出来的红痕。

“不能杀你。”他说，“我逗你玩的，阿玉。我们一家三口还没有团聚……我怎么可能会动你。”

“我不会伤害你，我还要请最好的医生给你治病。你知道，我的身体现在也不好了，为了逃出来，还被人捅穿了肺——但我们已经浪费了太多时间，一定要长命百岁才能补回来，所以，不管花多少钱，都是值得的。”

“对了，女儿也是医生，她应该会理解我的吧？到时候让她来照顾你好不好？”

他温柔体贴，似一个爱妻如命的好丈夫。

她却什么话也说不出来，唯有眼泪簌簌落下。

直到最后，她仍然低声哀求：“不要……打扰她的生活……我已经把她交给别人养了。她有自己的生活，她的家庭，你如果想，那我来陪你，你不要找她……”

这只是一个不称职的母亲唯一能为她的孩子做的事。

然而陈之华的表情却突然一变，又猛地伸出手，狠掐住她的脸，她原就瘦弱的面庞更被挤压得变形。

“你把她交给别人养。”他说，“你把我们的孩子交给别人养，却给别的男人生儿育女——”

怎么解释？

她绝望地想。

根本没有办法解释。

一旦她说出来死去的那个才是他的孩子，她不知道自己能不能承受住他的滔天大怒，更无法想象他理清前因后果，会怎么对待那个不属于他的女儿。

不能说。

绝对不能说。

她忍痛沉默，唯有在内心不断祈祷。

跑吧。

她为那个从来没有享受过她母爱的孩子祈祷。

迟雪——跑得越远越好，在纸包不住火那天到来之前……跑吧。

[3]

“迟雪——”

而另一头，在迟雪踏入门诊部，在一层等电梯的同时，身边陡然传来一道熟悉的女声。

她正要进电梯，闻言一怔，循声侧头望去，瞧见老同学略显惊诧的表情。

两人面面相觑良久。

末了，是陈娜娜伸手把她拉到一边。

上次见的时候，还是各自狼狈不堪，一念之差的生死关头。如今再见，陈娜娜的生活似乎却已恢复如初——至少从表面看是如此。她依旧是当初重逢时那个妆容精致、装扮雍容的美丽女子。唯一改变的，或许只有她看迟雪的眼神，三分歉疚，四分怜惜。

“迟雪，”陈娜娜说，“上次之后，一直没机会来见你——我来的时候还在想，说不定真巧能碰到你呢，毕竟都在一个医院。”

“你过来是……”

“来做产检。”

产检？

迟雪下意识地抬起手腕看了眼表。

这都这个点了。

“我提前约好了比较熟的医生，多给了点‘加班费’。”

陈娜娜却似乎看出她表情疑惑，很快又开腔解答：“不想再被别人拍到上八卦头条了。而且，比起私人医院，我更相信这里的医生。”

至少还有些公德和底线约束，不会那么容易被叶南生买通。

后面那些话她没有说出来，只眉心隐隐一蹙，思忖片刻，却又开口问："对了，叶南生，他最近找过你吗？"

"没有。"而迟雪毫不犹豫地摇头，"之前我已经跟他说清楚了。"

"……说清楚？"

"嗯。我说了我们不是一路人。"

有些事只可意会，便不必说得太明白，点到即止即可。

陈娜娜瞬间会过意来，然而，表情却也因此只有一瞬的轻松，很快又凝重起来。

"说清楚了也好，他最近很不正常，突然变得特别雷厉风行。干了几件大事，和他爸也吵得很厉害。"陈娜娜小声说，"他那个人你知道的，装得很好，但是野心并不小。一个小小的保险公司不可能满足他的——听说他最近还准备要吞了叶家的海运线。但我也只是听说，方进平时不太跟我说他们父子俩的事。我只是感觉……总感觉像是要有什么大事发生一样，你要当心。"

当初方进不愿意用五成的航运费换取她和肚子里孩子的安全，如今却会因为叶南生的步步紧逼而让步，说不心酸是假的。但是比起心酸，多年来社交场上的人情历练，却更让她从中嗅到了些许不寻常的意味。

"叶南生……一向是个先礼后兵的人。"她说，"我总觉得，他是要'夺权'了。"

而他突然决心夺权的契机是什么？

夺权之后又会要做什么？

一个男人，世俗意义上的功成名就，便是先立业，后成家。

"而且，我也总觉得，他对你不一样。"陈娜娜说，"至少和对我、对他以前那些女朋友不一样——他对你有很强的企图心。"

叶南生极像他的父亲，多半时候，看似温和的表面下，实则高高在上藏着对周围人不屑一顾的蔑视。因此女人也好，其他的"身外物"也罢，都不过是过眼云烟，想换就换的东西罢了。

这也是为什么叶南生后来知道她和他的父亲在一起，最初并没有那么生气。真正的愤怒，来源于她竟然希望通过一个孩子绑牢这段关系。她损害到了他的利益。

可是他对迟雪从来都是不一样的。

陈娜娜的眼神讳莫如深，定定望向迟雪，脑子里思绪翻滚，踌躇再三，却最终还是没说——她也是后来才知道，那一次，叶南生竟然是真的准备拿五成的航运费来换人的。

如果不是方进最后摆了他一道，私下里更换了法人。

凉薄如他，那天是真的乱了阵脚，已经做好赔了夫人又折兵的准备，要拿航运费和六百万来换她安全。他并没有撒谎，也没有做局。

但这或许才是这起事件中最“恐怖”的地方。

陈娜娜叹了口气，最后的最后，亦只能给予面前人善意的提醒。

“迟雪，”她说，“对男人，尤其是对叶南生这样的男人，口头上的拒绝是不管用的。你要小心，他对你也会‘先礼后兵’。要小心暴风雨前的宁静。”

然而，这段小小的插曲。在此时心乱如麻的迟雪听来，却终究没有能够给她及时的警醒。

她只一心还扑在自己心里，那个亟待成型的小小计划上。

以至于直到次日结束大夜班，如往常般乘公交车回到诊所，才想起自己“48 小时”的借住如今理应结束，不由得莫名怅然起来。

“怎么小谢今天没送你？”

结果一旁的老迟不知是看热闹不嫌事大，还是天生有戳人伤疤的技能在身，又随口一问：“他最近不都送你上班又送你回来的，怎么，吵架了啊？”

“没吵架。”

“看你那样子，”老迟打趣，“嘴上能挂油瓶了，还没吵。”

“……爸。”

“好好好，没吵没吵。”

迟大宇笑着摆手。然而，等之后再简单问了女儿几句黄玉的情况，那点依稀的笑意，很快又隐没不见。

迟大宇眉间攒起愁云。

“说起来，麻仔的头七也要到了，”他低声道，“我想着，他们……黄玉家里亲戚不多，要不叫附近邻居来吃个酒也行。也不用太隆重，就当送孩子一程，但她一直也没个准信，情况又时好时坏的。”

迟雪清楚父亲是一片好心，只苦于毕竟明面上不是周家的亲戚熟人，做多说多，免不了被周围人说闲话，当即点点头："那我明天再找机会跟她说说。或者回头问下那边的主治医生，看能不能到时把她接出来吃个饭，我——呃……"

怎么回事？她脸色倏变，右手紧捂住莫名抽痛的心脏、身子却仍不受控制地一歪，险险扶住旁边药柜才勉强站稳。

这突如其来的情况，连迟大宇都被吓了一跳，忙放下手中活计过来扶她。

然而一眨眼的工夫，等他过来问长问短，刚才的疼痛却又似乎是某种"障眼法"，转瞬没了，她心有余悸地拍拍胸脯。

迟大宇却还不放心，围着她旁边不住唠叨："说你你又不听，那夜班头天白天上到第二天早上，一晚上没个安稳觉，谁的心脏能受得住？"

"现在多少年轻人熬夜猝死的，你就按照人家排的班上，不要抢着上！知道没？"

"快上去睡觉去！"

说话间，他一个劲摆手，赶她上去休息。

迟雪只得灰溜溜上了楼，只不过途经阳台，又忍不住看向对面：那串风铃却没挂在外头。窗帘亦紧紧拉着，瞧着密不透光的。

看来是没在家了。

她想。

但解凛很少一两天都看不见人——一天一夜都不回家，这是去哪儿了？

临睡前，实在不放心，她甚至还打电话问了下解凛带的那小徒弟，然而对方也说没毫无头绪，似乎这次行动十足机密、需要保密。为此，据说连一向对人"唯命是从"的薯片仔也没回消息。

"不过，我想大概是去调查陈之华那个事去了吧。头儿对这个事还是很上心的。"大波浪最后推测，"具体的他也没跟我说，但八成是个'体力活'，不然不会专门带上薯片仔。那傻……那家伙，从小到大体力过剩、爱打架，一个人能打五个。"

"你的意思是他回北城了？"

"有可能。"

迟雪表情一黯，心说好歹是出远门呢。今天回北城，昨天——昨天那种情况，都一个字不跟她提？

她躺在床上，因熬夜而亢奋过度的心脏，仍如抗议般一抽一抽地痛，却因心情低落，瞬间便没了说话的意头。

沉默片刻。

“……总之安啦！”电话那头，察觉到她兴致不高的大波浪，却很快又安慰似的笑道，“北城欸，坐飞机一来一回都得八九个小时，这才一天呢。”

“可能是确实有急事不方便联络，应该很快就回来了。待会儿要是有消息，我随时告诉你就是了。”

迟雪闻言，亦只能说好，随即起身关了灯，抱着满腔疑惑和担心，一觉睡到了傍晚。直到被楼下的菜香勾起馋虫，才迷迷瞪瞪起了床。

“爸，今晚吃什么？好香。”

她睡意未散，不住揉着眼睛，边下楼边问。

然而楼下诊桌旁坐着的却并不是迟大宇，而是一个此前从未见过的陌生男人——说是陌生，但不知为何，他坐在那儿，竟仿佛诊所是他的，十足一副主人姿态。

那男人听到声音，放下手机，循声抬头，却并没有先开口打招呼，只默然间，以眼神毫无顾忌地将她从头打量到脚。

那眼神，看得好脾气如迟雪，也忍不住皱了皱眉，脚步一顿。

就这么僵持着。

是以，等到五分钟后迟大宇从隔壁水果店买了水果回来，正要招呼客人吃点，进了门，一眼看见的，便是自家女儿一副“家里进贼”的表情，傻站在楼梯中段和那位先生大眼瞪小眼的场面。

老迟花了好半天，才算勉强给女儿解释清楚客人的身份和来意，又忙招呼两人在诊桌旁落座，殷切地切了水果摆上桌。

寒暄片刻。

“别光吃菜，打打招呼啊，小雪。”

老迟笑得脸都快僵住，又在桌子底下轻扯了扯迟雪的睡衣衣袖：“不是说了？他是你黄……黄阿姨的哥哥，你……你至少叫个叔叔。”

迟雪：“……黄叔叔。”

有了先入为主的印象在前，她实在很难喜欢这个眼神看人像看商品的叔叔。

即便对方在她叫了人之后笑容满面，称呼她作“小雪”。亲昵的语气与和善的姿态，换了谁看，都是一个宽和的长辈，但莫名地，迟雪还是觉得这个人来者不善。

无奈迟大宇却似乎对自己多年来与左邻右舍的“亲和战术”颇有信心。

“你黄叔叔这次是专程过来，帮忙给麻仔弄弄身后事的，也是一片好心。”

才见了没多久，老迟已开始和人家家长里短聊个不停：“他妹妹身体不好，他也是专程从外地赶回来帮忙。听说你在楼上睡觉，还怕我吵到你，让他司机出去买了一堆菜过来——你看这些菜，这哪是爸能做出来的水平？搞得我都不好意思了……黄先生，你吃，你也吃。”

“所以说，出门在外，人还是要有个亲戚朋友帮忙搭把手。这下也好，能在附近好好摆个酒，送别一下，也算是对麻仔有个交代。黄先生，还多亏你心善啊。”

“言重了。”黄先生却似乎依旧宠辱不惊，说话的声音亦温柔，“毕竟是我侄子，总不能假手别人。我做的这些，只是为我妹妹图个安心而已。”

两个大男人推杯换盏，亲切沟通。

迟雪却没有搭话的心思，只顾着低头吃菜，心里还想着解凛的事，时不时悄悄低头，在桌下看看手机，压根没注意到黄先生数度停留在她身上的视线。

“小雪。”

末了，这位黄先生忽然直接越过迟大宇，颇突兀地叫了她一声。

而迟雪抬头看他，先是惊诧，后来不住蹙眉的神情落入他眼底。果然，这么近距离一看，倒忽有几分似从前了——“黄先生”想。她长得确实很像年轻时的黄玉。

不是后来被生活摧残得不成样子，憔悴而又失了神采的黄玉，而是十几二十岁时，那个白白净净，瞧着剔透的小姑娘。

养得挺好的，除了瘦了点。

他于是连看迟大宇的眼神都带了几分欣赏。

到离开诊所时，上了车，旁边人问他闲杂人等怎么处理，他甚至都难得好心地说了句："到时候给点钱，让他滚吧。"

毕竟养了这么多年，于情于理，多少该给点辛苦费的。

而且，在他一家团聚的路上，难缠的倒从来不是这么个穷鬼——而是那群阴魂不散的"老鼠"。

他的表情略微阴沉了些，又看向另一侧，右手边始终沉默不言的男人。

"梁振，"他说，"让你办的事办得怎么样？他们有没有回去查那辆车？"

男人沉默点头。

"解军那个儿子也去了？"

梁振再次点头。

见状，陈之华不置可否地"啧"了一声，又向后靠，靠向椅背，闭目养神。

事实上，为了这次成功的越狱，他已经筹划了太久。或者说，早在入狱的第一天开始，他就等着这一天，所以才会一直拿那张名单吊着"上头"。

既表露出回归组织、"良心发现"的倾向，同时又因为"害怕报复"，表现得始终不敢开口。他毕竟曾经是最忠诚的卧底之一，那么多年的警队生涯，总会有人相信他，为他一次又一次地争取缓刑机会。

终于，他等到了解凛……简直天赐良机。他正需要一个向外界传达声音和让上头进一步放松警惕的机会。

于是名为交易，实则"勾引"。

毕竟，如果没有这场投诚的戏码，换了从前，监狱那群老油条，谁会安心敢把他放出去保外就医？

同样的道理，如果没有解凛在外头活动，试图完成他们之间的"交易"。

组织里的那群怕死鬼，知道他从前有多狡诈，哪里敢不派人来保护他、配合他？更何况，他对组织可不是丝毫没有利用价值。相反，他不仅知道太多的机密。同时，在监狱的这么多年，也从来没有放弃过向外界传递消息、沟通有无。

整整十年啊。

从前跟着他的那班兄弟，一个个的，逐渐在他的“资助”下混出了名堂。

只要那些人还听他的话——他的手里就总能多一份谈判的筹码。

别人玩的是钱，他玩的是人心与人性。

毕竟棋子嘛，他想，多一颗算一颗，都是拿来给他用的。

如今，比起爆炸、车祸这些无论如何都会留下痕迹的“消失”方式，他的身份已经随着坠江失踪的车辆一起变得无处可寻。而现在他要做的，亦只有带着妻女远走高飞这一件事而已——

不过，当然，在那之前，能够给他时间“泄泄愤”就更好了。

这么多年被抛弃在监狱的愤。

妻子背着自己给别人生儿育女的憎。

以及，和女儿相见不相识，只能生活在阴暗角落的恨。

一桩一件，他总要清算。只要把那些不太安分的“老鼠”先处理干净，他还有的是时间，在这座丁点大的城市继续搅弄风雨。

他闭目养神良久，想到这里，突然又开口问：“那个跟我做交易的小子……他叫解凛，对吧？”

“是。”

“人倒是不错，长得也精神，说话也算话。可惜，是解军的儿子啊——”

他长叹：“解军从过去就总爱跟我作对，我不喜欢。”

“……”

“想办法解决掉吧。”

“是。”

“但看在我女儿的份上，可以给他留个全尸。”

语毕，陈之华话音淡淡，又吩咐司机：“掉头，去医院。”

[4]

三天后。

当周周末。

按照当地的习俗，黄先生果然赶在“最后期限”之前，为麻仔布置了一场规模不小的白事。就在公寓楼下，尸体装殓入棺，支起雪白大棚，供人祭拜追思。

而大棚之外，从街头到街尾，不但连摆了两天的流水席，而且还安排了吹拉弹唱的丧仪队，在这片整整唱了一天一夜。

迟雪当天晚上被叫去值夜班没在家，等到白天回来时，远远听到竟还在唱。走近了则吵闹更甚：唢呐小号全上场，犹如山哭鬼嚎。她不由得眉头微蹙，想着街坊邻居大概少不了有怨言。

但听迟大宇说，那位黄先生竟然都提前打点好了，为了安抚附近的居民，每家每户给封了八百八的红包。用老父亲的话来说，黄先生实在是个八面玲珑的大好人。

尤其是，他甚至还考虑到黄玉在这边的亲戚朋友不多，怕局面冷清，正式开宴当天，特意请了一堆不认识的人来吃饭充场面，倒把场面烘得十足热闹。

迟大宇原本只计划着请附近的街坊邻居简单吃顿饭，和对方的阵仗一比，顿时相形见绌。也不敢给人拿什么主意，权当是个简单的参与者罢了。

“老迟啊。”而黄先生看出他不好意思，反倒还安慰他，“这些东西是做给别人看的，总要给我妹妹一点面子。我心里其实还是更喜欢自家人聚。”

“对了，等孩子火化了，把骨灰带回去，回头我还想做个东，请你还有小雪吃个饭、感谢你们对我妹妹这段时间的照顾。好吗？”

黄先生人善心慈，说起话来也是和颜悦色。

迟大宇当然也只有欣然应允的份，连带着替正好起身去接电话，没在身边的迟雪一起，把这事给应了下来。

旁边的黄玉却面如土色，始终只低头吃饭，一语不发。

一直等到迟雪接完电话回来。

“迟雪。”她这才开口说了今天的第一句话，“我肚子，不太舒服，你能陪我去上个厕所吗？”

语气之礼貌客气，让一贯在她这儿讨不到好的迟雪，倒莫名有种受宠若惊的感觉，因此也没太犹豫，便起身去搀扶她。

结果两人一前一后刚站起，黄先生正和老迟碰杯，见状，又吩咐身后另一桌的护工："顾嫂，你也跟着过去吧。阿玉她伤还没好，走路经常颤巍巍的，小雪扶着她，别也被带着摔了。你跟着一起去，帮忙看着点。"

黄玉扶着迟雪手背的右手瞬间收紧。

迟雪被抓得一愣，不明所以间侧头看她，也是凑得近了，这才发现，她最近似乎又消瘦不少，整张脸上几乎没有血色，两颊都瘦得凹陷下去。

"……走。"黄玉突然拉扯着迟雪的衣袖。

流水席摆在街上，附近也没有公厕。迟雪只以为她是很不舒服才一直催，遂和那护工一起扶着黄玉去了自家诊所。让黄玉在二楼上厕所，她和护工则在门外等着。

然而才没两分钟，黄玉又开了一线门缝叫人，说是站不稳要人扶。护工殷殷切切走过去，转眼便被又打又骂地赶出来，不得已换了迟雪。

"那我就在门口等着，门别关严吧。"

那护工却也不恼，站在厕所门口没走，看向迟雪，脸上带着温吞的笑容，说："怕你扶不住，待会儿一起摔了。"

好心归好心，问题是这怎么跟盯梢似的？

饶是迟钝如迟雪，此时亦终于嗅出点不对劲的意味来，更别说走进门，黄玉又瞬间紧攥着她的手——把她拉到面前来，一个个微弱的口型，指向可怕的现实。

冷汗逐渐爬满整个后背，到最后，迟雪几乎是立刻找出口袋里的手机准备报警，然而黄玉却只是摇头，拼命按住她手。

"会死人的。"

黄玉说——以小心翼翼的口型："全是他带来的人……这里，这些邻居，你爸爸，你要他们怎么办？"

"现在还不是鱼死网破的时候。"

"你要活下去，记住，想尽办法活下去。不要让他知道……"

黄玉说："只要你还活着，关键时候，你……也许可以救下你想保护的人。但一旦冒险、一旦你不在了，就什么筹码都没有了。"

而另一头。

老迟已喝得微醺，黄先生面上却还丝毫不见醉意。酒过三巡，又双双碰杯。

“听说你们诊所已经开了几十年。不过，这几年经济形势不好，生意应该很难做吧，”黄先生说，“小雪也二十几岁了，以后万一要是嫁人，这嫁妆准备起来也是个难事。”

三言两语虽简单，却一下戳中了老迟的伤心事。

“是啊。我一想想就……”

他欲言又止，也是这样四下无旁人的场合，也才敢说几句真心话，良久，无奈地一碰杯。

老迟低声说：“也不瞒你说，我的这个肾，真是老毛病了。这几年忙着还钱，一直不敢去仔细检查，但我自己也是个医生……心里有数。要是真去做透析，做有的没的，家里哪里负担得起？我老婆那次生病，已经把家底都掏空了，连累我女这么多年过苦日子……我不想再拖累她啊。”

“我懂，你是个好父亲。”

“嗨，这算什么好？”老迟却只是苦笑，“这年代，没钱就相当于什么都没有。我也六十多了，别的什么也不图了。现在就想着能把之前欠的钱全还了，至少把这个担子卸了，别留给小雪。之后的事……走一步看一步吧。”

黄先生闻言，亦是满脸同情，伸手拍了拍他的肩。

“不过。”黄先生说，“你也别太着急——你要是相信我的话，我这里倒是有一个发财的法子。”

话音刚落，旁边忽传来拉扯椅子的动静。

他十分警觉，下意识地侧头一看，见是黄玉和迟雪回来，却立刻又扯出个温和笑脸。

“回来了。”

他拍了拍黄玉的手背。

回来就好啊。

他心里想。

别说是人，连家养的宠物也会有想逃出笼子的时候。这种时候，只要把家门关好，那么，在习惯了笼子的宠物看来，卧室就算是巨大乐园，客厅就算是世界地图。至于客厅门外的世界，是不敢想象的。

因此，他当然可以容忍她的一点小动作。

无伤大雅。

他想到这里，微微一笑，随即又看向坐在自己斜对面，脸色同样有些苍白的迟雪。

四目相对。

一直站在他身旁不远处的黑衣男人忽然接了个电话，短暂交谈过后，又上前来，凑到他耳边耳语几句。

他脸上表情不变，时不时点头示意听到，依然微笑。

——逃了个命不该绝的人啊。

他心里却想，生命力顽强的老鼠，一向是最让人头疼的。

“小雪。”谈吐斯文的“黄先生”，于是话音一转，又突然说，“刚才听你爸爸讲，就这附近，有个叫‘小谢’的男生和你相处得很好啊？怎么今天没一起叫过来吃饭？”

迟雪沉默。

“而且最近这个架势，我怕吵到人，家家户户给发了红包，好像都没看到过他来领。”

迟雪仍是无言。

倒是旁边的老迟见状，察觉到自家女儿似乎不太情愿搭话，脸上情绪也不太对。

“欸，算了算了。”做父亲的，当即又出来打圆场，“现在小雪和人家八字还没一撇的事呢，而且可能别人也忙着——今天这个日子，还是先把麻仔的事——”

“我最近也都没见到过他。”迟雪却突然说。

闻言，迟大宇和黄先生脸上都流露出一丝意外之色。

“不过你提醒我了，黄叔叔，我突然想起来，他的生日应该也快到了。”

迟雪却并不停顿，仍在继续说着：“我想给他挑个好点的生日礼物当惊喜。有空的话，可以让叔叔你帮忙参谋一下吗？”

“哦？”

“认识好多年了，我一直想再陪他过个生日。”

迟雪的背上全是汗，粘连着里头的打底衫，很不舒服。

但她的背却仍挺直着，脸上挤出淡淡的微笑：“这也算是我的一个夙愿吧。我这段时间攒了一点工资，想说给他买个好点的生日礼物，叔叔你应该比较懂这方面？”

一旁的迟大宇听得满脸疑惑，心说女儿为什么突然没头没尾说起这种私事。

然而，“黄先生”却很显然听懂了她的言下之意，因此乍然莞尔。

“也好。”他说，“那你回头告诉我有些什么备选项，我帮你挑挑。”说着，便又在桌下握紧了黄玉颤抖的手。

这一天，再盛大的排场，折腾到下午，流水席也逐渐散去，麻仔的尸体最终被送往市殡仪馆火化。

活了二十五年，从前是看他从小矮子长成高个儿，如今是从完完整整的一个人，到剩下个小小的骨灰坛。

黄玉将那坛子抱在怀里，泪流不止，迟雪与迟大宇亦湿了眼眶。

从头到尾，黄玉没有去看过遗体，没敢去目睹孩子离开的最后模样。如今抱着骨灰坛，也不过反反复复，喃喃自语说着同一句话：“一步错，步步错。”

而“黄先生”只是冷冷地看着她。

双方哭完也叹完，在殡仪馆门口分别，顺带约定好了下次吃饭的日子。

傍晚夕阳西下。

目送迟家父女乘车离去，陈之华复又侧头看向身旁垂泪的女子。

他什么话也没说，只车辆驶过雁江桥，突然又绕行桥下。

车里传来女人厉声的尖叫和惊怒的哭泣声，却最终被隔离在车门之内。下车的保镖，手中捧着一个灰色的瓷坛，走近江边，随手一抛——

回家的路上。

迟雪忽然满头大汗，猛地瞪大眼睛，就这样从闭目养神的小憩中惊醒。

后座一侧，迟大宇正在玩手机，见状亦吓了一跳，忙又一边找纸巾，边问她这是怎么了，怎么出这么多汗。

迟雪的汗还是止不住，心口狂跳，却也说不明白为什么，只能推说是做了个噩梦。

“我这几天心脏老不舒服。”她喃喃，“爸，我很害怕……真的很害怕。”

自己的身世背后到底藏着什么秘密？

到底怎样才能自保？

还有解凛。

到底出什么事了——他现在在哪里？

她心有余悸地盯着自己不受控制颤抖的手指，又想起今天黄玉遮遮掩掩说过的话。

“爸。”

太过于不安，以至于又“奇思妙想”，她突然一把抓住迟大宇的手。

“你不是一直念叨着说要出去旅游吗？”她说，“这样吧，我出钱，你出去玩玩放松一下，去玩几个月怎么样？哪里都好，出去散散心。”

“傻孩子。”迟大宇却只心疼地摸了摸她头发，“你哪来的钱给爸爸出去玩？更何况，有钱咱们攒着还来不及。你啊，是不是因为今天看到麻仔那样，所以——”

所以什么？

没等他说完，迟雪的手机铃声突然响起。

她脸上顿时一喜，以为是大波浪或解凛那边有了新消息，立刻低头去翻包找手机。

然而，找出来一看，上面显示的备注却是“叶南生”——本就心乱如麻，看到后更烦，她脸一沉，当即想也不想就挂断。

如此反复了五六次，连迟大宇看在眼里，都忍不住给“小叶”说好话，劝说迟雪要不还是给人家个台阶下。迟雪却仍是不理，只兀自捂着脑袋，脑子里思绪翻涌，闹得快要爆炸。

直到又一次“嘀”声响起。

这次是短信的提示音。

原本黑下去的屏幕重新亮起。

迟雪不经意一低头，看见上头简短的一行文字。

“来望天苑 3-2-13，他在这儿。”

而望天苑 3-2-13。

正是当年解凛高中时独自居住的私人公寓。

·第十一章·自私的慈悲

[1]

解凛隐约记得自己在丧失意识前听到最后的一句话，似乎是薯片仔带着哭腔的一声："头儿！"

看来还有口气在。

他想。

捡回一条命，算这孩子平生积福吧。

他也把自己能做的都做了，然而身体此刻实在是太沉太重，每一处似乎都痛，尤其是那两根被踢断的肋骨。他能感觉到错位的碎骨在他体内摩擦，每走一步，仿佛都有刀片在肚子里绞动。肩膀上、右腹的旧伤还未痊愈，如今再次撕裂——他从前自诩不怕痛，但是原来残留的痛觉还是足够折损精神。

他清楚地感觉到身体的每一处神经都在撕挠，在喊痛。

但是意识竟然空前清醒，任由灵魂和身体逐渐分裂为两半。身体的疼痛从无法忍受到逐渐麻木，但大脑却还在转动。摸索着，试图从破碎的线索中整理出为何会走到这步田地的原因。

他心里清楚陈之华的坠江实在来得过于蹊跷，时机过于微妙。

因此，哪怕北城的调查目前来说没有任何异样，在他看来仍然是最大的异样，为此，不惜专程赶回去一趟。

只不过，经过了两天的实地勘测，他亦不得不承认，不可抗力给救援和捕捞工作带来的困难客观存在。对陈之华的死亡调查，如果按照程序走，到最后确认和向外界公布消息，至少需要两个月的周期。

他本该再在北城多留一段时间的。

一方面，上级还需要他的完整述职报告，以确认他重返警队的程序是否正规。

另一方面，则是一旦陈之华确认事实死亡，他留在南方的合理性也就不复存在，还需要等待新的工作指派：是返回西南工作前线，又或是退居二线，下到省内指导地方缉毒工作。这都需要从长计议。

然而，他心里担心迟雪的情况，最后仍是向老头打了报告申请，并在将那本笔记交给对方，请求他尽快安排人员进行破译后，随即带着薯片仔匆匆离开了北城。

意外就是在此时出现的——

耳边如蒙着一层不透气的薄膜。

穿过那层膜，隐约有嘈杂的交谈声模模糊糊传到耳边。

“我和头儿下了飞机，但回去的路上被人跟踪。头儿发现之后，一直在指挥司机绕圈，可是对方穷追不舍，”一个熟悉的声音在断断续续说着话，“后面好几次要超车截人，头儿担心会影响到路人，只能联系了附近的便衣行动，先开到比较偏僻的地方，之后准备反扑——可是很奇怪，我们这边一有动作，他们就撤退了。”

“头儿觉得不对，不想把人往老街引，打算往反方向走。结果果然，到后面，我们的人一散开，他们又出现了，并且这次是几倍的人数，好像算准了时间一样——我们根本来不及通知附近的同事。”

因此最后的结果，无意外就是一场乱战。

再加上这次带人来的是白骨。新仇旧恨加在一块，下手尤其狠毒。

解凛为薯片仔扛下的那一脚，直接踢断了他两根肋骨，他几乎是瞬间跪倒。

如果不是关键时刻，那个胆小怕事的司机突然去而复返，拼死载着他们逃出生天；如果不是那群人后来不知何故，突然放弃了追踪，也给他们留了一线生路——

“头儿说，不能回老街，所以只能来这里了。”薯片仔说到这里，声音又带上哭腔。

毕竟还是个半大孩子，仔细听，说话声里似乎还夹杂着“嘶嘶”忍痛的气声。

房间里沉默片刻。

随即另一个男人的声音响起，似乎在向在场的第三人解释：“这里是叶家的物业，长期都有人定点来打扫，只不过从上次他回来住了一夜又搬走之后，为了以防万一，才装了监控，”他说，“我也是听到底下人的汇报才知道他在这里，而且情况很糟，之后尽快通知了你。”

算是阴错阳差？

不过，男人的言下之意：不管怎样，我至少还是通知了一声。

语毕，他似乎还嫌不够，很快又补充了句：“而且我给他请了医生，没有放任不管。”

之后便是更长更久的沉默。

想来他们几个就站在卧室门外，门没关拢，声音听得一清二楚。

解凛听到一半，神智终于在疼痛的刺激下逐渐恢复，正挣扎着试图坐起身，房门却突然“咔哒”一声，被人从外推开。

走进门来的是顶着两只红红核桃眼的迟雪。

“……”

此情此景。

诚然，解凛一开始是想跟她说“你现在知道为什么我那天跟你说那些”的——大概没有什么比他现在的样子更有说服力。

冷幽默也好，诚实也罢，现成的实例已经摆在眼前，或许足够劝服她放弃危险的选择，做正确的决定。

但不知为什么，看她红着眼睛，一语不发坐在床边的样子，他突然什么话都说不出口。

“迟雪。”末了，他只嘶着声音，又轻轻喊了一声她的名字。

想半天，他问她：“你这几天，还好吧？”

结果不说还好，一说，好像打开了某种开关似的，他说一个字，迟雪的眼泪就“啪嗒”一下掉一颗下来，跟珍珠似的。

他从没见过有人这么能哭。

眼泪像豆大的水珠子往下掉，砸进她手上的粥碗里。

她也不说话，只是呼吸急促，自己哭完，自己哄自己，自己擦眼泪，他在旁边反倒像个摆设。

干着急啊。

是以，明明手动一下都疼到不行，他亦只能挣扎着，努力摸到了床头柜上的抽纸盒，想着把纸递给她。

结果她还不领情。

“啪”的一声。

迟雪头一次对他发了脾气，把抽纸盒扫到地上。

解凛看得一愣，倒也没生气，只是第一反应是这下真的帮不到忙，捡不到了——动一下都困难的当下，更别提探下床去捡东西。他想着她真的要用袖子擦脸了。

于是愣怔中，竟有些无措地抬头，看向她通红泪眼。

“解凛……”

她却只是哽咽。

眼神里没有责怪，没有气愤。

唯有清凌凌的，仿佛流不完的泪。

她的泪眼中映出他失神而苍白的脸。

“我一点都不好。我每天都在担惊受怕。”

她说：“我真的很害怕……但你根本就不懂我在害怕什么，解凛。所以你才能每次都这么‘奋不顾身’。”

可是啊。

我根本不要你那么善良。

我不要你那么无私。

我不要你那么公道、正直、舍己为人。

我不要你不怕死。

……就当我是自私好了！

“你的无私里都是我的自私，”她说，“我就是自私的——所以你不要当我什么都不知道！你不要再做觉得是为我好但是其实我根本不愿意你去做的事了，我不要这种平安。解凛，所以别人也不可以要这种平安，踩着你平安，我不要再经历这种事了……我不要每次都是你牺牲，我不要！凭什么这样，我不要！”

她几乎是在控诉了。

哪怕早已过了当孩子的年纪，或者说，哪怕在孩子的年纪，她也从没有发脾气撒泼的机会。

但这一刻，她却清清楚楚明明白白地在“任性”。

一段时间以来的恐惧也好，未知也罢，那些近在眼前的噩梦淹没了她。

“迟雪……”

解凛终于察觉到不对。满头是汗，仍努力伸手抓住她的手腕，却一下被甩开。

他不说话，咬紧牙关，稍好些的右手撑在床上，靠近她的左手伸出，又试图再拉住她。

这次没有被甩开。

于是他紧紧握住她的手。

“迟雪，你怎么了？”他说。

声音因左手伤口处传来的痛感而不受控制地发抖，然而他依然坚定：“是不是有人找到你了？”

“总之，你不要担心，我会再想办法。迟雪，你听我的，先搬走，之后我会让人再安排你爸爸——”

“我不。”

“……”

“我害怕的根本不是这个。”

“……”

“我害怕的是我什么都做不了，解凛，你懂吗？”

她说：“难道在你眼里我就那么脆弱、那么怕死？但其实我害怕的从来都不是死这件事——我是医生，对于生和死，想法本来就和普通人不同。只要我爸爸不要被牵连，只要他安全，关于我自己的事，我根本什么都不怕。我真正打心眼里怕的只有一件——是关于你，你还不懂吗？我害怕的是失去你！解凛。”

她字字掷地有声，字字皆是藏在青春背面激荡的回声。

过去的许多年，她已经对着纹丝不动的石壁呐喊了千遍万遍。

如今。

石头砸进水里，波纹荡漾千里。

……到底是谁的心乱如麻?

这个答案，或许就藏在如擂鼓般凌乱的心跳声里。

而解凛愣在原地，怔怔看着她回过头来，眼泪已不再流，眼圈却还是赤红的。

她一眨不眨地看向他。

“如果你不在了。”她问他，“我这么多年的青春，这么多年的……”却哽咽得几乎说不下去，“十年。你觉得我还会有下一个痴心妄想的十年吗？你知道你对我意味着什么吗？！到时候你让谁赔给我？”

“谁都赔不了一个你给我。所以那样的平安，那样的生活，解凛，对我来说有意义吗？”

她忽然倾身下来，眼泪滚落进痴缠的唇舌，咸而涩。他起初还没反应过来——后来回过神，才终究是叹一声，随后尝试配合与回应她——她生涩的吻技似乎有进步，但依旧笨拙，有好几次差点咬到舌头，却似乎不管不顾。他一退，她又压着他的胸膛纠缠上来，和平日里的胆怯温和完全判若两人。

而这或许才是隐藏在她多年的压抑和退让背后，真正本真而热烈的感情。

所以，哪怕如此生涩又笨拙，也依旧能做到几乎让他忘了呼吸。吻得几乎窒息。

胸口泛起的疼痛。

说不清是因为伤口本身，还是因为尝到了她的眼泪。

仿佛因这颗泪而形成某种无声的连结。

那一刻，他确信，自己亦得到了一生中最想要的。

——“老解，爱到底是什么呢？”

——“干吗问这个，你个小兔崽子，毛都没长齐。”

——“我想知道。”

——“为什么想知道？”

——“因为我好像没有被人‘爱’过。”

——“我……”

——“你也是因为我妈所以才对我爱屋及乌吧。你也不爱我。”

他说：

“我还没有感觉到过——书上说的爱，别人嘴里说的爱。都没有。”

这一生，从来没有人毫无保留地爱他，让他知道，他的人生是有退路的。

少年时，那些人只因为他冒头的个性和皮囊而追捧他。

长大了，因为他不怕死，敢拼命，是最锋利的刀，所以得到重用。

人们从前批判他，因为他不服管教；后来人们赞美他，因为他乐于牺牲。

所以他想，只要牺牲就好了，牺牲之后，写在墓碑上的光荣就是他的墓志铭，是他荣耀的身后名。他如丧家犬般的一生，从此不再受人唾弃。也许从不承认他的母亲也会为他流一滴眼泪——

而在这条一往无前奔赴去死和牺牲的路上。

似乎，唯一的插曲就是迟雪。

他从前不懂自己为什么会在迟雪的事上感受到自私，为什么会有杂念。他以为那是因为她是“小老师”。这是他心里最柔软的地方。

他以为自己对她不一样，是因为她是他人生中为数不多对他表露善意的人，曾经温暖过他的人生，给过他生的希望，是他想过要一起生活的人。因为模糊的爱。

但这一刻。

模糊的东西似乎被拂去水雾，露出真容。

于是他终于懂了。

这是他和她所共有的。

“由爱而生，自私的慈悲”。

他的爱也好，欲也罢。

在这一刻，给了他所有的解答。

他爱她。

比所有的、全部的、伟大的、冠冕堂皇的荣耀更重。

他想活下去。

因为她想要他活下去。

……因为她也坚定地爱着他。

[2]

而也正是在那天。

迟雪第一次，也是唯一一次，跟解凛说出了自己这段时间以来心里所筹谋的“计划”。

“我决定了。”她说，“不管用什么方式，都要先稳住他。只有稳住陈之华，这样他才不会伤害我身边的人，也给你争取一些调配警力和走程序的时间。”

正如黄玉所说，现在还不是鱼死网破的时候。

他们都不是陈之华那样的疯子，所以既不敢，也没有和陈鱼死网破的资本。

因此，她要做的，或者说，她凭借自己现在这个“身份”能做的，其实最好的选择，就是像今天在饭桌上做的那样，拖延时间，给那些暗处抗争的人争取活命的机会。

毕竟，至少目前来看，陈之华似乎还是会顾及她这个“女儿”的看法和意见的。

只要他没有伤害自己，就说明还有权衡的机会。

“我之前想过，如果他真的死了，也许我确实该离开，因为除了他之外的那些人，都是可以逃开的，我对他们来说没有什么威胁。只需要改一个安全点的身份就好了。”

迟雪说：“但是现在陈之华还活着——只要他还活着，逃就没有任何意义，因为无论我逃到哪里，他都会一直找到底。我有这个预感。”

“但你根本不是他的女儿。”

“他现在还不知道。”

“他迟早会知道！”

解凛的语气紧张起来，紧攥住她手腕，他的表情亦随即变得严肃。

“总之，你不是警察，也根本不需要做到这个地步。迟雪，你知不知道如果被他发现你根本不是他的孩子，他会怎么对你？！你现在要做的是等警察，北城那边已经在部署了！”

“我会尽可能不被发现。”

“尽可能？”他几乎被气笑，“你这根本就是在玩命！”

“你忘了，我还有那包头发。”

"……什么？"

"麻仔的头发。"

迟雪的语气越发笃定。

"而且，其实从时间线上推，我能感觉到，他一定是有什么理由，也很相信我是他女儿这件事的，不然这段时间不会做这么多'多余'的事。"

"……"

"总之不到万不得已，我一定不会冒险。解凛，你相信我。而且实在不行，我也会找机会拿头发出来自证。只要谨慎一点，我想应该也不会有什么危险——"

"不行。"

"为什么！"

"不行就是不行，你不可以这么冒险。"

如一盆冷水当头浇下。

明明她已经考虑了这么久，准备了这么久，她只是想要尽可能地帮到他，然而，他还是只有简单而决绝的一句："不行就是不行。"

眉头紧皱间，他紧攥着她的手一时没控制住力气，竟活生生攥出一圈红痕，然而他仍不松手。

两人就这样你看我我看你，如"对峙"一般，头先床边接吻的旖旎气氛瞬间荡然无存。

直到许久又许久，她的眼神最终落定在他胸前、左肩……层层叠叠的纱布和数不完的伤口上。

"……我不。"

她竟也跟着犟起来。毕竟，对于这件事，对于陈之华的恐怖和心机，她自认为已经有了清楚明确的认知。而她所提出的"温水煮青蛙"办法，理智而言，也已经这是眼下最好的办法。

"何况你想要的，根本不是陈之华的命，而是'名单'。没有我，你撬不出来那份名单的。解凛，我会帮你。"

"这不是在玩过家家。"

"我也没有在开玩笑，"迟雪反手攥住他的手，"而且今天他对麻仔，也根本没有表现出非常大的敌意，甚至还愿意出大价钱给他做白事。

所以我想他对我……哪怕最后败露了，我想，也不至于当着黄玉的面杀了我。还是有机会的。”

这些天来，无论是在“情报信息”还是现实的观察上，她都做好了充分的准备。

现在唯一放心不下的，也只有家里那个，“为了不让他担心所以基本事都全瞒着他”的老父亲了。

只要能把父亲安全送走。

她想。

接下来的一段时间，她也许就可以安心地配合解凛的行动，一个在明一个在暗，逐步套出陈之华手里那份名单，之后再把这个可恨的双面卧底重新收入监狱。

“毕竟这里不是北城，无论在警力调动还是程序上，都很难和那边比——抓他是有困难的。我很清楚，解凛。”

说话间，迟雪握紧他的手，手心隐隐沁出汗意。

“而且，你今天的情况已经让我很担心，我不想再有下一次了，所以，今后，能用软刀子的地方，我再不让你去和他硬拼。”

“……你太天真了，迟雪。”

“我只是想要把损失降到最低。”

“而且，”她说，“解凛，没试过，你怎么知道不行呢？”

“这不是需要你去做的事。”

“但是我可以做，你让我试试，”她却仍然坚持，“最起码我的损失不会高过你。他不会动我的，至少现在不会。”

然而，尽管话都说到这份上。但这之后，无论她怎么说，好话赖话，硬话软话都说尽，说到底，口干舌燥，解凛却依然没有答应她。他唯一给她的答案，就是“不可以”。

绝对不可以。

“你要我把你爸爸送走，可以，”解凛说，“但是只有一个人走就不可以，必须你跟他一起走，等这边的事解决，北城的后续支援调配过来，我再去找你。”

“但你这个过程也需要时间。”

“……但不需要你来争取！”

他的声音一大，牵动伤口，瞬间又忍不住咳嗽连连，脸上血色尽褪，却仍是不舍得松开、紧紧握住她的手。

那一刻，掌心相触的温度，紧张担忧的神情。

他们四目相对。

迟雪的痛心都写在脸上，末了，终于是在叹息中退让，说好，听你的。我会去做我爸的工作，到时候我和他一起走。

他闻言，松了一口气，亦同样的，是这天的第一次，突然冲她笑了——是轻松又宽慰的笑。

“迟雪。”他说，声音虽虚弱，语气却坚定，“这次你听我的……以后的每一次，我都听你的。”

她一怔，反应过来，却顿时颊边飞霞，红透一片。

“……嗯。”

她点点头。

后来，他总会不由得想起这一天，想起这一刻她羞怯的表情，却恨自己从没有预卜先知的能力——所以也不会知道，这一天，这一面，竟然成为他对这年二十六岁半的迟雪，最后一点温馨的记忆。

事实总是不吝残酷地向他们证明：他们之间，一个低估了陈之华的狠心，一个高估了仅剩的，来得及挽回与缓和的时间。

等到反应过来时，一切都已太迟。

[3]

在这之后，仅仅过去四天。

中间一直没联系的“黄先生”不知何故，突然又向迟家父女抛出了吃饭邀请的老话题。

迟雪彼时还在做迟大宇的工作，劝他出去旅游散心，没料到原本定下的一周之约突然缩短到四天。迟雪表现得相当抗拒。

而迟大宇似乎也察觉到点什么，想要婉拒对方。

怎料此时的“黄先生”却一反之前的好说话态度，接连打来四五个电话，强调约定必须遵守不说，之后更是索性直接派了人过来“请”他们移步。

迟雪亦只来得及在离开前给解凛发了个短信告知他情况，随即便被带走。饶是一贯乐天如老迟，这次看对方的架势，也深感不妙。

一路都是沉默。

幸而到地方时，发现吃饭的地方定在市中心一栋地标建筑的顶层露台，对方包下一整层，看着倒不像是有什么多余想法——就算有，似乎也不适合在这种地方表现。迟雪勉强松了口气。

黑衣保镖带他们上到二十七层。

“黄先生”早已久候多时，见她来，顿时笑容满面。

“小雪，”说着，他又转向一旁的迟大宇，“还有老迟，你们来了，我等很久了。不过阿玉今天身体不太舒服，我就没让她过来了——怕她吹了风又感冒。”

“哦……那，应该的，让她多休息吧。”迟大宇点点头，却仍忍不住环顾四周，“不过，那个，黄先生，咱们就三个人吃饭，怎么把这一层全包下来了？还选在这么高的地方……我一直有点恐高症，呵、呵呵，这么一看，还有点怪吓人的。”

“我只是觉得这样安静一点。”

然而“黄先生”依旧微笑：“露台风大，胜在空气新鲜，人太多，就不新鲜了。所以要请客就直接包下一层，在我看来也是基本的待客之道。”

迟大宇闻言，有些不知所措地笑笑。哑然之余，也只得拉着迟雪随他之后入座。

只不过席间，两人又聊到之前提及的“赚钱的法子”，倒是惹得老父亲来了兴趣，一心想给女儿赚点嫁妆。不想酒过三巡，人都喝得醉醺醺，“黄先生”最终却只摇摇头，给他下了定论。

“你不适合做生意啊，老迟。”

“啊？”

“心慈手软，眼高手低的。你这种人，做生意只会被骗。”

“黄先生”一贯温和有礼，今天说话陡然不客气起来，倒叫人很不习惯。

老迟被他说得脸红——也不晓得是喝酒喝得红，还是臊人的红。但一时又不知怎么反驳，只郁闷至极，不停低头喝酒。

直到迟雪悄悄在桌下按住他的手，给他打眼神。

这小动作却不巧被“黄先生”发现，当下冲她一笑：“怎么了？小雪，你不喜欢你爸爸喝酒？这些可都是好酒。”

“好酒也不宜贪杯，”而迟雪亦回以客套的微笑，“黄叔叔，我爸年纪大了，身体不太好，禁不起这么喝。”

那笑容看得“黄先生”不由得一怔，微妙的神色一晃而过，顿了顿，又向她举起酒杯：“那你陪叔叔喝两杯？”

“不了，我不会喝酒。”

“是不会还是不想喝？”

“……”

“黄先生”的微笑带着洞察她意图的看破不说破意味。迟雪只得硬着头皮以茶代酒，勉强与他碰了个杯。

这样的低头却显然已稍稍让对方快意，遂重新转向迟大宇，又温和开口道：“不过老迟啊，你也别担心，我有个法子。”

“啊？”

“谁说你就一定要当老板了？创业多难，我刚刚给你讲的那些，各行各业，不都有现成的捡吗。”

“黄先生”说：“何况你都六十多了，要让你再从零开始，这不是为难你吗？”

话是这么说，可是所谓的捡现成的——天上哪里会随便掉馅饼？

老迟面露疑惑。

“这样吧。”“黄先生”见状，却爽朗地拍拍他肩，“有个最稳妥的法子。我最近收了栋不错的物业，就在附近，位置也不错，一年光靠收租，应该也能赚个百来万，钱是少了点，不过，小城市嘛，也够花了。我做主，把那栋楼给你。”

如果说刚才老迟的表情还是疑惑，话说到这里，就是纯粹地受宠若惊了。

他实在想不到，自己只是黄玉的一个邻居——充其量是她孩子的养父，竟然能够得到对方亲戚的这样善待。一时间感激涕零。

正要细问，然而“黄先生”此时举起酒杯，轻碰了下他的，却又“及时”补充道：“不过有个条件，我要带小雪走。”

“……”

“如果你答应的话，那栋楼就是你的了。勉强算作你这么多年，帮我养女儿的劳务费吧。没有功劳也有苦劳。”

“黄先生”说：“但如果你不答应——”

先礼后兵亦不过如此。

迟雪悚然一惊，见旁边突然围上来两个高大的黑衣保镖。她要拦，却被黄先生一把拽住，对方看着瘦弱，力气却极大，她手腕都要被拽红、依然在对方手底纹丝不动，只能眼睁睁看着父亲被那两人架起，几乎是被拖到了一旁的露台栏杆旁。

“你这是干什么！”

她顿时失声怒吼，怒目瞪向黄先生——也就是陈之华：“你放开我爸爸！”

“还叫他爸爸？”陈之华却笑得意有所指，“你最近和那群条子接触得很频繁啊，所以不会不知道我找你是为什么吧，小雪。”

迟雪急得满头是汗。

眼见得本就患有恐高症的父亲喝得半醉，脚步不稳，几乎是摇摆着站在危险边缘地带，眼神来回在这头那头挪转，只厉声道：“那你松开我！”

“为什么？”

“你再这样我要报警了！”迟雪奋力挣扎，“这里是市中心！不是废楼不是荒郊野外……”

“是啊，是市中心啊，”陈之华却丝毫不怵，“喝多了爬上栏杆摔死的人，年年都有，今天正好再多一个，很稀奇吗？”

“你……”

“如果他答应我的条件，我当然会把他放下来。”

他忽然扬声道：“老迟——”

迟大宇身旁的两个黑衣保镖同时松开手，退到一旁。栏杆外侧瞬间只剩下他一人颤巍巍站着，头晕目眩。

“老迟，”陈之华却还依旧乐在其中，向他喊话，“刚刚跟你说的，你考虑得怎么样？楼要不要？”

迟雪急得快哭，也不用去想，便知道父亲的答案。

果然。

"不要！你松开小雪！"

迟大宇颤着手抱住栏杆，嘶吼道："放开我女儿！我绝对不卖我女儿——你松开她！"

"你看，我给过他机会了，是他不珍惜。"

陈之华收回视线，看向面前两眼通红的迟雪。

"我也给过你机会。"他说，"本来我想的是，可以多给你一段时间好好适应的。但是最近外面的风声可不太妙啊。你私下里偷偷干的事可不少，小动作太多，就不是好女儿了。"

"……你要怎样才能放了我爸爸？"

"我说了，他不是你爸爸。"

陈之华叹了口气："不过，算了，改口这种事可以慢慢来。"

说着，他又将另一只手也盖在她的手背，两手用力，彻底断绝了她挣脱开的可能。

"我要你跟我和你妈妈走。"他说，"我们一家三口，找个安全的地方生活，这里已经不安全了。"

话落瞬间。

"小雪！你别听他的！"迟大宇两手死死抱住栏杆，也许是酒劲上头，声音竟比平时还要大些，只死命迎着风喊，"有爸爸在，你别听他的，爸爸这就上来，我们走——"

走？

陈之华脸色一冷。

只简单一个眼神示意，刚才退下的两人之一便又上前，冷着脸掰开迟大宇的手指。

力气之大，动作之干脆，一个老人怎么受得住，片刻便被掰开了一只手。只左手还紧攥着栏杆，老迟脚下摇摇晃晃，站在那么一丁点的露台边缘。

"爸——"

迟雪瞬间目眦欲裂。

深呼吸，她当即转头看向陈之华："好，我跟你走，你放了他。"

"还不够。"

“我说了我会跟你走！”

“你的眼神，”陈之华微笑，“写着不服气。”

“……”

“从前阿玉也是这样，所以，我把她带回家，没过多久她就开始逃跑。”

一次不行就逃两次，两次不行就三次、四次，用尽办法也不安分。

他原以为生了孩子，也许母亲的身份可以绑住她——但竟然如此她也要跑。

女儿像妈妈，有好的地方，当然也有不好的地方。

这个眼神就是最不好的地方。

于是他的笑容逐渐变浅：“我不喜欢这个眼神——梁振！”

一声令下。

迟大宇紧握住栏杆的另一只手也被强硬掰开。眼下只两脚还站在边沿，一只手被梁振握住——只要他一松手，重心后移，迟大宇必然摔得粉身碎骨。

老迟吓得紧紧拉住眼前青年的手。

青年却始终面无表情，如一具听候发落的傀儡。

只要下一道命令到来，他毫不怀疑，这个名为梁振的年轻人会立刻甩开他。

“小雪！小雪！”

然而老迟此刻的心竟然空前通透起来，顾不上自己生死一线，涕泗横流，只突然又大喊起来：“他们不是好人！不能跟他们走——爸爸不怕，你不要哭，爸爸……爸爸什么都不怕，警察肯定马上就来了，你跟警察走，你不能——啊！”

梁振的手试探性地往外一递。

迟大宇的两脚瞬间便站不住，向外打滑，整个人以一种诡异的姿态往外“探”。耳边掠过风声，他整个人都在抖颤。

“我跟你走！”迟雪眼见于此，已经什么都顾不上，当即向面前人大喊，“我跟你走！拉他上来……拉他上来！”

“既然已经决定跟我走。”

然而陈之华突然笑起来：“那就说明你认我这个爸爸。”

"……对。"

"那还要多出个爸爸干吗呢？"

他的心意转瞬万变。

迟家父女超出预计的深厚亲情已十足让人不爽。

于是他直视迟雪瞬间苍白的脸："还是说，你又在撒谎？这一点，你和你妈妈也一模一样——把他丢下去！"

"爸——"

迟雪在最后终于挣脱开陈之华的禁锢。

又或许是他故意为之，让她眼睁睁目睹父亲在自己面前满脸惊恐地坠落向下，无助地挥舞双手，仍然抓不住任何——

"砰！"

"抓住我！"

有玻璃破碎的声音。

紧接着是熟悉的男声。

迟雪一怔，扶着栏杆向下看：就在触手可及的下一层，解凛整个人几乎半边身子都探出窗外，一手攥住栏杆，另一只手紧紧拉住迟大宇的衣领。

迟大宇慌张地扑腾半天，才反应过来自己奇迹般地"生还"，死命拉住他的左手。

"小谢！"

"……拉住我。别松手。"

解凛的声音在颤抖。

为了承托两个人的重量，他不得不用相对情况好些的右手紧攥住借力点的栏杆，而有伤的左手则成了连接两人的"纽带"。他的手臂几乎要被撕裂。

冷汗涔涔。

"解凛！"

迟雪的声音从上方传来。

他却无暇给予任何回应，因全身上下未好全的伤口都在叫嚣疼痛。

只有脑海深处还剩不多的清明——他在计算后续支援到达的时间。

楼下已经陆陆续续有了围观人群。

警察很快……很快，就会，赶到。

他的双眼被汗水模糊，整只手臂都在不受控制地颤抖。

不行……

不仅是迟雪，连迟大宇都注意到了他的不对劲。

“小谢！”迟大宇喊他的名字，“你，你……”

此刻迟大宇全身上下唯一的着力点就是解凛的左手。

为了活命，他只有一条路走，但是——

一滴接着一滴的鲜血，顺着上方的袖口流到他的手上。

紧接着是汩汩的血流。

迟大宇的表情从愕然到惊恐，之后是不敢置信——不敢相信，在这样的情况下，解凛依然坚持——酒已醒了大半，他两眼是泪，怔怔看着两人紧拽在一起的双手。

再这样下去，他们两个人都会死在这里。

解凛的大半个身子都被他带着往下拉，那只紧拽栏杆的手也开始颤抖。

陈之华此时亦上前来，饶有兴致地往下看，眼前绝望至极的景致却似乎取悦了他，抚掌大笑。

可惜笑容并不及眼底。

“梁振，”他看向身旁人，“你现在是连最基本的警觉能力都没有了吗？为什么一次又一次把不该出现的人放进来？”

“……”

“我不会给你犯第三次错误的机会，你知道的。”

男人的眼神一颤。

旁边的迟雪意识到不对，却几乎是连滚带爬地扑过去，手脚并用，一把抓住了梁振的腿。

她不让他下去杀解凛。

然而解凛此刻的处境又哪里还需要别人来“解决”呢？

他已然自顾不暇。汗水如泉涌，他的手指也因为鲜血和汗水而变得滑腻，几乎握不住迟大宇的手，不平衡的重力已经几乎要把他撕成两半，脑子里的那根筋一直在抽痛——他知道自己已经快到极限。

迟大宇很明显也感受到了这一点。

“小谢！”迟大宇突然扬声道，“以后小雪就交给你了——叔叔把她交给你，你一定要，好好地——”

他的表情既像是要哭，也像是要笑。

解凛的眼前全是汗，视线模糊。

此刻低头看他——却分明地，看到一个父亲欲哭的脸。

他一怔，记忆仿佛又回到许多年前的那个天台上。

他的父亲——那个早已在脑海深处遗忘了细节的男人，也是这样紧攥着栏杆不放，却在惊吓中失手坠落。

他拼了命地想要扑上前去救人。

但只差一点点。

就那么一点点。

他们的手指相错，他眼睁睁看着父亲惊恐至极的表情，越来越远，最后定格在一片血泊中。

血……越来越多的血……

而他只记得那个怨毒而不甘的眼神，仿佛在用最后的力气向这个世界诉说——诉说——

——“阿凛！！！”

“小谢！”

——“小心——”

“松手，你松开……”

小……心？

记忆拨开层层迷雾。

那一刻，坠下楼去的叶振宗，到底想要对扑上前来徒然向自己伸出手的孩子说些什么呢？他到底是什么样的表情，以什么样的姿态离去？

记不清了。

但是，解凛突然紧咬牙关，发出痛苦的嘶声，眼泪夺眶而出。

他……

但是他……

如一只迟来而温柔的手，拂开画像上久积的灰尘，从紧皱的眉，到惊恐的眼，满眼的泪，之后是鼻子、嘴唇、口型——

他在此生难与比的痛苦之中。

突然地，在老迟的脸上，看到了叶振宗的脸。

穿越漫长的时间，他看到一双泪盈盈的眼。

“别松手！”

他因此突然吼道。

声音在难以忍受的痛苦中几近撕裂。

不行了。

手……

“别松手——我会救你。这只手不要了也没关系……我会救你！”他说。

痛苦在叫嚣。但他只是咬牙，汗水涔涔，血流如注。

“如果让你，在这里掉下去，她会……她这一辈子都会不开心……的……”

“所以，绝对。”他整个人以一种几乎扭曲的姿态被拖拽向下。

“我、绝对、不会松手——”

[4]

眼前是伸手不见五指的漆黑。

杂乱破碎的记忆画面在脑海中不断磨损、互溶、重组，最后连成一条串联始终的线。

“……”

而解凛亦正走在这条黑暗漫长的甬道中，心里恍惚感到从未有过的轻松，脚步却带着不由衷的沉重。他只兀自往前走。

直到穿过声音和记忆，看到对坐在诊桌两侧的医生与“患者”。

准确来说，是模糊得看不清面容的医生，和还是个小萝卜头的他自己。

前方已没有路。

他无处可去，只能坐在另一个自己旁边，又默默倾听着他们的谈话。

——“你一直认为你父亲恨你。”

——“是。”

——“你相信自己的确看到了他离开时候的表情？”

——“是。”

——“那是个什么样的表情？你从里面读到了什么？”

——“……他很恨我。”

而少时的他低头沉默许久。

——“他一定很恨我。”

末了，他又一次重复。

——“恨我把警察带来，恨我没有能救他，我才是害死他的凶手。”

——“那你现在看我的表情。”

——“我看不见。”

——“什么？”

他说：“我只能看到你的眼睛鼻子嘴，但我拼不起来一张完整的脸。”

是了。

从父亲离世那一刻开始，他对人脸的辨别能力就已经不复存在。

尽管他曾一度通过老解的训练而养成了机敏的观察能力，脸盲的症状也有所缓解。但——在任务失败，亲眼目睹停尸房中那些残缺不全的尸体后，他以为自己这一生再没有可能认出一张完整的脸。

然而这一刻，二十五岁的解凛怔怔抬头，看向面前满脸痛心，语重心长劝慰着自己的医生。

——“孩子，你不要自己和自己过不去。你要知道，你父亲的错，归根结底错在他自己的选择。而为人父母……我也是做父亲的人，我可以向你担保，父母之爱子，则为之计深远，我们宁可自己受苦，也不愿意孩子吃苦。又怎么会有父亲在自己生命的最后一刻，只想着诅咒自己的儿子呢？”

这是一张上了年纪的脸，尤其蹙眉时，深刻的“川”字纹横亘眉心，越发显出愁思的痕迹。

解凛悚然一惊，发觉自己竟然久违地看清楚了一张陌生的脸。

周遭的环境却突然变化，他惊觉自己仿佛又回到耳边风声呼啸的二十六层，整个人半垂坠在窗台，被汗水模糊的视线下，是迟雪父亲惊恐的脸。

同样的处境。

同样的位置。

遥隔多年，他又一次做出了选择。

不同的是，这次他选择握紧了对方的手。

而迟雪……

迟雪。

他听见近在咫尺的尖叫声、求饶声，听到她哭着在说话，说“我跟你走，不要动他”，说“我不会跑，求你救他”。

他竭尽全力抬起头，喉口却只有铁锈味的腥气一股接一股地往上冒，说不出话，只看到她跪在地上颤抖的背影。

于是那一眼。

“迟……雪——”

她抖颤的肩膀和垂落肩头披散的长发，在这一年的深冬，成为他们最后的告别。

“二十六楼惊魂一刻！男子舍命救人重伤昏迷——”

“见义勇为男子身份成谜？知情者踢爆惊天内幕！”

“叶氏千金离婚争产案拉开帷幕，多方媒体聚焦晚间发布会！”

“突闻噩耗！叶氏集团记者发布会因故延迟——”

一周后，薛蔷从加拿大度假回国。

这其实算得上是个难得的假期，毕竟，作为当今演艺圈难得片约不断的中年女演员，乘着近年来“中女热”的东风，她的演艺生涯不可谓不忙碌红火，只是“大器晚成”如她，虽然享受这种镁光灯加身的璀璨人生，亦需要偶尔从中抽身，给自己缓口气。

好在有这个假期，让她好好放松了一番。

她伸了个懒腰，随即指挥着助理去拿行李，自己则买了杯咖啡，在就近的长椅上落座。

机场偌大的 LED 屏上，劲爆新闻层出不穷。

路人走马观花，偶尔三三两两聚在一堆小声讨论。她正刷着手机社交软件，原本不打算参与。然而，后面听她们讨论得实在热烈，却仍是忍不住好奇难得抬头，索性也跟着看了两眼。

“我这有没有马赛克的现场图……你们看你们看，这个男生是不是很帅？”

“是帅啊——不过话说，你有没有上微博看爆料？听说好像他跟叶家有关系，说是家里很有钱欸！真挺看不出来，他们这种家庭……也会干这种危险的事？”

“你这是谣传吧。”

“啊？”

“因为我听到的版本完全不同啊，说这人以前就是咱们这一中的学生，读高中的时候经常惹事那种刺头——”

纷纭各有说法的八卦传到耳边。

然而，她起初轻松淡定的神情，却不知自哪一刻起，逐渐变得紧张而惨白。尤其是在看见屏幕上、脸部马赛克没能遮蔽完全的“见义勇为者”——他右眼眼皮那颗浅褐色的小痣的同时。

她的表情近乎因骇然而扭曲，手指抖得几乎拿不住手机。

“据悉，该名男子受伤严重，在被救下的同时已陷入休克昏迷，至今仍在医院进行抢救，尚未脱离危险期——”

“蔷姐？”助理小陆此时正好推着堆得如山高的行李车回来，打眼瞧见她状态不对，又立刻关心询问道，“怎么了？是不舒服吗？饿了还是……”

口袋里为她低血糖专门准备的罐装糖还没掏出来，薛蔷却霍地站起，扔下一句“你先回去”，便顾不上其他，一路小跑离开了机场。

在出租车的后座，她翻出通讯录底端那个久未联系的号码，一遍又一遍地拨出电话。

然而一遍又一遍，话筒里亦只有冷冰冰的提示音，告知她“号码暂时无法接通”。

她心急如焚，以最快速度赶到医院，却也不过像是无头苍蝇般乱转。

或许是口罩墨镜的习惯性伪装，让她看起来“来者不善”——哪怕拉了一个又一个的护士问“那个新闻里高楼救人的男人现在在哪里、住哪个病房”，对方也只当她是过来抢新闻的记者，一个个缄口不答。

她解释也解释得磕磕巴巴，回答不出两人的关系，末了，被逼急了，只能干脆红着眼圈破罐子破摔。

“我……”她说，“我是他的……我是他妈妈，新闻里救人那个是我儿子。”

“骗人也编个高级点的借口吧！”那看起来资历颇老的护士听罢，却忍不住直接开口嗤她：“先别说人家二十几岁，哪有一个你这么年轻的妈，要你是直系亲属，他做手术的时候你人在哪儿？”

“……”

“像他这种程度的伤，做手术是要直系亲属签字的，怎么，你这个妈还要从新闻上才知道消息？现捡的儿子啊！我跟你说最近我们医院像你这种浑水摸鱼的记者不要太多，你要是还有点良心想人家好，就不要来打扰我们的工作！”

想来薛蔷打小亦是个骄横的，哪怕嫁了两回，后来又硬着头皮在影视圈摸爬滚打“圆梦”，但活了四十几年，似乎总有人在前面为她保驾护航。哪里被人这么劈头盖脸骂过，以至于一番话下来，竟被骂得傻站在原地，成了住院部天然的一处“风景”。

过路的人对她指指点点，间或有人似乎认出她——听到快门声，她吓得急忙拉高口罩和衣领，低着头往电梯口走。

“阿姨。”

然而这时，却有一道稚嫩的童声从身后响起。随即，一只小手便牵住了她雪白风衣的衣角。

她怔怔回过头，视线低垂，瞧着眼前这个穿着病号服、瘦弱得仿佛风一吹就要倒的小男孩。他如黑宝石般的一双眼，亦一眨不眨地认真盯着她。

“我认识你。”小男孩说，“我看过你的电视——”

她急忙蹲下身来捂住男孩的嘴。

“我……唔……唔，”男孩却又挣扎着掰开她的手，似乎有什么重要的话要说，“我、我还知道……”

他突然神神秘秘地凑到她耳边：“我知道你是小解哥哥的妈妈，我们一起看过你的电视剧。”

“她长得可真漂亮啊。黑黑的眉毛，漂亮的大眼睛，鼻子嘴巴都好看得挑不出来一点错，简直就像童话故事里的公主那样。虽然不再年轻，可是老了也美，年轻的时候更加是个大美人”——习惯性学着大人一样对电视剧人物品头论足的小远彼时说。

而小解哥哥听着他的描述，却突然沉默了很久，表情里是他看不懂的凝重。

"是吗？"末了，也只淡淡说了句，"那就好。"

他终归是希望她好的。

"小解哥哥一定很想你，"小远说，"但你怎么这个时候才来看他呀！"

……

"来——你跟我走好了，我带你去，我知道小解哥哥住在哪里！"

于是就这样，陌生的小孩带着薛蔷，轻车熟路地上了住院部六栋十三楼。

VIP 病房的楼层远比底下要安静很多，看管也要严格许多。

然而护士们看见小远，却不知为何，都没有上前阻拦。

两人很快推开解凛所在的病房门——

"他的手怎么样？"

而此时的病床一旁，西装革履的青年正在向医生询问着解凛的情况。

"左手的断骨已经接上。其他的大大小小的伤，叶先生，我们也尽可能给他做了缝合。但说实话，情况不乐观……幸好是他的求生意志很强——身体素质也非常好，我想，如果能够醒来，以后简单的动作、像提拉拽之类的应该不成问题。"

医生说着，突然话音一顿，偷瞄着叶南生的脸色，又试探性地补充："但是毕竟人的身体不是积木，随便拼拼凑凑就可以复原。"

"他这样折耗自己的身体，新伤加旧伤，这……很有可能还是会留下一些后遗症。不过具体的还要等他醒来之后，再做进一步的检查。"

话虽然说得"难听"，终究是实话。

"好。"是以叶南生也没有为难他，只淡淡点头，"总之，我们叶家不缺这点钱，还麻烦医生你，在我弟弟的事上多费点心。"

语毕，视线一扫，注意到进门来的小孩，他方才还冷肃的表情，却骤然露出一丝笑意来。

"小远，"他说，"怎么又跑过来了？今天有没有听医生的话乖乖打针？"

叶南生其人，似乎归根结底就是这样一个奇怪的人。

一体两面随时切换，好坏泾渭分明，对这个"有眼色"的孩子，他的脾气一向是有商有量的。

也因此，才越发显得紧接着抬头，看到小远身后进门的女人时，表情变化尤其明显。

薛蔷作为长辈，理所应当先有表示，当下只得僵硬地冲他笑笑。

"……原来是薛阿姨。"

而他亦回以虚伪的笑："什么风把你吹到这来了？"

明知故问的把戏一流。

"你是——南生？"

"是我。阿姨还能认出来，看来我的变化还不算很大。"

叶南生微笑："不过您看起来倒是越来越年轻了。"

"说起来我们上次见，好像还是前几年苏富比的拍卖会上吧？回来的时候，奶奶还说起你。"

但具体说的是什么——

那就是仁者见仁，智者见智了。

薛蔷的表情晦暗不定，当着小远这个陌生小孩的面，却实在不好表现出过于锋锐的一面，她亦只能强忍，很快也憋出一个温柔的笑来，又索性越过他，走到病床边，低头看了一眼自己的儿子。

比起以前，解凛确实是又瘦了很多了。

她想，尽管他的体质和骨架本来也像他父亲，不长胖也挂不住肉。但是她至少能分清楚干瘪的瘦和纯粹憔悴的瘦……而眼前的解凛则很显然是后者。

氧气面罩下，他的脸上没有丝毫血色。

如果不是心电图上的波纹宣告着心脏仍在跳动——她有些走神——仿佛又瞧见了许多年前，躺在水晶棺里的叶振宗，那么苍白，那么安静。

不会再和她吵架，也再不会再睁开眼。

而叶南生不知何时也跟上来，站在她身旁，跟着低头看向病床上的人。

"薛阿姨。"他突然说，"其实奶奶近几年身体一天不如一天，一直都很想见他一面。"

"我们做小辈的，又是兄弟，互相照顾是理所应当。不过如果可以——我当然也想能够成全一下老人家的心愿。"

这个“他”。

此时此刻指的是谁，却自不必多说。

两人皆是沉默良久。

末了，亦是叶南生又开口，话里话外，意有所指：“而且现在他的事上了新闻，奶奶迟早也会知道的，倒不如主动一点。正好你也在，如果你能帮这个忙，做做他的工作，我想奶奶她应该会——”

会什么？

再重新考虑财产分配的事？

还是还给她当年从没给过的尊严？

又或者，让解凛把当年的毒誓当作从未存在？

薛蔷冷笑一声，正要说话，身后却又再次传来小远童稚的声音，伴着清楚的开门声一起。

“爷爷！”

“爷爷你今天又熬汤了吗？什么汤？好香啊——”

薛蔷回过头，正见手里拎着保温桶的老迟进门来。

老迟笑着拍拍小远的脑袋，答说：“欸，这都被你闻出来啦？是鱼汤，待会儿小远也试一点吧。”语毕，顿了顿，却又有些疑惑地看向病床边“多出来”的女人。

而不等叶南生开口介绍，薛蔷这次却主动起来，指着自己：“我是解凛的妈妈。”

老迟恍然大悟，打完招呼，做了自我介绍，却渐渐露出惭愧表情。

“我……我……”老迟说，“小谢，他和我们家小雪……”

故事说来话长，听者却各有心。

毕竟，一个失了女儿，一个伤了儿子。

某种程度上，他们两人也不过都是失意的家长而已。

薛蔷后来坐在沙发上，完整听老迟说完了这次事件他所认定的来龙去脉。

“我们家小雪。”而老迟说着说着，又湿了眼眶，“她……她的命苦，等小谢醒过来，我心里这颗石头落下来，我就去找她。”

“那些警官同志也说了会帮我找……但是我哪里还坐得住？我只有这么一个女儿，她很乖，从小到大没有惹过事，上一辈之间的恩恩怨怨，又为什么总是和她过不去——”

叶南生听到这里，轻放在沙发扶手一侧的右手不自觉攥紧，面上却仍是不显山不露水的一派温和，甚至还有闲心低头，又哄着听得云里雾里的小远回病房去休息。

小远年纪还小，也听不出他这是在赶人，闻言只乖乖点点头，又说：“好吧，但我还想去看看小解哥哥，可以吗？”

他从进门开始，就一直没挤到过床边呢。

叶南生点点头，牵着小远过去看了一眼。

“小解哥哥，”而小远却似乎嫌一眼不够。趴在病床边，又眼巴巴地看了很久，突然小声说，“你怎么还不醒呢？我还想吃你的生日蛋糕呢。”

“天使姐姐说给你准备了礼物的，我还跟她约好，要买我们家路口那间蛋糕店的蛋糕——做得可好吃了，可是姐姐说不要买的，她会自己给你做。”

“我想姐姐了。”

“好久好久，她都没来看我了……”

说着，他又痛惜地摸了摸解凛布满针孔的手背，瘦得全都是骨头和青筋了——好吓人。他想，如果天使姐姐看到的话……

他摇摇头，小大人似的叹了口气：“怎么他们都不说姐姐去哪儿了呢？小解哥哥，你什么时候才醒？我们到时候去找姐姐玩好不好？我还想吃——”

吃……

欸？

小远脑袋一歪，突然低下头，若有所思地看着解凛颤抖的指节。

叶南生已准备抱起他走，他却忽然拉了拉叶南生的衣角，指向病床：“小叶哥哥，你看，在动。”

“什么？”

“在动啊！”

他大声说：“小解哥哥的手指在动——”

解凛醒在一个寻常的冬日傍晚。

睁开眼时，病床边围着很多人，他想见到的人，不想见到的人，熟悉或陌生的人，医生护士，站得满满当当。

然而他任人检查着，兀自迷蒙着眼四下逡巡，“巡视”着每一张脸，清晰的五官。

却终究没有见到自己记忆里的那个人。

“迟……雪呢？”

他的声音嘶哑难闻。

他问每一个人，但得到的答案除了沉默，就是别过脸去抹泪，又或是疑惑不解——他的母亲并不能理解他对另一个人的珍视。在她心里，大概他从始至终都是一个冷心冷情的孩子。所以也就更不能理解，当他在给老头子致电，问出了最后答案后，何以会这样突然地暴怒。

“放开我！”

他的肩膀、双手双腿都被人压住，镇静剂被缓缓推入他的身体。

然而他还在挣扎，嘶哑的声音里是无可抑制的愤怒和无力。

“我要杀了他——”他说，“我要杀了他——放开我！”

什么冷静。

什么计划。

什么从长计议。

他的理智已经烧得殆尽。

原来这些天来的步步都是错，就因为他的贪心，他以为自己能做到——结果他最终还是亲手把她推进了深渊里，是他亲手做的——他毁了她。

“那是毒窝！”他向电话里失声怒吼，“那是毒窝！你要她怎么办？你要她在那里怎么办，和一群穷凶极恶的毒贩为伍吗？”

“为什么？到底为什么……我已经提前向北城打过几十份报告，我已经说过陈之华还活着！还活着！为什么你们没有在边境设防？！”

“他一定会逃出国……一旦出了国境线，找人的难度就是一百倍一千倍的递增。”

“现在已经过去七天了……七天！最宝贵的黄金时间都错过了，现在你要她怎么办？！你告诉我，她只有一个人，你要她怎么在那里生存？你告诉我！”

他心里分明比任何人都清楚，越是在体制之内，一言一行更要遵循规章，按照程序来调配警力和层层汇报进度是必然的步骤。他清楚自己没有任何责问对方的理由。

然而那些话在心里，不说出口似乎即要将他吞没，铺天盖地的阴郁侵蚀了他的理智。

那些痛苦的嘶吼一声接着一声，如濒死前的呼救。

“你告诉我……”他说，“你告诉我……”

你告诉我她该怎么做才能活下去。

你告诉我，我怎么面对这个结局。

“解凛。”

然而更加残酷的消息亦在这一天传来。

“我明白你的心情——但是，结果已经是这样。我允许你发泄情绪，但你必须冷静下来，只要还有一线希望，你就应该争取，你只有冷静下来才有可能争取……以及……”

电话那头的声音骤然低沉：“关于那个笔记本，破译的结果已经出来了。”

好消息当然有。

那本笔记里的内容远比他们想象中要“丰富”，甚至跨度涵盖了近十年的内部消息，录入了相当多警方至今没有确认的毒贩窝点信息，相当于是凛冬计划的又一大重要成果之一。

“记录本的宝贵之处，其实就在于即时性。毕竟很多人在高度紧张的情况下，哪怕亲身经历之后，事后都很难回忆起来具体的细节。但在笔记上都记载得一清二楚。当年解军选择回家结婚，这第一本笔记莫名遗失，我们一直认为是非常大的遗憾……”

老头儿低声说：“所以，现在能够在你手里把这本笔记找回来，我相信他在天之灵，也能够安息了。”

什么意思？

解军……老解。

他脑子里“嗡”的一声，然而残酷的声音却还在继续：“不过，如果按你说的，解凛，这本笔记是迟雪的生父留给她的东西，那么很有可能——”

老头儿深呼吸，似乎也察觉这个答案对他而言有多残酷，但是却仍然不得不说。

“那么很有可能，”老头儿低声道，“迟雪，是解军的孩子。”

电话这头一片死寂。

电话那头，一声长长的叹息。

“如果需要的话……你，”老头儿说，“你有她的头发或者血液样本，解军的墓就在北城，你可以……”

手机陡然坠落在地。

里头传来的声音亦变得细不可闻，被病房里突如其来的尖叫声淹没。

薛蔷站得近，手足无措间怔怔低头，看向自己白色风衣上斑驳红点——如喷溅的血花。

而解凛却无声无息，只兀自俯下身去，在兵荒马乱的尖叫声和急救铃中，鲜血沿着他的嘴角，一滴一滴落到地板上。

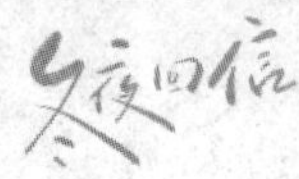

·第十二章·想见你

[1]

二十六岁，解凛的生日过得仓促而惨淡。

这一年的他，光是术后康复便花去足足九个月时间，几乎长驻在医院。

但尽管努力配合复健，尝试了各种办法，他的左手仍然留下了严重的后遗症。同时，新伤旧患的密集发作，心理情绪的急剧低落，让他饱受病痛的困扰，一度消瘦到不足五十公斤。

但也正是在这一年，因解军的笔记和之前的“半份名单”带来的效果拔群，境内又有十五处毒贩秘密窝点被破获，共三十七名重点人物于云南、贵州等地被捕。

作为凛冬计划仅存的独苗，他代表凛冬三期、总共二十一位登记在册的卧底人员，得到了警队内部的授勋和高度嘉奖。在他的同龄“同行”之中，不可否认，这已是旁人可望而不可及的成就。

老头儿是个惜才的人，为此再三挽留，希望他能够留在北城，任北城禁毒总队副总队长。

毕竟，相比较于前线的缉毒工作，留在北城显然要轻松很多，未来也很有可能在仕途上有所发展，但他最终仍是因伤固辞不受，只借此机会，倒是将季忍和季一恬两人留在了老头儿身边。希望他们能够得到正规有效的培养，未来谋得一个不错的出路。

“如果可以的话，”他最后说，“当作是我的私心吧，不要让他们走我的老路。别把他们当过去的我培养。”

“你后悔了？”

“没有。”

“……”

“没后悔过，我一直对得起我过去亲口宣过的誓。”

解凛说着，低头点了一根烟，但他的左手一直在抖，抖得几乎拿不住那只小小的火机，折腾半天才点燃。

而老头儿沉默着盯着他的动作，默默微红了眼。

“我只是觉得，这条路太陡了，不是每一个人都能走到最后。”他说，“这段时间的相处，我也能看出来，他们两个相依为命这么多年，并不是因为我们当初那种信仰或者传承的信念才进了警队，他们只把警察当作一份职业。”

做一个普通的警察，有这样的觉悟大概就算合格，但对于一个要时时刻刻直面纸醉金迷和残酷厮杀的缉毒卧底来说——这还远远不够。

“所以，如果到最后，他们发现事实远比他们想象的残酷，要面对的世界远比他们想象中要更黑暗，也许，只会让这世界多一个吹水，或者多一个梁振而已。生或者死都太痛苦了，他们还年轻，没有做好面对这个世界黑暗面的准备。”

语毕，解凛吐了个长长的烟圈。苍白的脸上没有表情——那点伴随他始终，眼皮上浅褐色的小痣，似乎也因他这段时间的消瘦而变得失去生机，掩映在长睫边缘，几乎再也看不见。

他只是轻声说：“就让‘梁振’们只做一个普通人，度过平凡安定的一生吧。”

但这一次，他既没有等一个是或否的回答，也没有回头。而是带着满身的荣耀，勋章和伤病，在二十六岁这一年，选择离开了自己矢志忠诚的队伍。

到二十七岁，他用自己多年的积蓄在南方创办了一家医疗器械公司。

但毕竟他本也不是做生意的材料，更不擅长和商人打交道。几年算下来，生意也顶多只能算是做得不温不火，小赚不赔——倒是叶家那位

老太太，听说了之后，经常暗地里派人给他递些数额不小的单子。

自从去年她重病，而解凛以某个条件与叶南生做了交换，答应回去见老太太一面之后，这位老人情况稍有好转，便似乎又想起了他这个多年来被丢在一旁的亲孙子，明里暗里提了很多次，希望他能够回来接管一部分家族的产业。这种递单子的行为，亦当然可以视为一种主动的示好。他看在眼里，却没点破也没接，依旧还是满世界到处跑——

是了。

他后来的好几年，一直循着叶南生高薪聘用的各国侦探的线索，来回奔波于金三角、旧金山、温哥华等地。这也是当初他和叶南生交换的唯一条件。

至于成立公司的初衷。

他不爱做生意，不爱打交道，原本也只是听了旁人的建议，希望老迟未来养老能有个倚靠罢了。这样，不管他或迟雪在不在，老人总还有个稳定的收入来源。

尤其是老街拆迁之后，诊所也在年后关了门，他不想老人家整天闲得无聊，闲下来就会想女儿，就会哭。因此想给老迟找个工作的地方，要安全，也要不那么累。选来选去都不满意，最后索性自己开了个公司，就让老迟每天在里头转悠转悠也挺好。

公司的具体业务也不用操心，他在国内的时候，会亲力亲为操持，他不在国内的时候，则交给专业经理人来打理。

每年年底，他就把进账的钱一分为二，七成交给老迟养老，至于剩下的三成，出门在外花钱的地方也确实多，他留着以备不时之需。

如此这般，竟也不知不觉过去几年。

陈之华如人间蒸发，遍寻不着，而他也没有别的办法，只能不管不顾大海捞针。所有疑似出现过黄玉或陈之华踪迹的地方，都意味着迟雪有可能会出现。于是他就那样固执地，只要有消息，就一个接着一个地方找过去。

然后，一次又一次地扑空，一次又一次地失望，最后落魄回国。

时间一晃到了他二十九岁生日那天。

当时他在纽约。

时逢国内的新年，但在国外，除了华人街之外的地方，似乎却感受不到什么年味。他差点忘了是自己的生日，还是老迟打电话问，他才想起今天原来已到了新年，于是在楼下的华人超市买了挂面，就在公寓里简单煮了一碗长寿面。

然而面刚煮好，相熟的线人突然打来电话，告诉他说布鲁克林公园有人发现一具华裔女尸，三十岁上下，外貌和他描述过的很像——但疑似是因吸毒过量身亡，目前已经被送往法医中心进行鉴证。

他连外套都忘了穿，大雪天匆忙打车过去认尸。

进门前他的左手抖得不行，几乎握不住签名的笔。

同行的人只以为他是冷，礼貌询问他需不需要喝杯热咖啡，又调侃说找了这么多次都不是，放轻松，也许这次也没那么轻易中彩。他却什么话都没听进去。

掀开白布时，他的手抖得更厉害。

旁边的人嘴里说着安心，却还是饶有兴味地对照着他带来的照片。

而他低下头，眼也不眨地盯着那女人看：确实，五官和脸形，乍一看都很像迟雪，只是眼前的女人披散着长发，脸上全是淤青和冻伤的痕迹，皮肤也比迟雪稍黑一些，再细看，鼻子和眼睛又多了些异域的感觉。更不像了。

他站在停尸床前看了很久，一点细节也不敢放过，决心下了一次又一次。最后，他才终于松了口气，又侧过头对人说："不是。"

他说："不是她。"

出来的时候雪还在下，而他只穿了一件毛衣，一离开警局，便冷得几乎要发抖。他想着赶紧回家，赶紧打车。身后，相熟的线人却追出警局，又为他送来一件新外套。他有些意外，但还是向对方道谢。

但不知怎的，把那羊绒外套接到手里时，手掌却又忽然禁不住一痛。

他一愣，翻过手掌看，才发现原来掌心不知何时已被抠出血痕。

指甲抠破了皮，密密麻麻许多指印，看着颇骇人——但其实连他自己都不知道，到底是什么时候弄成这样。

"也许是我太紧张了。"他只能向那位熟人解释，以试图缓解眼下尴尬的局面。

"不。"对方见状，却满脸遗憾地摇头，"我想你只是太爱你太太了。"

折腾一番，回到家时已是深夜。餐桌上那碗面坨得夹不开，如一整块面饼。他索性烧了点开水加进去。虽然口感差了点，但终于能搅开，他于是就着开水吃完了一整碗“长寿面”，又给老迟发了个消息报平安。

到最后，确定今天没有遗漏什么事，跑遍了所有能去的地方，他这才在一整天的提心吊胆和疲累中入了梦——几乎是一放下手机便睡着。

而他也只有在梦里才能见着她。

她坐在他梦中，坐在少时那间公寓的床边。

冬天来了，也许是为了闲暇时解闷，她正低头，织着一副手套或是毛衣。

而他推门走进房间。坐到她身边，又静静侧过头去看她的脸：没有变化，总是安静的神情，专注的时候，连眼皮都不抬一下，和小时候做题做到入神时一模一样。

他明明有很多话想说，但是此时此刻坐在她身边，却只想这个梦长一点，再长一点。

他不想说话打破这一份难得的平静。

于是，最后，反倒是她先开了口。

“过了二十九就三十了。”

“嗯。”

“解凛，生日快乐。”

“嗯。”

怎么老是嗯？

今天过得不开心？

她忽然放下毛衣针，又若有所思地撑着下巴，侧头看他。

“那，今天我们去吃馄饨怎么样？”她问他，“你生日，不能让你做饭……但是我做饭又不好吃。”

她看着他的眼神永远是亮晶晶的，想了半天，不等他回答，又小声提议：“不如吃完馄饨再吃长寿面？我知道有一家店做得可好吃了，就在老一中那个路口。过去不远的。”

“好。”

“那蛋糕呢？吃完饭再一起去做个蛋糕吧？”

“也好。”

“……”

她失笑：“你怎么什么都说好。”

然而说归说，她还是开心地俯身过来拥抱他，脑袋贴着他的颈窝，习惯性地蹭了又蹭。

“那我去换衣服了。”她说。

他点点头，目送她起身，走到房门口。

“话说，不如我今天穿裙子吧？我想起我上礼拜好像才刚买过一条白色的……就是不记得是放在哪儿了……”

嘴里咕咕哝哝说着话的她。

“对了，解凛，我想起来你昨天不还说嗓子疼吗？我让爸爸给做了凉茶的，放冰箱里了，你记得要喝啊。”

走前仍然不忘嘱咐他的她。

“解凛。”

直到手指握紧门把手的刹那。

她说：“……最近天好冷，不要感冒了。”

这即是这个梦里，在他的三十岁初，她对他说的第一句，也是最后一句话了。

她走出房间，又好像从来没有离开过。

一直活在他的灵魂深处，在喜与悲的阵痛之外，她就站在那里，在门后的世界。不管他是十七岁，二十五岁还是三十岁。迟雪就站在那里。

——他于梦中骤然惊醒。

空荡的房间却依然空荡，没有她心心念念的白裙，没有冰箱里的凉茶，也没有她。只有他愕然间，摸到自己脸上的一片湿痕。

[2]

一年后。

国内北城郊区，某地下会所内。

从一楼下来，负责引路的美貌姑娘始终巧笑倩兮。

末了，她骨节分明的纤细手指微微一伸，便轻而易举推开通往地下室的门。

她不能再往下走，遂站定不再动，只抬头，又朝着面前英俊的青年微微一笑，说道："请。"

语毕，姑娘悄然往他西装口袋里塞了张名片，便这样目送着他，走进了底下牛鬼蛇神齐聚一堂的"盛宴"。

门紧随其后关上。

而很显然，男人虽然来之前早有心理准备，但真的站在这种场合之下，仍然还是在四下环顾一圈过后，被眼前乌烟瘴气的局面吵得眉心一皱。

他的穿着打扮与满屋三教九流一比，尤其显得格格不入。

很快便有人注意到他，不怀好意地凑上前来——不过，却还没来得及上前来找碴儿，就被另一个负责上前来接引他的年轻人踹开。

……真的是踹。

干净利落的一脚。

男人手里的啤酒瓶"哐当"落地，一地狼藉。那年轻人却看也不看他，一脚迈过地上人身体，又径直走到西装革履的贵客面前。

"白骨哥等很久了，"少年做了个"请"的手势，"叶先生，跟我来吧。"

有此一言，叶先生，亦即叶南生，自然很快便又见到了当年那个讹了他六百万的断眉青年。

听人人都称一声"白骨哥"，他也跟着入乡随俗，不想白骨反倒客气不少——似乎这几年也被磨去不少戾气。

对方先是摆手招呼他坐，又紧接着笑着客套道："叶先生，你可是华叔的贵客，还叫我哥？你小心华叔扒了我的皮吧。"

"那我叫你，白骨？"

"可以。"

白骨眼神示意旁边小弟给他倒酒。

而叶南生亦很给面子，让坐就坐，让喝就喝。两人当着一群小弟的面痛饮三杯。

末了，叶南生状似微醺，这才扶了扶眼镜，又装作不经意地问道："不过，华叔呢？他说了最近会回国跟我见一面。"

"定是这么定的。"

"……嗯？"

“不过华叔老婆好几年没回来过，估计水土不服吧，”白骨摊了摊手，“下飞机就开始吐，直接送了医院。华叔不放心，所以跟着去了。”

白骨说着，又指指自己：“今天这面估计见不成，所以，只能我一个人来招呼你了。叶先生。”

撒谎也不知道找个好点的理由。

陈之华在国外逃了几年，回国敢这么大张旗鼓去医院？这么蹩脚的借口，是个人都不会信。

叶南生心中冷笑，表面上却仍是波澜不惊的模样，甚至笑着关心了两句。

果然。

又是几杯酒下肚，白骨忽然旧话重提：“五年，五成航运费。说实话，叶先生，如果不是华叔的确看到了你的诚意，这一面，他是可见可不见的。”

“我知道。”叶南生闻言，抬手与他碰杯，“但华叔心里应该也明白，我之所以会这样做，愿意出让这么大的利益——理由也只有一个。”

“那就是我对自己的‘家人’，从来不会有保留。”

“喔……”

“就要看我这五年的努力，能不能打动华叔了。既然他愿意回来见我一面，我想应该也算是迈出了关键一步。”

叶南生道：“如果能够顺利，我想，不用多久，航运费这个东西就不用存在了。”

白骨的眼神微微一动，对面人却又含笑道：“毕竟如果都已经是一家人了，还收什么钱呢？是吧。我如果能够有机会叫华叔一声岳父，咱们之间，也就不分彼此了。”

话倒是说得有理有据，情真意切，看起来还真是对华叔那个便宜女儿情深不悔的，绝种好男人了呗。白骨心里冷嗤。

右耳的蓝牙耳机里，亦几乎同时，传来陈之华一如既往平淡的声音：“问他想什么时候和迟雪见一面。”

“你想什么时候和迟雪见一面？”

“当然是越快越好。”

“那，今年的航运费合同——”

“在我见过她之后，我会立刻签完给你们。”

叶南生的表情直到这时，终于凝重而严肃起来。

“这也是你们答应过我的，一年一成，拢共五年时间。只要我们互相都遵守彼此的协议，那么最后，我交钱，你们给人……华叔一向是个说到做到的人，该不会到这个时候才突然反悔吧？”

“这……”

“如果这次见不到人，我想，我们之间的交易，应该也要从长计议了。”

几乎同步的音频传到另一个人耳中。

下一秒，蓝牙耳机被狠狠摔落在地。

“……”

“该死！”

黄玉原本便是两眼发直地躺在酒店床上，听到这下动静，身体却不由自主颤了颤，缩成虾米似的一团，枯槁的面容上流露出恐惧的神色。

而陈之华——现在或许应该叫他 Jimmy 华。

五年的时间，他通过整容、购买国籍等方式更换数次身份，如今，他早就以美籍华裔、天使投资人 Jimmy 华的身份暗地里活跃在北美一带。

当然，中文名也早已更改。他上午甚至光明正大，以新的身份证带着“妻子”登记入住。

不可否认，叶家所掌握的庞大航运事业，对他这样一个国与国之间的“二道贩子”来说，有着巨大的吸引力。这也是为什么他会愿意冒着风险再次回国。

然而，老天爷却似乎总是喜欢和他开玩笑。

他阴沉着脸环视房间一圈，像是忽然想起什么，又摁亮壁灯。

任由刺眼的白炽灯光惊醒床上人迷瞪“美梦”，又径直坐到了妻子身旁。

“她跟你说过吧。”

他轻轻抚摸着黄玉的脸。

“阿玉，女儿什么话都跟你说，她最信任的就是你。”

“……”

“每一次她学着像老鼠一样逃跑，不都是你教给她的吗？不都是你跟她一起计划的吗？”他微笑，“你看，她这次逃跑都没有带上你，你不恨她吗？凭什么她就可以逃走，却把你这个为了她吃尽苦头的人丢在这里，她难道想象不出来她跑了，你会经历什么吗？”

“我早说过了，你们是共同体，只要跑一个，另一个就别想活——她都知道，竟然还这么对你，我为你不值啊，阿玉……”

阿玉。

这个名字仿佛某种诅咒。

黄玉的眼神惊恐至极，忽然发疯似的去推他的手。

然而哪里推得动？

这几年他为了改变形象，开始健身，从一个胖子变成瘦子，又变成如今肌肉虬扎的模样，她在他掌下犹如一只小虫，根本只有拼死挣扎的份。

然而这正正也是陈之华最喜欢看到她的样子。

恐惧。

不安。

容易支配。

“让我想想……”

他又做出思考的模样。

“她第三次逃的时候，我就说过要打断她的腿吧？是你跪下来求我，我才只让她受了那么一点点惩罚——一点点而已，果然她不长教训。”

“所以都怪你，如果那个时候把她的腿打断，就不会有第四次、第五次……还有现在了。阿玉，都是你的心软，害我现在要损失一大笔钱。”

“我……”黄玉挣扎道，“我、我没有——”

“那为什么别人家的女儿都那么乖乖听话，知道该做什么，不该做什么。但我的女儿却总是要跟我作对呢？”他猛地捏住她下巴，“还不是因为她那么像你。”

长得像你。

同样的，也像你这样害怕我，这么恨我。

老天爷为什么总是这样捉弄他呢？

眼前这张衰残而枯萎的脸，最近已经越来越让他找不到昔日的影子。

他一眨不眨地盯着黄玉此刻蓄满眼泪的双眸，竟突然有些后悔：如果让阿玉死在最年轻的时候。他想，或许……这样他就永远只记得她盛开的样子了。而不是现在，她已经老得只剩一具枯败的壳。

“告诉我，我们的女儿去哪儿了。”他说。

“我不……我不知道……”

“我数三下，阿玉，如果你再不告诉我。”

他的手拂过她的脖颈。

“那等她回来的时候，大概就只能看到你冷冰冰地躺在这里了，女儿又要崩溃一次了——”

“……”

“而且你知道吧？阿玉，她的脸长得可太像年轻时候的你了。”他说，“如果不是她太值钱，我都舍不得把她拿出去跟人换。”

“你……”

“只不过原先我觉得，有你的话，没有女儿也没什么，”他喃喃，“但如果连你都不在了，那她那张脸对我来说，就变得意义重大，我要重新考虑怎么处置她了。你知道我的意思的——”

黄玉听着，眼皮止不住地发颤，良久，却终于是滚落下两颗豆大的泪水来。

末了，随着陈之华的头渐渐贴近她的耳朵，她嘴唇簌簌发抖，仍是屈服地，抖落出两个破碎的音节。

当晚。

叶南生离开地下会所时已是深夜。

虽然已经走出那地方，却总觉得身上似乎依稀还留着点奇怪的味道，他眉头紧蹙，边往和司机约定好的停车地方走，路上，索性又干脆脱了身上那高定的西服外套，随手往路边的垃圾桶里一丢。

这下终于感觉轻松不少，不过，上了车也闲不下来。

他紧接着便又联络了那个新调来和他“接头”的警员。

女孩声音大，性格聒噪，名字却叫什么——季一恬？和甜并不沾边。

三言两语交代了事情始末，他一方面叮嘱对方和上级汇报，一定要加大北城区域内的搜捕；另一方面，也不忘警告，“不要告诉解凛这件事”。

“……哈？”

“我以前见过你。你当时和另一个小孩一起跟着解凛。”

“首先，我不是小孩……”

“无所谓。”他今天一天折腾下来已十足心烦，当下直接打断她，“总之，这是我配合你们警方做的让步，我有权要求你们为我保密。之前也是这么干的，换了你也不会有区别。”

“你你你……”

“而且，据我所知，他现在也不是警察了吧？如果让他知道，等同于泄密，我会向你的上级举报你。”

“你这就是在公报私仇！”

季一恬，也就是昔日跟着解凛的“两护法”之一——大波浪，闻言彻底怒了：“你明知道头儿在满世界找人，竟然还故意不让他知道？你太过分了！”

“别以为我不知道，我们头儿那才是叶家真正的太子爷，你根本就是鸠占鹊巢，是——”

话匣子一打开，旁边的薯片仔拉都拉她不住，眼见得再说下去，实习新人就要成为下岗女警。

“说够了没有？”叶南生扶了扶眼镜，捏按鼻梁的动作渐缓，却再一次打断她，“说够了就照我说的去做。警民合作，事半功倍。”

“你——”

“而且我再说最后一遍，我一直都有私心，我从来不否认这一点。”

太不要脸了。

也不想想自己钱哪儿来的。

简直太不要脸了！

大波浪怒发冲冠。

“何况我花了这么多钱，为什么不能有自己的私心？”叶南生却话音淡淡，“但我也有我的理由。”

“同样的事交给我来做，我可以心安理得，但你交给解凛，我敢担保，他绝对不会让你们这么操作。他这个人，眼里从小到大揉不得沙子。”

有的时候，适当的牺牲和忍耐，在成功面前是必要的。

他就是因为能忍，所以才有了今天，有了和对方拉锯的筹码。

但是你看解凛。

这五年，他忍过吗？

他难道不知道用这样的方式就可以吸引来围着腐肉转圈的蝇虫吗？

但他绝不让步，绝不低头，绝不“把灵魂出卖给魔鬼”——哪怕是假装出卖也不行，因为撒谎也不行。

“这样的人，”叶南生说，“你告诉他，到底是为了他好，还是让他去送死。”

“……”

“你应该也很清楚，他现在已经是半个废人了。”

而亦在这通电话的几乎同时，“已经是半个废人”的解凛刚刚下了飞机，这也是他时隔两年，又一次回到南方——为了回来陪老迟过个春节。

自从去年他过年只吃一碗阳春面的事不巧说漏嘴被发现，老迟整天都在念叨让他回来，说是起码一年得要有个休息的时候，不能跟个拉满的弓似的，天天都绷得死紧。

“再这样下去会出事的。”电话里的老迟语重心长，“叔叔也知道你的心，叔叔也担心小雪，但是……”

老父亲这几年眼窝子越发浅，没说两句，就开始要抹眼泪。

“叔叔已经没了小雪，叔叔不想看你把自己的身体也搞垮了，如果小雪还在，一定也不愿意看到你一年到头都在外头奔波，一年到头都没个安生日子过。叔叔的心里跟火烧似的啊，过意不去——你知道，叔叔这几年的身体也一年不如一年，没几年活头了……小解啊，你就当陪陪叔叔，也给自己放个假吧。你回来看看叔叔吧。”

解凛最听不了的就是他这么说话。

是以年底，终于还是买了回国的机票，结束了又一年的漂泊生活，重新踏上故土。

周遭是久违的乡音，面前是亲切的中国面孔。

他的心已很久没有这样简单的快乐过，甚至刻意放慢脚步，就这样慢吞吞地拎着行李往外走。

只可惜还没走到门口，却又接到公司里生活助理的电话。

“解总，你已经出机场了吗？这这、这边有个急事。”

说起话来结结巴巴的。

不过也不意外。

毕竟他公司里请的人，除了那些专业的经理人外，大多不是退伍兵，就是一些身体上有残疾所以工作不便的人——反正医疗器械这一行，也不需要他们有多么强大的表达能力或令人瞩目的工作效率，只要能够完成基础的工作就行。

这个新来的助理也是个年轻的退伍军人，才二十五岁，学历不高，平时就负责照顾照顾老迟，陪着去做做透析，顺带帮他看着点“家里事”之类的。

工作任务不重，因此一般都不会主动来打电话烦他。

——所以倒推过来，能打电话来烦他，估计就是真出事了。

“怎么了？”解凛听出对面的弦外之音，语气亦随即变得严肃，“我现在在机场外面，你说。”

闻言，对面的话瞬间如倒豆子一般往外倒：“是这样的，就……老街，你年前不是说等开发完之后要买一块地吗？就是大公寓楼对面，迟叔以前开诊所那一片。本来张经理已经安排好了，迟叔也去看过了，说等房子建好之后，就可以把以前的一些家具弄进去了。”

“结果这几天，工人在那边连着丢了两次东西，好像把迟叔很宝贝的一个盒子也弄丢了。迟叔最近透析情况本来就不好，这下气得进了医院——”

解凛的脸色一变，拖着行李拉杆的手骤然攥紧。

“现在情况怎么样？”

“这……还在做检查，去年迟叔老念叨着不乐意做体检，一直拖着，这次一查，好像是查出来不少问题——我也是刚接到医院电话，本来下班了在家的，现、现在也在去医院的路上……还有那个贼也……”

“我现在过去。”

“那、那个贼……”

“报警处理。”话毕，解凛不愿再多说，当即在机场门口拦下一辆出租车，赶去了市医院。

[3]

解凛在医院陪护了老迟一夜。

直等到人脱离危险，清早时苏醒过来，他心头的大石这才稍落下，只可惜许久未见，话还没来得及多说两句，他紧接着便又被老迟“赶”着回去休息——说是这边有护工和助理看着就好，让他赶紧回去。该倒时差倒时差，该补觉补觉。

“我这儿好着呢。”病床上，老迟说话全是气声，却仍是固执地冲他摆手，“你累了一天、去睡觉，你看看你，这眼圈……”

诚然，老父亲这几年实在苍老不少，从前精神利索的样子一去不复返，头发里的白色已彻底遮住乌青，唯有啰唆唠叨的本性却不变。

解凛看得不忍，只能先答应下来。

然而等走出医院，一看旁边助理掩不住的满面愁容，便知眼下还有个烫手山芋需要处理。

“贼呢？”

他干脆开门见山地问：“报警了吗？人现在在哪儿，昨晚看你的电话没停过。”

“这个……这个……”人高马大的男助理闻言，却只为难地挠挠头，小心翼翼打量了下半天自家老板的脸色，察觉对方似乎没有发火的前兆，这才低声答道，“跑了。”

气氛沉寂了几秒钟。

解凛问他：“什么叫跑了。”

“她……那一个女生嘛，我们请的搬家工人里头也有女的，看她挺可怜的，瘦巴巴的，问什么也不说话，怀疑她是被家人打了赶出来，精神不正常什么的。就带着去吃了碗面，心说本来人也没偷什么贵重东西，就拿了个盒子——”

“然后？”

“然后，吃完面她们去上了个厕所出来，人就跑了。不晓得去哪里了，只能先联系岸边的商场调监控，”助理说到后面，声音也越来越小，“只不过都是昨晚的事了，现在商场还没开门。解总，可能得等到十点多，再看有没有消息了。”

意思是这一晚上电话没停过，但接的都是“报忧电话”。

解凛疲惫地揉了揉眉心，又问：“那盒子呢？”

刚才在病房里，他没具体问老迟那到底是个装什么的盒子，就是怕刺激到老人家。不过从反应来看，估计只可能是迟雪的东西了——只要盒子能找到，一个小姑娘家，贼不贼的，他也懒得继续追究。

结果是坏消息一个接着一个。

“盒子，说是那姑娘一直抱着不撒手，”助理边说，脑袋已快钻进地缝里，“他们那几个做事的人心软，跟我说人可能是吓坏了，得找个东西抱着，不然就哭叫的，就让她抱着了。结果人一跑……跑了，就把盒子也给带走了。”

翻译过来说，也就是人和盒子一个都没捞着。

解凛默然片刻。

当下让原本来接他回望天苑的司机原路返回，把助理留下陪老迟，自己随即打车去了趟老街——

说是老街。

如今其实该叫“新区”了。

解凛已许久没有踏足这里，眼见记忆中的破旧街区焕然一新，商贸大厦高耸入云，几座小型商城，如众星捧月般围着中心喷泉广场。周边穿行的人群，也多从过去那些不着调的社会青年，变成了西装革履往来匆匆的白领。

换了谁来看，似乎都很难将眼前的场景和以前那满地碎石、残砖破瓦，晚上九点就家家闭户的街道联想到一起。

他过去住的那间公寓早早拆了，重建了一栋高层商品楼。

对面那块地则在年前被他拿下，因房子还没装修好，此时仍拿围栏撑着遮布，没有露出全貌。和旁边的高楼比起来倒显得寒碜——也不知道是怎么给贼看中的。

他揉了揉太阳穴，紧接着在电话里向助理要来了那家面馆的地址。

面前的几间商城里，肉眼可见，这家小面馆所在的商城属规模最小那一类。

面馆亦开在租价较低的地下一层，店面不大，拢共不过四张桌子。

他装作客人和店主搭话，一碗面下肚，果然打听到附近还有一扇逃生专用的侧门，推开便可直达商场后巷。

“要说那姑娘我还有印象呢。”

而店主也是个热心人。

听他说完来意，杵着下巴冥思苦想好半天，最后又连说带比画地补充道："看起来年纪不大，样子也还清秀吧。但可怜兮兮的……感觉神经也不太清醒哦。我瞧她鞋破了、头发也打结了，披头散发的，像个乞丐似的，估计好几天都没洗过澡——我和老婆差点报警，以为她是被拐卖来的呢。"

"后来带她来吃饭的人一直解释，我们才说算了，大家都是打工的，也不容易……话说你是来找她吗？家里人啊？"

解凛听他像是同情心泛滥，当然也不好直说自己其实是来抓贼，只能含糊其辞说了句"算是吧"，便起身结账离开。

推开防火门，便见后巷有两条路：一条通居民楼，地砖略破且渗水；一条通大路，地势稍高些——想来没太受到前两天大雨的影响，虽没有地砖，但土已干透。

联想起店主说女生"鞋子也破"，他随即便往大路上走。

这么一穿过来，竟又横岔到了过去老区的酒吧街，只不过如今酒吧少了，倒多了不少网红景点和美食店铺，眼下快到中午，更是香味一阵接着一阵。而他出来的这个街口，又正好是一家火锅串串店。

冬天生意好，就连临街的露天座位上，也坐着不少约会的恩爱小情侣。

他四下环顾一圈。

看屋顶，没有找到很明显的监控。

倒是有个正在和女伴吃饭的少年和他不巧四目相对，不知为何，突然吓得一哆嗦。

"……"

认识的人吗？

解凛在记忆库里短暂搜索了一番，没有找到相对应的人脸，遂径直离开，逐渐便走到了街道中心区域，开始推测可能的路线。

正沉思着。

"大、大哥！"

他肩膀却突然被人轻轻一拍。

小屁孩来得仓促，行迹也过于鬼祟，他差点下意识给人一个过肩摔。

还好那人似乎早有准备，在他回身瞬间连连摆手，又指向自己的脸：

“那个，你不认识我了吧？但我们以前见过的，在臭老……在七叔的那个诊所。我还被你揍过呢。”

被他揍过的人海了去了。

解凛还在给人对号入座，少年已自行啰啰唆唆解释起来：“我那时候还在读初中，就不怎么学好，经常跟着大点的大哥什么的在附近惹事。那天还趁着停电去撬诊所的门了，结果七叔不在，就他女儿在——”

后面的事，不用他再说，解凛已依稀想起来，只是仍然惊讶于过去那些机车少年的其中之一，如今会专程跑过来向他打招呼，似乎还隐隐有表达感谢的意思。

“那个，当时还小不懂事，到处混来着……结果那段时间被打了一顿，收拾坏了，又怕碰到你再被揍，只能干脆在家读书。读着读着，莫名其妙，还竟然考上高中了，嘿、嘿嘿。”

少年说着，不好意思地挠了挠脑袋：“后面就到一中念书，考了大学——我以前从来想都不敢想自己会考大学的，大一放寒假，回来和女朋友来怀旧，没想到还真的碰到大哥你了。”

当年的不良少年也已经长大，看来，以后是不太需要思考“吃牢饭”的问题了。

解凛看着他，沉默片刻，哑然失笑，又问：“那你现在多大？”

“十、十九。”

少年怯生生地抬头看了他一眼，随即补充道：“五年了嘛……当时不懂事，现在十九了。”

话音未落。

他的小女朋友亦后脚追上来，脸红红地看了一眼解凛，又作势在背后狠拧了他一把：“你账都没结！跑什么呀？”

“我出来找人……你不是没吃完吗？”

“就你话多！我、我明明吃得就那么一点点。”

“你明明吃了——”

“没有！就是没有！闭嘴闭嘴闭嘴！”

男孩一脸莫名所以。

女孩看看这个看看那个，却羞得满脸通红，快要滴血。

而解凛久久无言，沉默看着眼前的这对小情侣，忽然有些晃神：似乎在他和迟雪最好的那段青春里，总是充斥着错过，遗憾，等待和等不到。他们还没有能来得及，有过如此温馨可爱的回忆，就不知不觉被推着长大。

长成了沉默而懂得容忍的大人。

迟雪……

迟雪……

他的心忽然难过起来。

是没来由地难过，仅仅因为在这样普通的日子里，他想起她。

面前的女孩却突然抬头看向天空。

伸手一抓。

“呀——”她说，“下雪子了。”

细细碎碎的雪沫融在雨里，是南方入冬的雪。

男孩下意识抬起手遮住女孩头顶，怕她淋雨感冒，又连忙问解凛要不要跟他们一起去吃个饭，顺便躲躲雨。

“不了。”但解凛拒绝，“我在找人。”

话说出口才觉得怅然若失。

在国外还是国内。似乎他都逃不脱找人的宿命。

他说完转身要走，没承想那对情侣却依旧热心地追上来，冒着雨问他要找什么人，长什么样，要不要帮忙云云。

他禁不住这热情，只得简单说了几句特征，女孩跟着走了几步，突然却似恍然大悟：“啊——那我有印象！”

她说：“大冬天那个女生就穿了一个好薄的开衫，鞋子还开线了，看着都冻脚趾，我一眼就看到她了，我还说她怎么孤零零一个人抱着个盒子……”

盒子。

解凛眼神一动，问她有没有看到那个女生往哪儿走。

而女孩思忖片刻，手指随即指向对面马路右侧。

“那边！”她笃定地说，“我看到她往那走了！”

解凛告别了热情的情侣，让他们赶紧回去吃饭，自己又照着那女孩指的方向往前找。一路走过了诸如奶茶店、面包店等会适合坐下休息闲聊的地方，都没见着想象中那个脏兮兮的人影。

过程中他甚至问了路边的酒店——担心那女生是不是精神不正常被人拐走，然而一家家问过去，也没有前台表示登记过类似的入住信息。

直到问到最后一家咖啡店，才终于有了一丝曙光：领班说确实碰到过一个衣衫单薄、抱着盒子的姑娘，还请她喝了一杯热水。

“但她好像要去什么地方哦，我让她坐她也不坐，”领班说，“后来我说给她打电话找家人，结果不说还好，我一提打电话，她‘嗖’一下就跑了，拉都拉不住。”

“那她往哪儿跑了？”解凛问。

“前面红绿灯，应该、应该是右转。”领班说。

这么算下来，七弯八绕，离着那间面馆，他已足足走出几公里。

但解凛始终算是个有耐心的人，既然决定了要找，哪怕眼皮打架、身体累得马上就要睡着，他也坚持要做完这件事。于是仍然冒着雨夹雪天气、淋雨感冒的危险，按照好心人的指路方向往前走。

过马路，右转。

走不远就是一间便利店。

他忽然停下脚步，看着眼熟的灯牌和店门口的长椅，亦不禁一怔。

此时已有不少人在檐下躲雨，便利店里热闹得很，长椅上亦坐满了人：男孩女孩，或年轻白领。

手里不是捧着热腾腾的关东煮就是熟食便当，看手机，或三两聚成一堆，叽叽喳喳话说个不停。

他站在那儿，意识却恍惚回到许多年前的夜。

长椅上，他和她肩靠着肩，他递给她薄荷糖，低声说：“其实你就是他吊着的那一口气。”

他还记得那天她侧过头来看他的眼神，含着泪的眼神，有将落未落的晶莹。

——“因为真正可怕的并不是死，而是无意义的活。”

——“至少你让他在那一刻找到了自己生命的意义。”

多么冠冕堂皇的安慰啊。

但如果那时的他知道，说出那句话，之后付出的代价，会是一千八百个无眠的寻找的夜；如果他知道，自己教给她的道理，会让她在之后同样做出了付出和牺牲的选择。

解凛想，那个时候至少不该这样说的。

他明明更应该告诉她。

无论什么时候，“正因为你是‘他’吊着的那一口气，所以，请千万珍重自己啊。”

这比什么都重要。

那个时候，怎么就没有说呢？

雨逐渐下得越来越大。

雨点夹着雪子，打在脸上，刺痛的感觉。

而他站在店外，光是看着那长椅已看了许久——直到助理的电话再度打来，惊醒他怔然的迷梦，他这才一边接起电话，一边走进便利店里，买了一杯热咖啡，又如“惯例”要了一包薄荷糖。

“解总。”而电话里的声音不出所料，显得相当不好意思，“那个，我、我让人调了监控了。”

“嗯。”他一边听电话一边结账，仍然是习惯性只付现金，接着把找来的零钱随手放进了旁边的公益捐款箱里。

“不过，监控好像没有拍到那个女生后面去了哪里，只拍到她从救生通道离开了商场——”

“嗯。”他接过了店员递来的热咖啡。

而店员亦礼貌地抬手示意他，身后靠窗的高脚凳还有空位。

“啊不过……”

店员说完又有些后悔，低声道：“请你等一下。”

说着，人便绕出收银台。

解凛转过头去，正好看见她正半蹲下身，低声“劝退”那个坐在地上，低头抱着铁盒的“女乞丐”。

是了。

女……乞丐。

他看着对方怯生生抬起头、露出的小半张脸，左手突然开始不受控制地发抖。他愣愣低头看，发觉自己几乎要洒落整杯咖啡，只能慌乱地把手里的东西全放在收银台。

然而他的身体仍然在发抖。

好似是迟来的感冒，他无法控制这种颤抖，眼前一阵眩晕。

“你不能再在这边了，这里有客人了。”而店员依然在劝着，“或者你去后面？那里也能吹到一点空调的，但你在这边肯定影响别的客人坐了，等下人家坐你旁边会要投诉的，麻烦你——先生？！”

店员一脸愕然地被挤开，侧过头去，只眼见得一双颤抖的手扶住了那女乞丐的肩膀。

他的左手抖得几乎无法自控。

却像是怕碰碎她，紧握住她肩膀——又不可置信地松开，只虚虚地附在肩上。

而女人怀里抱着铁盒，却似乎对外界没有任何感知，任他扶也好握也罢，眼神只痴痴地盯着地面。

她身上的衣服已脏得辨不清原来的颜色，开衫敞开着，里头一件薄毛衣，靠近腰的地方破了个洞。

鞋子开了线，也不知走了多久走成这样，右脚甚至有两只脚趾露在外头。

她只抱着那只铁盒不放。

许久，她有些呆滞地抬起头，看向眼前两眼通红的男人。

打结的头发遮蔽了她的视线，仿若从乌黑的阴云下探出一双亮晶晶的眼。

他颤抖的手拨开她的头发。

他喊她：“迟、雪，迟雪。”

是破碎而不成调的声音。

似乎快要哭了——她大概觉得这个腔调配上表情都有些好笑。

于是脏兮兮的手捂住嘴，她痴痴地笑了。

[4]

“解先生，不行啊。你另外请人来吧。”

“解先生，你这又不许按着人，又不能凶她……我动一下她衣服就打人，还非要抱着那个铁盒子不撒手，怎么搞嘛？别说洗澡了，换衣服都是个大问题——我手上，你看，这都被挠成什么样了？”

望天苑公寓里。

前后接连来了三个信心满满的阿姨，但几乎个个都是殊途同归的命运，摩拳擦掌地走进浴室，最后如落汤鸡般狼狈收场。

而解凛听着她们类似的抱怨，除了中间转了三回钱打发人走外，自始至终都在阳台上抽烟，基本没回过头。

原因亦无他，脑子里各种可怕的念头在叫嚣，久违的阴郁情绪快要把他吞没。

烟灰缸许久没用，承载着如此沉重的痛苦忧愁，满得要溢出来了。

但他此时此刻，除了机械地用尼古丁压抑躁郁的心情，似乎什么都做不了——他是不能崩溃的。他绝不能在这个时候先倒下。

两眼不知不觉满布的红血丝，甚至最终意外吓退了最后一位到场的阿姨。

对方才刚进门，还没有进浴室，大概是想着和雇主打个招呼搞好关系，是以先找到了阳台来。无奈四目相对，话未出口，却当即被眼前雇主这相当不妙的精神状态劝退。

公寓门“咔哒”一声。

从打开到关上，前后不过五分钟。

于是偌大的平层，又只剩下两个活人。

没有别的办法了。

解凛想。

换了谁她都不信任，也就意味着换了谁都一样。

于是他最终还是咬牙，顶着一头被自己挠得狗窝似的头发走到浴室，往里一看。

小板凳上，她果然如阿姨所说环抱铁盒坐着，动也不动，正盯着地板发呆，不知已维持了这姿势多久。

衣服和鞋子都还是原模原样的脏，只有肩上多了他抱她回来时顺手给她盖上的外套——但已滑落半边，她痴坐着，犹然不觉。

整个人好似就那么一团，微弱地蜷缩于衣衫之下。

苍白。

充满恐惧。

瘦骨嶙峋。

就算是他，也迟疑良久，走过去蹲下身，双手虚握着她的肩膀。

“迟雪。”

“……”

“……迟雪。”

尽管是他，似乎也无法从她麻木的眼神中读出半点清明。

她的视线始终无法聚焦，只不断僵硬地偏转着头，拒绝与他对话，仿佛在她心里世界之外的一切都犹如洪水猛兽，连对“迟雪”这个名字都没有任何反应。

种种表现和特征，都无法不让他联想起诸多过去亲眼目睹的可怕画面——但他仍旧只能强压下去。心想不会的，怎么会？转而又安慰自己，她至少没有像那些阿姨说的那样主动攻击。

这也许是个好的征兆。

于是他一边安抚着，试图缓和她的恐惧，又尝试着先脱下她的鞋。看她抿着嘴，像是在强忍什么，却终究没有太过激的反应，他松一口气，又紧接着轻手轻脚、脱下她肩上的外套。

随后是那件破旧的开衫……

然而手指触碰到她衣扣的瞬间，却仿佛是连带触发了某种应激反应，迟雪倏地瞪大双眼，惊恐间从板凳上跌落，顾不上裤脚被沾湿，又手脚并用地爬到浴缸旁边“易守难攻”的角落，整个人缩成一团。

“别……过来！”

她把那只铁盒横在胸前当作“盾牌”，一副只要他敢再过来，她就要摔打或砸人的防备姿态。

解凛知道她是在害怕。

他当即停下靠近的动作，转而双手举起，示意自己没有武器，也绝不会做出任何伤害她的举动。

他试图安抚她。

然而他根本无法控制，抖颤不止的左手却似乎仍给了她某种可怕记忆的联想。

下一秒，迟雪尖叫着，随手抄起浴缸旁的一只肥皂盒便冲他扔来。

之后是牙刷杯。

沐浴露。

洗发水。

……

所有能扔的东西都扔个遍，然而还是没办法赶走眼前这个人，她的情绪瞬间彻底陷入崩溃，抱着脑袋不断向后退，嘴里呜呜咽咽咕哝着“死了”“他死了”“我要回去”“小远”——

她的哭声从一开始的压抑，到最后如孩子般号啕出声。

而解凛的额头亦被她前前后后扔来的物什蹭出几道血痕，血迹蜿蜒着往下流，痛倒是不痛，却糊住了眼睛，亦只能随手拿纸巾擦了便扔。

顾不上地上一片狼藉，见她又起身去爬旁边的窗，他只能拼命伸手去抱她，双手在她身前收拢。他从背后抱住她，几乎是把她整个人都提溜起来，铁盒落在地上也顾不上，他把她拦腰抱起，紧接着放进浴缸。

但还不够，他只能自己也进去，这才压住她乱动的手脚。

“迟雪……迟雪！”

他扬高手，拿起旁边的花洒，放了点热水淋在自己身上，紧接着手捧起一点热水，在手掌心，又试探性地去碰了碰她的脸。

“洗脸。”

他碰了碰她的头发。

“洗头发。”

他像一个初初教孩子学会基本生活技能的新手家长，就那么一遍遍往自己身上头上淋水，一遍遍地教她，一遍遍地说：“我不会伤害你。”

迟雪的头靠在浴缸边缘，怔怔看着他，良久，却伸手，试探性地摸了摸他额角蜿蜒的血痕。

她的手指正好戳到伤口，紧贴的肌肤带来沁人的痛意，他却强忍着没有动。

“我不会伤害你。”他只是又一次重复，“迟雪，这里是安全的地方——”他说，“你安全了，你到家了，迟雪。你到家了。”

说到“家”字的一刻，迟雪忽然抬起头，沉默地、睁大眼睛、一眨不眨地盯着他。

许久，染血的指尖，却又好奇地哆嗦一下，去触碰他颊边那一颗泪。

她忽然笑了。

破旧的开衫和毛衣、牛仔裤等等贴身衣物尽数被塞进洗衣篓。

迟雪乖乖坐在放满水的浴缸里。解凛不知道从哪个角落里找出一只水鸭子给她玩，以分散她的注意力。

然而，一头湿透的长发，好不容易洗完后被堆成一个“包子”顶在头上。她却孩子气，又故意仰起头把它弄倒——头发尾巴全掉进水里，又沾上泡沫。于是解凛不得不重新帮她把头发再洗一遍。

他在洗澡这件事上，实在有十足的洁癖。

正如她对于玩水这件事也同样乐此不疲。

就这样折腾了快两个小时，解凛饱受良心的谴责，全程没有说过一句话，到最后，一声不吭帮她擦完背，便又起身去卧室拆了一条新浴巾，准备把人裹起来抱走。

然而迟雪却似乎已经喜欢上这种久违的，雾蒙蒙且“安全”的感觉，又开始不配合起来。她动也不动，只一双水灵的眼睛紧盯着他，嘴唇不乐意地紧绷着。

“……”

这是什么意思？

解凛看不懂，却觉得自己人生前三十年的道德观，似乎都在这短短的一天内饱受折磨。

又流血又流泪又流汗的一天。

他只能装作视而不见，直接给浴缸排水，随即展开浴巾，试图裹上人就走。然而，浴巾才刚松垮垮围了一圈，她却突然捉住他的手。

他不解其意，直到她捉着他的手，带着从“领口”往下探。

“这里，”她说，“没……洗，要洗。”

他的手指划过她的锁骨，并不算暧昧的动作，他脑子里却顿时“嗡”一声，警铃大作，如过电般猛地甩开她手。

他想也不想，便拿浴巾把人从头到尾裹成个粽子，拦腰抱起送回了卧室。

——“所以她这算是什么行为？”

半小时后。

卧室中，时断时续的吹风机背景音里，解凛仍然在和迟雪的一头长发“长期作战”。

而迟雪显然毫不关心头发吹干没有。

换上新睡衣的她，只依旧对那只压箱底吃了十几年灰的小鸭子兴趣浓厚，把鸭子放在铁盒上，来来回回地吹气，要把它吹倒。

可惜吹着吹着人就往前走，离开了吹风机的“可操作范围”。

“我知道，但是她现在就像个小孩子，难道把我当成‘家长’了？”

解凛一边打电话，见状手一伸，又拦腰抱住她往自己这头轻轻一拖。

他平常吹头发的习惯堪称狂野，给她吹头却是一缕一缕仔细地捧在手上。

电话里，心理医生的说法在他听来近乎“恐吓”。

但他也清楚心理问题绝不是一朝一夕可以解决的事，而相对应的，贸然把迟雪的消息公之于众则绝对是个有风险的选择，因此也只能暂时先和医生约定，花高价包下了对方明天一天的面诊时间，这才紧蹙着眉挂断电话，又看向眼前吹鸭子吹得不亦乐乎的迟雪。

他忽然伸手攥住她的右手，在她茫然回头的视线中，观察着她光洁的手背。

没有针孔。

没有被虐待的痕迹。

至少……没有。

他心里说不上是松一口气，又或是陷入更深的疑惑里，只给她吹完头发后，把人塞进被子里裹好，又起身，去把整间公寓里所有的门窗都关牢，最后找出胶布，把目之所及尖锐的桌角和茶几边缘都包裹完毕。

助理的电话此时却又打来，先是疑惑不解，为什么三四个阿姨都没能满足需求，询问要不要再为他找个住家保姆；后又告诉他，说老迟现在的情况已基本恢复，只是后天又要做透析，因此干脆决定在医院休养几天。

解凛一时迟疑于要不要立刻告诉迟父找到迟雪的消息，但想到现在迟雪的状态和迟父的身体……

“你，”他欲言又止，最终还是把话吞进了肚子里，只话音一转，“算了。你对国内这边的消费比较熟，网上帮我买些小孩子喜欢的玩具吧。”

“啊？”对面没忍住惊讶的语气，不用联想也知道，此时此刻，脸上八成是“听到了老板不得了八卦”那种快要生吞鸡蛋的表情。

“你不在病房吧。”

“哦、哦，不在，在楼道里。”

“这件事不用告诉迟叔。”

“啊……”

“买点女孩子喜欢的，洋娃娃，之类的？”

他又不懂。

“总之，买了就送过来吧，放门口就行。我自己去拿。”

语毕，也不等那边结结巴巴回复说好，电话随即挂断。

解凛站在卧室门口发了好一会儿呆。

推开门前，仍恍惚觉得今天经历的种种像是在做梦，然而，推开门，瞧见迟雪两手抱着那个铁盒子，已然在床上睡得沉沉，心仿佛陡然向下一坠，紧接着，是某种久违的、踏实的、点点温馨的错觉。

他坐在床边，离那铁盒不过一伸手的距离，却终究没有去碰这最后属于她的“隐私”，只是就那么靠着床边坐着，在离她最近的地方，上下眼皮一相碰，彻夜不眠的疲惫和时差感，几乎瞬间又找上门来。

这一觉不知道睡了多久。

他醒来时，四周已是一片漆黑，夜幕沉沉。

他伸手摸床，才发现床上不知何时竟已空无一人，忙伸手摁亮床头柜边的壁灯，晕黄灯光照亮室内，床上只剩凌乱的被子、铁盒也随人一起消失不见——他竟然会睡得这么熟，这种动静都没吵醒他。

心里愕然又懊恼，解凛几乎是跌撞起身，一路走，把从走廊到客厅的灯全都给摁亮。然而全都没有，哪里都找不见人。

他打开客厅门，门外把手上还挂着沉甸甸的一袋玩具，洋娃娃到兔子小熊布偶一应俱全，但也没有被碰过的痕迹。他一时间章法全乱，只能匆忙下楼去找。

夜里十点多钟，雨还在下，小区里路上没有人，绿植竟显得阴森。

他打着手电筒一路找，连灌木丛都钻进去，结果除了惊扰到两窝野猫外一无所获。后知后觉感觉到冷，他才发现自己是只穿了个短袖、穿着拖鞋就下了楼，手臂上已经被冻出一大片鸡皮疙瘩。

但他却仍痴痴站着，问过保安，晚上没有类似打扮的人出小区，便固执地继续找，任由寒风刮得脸颊生疼，一次又一次地弯腰，钻进绿植中，在每一个楼道拐角处，他低声喊她的名字，直到手电筒的光越来越微弱。

他分明知道这样的办法很愚蠢，不理智，但是脑子乱成一锅粥，没有办法思考，他好像已经习惯这种近乎自虐的办法来逼迫自己清醒——好像今天的一切都是一场梦，美梦都是易碎的，他习惯了自己总是一次又一次地扑空，却无法忍受那个梦当着他的面被摔得粉碎。

迟雪。

何况是已经被摔碎过一次的迟雪。

一直到夜里两点，公寓的保安终于看不下去，劝他回去加件衣服，之后再联系附近安保人员，实在不行就破一次例查监控，这才勉强把他劝回了家。

他手脚此时已经冻得没有知觉。

走进室内，又是冰火两重天，他怔怔坐在沙发上发呆，许久，双手忽捂住头，却发出痛苦的嘶吼。脑子里那根筋一直在抽痛。叫嚣着，告诉他，快到极限了。

这么多年，他日日夜夜都在被这种力不从心的痛苦折磨，从前他悔恨自己为什么不去死，后来悔恨为什么受苦的不是他，为什么所有事都迟一步、差一步、错过一步即圆满。

“丁零——”

他本可以忍受自己孤独死去的。

可偏偏他在迟雪身上，看到了微薄却足够照亮自己的希望。

老天却一次又一次在他看到希望的同时把希望夺走，把烛火熄灭，让世界漆黑。

“丁零——”

迟来的夜风拂动风铃，金属片敲击出独特的细碎音调。

破碎的断续的声音，从没有关严的阳台门传到他耳边。

解凛一愣，花了很久才终于扶住沙发扶手站起，几乎蹒跚着走动阳台边。头顶是陈旧的风铃，脚下，被花盆和书架掩盖的角落，只穿一件睡衣的迟雪赤着脚，怀里抱着那只铁盒，正呆呆看着楼下——

楼下。

斜对面的那一户阳台，一只白色小猫，正在猫窝里睡得香甜。

她花了很久才察觉到身后突然多了一个人，或者说是看到一个依稀投映在窗台玻璃上的影子。于是回过头来，迟疑片刻，又仰起头看他。

四目相对。

解凛通红着眼圈。

什么话都没说，他蹲下身去抱她，良久，只问了一句：“冷不冷？”

“……”

“蹲在这儿冷不冷？”他的声音在发抖，“迟雪，你为什么……”

想说的话太多，可仍然是连质问都不舍得说出口，他只能用他的体温焐热她，直到她终于回过神来，又轻轻对他说了一句：“我的小猫。”

“……什么？”

“猫。”

寒风凛冽，风铃声如入梦曲。

不会再回来的青春里，她恍惚又回到许多年前那个夏天，抬起头，有个少年在含苞的玉兰花丛中，低下头，和她说了第一句话。

他也许知道，也许永远不会知道，此后的许多个年头里，她都在自己的人生里试图寻找他的痕迹。

哪怕是在最黑暗的时光里。

没有水喝没有面包的阁楼。

老鼠在脚边爬行，发出让人头皮发麻的吱吱声。

她知道所有人都在等待她屈服的答案，她只需要说“我不是迟雪”。

不要做迟雪，去做恶魔的女儿，这样所有人都可以得到看似快乐的解脱。

可是她不行。

她柔软温和的面孔下有继承自父母不屈坚韧的个性。

她是迟家的女儿，贫穷但坚强的女儿。

是哪怕一块钱掰成两半花也可以活下去的小雪。

是答应过妈妈、要代替她看到世界上没有病痛没有恐惧的日子的小雪。

是和爸爸一起守着那间小诊所，等着灯光都熄灭才安睡的，是在痛苦的日子里也答应着爸爸要让他过上真正好生活的小雪。

她人生的前二十六年，都是抱持着这样的信念活下去的。

所以要逃……

一定要逃。

察觉到陈之华的真正意图之后，她唯一的念头就是要逃。

第一次逃走被抓回来，她被活生生砸断了一根手指，被砸断了拿手术刀的手指。

第二次逃走，被抓回来，她被关在阁楼上整整一个月，每天只能靠一点点烂水果和面包充饥，她饿得有好几次都差点幻觉要死，那时唯一支撑她活下去的，只有阁楼外的那只小猫，白色的、和她一样瘦弱的小猫。

她祈祷这只小猫能代替她活下去，祈祷陌生的生灵能够向外传达出她的消息和声音。

之后便有了逃跑的第三次、第四次、第五次……

如果她没有顺利逃出来，还会有第六次，第七次。

而每一次抓她回去的青年都是同一个人，叫梁振。这一次也不例外。只是这一次，被他找到的时候，她是真正离自由只有一步——她已经快到火车站，只要能够上车——然而还是差一步。

他从后拖住她头发的那一刻，她已经知道，这一次她又要失败了。

那种撕心裂肺的哭喊，挣扎，似乎是被逼出来的一声绵延不绝的叹息。

她的声音喊破，她的衣服被磨破，她说我走了好远好远的路才到这里，放过我，你放我走。

他过去从不心软，但只有这一次，却似乎奇迹般地，忽然停下了手，问她，你为什么还是不死心。

“你为什么还是要逃？”他说，“陈之华认你当女儿，只要你服软，等熬到他死，什么都是你的——他只要你服软。”

用你现在这张脸服软，和我们过一样的生活。

他的眼神瞥过她光洁如初的手背。

“你只需要一针，证明你的决心。”他说，“你不要得了便宜还卖乖，你应该很清楚，他的耐心快要用光了，下一次等着你的，不会那么简单了。”

但她说绝不。

“绝对……不……”

她的眼泪和鼻涕糊成一团，拼命地抓住地上的石子、砖块，什么都好，她不松手，只是反反复复地说，我是迟雪，我只是迟雪，我是迟家的女儿，我不是陈之华的女儿我不服软。

“如果我……而且，如果我屈服了……”她说，“那我怎么对得起，那些拼了命保护普通人，的人……”

“……”

“难道他们不知道怎么才能过上轻松的生活吗！难道他们不想过纸醉金迷的生活吗！”

迟雪往前爬。

她拿手术刀的手满是血，她仍然往前爬。

“可是人活着不是只为自己的——”

“还有很多——比短暂又脆弱的生命更久的——”

我要活下去。

所以我一定要活下去。

“如果一个人活着，只是为了眼前的苟且，根本就是苟活！我不要苟活！”

我要睁开眼睛看一天比一天美好的世界。

“解凛……”

她的手指陷进湿软的泥土里。

头皮被扯得痛极，她仍然不死心。

只差一步了。

“让我回家——”

她说：“我要回家！”

凄厉的声音似乎惊动了黑暗中的某处，于是下一秒，身后忽传来一声闷哼，扯着她头发的力气亦松开。

虚弱的猫叫声紧随其后响起，然后是黑暗的巷道里窸窸窣窣的动静。一只、两只、三只……

她手脚并用地爬起。

“迟雪——”

听到身后有人在喊，她仍然不管不顾地，跌跌撞撞向前跑。

就差一步了。

就这一步——

如多年前趔趄着跑出小巷，倒进少年的怀中。

许多年后，她痴痴抬起头，迎向解凛通红的眼睛。

她只说：“我在找，小猫。”

但原来找了一大圈，它就在家附近，只是睡着了，还像以前一样。

·第十三章·明月何时照我还

[1]

然而，这种难得的正常交流似乎仍显得奢侈而短暂。

一夜过后。

第二天的诊疗过程依旧进行得堪称艰难，磨磨蹭蹭耗了大半天，心理医生终于从卧室出来，在客厅和解凛坐下聊天。

而等待许久的解凛，亦最终从面前的心理医生口中，久违地听到了“癔症”这个名词。

他有一瞬而过的愣怔。

“我曾经有个战……朋友，也得过这个病。”他说，“也是在受到惊吓之后突然发病的——之后就完全处在一种类似梦游的状态，或者长时间保持在一个动作不动，也不吵，不和我们任何人交流。”

尽管事隔经年，解凛却仍然记得很清楚。

因为惨痛的经历本身，发生在一个只比他大了几岁、在任务中万幸生还的缉毒警察身上。而也就在他手术脱离危险的当日，他还未来得及撤离边境的妻儿，被报复者乱刀砍死，横尸街头。

从那以后，那位警员再也没有主动开口和周边人说过一句话。

甚至于还有人说风凉话，嘲讽他好歹也算是千锤百炼过的老警员，竟然从此一蹶不振。而完全是个旁观者的解凛，态度则微妙地介于这二者之间，他既同情对方的遭遇，但同时，似乎也无法完全共情那种失去挚爱的痛苦。

直到后来和老头子一起去看望那位退伍的前辈：那时他已从警队卸任，回到农村，每天如一个普通农民般在田地里挥汗如雨。

一切都仿佛恢复了正常，他没有别的问题，只是依然不太爱讲话。每天与农田为伴，机械式地日出而作、日落而息。

解凛看在眼里，于是又私下里问老头儿，说逃避是没有用的，为什么不试着帮他治疗，也许还能让他回到警队发挥作用。

在彼时的少年看来，学了一身本领，熬了千辛万苦，就这样度过余生，未尝不是一种残忍。

老头儿闻言却摇摇头，又反问他，说如果逃避能活，直面就要死，你觉得别人会怎么选？

“你看得到的，都是扛过来的人；你看不到的地方，解凛，这样的人还有千千万万个。几十年后，你未尝不会理解这种选择。”

当时的无心感慨，多年后竟一语成谶。

许多年前，曾经对此嗤之以鼻的少年，许多年后，却迎来了殊途同归的命运。

解凛突然沉默下来，又回过头去看长廊尽头的卧室：没有关严的门扉，只有迟雪一人的房间，却隐约传来孩子气的“对话”声：她显然对于昨天买来的小猫玩偶情有独钟，却又放不下可爱的黄鸭子，于是，在黄鸭子和白色小猫之间难以取舍，索性自己囫囵扮演起这两个角色。

“争辩”着到底谁才更应该放在床边靠近她的位置的同时，也像初学说话的孩子，嘴里不时发出些含混不清的气声——

模样之专注认真，仿佛房门外的世界已彻底与她无关。

身在哪里，身边有些什么人，所有的一切都无法再撼动她内心默默关紧的“门”。

这或许也是为什么，一天下来，无论心理医生采用什么样的办法，都无法撬动她亲口说出自己这一段时间的经历。

她拒绝和人沟通过去，就像当初的那位“前辈”拒绝和任何人聊起感受、聊起后悔的往事。

他们并不是失忆，只是不愿意被曾经的恐惧支配了一切。

“……所以，她还是完全认不出我给你的那些照片吗？”解凛忽侧头看向面前的心理医生，“她爸爸的照片，你给她看了，也没有反应？”

“没有。”

“但我的确是在她以前的家附近找到的她。”

“这不奇怪。”医生闻言，摊了摊手，“很多病人在潜意识里都会有一个她自己默认‘最安全的地方’。很大概率也就是这个念头支撑着她，所以哪怕在精疲力竭的情况下，还是一直不停地试图靠近那个目的地。”

说罢，见解凛表情仍然凝重，医生又给他长篇大论介绍了一番癔症的痊愈病例和注意事项。

最后，医生总结道：“总之，癔症不算是一种罕见病，病发原因也有很多种，通俗点说，就是逃避痛苦或者孤独，对抗外界或者自身无法承受的压力。”

“……”

“至于具体的症状，别说神游，就算是失忆、瘫痪、假性痴呆，老实说这些年来我也看到过的案例也不少——毕竟现代人的困境真的算是千奇百怪。如果心理问题真的能够随随便便无障碍面对，就不会有我们这些心理医生了。”

说着，老先生将自己实习生送来的药片分门别类装好，颤颤巍巍推到解凛面前，又道：“不过当然，癔症作为其中一种比较特殊的心理疾病，也的确存在不药而愈的情况。而且，就算拿给我们专业的人来治疗，其实也多半只能用心理暗示的疗法来辅助病人抽离而已。只是现在考虑到你爱人、她还有主动攻击人的情况，所以我再给她开一些抗焦虑和帮助睡眠的药。”

“……好。”

“但如果她还有继续攻击你的话。”

预约的诊疗时间已到，老先生站起身来，临走前，又向他抛来一声严肃的提醒：“那我建议，你最好不要因为心疼或者之类的原因耽误治疗，哪怕让她吃点苦，受点累，还是送去专业的精神病院，或是疗养机构来介入治疗比较好。”

理智地考虑。

这当然是最“高效”也最能够节省精力的选择。

解凛这次却始终无话，没有任何回应。

直到目送那位医生离开，空荡的客厅里，只剩下他静静看着那些几乎堆成山的药盒，仍然在沙发上坐着沉默了很久，末了，起身慢慢走到卧室门前。

迟雪此时依然还坐在床上，背对着他和玩偶做“长期斗争”。他的脚步声显然没有惊动到她。直到他走过去，出现在她的视线范围之内。

持续十分钟在床边坐着不动后，迟雪终于注意到他，呆呆抬起眼来，紧接着护食一般，把铁盒、小鸭子、小猫拢在怀里。

他蓦地失笑，只能一本正经地哄她，甚至把双手举起，一副清白的投降姿态，说：“我不抢你的。”

“……”

“我还会给你买新的。”

解凛说：“你想要小猫，是吗？”

“？”

迟雪歪了歪头。

解凛第一次带迟雪出门，是带她去了附近的宠物店。

因为怕她被人群吓到，还提前一天联系了宠物店的老板，包下了一上午的“单独使用权”。

但事实证明，迟雪其实并不大吵大闹——她哪怕陷在自己的世界里，也从来不愿意主动给别人添麻烦。至多只是像个小蘑菇似的蹲在猫笼前，看猫舔爪子挠肚皮，一副惬意的样子，她就“嘀嘀”直笑。

解凛也不打扰她，就跟着蹲在她旁边。

她听得懂或听不懂，他都会小声地在旁边给她介绍，说这只是什么猫，那只又是什么品种，眼睛是什么颜色，他不厌其烦地教她说话或认字，迟雪偶尔会侧过头来看他，最初是疑惑地眨巴眼，后来，她也一眨不眨地看他，突然笑一笑。

“猫。”

她叫他。

“我不是猫。”而他立刻纠正，“是解凛。”

“……小猫。”

“是解凛。”

“？”

一而再再而三地被纠正，她似乎觉得不开心，于是皱了皱眉，突然便不说话了。

他就这样沉默地和她大眼瞪小眼“对峙”了半分钟。

“……是。”最终，却还是在她的委屈和突如其来的笑容里屈服，屈服得自暴自弃，“是猫。是布偶猫、金吉拉、银渐层……”

有个名字总比无名无姓来得好。

宠物店老板也没闲着，在旁边看得慈母笑。等到一回生二回熟，来了第三回，老板终于忍不住问他，说要不要给妻子买一只小猫带回家去玩。

“我看你老婆很喜欢的呀。”店老板劝他，“你这样每次过来都包一上午，都够买两三只猫了，不如直接带一只回家呀，猫粮什么的给你打折好了。”

他正结上午“包场”的账，闻言回头看一眼：迟雪还恋恋不舍地坐在猫笼前，逗猫逗得不亦乐乎。

但想了半天，到最后，他仍是摇头。

“不了。”解凛说，“现在还不用。”

虽然他答应过她，但是——还是等到春暖花开的时候吧。他想。

等到迟雪真正是喜欢一只猫、他们能够一起照顾一只猫，对一只小猫的生命负责，而不是只能把猫当作玩具和寄托的时候。

到那时，小小的生命，也能让一个家变得温馨。

他还要和她一起等待着那天的到来。

他牵着她从宠物店离开，不料出门时还是晴天，这会儿，又开始落雪，从最初的雪子到后来的大雪，落满地，堆成小丘，走在路上，深一脚浅一脚，回头看，能看到一排深浅不一的雪地黑脚印。

他们并肩走在雪地上。

“迟……”

迟雪却突然把他推向前。

解凛正在想着什么时候带她去见老迟的事，被推了个措手不及。不想连累她摔倒，只得匆忙松开两人相牵的手，就这样趔趄着向前走了好几步。

“迟雪。”他无奈地回头，不知她又要起了什么鬼主意，却见迟雪认认真真地低头看，一脚接着一脚，踩在他留下的脚印上向前。

然而距离本就拉得不远，脚印很快“用尽”。

她不动了，只小雪花飘扬着落在她头发上，眉毛、睫毛都被染得雪白，她又抬起头冲他笑。

解凛只得又往前走几步。

果然，迟雪立刻接着按他走过的脚印，深一脚浅一脚往前走，走完了又停下，他一走她也接着走，对这种幼稚的游戏乐此不疲。

解凛却不放心，走两步便要回头看她。

到最后，他索性倒着走。

“慢慢走。”他说，“迟雪，别摔倒了。”

“慢点。”

“……”

“把帽子戴上。”

他好意提醒，她却不听，甚至很喜欢自己这个“新造型”，故意在他面前抖落发丝上沾染又半消融的白雪。

这么一步一步，任由小雪变大雪，霜雪落满头。

他不知怎的，竟也逐渐地不说话了。

尽管被路人们行注目礼，尽管几次差点被绊倒，但他什么也不说，不在乎，反而也开始认真地对待她心心念念的幼稚游戏。

她要玩，他就陪着她做不被理解的笨小孩。

尽管看似是向前走，实则是一步步往后退，他依然谨慎地、温柔地等候——在雪地里等候着他的女孩，一蹦一跳沿着他的脚印，如跳格子一般，一点一点向他靠近。

直到小区门口的最后一步。

“没有路了。”

他无奈，冲她笑笑，张开手。

迟雪却恶作剧一般，忽然故意夸大动作似的抬高脚踩下去，踩在他的最后一个脚印，踩在他的脚上。

她“嘀嘀”地笑，好像故意要激怒他，故意做一些从前的她从不敢做的坏事，好像在说，从前我一直只能看你的背影，但你看，你今天也要为我停下，好像在说，哈哈，解凛，你也有今天，又或者只是单纯地为自己的恶作剧成功而开心。

她笑得脸蛋红红，整个人都红扑扑，抬头幸灾乐祸地看向他。

——但为什么呢？

他竟不生气、反而还来拥抱她。

她头发上还全是雪呢。

怎么小猫一点也不怕冷，也不叫，他竟然还伸出爪子来抱她了。

他说："迟雪，你开心吗？"

沉默片刻，他又自问自答："我想你是开心吧，你以前……没有机会做这种事。你开心，比什么都重要。"

好傻。

她却觉得他的怀抱很暖，整个人钻进他的外套里，闻到很香的味道。

他身上一直有很香的味道。

她于是忽然就不生气了——因为小猫不给她新的小猫而生气，这一刻，她觉得，只要有小猫陪她玩就好了。

小猫是世界上最好最好的朋友。

还有最好最好的……

最好的。

什么呢？

"迟雪。"

她正在想着奇怪的问题，奇怪的答案。

他的怀抱却突然收紧，手指轻轻拂落她头上、身上的雪花。

她听见他说话。

"如果这个世界让你觉得不开心，"他说，"我可以一直陪你闭着眼。"

"……"

"但原来我也有我的私心。"

"我多希望你还能醒过来，能再看一眼这里。"

这里是哪里？

他的手牵着她的手。

摸索着，触碰着，她感受到手掌底下清晰的跳动。

"希望你能听完那天，我没有跟你说完的话。"他说。

"我说过，会用另一种方式跟你在一起，永远在一起。"

"哪怕我把生命的尊严交给我的信仰，但是迟雪。"

他把她紧紧抱在怀里，隔绝于风雪之外，却低声地，在这大雪之日，轻声对她说："但我把这里交给你——迟雪，请你，慎重地、严肃地帮我保管吧。"

扑通。

扑通。

是心跳的声音。

她的手指忽然如过电般哆嗦一下。

"无论你是什么样，我们不会再分开。"他接着说，"迟雪……直到死亡将我们分离。"

[2]

迟雪的"出逃"，对于解凛来说，毫无疑问，是一场失而复得的美梦，一场跨越数年的重逢。

但对于叶南生和他所面对的各方势力而言——由于信息的不对等，却实在称不上是一个好消息。

他们对此甚至一无所知，只能在等待和应付陈之华提出来的一个接一个刁钻要求中度过了焦头烂额的一周。

或许陈之华也敏锐地察觉到他的耐心正在逐步耗尽，因此，在这一周的周末，这个诡计多端的老狐狸竟时隔半年，第一次不借助他人之口，不用各种奇怪的变声设备，而是亲自给叶南生打来了一个颇为"亲切"的电话。

电话里，陈以迟雪的父亲自居，又一口一个称呼叶南生为"好女婿"。

"总之，你的诚意我已经看到了。"他说，"把女儿交给你，老实说，南生，我也是能够放心的。"

什么叫作"把女儿交给你"？

天知道接这个电话，叶南生原本已做好了最坏的心理准备，这时反倒被他的"热情"打了个措手不及。更有甚者，聊了没两句，陈之华又一反之前谨慎且不断推脱的态度，不仅干脆地和他约定了之后的见面一定兑现，话里话外，更是提到，既然叶南生对自己的女儿一往情深，过去的五年也信守承诺，那么他很乐意在这件事上做个好人，撮合他们这一段难能可贵的姻缘。

“至于我们的见面，”陈之华说，“不如也就放在订婚仪式上吧。”

“……什么？”

怎么就聊到订婚这个事情上了？

叶南生从不否认自己在和陈之华的接触这件事上有私心，但也从没有自大到觉得迟雪会被这样的灰色交易打动。能和她结婚，对他来说更像是天方夜谭的玩笑，因此一时间愣怔当场。

电话那头，陈之华却似乎早有准备，预演充分，给他画的“大饼”也还在进一步的完善中：

“而且，既然是我的女儿要出嫁，阵仗当然是越大越好。只不过国内的事，各方面譬如酒店住宿之类的，我离开太久，现在也不太熟悉了，南生啊，一切还都得交给你安排了。”

“到那天，我一定会带着家人一起到场——而且在那种场合下，我想，我们双方也会更愉快、更安全一些。像你说的，一家人不说两家话，只要有这样一层关系在，我这个老丈人也能在你的‘地盘’待得更安心。”

陈之华说到最后，难得朗然地笑出声来。

叶南生的脑袋却被这突如其来的“建议”塞得宕机，一时竟没反应过来这烫手山芋背后藏着怎样的机心。只知话到末了，这只老狐狸仍不忘嘱咐他：“对了，南生啊，”陈之华话里带笑，“毕竟是终身大事，不要说我没有提醒，到时候，订婚也好，仪式也好，你家里该来的人一定也都要到场。”

“一来，不要让别人看了笑话，觉得你们的婚姻是场儿戏；二来，也要让我这个做父亲的看到你对我女儿的态度才好。”

“……”

“当然，这些礼仪上的事，我想也不用我多说了，你一向都是安排得很好的。”

这通电话，随后在陈之华爽朗的笑声里中断。

而酒店里，陈之华将手机扔到一边，又转而看向旁边机械进食着午餐的女人，伸出手，颇爱怜地摸了摸她的头。

“阿玉。”他说，“你都听到了？好了，总之，女儿很快就会找到的，你也不用担心了。”

“……”

“还是你被我刚才说的话吓到了？你也舍不得女儿是不是？怎么哭了？”

他给她擦着眼泪，嘴里却仍咕咕哝哝念叨着：“真是笨，跟了我这么多年，阿玉，你怎么还会被这种假话吓到——那可是我们的女儿——怎么能到别人家里去受苦，我只是骗他的，你怎么也被吓到了……女儿很快就回来了，你别哭了，乖。”

他明知道她是为迟雪可预见的被利用的命运而哭，偏偏却还故意的，用她最害怕的结果来安慰她。

“那群警察做梦都想抓到我呢，”陈之华说，“就算为了抓到我，也会把女儿送回来的，等着吧……迟雪，我太了解我们的女儿了，她会回来的。”

她不仅会回来，而且还会再一次，身临其境地体验一次他如何带着家人从最危险的地方金蝉脱壳。

到那时候，有媒体的掩护，有一群叶家人做人质，在那种场合下，一群警察又敢奈他何？

那个自作聪明的叶家小子，也该尝尝搬起石头砸自己脚的滋味了。

而且——

到那时候。

陈之华微笑着，又若有所思地，轻抚黄玉落泪的面庞。

“阿玉，我们做父母的，我想，还是得要吸取教训……我们得彻底打断她的腿才行。”

陈之华说：“关在笼子里的鸟根本不需要翅膀，也不需要做梦的权利。”

话落，黄玉却忽然开始干呕起来，才刚刚吃下去的午餐，此时又原模原样地吐到了碟子里。

陈之华冷眼看着她的狼狈，半晌，表情里却带上莫名的阴狠。

“阿玉，到底什么时候，我们的女儿才能像你一样学乖呢？死了一个梁振还不够——”

他的手又一次轻抚着她的脖颈，任她咳嗽不止，嘴里却喃喃着：“难道，还要再陪上一个你吗？”

而几乎与此同时，在风平浪静，基本确定安全的一周过去后，解凛最终还是决定带着迟雪去和老迟见面。

尽管他心里已有预期，看到这个状态的迟雪，老迟也许会大受打击，也许会为此而崩溃，但是，却也终究做不到抱持着“等到她好再见面”的念头，去自以为是地为这对父女考虑——他害怕自己的一念之差，会让这对父女失去最后团聚的时光。害怕等到迟雪清醒后，也永远会因此而后悔。

毕竟他很清楚，医生和老迟心里也如明镜。

五年来，老迟的病情非但没有好转，反而逐渐拖垮了身体。

然而，当他带着裹得严严实实的迟雪推开老迟的病房门，屏退众人，最后轻轻拉下迟雪脸上的口罩。当他引导着迟雪坐下，把她畏缩颤抖的手交到老迟苍老而皱纹遍布的手里。

与他想象中完全相反，老迟当然一眼就看到了女儿的异常，看出了她的陌生和畏惧——然而，老人家没有痛哭或是质问，甚至没有表现出任何震惊的情绪，只是在许久的愣怔过后，平静地看着眼前失而复得的掌上明珠。

末了，他只轻轻地、轻轻地合住了两人相握的手。

“小雪乖。”老迟说，“爸爸终于等到你回家了。没有遗憾了。”

因此，哪怕是癔症也好，笨拙、痴呆甚至“返老还童”都不可怕。

“她本来也是才这么小，这么小一团，就被抱到我手里的，是我和我老婆，一点一点，教她怎么走路，怎么认字，送她上小学、初中……大学的。我老婆走的前一天，还拉着我的手，说、说……”

老迟哽咽得几乎再说不下去。

恍惚间，他又想起妻子与他的最后一面，瘦得不成人形，如一具枯骨的妻子，颤抖着拉起他的手。

——“养儿一百岁，长忧九十九。”

——“大宇啊，以后我不在了——我们小雪，你一定、一定要好好照顾她。不要让她吃苦，别让她走我们的老路啊……好不好？你答应我。”

如今，他究竟算是做到了，还是彻底失约呢？

“只要我还有一口气在。”病床上的老迟说，“只要我还活着，没关系……我还能重新教她走路、认字、教她做个好孩子。我们小雪这一辈子太苦，能做个小孩子、能做个小孩子也好啊……”

小孩子也是他的孩子。

为人父母，有什么比看到自己的孩子健健康康更重要呢？

只要她还活着，他死也都能瞑目，无愧去见九泉之下的妻子了。

而迟雪此刻坐在他的病床边，看着眼前涕泗横流的老人，只是久久沉默着。没有被牵住的手却不自觉捂着心脏的位置，逐渐揪紧了衣襟。

——她好像感受到了什么，恍如心脏亦被一点一点揪紧。

一片死寂的沉默中，是又一次的开门声，打破了无声蔓延的痛感。

解凛当即回过头去，原本想要责难的语气，却在看清了来人的瞬间变得无法开口。

“小远。”

他只和老迟一样，几乎前后脚地喊了一句。

对这个孩子，他的心情不可谓是不微妙。

而被称呼为“小远”的男孩——又或说少年，依旧如记忆里的苍白瘦弱，五年过去，个子竟没有长高多少，相反，疾病侵蚀了他的健康，在同龄孩子都理应正活力四射的年纪，他却显得生机寥寥，连说句话都要大喘气。

然而小远的眼神仍然在看清病床边的身影时骤然一亮，紧接着努力快步走上前来。

“天使姐姐。”他说，“你回来……你回来了！”

难得高昂的语气。

他站在病床边，还像小时候那样，拉起了迟雪的另一只手。

“我是小远啊！”

连声音和语气，也几乎和小时候几乎一模一样。

“我、我经常来找爷爷聊天的，我们昨天还聊到了你，我们、我们都很想你，你去哪里了，为什么一直都不——”

为什么一直都不回来。

为什么一直都不和我们联系呢？

五年了，因为这场病，他越来越虚弱，被关在医院这个小小的世界里。

贫瘠的生活，越发显得童年时的美好可贵。

在他的想象里，天使姐姐理应在他热络的招呼声里俯身来拥抱他、就像从前那样才对，然而，他的天使姐姐却只是迟钝地抬起眼睛，许久，在他一次又一次不厌其烦的自我介绍里，倏然开始不受控制地发抖。

疑惑的话来不及问出口。

她却突然又尖叫一声，同时挣脱开了两只手的“束缚”，跌下凳子，几乎是手脚并用地、扑进了解凛怀里。

“小远……小远……”她喃喃着，仿佛陷入可怕的噩梦里，额头上渗出密密麻麻的汗意，“小远……”

——“迟雪，如果你能回去，请你帮我转告小远。”

记忆仿佛又回到当初那个漆黑的阁楼上。

她在梦里被惊醒，突然闻到了一阵令人欲呕的血腥味，那个人却坐在黑暗里，不知已看了她多久，就这样突兀地开口。

那是她又一次逃跑失败之后的事了。

在洛杉矶联合车站，她跑出巷口，最终却还是跑不过陈之华安排的人手。

他们一个个车厢排查，揪出了躲在卫生间的她，众目睽睽之下，将她带离了车站。

而在那个冰冷的“家”里，没有意外，迎接她的是又一顿毒打，之后被扔进阁楼。陈之华勒令她收心，打个巴掌给颗枣，又告诉她，很快他会带她回国，“干一件大事”，需要她的配合。

但她已全然不相信他的所谓承诺，索性滴水不进，一心求死，并以此来威胁他。

她很清楚，自己的这张脸，这条命，就是她在陈之华面前最后的筹码。而或许也正是陈之华察觉到她的“贼心不死”，于是，就在回国的前夜，有了阁楼上的那一幕。

铺天盖地的血腥味遮蔽了她的嗅觉，她摸到地板上黏腻的液体，借着月光翻开手看，只看到满手的殷红。

“梁……振？”

“……”

“你怎么了？这是……怎么了？”

她的声音都在发抖。

事实上，在那一夜之前。

她也的确始终都坚定地认为，梁振是陈之华身边最忠心的鹰犬，也是无数次将她抓回牢笼的帮凶。

即便都是姓梁，她也从未把梁振，和小远曾无数次向她描述的那个，英雄般伟大、无私、无所不能的父亲联想到一起。

但是这一夜，梁振却从黑暗里爬出来——是爬出来。

她才看清楚，他的双脚都被砍断，可怕的出血量之下，死亡只是时间问题。

她瞬间尖叫出声，被恐怖驱使而不断往后退，蜷缩进角落。然而他却仍然固执地向她靠近，拖着满地血痕，将沾满血的纸币和伪造的身份证件塞到了她的手里。

“迟雪……”他说，“如果你能回去，请帮我……转告小远……我要，继续……去执行、很辛苦的任务，很长一段时间……不能回去看他。”

一股接着一股的血不受控制地从他嘴里、鼻子里往外冒，满脸的淤青让他几乎面目全非，但他仍然紧紧握着她的手。

他说，请你不要告诉小远，他的爸爸是个罪人。

那些钞票被血染红，他的手指终于无力坠落。

在生命的最后时刻，这个曾经试图悔改，试图为了家人走上正路——曾经与黑暗战斗，却又堕入更深的黑暗的男人，只是痴痴地望向阁楼的窗外：那里繁星如许，明月当空。

同一片夜空之下，月光也曾经照亮一个田地里苦读的少年。

他忽然想，自己这三十多年，大概也算是做了一个很好、很长的梦：

梦里，他走出农村，去了广阔的天地。他比所有人都拼命，比所有人都迫切地想要告别过去的生活。出狱的第一件事，他走向路边的公共电话亭，用一毛钱就能打一次的电话打给父亲，激动的声音顺着电话线，传去千里之外的家乡。

——“爸！这次我真的要去做正事了！”

他压低声音：“我要去执行‘任务’了！你帮我照顾好小远，等我回来，我带你们一起过好日子！这次我一定不让你失望，我一定……”

父亲。

请原谅我在生命的最后，仍然不知怎样用贫瘠的话语来向你描述这个，没能带你去看的、偌大的世界。

小远……

——“月、亮粑粑，肚、里坐个嗲嗲，嗲嗲出去买菜，肚里坐个奶奶……”

——“这是谁教你的？”

——“嘿嘿，爷爷教我的！爸爸，我考你哦，奶奶在干什么呢？”

——“……在绣花，绣糍粑。”

——“欸？爸爸你怎么知道——”

——“因为爸爸小时候，也是听你爷爷唱这个长大的。”

明月何时照我归。

梁振至死都没有想明白这个答案，但也许答案到底是什么，也真的不重要了。至少在生命的最后一刻，他终于释怀，也终于能够回头看一眼自己的来路，然后，笑着离开这个世界。

“……死透了？”

“啧，死得还真难看。”

然而，第二天清晨，老神在在走上阁楼“验收成果”的陈之华，看着早已死去多时的梁振，忽然忍俊不禁，笑出声来。

他踢了踢梁振腿上伤口处的“绷带”——准确来说，是迟雪撕下衣服为他止血的布条，大概是觉得她这样徒劳无功的行为相当幼稚，又蹲下身，看着痴坐在梁振尸体旁的迟雪。

“如果真的想要救他的话。”陈之华说，“你一开始就不应该跑，我的好女儿，你要知道，我对人的忍耐是有限度的。就算你，我动不了。但是这些人，我还可以一个一个拿出来给你‘展示’，给你看看，我的忍耐限度到底在哪儿。”

“……”

“更别提他差一点就放跑你了——你说，我养这样的废物干什么？他连帮我看着女儿这么小的事都做不好。”

迟雪仍然盯着地板，沉默不言。

陈之华却又温柔地抚摸着她的脸。他尤其喜欢她安静的神态。

“你要乖，”他说，“这次我带你回国，很快又会把你带回来的。我们一家人要一直在一起。”

“但，如果你不乖的话，我就只能再拿一个你熟悉的人开刀了。这是我对你最后的警告——小雪，你乖，不要再惹我生气了，好不好？为了我们大家好，你要乖，知不知道？”

而这个所谓熟悉的人是谁，在这个语境下，根本不言而喻。

他期待看到她惊恐或是畏惧哆嗦的样子。这让他感到满足，然而，迟雪却只是始终怔怔地抱膝坐着，眼神不曾看他，不曾看别物。

她只知道自己的怀里还揣着带血的证件。她只知道，她要回家了。于是静静地，盯着自己污红的指尖，流不尽的眼泪倏然滚落下来——如一场无止歇的大雨。

要逃。

这场逃亡，已经牺牲了太多人。

要回家。

她的精神状态也到了强弩之末的地步。

终于，在奔赴自由的最后一刻，这根弦被无情斩断。

她在冰天雪地的冬天，在落地中国的那一天，在深夜，藏在保洁人员的工具车里跑出酒店，一直走，一直往前走，她用梁振给她的证件和钱买了回家的火车票，她的衣服脏了，鞋也破了，但是她还在不停地跑，她知道只要停下，随时都会面临被抓回去的危险，而她还没有到她的“目的地”——

直到她最终狼狈地站在陌生的街道前。

环顾四周，是高楼大厦，是钢筋水泥，是人声鼎沸。

一无所有的她似乎才是这个世界唯一的外来者。

她找不到家了。

她在无边无际的黑暗里彻底迷路。

然而这一天，小小的少年却又如命定般出现，拉着她的手，说天使姐姐，我是小远啊，我是小远。

“小远……”她在解凛的怀里抖如筛糠。

关于那一夜的记忆，一次次撕下布条的破碎声，止不住的血，无声的笑容，一切的一切又如洪水猛兽般找上门来。

她只能用力地抱住他，如抱住现实世界里的最后一块浮木，不愿回头也无法回头，她只拼命地说："回家，我要回家。"

这条路太长。

为什么看不到尽头。

为什么无法让无法无天者付出代价。

为什么只是一直在逃、为什么还要让无辜者牺牲。

她的头几乎疼到要撕裂。

极痛之下，发出一声压抑的悲鸣——

再醒来，已是在深夜。

并非醒在医院，而是醒在熟悉的公寓床上。

她看向天花板，看向床头柜，甚至床头柜上那眼熟的铁盒，周围的一起都那样熟悉。

强烈的喜悦和复杂的心情将她的心层层包裹，她几乎是跌撞着爬起身来。

却在开门前的那一刻——她的手摁下门把手，门轻轻打开的瞬间，一声暴喝亦随之传进房间。

"叶南生！你疯了！"

是解凛的声音。

她吓了一跳，亦瞬间惊得止住脚步，只能静静倾听着，那样清楚的、愤怒的声音。

"我不会答应。绝不。"

她听见解凛说："我会带她和迟叔离开这里，我会带她去别的地方，去安全的地方。我先把他们安置好，之后再回来处理这边的事情——"

"不行。"另一个声音却紧随其后响起，语气沉重而平静，"解凛，你应该很清楚，我可以找到你，他们一定也能找到。"

"那你告诉我陈之华现在在哪里。"

"告诉你又能怎么样？你现在去杀了他吗？你能做到吗？"

"我能。"

"但你也不可能再活着回来！"

"……"

“解凛，你看看你这只手吧——你现在用这只手，能托稳你的枪吗？”

那个声音说。

“你明知道现在想要永绝后患，只有一个办法，就是配合警方。”

“……”

“你曾经是警察，解凛，你应该比我更清楚——”

你应该比我更清楚，如果一个人的牺牲可以换来斩草除根，那么这个人应该站出来。

逃跑是解决不了问题的。

躲避是解决不了问题的。

“五年前你废了这只手，换来了什么？你一个人螳臂当车可以解决问题吗？”

“你应该很清楚，想让迟雪真正安全，只能彻底解决陈之华这个麻烦，而‘诱饵’是必需的。总之，我可以答应你，我会保护她。”

我会保护我的……未婚妻。

“……”

“你相信我。”

晕黄灯光铺满偌大客厅，两个男人在沉默中无声对峙。

——但这或许也是平生头一次吧。

他竟能够站在道德的制高点上，居高临下俯瞰着曾经不可一世的解凛。这种感觉不可谓不奇妙。叶南生想。

然而，这种感觉到最后，其实也不过持续了短短的几秒钟而已。

“我知道。”

因为解凛给他的回答是：“我知道。我也发过誓。”

解凛说：“所以，如果这个需要牺牲的是我，我随时随地都可以站出来——因为我有这个责任。召必回，这是我的责任。”

“……解凛。”

“但是迟雪呢？”

“……”

“那些痛苦谁来为她负责？”

他问他。

谁来为她负责。

谁也无法同她与共。

所以，谁有资格要求她无条件付出？

解凛无法控制颤抖的左手逐渐握成了拳。

“告诉我，”他说，“陈之华现在在哪儿？”

[3]

对话已成僵局。

而事实上。

叶南生能够突然找到这里，亦不可谓不是上天向解凛开的一个巨大玩笑。

起因是某个社交软件上的大热视频——不知是哪个八卦嗅觉灵敏的围观路人，将他从便利店里带走迟雪的那一抱拍下，配上煽情的音乐和文字发到网络上。

在这个媒体流量为王的时代，视频很快在本地一群看热闹不嫌事大的博主转发下走红，渐成城中话题。

然而，对于至今手机里仍只有基础软件还在用现金支付且早早远离网络的解凛来说，一直到这个视频在今晨发酵到近百万转赞，推上首页，并被各种衍生为“在贫瘠的生活里我仍然拥抱我的光”之类的煽情文字，大肆传播到满城议论纷纷前。

或者说，一直到助理认出那个视频里脸打了马赛克的人是他，打来电话旁敲侧击之前。

他还没有意识到这次隐私信息的过快曝光，仍然还在安抚迟雪之余，试图联系北城的医疗专家，想要带着迟家父女转去更安全的城市——

然而一切的计划，都最终因这个视频的走红，加上迟雪突如其来的昏迷而被打乱。

这个玩笑未免开得太大。

于是，他亦只能暂时按兵不动，直至被动地等来了叶南生的“到访”，也等来了今夜这一场互不相让的对话。

“我不会告诉你的。”

而在谈话的最后，叶南生眼见得他态度坚决，最终也只抛下一句：

“你让我带她走——我可以担保，我们会用最小的代价解决全部的问题。”

“或者这样说吧，你终究也是叶家人，解凛。我可以很老实地告诉你，这十年来，光是珠三角这一块的航运费，从最初一年给叶家创收一百七十亿，之后缩水到不到五十亿，这绝不仅仅是陈之华一家独大的问题，而是他背后势力越来越肆无忌惮，逼得我们不得不借着这次的‘东风’快刀斩乱麻。这一点，你其实应该比我更清楚才对。”

“所以呢？”

“所以，我之所以愿意主动站出来和警方合作，拿五年五成的航运费出来钓陈之华回国上钩，也绝对不是在和他做慈善，我是要成绩的——解凛，我要能让奶奶看到的、属于我的‘成绩’。”

叶南生低声说：“更何况五年来，我们已经付出了巨大的成本，这个局不是说停就能停。现在，也理所应当到了收网的时候了……我只是希望迟雪可以配合演完这场戏而已，我会保证这个过程里她的安全。我不明白，你也是经历过风风雨雨的人了，为什么在这件事上，现在反而要站在我们的‘对立面’？”

归根结底，和解凛不同，他是一个彻头彻尾的商人，更是一个亟须得到家族肯定的“外戚子”。

所以，人，他要救；生意，他也必须要做。

这本来就该是件皆大欢喜的事才对。

偏偏解凛却像是一块顽固的拦路石，一道他人生里永远迈不过去的路障，就这样横亘在他前进的路上，沉默着，却无从跨越——他要怎样才能和一块顽石沟通？他索性也跟着沉默。

沉默，有时便是最无声的逼迫。

直到突如其来的“咔哒”一声。

忽然清楚的开门声传到客厅，打破了这片诡异的寂静。

解凛亦从沉思中骤然回神，扭头去看：便见不知何时已醒来的迟雪穿着睡衣，就静静站在长廊尽处的卧室门口。

而后，有些沙哑的声音，却是字正腔圆，吐字清晰。

她轻轻喊了一声：“解凛。”

解……凛。

不是奇怪含混的称呼，没有孩子般不安的哭叫。

这一次，她清楚而准确地叫出了他的名字。

于是，在叶南生不解的目光中。

他下意识起身的动作，因为这一声呼唤停顿了下来。

愕然间抬头，四目相对。

她的目光温柔地从他的眼眉掠过，又停留，一点一点，细细地看了又看。

而后，什么话也不说，只扶着镂空浮雕的长廊墙壁，踏着一地晕黄的灯光，慢慢向他走过来。

一步。

两步。

她甚至走得都不算稳当。

却如为他重新拼凑起一个破碎多年的梦。

她恢复清明的目光，仍如旧时的模样，终于让那些零落的梦的碎片，渐渐都拼合成完整的画面。

直到他回过神来，亦上前去，弯腰紧紧拥住她。

迟雪险些被他抱得离地。

忍不住轻轻拍了下他背，才被后知后觉放下——如此笨拙的场面，却不知为何，突然就把她逗笑。

她只轻轻回拥过去，拿两手当作软尺，如从前在自行车后座，她也是这样小心抱住他的腰——只是如今显得越发“轻松”——于是忍不住三秒，她又叹息起来。

醒来也是叹息的命。煽情的话，闷葫芦对闷葫芦，清醒的时候反而说不出口。

她只能低声地说了一句：“解凛，你瘦了好多。”

“……嗯。”

“你是不是都没有好好吃饭。”

“……嗯。”

天晓得，只有在这种时候，她总觉得自己比人多吃的那一年多白饭，大概就是为了多说点话的。

她笑笑。

靠在他怀里，耳边是乱了步调的心跳。

没有人再说话。

只她离得太近，一遍又一遍，听到头顶传来近乎压抑的哽咽声——压得无声。可是偏偏喉结滚动，手臂颤抖——是只给她一个人看到的脆弱。她知道他在强忍。

于是等了很久，一直等到他的呼吸逐渐平缓下来。

她才轻轻推开他的怀抱，低头，仔细端详起他的手——每到紧张或情绪无法自控时就会颤抖的左手，如叶南生所说，“甚至托不稳枪”的这只手。

曾经就是这只手，牵着她离开了那条走不到头的暗巷；

是这只手，拉起了被人围在中心、跌坐在雪地不知所措的她；

是这只手。在望不见底的二十三楼，拉住了摇摇欲坠的父亲。

她而今无声地握紧了这只手。

许久的沉默过后，她侧过头，看向始终旁观不语的叶南生。

“我可以去。”她说，“让我去吧。”

这句话却分明不是对着他说。

下一句才是。

“……”

“我需要做什么？”

喔。

叶南生闻言，倏然笑了笑。

他还以为五年不见，他们之间说的第一句话，理所应当是诸如“好久不见”“过得好吗”之类的寒暄。

他以为自己，终于也能够难得的也扮演一次“救世主”的角色。毕竟，他的五年也是真的五年，他也做了他能做的所有——

只不过，原来老天爷不仅爱和解凛开玩笑，也爱和他开玩笑。

他每次总是把不该说的话讲给不该听的人听，这次也一样，于是索性自暴自弃地开口：“你需要和我结婚。”

果然，话音刚落，还没等迟雪回答，解凛的脸色已肉眼可见地一沉。

解凛：“不行。”

迟雪：“……先听他说完吧。”

“我还需要说完什么？”他却只越发觉得眼前的画面刺眼，干脆又摊摊手，“或者，需要多问你一句——迟雪，你会愿意吗？愿意和我结婚？”

世上太多的真心话，似乎永远只能借着玩笑的由头说出口。

只可惜，这一刻，他却依然只从她的眼神里读出了惊愕与无奈，甚至第一反应亦不用多心观察——是下意识侧头，去看了一眼身边的解凛。

那个眼神——好像太多的答案，不必说出口就已经是答案了。

他看在眼里，于是竟突然忍不住笑，硬生生地，从五脏六腑中逼出一声自嘲的笑来，笑得迟雪终于不得不收回那个眼神，转过头来看他。

而这样的画面于他而言，似乎也再熟悉不过。

在他每一个让她烦恼又无奈的恶作剧之后，她常常都是这样的表情。

于是他逐渐正色。

“骗你的。”顿了顿，他又装作轻松无谓地笑道，“你不会以为婚姻是真要这么儿戏吧？迟雪，假的——而且只是订婚而已，你只需要配合我走个过场，吸引一下注意力——”

“真的？”迟雪却仍是面露怀疑。

毕竟被他骗了太多次了。

“真的。”而叶南生说，“这次不骗你了。”

“骗你的话，迟雪，我一辈子讨不到真老婆。”

——“你叫什么名字？”

——“迟雪。”

——“哪个迟？迟到的迟？”

——“嗯——还有，下雪的雪。”

——“……哦。”

的确，好像所有的初遇，在它真正以一种独特的无可取代的地位长存你心之前，看起来，都不过只是普通的一天而已。

普通的女孩。

普通得不能再普通的一场雨。

只是，等到他没有她的陪伴也长大，长到油盐不进、览尽美色的二十几岁，三十岁，突然发现自己仍然会非常偶尔地在许多并不刻意的瞬间，又或是平凡的某个雨天，想起十六岁那年远远看到的背影时，他才惊觉，原来当年的玩笑并不都是玩笑，说和人争——其实也不是因为要争而争，而是因为真的喜欢……也真的不甘心。

可他又怎么能不喜欢呢?

怎么会不喜欢呢。

如果不喜欢，怎么会因一时兴起，拿着手机拍下一张照片，之后的十多年，哪怕换了许多个手机，却始终没有换过这一张简陋的屏保。

如果不喜欢，怎么会反反复复梦见，十六岁那年，一起淋过一场雨。

那一天，身为小组长和他“学伴”的迟雪，找了突然“失踪”的他一下午。她来来回回绕着教学楼前后打转，却不知道，他一直都在顶楼，看着底下那只团团转的“小蚂蚁”。玩着默数、倒数和赌她什么时候会被气走的游戏。

也该是时候把她气走了，谁让她老是唠唠叨叨烦人得很。他那时想着。却终究没能够如愿，只能等到终于玩够了下楼，才装作不经意发现了她。

而他刚走过去，她手里的小花伞便被小小的姑娘高举着，举过了他的头顶。

他彼时饶有兴致地抬头，只一眼，便看见伞布内的角落，被人拿油彩笔、一笔一画端正地写了名字，迟到的迟，下雪的雪，却还故意问她叫什么。

而她也一本正经地回答他，说我叫迟雪，我是你的“学伴”，你去哪儿了，我找你一下午了。

——真有意思。

明明都是“学伴”了，竟然一点也不生气他不记得她的名字。

他有些讶异，又一次迎来意料之外的结果，于是终于正眼瞧了一次面前人：哪怕两条辫子被打湿了，鬓发一缕一缕贴着脸颊。哪怕鞋袜都湿透了，踩一脚，发出“噗叽噗叽”的响亮出水声，可是很奇怪，她似乎一点也不觉得自己狼狈或可怜，眼神依旧清亮，又指着教学楼的方向，对他说走吧，回去上课了。

小组长迟雪尽职尽责，逃课生叶南生忍俊不禁，于是，手里接过她递来的同样风格的小花伞，他跟在她身后，又故意地踏着水花，看雨水飞溅。

她却总是不回头——还是一心急着回去上课。

“喂。”他只得又主动开口，没话找话地问她，“怎么我问了你，你都不问我叫什么？”

“因为我知道啊。”

“什么？”

雨声太大，盖过了她的声音。

“迟雪，”于是他不甘寂寞地再次发问，“你怎么不问我……”

“因为我知道啊！”

小姑娘却陡然扭过头来，一字一顿，改不了吴侬软语的腔调：“叶南生，”她说，“你叫叶南生。”

呀。

惹她生气原来是这样的。

他怔了一下，又禁不住笑了。

——“叶南生，笔记给你。这一题、还有这一题都是必考题。你一定要背的。”

——“叶南生，你为什么老是不听课？上课可不可以不要睡觉？”

——“叶南生，就算考得不错也不能放松啊。”

——“叶南生……叶南生……”

高二那年，《那些年》在大陆上映。

他周末无聊，答应了才见过一两次的同伴邀约，两人买票进了电影院。

只不过，身边人看得专心致志，他却实在有些心不在焉，看到后面，更忍不住在心里嘲笑，这到底演得是什么恶俗的青春幻想剧情。

直到影片里扎起马尾的沈佳宜穿过树影，施施然走到主角面前。

直到影片里的沈佳宜唠唠叨叨的样子，不知为什么，在他眼里就变成迟雪。

他突然开始讨厌周末，期待周一了。

他想着，也许，他可以找个理由把她约出来看电影。

也许他该调到她的前桌而不是后桌，这样她以后就有理由拿圆珠笔戳他的背——虽然很幼稚，不过迟雪的话，他可以真的不生气。

他都已经想好了所有的发展。

然而，等到周一开学，前面的座位却空了。

老师遗憾地通知他们，说迟雪家逢变故，不得不休学一年。

他在捐款箱里放下一万块，老师问他，怎么捐这么多?

他愣了一下，好像自己也才后知后觉反应过来，自己问自己：对啊，为什么呢。

这个答案后来被淹没在攀比、嫉妒、不甘心之中。

他一直不去想，以为这样就不会难过，以为好胜心可以盖过一切的自知有缺。直到他一直往前走，一直在证明，一直在与命运决胜，怅然间，却在某个深夜，回首望向来时路。

于是，又想起高二那年，迟雪离校后的那一周周末。他独自一个人去了趟电影院，看曾经觉得烂俗的校园青春片。

电影院的银幕微光，投映在他脸上，或明或灭。

而银幕上的女孩两手撑在桌上，若有所思，说到末了，微微一笑：“可是人生，本来就有很多事是徒劳无功的啊。”

——“你干吗一找就找一下午？”

——“因为没有找到你啊。”

——“没找到你可以回去嘛——”

——“不行。”

女孩的两条黑色辫子一晃一晃，雨水飞溅也阻挡不了她的脚步。

——“万一你在哪里晕倒了，或者不舒服，或者一直在等人帮忙呢？”

她说。

——“我爸爸教我，‘勿以善小而不为，勿以恶小而为之’。”

——“……”

——“走啦，回去上课了。”

“迟雪。”

于是时隔十五年，在这心中遍地荒芜的夜。

他望向她与解凛交握的手，突然地释然一笑：“我给你考虑的时间，尽快给我答复吧。”

[4]

但至于这个答复最终会是什么，实际上，无论是提问者还是被提问者，心里都早已有了答案。

迟雪定定望着对方的神情，明白叶南生此时亦只是在给她台阶、给她时间说服解凛而已。于是权衡再三，最后还是定下了三天的期限。

“至于‘那边’，”她说，“麻烦你先帮我拖住了——如果可以的话。”

“好。”而叶南生说，“我会在深城等你。”

语毕，他紧了紧西服外套，随即不犹豫地起身，与她擦肩而过。脚步声随公寓门再度关上而渐远，直到再没了声音。

公寓里只剩下她和解凛两人，迟雪一时却也不知道怎样开口，只仍痴痴握着他的手——直至两手竟在这冬夜里互相沁出汗意，不知是怪暖气开得太足，还是怪两只闷葫芦谁也不愿意先松手。

她不知想到什么，倏然笑了笑，半晌，又抬头看向解凛。

“我饿了。”她小声说。

“解凛，给我煮碗面吧，好不好？”

诚然，少时的迟雪，其实也常幻想自己未来的家该是什么样的。

她从小便是个务实的人，想着自己也许也会和母亲一样，规规矩矩地读书，后来到了年龄便相亲：运气好的话，会遇到父亲这样的男人，举案齐眉过一生；但运气不好，也有可能嫁给一个不解风情的大老粗或“不归家的人”，如此人生想必要艰难些——但她到了那年纪，也会有自己的事业和人生，倒不必全依托着丈夫来定一生的好坏。

毕竟人间的寻常事多啊。

她想着。

不管和谁成家，自己这柴米油盐、酸甜苦辣的一生，还应该是该怎么过就怎么过。

也因此，甚至就连喜欢上解凛之后，她亦没敢太夸张地做梦。不敢去梦他们的将来，只有偶尔地、很小心翼翼地，才想一想：也许有一天自己能够和他重逢，在大学城的某个小吃店，在母校的校庆，又或是任何想到想不到的场景。

她会观察很久，内心排练无数次开口的语气，最后鼓足勇气走上前，说一句“好久不见”，或“我是迟雪”。

当然，也不是没去想过，故事更有可能的发展，如果现实些，大概是她在六十人的同学群里看到解凛的消息，通知他们一群同学去某某酒店参加婚宴。入场的大荧幕上，会来回滚动播放着般配的婚纱照。她在进门处登记，旁人问她是男方或女方的家属，而她会说，是同学。

一样也要自我介绍，于是她说："麻烦帮我登记下，我叫迟雪。"

没有回声的青春是太多人终生隐痛的心结。

所以，多她一个又怎样呢？

生活依然还是会过，她倒也没有刻意求一个结果。

只是觉得，似乎一定得要有一个这样的告别，自己那颗不安分的心，时时刻刻催逼她回头望过去的心，才会有偃旗息鼓的那一天，她才可以安心地接受自己平庸的生活，不是不再喜欢了，只是人不得不往前走——可是啊……

三十一岁这一年，迟雪怔怔出神，心想原来也会有不一样的可能，在一个如此寻常的夜，她坐在沙发上，看着厨房里的灯渐次亮起，传来炉灶开火的声音，终于还是忍不住，捧起茶几上刚刚泡好的热牛奶，慢吞吞走进厨房。

解凛等水烧开的同时正在煎鸡蛋，从前迟雪甚至还见过他颠锅——只是如今左手不那么管用，为了藏拙，索性只拿一个手全程操作，没多会儿鸡蛋便煎好，只是有些卷边，他似乎不满意，于是又想再煎一个。

迟雪看在眼里，却怕用他的标准煎下去没完没了，今晚要吃饱喝足到睡不着觉，忙抢在前头开口，说这样就很好。

"我就爱吃这样的。"

"……"

解凛的手原已伸到旁边的鸡蛋盒上，闻言又放下。

"以前煎得好看点。"他只说，声音竟有些瓮声瓮气。

迟雪却来不及怔，一旁的另只锅里，水已"咕噜咕噜"烧开，他抓了一大把面下去，但不知是太紧张又或太久没做，左手有些抖，他手撤开时又不小心碰到滚烫的侧边。

迟雪吓了一跳，忙把牛奶放下，过去抓他的手来看。

"没事。"

解凛和她比起来，却反倒更像个没事人。

她看了才几秒，他又有些不自在地把手抽开，让她去客厅等就好，说这里多多少少会沾上油烟气。

迟雪却不信邪，也不放心，依旧在旁边看——看半天，直到意识到自己似乎才是解凛“频频出错”的根本原因，这才又心虚地抱着牛奶杯晃了出去。等牛奶喝到要见底，餐桌上亦终于多了碗简单清淡的鸡蛋面。

“晚上不好吃太辛辣刺激的东西，我没放什么佐料。”

解凛转身去给她续了杯热牛奶。

回来时，他很是自然地拉开她旁边的椅子坐下，说：“你试试看盐味够吗。”

“嗯……够。”

“干吗笑成这样？”

有吗？

迟雪两手捂着热腾腾的汤碗，还没有反应过来自己脸上的笑容，带着被现场抓包的惊疑心情反手摸摸脸。

“很明显吗？”好半天，她才又不好意思地小声承认，“因为，因为……我爸爸以前就是这么让我妈妈试味道的。我突然想起来了，奇奇怪怪的。”

做饭总要照顾你妈妈的口味嘛——这是迟大宇那些年的口头禅。

此外，包括但不限于：

咸了还是淡了。

要不要再加点别的。

你要不喜欢下次不做这个了。

普普通通却难得温馨的对话，她已听父亲母亲说过无数遍，但却从没有想过，有一天会在解凛的嘴里听到同样的话。而这句话，只是很无意间，下意识对她说出来的。

解凛闻言，亦不禁一愣。

如此稀松平常的生活分明于他们都是久违，却又好像从来都不远。

“解凛。”

于是鬼使神差。

于是心猿意马。

她忽然又轻声说：“我真的，很想能够这样长长久久地，一直这样过下去。”

“但这样的前提是你跟我，我们都要好好活着，安心地活着——不用再过提心吊胆的日子。”

她也是个普通人，何尝不害怕陈之华的病态和喜怒不定，害怕比冰冷的阁楼和噩梦更可怕的惩罚，可是，如果逃避的代价是东躲西藏，是终身都要活在不安定的恐惧之中，则无异于把过去的五年扩充到她的余生而已，甚至连带着，她的父亲、朋友，还有解凛，他们都会受到不可避免的波及。

“我知道你的顾虑，解凛。”迟雪说，“但是这一次，我赞同叶南生的话，我不想再看到更惨重的伤亡了。”

“但我没有办法。”

“什么？”

“我没有办法再像从前一样，迟雪。”

解凛忽然低下头。

反反复复地，他试图攥紧又松开左手，但是他的左手只能虚握，一旦用力捏紧，就会连带着整条手臂在疼痛中不住颤抖。

他说迟雪，我现在比你想象的更没用。我知道这样很自私，但我做不到眼睁睁看你去危险的地方。我怕的不是死也不是失败，我怕我对你的困境束手无策。

“你还记得那个记事本吧。”他说。

“那个记事本，我们之前一直都以为是属于陈之华的。一直到你……出事之前，那本笔记也都没有被破译，直到后来他们告诉我，那个记事本是老解的。”

老……解？

迟雪愣住，记忆里的面孔早已模糊，音容笑貌寥寥，如今回忆起来，似乎也只记得告别时，对方那句爽朗的——“小姑娘一看学习就好，以后还麻烦你多带带我们家阿凛——等我哪天再回来，一定请你吃饭啊。”

说是再回来，但是她最后一次有印象地听到“解军”这个名字，却是电话里女人的歇斯底里，质问着他的死讯。

死了。

死相惨不忍睹，死时无人收骨。

所以这个消息于她而言，究竟又算好消息，或是仅止于此的一声叹息呢？

上一辈的恩怨情仇，真真假假，虚实都只在一念之间。

她甚至哭不出来，只是愕然良久，才低声说："怎么会呢……"

"但我想他并不知道你的存在。"解凛说，"因为，如果他知道的话，我想他在预感到自己的危险之前，一定会把寻找，或者照顾你的事交给我——但他从来都不知道，也没有提起过。"

他本就该更早一步找到她，照顾她的，但是他没有。

他甚至因为被她知道自己不堪的身世，而间接默许了两人之间的疏离。

所以又怎能不心碎神伤？甚至于那天在医院，他震惊之下，喉口涌出一股腥甜———切的无解之题，原都只因为她与他之间的千万种缘分，千万种牵连，归根结底，都是他对她的亏欠。

他爱她太多，也亏欠太多，因此，若俯身去当青石或桥墩，就能保护她免于风雨，他会欣然接受一切的命运。

"迟雪。"

因此他说："你让我去试一试，你再等我一次，好不好？"

好不好。

"解凛。"

"你应该知道陈之华的位置，你知道他现在住的酒店在哪儿。你告诉我，好不好？"

仿佛一个笨拙学着如何变得柔软的孩子，他想用"好不好"这样温柔的语气，来稀释这个选择背后的残忍。

所以他才信誓旦旦。

所以他看似坚决，说："我会去和老头儿联系，然后，我会——"

"不可以。"

"……"

解凛的后话遂止于此。

他只能看向迟雪。

迟雪的表情却是熟悉的凝重，熟悉的不容置喙——如在柔软中掺杂了百炼钢，锤不破也磨不灭。

"解凛，其实你心里很清楚不是吗？"她说，"杀他并不是最终的目的。从前不是，现在也不是，你做这些，只是想要为我的未来扫清障碍，可是我从前就说过了，我不要这样的人生。”

“甚至过去的五年，每次快要忍受到不能再忍、想死的时候，我也是这么告诉自己的。我要留着一条命回去见你，我知道如果我死了，你这辈子不会走出来的，那你会不会想，如果你死了，我这辈子也走不出来呢？”

长久的沉默过后，她突然又向他提到了梁振的死，也说起了这五年里每一次的逃亡，每一次，失败又失败，苟延残喘地活下去，末了，她向他伸出自己的右手。

其余四根手指都能顺利地上举或者翻转，只有小拇指，无论别的手指怎么动，它始终都像“霜打的茄子”，蔫蔫的，连抖动的幅度都像是连带着不得已的微颤。

“解凛。”她说，“你看，我也是不完美的，我以后也拿不起手术刀了。”

她分明微笑着，不知何时，却同他一起落泪。

“可是我还可以有很多很多的梦想，我想，做不成给人开刀的医生，还可以做给人开药的医生，做不成医生，我还可以做药剂师。实在不行就从零开始，我还可以学画画，学做饭，学很多很多从前来不及学的事情，人生不是只有一条路可以走的。”

“我爸爸，还有你，我知道所有的、你们这些人都在说，害怕我吃苦，其实我害怕的根本就不是吃苦。你知道吗？我一点都不脆弱，我也不需要保护，我需要的是‘希望’。我只要有活下去的那一点希望，我就可以活得很好也很勇敢了。”

“所以解凛，我也不需要你强大到保护所有人，我只需要你活着，需要你像现在这样在我面前。这样，以后我们就还能有很多个晚上——像现在这样，我们一起吃夜宵，一起看电视，一起去散步……”

如果你问我家是什么样的，未来要怎样才算得上美好。

其实我没有多么华丽或复杂的答案，我只想到，那些关于青春，关于未完成的美梦，最后都散落在人间的烟火气里。

平庸的日子里，我们要做最平庸的一对。

我们要一起熬成白发苍苍的老夫妻。

“我一定要实现这个愿望，所以，我一定会很快就回来的。”她说。

她起身抱住他。

“所以解凛，这次你送我吧，每一次都是我送你走，这一次你送我吧。然后，像以前那段日子一样，也接我回来。这次以后，我们再也不分开了，我们……我们。”

她的哽咽声阻住了未尽的后话。

哭声中，只有一只颤抖的手，在久久的迟疑过后，终于扶住了她的肩。

他说：“我们结婚。”

解凛说：“我们明天就去结婚。”

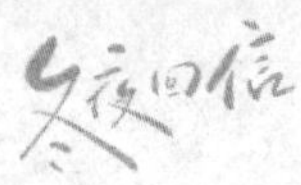

·第十四章·我们结婚

[1]

在迟雪离开的这五年里，事实上，她与外界的通讯基本全被斩断：至少在陈之华的严密管控下，她从来没有单独拿到过手机，更别提包括身份证在内的任何居民证明。相当于作为一个流动黑户，被陈带在身边四处躲藏。

也因此，时隔五年，在决定结婚的次日重新拿到手机，她的第一个电话拨给方雅薇——开口一句“我是迟雪”，着实把对面吓了一大跳。

下一秒，便听电话那头传来稀里哗啦一顿响，紧接着是小朋友的哭闹声和女人小声的训斥。不过很快，手持电话的人似乎就换到了一个安静的地方。

“迟雪？你是迟雪？”

反复深呼吸过后，方雅薇有些不可置信地开口：“你这几年是都去哪儿了？”

“突然一下就谁都联系不上你，发微信你也不回，说是医院也辞职了……我还以为你怎么了？前段时间在街上看到你爸我还问呢，结果他也支支吾吾的，搞得我莫名其妙，差点就往最坏的那方面想了——”

最坏的那方面，迟雪心说，基本也差不离吧。

然而出于谨慎考虑，她嘴上却还把得严严实实，只囫囵说着：“就，我身上发生了一点事吧。”

“什么大事啊？至于这么好几年都没影没踪的。”

“我……”

“不过要我说，你这大事铁定也没有咱们班这几年的八卦来得精彩。”

方雅薇说话一向心直口快，不爱拐弯抹角，是以，还没等迟雪说明来意，她便又抢在前头在电话里翻来覆去，把这几年的大事小事同学八卦说了个遍。

其中，包括但不限于某某结婚某某离婚、某某老公出轨、陈娜娜的孩子没保住却还死皮赖脸地留在方进身边云云。

不过最后，这位曾经的八卦大王，当然也不忘绕回主题补充一句，说迟雪着实有件事干得不地道。

“当年还答应了来参加我婚礼呢，结果到我给你发请柬了，你消息都不回一个。到现在，一眨眼好几年，我孩子都三岁多了，”方雅薇哼她，“也就是我脾气好，不然指定不理你了。”

“啊……我……”

这事儿竟给忘了。

迟雪被她说得一时词穷，又瞥了眼旁边的解凛，一通眼神交流加打手势。

结果两人还没商量出个好歹，对面的方雅薇已经自己安慰好自己，嘴里又小声咕哝着：“不过算了算了，我想你也不是那种为了躲份子钱故意不理我的人，这几年估计也是有难处。”语毕，又话音一转，“说吧，突然找我有什么事啊？”

“哦哦，你说结婚的事？”

“那可不是突然就能搞定的，要准备的可多了去了。比如说婚检啊，预约啊，联系摄影师啊……反正一大堆的事。不是我说迟雪，你这人怎么回事？要不就是几年不出现，要不就是一回来就爆个大八卦给我？”

“不过话说回来，你和谁结婚啊？哦哦，解凛啊，那难怪——等等。”

“你和解凛……和解凛？！结婚？！我——我的手机——”

这天的这通电话，最后以方雅薇的手机在她惨叫声中掉进马桶而惨淡收尾。

不过平生唯爱八卦的方女士显然不会放过这种难能可贵的机会。掉了一部手机，她还有自己老公的备用，于是，很快又用老公的手机打来。

只不过她这次却严肃起来，仔仔细细告知了迟雪整个领证的流程：包括什么步骤着急可以跳过，什么步骤绝对不能马虎。

“对了，到时候还有一个颁证的环节，我们当时都是拿着头纱之类的道具去拍的，你记得一定也要把该带的都带上。趁着今天是礼拜，你赶紧准备起来。”

方雅薇说：“毕竟这辈子也就这一回，要拍得漂漂亮亮的才行。我把摄影师的联系方式给……唉，算了，还是不行。”

说完了却还不放心，于是她干脆又建议：“算了算了，感觉你还蒙着呢。反正我最近也空着，你打算哪天领证？我帮你搞定化妆和摄影，总之，一定给你记录下美好的领证全过程。”

“啊？”

迟雪原本只是想来问问经验，实在没想到会有这样的热情待遇，不由得有些受宠若惊。

“别急着感谢我。”电话那头，方雅薇却憋着笑，“先说好啊！到时候要是结婚办酒，我可是要享受贵宾待遇的。”

方雅薇后来挂断电话，很快哼着歌儿走回客厅，却见睡眼惺忪的老公正在给孩子喂饭，饭快喂到鼻子里也浑然不觉。一时哭笑不得。

很快，男人便被她打着肩膀赶开，接过老婆抛来的手机，又忍不住醋溜溜地问：“刚给谁打电话啊？大清早的，说这么久。”

“给我初恋。”

“初恋？！什么初恋，长什么样，有没有我……”

“准确来说，是初恋的老婆。”

给初恋的老婆打电话你这么开心？

男人满脸写着“搞不懂你什么脑回路”。

方雅薇却懒得和他解释什么叫少女心事，什么叫与有荣焉的青春往事，只笑容依旧不改，无意识地轻声哼起那些年的老歌，恍惚间，仿佛又回到了许多年前的两张方寸课桌。

她在高三那段痛苦时光，难得有休闲时间，总喜欢埋头于种种幼稚的占星杂志游戏：譬如，把两个人的姓名笔画算出来相加减，即可算出来两人的缘分——这种现在说出来要被笑掉大牙的神奇法门，她玩得乐此不疲。

只可惜，无论她怎么算，算来算去，和解凛的关系，总要不就是“关系一般”，要不就是“普通朋友”。她不信邪，于是索性把前后左右的同学都拿出来和解凛一起算——结果越算越觉得乐呵。对照着答案书，简直什么千奇百怪的答案都有。

直到她最后一个算到迟雪。取绝对数，把她的笔画减去解凛，又或解凛的减去她的，都是10。

而10的答案亦只有一个。

“好奇怪哦。”她左看右看，终于还是忍不住撞了撞旁边迟雪的肩膀，小声说，“迟雪，我算了你和解凛的缘分欸。”

“……”

“答案本上说你们，‘终成正果’——嘶，什么意思啊？终成正果……取经吗？”

“……”

“我只在《西游记》里听他们天天念叨正果正果的……，不对，怎么我总觉得有点耳熟，好像在哪里听过……应该不会吧，你和解凛……”

她满心疑惑，还有一点微妙的嫉妒，扭过头去，却见迟雪的笔尖亦不知何时顿住。

波澜不惊的脸上看不出丁点涟漪，唯笔下一点墨渍，悄然自卷面上晕开来。

恰如乱成墨渍点点的心，女孩的耳根，一点一点红透。

佛语有云，“九九归一，终成正果”。

历经千难万险，八十一劫。

贪嗔痴恶，终究善心不改，守得始终。

是为，修成正果。

而挂断电话之后。

在迟雪这头，预备结婚领证的第一步，很显然，便是要找老父亲拿到自己的身份证件和户口本。

医院里，迟大宇还来不及为自己女儿不等他教就恢复神智而欣喜，下一秒，便被她草率决定明天就去“领证”这件大事惊得险些魂飞天外。

直到再下一秒，听她说要结婚的对象是小解，快跳出嗓子眼的心这才安回去——他长舒了一口气。半信半疑间，又忙着翻皇历，确认明天是否算得上是个好日子，结果解凛此时正好推门进来，手里拿着诸如身份证驾驶证房产证军官证之类的厚厚一摞东西。

老迟扶了扶老花镜，看着他，一脸傻眼表情。

还未来得及开口细问，解凛这个准女婿，已经开始当着他这个丈人的面开始交代自己的身家：大到身世具体，几处房产，小到用钱习惯，婚后准备养猫。林林总总，有问必答。

“大概就这些，可能，还不够多，不过以后我还会赚钱。”

话到最后，从前枪顶着脑袋也不露怯的解 sir，抖着个嗓子总结：“但不管有钱没钱，健康还是不……”

迟雪在背后掐他手。

于是不健康变成“不管什么样”。

“不管我混成什么样，”解凛说，“叔叔，我向你担保，我一定会好好照顾迟雪，我会，不让她过苦日子，不让她被烟熏火燎，不让她进厨房。只要我在一天，我就会把我能给的最好的都给她，如果我做不到，一定暴……”

“一定不……”

迟雪听得忍俊不禁，偏又眼含热泪，在背后几次狂掐他手，于是“暴毙而亡”“不得好死”“没有好报”变成“一定不会苟活”。

迟雪仍然觉得这话太重，掐他手掐得自己手都痛。

然而他这次还是坚持。

他说：“真的，她如果过得不好，我连下地狱都没有脸面见人……我会对她好，我没有说假话。”

这句话说出口，迟家父女一前一后笑出声来，却也都笑出泪来。

那天的最后，老迟坐在病床上，颤颤巍巍拉起迟雪的手，把她的手交到解凛的手里。

“户口本在我房间柜子的最底下那层，藏在饼干盒子里。”

他说：“小雪，爸爸知道，自己也许只能陪你人生的前半段路、一小段路。但是，你未来的人生，有这样一个人陪着你，爸爸很放心……”

“爸爸才是真的，以后百年，到底下去和你妈妈见面，爸爸可以笑着去了，不怕被她埋怨了。”

有此一言。

大家长拍板，小辈们也情投意合，一切似乎就这么定了下来，出乎意料地顺利，也得到所有预料之中和预料之外的祝福。

只不过，从前安定和不安的双方这时却似乎倒调过来。领证的前一夜，解凛辗转难眠，失眠到凌晨四点。

迟雪还是起夜回来钻进被窝，才发现旁边的热源本人竟还醒着，黑咕隆咚的夜里，她伸手去摸他的脸，声音里还带着含混的睡意，问他：“你还不睡？”

“睡不着。”

“为什么睡不着？”

她整个人在半梦半醒间，几乎全钻进他怀里——毕竟大冬天的，谁不爱抱着热水袋睡，她拿冷透的手去捂他的背取暖，解凛也不赶她，只伸手把她抱更紧，却不想这么一抱，似乎反把迟雪的睡意给彻底抱没了。

她揉揉眼睛，索性凑过去，仰高脖子亲了亲他。

“你不开心吗？”

“没有。”

“那你看起来也不算开心。”

“我开心。”

“……好没营养。”

她忽然笑：“解凛，你属闷葫芦的，说话跟挤牙膏一样往外蹦。”

说完，她想了想，又轻声道：“那我再问你，跟我结婚，你害怕吗？”

寂静的房间里，伸手不见五指的黑。

她的问题落地，许久没有得到答案。靠近解凛那一头的床头柜灯却倏然被摁亮：是最低档的亮度，不至于太刺眼，解凛探出手去，翻开床头柜的抽屉，似乎在找什么。

大半天过去，他终于找出一只黄色的旧信封。

正是当年他回到南方，从这间公寓带走的那一只，如今，五年过去，除了又变厚了一些，它终究还是回到了这个位置，而后，被交到了迟雪手里。

“这是什么？”

迟雪对此却毫无头绪，只怔怔把那信封接到手里，下意识想要拆开看，又被解凛伸手拦住。

“等……你今年生日再看。”他说。

“生日？那还要好几个月啊，我生日三月欸。”

“嗯，到时候再看。”

“那干吗现在交给我？”

迟雪随手把那信封放到靠自己一侧的床头柜，忽然正色看向面前人，两手伸出，搭住他肩。

“解凛。”她说，“你又在想什么不好的事了？”

“没有，”而他摇头，“只是本来就该那时候看的。”

“你写了什么？”

“……秘密。”

好家伙。

五年不见，别的不多，倒是“不能说的秘密”越来越多了。

她被气笑，作势要反手拿过那厚信封当场拆开来看，倒要看看他里头有什么秘密。

结果手还没碰到，却被人一把扑倒——他为了阻止她而“慌不择路”，紧抱住她腰，她惊叫一声，人向后倒。下一秒，床头灯便又被枕边人摁灭，只被子往上一拉。

春光尽掩丝绸下。

许久又许久，方才听到窃窃私语。

“今天还要拍照片的！”是委屈又无奈的女声，“解凛，原来你不是属闷葫芦……是属狗的。”

“嗯。”

“你还嗯！”

[2]

次日一早。

迟雪和解凛赶到民政局。

想来结婚的决定虽仓促，好在他们预约的日子显然也不是什么非此不可的黄道吉日，排队的人看着不多，倒省了挤破脑袋排队的时间。而方雅薇带着约定好的化妆和摄影团队，亦早已准时在门口等着和他们会合。

“迟雪，这儿呢，这儿——”

远远看见两人走来，昔日的八卦大王一派热情地挥手。

一旁的摄影师却“嗅觉灵敏”，闻言，当即端起相机，拍下了这对准新人共举一把伞冒着细雨小跑而来的身影。

伞柄在男人手里，却无声间倾斜到身旁，于是女人在伞下被遮得严严实实，只他衬衣湿了半边肩，还犹然不觉，怕斜风细雨沾湿她额发，又只手护在她额前。

旁边路过一对情侣，女孩忽回头看，指着他们对自己男友小声私语。

“你朋友还真挺帅的。”而摄影师翻着照片，亦忍不住感慨，顺手把相机递给方雅薇看。

“那可不。”方雅薇便又笑笑，“说了他们男帅女美很般配吧？”

事实上，解凛其实一直很少穿白衬衣黑西裤这样过分正式的衣服，总觉得束手束脚“伸展”不开。

迟雪出门前，甚至还有模有样给他做了发型。虽然也不过就是拿吹风机胡乱吹一通，但寒风却阴错阳差给做了二次定型。一路走来，实在引得不少人回头。

而迟雪不知是不是为了配合他的白衬衣，这天穿得亦格外素净，身上只一件长款的米色毛衣配两层底的白色雪纺裙，踩着一双四五厘米的浅色系高跟鞋，一路踏得水花四溅。

这衣服……也就还好她瘦。

方雅薇想。

穿最显胖的颜色，在迟雪身上，仍旧是空荡荡的轻盈，腰肢不盈一握，裙底摇摆间，露出的一截脚踝雪白——连方雅薇都看得直羡慕她皮肤。只可惜，她旁边的“钢铁直男”却很显然不懂欣赏。

等两人走到近了，方雅薇还听见他们说话。

“这种天气怎么能不穿袜子。”解凛说，“会很容易感冒。”

迟雪却唯有叹气：“我都说穿了、穿了，不信你摸摸。”

“……”

“这个叫……哎呀，解凛，跟你说了你也不懂。”

方雅薇听墙角听得忍俊不禁。

然而，等两人走到面前，老同学之间简单地寒暄过后，她没说两句，却又忽然紧盯着迟雪的脸。盯得迟雪一脸茫然，下意识抬头去看解凛，下一秒，却直接被满脸无奈的方大小姐握住了肩。

“我的姑奶奶。”方雅薇忍不住感慨，“还好我早有预见带了化妆师。来领证欸，来领证，你连妆都不化一个？”

“我……有、有点没经验。”

她这才被提醒着反应过来，有些不好意思，只得冲着方雅薇笑：“也很久，我都没机会化妆了。化妆品都还是昨天临时去买的，我还以为，拍这个照片和拍身份证一样，是不能化妆的。”

“那都是十年前的事了吧，”而方雅薇听得直叹气，“反正我拍身份证照片的时候，该有的什么口红眉毛之类的一样没少。”

“欸？”

我们的“土包子”迟雪小姐还来不及表示惊讶，旁边年轻的化妆师姑娘已然在方雅薇的安排下上前来。

解凛这时倒是自觉给人让了路——迟雪遂僵硬地坐在民政局大厅的长椅上，久违地任人往脸上“装点”。

粉底眼影这么一通招呼下来，等她闭眼再睁眼，却见解凛似乎和方雅薇说了什么，转身又撑着伞出了门。

等到他回来，迟雪已被方雅薇和化妆师、摄影师等一众人围在中间。

方雅薇说你的脸真的好适合上妆，化妆师夸她皮肤好。

摄影师举着相机连按几下快门，却不知是谁先注意到解凛回来，又忙起哄似的把他拉到她跟前，问说：“是不是很漂亮？这个妆很适合迟雪吧？”

有吗？

迟雪有些不自在地捧着脸，心里却也期待他的回答，是以两眼盈盈地看着他。

焉知她往日里的脸总是寡淡的。

因素面朝天，因不大爱做表情，总显得清冷孤零。化妆师大抵也知她气质如此，因此并没有做太多繁琐“工序”，只描描画画，给她添了两颊飞霞，添了眼尾流朱，添了唇瓣淡淡血色。

恰如一点红墨落了清水，晕染开，她整个人亦倏然便熠熠生辉起来。

在这一点上，或许方雅薇说得对——如宣纸适合泼墨，她的脸是张极适合化妆的脸。

可解凛却只是静静地看着她，好像没有夸奖，亦没有惊讶。

迟雪见状，难免有些失落，又小声问他："是不是觉得看不习惯？"

话虽如此，女孩子爱美的心情却难免别扭。

眼见得气氛似乎在自己的起哄下变得诡异，方雅薇忙跳出来打圆场。

不料场面话还没说出口，解凛却突然笑了，将手里的伞和提着的牛皮纸袋放在一旁，他蹲下身，与坐在长椅上的迟雪平视，轻轻握住了她的手。

"很好看。"他说。

迟雪一愣，低下头，又看见那点浅褐色的、小小的痣，藏在他的右眼眼尾。眼睫扑扇，时隐时现。

那一眼——莫名地，她却忽然想起小时看过的书，想起书里的孩子问作者，什么是洁白。

而那作者回答说：

"将来有一天，你爱上一个人。"

这一刻，他亦只是定定望着她。

"……而他也爱上你。"

那个扎着两只长长的黑辫子，戴着眼镜，却藏不住圆溜溜水灵灵一双眼的女孩。恍惚仍坐在时间的尽头，窗边的座位，等待着他说出这句话。

迟来很久的这句话。

从那一刻到现在，这个姑娘始终留在他心里。

从前如此，以后如是。

从他看你的眼神里流露出来的，就是真正的洁白。

"迟雪，"他说，"你真的很漂亮，一直一直，在我心里，一直都很漂亮。"

这便是他搜肠刮肚，最真挚的赞美了。

而这一秒，亦被长留于相机的底片中。

镜头对焦。

女孩右手捂住脸，擦擦这边、又轻捂这边，小心翼翼的姿态，似乎唯恐碰脏了来之不易的妆容，可尽管她眼睛红红，鼻子亦红，笑起来仍然那样美。

让人一望相片即知，她嫁给了对的人。

于是，在《申请结婚登记声明书》上签字的那一刻；

肩靠着肩，头并着头，留下结婚证上红底相片的那一刻；

颁证厅里，她披上白纱、整理头发的那一刻；

他红着眼望她那一刻——

每一张。

每一刻。

镜头记录下了这平凡却温柔的人世一天。

只是，后来方雅薇却仍然忍不住问摄影师，说那天辛苦拍了那么多张照片，好多感人的瞬间，怎么整理到最后，竟然把一张构图最简单的当成了封面。

她弦外之音，有小小的责难意味。

电话另一头，摄影师却笑着反问："你觉得构图最简单吗？但我觉得这张照片，一百张接吻或者拥抱都比不上。"

而那张被他选作封面的照片，其实只是一张远景，那时他们已离开民政局，和那对新婚夫妻在门口分开。

他和化妆师张张正聊天，说着说着，张张——今天莫名其妙也被气氛感染到而哭了好多次的小女孩，又哽咽着指了指他身后，说："你看。"

于是，只那一眼。

或许是因摄影师的灵敏嗅觉，又或者是奇怪的共情在作祟，让他在那一刻，举起相机，拍下了那张最最难得的相片。

远处的树下，牛皮纸袋里的包装盒被放在一旁。

迟雪站着，举着伞，伞却以一种"顾人不顾己"的姿态往前递，她自己湿了半边肩膀也浑然不觉，手虚虚按着蹲在面前的解凛的肩，而他低着头，手里拿着一只长筒雪地靴，正准备给她换上。

长筒靴是白色，但笨重得并不好看，很是直男的审美。

唯一的优点，大概只有，可以刚刚好遮住她裙下盖不住的一截脚踝。

嗯……

丑是丑了点。

但是，老了之后，大概，也许，不会因爱美而被老寒腿折磨吧。

“我拍过很多架势很大、气氛很足的婚纱照，领证也跟拍过很多次，”摄影师说，“老实说，这种姿势我都故意安排很多次啦——但是莫名其妙，就是觉得，这张是最值得纪念的……也最好看的。”

毕竟，照片的意义，本身亦不过是留住美好。

冬雪日，落雨天，算得上人生最重要的一天。

许多人在乎你是否造型美丽，模样吸睛，但有一个人，他心里只想你不要感冒，不要生病。

“看得我都有点想去结婚了。”摄影师说着，点了根烟，吞云吐雾间，话里却又带笑，“我老想着，拍了这么多，分分合合都有，一年来两趟和不同的伴拍婚纱照都有，到底什么是爱情，一直想不明白。直到最近这两年，兜兜转转，自己也经历过，才算是想明白了个大概。”

他说：“你拍得再美，再浪漫，那都是设计，不是生活。你得等、等相机不在了你再看——看到会哭，看到会羡慕——冷暖自知的时候，你自己就明白，这是爱情。”

是脚踏实地、要白头偕老的爱情。

也不知这算不算是“预言成真”的魔力，总之后来，收到相册的新婚夫妻果然很满意，就连许久没有上微信的迟雪，那一天，也忍不住发了条仅自己一人可见的朋友圈。

打完最后一个字时，去餐车车厢给她买水果的解凛亦正好回来，坐在她身边。

这趟开往深城的高铁，恍若去往一段未知的命运分岔口。

但这一刻，她的心却空前的平静。

身旁，解凛递来一只剥好的橙，问她：“刚刚在写什么？”

她原本下意识要回答，然而，又想起几天前夜里某人的回答，于是也有样学样，神秘兮兮道：“……秘密。”

“……”

“老公，学你的。”

他剥第二只橙的手倏然一顿。

但“始作俑者”似乎乐在其中，喊完这一句，又装作没事人似的低头吃橙。直到吃了两口又两口，见他还僵着，才又故意孩子气地凑上前去，盯着他看——行径之“恶劣”，某种程度上，倒是颇似那些拿到了结婚证当契约便开始放飞自我的婚姻另一半。

她说：“你为什么不回我。”

回……什么?

“回我一下、回我一下。”她牵一牵他的袖角，小声说。

他禁不住她这样的语气。

末了，只得亦红着耳根侧过身来，伏在她耳边，嘴唇翕动。

高铁却恰时驶过隧道，轰隆的噪声，盖过耳边如蚊蚋细语，但她仍然听得一清二楚。听完才知害羞，脸埋在掌心，许久，她闷闷笑出声来，又把手机递过去，说：“自己看。”

他便乖乖看了。

在那张配图是相册封面的朋友圈里，她只简简单单，写了两行字。

“在我三十一岁的普通的一天。”

“我嫁给了我生命里最不普通的那个人。”

十七岁那年，我向名为青春的洞窟中抛下一颗石子。我双手合十，祈祷说，“请倾听我”。

然而石子下沉，下落，却始终没有回音。

所有人都说，洞窟太深，声音传不到这头。

只有我不相信。

于是一颗接一颗。

我在等待着，把年岁打磨又打磨。

直到某个平凡普通的一天，忽然清楚地，听见了“咚”的一声从洞窟下传来。

然后是“咚、咚、咚”。

无数个咚，无数次比心跳还要更响亮的声音。

我才知道。

原来十四年，我丢下了这么多石子。

原来十四年并没有这么漫长。

最好的。

他在最后等我。

·第十五章·叶西岭

[1]

而在翌日清晨的深城。

这已经是陈之华两周来换的第十个住处，从酒店到私人公馆，从私人公馆到地下接头点，此前他为了防备国内警方的眼线，几乎从不在一个地方停留超过一夜，直到最近黄玉的身体恶化，他才不得不暂时“安顿”下来，搬到这间位于郊区的私人别墅。

好在还有跟随回国的白骨等一众心腹，时刻乔装成普通住户和安保人员在附近时刻盯梢，他算是勉强心安。

住到第四天，他如旧起了个大早，却是足足两个小时后，才大汗淋漓从健身房出来：虽已是五十有五的年纪，如今光裸着上身，却仍旧看得出一身肌肉扎实。

“华叔。”

比较起来，反倒是一旁陪练的白骨气喘吁吁，缓了好半天，又问：“我叫人送早饭过来？”

“嗯。”

他点点头。

然而白骨转身正要走，却又被他叫住，陈之华问：“之前让你准备的东西怎么样了？”

白骨看他脸色，瞬间回过意来，表示已经让人去办，估计明天就能到手。

陈之华这才放心，却也不忘叮嘱："但记得，微型是微型，效果绝对不能弱。"

"我明白，华叔。"

一番心照不宣的交谈过后。

陈之华上楼去叫黄玉起床，等到再下来，白骨已识相地提前离开，只餐桌上放着丰盛的早餐，中式西式应有尽有。

他心情好，又主动拿了干净碗筷来，亲自给黄玉添粥。

"阿玉，我听你昨天夜里老咳嗽。先喝点清淡的，回头我再让人找个厨师过来，给你煮点润肺的雪梨汤。"

陈之华的语气极尽温柔，言谈间，亦无需黄玉有任何回应，搁下粥碗，他又伸出手、爱怜地摸了摸妻子那失去光泽的一头乌发。

"才染了多久？"陈之华说，"你看，这会儿又有白头发了。"

"……"

"你就是整天烦恼太多，所以才总是生病。"

"……"

"还是你不喜欢这里？你觉得孤独，想要女儿回来陪你对不对？"

他说再多都好，黄玉却始终不愿答话，只一个劲低头喝粥。

然而，才喝了没几口，粥碗又被人扣住，紧接着，瓷碗便被强硬地从她手里夺走。

"阿玉。"陈之华说，"我很不喜欢你现在的样子。"

仿佛刚才的温情亦只不过是转瞬的错觉，他再开口，语气里已然带上十足的警告意味："我说过，如果你和我的心不齐，是带不回来女儿的。你不为我就算了，难道也不为我们这个家考虑？"

黄玉闻言，无助地闭上眼睛，只有心神俱疲。

……已经五年了。

她想。五年来，有无数次，她几乎都忍不住要提醒面前这个俨然疯魔的男人——那根本不是你的女儿。

而其实这一点甚至都不用她提醒，在陈之华身边，已有不少人看出端倪，其中就包括那个对他忠心耿耿的白骨。

迟雪一而再再而三地逃跑，白骨等人也一而再再而三地找人探访她的过去。

太多怀疑的理由，他们疑心渐起，于是无数次地建议陈之华去做亲子鉴定，然而，陈之华却一口咬定，迟雪只有可能是他的女儿，是他亲眼所见。

他拒绝去做亲子鉴定，也严厉警告，不许任何人在未经他允许的情况下做多余的事。关于血缘的纷争，也只能不了了之。黄玉却无从得知，陈之华究竟是因为知道真相所以回避，还是喜欢这样自己欺骗自己的把戏。

只有无数个午夜梦回，她在噩梦中骤然转醒，却发现枕边人依旧未睡。

黑夜中，一双冷幽幽的眼睛静静盯着自己。

“阿玉。”

那时他说——没来由地，只是突然开启了某个久违的话题。

他说：“从十六岁开始，我心里就想着，有一天我会娶你。”

十六岁，陈之华还未混出什么名头，只是永常路一带某个“老大”身边的小跟班而已。

而黄玉亦家贫，彼时早早便辍了学，为了补贴家用，整日在路边做珠串和小饰品卖钱。

后来，如一切狗血的时代爱情故事的开始，她凑不出混混头子逼交的保护费，被当街拖到小巷。一旁的摊贩明明都看着，却都不敢惹事，不敢出声，更别提救援帮助。

她惊慌间厉声喊叫，拼命挣扎，却仍旧推不开身前凶神恶煞的男人。

原以为自己一生的清白就交待在此，绝望之际，男人却忽然停住动作，继而不敢置信地捂住脑袋回头。

“陈之华！”

下一秒，男人高声痛骂道：“臭小子！吃了熊心豹子胆了！”

她吓得一动不敢动，抬起头去，见那少年逆光站着，手里豁口的啤酒瓶，“滴滴答答”往下滴血。

他却依旧面不改色，只当机立断赶开几个上前来围攻的小混混，一声“跟我走”，便弯腰拽起衣衫不整的黄玉。

两人向着小巷深处夺路狂奔。

小巷七弯八绕，身后的人骂声不停。

一路鸡飞狗跳。

但，尽管很多年后，他们已然反目成仇，两看生厌。黄玉还是忍不住，会很偶然地梦到这一天：想起那天的风，那天的路，那天的人。

想起狂风刮得她头发乱舞，睁不开眼，旁边的少年却像是沐浴在光里，他紧攥着她的手臂，把俗世的一切抛在身后，只对她说："跟我走。"

她就真的跟他走了。

可是走了以后该怎么办呢？

他们后来靠躲在垃圾桶里避开追捕的人群，她却来不及松口气，反而又开始担心，说今天虽然逃了，以后这些人还会来的。

那时的她，还不知道眼前的少年亦是"那些人"中的一员，甚至是第一次，从旁人口中得知这个少年的名字。

"陈之华"。

在此之前，她对他却实在没什么印象，只记得他每周都会来买一只手串，然后静静坐在旁边看她串珠——是个十足的怪人。

这一次亦如此。

少年生得虽不算俊美，却清瘦而干净，闻言，静静垂眼看她，半晌，抬手摘去了她发梢不小心沾上的落叶。

"我会解决。"他说。

她却并不知道他具体是怎么解决的，只知道他有很长一段时间没再出现，而那群人也没再来找过她的麻烦，甚至收保护费、每每都有意跳开她。

直到两个月后，她才又一次看见他。

只不过这次，他不再是跟在别人身后亦步亦趋的小弟，而是一群人亦步亦趋地跟着他。

一群人乌泱泱涌来她的小摊，少年伸出手，如旧让她做一只珠串，而后坐在小板凳上——长手长脚无处伸展，但他仍是乖乖坐着，看她串珠、打绳结，只是，等手串做好，他却不接。

兀自给了两倍的钱放在摊上，又轻声说："送给你的。"

说完，便转身离去。

从此，有一就有二，有二就有三。

他每周都来，每周都只待那么一会儿。

一整条街上，人人都知她是他的女人。那年代女人的名声最重，他却总含糊不给个说法。她气恼间，泼辣的劲上来，也许亦有几分羞怯，于是有日，终于按捺不住地找上门去。

那少年独自一人住间破烂公寓，大清早，睡眼惺忪给她开门。

她却不绕弯子，站在门口，开门见山便问他："你什么意思？"

"什么什么意思。"

"你是不是——"

"喜欢你？"

"……"

陈之华抢了她的"台词"，见她愣住，却突然笑了。

这还是她第一次看见他笑。

他笑起来，不似平日里的冷冷清清还带点匪气，反倒有些可爱——也许是因那两颗笑起来才冒尖的、小小的虎牙。她看得有些回不过神来。

"是。"而后，却清楚地听见他说，"所以你跟了我吧，阿玉。"

80年代的边境小城，龙蛇混杂，各种思潮、学派在明面上碰撞，桌布底下，则是底层的地盘拼杀。陈之华出身贫家，少时受惯了穷的苦，因此格外敢拼，没三年，便闯出了些名头。

而黄玉之所以知道他闯出了名堂——则是因为到后来，她无论走到哪儿，路边那些无所事事的社会青年，大多都会过来跟她打声招呼，规规矩矩喊声"阿嫂"。

她由起初的不知所措到后来的淡然以对，陈之华见得多了，每每笑着把她搂在怀里，说她天生就是做阿嫂的料，说等他赚更多钱，就去她家里正式提亲。

"我要买楼、买地，让你除了做阿嫂，还做富贵婆。"

他说："阿玉，从你跟了我那一天起，我就发过誓，只要有我一口饭吃，我绝不让你喝粥。"

然而，天似乎总不遂人愿。

那之后没多久，陈之华便因组织械斗，被人举报故意伤害罪而被捕入狱，她惶惶不可终日，想联系他又没有门道，只等到他托人传信给她，要她等他三年。

她是一心想等的。

家里人却等不起——因她还有个弟弟，弟弟需要娶妻的彩礼。

在那年头，女孩早早嫁人是常事，何况她辍学已久，本来也没有别的牵挂。于是没多久，家人便做主给她找了门“好亲事”，要她嫁给邻镇做药草生意的富商。

她被关在家里出不去，关得万念俱灰，然而，真等到了订婚那天，一群人拖着当时的“三大件”——冰箱、洗衣机、电视机，喜庆的红被褥、红棉袄，甚至开了一辆挂着大红花的婚车进了她家院子。

父母开心都来不及，却看他们紧跟着从车上拽下来个鼻青脸肿的男人。

这个男人正是她本来的“未婚夫”。

而这群人，又嬉皮笑脸喊她：“阿嫂，订婚啊？订婚怎么不喊我们来吃酒？”

父母吓得脸上血色尽失，收了东西，从此再不敢提让她嫁人的事。

一直等到三年后，陈之华出狱。

秋风萧瑟的天里，他出狱的第一件事，就是领着她去结婚、领证，聘礼好几车，扎扎实实堆满了她家的小院。

她不知道他哪里来的那么多钱，他却叫她不用担心，尽管收下。

“因为你等了我这么久。”他说。

他分明在笑，表情却是她那时察觉不到的冷。

“这是你应得的。你没有跟人跑掉，没有像我那个妈一样。所以，阿玉，这都是你应得的。”

她那时年纪太小，只以为这是爱的表现。

后来的婚纱照上，她烫着时兴的波浪卷，鬓边扎着一只红缎花，在一群人的簇拥之中，亦独独挽着身边清瘦的新郎，向镜头笑得由衷灿烂。

那时她的确是幸福的。

那时，她也以为所有的故事本该都在这里画下标准的完美句号。

正如小说话本里，从来都只写王子公主排除万难幸福生活在一起，却从不写他们所谓生活的本意。

她多想自己的生活也是如此，便可以不用面对三年牢狱生活对他的改变，不用面对他的多疑和喜怒无常——那些争吵发展到最后，为了绑住她在身边，他甚至逼迫她去碰毒品，要她以“共沉沦”来做获取他信任的唯一筹码。

她以死相逼和他分手，可是没多久，他又来求和。

他说其实他在监狱里已向警方投诚，说他做这些事只是为了让上头的老大相信他的忠心，为了“打入敌人内部”；说只有他连家人都能拉下水，那些所谓的“老大”才会给予信任，才肯把生意给他做，他才能提供更多更详细的名单给上级——说他早已是好人，说他未来会陪她去戒毒。

她还是太年轻，结婚数年，也不过才二十多岁，因此轻易便相信他的鬼话，后来，甚至还作为“线人”，心甘情愿以一个情妇而不是妻子的名头，去和那些所谓的“太太帮”打交道。

她不知道自己成了他同时迷惑老大和警方的工具，以为自己在做好事，却逐渐在毒和欲的拉扯下越陷越深。

等到反应过来自己已经再离不开，等到反应过来自己已经成了罪恶的帮凶，已经全都来不及。

她只能痛哭流涕地跪倒在他脚边，她说求你放我走。

他却平静地对她说：“可是你是我老婆啊。”

他说：“难道你不想跟我同患难吗？还是你只能同甘不能共苦？阿玉，你什么时候变成这样？”

回忆至此，她总每每从噩梦中惊醒，亦从来都想不明白，他到底是爱她还是恨她。

如果恨她，何必娶她。

如果爱她，又何必拉她一起被世人唾弃？

然而，许多年后的这个深夜。

这个牵累她一生，纠缠她一生的男人，却只幽幽地望着她，轻声说：“我一直想要和你有一个完整的家，想要和你永远都不分开——哪怕是下地狱，阿玉，只要有你和我在一起，我都觉得坦然。我问心无愧。”

……骗子。

他说：“这个世界上只有你永远不会背叛我。”

“我们的女儿，我一定要把她带回来，只有这样我们的家才是完整的。她是年轻的你——只要她还是……这就够了。”

他的心里总有一个抓不住的执念。

黄玉却恍惚觉得自己喉口仿似含着一口血。

在那一夜，在这个早晨，她看着面前似癫若狂的男人，真相混在血中，堵住喉口。

她却只有最后的力气，仍然嘶声地，最后一遍说：“你已经害过一个我，为什么……还要害另一个？”

她说你放过迟雪吧。

“你可以走的，你明知道现在的情况，你这样去也是自投罗网，所以你就这样跑吧，好不好？出国去，我也认命了，我跟着你，你不要去害她了。”

“怎么会？”

然而陈之华仍然微笑着打断她。

“我不仅要把女儿带回来，我还要保下那个五成的合同，只要她还在我们手里，姓叶的就不敢乱来……他们以为是引我入局，但其实，自投罗网的明明是他们才对。”

“阿玉，这一次，如果赢的不是我，我也要个两败俱伤的结局，谁也别想好过。”

黄玉一愣，不知他说的两败俱伤是怎么个两败俱伤法。

陈之华却俯下身来，在她耳边说了些什么。

短短两句话而已。

她不敢置信地抬头，男人仍然微笑着看她，说你知道警察最怕的是什么，是殃及池鱼，他们不敢赌——但是我可以。所以，我会赢。

下一秒，仿佛掐准时间一般，他放在桌上的手机骤然响起。

他当着黄玉的面接起那个电话，表情从平静，到掩不住的惊喜，最后似笑非笑。

“哦——”

末了，他拉长尾音。

“南生，小雪在你那里？那也好，”他微笑，“她在你身边吗？让她接个电话？”

那头沉默半晌。

但他却极有耐心，似乎笃定最后一切将如他所言。

“……喂？”

而几分钟后，电话那头，一道熟悉的女声响起。

尽管仅仅是一个简单的音节，没有后文。

然而陈之华的笑意仍然渐浓，又伸手，安抚着黄玉因恐惧而不住颤抖的手背。

“小雪。”

他说：“在外面玩得开心吗？爸爸妈妈可还一直担心你……你好好休息，好吗？过两天，我们就会来接你。”

[2]

陈之华一向擅使这种心理战术，通过暗示和话语威胁的方式，迫使对方在惊惧下自露马脚。

过去的五年里，或者说，过去的半生里，他正是这样无数次恫吓着掌心那只怯怯发抖的雀鸟，于是理所当然地，亦认为雀鸟的孩子应当重蹈覆辙，乖乖投降。

然而事实上，与他无声对峙良久的迟雪，最终却并没有对这通电话多做评价，只是在挂断电话后向周围人摊摊手，又摇头道：“他一向都是这样的。这次和上次不一样，一开始就有警方介入，不会有问题的。”

说话间，她看向身旁的解凛，轻握了下他的手。

只是他的手却冷冰冰的，她眉头微蹙，习惯性拿两只手去捂热。

此刻，偌大的酒店房间里，只叶南生、解凛与迟雪，再加熟悉的大波浪与薯片仔两人。年长的几个知道此行凶险，或站或坐，都是心事重重。

也就只有两个小的，为了缓和气氛——大概率也是为了安慰自己，闻言，又忙摆手道：“是啊是啊，绝对没问题的。”

一个说：“地方我们已经去看过百八十回了，该有的火力配置都早安排上，因为有长官的行动命令，这边的同事都特别特别配合，绝对不会有问题的。”

一个说：“而且有头儿在……”

话未说完，背在身后的手被大波浪掐得快出血，薯片仔的后话戛然而止。

大波浪却表现得像个没事人，一脸正色，又扭头看向解凛。

“头儿，别听他乱扣帽子，长官很重视这次行动的。还专门点名，派了深城的方警督全权负责这次针对陈之华的缉捕任务，方警督人特别好，资历也很这个。”

她说着，又竖起大拇指。

“之前还破过不少大案，是绝对的实干型大佬——今天是因为有个很重要的会所以才不在的，一个特别可靠的大前辈。”

解凛过去在警校时已听说过此人，知道她所言非虚，闻言点头，沉默片刻，却忽然问她：“老头儿这几年身体还好？”

“都好，都好。”

而大波浪腼腆一笑：“就是常念叨你，他老想让你回来。”

解凛：“……”

当年是他头也不回离开，又怎么可能真的“来去自如”，真当上级是摆设吗？

只不过五年不见，到底也是跟着老头儿在上头混了五年，大波浪显然在为人处世上成熟不少，说话做事面面俱到，察觉到自己似乎拍马屁拍到马蹄子上，忙又补充：“他是说，明面上没有就算了，私下里总要来看看他嘛。何况他也不是天天在警队，等到过两年退休，假更多着，老念叨着说要你陪他钓鱼呢——”

话落，旁边的叶南生却像是被提醒着想到什么。

一扭头，看向自己这位反应始终冷淡的堂弟，他淡淡开口：“忘了跟你说，今天奶奶也来了。”

言下之意。

你都知道主动关心千里之外的所谓“老头儿”，近在眼前的亲人，是不是也该关照一下？

解凛：“……”

“毕竟，是我跟她说过你会来，所以她才来的。”

他说：“奶奶也快九十了，之前病重，身体这两年才好些，出一趟远门不容易。我是不准备让她后天到场，太危险了。但人都来了，你至少去见一面。”

从小到大，为了讨好家人，得到夸奖，他习惯于虚伪奉承、假言假意。

然而，这份讨好中又到底掺杂了几分真情实意的爱，或许连他自己也分不清。

他说："你知道奶奶对你很愧疚，解凛，她也一直很想你，很想见见你……和迟雪。"

突然被点了名，迟雪一直在旁听着，此时却亦忍不住有些好奇，接话问道："奶奶？"

解凛此前从没着重跟她提起过其他的家人。

尽管决定结婚前那一晚，他们有过一整夜的促膝长谈。解凛说了自己的脸盲症，说了自己的过去，但对于那些家人和往事，他始终还是讳莫如深，一笔带过，也因此，她对于叶家的印象，多都还停留在多年前从叶南生那里听到的"八卦"。

追溯到最近，也就解凛随口提过一句，自己此前已因为她的关系向叶家低头，甚至回过老本家一趟。因此，她疑惑双方之间的关系究竟软化到哪一步也实属正常。

叶南生闻言，却似乎瞅准时机，瞬间知道了该从谁那里下手：

俗语有云，水滴石穿。

撬不开顽固的石头，就去挽一捧清水。

而迟雪就是他要攻破解凛的最佳突破口。

"是我跟他的奶奶，叶家人。"于是他亦好声好气地回答，"她专门过来，就是想要见一见解凛的。"

"那……她知道我……和你'订婚'？"

"她知道是假的。"

是假的。

知情者都知道是假的。

希望它是真的人，也许全世界只有一个。

叶南生面上却仍然笑着："她不仅知道，而且这几年来，说实话，包括这个航运费的事上，也是奶奶出了不少力，不然不可能能压下其他股东的非议。"

"除此之外，不仅是一直关照解凛公司的生意——就连当初解凛让我找侦探满世界找你，这个人脉，也是奶奶找人去联络的。这几年，她有心想要弥合一下双方的关系。"

在这一点上，他并没有一句谎话。

但话也终究只能说到这地步。

“老人家活到这个年纪，总是见一面少一面。她终归是做了不少事，也付出了不少。”

他说：“你如果有心，也有空，迟雪，解凛不愿意去，那你就代替他去一趟吧。她只是见到你，应该也会很开心的。”

当然，明眼人却都看得出来他的小算盘：按照解凛的脾气，如果迟雪去了，他压根就没有不跟去的道理。

叶南生说完，甚至还想再给自己这算盘上稳加几个砝码，不料很快却被一通生意上的电话叫走，离开了房间。

紧接着是还有事在身的大波浪和薯片仔。

偌大的酒店房间里，转眼只剩下夫妻二人。

解凛原本还想当作无事发生，先去看看叶南生确定好的所谓场地，却不想迟雪实在是个实诚孩子，思虑再三，又冲解凛拍拍胸脯，说：“那我一个人去楼上看看那个老太太吧，去给老人家道个谢，你在这里等我一下。”

毕竟，从刚才的反应里就不难判断，解凛实际上是不想去见叶家人的。她并不想因为自己的事让解凛在他的底线问题上一再退让。

“你一个人？”

解凛却仍旧眉头紧锁，拉着她不放。

嘴上没说不让去，动作里，意思倒是一览无余。

“我只过去给人家道个谢。”迟雪只得无奈地笑，“而且，五年了，我知道在找我这件事上，叶家花的钱确实不少。我在陈之华那里，也不是完全两耳不闻窗外事的。”

解凛：“……”

“而且……其实我也想着，结婚这个事，多少要通知家里人的。我前脚跟你结婚，后面又跟叶南生走过场，怎么都不好交代。”

“交代？”解凛说：“我们从来没必要向叶家人交代。”

不是你或我，是我们。

在这件事上，他划领地的意识倒是空前敏感。

究其原因，大概也是他自己都控制不住，每每一碰到叶家的事，恍惚间，就又会回到多年前、那个因被赶出家门而手足无措的、小孩子的状态。

他分不清这是讨厌还是逃避的情绪，尤其是因为陈之华的事，因为迟雪身处危险之中，这段时间以来，他的精神本就始终处在一种高度紧绷的状态。

换了旁人，或许早都被他冷脸吓住，只有如今的迟雪却丝毫不受影响，反而语气里，甚至带着似有若无的安慰意味。

“嗯，但是也不算交代吧，只是我不要你为了我欠人家的人情，”迟雪说，“他们欺负小时候的你，我也不要你为了我原谅他们，我也和你一样不原谅他们。但解凛，我只是不想你因为我，以后也觉得是欠他们的。我不喜欢别人拿我来威胁你，软刀子硬刀子都不行。”

她只是不爱说话，不代表记性差。

那些大雨滂沱里被赶出家门，被迫向一个个冷言冷语的所谓亲戚磕头道歉的过去。哪怕只是听旁人说的，但关于他的事，她从来都牢牢记得。

也因此，她永远不要解凛为她再低头。

“毕竟，人情债嘛，”她笑着伸手，又摸了摸解凛的脸，“最怕就是牵扯不清了，我们以后的日子还很长很长，不能利滚利滚下去吧。所以，我想去见一见，见完了，很快也就回来了。”

语毕，她一副已然做好准备的表情，深呼吸完，起身就准备上楼——这回为了配合警方，他们一众人等，包括叶家来的老太太，以及叶南生的父亲方进，都住在这座叶氏名下的五星级酒店中。

老太太年纪大了，爱清静，据叶南生说，回回都住顶楼的套房。

然而她才刚起身，人还没出门，解凛又追上来，自然地牵住她手。

“一起去。”他说。

“啊？”

“怕她凶你。”

“……会吗？”

迟雪脸上写满怀疑。

听叶南生的语气，明明老太太这几年态度都很柔和才对。

解凛却并不往下解释，只是如旧握住了她的手，说：“总之我们一起。”

而迟雪也是上了楼才知道，所谓顶层，只有一间比别的套房要宽敞数倍以上的总统套房。根本就是专门为了老太太准备的。

两人摁下门铃，是一位穿着朴素的老妇人开的门。

迟雪正犹豫要称呼对方什么，解凛已然在旁淡淡开口，喊了一声：“陈嫂。”

被称作陈嫂的女人，是叶家几十年来的住家保姆，专门服侍叶家老太太的生活起居，认出来人竟是久未见的小少爷，她显然很是惊喜。不等解凛表明来意，她赶忙招呼两人进门、倒了茶水，又转身去叫叶家老太太：这时正是老人家焚香冥想的时间。

也因此，声音没能及时叫来老太太，倒是叫来了另一个老太太——迟雪坐在沙发上，怔怔看里间的另个卧室门打开，探出一张陌生的脸。

但细看却又不算陌生。

迟雪看看解凛，又看看对方，尤其是鼻子嘴巴，是看得出有血缘之亲的长相。

那女人生得模样端方，身材高挑，简单的浅灰色丝缎睡衣上身，亦穿出莫名的雍容感。眼神却不客气地看向解凛，长时间的打量过后，又转向迟雪。

然而只一眼，那眼神中的意味却又莫名微妙起来：仿佛竭力在她脸上找着什么。

“你以前，”末了，女人只径直抛下一句，“读书的时候，是不是戴眼镜？”

“……啊，是，您是？”

迟雪求助的目光看向旁边沉默不语的解凛。

只不过，却还没等到他开口。

“你是迟雪吧。”

那女人倒已先准确叫出她的名字，也利落干脆，转而自我介绍起来，纤长手指指着自己：“我是南生的妈妈。你——该叫我妈妈，还是姑姑？”

迟雪被她问得一愣。

最担心的问题果然出现。

叶南生的母亲，亦是如今叶氏的掌舵人，叶贞如，丝毫不吝在这些小辈面前表现出自己强硬的一面。

解凛听罢，却忽然抬头，冷冷看向对方，开口便是反呛：“你觉得

呢？叶女士。”

“……”

“谁现在坐在她身边，有眼睛就能看到——还需要别的证明吗？”

少年时的他苍白阴郁，成年后的他，沉稳中仍有掩不住的棱角，恍惚间，的确是像极了……

叶贞如倏然一愣。

回过神来，刚想再还嘴，老太太却已捻着佛珠缓缓从里间踱步出来，一声“贞如”，径直截断了她的后话。

“贞如啊，”老太太温言道，“这么久不见，何必一开口就夹枪带棒的？让他们小孩子看笑话。”

尽管已八十有七，又重病过一回，如今的老太太却还精神气十足，一米七几的个头，丝毫不见驼背。

一头白发盘在脑后，以木簪挽起，白衣布衫，清瘦却不掩干练。叶贞如不想让母亲为难，只得转身回了房间，很快，陈嫂也颇有眼色地找借口“躲”去了厨房。

老太太在靠近迟雪一侧的短沙发上落座，却并不急着开口，只又拎起桌上茶壶，慢悠悠倒了杯茶。

“孩子。”末了，她问，“听说你叫……迟雪？”

这架势，似乎在叶家，比起解凛，迟雪才真正是“不见其人，早闻其名”。

迟雪点头，三人都沉默片刻，末了，只听老太太若有所思地低声道：“那，也算是阴错阳差了。”

什么阴错阳差？

老太太说：“南生前头，本来还有个哥哥，只可惜，长不到两岁就夭折了，我给他取名叫‘东君’，取自成雁雄的《柳枝词九首》，‘东君爱惜与先春，草泽无人处也新’。”

她的神色之间渐渐流露出怀恋，仿若陷入极远的回忆之中。

“后来又有了南生——《晏子使楚》里写，‘橘生淮南则为橘，生于淮北则为枳’，我给他取名叫南生，是愿他在适合他的土壤之中自有硕果……他呀，现在也算……没有辜负这名字的本意吧。”

迟雪听了半天，仍想不明白她为何突然提起名字的事。

直到后来这一句。

“排在前面的孩子，先有东，又有南，所以，到了阿凛，就轮到‘西’了。”

老太太说：“但西这个字不好取，寓意上也容易有歧义，西去，牺牲……我只想着怎么能往好了取，后来又想着，他出生在冬天，冬天应当是要望春来才好。”

“于是挑来挑去，两边兼顾，最后取了杜甫《绝句》里那一句——春意盎然的那一首，《绝句》。”

“窗含西岭千秋雪，门泊东吴万里船。”

是以。

——叶西岭。

这才是解凛最初写在叶家族谱上的名字。

“只可惜他妈妈不喜欢，觉得既比不过东君文雅，又没有南生秀气。”

老太太忍不住叹息：“后来只能改成了同音的凛……再后来，离了我们叶家，又把中间的‘西’字去掉，如今都习惯阿凛、阿凛的叫。没承想，他真的把‘千秋雪’带了回来。”

冥冥之中，似一切早有天定。

她倏然叹了口气，低头看向杯中茶汤，映出自己衰老的面容，这么多年，一个个儿孙长大、离开，结仇或负恩，到最后，原都只剩下一句“早有天定”。

解凛忽然开口，说：“我早都不姓叶。”

而老太太点点头，说：“奶奶知道。”

只是，如叶南生一般，她接下来的话，却也选择向迟雪开口，又慈祥地、握住迟雪无从着落的手。

“孩子，你的事，我之前已经听南生提起过。这五年，你过得辛苦，阿凛也辛苦——良缘难成，我活了这么多年，看了太多人和事，也清楚你们为什么今天专程来见我。”

她分明不看解凛，却明明是字字句句都对解凛说。

“前几年我病得厉害的时候，腰都直不起来，有进气没出气，好几次，我都觉得，大概是到这为止了，但心里总觉得还有什么放不下……我总是梦见我儿子……就是阿凛的爸爸，我梦见他还小的时候，围着我跑的时候。后来梦见阿凛，梦见他还是个孩子的时候。”

“我总在想，我自己的孩子，那么小的时候，我只要求他开心、快乐，为什么到了阿凛这里，我却要求他比大人还明辨是非，懂事、成熟呢？”

“明明是我没有教好我的孩子，为什么当初的我却偏偏要把罪恶感发泄在一个更小的孩子身上呢？他只是做了社会、老师都教他‘正确’的事，我却用自己的私情审判他，对一个才不满十岁的孩子来说，是不是太残忍了？”

“……”

解凛听着，表情仍是冰冷的，沉默不言，眼神却在自己都不察时莫名抖颤，长睫落低，看向迟雪于无声中伸出来紧攥他手的手指，亦于沉默中，他们十指紧扣。

“所以。”老太太最后说：“你们从不欠我们叶家什么，也不必感念什么。”

“头几年，我总想着做这些事，也许阿凛，你有一天会原谅我当初对你做的事。但现在我只想着，原谅从来都是件奢侈的事，我当年都没有原谅你，凭什么要求你来做同样残忍的事？我也只希望，你在这件事过后，真的能有属于你自己的，崭新的人生。”

“至于具体怎么选，做生意也好，做警察也罢，奶奶不会干涉你。我只答应你，在叶家，奶奶会把属于你的那一份留给你。”

老太太轻声道，亦最后一次，平静地望向解凛。

“我不敢说叶家是你的退路，但，也让我这个老人家，最后再为你做点什么吧。”

那天的最后。

事实上，一直到最后，解凛亦坚持没有主动开口说过一句话，没有说过谢谢。

只是在离开前，他喝了老太太倒给他的那一杯茶。

叶贞如在两人离开后，才如掐准时间般从房间出来，看着那杯见底的茶，她眸光幽幽。

“我知道你一直担心什么，贞如。”

老太太却双手微合，拢在膝上——她不知何时坐到了窗边的躺椅上，望向窗外，正午的太阳灼烤大地，纵然是冬日，午后的阳光依旧足以照亮一切污浊。

而她是快要落下的太阳。

“南生，他是我们叶家名正言顺的孩子。我百年之后，他可以和阿凛一样，拿到一半的叶氏资产。而至于方进那边……那是他们方家的事了。让他们去决定吧，我已经管不着了。”

“……”

“贞如，阿凛三十岁了。”她说，“他父亲走的时候，也是这个年纪。他们长得越来越像。”

“……嗯。”

“只是，不知道如果振宗还活着，会不会怪我这个妈妈，竟然还会允许他唯一的儿子去做那么冒险的事？”

老太太突然哽咽：“我刚才看了，阿凛的左手，已经抖得快要拿不稳我那碗茶——他才三十岁啊。”

暖阳残照，错落洒在她衰败的脸上，仿佛方才强撑出的精神气一瞬间都被抽出去。

她的确老了，不再是曾经独断专行扛起叶家的那个她，只无声间看向远方，无声地，忽然便湿了眼眶。

而叶贞如怔怔看向母亲，莫名地，却突然想起刚才那一面，想起几年前，自己意外从刚留学回国的叶南生钱包里，翻出来的那张照片，梳着两条长黑辫子，戴着笨重瓶盖眼镜的少女，不太自在地被他揽着肩膀。

女孩不算出众的漂亮，可她却意外于儿子对这张照片的珍重程度，于是追问之下，才又第一次记住了，原来这个女孩叫迟雪。

“你喜欢她？”

那时她问叶南生。

而她那个一向聪明出众、处事圆滑的儿子，第一次露出了有些迷茫的神情。

沉默良久过后，他说，我不知道。

他说我这次回来，就是要找一个答案的。

他说，不是要派人回南方吗？跟爸爸说一声，让我去吧。

她不知道儿子是否找到了属于他的那个答案，如今所谓的“走个过场”，又究竟是真的做局，还是圆满一场本就此生无望的奢望。

只是兜兜转转，年岁枯尽。

原来，机关算尽太聪明的人，却都终究没有得到自己最想要的。

而迟雪和解凛，在离开老太太的住处后，则是又去了订婚仪式的正式场地，因行动不宜声张，陈之华也要求只有双方家人到场，叶南生便选了一个相对私密的近郊庄园。

庄园位置不算偏僻，周边甚至还有新开拓的人工河经过，据闻有不少城中新贵在此购置房产。

叶南生大概看中它那露天花园，足可给狙击手提供宽阔视野，因此一眼便相中了这地方。

恰巧薯片仔此时亦在场，便正好陪同着，向解凛介绍了己方已经安排好的火力配置：在斜上方两处楼顶，配备有四名经验丰富的狙击手；此外，当天的侍从、警卫，都是警方派来训练有素的便衣。

以及，当天，相关的高层亦会在距此约一公里处全程待命，全程监控缉捕过程。

“头儿，你的身份不方便出现，”薯片仔说，“但到时你可以和方警督一起，在那边的监控车上看情况，距离比较近，制动上也没有什么障碍。”

解凛对此不置可否。

只是，在这一夜——在所谓的“走过场”到来的最后四十八小时。

深夜，迟雪累极，只解凛仍有耐心，抱着她、给她擦拭半干的头发。

她半梦半醒间，听吹风机声音轰隆，咕哝着说半干了就好了，多吹才会坏了发质，解凛遂停了吹风机，却仍用干毛巾给她捂干发尾，不让她枕着湿头发入睡。

迟雪侧躺着，盖到脖颈处的被子不时被她不安分的睡姿扯动，露出几颗遮不住的暧昧红印，解凛就坐在外侧的床边，晕黄的台灯下，他以站军姿似的耐心毅力，轻轻擦拭着她一头乌黑长发。

许久，她似乎睡着了，呼吸逐渐平稳下来。

解凛看着，听着，却忽然倾身下去，没来由地从背后环住她肩，头抵住她颈侧。

如此亲昵的依偎。

无言的脆弱。

“迟雪。”他小声说，“我们生个孩子吧。我们一起，让她做个健康的、快乐的、被父母疼爱长大的孩子。”

“……”

回应他的，却始终只有平稳的呼吸声，还带着几句迷糊的梦呓——大概率是骂他是小狗。骗人是小狗，明明说好了今晚养精蓄锐，怎么是这么蓄锐的？

他听得失笑，却仍然紧紧抱住她，小声如私语。

“希望是个女孩，女孩会长得像你，男孩的话——男孩，我怕我忍不住像带兵一样训他，小时候，可能八成会留下阴影吧。所以我还是希望是个女孩，如果长得像你，我是不会忍心凶她的。”

“虽然我还没有看过你小时候的样子，一下想象不出来会是什么样？但是一定很可爱。”

可爱。

从他的嘴里说出来这两个字，他自己都忍不住笑，笑声一不小心，却惊醒怀中人的美梦。

迟雪挣扎了下，睡眼惺忪，问：“头发还没干吗？”

“快了。”

她倒没觉得这拥抱有什么，甚至睡意间，还习惯性侧头亲了他脸一下，说：“你也快睡。”

这亦只是他们之间，再寻常不过的一夜而已。

[3]

转眼到了“订婚”当天。

一大清早的，叶南生专程派了叶家私人的发型师同化妆师过来，迟雪人还没完全睡醒，前脚刚和先行去场地准备的解凛告别，后脚便又被迫坐在镜前，被人洋娃娃似的装点打扮。

一头乌黑长发被烫出和天生自然卷的大波浪一样弧度，平白成熟不少。

等她稍打完盹、回过神来，被催促着换上礼服，更是眼见得镜中人妆容精致，烫卷的八字刘海修饰出巴掌大小脸，雪白的一字肩长裙裙摆坠地——和她平时素净寡淡的模样简直判若两人。

她有些讶异于自己竟还能有这一面，不大自在地停步镜前，又忍不住左右转着裙摆细看。

“迟小姐，好看吧？我也觉得这个裙子好适合你哦，一看就是用了心的。”

化妆师见状，边往她的锁骨上拍打亮粉，又顺口奉承起来。

“这次是时间比较急。本来嘛，前前后后都选了十几套的衣服备选，结果叶先生看了都不满意，差点就来不及换了……最后，只能还是他自己亲自去联系的设计师。估计是走了别的门路，加班加点才赶出来的，裙子都是昨天才到我这边。”

“他平时忙的咧，但这次，从场地到服装，各种各样的大小事，都是他亲手安排的。光这衣服一套下来，少不了八九十万就出去了——还只是订婚呢。等到结婚，估计更不得了。”

比起那天见到的化妆师张张，眼前的这位显然要人精很多，试图抓住一切机会拍好自家老板马屁。

迟雪闻言，却唯有默然，心说还结婚？订婚都不过是走个过场而已。

且衣服虽漂亮，要是到了外头，估计这么站一天，八成要感冒。

她正忧愁着如何开口。

“迟小姐，披上这个吧。”

方才突然接了个电话出门的发型师却又气喘吁吁回来，给她递上一条披肩。

“……欸？”

化妆师看着，忍不住眉头微蹙，中途拦住两人交接的动作，又拿过披肩、翻来覆去打量。

“怎么临时搞来这个？”她问，“还是米色，颜色都不很搭的，会压个子。反正到时候会先披着外套出去啦，要脱的时候也不很多，我看还是别画蛇添足了。”

“但是刚才那个先生——”

听发型师吞吞吐吐的语气，迟雪却已明白是哪个“多管闲事”又放不下心的先生，顿时忍俊不禁，又笑着把那披肩接过，说了句很受用的“谢谢”。

化妆师亦再不好多说什么，只得最后给她拾掇好妆容，换上高跟鞋，便一同结伴下楼。

但其实此刻天边也才刚蒙蒙亮，七点而已。

叶南生却显然已在酒店大厅等待许久，摆在面前的三明治空碟和仅剩的半杯黑咖啡说明了一切。

只不过，他丝毫没有久等的怨言，相反，人这日换了新的金边眼镜，一身雪白西装。文质彬彬，谈吐斯文，倒的确颇有些“白马王子”的即视感。

甚至先把摄影师、化妆师等一干人等送上车，又让人送来早餐，给他们在车上吃，才带着迟雪另外上了一辆车。

他没用司机，自己开车，两人同行。

迟雪还没吃早餐，此刻小心翼翼地低头吃面包、喝牛奶，唯恐碰脏了身上这件金贵的礼服裙。迟雪正在调试后视镜时，却听他忽然轻声说了句：“今天很漂亮。”

迟雪听得一怔，才知他原来刚才待人接物亲力亲为，实际上，也分了些许余光打量自己。

而比起多年前或调侃或虚伪的赞美，这句话显然真挚太多。

于是她亦笑笑，扭头看向叶南生，看向他身上熨帖的雪白西装，回以一句：“谢谢，你今天也很帅。”

“……有吗？”

“嗯，”她点头，“这件衣服很适合你。”

简单的寒暄而已，却是从前只会低头沉默的迟雪绝不会说出口的话。

叶南生脸上的表情说不上是怅然若失还是落寞，只沉默良久，又淡淡道：“之前我就想说，你好像开朗了不少。”

说话间，他发动引擎。

“而且你看起来对今天的事也很放心，不太害怕的样子，”他说，“我以为你会很担心。”

“嗯。”而迟雪很坦然地承认了这一点，“我可能是最不害怕的人之一吧，”她说，“至少，肯定比解凛好就是了。”

“为什么？”

“因为解凛在啊。”

“……”

迟雪很平静地说：“没有解凛在的时候，我都从那么黑暗的日子过来了，总感觉，现在的快乐像是偷来的，但是……多一秒钟也是好的。我现在就在无数个一秒钟组成的日子里。所以，真的没有什么遗憾、也不害怕将要面对的事了——好的坏的，都不害怕了。”

的确。

从前的她平凡，温和，普通。但并不是她天性如此的，是社会一步步磨平了她的棱角，是因为，她总觉得，这一眼就能望到头的人生，自己必定也会和无数个普通的“迟雪”一样，度过平平无奇的一生。

可原来她的人生并非如此，甚至有无数种可能。她因此惊心动魄过，颠沛流离过；她走进过最黑暗的生活，也跌跌撞撞地逃离过。直到最后，有个人，她一直等待着的人，伸出手，牢牢地托住了她。

所以，还有什么可害怕的呢?

世上最恐怖的事情，无外乎绝望和遗忘。

可她现在知道，自己对于那个人有着怎样的重量，知道自己无论如何不会被遗忘。哪怕在这条黑幽幽的甬道里，她的烛火亦始终都在。

“叶南生，”她说，“小时候，我还记得，你是第一个发现我喜欢解凛的人。这辈子，我被改变的事很多，被迫去回避的事也很多，但只有这件事，我一直坚持到了现在，从来都没变过。”

所以，喜欢他。

也就不能——也就从未喜欢过你。

这便是“赞美”之外，言外之意的拒绝了。

一如许多年前，那个坚持冒着雨也要拉着他回去上课的小姑娘，她有最柔软的心肠，却也有最坚定的方向——十头牛都拉不回。

汽车平稳上路。

叶南生目视前方，沉默良久，忽却低笑一声：“知道了。”

他原以为她在陈之华身边待的五年，总会留下或多或少的灰色痕迹。

但如今看来，似乎重逢的快乐已然压过了昔日的痛苦。迟雪还是迟雪，甚至是欣然于自己人生的迟雪——还有什么比这件事更值得开心呢?

他压下心底那些莫名的情绪，甚至可以如常地和她开起玩笑。

“听解凛说，你们提前去领证了。”

“嗯。”

“怎么，他怕我把他老婆拐走了？”

“拐？”

迟雪愣了一下，反应过来什么意思，却倏然失笑，忙又解释道：“哈哈，不是不是。他肯定没有这个意思，只是那个情绪到了……”

“所以，我算是他情绪的助推剂？”

“嗯……”她一时词穷，不知怎么否认，却又难得一本正色地搞笑，“不过其实也挺好的，以后如果我们真的要做酒，不是今天这种，是真的请亲朋好友来吃酒，”迟雪说，“我想好了，‘功臣’可以不给红包，助推当然也算在内。你省大钱了，老同学。”

玩笑虽拙劣。

她说完，却自己先忍不住笑开，叶南生从前视镜看到，亦跟着笑。

窗外的街景在倒退，繁华的城市，逐渐在冬日的清晨苏醒。

这样轻松的、如朋友一般的对话，似乎已经很久没有发生在他们之间。

叶南生清楚地知道自己本该说什么，然而努力再三，仍然无法开口，也就没有接上那个关于红包的话题。

他只知道，道不同，终究不相为谋。

这一趟短短的路，也许就是他和迟雪之间，是他对于那段青春，最后的告别了。

他只被允许送她到这里。

“总之，你今天一定要跟紧我，迟雪。”

叶南生沉默良久，忽又轻声说：“陈之华还想跟我、跟叶家做生意。他也知道，我在叶家，是他唯一的突破口。所以哪怕是为了那个合同，他都不会动我。你跟好我，必要的时候，你就先走，明白吗？”

最终两人在早上约莫八点时，提前赶到了约定的庄园。

为谨慎起见，这次请来的客人虽不多，仅叶方两家的一众亲戚而已，但光是警方派来的便衣，粗算下来已有三四十人，一群人乔装成侍从，将之前还略显荒芜的庄园装饰一新，为了狙击手的视野宽阔，叶南生特意叮嘱他们将露天花园布置成主要宴会场地。

为了万无一失，也为了看起来“逼真”，符合陈之华说的大排场，他甚至还特意请来了深城有名的管弦乐团现场演奏，增加所谓的现场气氛。

到了上午九点多，宾客陆陆续续到场，露天 BBQ 和管弦乐演奏都排上日程。

人群之中，迟雪正被叶南生带着、和几个此前并没见过的方家亲戚寒暄，背上却突然被人轻轻一拍。

她回过头去，便见仍如过去美艳风情、只神情中多添几丝疲惫的陈娜娜，竟不知何时站到她身后。四目相对，陈娜娜向她扬起一个和善的笑脸。

“迟雪。”她说，几乎和方雅薇一模一样的语气，问着：“你这几年都去哪儿了？要不就没个人影，要不就一回来直接给人抛个这么爆炸性的消息，都快吓死人了。”

迟雪难得在这种陌生的社交场合上见到老熟人，倒也难得生出几分亲切，遂牵着她走开、到一旁去闲话家常。

聊了没两句，又瞧见方进走来，和两人打了个招呼，便去和叶南生说话。

迟雪却似被提醒了什么，忍不住低头去看陈娜娜的肚子：几年前，她被迫远离故土前，陈娜娜的肚子已有些显怀，但如今看——

陈娜娜在为人处世上是何等聪明一个人，瞬间读懂了她的眼神，倒是坦然也平静，抢在她问之前解释说：“那个孩子没了。”

“那你还跟着……”

“嗯。”陈娜娜的语气里既有自嘲，似也有淡淡的慨然：“从前二十几的时候，还觉得什么都有得选。但现在只想着过都过了，就这么过下去吧——我也吃不了几年青春饭了。”

迟雪想劝她都不知从何劝起，反倒是陈娜娜忽又拉着她的手，轻轻附在自己的肚子上。

她一脸不解，不知陈娜娜为什么突然做个这么奇怪的动作。陈娜娜却又忽然倾身下来，在她耳边低声说：“从前那个孩子没了，但，这个孩子已经三个月零七天了。”

“……啊。”迟雪闻言，忙低声说：“那恭喜你啊！顺顺利利、平平安安，这次一定不会有意外的。”

“是啊。”陈娜娜的眼神忽飘向几步外远，看向正和方进等一众亲朋谈笑风生的叶南生。

“我不会让这个孩子有意外的。”她说，“绝对不会。”

语毕，却似乎察觉到自己的语气微妙，让迟雪面露怀疑。她又忙微笑着攥住迟雪的手，也紧跟着恭喜了她两句新婚快乐，百年好合。

“但是……”迟雪说，“我，还只是‘订婚’而已？”

“订婚之后不久就是结婚了嘛。”

陈娜娜脸上有一晃而过的僵硬，但也只是一瞬：“我提前祝你，也知道你一定能够走到那一步的。提前祝、提前祝。”

很快，她又整理好表情，只转而小声叮嘱迟雪道：“总之你要记得，安全第一。”

“如果碰到什么危险……我的意思是，如果未来有什么困难，第一是要保全自己。不如等会儿吃完饭，你再跟我在附近走走吧，你来找我，好不好？”

迟雪总觉得陈娜娜话里有话，显得欲言又止，一时却也想不出来那个具体奇怪的点究竟在哪里，只能先给方雅薇发了个短信，问她有没有把自己和解凛结婚的事告诉别人。

她还在等着对面的回复，却见不远处，叶南生忽又向她招招手，继而指向庄园的入口处。

一列黑色的豪车车队正缓缓驶入停车坪，片刻过后，中间第五辆车率先打开车门，西装革履的陈之华在保镖的簇拥下先下了车，又亲手打开后车门，等待司机从后车厢搬来简易的升降踏板装置，这才重新从另一侧上车，小心翼翼，将坐在轮椅上的黄玉缓缓推了下来。

此后剩余七辆车陆续开门，下来的每一个人，都是无例外的黑衣黑裤黑墨镜。粗算下来，这些光是保护他的保镖——又或是打手，已不少于五十人。

几乎就要等同于庄园里此刻全部的便衣人数。

然而尽管是这样严丝合缝的保护，写在明面上的戒心，陈之华脸上的表情仍然是不见波澜的温和。

一路推着黄玉过来，走到近前，他甚至当着众人的面亲昵地抱了抱迟雪，又催促她弯腰去抱抱妈妈。

“你妈妈很想你，小雪，”陈之华说，“你看看她最近都瘦了多少。”

迟雪对此沉默不答，却也真的微微躬身，抱住了瘦得只剩下一把枯骨的黄玉——黄玉坐在轮椅上，穿得并不算正式，仍是保暖为主。

但尽管帽子围巾毛衣一个不缺，腿上还盖着厚重的毛毯，她看起来仍是活脱脱一个病入膏肓的病人。

迟雪抱着她，惊觉她在自己怀里，竟也犹如一个不足月的孩子般有进气没出气，一时心慌，又忙扶住她肩膀。

“妈。”这个字对迟雪来说无疑十足陌生，这一刻，却几乎是脱口而出。

“妈，”她说，“你怎么了？真的生病了吗？还是……”

黄玉眼里全是泪水，却只是麻木地盯着地面，不言不语。

倒是一旁的陈之华不紧不慢地接上话茬：“我说了她病了，”他说，话里有话带着警告，“而且，小雪，我想这件事的结果，我应该早就提醒过你了。”

迟雪手捂着黄玉冰冷的手。所有的不忍情绪，在这一刻都化作停不住的眼泪。

黄玉的手指却哆哆嗦嗦，在她手心、指甲轻轻划动，似乎在写着什么——

然而，在写完之前。

陈之华似有所察，又一把将两人分开，将蹲在地上的迟雪扶起身来。

“今天穿得真漂亮……妆也很漂亮。你妈妈看到你，大概是想起我们当年结婚的时候了，人上了年纪，是容易感伤。”

他说：“但这么好的日子，小雪，你哭什么？快擦擦眼泪，不然别人都要笑你了。”

活似一个慈祥又宽和的父亲。

迟雪却只红着眼圈，含泪狠瞪着他。

而叶南生亦在此时上前来，拉开了陈之华拽着她手臂迟迟不放的右手。

“华叔，”他说，“大家见了面了，何必站在门口干吹风？来，这边走。”

论情绪稳定和人前做戏，叶南生论第二，没几个人敢论第一。

他始终处变不惊，表现得像个十足谦卑和温和的“小婿”，引导陈之华入座。

然而，陈之华身边超出预计的四五十人却显然影响了狙击计划的实行。

尤其是，警方固然预计过陈会戒备森严，却没料到一向圆滑如他，会把自己的戒备心如此摆上台面。从始至终，那些保镖一直将他和黄玉两人围得密不透风。便衣保险起见不宜靠近，只能先静观其变。

而陈之华更是冷静，吃饭、赏景、听管弦乐一个不耽误，甚至饶有兴致地在饭桌上和方进“叙旧”，说起当年航运业的风光。

只有迟雪越发不安，发现一行保镖里竟没有白骨的身影，又找了个机会，佯装无意地问起。

“哦……”陈之华却老神在在地微笑，“他不爱在人多的地方待，也怕附近有些什么蚊子蚂蚁的，所以主动提出带人在附近给我望望风。我就让他去了。”

蚊子……蚂蚁？

迟雪心口狂跳。总觉得自己似乎遗漏了什么重要的细节，她因此一整顿饭都吃得心不在焉。

心想原本警方预定、最迟要在晚宴前实施抓捕，如今计划开始有超出原定规模的征兆——陈之华摆明了是要“武力压制”，他们也许不得不启用备用计划。

她必须想办法先稳住陈之华，或者让陈之华离开保护圈才行。

双方都是各怀鬼胎，这场“鸿门午宴”倒显得平静无比。

只在一览无余的平静之下，却酝酿着即将汹涌而来的海浪。

用完午饭，陈之华突然主动提起：“晚上正式晚宴之前，就一直是在室外吗？”

按照他们家乡的风俗，午餐，一般都只是双方父母亲戚见面，要一直到晚上，才有双方新人致辞、父母赠信物、订盟纳采的环节。

见席上气氛一时微妙起来，他又笑着补充：“我的意思是，有没有休息的地方？我老婆身体不好，不像你们年轻人，总不能一直在这边吹风。”

“当然有，”而叶南生稍作思索，当即接话，“华叔，要是累了，我带你们去休息。”

他指的是近在眼前的庄园别墅。

五层楼，休息的房间当然更是数不胜数。

“小雪也过去吧？”陈之华却得寸进尺，“你妈妈很久没见你，这下你又要订婚，未来你在国内、离我们更远，她哪里舍得你？”

“……”

“我知道你还生爸爸的气，但，晚上仪式之前，你再跟爸爸妈妈单独坐下聊聊天，别的爸爸也不要求你了，这总可以吧？”

迟雪摇头，坚持：“这里也可以聊。”

“但你妈妈哪里吹得了一下午的风？”

“你……”

“这样，你和南生送阿玉去休息，你们两母女，还有女婿一起聊，我不过去，这总可以吧？”

他的语气简直像极了一个退无可退的无奈老父亲，又摆手，指挥着最靠近自己的七八个保镖：“你们去送太太她们上楼，该搬轮椅的地方，帮忙搬一下，她一个女孩子也没有力气。”

说巧不巧，被他点到的那几个保镖，恰好就是一群人里最为高壮，也保护他最为严密的那几个。

如果把这几个人引走的话……

而且，只是和手无缚鸡之力的黄玉一起行动，再加上“绝对不会被视为目标”的叶南生。

迟雪心里一时间设想了无数种可能，而这无数种可能的最后指向，都是“只赚不赔”。

于是很快，迟雪便推着轮椅离席，在叶南生和那几名保镖的陪同下，一齐走向不远处的别墅。

陈之华微笑不语，只是自始至终目送着他们离去，一副气定神闲的模样。

一楼。

……二楼。

他心里甚至默数着他们大概的位置。

而迟雪这边，也是在上到二楼的同时，她身上披着外套，兜里的手机突然振动起来，她只得先将轮椅交给叶南生来推，自己低头看向手机。是两条出自不同人、却几乎同时向她发送的消息。

方雅薇写的是："我没有跟任何人说过啊。你说了要保密的欸。"

而陈娜娜写："快走！！离开那里！！！"

但她已来不及回复任何人。

因下一秒，便亲眼见证了眼旁边一直沉默不语的保镖突然发难，一把匕首抽出，毫不留情地捅下……

"呃！"

他的目标不是别人。

叶南生不敢置信地回头，又低头，看向穿胸而过的这一把匕首。

鲜血"滴滴答答"，逐渐从匕尖滴落，很快，在地上聚成一摊血泊。

鲜血染红了他雪白的西装。

时间仿佛静止在这一刻。

迟雪手里的手机，骤然跌落在地。

[4]

叶家不需要有第二个争产争爱的孩子。

这是当年，叶南生对叶西凛的嫉妒之源。

而同样道理。

方家将会迎来第二个孩子——这个孩子的生母——曾经已经因他而失去了一个孩子的年轻母亲，便也再不会允许他这个争产、争爱、争父和生杀予夺的兄长继续存在。

命运的轮回，似乎总在无声中默默开启。

叶南生在缓缓翻涌的剧痛中半跪在地。

迟雪扑上前来阻止，然而仍然慢了一步。

刀被无情拔出。

喷溅的血液洒了她满头满脸，雪白裙摆如朱砂泼墨，斑斑点点的血色浸润了薄纱。

她甚至连睫毛上都挂着血珠，却根本反应不过来哭，只愣了半秒，随即毫不犹豫地撕开衣服试图为他包扎——然而没有用。

被心脏挤压的血液就如被扎破的水球，没了那根扎住气球口的“皮筋”，鲜血只有不受控制地喷涌而出。

她拼命按压止血，几乎整个人都趴在他身上试图阻拦这些人继续地攻击，然而没有用，什么都没有用。

这一刀已经足够致命。

她是医生，很清楚心脏贯穿伤的致死率何其可怕，却无法以一人之力阻拦这里人高马大的保镖，只有拼命地呼喊，破了嗓子的声音近乎尖叫，企图能够惊动窗外宴会的人群。

“救人！救人！快来人救人！”

“叫救护车！”

可到底为什么会这样?

为什么，绝对不会被伤害的叶南生反而成为目标?

她的脑子一片空白，脸上手上衣服上全都是他的血，然而叶南生甚至已经没有力气说话。

那一刀快准且狠，他在剧痛之下痛苦地仰高脖颈，青筋毕露，身下的血泊亦愈扩愈大。

只有迟雪，迟雪仍然颤抖着紧握住他的手，说：“我会救你。”

“我会救你，我会救你……”她伏在他耳边说：“叶南生，你撑住，你相信我，我是医生，我会救你，一定……”

她在他生命的最后一刻，终于紧握住他的手。

这次不是为了告别而告别，不是因他的“威逼利诱”。

他却清楚地知道……这已是最后。

尽管她的呼救何其凄厉，却终究没有能够惊动任何人。

因就在那把刀插入叶南生后背的同时，楼下的“混战”已然开始。

狙击手分布在两侧楼顶。

几分钟前，婚礼场地右侧的楼顶，白骨已然领人突破，一把手枪抵住负责看守此地的警员后脑，左侧驻守的警员见状举枪射击，白骨也丝毫不怯，迅速拔枪还击。警方考虑到对面有人质在手，不得不暂时退避。

而在此之前，所有人都以为陈之华对这个合同势在必得，因此，在自保的前提下，这个多年牢狱生涯中从未有过任何冲撞记录，甚至在狱警口中都称得上“乖巧不惹事”的犯人，不会率先采取强攻手段。

然而，此时此刻，他却已用自己的行动向所有人证明：一个疯子，是从来不会按照常理出牌的。

尤其是被踩到底线的疯子。

他已经受够了叶南生的当面一套背面一套，也厌倦了迟雪一次又一次不省心的逃跑，如果——陈之华想，如果唯有一次干脆的“恐吓”，可以吓得他的掌中雀自折翅膀，那么，他将不吝给予她那样的机会。

更何况，没了叶南生，还有方家，还有方进女人肚子里的孩子，而叶家从此就只剩下一个解凛……自己有迟雪在手，还怕解凛不让步？

他从来是最了解那些警察的。行正义之事者，总会在关键处棋差一着，归根结底，还是因为他们心不够狠，不够深，难以窥尽人性至恶之处——毕竟，一心想要保护，就难免束手束脚，而只有一心想要破坏的人，永远可以肆无忌惮，不顾后路。

陈之华倏然笑了。

任周遭兵戈相向，他却只从容地带着最后几个始终围在他身旁保护的心腹，喝完最后一盅茶，向同桌大惊失色的方、叶两家亲戚，尤其是方进颔首告别，之后站起身来。

须知做人做事，总讲究一个兵贵神速。他想。既然目的已经达成，趁着警方驰援尚未赶来，自己也必须尽快——

“砰！”

“呃！”

近在咫尺的枪击声却突然响起，靠近他身边的一名打手，顿时在吃痛中捂住肩膀跪倒。

紧接着，是另一个掩护他伏地的，被击中右腿。

是警察！

陈之华瞬间意识过来危险，亦毫不犹豫地拽过仅剩的两人围在自己身边，同时警觉地左右环顾。

只有警察，哪怕在这种时候，仍然会坚持着他们愚蠢的原则：在敌人没有主动鸣枪威胁民众生命的前提下，作为警察，他们绝对不会先开枪打头。

可惜装填弹药的空隙只有数秒，来不及给他更多思考时间。

几乎瞬间，又一名打手捂住手臂半跪在地。

“华叔——快逃——”

而与此同时，白骨的怒喊声亦从头顶传来。

他仰头看，才发现不知何时狙击点的形势已经逆转。很显然，出了一些意外，冰冷的狙击枪头对准了他，瞄准镜在阳光下反射着寒光。

白骨鼻青脸肿，已然被薯片仔反剪双手压在天台栏杆上，仍然高叫着，话落，薯片仔毫不留情又是一拳，终于将他打得失了叫喊的力气。

同时，就在两人身边不足一米处。

解凛架枪瞄准。

下一秒，陈之华最后的“掩护沙袋”也被击倒，他彻底暴露在空阔的视野之中。

而就在这电光石火之间，刺耳的警笛声也随之由远及近。

想来是不足两公里外的援护部队终于赶到，场上的局势是可以想见的即将逆转。

陈之华心头一凛，却仍然勉强定下神来，不闪不避，又近乎挑衅地看向楼顶——

“呃！”

当然。

挑衅的代价即是右肩中弹，皮肉翻开，鲜血四溅。

尽管他竭力忍痛，仍然无法遏制地冷汗直冒，如周遭人一般抖颤着腿半跪下去。

楼顶的解凛却还没有停下装填弹药的动作。

下一枪，他瞄准了——

“头儿，停下！你要干什么！”

只有一旁的薯片仔觉出不对，瞬间暴起，又拼尽全力压住他手。

“头儿！冷静点！冷静点！”

薯片仔吼道：“我们是警察！”

“是你从前教我的，你说只有法律可以审判人，你说过，我们警察只是执行人，如果连我们都不守法，就坏了规则坏了程序……是你教我的！头儿！是你教我的！”

“松手。”

“……你不能这么做！你会坐牢的！！”

——“虽然我现在只是你的三分之一，不过，总有一天我大概能赶上你吧。”

——“我也想成为你这么厉害的人，头儿！”

这是他们“师徒”之间，谁也不愿意让步的最后对峙。

薯片仔背后是公法，解凛背后却是道义。

于是，四只手压在一支枪上，下一颗子弹却迟迟不发。

“停下！头儿！”

薯片仔两眼通红：“你不可以这么做！”

如果是从前的解凛，当然可以轻易地拽开面前涕泗横流的少年。

但可惜他早已不是从前那个他——他的左手，如今甚至无法用力，因情绪激动而不住发抖。他更无法挣脱和攻击一个自己亲手教出来的少年。

于是，只能眼睁睁看着陈之华再度爬起身来，听警笛声四面合围，下来的数十名荷枪实弹的警察，很快一转场上颓势。

却根本来不及庆幸或松一口气，忽有玻璃破碎声自不远处传来，紧接着，是“砰”的一声，重物落地。

解凛下意识看向声音传来的方向——

两眼却逐渐不可置信地瞪大，咬紧的牙关，无法自持地打战。

几个小时前，还是一身雪白西装、温文尔雅的青年，如今是一个彻头彻尾的“血人”。

他被人从三楼击碎玻璃抛落楼，胸口的血流尽，他睁着眼，望向天空，身体在濒死的痛苦中微微抽搐，直至两眼失神，仍然没有闭上眼睛，只是徒然地望着那片蔚蓝的天空——

飞鸟尽，良弓藏。

狡兔死，走狗烹。

越是想要握紧的东西，越如指间沙流逝，不可挽回。

“叶南生！”

幸而，在他生命的最后，听到的仍然是那个女孩的声音。

在用他的死亡破开的寂静里，她的呼救终于能够传给所有人。

但是一切都已太迟了。

迟雪趴在窗户上，整个人几乎都快探出窗外，凄厉地喊着他的名字，却被身后的男人一次次地拽回去，拽到所谓安全的地方。那声名字却似惊醒了太多人的晃神，叶贞如尖叫起来，方进的脸在一瞬间血色尽失。

这对一生争吵不休的夫妻，面和心不和的怨侣，只有在这一刻，却互相搀扶着，几乎慌不择路地跑向别墅的方向。

那一刻，一个母亲的哀号响彻天空。

“南生！南生！”叶贞如捧着儿子的脸，只是不断用自己的脸颊、去碰他满是鲜血却还温热的脸颊，似乎是在用这种方式确认他还活着。

她不断像一个孩子似的碰他，说：“不要怕，不要怕，儿子，妈妈在这里，妈妈给你找医生，妈妈找最好的医生治好你。”

“妈妈再也不让你做不喜欢的事，妈妈什么都听你的……”

“妈妈不和爸爸吵架了好不好？我们什么都不争了，妈妈陪你，妈妈什么都支持你，你不要丢下妈妈一个人，你不要……”

你不要丢下妈妈一个人啊。

从最初的安慰到后来的语无伦次，到最后的崩溃。

她再也说不出话来，只是抱着儿子无意义而囫囵地号啕。

而方进自始至终跪在她身边，良久，老泪纵横，几不能语，只伸出手，轻轻合上了儿子至死未瞑的双眼。

“都不要动！”而陈之华的声音亦骤然在身后响起。

庭院之中，随着他高举起左手的动作，几乎所有人，都看到了他掌心那只黑色的小小遥控装置。

别墅一层的大门随即打开，黄玉被推出来，迟雪被拖出来。

黄玉轮椅上的毛毯不知何时被掀开。脖子上的围巾也被摘下。

于是，绑在她脖子上、两条大腿上的三处微型炸弹，也暴露在所有人眼底。

“放我们走！”而陈之华厉声道。

紧捂住右肩汩汩流血的伤口，他的声音竟依旧带着得意，乃至于中气十足，随即看向逐渐逼近自己的方警督与季一恬等一众人。

“哪怕你们打死我也没用，这个遥控，不仅我身上有一个，还有那边的保镖里，有一个人、身上也有一个。一旦我死，他马上引爆炸弹……不要小看那些炸弹的威力，只要引爆，我敢担保，这里所有的人——包括迟雪，全都要死！”

语毕，他忽抬头，看向楼顶那对准自己、冰冷的狙击枪头。

他冷笑一声，又一字一顿地扬声道：“现在、马上！放我们一家人走！”

·第十六章·冬夜回信

[1]

陈之华是拖着迟雪上车的。

那一刻，他甚至顾不上身后颤抖惊惶的妻子，只任由最后跟随的两名保镖将她从轮椅上架起，扔进前座的副驾驶位。随即，自己也半拖半拽着不断挣扎的迟雪坐进后座——如此，整辆车便算“客满”。

毕竟他原本也不打算带走那么多人。

除了一名携带炸弹遥控器的保镖和另一人用于混淆视听和开车驾驶，其他的人，从一开始就注定了只是弃子。

反正以他的身份，未来还有大把的人可以为他所用。唯一可惜的，大概只有白骨的忠心耿耿。但失败被擒，那个状态也只是拖累，他也只能对这孩子的惨叫充耳不闻了。更别提他的右肩本来也已血流如注。

一上车，与他同坐在后座的保镖便又忙不迭找出车上早备好的医疗箱，为他消毒包扎。

他额头上密密麻麻全是冷汗，心里却被胜利的满足感充盈到极致，看着趴在身旁了无生气的迟雪，甚至快意地笑开，又伸出未受伤的左手去轻轻抚摸她的头发。

“小雪。”他语气温和，“所以我才说，你不要做那些让我不开心的事，对不对？结果你也看到了，我不能让你付出什么代价，但一定会有人付出代价。”

迟雪整个人伏在座位上，头发披散着，全程毫无反应。

只有在最后“代价”二字落地的瞬间，她的胸腔却突然剧烈地起伏，右手紧攥住前襟，她随即通红着眼抬起头来，几乎咬牙切齿地、愤怒地狠瞪着他。

她说：“为什么？叶南生……为什么？你为什么要杀他？！”

“没有为什么。”

而陈之华只是一脸轻松地摊手，丝毫没有刚刚犯下大罪的慌张或愧疚感，他甚至忍痛微笑：“只是我找到了比他更好用的棋子，所以，他这个拦路石，就没有存在的必要了。”

“反正，你本身也并不想嫁给他，不是吗？”

“……”

“爸爸太了解你了，小雪，”陈之华说，“所以，又怎么可能让你嫁给一个不喜欢的人？与其嫁给一个不喜欢的人，不如我们一家人永远在一起，一辈子都……”

“华叔！”负责开车的保镖却忽然开口，语带惊慌，“后面！有人追上来了！”

陈之华闻言，遂扭头看向汽车后视镜。

三辆车而已，比想象中的架势要小多了。

他因此并不算慌乱，只冷静地吩咐手下尽可能甩脱他们，实在不行就往大路开。

“他们不敢开枪，不用慌。继续开。”他甚至根本不害怕大路的拥堵和可能发生的任何意外情况。

毕竟，也只有在大路上，警方才会越发忌惮炸弹的威力，害怕事故威胁普通民众的生命安全。而这种蝼蚁的生命安全却自不在陈之华的考虑范围之内。

司机闻言，勉强定下心神，也尽可能加速，试图甩脱后面穷追不舍的警察。

一路驶至郊区人工河附近，陈之华观察四周，当即指示司机趁着车辆不多，一鼓作气横穿大桥，之后左拐驶入国道。

“只要到了国道，上面车来车往，他们不敢轻易行动。”

陈之华一边盯着后视镜，语气却不知为何紧张起来，低声催促道：“快！”

车后紧跟的三辆车呈现出的合围趋势已然被打断。

只一辆车一踩油门到底，仍然紧跟，甚至隐隐有超越他们这辆车的趋势，迟雪突然像是感受到什么，也抬头去看右侧的后视镜，而后，陡然瞪大了眼，就这样目睹了解凛从车窗爬出，翻上车顶的全过程。

在如此高速行驶的同时，他的大半个身子却完全探出窗外，只凭借两只手调整重心，之后一鼓作气爬上车顶部，两手紧抓车顶行李架，因过分用力而青筋毕露。

“快！”陈之华当即吼道。

然而就在这时，一直蜷缩在副驾驶座不言不语的黄玉却突然“发难”，不顾羸弱的身体扑上方向盘，司机顿时大乱阵脚，方向盘打滑，只得以一个“S”形，如蛇行的轨迹左拐右绕。

而也就是这么耽误的十几秒，后头的车已然逼近，两辆车时前时后，“并驾齐驱”。

车顶上的解凛观察着轨迹，瞄准时机，慢慢松开行李架。下一秒，起跑状态下猛地飞扑！

“砰！”

迟雪看向突然传来巨响的车顶。快要跳出嗓子眼的心却来不及因为解凛“安全着陆”而落定，因陈之华一手扯开黄玉，紧接着的下一句话便是：“把他甩下去！”

绝不能让他……绝不能！

在自己距离自由一步之遥的时候来当拦路石！

然而他的话却仍是慢了一步。

心有余悸的司机还没来得及调整状态，解凛已用相对稳定的右手扒住车顶，随即，在大致确认驾驶座位置后——仅一只手支撑重量，他整个人几乎悬吊在靠近驾驶座的车窗一侧，随即屈膝、猛地一踹——

司机下意识以两手侧挡，以避开四碎飞溅的玻璃。

下一秒，便被借着惯性而来的解凛一把踹开，倒向黄玉的副驾驶座一侧。

解凛的上半身却还在窗外，稍有不慎便有被“削顶”的风险。

整辆车没了司机的把控，顿时以一个漂移打滑的不可逆姿态滑向桥柱！

疯子！

不要命的疯子！

饶是见惯大风大浪如陈之华，此刻也被解凛这种不要命的举动吓得面无人色。

幸而司机还有一丝意识，用尽最后力气，猛地拉动手刹，脚下猛踩刹车！

终于，在被三辆警车合围的同时，车得以在桥柱前堪堪停下。

众人皆是惊魂未定，只有地面留下那近乎骇人的漫长刹车印，见证了半分钟前的惊险一刻。

黄玉甚至猛地推开车门，就这样干呕起来。

而陈之华亦被这干呕声惊醒，意识到不能在这么狭小的车厢中和人“对垒”，当即趁着解凛尚未完全钻入车中，一把打开迟雪那侧的车门，将她推下车的同时，自己也跟着跳下车去。

“别动！别动！”他厉声大喊道。

说话间，他一手拉起黄玉，一手拖着迟雪的头发，拉着黄玉的那只手里，还虚握着那只遥控装置。

此时，车里只剩下解凛和失去意识的司机。

当然，还有另一个被吓到全程不敢有任何动作，现在才反应过来屁滚尿流下车，又跟到陈之华身后的保镖。

那保镖随即帮忙老大钳制住“不安分”的迟雪。

三辆警车上陆续下来不少荷枪实弹的警察，大波浪和薯片仔也在其中。

解凛却亦顾不上处理身上沾满的玻璃碎，任由两手臂上被擦伤的伤口汩汩流血，他又跌撞下车，强自压抑着愤怒，直视着已是穷途末路的陈之华。

陈之华却不看他，只低头看一眼“妻女”，又看一眼近在咫尺，只剩一点点距离的国道。

脑子飞快在转，无数个主意却先后被否决。

他只仍然虚握住那被他握得汗涔涔的遥控装置，手指轻轻拨开那按

钮上为了避免误触而设计的保护罩——只要再轻轻一按。

他想。

只要轻轻一按，大家全部玩完，这就是他最后的筹码。

而且……而且人性……

对，人性都是怕死的。

他们这些人一定不敢轻易动手，毕竟这里还有迟雪，还有黄玉，警察是不会牺牲无辜的……他还可以利用这些人的心理，一定还有办法。

“放下人质。”

果然。

“只要你放下人质，我们还有谈判的余地，陈之华，不要顽抗！”

果然！

面对着警方的喊话，他却忽然笑起来。

在所有人或不解或冷厉的目光下，他畅快淋漓地笑出声来，又低声喃喃，“你们警察应该要保护人质的，要有底线，要有原则，你们不能越过这条线，你们永远输给我，什么伟大、什么正义……”

——“解军，你知不知道你这辈子最大的败笔是什么？”

——“一个警察！你一个警察，竟然相信我这种败类，你把我当兄弟，当朋友？哈哈……滑天下之大稽！”

——“我让你死也死得甘心吧……对，你猜得没错，从始至终我都是两头骗！未来你上天堂，我下地狱，我不怕你来寻我的仇！”

——“我不仅不怕你，还会让人拔了你的舌头，不让你给阎王告状；砍了你的手脚，让你死了也爬不回家——解军！你这是什么眼神！你不怕我挖了你的眼睛！”

他忽然如噩梦惊醒般，又猛地瞪向眼前面无表情看向自己的解凛。

解军。

对……是解军。

他的手臂莫名发抖，却还强自安慰着自己：不用怕，不用慌。解军都输，他的儿子怎么可能玩得过……他玩不过的！

“我……”

他只有一瞬而过的晃神，很快，又竭力调整着自己的表情，甚至和解凛“有商有量”起来：“好吧，我知道，解凛，你也不想迟雪死，对不对？你不想出现伤亡吧，我知道，所以，你放我们走，我答应你，我这次会好好照顾她，她是我的亲女儿，只要她别再惹我生气……”

但这一次，回答他的却不是警方，不是解凛，而是一直龟缩在他身旁，少言寡语的黄玉。

她说：“她不是你的女儿。”

“……”

“她不是你的女儿，”黄玉低声重复，“她从来都不是，她也不像你——她很像她父亲，一点也不像你。”

陈之华顿时脸色一变，想也不想便掐住黄玉的脖子。

他掌下，即是捆在她喉口冰冷的微型炸弹，另一只虚握遥控装置的手却无法控制地微微颤抖。

“阿玉，阿玉。”他的语气仍然极力温柔，“我知道你很害怕，所以说错话，我再给你说一遍，我再……”

“再说一万遍也是一样。她不是你的女儿。”

黄玉只是静静地看着他，原本麻木的表情上，逐渐地，随着那些藏匿已久的话说出口，却逼出几分快意的笑容来。

“她是解军的女儿！”她说，“而你的儿子，你的儿子早就死了！被你害死的，被你的手下三枪打死，你还把他的骨灰倒进了雁江——也是你让人倒下去的，是你！陈之华，从始至终都是你，自作聪明也是你！”

自……作聪明？

自诩聪明一世的陈之华，突然愣在原地。

而迟雪陡然抬头，旁观着这场终于被揭露的闹剧，所有迷乱的身份终于归位。

她的肩膀还被人狠狠压着，然而她仍然努力抬起头，任染血的裙摆在地上蜿蜒出一地血痕，她要用自己的眼睛，代替这一路上的无辜牺牲者睁大眼睛看清楚陈之华的结局。

“我……自作聪明？”

但陈之华竟只是愣了几秒。随即又笑出声来：“自作聪明的到底是谁！是你……是你！我不相信！”

他的笑里有泪：“你以为这样就能骗到我吗？你以为我会被你骗住吗？我还不知道你，你就是想要用这种办法让我放弃女儿是不是，但我告诉你，我绝对不会放弃她，绝对不会！我们一家人是注定要永远在一起的，我们的家不会散，永远不会！”

“还有你们这些警察！”

他突然又指向解凛，通红的眼圈染尽最后的疯狂。

“你们是不是等着看我的笑话？你们以为杀了我……以为你们杀了我，抓了我，就会变好吗？不会的！我告诉你们，我已经是那些人里的好人了！至少我从来不会随便杀人，我都是有目的的——我只想做生意而已！我是个生意人！我只是个生意人！”

“你们这些蠢货，野火烧不尽，春风吹又生……坏的根本就不是我，是这个世界太不公平！如果不是所有人都在逼我，我怎么会走到这条路上？只要这个世界还是这样的，没有改变，就还会有人恨，有人贪，有人醉生梦死逃避现实——未来还会有数不尽的我，你们杀得完吗？你们抓得完吗？我告诉你们，不要得意太久……”

多年前，他曾对一个人说过几乎一模一样的话。

那个人却宁肯死都不愿和他“同流合污”。

那个人却直死都冷冷地看着他，如一种无声却沉默的诅咒。

一如眼前同样眼神冰冷的解凛。

他沉默良久，看向眼前这个山穷水尽疯疯癫癫——却终究也狠不下心自行了断“粉身碎骨”的男人，看着对方胡乱叫嚣，末了，只平静地回以一句：“因为抓不完，所以就不抓了吗？”

[2]

因为杀不死，所以就退缩吗？

因为会受伤，所以就放弃吗？

世上难事无穷尽。

但从他进入警队的第一天起，他的老师、兄弟姐妹、无数同事，就在身体力行地告诉他：的确有无数徒劳无功的事在前方等着你。

这样的事，明知道无穷无尽，杀之不尽，却仍然要无数根火柴付出无数的牺牲，这点烛火必须要有人点燃，有人传承下去。

因为有的人活一生，是为了成全自己。

但有的人，活一生，是为了成全这个国家。这个民族，这个社会，这个时代。

人活着，除了苟延残喘地延续生命，还有很多，比脆弱而短暂的生命更珍贵的东西。

“只要少一个像你这样的毒贩，在这个国家，就有许许多多个家庭，也许能够得到来之不易的安宁。”

他说：“你说你因为贫穷，因为社会把你逼成这样，所以你不得不走上这条路，可是你有没有想过，陈之华，那些因为一口毒品家破人亡的人，他们从来没有惹过你，没有伤害过你，他们甚至和你是一样的人。”

“你说有需求所以才有了你这样的人，但你有没有想过，如果一开始就没有打开这个口子，需求又怎样？他们的回头路是被你们这些毒贩给切断的！你只不过是给自己的堕落找一个借口，却要无数的家庭来为你的恬不知耻付出代价！”

——“不要再给自己找借口了！”

——“如果只是真的穷怕了，你明明还有别的路可以改变生活，哪怕是卖苦力呢？或者和我一样吃公粮上警校呢？是你！你亲手选了这条最可怕、最没有回头路的路，是你踩着别人往上爬，没有人逼你！陈之华！”

昔日种种，言犹在耳。

陈之华有一刹的分神，似乎面前站的不是解凛，而是时隔多年、回来找他讨债的“故人”。

以至于，竟突然脚步不稳，拽着黄玉连连后退，一手紧搂着人，一手虚握着按钮，时时刻刻摆出一副即将按下去的戒备状态。

一旁的保镖见状，连忙拉着迟雪也往后退，另一只手同时在胸侧的西装内袋不断摸索。

摸索。

然而，很快，他露出了疑惑的表情。

那个备用的遥控装置呢？

明明放在……放在……

他满头是汗。

突然又想起不久前，自己亲手将那个叶家少爷抛下楼时的一幕，想到那只手最后挣扎着揪住自己的前襟。

一扯、一带——

他险些被带得半身都探出窗去。

那只备用的遥控装置也许就是在那一刻跌落，惊魂未定的他却没有察觉。

也因此，后知后觉发现自己出了大纰漏的他，脸上、背上顿时连绵不绝地冒出汗意，却殊不知解凛一直在观察着他。

在发觉他分神的瞬间，毫不犹豫，解凛突然飞扑而出，一记肘击，顿时将他打得头晕眼花。

还没来得及反应，“人质”已被夺走，耳边立刻传来陈之华气急败坏的怒吼：“废物！废物，都是废物！”

他已弹尽粮绝。

他已不得不“宁为玉碎”。

然而，临到关头，他竟突然胆怯起来。满是汗意的手几乎握不住那个遥控装置，他看着旁边满脸恨意的妻子，看着惊魂未定伏在解凛怀中、一身是血的迟雪。

绝……

绝不苟活。

不回到暗无天日的监狱里去……吗？

但是，已经到了这个份上……

或许，回监狱，他还能用名单和别的“鱼饵”吊起另一只大鱼，他还有翻盘的机会，何况女儿没了，这样死了也没有价值，不如等待另一次机会，自己一定可以再赢一次，一定可以……

他在满头大汗中反复思索着自己仅剩的生机。

终于，他吞了口口水，在三辆警车和四面的枪口包围下，忽然渐渐举起双手。

“我……投降。我投降。”陈之华说，“我投降，你们把我抓回牢里去吧，我还有很多可以招供的东西，我可以告诉你们，那些和我合作买货的人有谁，告诉你们国内还有——”

他的话音未落，旁边的黄玉却突然伸出手，在所有人，包括他自己都没有想象到的可能性中，这个女人，她毫不费力地按下了那个露出的装置按钮。

轻轻的，“啪嗒”一声。

她脖子上、大腿上的炸弹装置瞬间“滴”的一声有所反应，紧接着小小的数字显示屏开始显示倒数数字。

10！

陈之华的脸色瞬间苍白，却用力推也推不开忽然如水蛇一般缠绕上来的黄玉。

“阿正——”

他只能几乎撕心裂肺地喊着那个保镖的名字。

“把备用的遥控器拿出来！按停止，按停止！”

9！

8！

然而阿正到哪里来变一个新的遥控器给他？

阿正只顾着手脚并用尽可能地逃开更远——

没有人知道这个炸弹的具体威力，但所有人的下意识反应都是远离。

顾不上开车，在场的所有警员立刻四散撤退，迟雪也被反应迅速的解凛一把抱起，她却仍愣怔着，不敢置信地看向黄玉——死也不松手，紧紧抱着陈之华的黄玉。

“妈！”

她徒然地伸出手去。

但她的手，此生，再也不可能碰到眼含泪光的母亲了。

一生从未能够做过自己，永远随波逐流被迫接受着自己命运的黄玉，只是微笑着，流着泪目送着她映在自己眼底最后的身影，而后，也最后的，声嘶力竭地喊道：

“跑！小雪！快跑！”

妈妈没有能够陪伴你，从学会走路，到学会奔跑。

但是这一刻，妈妈终于可以用一个母亲的名义，最后保护着你，送你这一程了。

“解 sir。”

“你怎么又叫我 sir——说了在这里叫我阿钧就好了。”

“但我喜欢这么叫你啊。”

她说：“你不知道，以前，我在我们镇上也是最漂亮的姑娘，别人都说，我一看学习就很好，如果我还接着念书的话，说不定这时候也是个大学生，和那些姑娘……喏，和那些一样，也穿得漂漂亮亮，在学校里有一大把追我的男生呢。”

“跑啊——”

“黄玉，听我说，拿着，这是车票、钱还有身份证，你不用再做线人了，之华他很有可能已经变节，再留下去你很危险……你带着你的孩子赶紧跑，之后找个戒毒所，一定要把毒品彻底戒掉，知不知道？一定要……你怎么这么看着我？”

“解 sir。”

“嗯？”

“我是说如果——我说如果。”

“什么如果不如果的？”

也是，人生不会有如果。

所以，那一年的黄玉，其实从来没有得到过机会，说出那句命运的如果。

——“如果是我早点遇见你，你会不会喜欢我？”

但是，倘使生命还会有另一种可能的话。

三十年后，已衰残成一把枯骨的黄玉，在这一刻，在快意的笑容里，却几乎“恶毒”地附在陈之华耳边，轻声细语，如昔日的少女吴侬软语：“不是想要团聚吗？一家团聚？”

5！

4！

“之华，我们一家三口，去地狱里团聚吧。”

没有人知道已经久病多时的黄玉究竟哪里来的力气。

但的的确确，所有人目睹。

在最后一刻，她以一种几乎扭曲却无所顾忌的姿态，带着陈之华，两个人紧抱着，跌进桥下湍急的人工河中。

震耳欲聋的炸弹声混着血肉四溅，河水一度染成血腥的红。

然而河水仍然在流，不断冲刷、不断流走……

无法洗清的恩怨情仇，数十年的纠葛爱恨，就这样，在这一声余韵久久不散的轰鸣里。

坠入河中，涌入海。

而或许某一日，这河水亦会流向雁江，流过雁江桥下，在那里，孤独蹲在江边，满面麻点的男孩，会与他迟到的母亲和解。

解凛将迟雪护在怀里，紧捂住她的耳朵，但怎样去捂，亦终究捂不住她的热泪滂沱。

她只紧紧揪住他的衣襟，在那一刻——一切结束，又或是重新开始的那一刻。

却终于忍不住，她回抱着他，像个孩子似的号啕大哭起来。

[3]

后来迟雪曾去见过陈娜娜。

那时的她，已然因协助犯罪，被判故意杀人罪而入狱十年。

方进没有丝毫留情，相反，他在令她判刑入狱这件事上出力不少，成了这之中指认陈最有力的证人之一。

而陈娜娜在这样的“打击”中，几乎没有意外地失去了她的第二个孩子，当然，也失去了那个曾无数次许诺过要娶她的男人。

那短暂的黄粱一梦，最终永远地抽离出了她的人生，以至于迟雪见她的那一面，几乎认不出眼前这个身着囚服、形容枯槁的女人是曾经那个永远妆容精致、神情骄傲的陈娜娜。

于是，分明在来之前，已经打了无数的腹稿，心里有无数个“为什么”要问，但真正见到面前的这个人时，才知其实所有的答案已经写在了她的脸上。

迟雪也只能沉默着，看着眼前已然不再年轻，不再骄傲的陈娜娜，用落不尽的泪水，无尽的悔恨，浸润了这漫长到无法再继续的探视时间。

“你会后悔吗？”

离开前，陈娜娜只是问她：“你后悔当初救下我吗，迟雪？”

而迟雪没有回答。

只是，一直到走出监狱，那口始终哽在她喉口不上不下的气却始终没有松下。

解凛原本开车送她过来，又在车上处理着那些麻烦的公事——他的医疗器械公司这几年步入正轨，又有叶家的相关事宜需要接洽。迟雪打

开车门，他仍在为那些事务头疼。

但见她上车，他便把那些文件都放下，又很是自然地伸手为她系了安全带。

“聊完了？”

“没有聊。”

迟雪揉了揉太阳穴，面上是平静却苦恼的神情，沉默良久，却将之前陈娜娜问自己的问题，又原样问了一遍解凛。

“当时，是我救了陈娜娜。”

她说：“或许……解凛，是我做错了吗？”

也许在他们那样的大家族里，互相倾轧和陷害本就是常态，叶南生坚持他一以贯之的人生准则，把所有的危险都扼杀在摇篮里——尽管她不认同他，却无法否认，正是她的一念之差，让他违背了自己最初的设想，留下了一个不安定的因素。

而最终，也的确正是这个不安定的因素杀死了他。

迟雪说完，却拧着眉头，又自己否定了自己。

“但我做不到见死不救。”

她说：“如果重来一次，我也做不到对近在咫尺的孕妇见死不救，我是一个医生……那是两条人命。可是，叶南生……”

“迟雪。”

“嗯？”

“在想这些事之前，”解凛说，“也许得先想想，一直习以为常的事，就是对的事吗？”

“什么？”

解凛拔下了车钥匙，索性就放弃了发动引擎，只在她提出问题的当下，就直接要聊开，不能等这个问题发酵成更大的问题。他侧过脸，很认真地看向她，又一字一顿地问：“因为高门大户里习惯了互相猜疑，算计，所以猜疑算计和漠视生命就是对的吗？”

“……”

“我也为叶南生的事而难过，”他说，“但是，如果再回到那个当下，我不会怀疑救陈娜娜的选择。因为无法做到漠视任何一条生命，也是我的原则和底线。”

“你不能用一个错误的‘不成文约定’来否认正确的事，所以，如果你问我，一千遍或者一万遍，我都会告诉你，你没有做错。”

杀死叶南生的，不是陈娜娜这件事本身，而是他用错误的原则教给了自己的“敌人”，然后，他的敌人也学会了同样的处事方式，分毫不差地回敬给他。

“又或者说，在这件事里，真正做错的并不是人。”

解凛说着，忽然又伸出手，宽阔的手掌，轻轻摸了摸她的脸——如确认，如安慰，他说：“真正做错的，是长久的自私气氛下培养出来的、人性的恶的一面。”

人生的两端，如一面等身镜。

你以何物照它，它便以何物映你。

也因此，陈娜娜才会在最后关头劝阻曾经救她的迟雪离开，而对曾经不留情面待她的叶南生同样毫不留情。

“不要因为这件事怀疑你自己。”他说。

“因为在我心里，迟雪……”

“嗯？”

“在我心里。”

他说到这里，却大概是觉得这后头的话难为情，不管她怎么“嗯”来“嗯”去地探问，总决意，绝不再往下说，只重新插上车钥匙，尝试发动引擎，话音一转，又问她：“今天去医院看爸吧？”

“我想着最近天气好，可以接他出院散散心。而且诊所的装修反正也办得差不多，不如再让他看看你这个新的‘诊所老板’干得怎么样——”

话音未落。

“呀！”迟雪突然惊叫一声。

“怎么了？”解凛问。

这位即将重振诊所事业的新新医生却摸着鼻子，不好意思地笑起来。

“我突然想起来，之前说想在墙壁上贴那个、那个很流行的叫什么墙纸？一下忘了，你让我看看备忘录……哦哦，找到了……那我们去广兴市场看看有没有卖吧？右转右转——”

嗯。

毫无疑问。

解先生的转移话题大法，似乎又一次——无意外地奏效了。

[4]

只是如此想来，故事似乎又不该结束于此，毕竟美好生活在望，崭新生活即将开启。

但属于迟雪人生的一段“壮丽”篇章，又的确是在这一刻落幕——

从此以后。

她决意要做一个幸福的普通人。就这样长长久久地，和她爱的与爱她的人，平凡平静地过下去。

于是，在这段故事的最后。

在一个崭新的春天，她披上那件真正的白纱，端坐在化妆镜前。

窗外门外，有鞭炮声，有老迟中气十足的劝酒声，有热闹喜气的祝贺声。而她就坐在昔日少女时的房间，端坐许久，又默默打开抽屉：

抽屉里，一边是她的铁盒，而另一边，则是解凛曾亲手交给她的黄色信封。

他们本就约定过要在春天打开这只信封。

于是她毫不犹豫地拆开，又一张一张，从信封里抽出……信纸？

怎么有这么多张，全都是信吗？

她一愣，低头细细去看，发现第一张写于他们高中毕业的夏天。

少年的墨迹还显出高考规训出的、一笔一画的齐整，尚未改过来原本写字的习惯。

在这页信纸上，他写：

迟雪：

听人说你考去了北城，又听说你决定学医，有点惊讶。因为你以前说你喜欢的是画画。实在有点难想象你当医生的样子。但你做什么事都很认真，我想做医生一定也不坏。

……希望还能有机会再见。

为什么一直不打我电话？

她一时失笑。

心说早着呢。解凛，距离我真正发现你那张同学录，这之间，还隔着遥远的七年。

但原来你从这个时候就开始等着电话了？

于是忍着笑，又看第二张。

从落款的时间来看，大致写于他大一上学期的期末。

这张信纸上，他的字迹已全然恢复随意泼墨的“初始状态”，龙飞凤舞，却莫名地透露出一种“烦心事”的即视感。再看信纸的内容，倒是和他的状态颇为吻合。

迟雪：

写这些话，不知道你会不会看到。写完又总觉得傻。

室友问我为什么总是一直在等你的联系，为什么不主动去联系你，我觉得……好像有点道理。但是始终又有种近乡情怯的感觉。不知道你还在生气吗？毕业那天，我其实能感觉到，你的态度变得很不同了。但我也不知道怎么描述那种感觉？是生气吗？

希望明天就能收到你的电话。

或者我该去你的学校附近走走。

……所以，真的去了吗？

大概出于一种“原来我在找你的时候你也在找我”的莫名宿命感，迟雪拆出第三张信纸，竟然有些迫不及待。

然而，第三封的开头，便已经告诉了她答案：

迟雪：

很倒霉，平时就不让出校，偷偷出去一回，结果被扣下了。

不过我还算幸运，至少是回来之后才被发现，也真的去你们学校看了看。不愧是名校，里头确实挺大的，我差点迷路。

但，看了无数个人，无数个人都长得一样，哪一个是你？不知道你现在还梳辫子吗？

我没看到有梳辫子的女生，也许是真的没有遇到你，又或者你看到了我，但是不想打招呼？……嗯，希望是前者吧。

解凛并不是个事无巨细都要写上告诉她的人，也并没有太多细腻温柔的字句。

因此，第四封，乃至第十四封，他都只是淡淡地写，淡淡地记。

迟雪：

继八个月的封闭式管理之后，还以为终于能放我出去，结果又被选

中去……（这个地方不能写，否则算泄露机密，就先用省略号代替吧）执行任务。这次任务比较危险，在正式入编之前，还需要去地方做两年的封闭训练，那中间不知道能不能让我写信……再看吧。总之，我会努力训练，我想，一定不久就能够看到成效。我不会再让任何人为我失望了。

希望你现在一切都好！

也祝福我真的能够“前程似锦”吧。

那时，我就能抬起胸膛回来见你了。

或许正如他所说，这些话并不是为了盼她看到才写，因此，这些家书般越写越长的信，亦不过是一种细水长流的记录：如若有一天她看到，这便是他对她最恳切而漫长的“交代”，若看不到，这便是陪伴他入黄土的一点浅薄念想。

也因此。

在第十六封，写于他卧底任务即将结束之时的信里，他如此写道：

迟雪：

辛苦，疲惫，最近几乎要窒息，时刻感到一种无法安心的痛苦，被噩梦折磨，只有偶尔能梦到你，梦里你还和我们小时候一样，好像一直没怎么长大，没什么变化。我一开始觉得很不适应，但总会梦到，后来就想，也许是我自己在提醒自己，在怀念着那一段过去。

只要想到，我所做的一切，也许同样在守护着你的平安，我会感到做这一切都是有意义的。尽管你不知道我在哪里，我也不知道你过着什么样的生活，但我衷心祝福你。

我也很想念你。

这是只能写在信纸上说的话，但是是真话。

到了第十九封。

信纸上却血迹斑斑。

迟雪：

不知前路怎么走。我的人生彻底陷入一片黑暗。

也许未来亲眼见到你，我也不一定能够认出你。我感到绝望，却无法赴死，我还有需要去完成的事，只能希望，在这段与死神的拉锯里，在这条路上，如果上天会感念我过去做的那些微小的事，那就让我再和你见一面吧。

我希望我能够一眼就认出你。

也许不是用眼睛，但是如果你在，我会努力认出你，记住你。我以信仰为名向你发誓。

他写到最后。

仍然只是称呼她为迟雪，没有任何亲昵过分的话语。

只有最后一封的最后一段。

他写：

在回南方的路上，我在高铁上看到一个年轻的母亲牵着孩子，身形很像你。所以忍不住想，也许你现在已成为别人的妻子，孩子的母亲，也许你已经有了自己的家庭。但是在我心里，那个扎着长长的辫子，戴着眼镜，微笑着在门后等待我的你，是我心里的唯一。永远的，永远都不会变。

“我的唯一”。

这便是解凜予她，最最温柔亲昵的称呼了。

迟雪放下信封，却仍忍不住将那一沓信纸紧捂住，轻抵着心脏，仿佛如此便可穿透时间，穿透漫长的岁月，走到那个沉默看向窗外风景的青年身边，坐在他的旁边，告诉他，后来，“你的唯一成了你唯一的妻子。”

她深呼吸，最后看一眼，准备将所有的信纸好好叠好装回信封，却在装的时候怎么都塞不进去。

她有些疑惑，明明尺寸都对怎么会这么困难，于是干脆把信封倒置过来往下倒，看看里面是不是还有什么被自己落下的东西——

然后，一张大些的硬纸，夹着另一张小些的硬卡纸，便就这样紧贴着信封被倒了出来。

迟雪看着那莫名眼熟的颜色与材质，心口忽然一颤。

仿佛又回到许多年前。

午后的阳台上，室友都在宿舍内午休。

只有她，却久久地看着眼前的同学录无从下手，最后绞尽脑汁，想了又想，悲喜皆有地写下那么一句：

解凜，如果再见不到你，祝你学业高升，前途似锦。

因觉得“如果再见不到你”太不吉利。

她最后临了要“交”上去之前，又拿着墨笔，一点一点地将那半句话给涂黑。

于是这句话变成纯粹的祝福。

解凛，祝你学业高升，前途似锦。

正如在她翻过来的卡纸上，同学录的背面。

尽管时光荏苒，他们都已长大，而这句话，仍然忠实地留在褪色的卡纸页上。

而底下那张稍大些的卡纸，举着大喇叭的小老师，时隔经年，仍然对着 Q 版的小小解凛，“大喊”着：

解凛，祝你生日快乐！年年有今日岁岁有今朝！永远快乐永远开心永远健康少生气多大笑……

这么多年，颠沛流离，生死之际，它们却仍然被珍藏着。

等待着永远不见天日的结局，或有一日，被迟来的“唯一”打开，在无声中，眼泪哭湿满脸。

——“可是小雪，今天是不能哭的呀。妈妈不是说过吗？在幸福的日子里，是不能掉眼泪的哦。”

迟雪一怔，回过头去，恍惚却看见、在这张属于自己的小床上，许多年前，母亲也曾抱着她，说着年轻时结婚的趣事。说到兴处，忍俊不禁，又为她描绘着未来如意郎君的模样。

——“小雪姐姐，以后你也会有自己的小孩吗？到时候我们一起堆雪人好不好？等冬天的时候。”

——“傻孩子，你小雪姐姐还年轻呢，小孩不小孩的……小雪，只要幸福就好了。自己的人生，为自己活着就好了。”

是黄玉和麻仔的声音。

迟雪擦干眼泪，拖着长裙，一步步走到房门前。

背上却似乎突然被人轻轻推了一下。

有个熟悉的声音在她耳边，笑着说：“迟雪，不是说我来吃酒，不用给红包吗？这次，我就真的不给了。”

“……”

“谢谢你，那一年，在大雨里找到我。”

她的眼泪忽然便夺眶而出，只能努力仰着头不让眼泪沾湿眼睫。

但这一次，她却没有回头。

因这本就是一段不能回头的人生。

她只是坚定地推开门，径直向光亮处走去。

于是，留给这人生最后的，便是一个这样的背影了：

女孩拖着昔日童话故事里，公主般雪白的鱼尾裙摆。

迎着门外花团锦簇的热闹，迎着那些仍然在等待着她的，她深爱而也深爱着她的人，不犹疑地走去。

于是，少年时寄出的信。

冬天过去，在这个迟来却未迟的春天，终于有了回音。

她收到了，只属于自己的回信。

·番外二·千秋雪（上）

[1]

雁江派出所的忙碌一天，从新手上岗的派出所女警宋如意无意间捡回一个迷路的雪白小团子开始。

而雪白小团子“人如其名”，皮肤白得惹眼，团子……也是真的团子，脸蛋胖嘟嘟，宛若一只福袋。

宋如意捡到她的时候，小姑娘正蹲在路边的流动早点摊旁狼吞虎咽，只因生得白，穿的又是一身雪白精致的公主裙，因此格外惹眼。

宋如意排队买完包子，见她还蹲在那儿。

两只小辫垂在颊边，一坠一坠，似乎边吃还边“啪嗒啪嗒”掉眼泪，忍不住恻隐之心顿起，于是又绕回去和“小团子”说话。

只可惜，无论怎么逗她、怎么和她说话，小团子却都只眨巴着一双水汪汪的大眼睛闭口不言。

宋如意陪着等了大半个小时，眼见得快要迟到，小朋友的家长却迟迟没有出现的意思。

老板娘也说这小孩儿是一个人来，一个人在这蹲了好久，于是两人一合计，估计是个走失的小哑巴，便由宋如意把她带回了派出所。

“你叫什么名字啊？”

“会不会手语啊？”

“自己的名字会写吗？”

“记不记得爸爸妈妈的电话？家里的电话呢？”

到最后，一整个上午。派出所里的叔叔阿姨哥哥姐姐，只要一闲下来，就绕着这小团子打转。

然而小团子既不会手语，看着也就四五岁，显然也不太会写字。试了好几次，连抓笔的姿势都不怎么标准。

无奈之下，最后只能由宋如意全权负责，先带着小朋友去吃了午饭。回来后，刚准备给拍张照、之后家家户户去问问情况，看看有没有认得她的。

结果宋如意才举起手机，指挥小团子看向镜头，派出所里，忽却匆匆走进来个穿校服的高个儿少年。

少年戴一副金边眼镜，生得秀气，却满头大汗，显然是已顶着大中午的太阳到处找了很久，脸都晒得不正常的泛红，和脖子上的肤色显出刺目的对比。

一进门，一句“请问有没有看到……”还没说完，后话便戛然而止，只紧接着快步上前，先和一脸诧异的宋如意颔首示意，便又随即一把抱起了座位上、鬼鬼祟祟想逃跑的雪白团子。

“时韫。”他眉头微蹙，尽管听得出来强忍住怒意，却仍掩不住极好听的音质。

似乎怕吓到孩子，又深呼吸两下，这才重新开口：“为什么招呼都不打一声就跑出来？”

他说：“你知不知道，幼儿园的老师差点打电话给阿姐，她现在在住院——你是要妈妈吊着水到处找你吗？”

怎么又是姐姐又是妈妈的？

但年龄……看起来明明差得不大啊？这男孩看着也就十七八岁。

宋如意听了半天，仍然听得一头雾水。

一下摸不清楚这少年和女孩是什么关系，只能字斟句酌地问说：“这位……同学，你是她的哥哥？”

“是舅舅。”

“才——不是！”

刚才装了大半天哑巴的小团子却突然开口。

宋如意吓了一跳，下意识问说小朋友，原来你不是哑巴？

解时韫，也就是我们的小团子本团，这才意识到自己说漏嘴，忙一把捂住自己嘴巴，“呜呜啊啊”地摇头。

然而终究已来不及，她的“罪行”已被发现。

梁怀远眉头皱得更深，心中默默记下这一笔——却也终究没有当着别人的面拆她的台。反而帮着圆谎，又低声向宋如意解释道：“不好意思啊，小孩子比较内向，一直就很怕生，”他冲宋如意不好意思地笑笑，“可能是还不熟所以不愿意说话。姐姐，辛苦你今天帮忙照顾她，给你们大家添麻烦了。”

说话间，还顺手理了理今早出门前帮时韫梳好，眼下却“杂草丛生”的小辫。

时韫却不乐意他碰，“蛮”得很，不似在别人面前的乖巧，反而又挥舞着小拳头、作势要揍他。

梁怀远拿这个侄女兼妹妹毫无办法，只能先把小姑娘“存”在宋如意这里，又扭头去派出所外头打了个电话。

等到又进门来，宋如意已然给泡好了茶、顺手递过去。

梁怀远接到手里，连声道谢。时韫小朋友却还是一脸敌视的样子，瞪着他，鼓起腮帮。非要在一条长椅上和梁怀远隔开天堑，梁怀远坐左边，她就坐到最右边去。

宋如意夹在两人中间，看看这个，看看那个，却实在想不明白两个能有多大矛盾，怎么一个看着文质彬彬全然不像坏人，一个看着粉雕玉琢模样讨喜，却闹得这么“水火不容”。

两人始终谁都不说话。

直到约莫一个小时后，又有一个西装革履、行色匆匆的男人走进派出所。

因他长得实在出挑，且气质有种说不上来的感觉，如刀锋，又或冷刃，连一贯自诩“不近男色”如宋如意，都忍不住多看了两眼。

而小团子这下也不装了，一看见人，便又干净利落跳下长椅，迈着小短腿跑过去，随即一把抱住男人的腿，甜滋滋地喊：“爸爸！爸爸！”

她的声音虽甜，无奈男人的脸色却实在称不上开心。

毕竟，就因为这妮子任性，他前脚才飞去北城开会，刚落地，收到幼儿园老师的电话，转头又飞了回来。思及此，忍不住捏捏眉心，他转头看向也起身走来的梁怀远。

“小远，”他说，“你请了一天的假？还是半天，我等会儿送你回学校。”

说完，又向一旁的宋如意微微颔首，礼貌地道了歉，表了谢意，表示过段时间一定让人送锦旗来，听她说完始末，又坚决补上了孩子的早餐和午餐钱。

“应该的，请你一定收下，”解凛低声道，“确实不该给民警同志添麻烦——我家女儿，我回头一定再去教育，实在不好意思。”

对于这些“同事”，他一贯有着超出旁人的耐心和尊重。

结果等他全招呼完一低头，脚底下抱着他不撒手的小女儿，不知何时却已经眼泪汪汪，两颊鼓得像塞了两只包子。

“……时韫。”

他有再多责怪的心，看到她这副表情，也变得什么都说不出口。只能一把将孩子抱起，边领着一大一小两个孩子往出走，又小声哄着，问她到底怎么了。为什么突然“离家出走”，还让家里的司机叔叔和保姆阿姨担心，让小远舅舅到处找。

解时韫这脾气却不知道像谁——八成也是被他给宠坏。

总之，一不开心就不爱说话，非得跟你犟，看谁先低头。

这回也是一样，甭管他怎么哄，就是紧绷着小嘴不说话。

再小一点的时候，甚至因为她妈给梁怀远去开了一回家长会，因此没顾得上送她，这妮子试过一整天不吃饭。

迟雪在这件事上却坚决不愿意惯着她，毕竟是迟家女儿，也是过过苦日子的。

在持家管家上，迟雪算半个严母，坚持大事上可以尊重可以商量，小事上绝不能让孩子养成“爱哭有糖吃”的习惯。

两母女眼见着就要这么僵持着犟下去。

最后，还是解凛看不了女儿这副委屈巴巴又死要面子的模样，偷偷领着、去外头坐了回摇摇车：那车就放在超市门口，一块钱一次，是小朋友最喜欢的。解时韫把什么月亮船猴子车来回坐了四五趟。

一边坐，解凛提了保姆做的饭来，就坐在旁边，给女儿一口一口喂饭吃，哄着她去给她妈妈道歉服软。

迟雪无可奈何，常说他会把女儿惯坏。解凛便一次次说要改，要扮黑脸。

但后来再看，这辈子他唯一答应了迟雪却最终没做到的事，似乎也就只这一件，始终改不了。

毕竟——长得像迟雪的女儿，怎么不惯呢?

解时韫一路平平安安、白白胖胖长到五岁多，他甚至连一句大声话都没对孩子说过。

于是，不好对时韫说的话，只能对着梁怀远说：六年前，迟雪便认了小远作弟弟，又出钱资助了他的手术和学业。

她本来只盼着小远比别人落后了一大截进度，再回到学校，能考个及格就好。结果小远竟出奇争气，一路念最好的学校，读到一中，始终都是年级第一。

迟雪心满意足，但解凛对他要求则更严格：不仅要把学习搞好，身体也一定要跟上。

因此，解凛在督促他学习和锻炼的事上比谁都用心，几乎到了军事化管理的地步。这次耽误了他半天上课，上了车，又几乎是马不停蹄把人送回学校。

“还有，这些钱你拿着。”临到下车，解凛掏出钱包，再三叮嘱，“在学校不用省钱。”

自从自己当了父亲，解凛的话显然比早年多了不少，也有了为人父母的忧心：“你一个礼拜只回来一天，其他六天，都该按照在家的标准吃饭，不要为了省钱吃得营养不均衡。家里不缺钱，一切都按照好的来，知道吗？”

梁怀远点头说好。

或许换了别人，他还会推脱，但解凛一向没有假场面的意思，他亦没有假正经的必要，只收了钱，又低声说了句：“哥，下个礼拜我准备请假走读，你能不能到时候帮我签个字？”

“为什么突然说这个？”

“因为阿姐在医院，我想每天去看看她，”他说，“她胃刚做了手术，也吃不下饭，得有家里人看着她才吃得好。哥你公司的事最近又很忙，我想我可以……”

“不可以不可以不可以！”

沉默了一路的解时韫却突然开腔，从后座的安全椅上不甘心地探出头来。

“绝对不可以！”

[2]

鸡飞狗跳。

不依不饶。

只有这两个词语能够用来准确形容那一刻的场面。

“后来呢？”

“后来？反正没吵起来。”解凛坐在病床边削苹果，“我跟小远说你这边我会照顾好，让他安心学习。之后又把时韫送回了幼儿园，给老师道了个歉。之后就来看你了。”

“北城那边那个会不开了？”

“嗯，我让祝留代替我去。”

语毕，手里的一整只苹果亦彻底褪去红衣，露出浅黄色的果肉，他把苹果切成瓣，插上牙签，递过去一瓣给病床上的妻子。

一头乌黑长发披散在肩头，她的脸上犹带病容，吃了苹果，亦仍是眉头紧蹙。

半晌，她轻声道：“时韫的脾气，还是得管管她，”迟雪说，“不能让她要什么有什么，这样下去，以后管不了了。”

“嗯。”解凛点头，手上却依旧只专注于给她喂苹果，转瞬喂了半个，又问，“晚饭有没有想吃的？”

“解凛。”

“嗯？”

“我跟你说教女儿的事呢。”

迟雪强调。

或许结婚之前和之后就是这样。

结婚之前，他在她眼里总自带滤镜，沉默寡言和冷冰冰的性格，也不影响他在她眼里几近于无所不能，所以总带着一种“小女孩看偶像”的心情。

但结婚之后，多了家长里短，柴米油盐，她却也偶尔端起姐姐和妻子的派头来，甚至偶尔显得有些强势。

幸而解凛一直是听她的，不仅听她，家里的大事小事，公司的大事小事，他都不吝于主动征求她的意见。

——怎么唯独教孩子这件事上，却总说的比做的多?

“先不吃了。”迟雪因此避开他递来的苹果瓣，又一脸正色地看向丈夫，“时韫的事，不能老是惯着她，解凛，就是因为你总狠不下心跟她讲道理，她都不怕你了。”

“……”

“像今天的事，这么逃课，怎么能一句话都不训就让她回幼儿园了？你该把她带过来的。”

“她也想过来。”

“那你怎么不带？”

迟雪说得有些动怒，下意识抬起右手捏鼻梁，结果一抬手，还在输液的吊针顿时开始回血。

解凛见状，忙放下手中物什起身把吊瓶放高，等输液恢复正常，这才重新坐下，又一副乖仔听讲的状态——虽然这状态实在不适合他，从长相到气质都是。但他还是一副接受批评的表情，低声说：“你刚做完手术，不想让你生气。”

毕竟谁有孩子谁知道，骂起来，总是气人又伤神的。

“……那你又告诉我。”

“告诉你，是不想以后你从老师或者别人嘴里知道，觉得我瞒着你，”解凛说，“但时韫这个脾气的事，八成是像我，我回头好好跟她说。你别生气。”

迟雪心说你要是真能好好跟她说，就不至于现在这样了。

但不知怎的，看他一副紧张样子，她原本窝在心里那一股子火，瞬间就熄灭了。

她捻起一瓣苹果，又话音一转：“晚上喝汤吧，”她顺手把那瓣苹果喂给解凛，装作若无其事地喃喃，“怎么突然想喝鲫鱼汤了。”

而解凛看着她，也不点破，只是突然便笑。

笑着笑着，变成两个人都笑。

迟雪推了他肩膀一下，说："受不了你。"

于是，这便是他们夫妻之间，默契的相让与和解了。

说来迟雪自生了孩子，又转眼进入三十五岁，身体机能似乎也伴随着年龄增长不断下降，总时不时冒出些小毛病来。

这次因为胃溃疡住院手术，头先十天都只能吃流食，解凛也跟着吃流食，吃得整个人瘦了一圈。

她看着心疼，眼见着好不容易给他脸上养回来的二两肉又不知何时瘦回去，只得好说歹说，把他"赶走"出差开个会，想着给他改善改善伙食再回来。

结果人只是在飞机上走了个过场，又被女儿闹脾气逃课给"勾"了回。这次只能继续陪着吃流食。

吃完晚餐，迟雪在床上看书，他就在旁边看文件，处理公务。

时韫有家里的保姆和育儿嫂看顾，倒也不用太担心。只是小姑娘估计知道自己今天犯了错，怕真的惹她不开心，平时每天准点打来的视讯，这次却久久没有动静。

"我打一个过去？"解凛问。

"不打。"迟雪却摇头。

手里的书又翻过另一页，她沉默半晌，轻声说："等我回去再当面和时韫聊。这个事，坚决不能再惯着她了。"

于是，等到三天后，迟雪在医院这两个礼拜的"休养假"住完。

第一时间回自家诊所整理工作之余，第二件事，就是给育儿嫂放了假，又亲自去幼儿园接了时韫回家。

一路上，时韫却都不说话。

这回不像在爸爸面前似的娇气了——她最喜欢妈妈，但也最怕妈妈，整个人绷在副驾驶座上，两手放上膝盖，一副正襟危坐的小大人模样，等着妈妈不知何时就会开口的"第一句话"——不过八成是责怪她任性就是了。

结果等啊等，等到最后，却眼见得自家这车竟不往家里开，反而往

某个“熟悉的方向”开了。

明白过来妈妈是要去接梁怀远，时韫的小脸顿时要多垮有多垮。

果然，车没多会儿便开到了一中门口，迟雪打了个电话。

等了没十分钟，背着书包的梁怀远便气喘吁吁地跑出校门，一眼看见车的位置，突然又笑起来——他不大爱笑，总显得心事重重的样子，但笑起来的样子竟格外阳光灿烂，一打开车门，看见迟雪，更是连声音都上扬了几分，说：“阿姐！你好些了吗？”

“嗯，”迟雪扭过头看他，也笑笑，顺手递了瓶水过去，“又不急，跑那么快。”

闻言，“霸占”了副驾驶座的时韫小朋友忍不住重重哼了一声。

又来了！

最爱表现的就是他！

讨厌讨厌讨厌！全世界最讨厌的就是梁怀远！

她抱着手臂不说话，团子似的一张脸又气球似的鼓起来。

迟雪却坚决不管，权当没看见，一路上，又问了问小远最近的学习怎样、快高考了有没有要买的教辅书云云。

然而车开着开着，竟还不是家的方向。

小时韫看着，终于憋不住，奶声奶气地开口，问：“妈妈，我们去哪儿？”

“去公园，城南公园。”而迟雪伸手揉了揉她头发，“上次不是说等妈妈病好了就带你去放风筝吗？妈妈把你上次手工课做的风筝带出来了，就今天吧，趁着今天天气好，我们去公园里凑凑热闹。”

“但是爸爸——”

“爸爸今天有个会要开，”迟雪说，“不过哥哥在啊。妈妈和哥哥陪你放。”

“……”

虽然名义上小远算是时韫的舅舅。但私下里，迟雪仍然习惯把这两人当作平辈。时韫一听，又不说话了，继续鼓着腮帮子生闷气。

很快，车开到公园外的停车坪，迟雪从车尾箱拿出早已准备好的燕尾三角风筝交给小远拿着，便又一手牵着一个，如寻常的一家人，跟着人潮进了公园。

夏天的四五点钟，正是放风筝最好的时候，天气不热却有风。

公园草坪上有人扎着帐篷野餐，有人躺着晒太阳，放风筝的人更是不少，各色各花样的风筝在天空展翅。

时韫仰着头，好奇心起，一个个问这是什么那是什么，连偶尔有几次是小远回答都没发现，开心得找不着北，很快便吵着要自己放来试试。

迟雪刚做完手术，自然不好跑动，于是放风筝的活只能交给两个小的，她在旁边指导。

偏偏时韫却是个急性子，每次不是抢跑就是放线太快，小远在后头才刚松手，这边风筝已经落地；要不就是她两只小短腿拼尽全力也跑不够速度，只能眼睁睁看着风筝半路“坠机”。

一来二去，见旁边人都放得高，只她一个人失败又丢脸，小朋友忽然便脸一皱，把线轴往地上一摔，不玩了。

“我不玩了。”

时韫满头大汗，又可怜兮兮，扁嘴看向迟雪，几乎呜咽着说：“妈妈，我们回家吧，一点也不好玩。我不玩了。”

这时就要庆幸解凛没来了。

迟雪心想。

如果他在，看着这眼神，八成马上就要把女儿抱起来哄，说不玩就不玩，爸爸给你买雪糕吃。让薯片仔或大波浪看到，少不了抹一把辛酸泪，原来他们头儿还有这一面。

但这一招对着迟雪却很显然行不通。

迟雪只是把垂头丧气的小女儿扶起来，又把小远叫过来，让他们一起看看别人是怎么放的。时韫仍然不乐意，她便提议：“妈妈和哥哥放给你看，好不好？”

“不好！是我的风筝！不给他放！”

时韫紧握着线轴。

“但哥哥刚才在后面配合你跑了多少次？”

“……”

“他也很辛苦，不是吗？”迟雪说，“时韫，妈妈怎么教你的？”

时韫委屈得两眼冒泪花，但最终还是依依不舍地把线轴交了出去。

小远于是接过了这个“放飞风筝”的重要任务。

他一向是个很聪明的孩子，观察了一下周边人放高的规律，便知道问题是出在放线上。

和迟雪试了两次之后，最后果然成功把那只燕尾风筝放起来，甚至放到最高，引来周边不少人惊叹的目光。

很快，不少如时韫一般年纪的小孩便过来向“大哥哥”请教，怎么才能把风筝放得像他一样厉害。

迟雪却没有参与讨论，只是默默退出人群，又走到了孤零零坐在小石凳上的时韫身旁。

“看到了吗？”她问时韫。

“看到了，”时韫闻言，不情不愿点头，“他……他放得，就很高嘛。”

“妈妈不是说这个。”

“……”

“妈妈是说，你知道为什么刚刚一直都放不起来了吗？”

时韫的表情微妙地抽动了下。

“因为每次风筝刚放在地上，你就故意捉弄哥哥，把风筝线抽走往前跑，你不知道怎么和哥哥配合，总是不愿意哥哥碰你的东西，所以每次都抢跑，每次都一个人使蛮劲，”迟雪说，“这就是你失败的原因。”

“……”

“时韫，你告诉妈妈，妈妈说得对吗？”

[3]

时韫不回答，迟雪也不强求，只是牵着她的手，点点手心，又点点手背。

“妈妈知道你一直在生气什么，生气妈妈对哥哥好，你觉得自己被抢走了一部分的爱对不对？”

“……不对。”

时韫的眼圈却一下就红了，哽咽很久，才断断续续说出一句：“因为……爸爸、妈妈最喜欢他，都喜欢他，不喜欢我。你们，总是拿我和他比，他懂事，但他都是装的，他故意的！”

所以，根本不是抢走，是没收才对。

梁怀远没收了本来属于她的所有夸奖——明明她在幼儿园里，原本已经是非常懂事的小朋友，可是只要梁怀远一出现，所有人都只看他了。就因为他装得好，所以被所有人喜欢，那她呢？

解时韫的眼泪“啪嗒啪嗒”往下掉，委屈得简直要背过气去。

可尽管如此，她的直觉告诉她，如果告诉妈妈上次看到梁怀远抽烟的事，他一定会有很大的麻烦，因此她仍强忍住没说，只是一个劲地掉眼泪，说不喜欢，说讨厌。

但妈妈不像爸爸，好像永远不会因为她的几滴眼泪就心软，只是等她哭完了，抽抽搭搭止住眼泪了，才再一次扯过她的手心，重复地，点了点手心，又点了点手背。

“你和哥哥，是我的掌心和掌背。”她说，“掌心看着比较脆弱是不是？可是，每次我提着很重的菜，抱很重的快递的时候，都是掌心被磨破；那掌背呢？看着好像就一层皮是不是，肉没有那么厚，”迟雪拎着时韫的手指，摸摸自己的手背，“但其实防晒霜护手霜要保护的都是它，因为日晒雨淋都是它。时韫，妈妈教你，很多事情是不能只看表面的。”

时韫红红眼圈，认真地看着她。

“其实，你们都陪着妈妈，都是妈妈生活中必不可少的那一部分，是妈妈心里惦记的人，只是妈妈对待你们的方式，会因为你们年纪不同，需要的东西不同而变化。”

迟雪向她说起小远的童年时期，说起那个身体脆弱意志却坚强的小小少年。

“因为你还小，所以妈妈想把最天真快乐的童年给你，尽可能地给你自由，让你去玩，去交朋友，这并不是不管你；而哥哥呢？哥哥长大了，需要面对一些大孩子才有的烦恼和困难，所以妈妈要尽可能地帮助他，而等你到了哥哥这个年纪的时候，哥哥他，也会回来用他的经验帮助你。”

说话间，做母亲的又抱起时韫，引导她看向被孩子围在中间的小远。

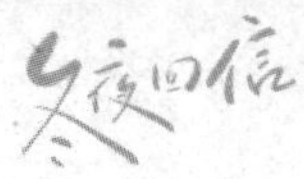

“看到哥哥了吗？”

“……嗯。”

“哥哥现在就在帮助那些和你一样的小朋友，你以后就会知道——时韫，人生就像放风筝、像很多游戏一样，一个人是走不到最后，是很无聊，很没意思的。”

而父母能陪伴你的，终究只有小小一段路，未来你总会一个人走。

“到那时候，你会庆幸还有哥哥在，”迟雪说，“因为只有哥哥，和爸爸妈妈一样，是不计代价都会帮助你，站在你身边的人。”

“而如果你想要获得那样的爱，你也要那么对哥哥才行，不然，这怎么公平呢，对不对？你不能总想着跟他抢，爸爸妈妈的爱不是抢来的——与其抢，为什么不多加一个人的爱？其实哥哥也很疼你、很关心你。”

“……他才没有。”时韫却抱着她的脖子不撒手，顿了顿，又低声咕哝，“他一点也不喜欢我，他是在你们面前才装出来喜欢我的。”

“有吗？”

迟雪闻言，笑着把她放下，拍拍她肩，示意她过去找哥哥。

“那你现在去试验一下。”

“……才不要。”

“试试嘛，如果他欺负你，你就回来找妈妈。”

时韫一脸不情愿，但在妈妈的鼓励下，最终还是扭扭捏捏地挤进人群里。

迟疑了半天。

“这个该怎么放？为什么我总是放不起来？”

她终于鼓起勇气，踮起脚尖，戳了戳梁怀远的手臂，说：“你教我。”

她原以为梁怀远会像她对待他那样恶劣，最好是恶声恶气、不理不睬——这样她便有足够理由向妈妈告状，说他原形毕露。

然而梁怀远却只是蹲下来，把他的风筝交到她手里，又手把手地，耐心地教她放线要怎么放，才能把风筝放得越来越高，怎样才能松紧适度。

好像没生气欸。

她看他专心的样子，看得分了神，一不小心又放多了线。

眼见得风筝摇摇欲坠，忍不住惊叫起来，喊着哥哥，哥你看。手忙脚乱就把线轴往梁怀远手里塞。

梁怀远却冷静地整理好了线，又牵着她小跑起来，拉着她的手，指点着松扯了两下，之后，慢慢把刚才收拢的线再一点一点放出去。

风筝线在她手中，原本不受控制的风筝此刻却自由展翅天际。

时韫开心起来，又去戳哥哥的肩膀，说："你看！我放的是最高的哦！最高的那……"

最高的那个。

话音未落，她突然脸上烧得通红，只能自己给自己找台阶下，又小声咕哝说："这真的是我的风筝哦。"

"嗯。"

"是我借给你的哦。"

"嗯。"

"所以你才教我——"

"嗯，"梁怀远点头，顺手又摸了摸她头上小辫，"因为我是你舅舅。"

又来了又来了！

小时韫把脑袋一扬，马上纠正他："是哥哥！"

"……"

"别想占我便宜，我才不是什么都不懂的小屁孩！"

小团子牛气哄哄地叉着腰。

心想好吧好吧。

最多最多，就叫你一声哥哥好了。

"不要占我便宜哦！"

她强调。

当天晚上，解凛赶在晚饭前准点到家。

此前几年，他们其实都住在望天苑。

只是后来考虑到孩子大了要地方闹腾，望天苑离迟雪开的小诊所又实在是东西两端，来回跑不方便。于是索性又在诊所附近的新开发区买了套三层小别墅。

一进门，保姆芳嫂正忙着做饭。

他过去问迟雪她们怎么不在，芳嫂却也一脸疑惑，说太太她们只说了会回来吃晚餐，没交代去哪儿了。

这可不符合迟雪一贯的做事风格。

解凛眉头微蹙，无奈打了两个电话也没人接，只得先上楼去把束手束脚的西装换下。

等下楼来，正好还要再打电话过去问，便又听到玄关处传来动静。

过去一看，迟雪领着一大一小两个孩子正好进门。见他来了，顺手便递过手里的大包小包。

“帮我拿一下，”迟雪边给时韫和小远找鞋，又随口交代说，“都是买的衣服鞋什么的，给我放沙发上吧。”

一副行色匆匆的样子。

问了才知道，今天没有他的生活竟挺丰富，又是放风筝又是逛街的——中间也没打个电话。

解凛一脸无奈，刚想问她为什么不提前说一声，也好让他帮忙开个车。迟雪却一筷子糖醋排骨夹到他碗里，又作不经意状地努努嘴，让他看对面。

……对面？

解凛循着她眼神方向看去。

这才突然反应过来，时韫今天竟破天荒没黏着爸爸妈妈坐，反而一屁股坐到对面。

眼见得小远给她舀了一碗海带汤，这妮子竟然没多大反应，还乖乖就着饭给喝了，他的眼神也不由得惊异起来，侧头看迟雪。

而迟雪回以一个歪头表情——

“所以说孩子就是要教的。不能老是惯着。”

“她还小，有些固化的印象形成起来容易，但其实改掉也不难。等再大一点，反而说不动了。”

夜里。

迟雪坐在房间梳妆镜前护肤。

解凛在床上看财经新闻，两夫妻如平时般闲聊，又聊起这回事。

聊到最后，迟雪敷着面膜掀被子上床，还不忘给丈夫下了最后结论：“你就是宠坏她了。时韫还是个小孩，得教才行。”

“我知道。”

而解凛放下手里的平板电脑。忽然却也莫名孩子气起来，侧过头，整个人往下滑，这样脑袋便抵着妻子的颈窝，好半天，又轻声说：“但是我爸妈也没教过我。”

“……”

迟雪一怔。

“我只记得我小时候，他们老是吵架，吵架之后就各自去忙自己的事。”

他很少提起，其实也很少再想起在叶家时候的事。陌生的记忆却在此刻突然浮现脑海，他想起自己那些拼命努力想获得注意却总不得其法的日子，母亲不耐烦的眼神，父亲乌烟瘴气的房间。

“我那时候就想，如果以后我有小孩，”他说，“我一定会对她好一点，不让她的性格变成我这样，我希望她的朋友多一点，也可以任性，做自己想做的事。”

迟雪听得沉默，半晌，却没有接着这话往下说，只伸出手，轻拉过他的手，继而话音一转。

“我就不一样了。”

她说着，也侧过脑袋，头发贴贴他的脸。

“我小时候，妈妈对我说得最多的话就是，‘不能给别人添麻烦’，所以我想如果我有小孩，一定要把妈妈的‘家训’传下去。不能生出小孩来让她惹祸，自由的前提，应该是不给别人惹麻烦才对。”

“那爸呢？”

“他啊……”

她的眼神中流露出怀恋。

“爸他还在的话，肯定也和你一样，”她说，“我妈妈小时候不让我吃太多糖，他老偷偷把糖藏在白大褂里，然后一等我妈妈转过头，就偷偷把糖塞给我。因为这，我小时候还去拔过两颗蛀牙。”

现在想想，一切好像还在昨天。

但那个捂着牙齿眼泪汪汪的女孩，如今却做了另一个大眼睛女孩的

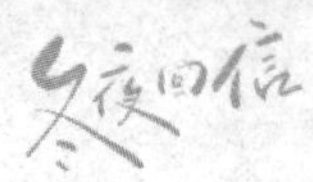

妈妈。

这寻常又温馨的一辈子，已经悄然便走过了半生。

“解凛。”于是她突然又轻声说，“真好奇我们老了之后会变成什么样啊。我们会不会都变丑？牙掉光？老得眼睛看不清，耳朵也不灵光？”

解凛说：“不知道。”

“……”

“但等到那时候，我再好好看看你。”

不管你是不是变老变丑，牙齿掉光，戴上老花镜，耳朵也听不清。到那时候，至少我们还可以做彼此的眼睛，做彼此的耳朵。

他的语气淡淡，却等她不注意，又掀了面膜一角。

起先浅浅的吻，后来夹杂着乱了节奏的喘息。她手指乱抓，要去关灯，他代为效劳。

黑暗里，只有她被亲迷糊了又找回神智的声音：“等等，我跟你正事还没说完呢，时韫的事……”

“嗯，都听你的。”

“什么听我的，跟你说正经的呢……手，手。”

“你说，我听着。”

“你以后绝对，不能再因为时韫是个女孩子就什么都百依百顺地不舍得凶……”

窸窸窣窣。

期间还有开抽屉找东西的声音。

“你——”

迟雪却只最后挣扎了下，又没了后文，变作凌乱的轻哼声。

算了，毁灭吧。

她心想。

她索性自暴自弃地抱住他的脖子，心说忍了一个月也挺难的，随他去了。

“你、不会，还想再生个孩子吧？”

只断断续续地，她又在低喘中问他。

解凛却摇头，轻声说：“我们不生了。”

“不遭那个罪了。”他说，“阿雪，能有一个像你的孩子就好了……就够了。”

[4]

解时韫长到十五岁，出落成亭亭玉立的小姑娘。

但说成是“小姑娘”似乎也不恰当。

毕竟，她虽五官长得像妈妈，秀气清丽，身高却一米七还往上，在秀气小巧的南方姑娘里，显得尤其突出——颇有些类似当年他爸在一群南方小子里超出平均身高一大截的“微妙烦恼”。

尤其是在学校里，一水的校服肥大，别的女孩儿穿着，裤子往往都要折进去一截，她穿着却像九分裤。回回运动会或大型活动排队列，甚至都被排进去男孩的队伍里。

青春期的烦恼如滚雪球一般越滚越大，直到这天，又因为运动会项目的问题和故意编排她的调皮男生吵起来，她正一肚子火没处撒，偏偏放学时，梁怀远竟正好公差回国，开车来接她回家。

闺蜜挽着她的手，打老远便看见那辆停在校门口努力低调也低调不来的银灰色宾利，于是一如既往眼冒红心，又猛撞她肩膀，说：“你哥来了，你哥来了。”

“我哥来了你那么兴奋干吗？”时韫手里抛着硬币玩，一脸兴致缺缺，“我俩正吵架呢，不想理他。”

“你们一礼拜能吵十回，这次又是因为什么，你之前都没跟我说？”

“因为他是笨蛋。”

“嘁，你又来了。”

闺蜜却忍不住吐槽她：“你就喜欢欺负你哥，实际上，笨蛋才考不了北大呢。”

而且还得是考了北大，硕士又去哥大的“笨蛋”。

念完 MBA 回国，梁怀远甚至直接在解凛的安排下，空降做了叶氏淮南分部的高层。

三年前，叶老太太去世后，手中股权一分为二，一半交给叶贞如，一半留给解凛。再加上解凛本身继承的父亲股份，于是竟成了叶家的最大股东。

只是他这个大股东并不怎么管事，几乎全权将公司事务授权给了叶贞如这个亲姑姑和专业的经理人管理，除了重要的股东大会和必须亲自到场签字的合同，几乎不怎么在公众面前露面。

也因此，世人大概很难想象，这位光是手中股价估值就超过百亿的叶氏重要人物，平日里的日常，竟然只是绕着一个小公司、小诊所、小家庭打转。

他没有违背当初结婚时的誓词，和迟雪一起做最普通的平凡夫妻。

倒是梁怀远沾了光，甫一回国，便在淮南分部领了重职，从此平步青云，成了城中尽人皆知的青年才俊，每天不是忙着做财经周刊的专访人物，就是代叶氏出席重要的国际商贸会议。

衣香鬓影间，风度翩翩、温文有度的贵公子，丝毫看不出少时的落魄过去。

“时韫。”

恰如此时。

车窗降下半面，露出他如旧俊雅而瘦削的侧脸，尤其那副经年不改的金边眼镜，又添了几分书生般斯文秀气。

他随手放开膝上那摞文件，只转而叫她过来。

但这跟叫路边的小猫小狗又有什么区别？

解时韫同学的大小姐脾气一上来，权当听不见，心说来接我还不下车，才不惯着你这家伙。于是干脆一把拉过依依不舍的闺蜜，便错开那车往前走。

看着决绝。

只有心里却还在默默倒数：5、4、3……

还没数到1。

果然，身后传来熟悉的不紧不慢的脚步声，紧接着，一只手便覆上她肩膀。

“时韫。”他的声音有些无奈，却没有明知故问她为什么生气，反倒是先冲旁边一直脸红看她的小女生浅浅一笑，说你是时韫的朋友吧，我认得你。

“正好我开车过来，也顺路送你回去？”

他做人做事，一向八面玲珑，让人挑不出错。

当然，大概也是算准了时韫是个讲义气的孩子，闺蜜先向美色服软上车，她只能也跟上去，却破天荒坐了后座。

一直等闺蜜到家下车，一步三回头地作别，她还抱着膝盖窝在后座角落里，闷声不吭的。

于是车只在尴尬的气氛中开了不远，又最终靠边停下。

梁怀远回过头，问她："还在生气？"

她却嘴硬不说话，别过脸不理他。大概小时候的坏习惯总也未改尽，长到十五岁，解时韫仍然还是个生闷气就不理人，非要别人一层一层给铺台阶的姑娘。

但哥哥嘛，总是会不厌其烦给她铺台阶的。

"给你带了礼物。"

这次也不例外。他很快伸手，从副驾驶座的置物格上拿出只首饰盒递给她，见她一脸惊喜，对眼前这念叨了好几个月的蓝宝石手链爱不释手，又轻声道："你之前提过的，想要 Erik 路设计的裙子，所以这次出国，专程让人去帮你约了时间。"

……酷欸！

时韫正愁没有向那群傻瓜男生大炫特炫的机会，顿时眼前一亮。

她整个人扑到驾驶座后背，脑袋凑上前，又忍不住连珠炮似的问他："真的吗？真的吗？哥你真的约到路以诚了？"

"真的。"而他只笑，又伸手揉揉她头发。

毕竟还是小孩子啊。

"等到暑假你放假，就带你去法国玩，"他说，"到时候顺带见见那个 Erik 吧。虽然定制应该还要几个月，不过一定能赶上你的毕业舞会。"

迟雪也是没有想到，自己好不容易管好了一个宠女无度的解凛，后来又来了个宠妹无度的小远。

以至于她这天在诊所忙完工作，回家吃着饭，听完两兄妹吵架的事情始末，先听了时韫支支吾吾的版本，又和小远促膝长谈。这年已然四十有六的迟医生，还是忍不住揉了揉眉心，长叹一声。

"你怎么也跟你哥一样，总惯着她。"

“也不算惯。”而小远只是淡淡笑着，又顺手给她递过一杯温茶，“毕竟时韫只是个孩子，我让她是应该的。”

“我当时就跟你哥说，绝对又是小脾气上来了。”

迟雪摇着头，小口抿了温茶，显然是不愿再在这小事上再做文章，只话音一转，又问他：“你这次去国外，那些专家怎么说？后续需不需要再做手术？”

是了。

虽然在公开场合，他已然再不谈及自己少年时久困医院的那些经历，但事实上，许多年来，那些可怕的后遗症仍然时有时无地纠缠着他。以至于他时常心悸失眠，突如其来地呼吸困难。高压之下，甚至无可控制地呕血。

如果不是当初高三时，迟雪偶然去探望他，正好看到废纸篓里那四五颗被血浸透的纸团。关于自己的病，他连最亲密的家里人都瞒得滴水不漏。

“他们说还需要进一步地观察，不过也没什么。”梁怀远说，“反正一直都有后遗症，以前做了手术也只是控制一下，治标不治本，这种病也不太可能根治的，从娘胎里就带下来了。”

“怎么就没什么了？”

“阿姐，我的意思是……”

“这可是要命的病。当初梁伯走之前，拉着我的手，千叮咛万嘱咐要我照顾好你，”迟雪眉头紧蹙，“你不能不当回事，也不能只在我面前报喜不报忧，小远，我说过，咱们家现在缺的不是钱，也不需要你拿命去拼事业，我和你哥，都只希望你和时韫能够平平安安，身体健康就够了。”

“我知道。”

“知道就一定要上紧，”迟雪于是拍拍他肩，“总之，有任何的机会都不能放过，阿姐还想看到你成家立业，娶妻生子……”

两人正说着话，房门外，却突然传来解凛的声音。

他这天又加班，九点多才到了家，这会儿一上楼，便见闺女鬼鬼祟祟蹲在自己和妻子的卧室门口，也没想太多，开口便问时韫，干吗蹲在房门口不进去。

正听墙角听得心惊胆战的时韫，顿时吓得一哆嗦，等不及房门从里打开，只一个劲儿地咕哝着“没事没事”，便向着自己房间的方向落荒而逃。

直到当天半夜。

梁怀远久未着家，难得有个安稳觉睡，因此早早便睡下。属于他的房间里很快漆黑一片——他连睡觉也习惯不打扰别人，从不开灯，呼吸亦轻——是安静得掉根针都会被发现的程度。

到了两点多，房门方向却突然传来“咔哒”一声，门锁很快被转开。

紧接着，一个人影便小心翼翼钻进来。

然她既不是梁上君子也非榻上红颜，只是如棵小树或小蘑菇般，悄悄蹲在他床边。

看了很久，才决意借着月光伸出手去。

凉丝丝的小手摸着他的额头。

“哥。”她小声叫他。

知道他睡得轻，一定会被吵醒。

果然，床上侧卧睡着的青年很快眼睫颤颤，半睁开眼，却仍然睡眼惺忪，花了半天才看清面前多出来的人，随即探手摸过床头柜上的眼镜戴上。

“怎么了？”

他直起身来，拉亮台灯，看她在床边腿麻得快蹲不住，东倒西歪，不由得又失笑，轻声问她是不是又看了恐怖片睡不着觉。

她却只红着眼睛抬起头看他，半晌，说：“哥，你真的生病了吗，很严重的病吗？”

“嗯。”

“那为什么之前我都不知道？”

“……”

“你们都不告诉我，我还老是欺负你，我不知道你原来很不舒服。我以为你……”

“以为我是装出来的？”

时韫喉头一哽。

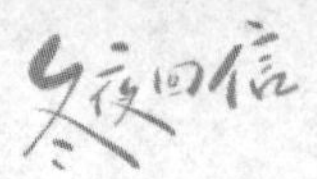

梁怀远却似乎算准了她的反应，笑着摇头，又伸手去摸床头柜上的抽纸盒。抽出纸巾，给她擦了擦不自觉间挂满脸的眼泪。

“可是我没有那么脆弱的，时韫。”

他说：“这条命，是好不容易才捡回来的，我会比任何人都珍惜——我不仅会好好活着，还会替很多人活着。”

“替？”

“嗯。”他说，“替那些没能够活到今天，看世界变好的人。”

无论是音容笑貌远去，至死仍努力在他面前扮演英雄的父亲。

还是风雨无阻，只为给他更好生活，所以往来在各大菜场赚辛苦钱的爷爷。

明明已经病入膏肓，却还总是拉着自己问东问西，怕他有任何不舒服的迟爷爷。

甚至，还有已经记不清脸，但还记得说话时总爱笑的小叶哥哥。

他记得这一路走来所有的艰辛和不易，记得得到的所有不吝付出的善意。

这条命，这人生，是偷来的欢愉。

因此，哪怕只有片刻的璀璨——他也一定要比任何人都努力地活下去。

“时韫。”

在这一夜，他第一次不把她当作一个无法平视沟通的小朋友，而是诚恳地自剖内心。

他垂下眼，看着面前的小姑娘，却恍惚透过她，又看向更远的地方。

“哥哥这一辈子，就像一条绷紧的弦，我知道迟早有一天它会断，”梁怀远说，“但是，为了……这个家。”

“哥哥答应你，我会用最大的努力，让那一天来得迟一点——再迟一点。”

[5]

如果说每个人的出生和离开都有宿命使然的必然在支配。

那么梁怀远相信，自己这一生的“重生”，必然始于那一天。

那一天。

他时隔数年彻底告别医院，腰上还挂着白色的布条——就在几个月前，最疼爱他，也因此在七十高龄仍然不得不四处讨生活的爷爷，在一场车祸中离世。

送菜的三轮车被撞得变形，老人家如破碎的布娃娃般被轻易折断，然而肇事者却是个同样贫穷的货车司机，掏遍全身家当，甚至凑不够办一场完整丧事的钱。

到最后，还是迟雪出面，出钱，才将一生凄苦的老人家体面地送走。而后来她又提出，希望可以代替爷爷继续照顾他。

“你爸爸……帮助我很多，但他的任务还没有完成，也许很长一段时间都回不来，他是解凛的战友，也是我的……朋友。”

她说：“所以小远，我和小解哥哥已经商量过了，你来我们这好不好？以后我们会把你当作亲弟弟一样对待。以后我和他会照顾你，会看着你长大成人，成家立业，我们就是你的亲人。”

他们曾因一句“天使姐姐”而结缘。后来的半生，她果然都如天使一般出现在他苦难的生活里，哪怕他淤泥满身，她仍然愿意大方地伸手搀扶他一把。

但尽管如此。

尽管他相信姐姐的话，相信他们待自己的好，却仍然怀揣着满腔的不安。

因为自己不知何时就会倒下、成为他人累赘的身体，也因为自己从未踏足过这样豪华的公寓，穿过体面的衣服。

可那一天，当他走进望天苑的公寓，是一路送他过来的小解哥哥轻轻推他肩膀，说傻站在这儿干吗。

“送你过来不是来做客的，以后就住在这里，房间早就收拾好了。”解凛说，一贯淡淡的语气，手上却如安慰一般，轻拍了下他脑袋。

他于是鼓足勇气走进去。

那年时韫才刚满周岁，地上到处都铺满防摔的海绵垫，她戴着喜气的虎头帽，穿得像个肥美的小红粽子，颤颤巍巍，在迟雪不住拍着手的引导下学走路。

迟雪听见开门声，扭过头来看，一时分了神，正“指挥”解凛去给他拿些吃的垫垫肚子，不知不觉，却忘了鼓掌。

小粽子没了指挥，立刻走得歪歪扭扭，眼见得就要摔倒——

“……呀！”

但还好，在摔倒之前，她已坚持着走到他身边，也是原定的“终点线”，随即，如藕节般肥得一股一股的小手，便又顺手抓住了他的裤脚。

她开心地仰起头来看他。

“呀！呀！”

那胖得五官都被挤小的脸蛋，仿佛写满了“得意扬扬”。

危机堪堪解除，却只把一前一后、一对新手父母吓得险些魂飞魄散。

解凛在他身后，装作若无其事地放下已伸出“挽救”的双手，默默整理表情。

而迟雪勉强安抚住自己快要跳出嗓子眼的心，深呼吸。

本来都已经调整好心情。

结果冷不丁和解凛四目相对，看出他眼底难得的慌乱情绪，又顿时忍俊不禁。

“……”

新手父亲不自在地轻咳两声，随即径直走到她身旁。

“小远，时韫她很喜欢你啊。”而迟雪说，拍拍蹲麻了的双腿，扶着墙壁想站起身来。解凛方才没能及时伸出去扶女儿的手，却刚刚好在这时扶住了她的手臂。

她于是就这样自然地，把大半个身体的重量靠在丈夫身上，边按着腿，又看向眼前那一大一小，莫名变了“连体婴”的两个小孩。

“……时韫看起来，真的很喜欢你。”迟雪笑着向小远确认，“她嘀嘀咕咕，大概在说要你抱呢。”

梁怀远一愣，这才反应过来。

他手忙脚乱，将脚下喜庆的小粽子抱起。瘦弱的手臂上布满输液残留的青紫和细密针孔，其实并不大有力气，无法将她抱得很高。但仅仅只是抱在怀里，也足够她笑得很开心。

于是这一抱，就是十五年。

直到很久以后。

也许解时韫自己都已经忘记，也不太可能记得自己连话都不太会讲、走路都走不稳的“小粽子”时期。

她不记得自己曾经多么喜欢他，只知道自己是多么讨厌他的虚伪和从容。讨厌他的知世故而世故，讨厌他总在所有人面前“抢风头”。

但他却一直都记得。

那时年少，心有惴惴。

他曾拼命地想要寻找自己和这个家庭的连接，寻找不会被抛弃的理由，但其实回首再看，来到这个家的第一天，那个理由已经存在。

——他从此决意要做她遮风挡雨的伞，铺路的石，承重的桥。

如鹤的报恩，从她的父母手中接过她，他要做她永远的兄长。

一程接一程，十里又十里地相送。

他要亲手，把她送到平安无虞、唯有喜乐的未来去。

然而解时韫却并不知道他的想法。

她唯一知道的，只有哥哥亲口告诉她，他是真的生病了。明明看起来什么都能做到的哥哥，原来也并非她想象中的无所不能。

她想为他分忧，但想来想去，最后想到的唯一办法，也只有拼命读书，然后——

“未来我要当医生，特别特别伟大的医生。”解时韫说。

只可惜，这句话说出口，就连一向最疼爱她的解凛，也忍不住露出迟疑的神情，继而下意识侧头看向妻子。

两人对了个眼神，无言之中，却都充满“这妮子怎么突然转性”的疑惑。

更何况，这能培养出“特别特别伟大的医生”的医学院，也不是谁都能考的。

“你不是不喜欢当医生吗？”迟雪怕伤了自己学渣闺女的自尊心，亦只得拐着弯子问她，“难道是想和妈妈一样，继承外公的……诊所？”

“才不要呢！”而她马上摇摇头，“我才不要每天都坐在诊所里，可闷了。”

“……”

“我觉得看来看去，还是外科医生最酷了。所以我想好了，妈妈，以后我一定要去大医院，要做拿手术刀的那种大医——”

大医生。

“时韫，好了。”

话未说完，解凛和梁怀远却先后开口，一并打断她。

“职业根本没有高低贵贱，你在哪儿看的闲书？”解凛说。

他在餐桌下握紧迟雪的手，却难得眉头紧蹙，竟对女儿严肃起来，又低声训道：“做医生，只要可以救死扶伤，到哪里都值得尊敬。你外公就开了一辈子诊所，爸爸没跟你说过吗？”

“我……”

“你外公这一辈子帮了很多人。至今都还有很多老邻居按着以前的地址找上门，感谢他当年的恩情，但他也从来没有拿过手术刀——难道就不‘酷’？退一万步讲，难道你当医生，就只是为了‘酷’？”

话落，从来没有被父亲这样劈头盖脸地质问过的解时韫，当即愣在原地，讷讷半天，回过神来，却险些要落泪。

一桌沉默而凝重的气氛里，只有梁怀远，仿佛掐准时机，忽然往她碗里夹了一筷子虾仁。

“先吃饭。”他说着，左手又在背后轻轻拍了她肩：小时候，她因为不吃饭被妈妈训，因为贪玩太晚回家、不敢上桌吃饭的时候，哥哥也总是这么安慰她。

如同这一拍就能给她注入某种力量似的。

他们从小到大，始终保持着这种幼稚的小默契。

“……”

时韫的眼泪于是默默憋了回去。

但也是从那夜过后。

她却真的开始摘下脑袋上、手上花花绿绿挂着的装饰品，过上了整天素面朝天，每天抱着几本教辅书“硬啃”的奋斗生活。到后来，甚至主动求着迟雪给自己请了家教，慢慢地补足过去几年来荒废学业的进度。

就这样长到十八岁。

也许正是应了那句“无心插柳柳成荫”，不化妆，她的漂亮出众反而越来越掩盖不住。

初中时被笑话成“大高个”的身材，到了高中，多半只引来无数艳羡和心猿意马的目光，更别提她生得高挑，模样亦极秀丽，可谓是综合了父母两人的优点，天生就有鹤立鸡群的美貌基因，自打上了高中，成绩更像是坐了火箭，终于显现出她遗传自母亲的读书头脑。

焉知在此之前，解凛甚至曾一度担心她考不上大学。

如今再看，却显然属于多虑。

于是乎，卸下了这边这个心理包袱，两夫妻睡前的话题，又逐渐从女儿的学习，聊到小远的婚姻大事上去。

深夜。

房间里已黑了灯，伸手不见五指。

迟雪却辗转反侧，怎么都睡不着，半晌，又盯着天花板，突然开始喃喃自语。

“毕竟小远也三十一了，”她说，“我们就这么干看着，是不是不‘称职’？是不是……多少也该催催了？”

虽然曾几何时，她也一直觉得自己将永远年轻，且绝不会成为一个爱催婚、话又多的家长。

但事实证明，年近五十，她似乎也依稀有了曾经老迟的影子，生活满是琐碎，心里装满儿女。

她是担心啊。

怎么能不担心孩子们的将来呢？

“解凛。”

于是她又不自觉拉过枕边人的手——似乎每每不安的时候，她就爱掰扯着他的手指玩。年纪大了，这习惯更显得孩子气。只是他从不说她，她也就从没意识到，自己这种半夜扰人清梦的事做了多少回。

“解凛？”

“嗯。”

可怜某人这天公差刚回国，好不容易调整到快睡着的状态，这么一扯，从前做警察时下意识的警惕心理又把他惊醒。

她愣了下，听出声音不对劲，问他：“你睡着了？”

他说话时分明还带着半睡不醒的鼻音，却只是否认，说：“没有。”

说话间，又侧过身，轻轻抱住她。

“不用担心小远，他心里有自己的主意。”

他说：“倒是我们，阿雪。”

“嗯？”

“我们也该过过自己的日子了。等时韫高考完，我们也出去走走，去旅旅游。”

“旅游？”迟雪一愣。

“怎么突然提起这个？”

“就是一下想起来了。”解凛说着。

后话显然未完，忽然却沉默，只侧过头，脸颊轻轻抵住她的颈窝。

半晌，他才终于轻声说：“我一直在想，我们满打满算，如果真的够健康、能活九十岁，日子也就剩下四十年而已。但四十年过得有多快，真的只是弹指一瞬间……我不想到闭上眼睛的时候，还有很多的遗憾。”

“所以，我想把年轻的时候没来得及带你去做的事，去看的风景，阿雪，在最后这二十、三十、四十年里，我们都去体验一回。”

毕竟，这一生的来路啊。

如今回头再看，少时艰辛，青年背井离乡、颠沛流离。

三十一岁成家立业，三十二岁有了完整的家庭。

他们似乎一直都在马不停蹄地往前走，走到了又一代人的三十岁，又“成为”上一辈人的五十岁，这个循环，往复交替，他们都受困其中而难以察觉。

直到他的女儿提醒他，他身边所有人都在提醒他，孩子们还有得选，他们却已经没得选。

拿不了枪的警察和拿不住手术刀的医生，他们已经走过同甘共苦的二十年，再往下走，也不过是继续做孩子的父母，尽职尽责敬业的老板，乐于助人的街坊好人。

但这明明是他们的一生，不是为别人而活的一生啊。

“阿雪。”

因此他说：“你有没有什么没完成的愿望？或者想做的事？”

不着调也好。

疯狂也行。

不切实际最好。

既然时间怎样都要过去，人生无论如何都会走向结束。

我还是只想和你一起。

不为别人，只为彼此，走完不留遗憾的下半场。

·番外三·千秋雪（下）

[1]

而也就是在这一年。

六月，解时韫顺利结束高考，发挥超常，后来正式出成绩，更以715分的成绩摘下全市高考状元的桂冠。

时隔二十几年，她与迟雪两位状元在谢师宴上被众人起哄、同框合影。

一群十七八岁的孩子鼓掌欢呼，迟雪再不好意思，也只得红着脸上台去，搂住女儿的肩膀。随即看向底下此起彼伏举起的手机镜头，生疏地比了个“耶”。

不想快门按下的瞬间，时韫却突然侧过头来，“啵”的一声，亲了亲她脸颊。

热闹温馨的气氛感染了在座众人，后来，连一向不爱在人前发言的解凛，也被推上台去说了好一番感言。

而梁怀远作为这场谢师宴的组织者，当然也少不了被调侃。

迟雪见时韫的闺蜜一直红着脸围着小远跑，便知这又是“钻石单身男青年”勾起小女孩春心萌动，不由得摇头叹息，拉过旁边的时韫耳语。结果还没细问两句，解时韫却突然“腾”地站起身来。

迟雪拦都来不及，她已跑过去“拆散鸳鸯”，横在两人之间，执意做最显眼的电灯泡。态度之果决，迟雪后来亦忍不住私下笑她，是不是觉得哥哥老牛吃嫩草，要拯救闺蜜于“苦海”？

小姑娘却听得一本正色，想了半天，坚定地摇头。

“因为西西每次谈男朋友都会和人吵架，吵到后面，我感觉两个人都挺崩溃的，”她说，“我想象不到哥崩溃是什么样子，也不想他崩溃。”

“我觉得，如果……哪怕他要谈，一定要谈一个脾气很好的、脾气很好……”

说到后面，小姑娘低下头，渐渐没了声音。

迟雪却只以为她还和从前一样，是护短罢了，遂又笑着拍拍她肩膀、表示理解。

“你和哥哥现在关系好，不像以前一样吵吵闹闹的，妈妈也放心很多。”

迟雪说：“正好，等过段时间，我和你爸打算去外头旅游散散心——以前都没怎么出去过，现在你考完高考，我们心里大石头也放下。像你爸说的，也该是时候去享受一下自己的人生了。家里的事，有小远照顾，本来我唯一不放心的就是你。”

她说着，点了点女儿的鼻尖。

“不过现在看，是长大了、懂事了，”她说，“所以爸妈不在，你更要听哥哥的话，知不知道？”

当天晚上。

两夫妻在房间里整理出门旅行需要的行李。

虽说初步计划只有两个月，回来还要送时韫去上大学，旅行的第一二三站，也就只安排在国内。

但解凛仍然一点不马虎，闲谈间，又蹲在地上，把上午收拾好的行李箱二度摊开。

一个个豆腐块般叠好的衣服和装包的洗漱用品在箱中整齐排列，他再次对照清单，逐一确认。

而迟雪却早已闲下来——她的行李一向也由解凛这个行李箱空间归纳大师整理。她至多只负责带好护照、相关证件和现金，其他的一概不怎么插手管。

毕竟，在出门这件事上，解凛比她要有经验很多。只是人一闲下来，

也就忍不住开始怀旧。

她清理抽屉时，又翻到谢师宴上自己和女儿的那张合影，认认真真拿在手里端详了半天。

“你看。”

半晌，却又忍不住把那照片递给解凛，嘴上装作无意地问说：“解凛，我是不是老了很多？跟女儿站在一起，对比更强了。”

“有吗。”

而他闻言，接过照片，也作势认真地看起来。

看一眼照片，又看一眼不知何时正襟危坐给他打量的妻子：

无法否认，她的确渐渐老去。

毕竟，五十岁又如何和十八九岁竞争皮囊的盛衰？她也会有皱纹，有白发，会烦恼脸上挂不住肉，会恼怒于那些努力遮瑕也遮不去的小斑点，但老去有时候也并非全是坏事。

因为那些笑纹和藏在深处的白发，老去的皮囊和岁月留下的种种痕迹，每一样，都见证了他们甘苦与共，一步一步，这样走过来的二十年。

虽然错过了十八岁到二十五岁。

但他们有三十岁到五十岁。

以后，还会有五十岁到八十岁、一百岁……

“我觉得你一直都没变过，”所以他说，一本正经的语气，“是不是我的脸盲又发作了？阿雪，我怎么看，都觉得你很漂亮——反而是我老了。”

“真的？”

“真的。”

明知道这话少不了有哄她的成分，但迟雪半信半疑间接过照片，重新再看，竟又真的觉得自己眉眼间，似仍有少时的风采了。

于是满意地一看再看，又笑起来，最后，她索性直接把照片装进空相框，又立在了旁边书桌上，和她与解凛的结婚照、十周年纪念照、时韫的周岁纪念照并排放着。

遥想上一次和解凛两个人出去旅游，迟雪想，似乎还是快二十年前，那次在度蜜月。

而也就是在度蜜月期间，她不知不觉地就怀上了时韫，直到回了家，开始出现各种孕早期症状，才在老迟的提醒下去医院检查。

解凛来诊所接她下班，却扑了个空，正和老迟聊天问情况，一扭头，却见迟雪满脸写着失魂落魄地走进门来。

他还以为出了什么事，当即表情一冷，尤其是关心的话还未问出口，迟雪突然又紧攥住他手。

“……解凛。”她抬头看他，喉口滚动，两眼通红。

他的心瞬间沉到谷底，唯一的联想，是又因自己过去的经历而给她带来危险和麻烦，以至于被她握紧的左手，彼时也忍不住因情绪的满溢而微微颤抖。

怎料下一秒，迟雪却突然“转握为抱”，哭着伸出手来，就这样踮起脚尖，紧紧抱住了他的脖子。

“解凛，我们要有孩子了，我们的孩子。”

她说：“你要做爸爸了……我，我不知道、我都不知道是什么时候……但是真的，你要做爸爸，我要做妈妈了。”

解凛：“……”

该怎么形容那一刻的感觉？

解凛觉得自己好像被放在一个充满气的容器里，有人不断在加压，在往里放气。

他脑子昏昏涨涨，竟许久都说不出话来——上一次有这种头重脚轻的感觉，还是几年前。

当他得知此“迟雪”正是彼“迟雪”，又趔趄着离开，爬上人工湖的那片陡坡时，那一刻，快要淹没他的窒息情绪，几乎把他逼得跪倒在地。

惊喜，却晕沉。

喜不自胜，也手足无措。

他们就这样相拥着，彼此都不自察地流泪。

许久，解凛才哽咽说：“会很辛苦。”

“嗯。”

“但我会一直陪着你。”

“……嗯。”

迟雪的眼泪“啪嗒啪嗒”往下掉。

同样哽咽得说不出话。只能听他说。

“但我会跟你分担，我会做一个好父亲。”他说：“我会给你们最好的生活，我会一直在你身边。”

是了。

无论何时，似乎也只有在她面前。

已到而立之年的解凛，仍然还会流露出没完全抹去的少年时光里、笨拙又小心翼翼的那一面。

以至于到后来，迟雪怀孕的那段期间，被他和老迟喂胖了接近二十斤，解凛反而瘦了十来斤——不为别的，只因那段时间，正好也是公司走上正轨最关键的时期。拿到了新的融资，他有数不完的应酬，也在逐渐地适应自己身份转变的过程，真正学着做一个能管事有能力的好老板。

但尽管如此，无论多么重要的饭局，无论多么重要的周末。

他从来没有超过十二点到家，从来没有忘记过周末陪她产检孕检的日子，从来没有让她一个人挺着大肚子排过一次队。

为此，他甚至还特地买了本老掉牙的纸质日历放在床头，随时提醒、随时督促。

后来有次迟雪在家无聊，翻着日历看，赫然才发现，那上面密密麻麻记满了各种日期和琐事，连她某月某日提到过第二天想吃橘子，他还特意在那天用小字写上：

“最近爱吃酸，明买两斤橘、两斤橙。”

“产检带好证件、水杯、需提前预约排队。”

“腿浮肿，买刮痧、按摩仪器。”

“结婚六月纪念，提前订餐厅。”

即便是那些细枝末节的小事，解凛也从来没有假手于人。

他似乎早有决断，无法和她分担生产带来的痛苦，就竭力为她扫除生产以外所有可能发生的不愉快和阻碍。

迟雪至今也还记得，生时韫那天，她和时韫一起，被从观察室推出来，几乎所有人的第一反应，都是凑过去看那小小的皱巴巴的婴儿，却只有解凛，他做的第一件事是抱住她，沉默地抱住她。

他始终如此，不太会说煽情和甜言蜜语的话。却在她产后所有尴尬的、无所适从的、近乎崩溃的各种时候，都陪在她身边。

他陪她一起面对生产之后身体发生的各种变化，他像对待一个重新学走路的小孩一样，不厌其烦地、一次又一次地鼓励她。

甚至她因为喂奶的事几次和月嫂吵架，感觉自己好像成了孩子的附属品，也是他力排众议，和她站在一起，坚持早早结束了母乳喂养。

因为这，他甚至头一次和老迟吵架，纵然闹得不欢而散也不低头。

如此果断。

如此不容置喙。

却在回到家之后，看她委屈得流眼泪时，他也跟着红了眼眶。

类似的事，后来还发生了无数次。

她说因为长了妊娠纹，自己好像一下变丑，不想面对镜子里的身体。

解凛就在她面前掀开衣服，一个一个，指着自己身上的刀伤和弹痕给她看。

他说你看，我难道不是更丑更难看吗?

"你早就知道，早就看过，可还是接受这样的我，接受我所有的缺点，愿意和这样的我结婚，"他说，"为什么就不相信，我也能接受你所有的对自己不满意的地方呢?"

他说以己度人，如果你是我，阿雪，你就会明白，无论你是什么样子，你对自己的想法有多少改变，在我心里，你永远都不会变。

你永远不会变丑变老，你永远还是你。

——像我永远会爱你那样。

当然，后面那句话只在心里。让他说出口，是绝不可能的。

这一生，他只在婚礼上斩钉截铁地说了"爱"字，说过了，就永远不会忘，永远在心里。

只可惜，也因为时韫的"抢跑"式报道，他们也的确都没太来得及享受二人世界的浪漫，就走进新手爸妈手忙脚乱的育儿生活中。

后来好不容易适应了，又有好几次，解凛提出要去旅行，要每年过一次"蜜月"。

结果，都不是因为迟雪诊所的事分不开身，就是因为他们不放心时韫一个人在家、只有几个保姆月嫂照顾——薛蔷倒是提过几回，说是自己老了也不再拍戏，孙女可以交给她带。但解凛又不同意。

于是事情一拖再拖，日子如流水般从眼底淌过。

不知不觉，他们已然走到人生的下半场，才想起这场许多年前就已规划好的旅行。

第二天早上。才五点整，失眠了半宿的迟雪已然睁开眼睛，瞪着天花板看了半天，她幽幽叹息一声。结果身边竟也“紧随其后”，传来如应和般的一声叹息。

“没睡着啊？”她问。

而被戳穿的某人轻咳两声，只问她：“早饭想吃什么？芳嫂没这么早起来，我去做吧。”

[2]

解时韫的整个高三暑假，几乎都在父母堪称“狂轰滥炸”的游客照中度过。

当然，这些游客照中的主角大多数是母亲：在树底下学着别人扇蒲扇乘凉的母亲也好，手忙脚乱吃蛋烘糕却不经意把巧克力酱沾到嘴角的母亲也罢，点点滴滴，都被镜头如实地记录下。

而母亲似乎很喜欢这样的氛围，因此这趟旅程之中，总格外爱笑，几乎每一张照片里，她都不吝笑容地看向镜头，甚至偶尔还学年轻人、做出鬼马的表情来——不用想，也知道一定是在故意逗为她拍照的“某人”。

虽然动作还是老掉牙的“比耶”手势，在爱人的镜头下，却仍然显出温馨的爱意来。

而除此之外，同样占据近半壁江山的，则是两人的合影：起先在解放碑前，没几天又在总统府的梧桐树下，之后，甚至眨眼又到了维多利亚海港。每去一个地方，两人就这样手挽着手合影留念。

一个多月过去，眼见得家族群里几乎被塞满照片。

唯有父亲的单人照，却仍然是少之又少——他显然不太适应在镜头下配合微笑，就连那些“少之又少”的单人照，大部分也出自母亲的偷拍。

无论是他顶着大太阳在前面排队的样子。

提着大包小包购物“战利品”的样子。

还是满头大汗在路边树下喝茶的样子。

时韫翻着照片，看到最后，也忍不住在电话里哈哈大笑，说父亲实在是任劳任怨得像个包身工。母亲却笑着纠正她，戏说这叫“爱的负担”。

“解凛，是吧？”

“嗯。”

“要不要跟女儿讲几句？”

“……”

电话那头传来拍肩膀的声音，窸窸窣窣掀开被子的声音。

很快，却又只剩迟雪的笑声：“好了，那算了，不说了。偏偏你爸今天把腰给闪了。”

“正自己生自己闷气呢，就是不服老，又不让我帮忙。我给他按按先。”

“你在家要好好听哥哥话，不能放假就疯玩，知不知道？”语毕，交代完女儿，那头很快挂断电话。

却没想这一通电话刚结束，才过半小时，躺在床上昏昏欲睡的解时韫竟又接到闺蜜的邀约电话，约她明天晚上出来参加个送别宴。

而送别的主人公不是别人。

“宋引杰？”

“是啊，人就要出国了，你们以后‘劳燕分飞’欸，”闺蜜的语气揶揄，“于情于理，你得来送送人家吧？”

“我送他干吗。”时韫却显得兴致缺缺，“我和他又不熟，到时候去了没话说，尴尬死了。不想去。”

“别这样嘛，他出‘巨款’贿赂我欸，宝贝，我都答应了人家一定把你约出来了。”

闺蜜笑道：“人就是快走了，想跟你当面告别一下，而且又不止咱们仨，还有别的同学啊，不会尴尬的。”

“……”

“而且，暑假都快过完了，到时候你去北城，我去深城，真的是天南海北了，”女孩的声音透过话筒，委屈巴巴地传到耳边，“时韫，你就出来聚一下嘛，这暑假你都闷在家里，都快发霉了不是。”

焉知解时韫向来是个吃软不吃硬的，从小到大最受不了，就是别人温言软语求她做什么。

于是到了第二天傍晚，终于还是慢吞吞、换了新衣化上妆，许久没有化妆，她对照着美妆博主的视频一步步“临摹”，才刚画完最后一笔口红，敲门声便传来。

是梁怀远来敲门喊她吃饭。

门打开，他冷不丁见她今天装扮，却又不由得愣住：不晓得是因为太久没见她这样“花枝招展”，还是因为陡然惊觉，素面朝天一脸稚嫩的小姑娘，原来也不知不觉间长成了身量纤细而相貌出挑的少女。

她少时分明是像迟雪的。越长大、五官长开，却又因为继承自父亲的高鼻深目而显出与母亲不同的冷冽。画上红唇细眉，更成就了莫名的艳色。

只是，样貌无双，脸上却还是天真的神情——她一见他就笑，仰头看他，又指给他看自己特意画的眼妆，一口一句“不去则已，去了一定要做人堆里最漂亮的姑娘”。

哪怕到了餐桌上，还一个劲在向他确认。

“我好看吗？哥，漂亮吗？”

“我都好久没化妆了，刚才画眼线的时候手抖得不行。”

“我这个裙子会不会太短了？”

梁怀远却只笑着揉揉她头，说漂亮，好看，不短。

“你都是大孩子了，有自己的主意，”他说，“你选的是你自己喜欢的就好，你喜欢的，都是好看的。”

他从来不会对她的喜好指手画脚。吃完饭，又亲自开车送她去聚会，只有临别时，他才多问了一句：“大概什么时候结束？等到结束，记得打个电话给我。”

“十一点？十二点？”

“要不要送你进去？”

“才不要！”

时韫却一副防“豺狼虎豹”的十级戒备姿态，坚决不让他下车，只说送到门口就好不必进去，便飞快下了车，走进同学间约定好的清吧。

到了位置，提前答应过会到场的同学竟已来得七七八八。

十几个人扭头和她打招呼，还有男孩儿吹着口哨打趣她今天怎么这么精心打扮，不愧是班花，现在可以当校花。直到被她一眼瞪回去，方才吐着舌头偃旗息鼓。

闺蜜见状，笑着迎上前来，却忍不住频频探头看她身后，一副稀奇又遗憾的语气："你哥怎么没来？平时都会送你的啊。好久没看见他了。"

"嗯，他忙。"

"好吧……"

闺蜜一脸欲言又止，似乎还想问些什么。无奈下一秒，送别宴的主人公却也凑上前来——不穿校服改穿潮服的宋引杰，大半个暑假不见，仍如旧阳光帅气。

不枉从前读书的时候就是许多女孩讨论的焦点：家世好，人品好，论成绩更是班上数一数二的佼佼者，典型的五好青年。只是时韫最初却根本没有注意到他。

毕竟，家里不仅有哥哥，还有爸爸那种大帅哥。她对帅哥的评判标准，一向是拿老爸年轻时候的照片作"依据"的。

一直到后来，她的成绩一飞冲天，发现自己拿第一的时候宋就是第二，拿第二的时候宋就是第一，这么纠纠缠缠十几次考试，学校里同学都私下里把他们配成"官配"起哄，她才真正正眼看了对方一眼。

但也就仅此而已。

如现在。

"时韫，你来了？"

宋引杰一脸惊喜，脸上是昏暗灯光也遮不住的热意，怔怔看了她半天，又低声道："你今天很……漂亮。"

她也同样只是侧头看了对方一眼，点点头说谢谢，又说你要出国了，祝你一切顺利。

她心里却莫名其妙得很，为什么所有人，包括宋引杰在内，表情里都默认为她是为了他才用心打扮？其实她就是臭美，就是花蝴蝶，就是喜欢打扮而已，有什么不可以吗？

更别提送别宴进行到一半，众人又起哄玩真心话与大冒险。

她知道自己是焦点，几次险险过关。怎料千防万防，最后是一向谨慎的宋引杰不慎中招，选了真心话。

偏偏她闺蜜还看热闹不嫌事大，也不顾她伸手阻拦，直接开口就问："宋引杰，你是不是喜欢时韫啊？"

"……"

“机不可失时不再来啊，你要说实话！”

“……是。”

一个“是”。

如一石激起千层浪。

解时韫额角青筋直跳，听周边同学口哨声连着欢呼声，不知道的，还以为是她和宋引杰真有什么惊天动地故事，猫腻讲一晚上也讲不完的那种。

尤其闺蜜，自恃是个人来疯，甚至当着所有人的面、拉过她手要“讨说法”。

“时韫，你别哑巴呀，你对人家有没有意思啊？”

“都要出国了，这说不定以后难能见到了，还是那句话，机不可失时不再来啊！”

明知道她根本不喜欢宋引杰的。

为什么还要说这些话？

时韫的脸色彻底冷下去，低头看着两人相牵的手，突然间，却用只有两人能听到的声音，小声说：“咱们以后别做朋友了。”

“……”

“我给你面子，你给我挖坑，”她说，“这样的朋友，多一个太多，少一个更好。”

语毕，也没管周围人什么表情，宋引杰什么表情，她只冷静地拂开女孩紧攥自己的手，起身说了句“我不太舒服，今天就不待了，你们慢慢玩”，便径直扭头离开。

众人都知道她什么脾气，一时间，竟没人敢上来追。

倒是她自己，从卡座一路走到门口的短短一段距离，已经消了气，心说不值得为这样的人生气、甩了更好，又拿出手机看时间，已经十一点半。

说早不早，说晚不晚。

她冷脸避开清吧门口搭讪的男人，正准备给梁怀远打电话通报平安。却眼尖得很，环视一圈，一眼看到停车坪不远处那辆眼熟的银灰色宾利。

想来她不让他送，但他也没有走。

时韫突然便笑起来，把手机塞回外套兜里，很快脚步轻快地跑过去，想要冷不丁敲车窗吓人一跳。

只是，猫着腰好不容易溜到驾驶座旁，小心翼翼不被人发现的她，却在手伸出去、敲车窗的前一秒。

“……”

她的手突然顿住，视线所及，驾驶座上，梁怀远不知何时已抱住手臂向后靠，默默睡去。

但让她停住动作的却并不是他睡着的样子。

不是他睡着时还护着手机、随时等待她 Call 的样子。

而是他睡着了所以浑然不觉，从鼻子里淌下的血，不知何时已沾满下半张脸，流到衣襟，又在衣襟上晕开一大片深浅不一的红和深红。

……

这一夜，车上的梁怀远最终是被一阵急促的手机铃声吵醒的。

因前两天的跨国会议太多，需要处理的文件太多，他几乎没怎么合上过眼。

实在是太困，才想着在车上补补觉，却又怕自己睡熟了听不见手机铃、接不到时韫的电话，所以，睡前还特意把手机铃声开到了最大。

于是这一刻，堪称震耳欲聋的手机铃响彻整个车厢，他一个激灵，瞬间清醒。

摸过手机看，显示的来电号码则无意外是时韫。

“喂？”

他当下接起电话。

“喂，哥。”

电话那边的时韫不知是不是喝醉了，声音有些颤抖。

“你们已经结束了？”

“嗯，很快结束了，还有……还有几分钟吧，再陪他们照照相我就可以走了。”

“好，那你等下直接……”

直接出来，我就在门口等你。

这句话还没来得及说出口。

他突然意识到不对，借着挡风玻璃的反光，看清自己脸上、身上如今的狼狈，又看向内后视镜。

“哥？”

“没什么。”他背手擦了擦鼻子，发现血仍然止不住，又去抽抽纸，擦了脸，又擦衣服。

然而脸上勉强可以收拾干净，血可以堵住，衣服却不是一时半会儿能够换或者解释清楚的。

他不愿意让她看到自己这种可怜又“可怕”的样子。

于是，在她第二次喊“哥”确认情况的时候。他又端起笑的语气，说：“那你等下在门口稍微等等，我让司机过来接你，这么晚了，你一个人回家不安全。”

“……”

“哥哥还有工作没处理完，今晚可能在公司睡了。还有，你今天有没有喝酒？我提前跟芳嫂说过了，她应该煮了解酒茶，你如果喝了酒晚上不舒服，记得喝一杯再睡。知不知道？”

“……好。”

怕与她撞见，他挂断电话，很快把车开走。一直开上大路，又轮着给司机张叔和芳嫂打电话，叮嘱他们一个来接人，一个记得催小孩睡前喝醒酒汤。

即便在这个过程中，他还是能感觉到血液涌流，感觉到熟悉的呼吸困难，甚至无法控制地呼吸急促。

至少表面上的情绪，却一直都是稳定的。

他从不会因为感受到痛苦或者察觉到生命力不可逆地流逝而表露出一丝一毫的脆弱，相反，正因为知道逝去是不可逆的，所以在这个过程里，他不需要任何人的同情和怜悯。

他只需要他们放心就好——

或许也正因此。

所以，那个他最希望她能快乐安心的女孩，才会自始至终躲在停车坪的灌木丛中，泪流满面也不多说一句话。她只说好，我会坐张叔的车回家，我会记得要喝醒酒汤。

“哥，你别担心我。”

她说。

[3]

直到很多年后，解时韫仍然会想起这一夜。

她想过，如果自己当时第一反应不是装作什么都不知道，而是勇敢地敲敲车窗，问他为什么病情反复、为什么突然就变得这么严重，要他去看医生，要他好好照顾自己的身体；又或是在母亲后来问起她暑假见闻时，哪怕一句提起自己这一夜的所见，而不是默许了梁怀远在大家长们面前撒谎，说“身体没什么不舒服，一切都挺好的”，如果有如果，结局会不会不一样。

然而，人生却原就是一条大道走到黑，没有回头路的漫漫旅程。

甚至于她后来才知道，自己人生中最开心的日子，其实也和梁怀远最痛苦的日子重叠在一起。

那时，因为她去了北城读大学，梁怀远为了就近照顾她，因此也申请从叶氏的淮南分部调回了北城总部。她平时住在宿舍，每到周末，就去找他玩，又或是他来学校接她出去。

本来很寻常的一件事，偏偏时间一长，因他长得实在出众，看着又总一副社会精英的打扮，学校里却难免传出风言风语。

她心里清楚其实只需要解释这是家里哥哥，就可以理清误会，却不知怎的，好几次别人来八卦、问接她的是不是她男朋友，她又总是不由自主地含糊其辞。

直到后来，还是梁怀远自己意识到不妥，于是直接和班上辅导员联系，趁着某次她们本科班班会，过来送了一趟吃的——全班同学人人都有份那种。又当着所有人的面介绍说自己是时韫的哥哥，以后有什么需要帮忙的地方可以随时联系。这才让她从流言蜚语中勉强脱身。

但她并没有因此太高兴就是了。

相反，还为此闷闷不乐了很久，梁怀远察觉不对，问她为什么生气，周末也不出来了。

她一时词穷，只能托词说你都不跟我打招呼就联系辅导员，你是封建家长，是专制主义。

他听得在电话那头不住扶额。半晌，又一本正经道：“好，我是专制主义，是封建家长，”梁怀远说，“那你是我的妹妹，就是大家千金，公主殿下了。所以，都做大小姐的人了，是不是要大人有大量？”

“才不要。”

“上次不是说想去吃omakase（指一种日式料理方式）？我听朋友说，盘古七星那家花传做得不错，周末带你去试试。”

“不吃。”

“那演唱会看不看？”

“……演唱会？”

“你之前说和室友抢不到票，所以我让人联系主办方，给了两张VIP……”

嗯。

所以说，小姑娘的爱恨就是来得轻易走得轻易。

两张演唱会的VIP门票，已经足够她“冰释前嫌”，开心高呼“哥你超厉害”了。

梁怀远按着太阳穴，听着电话那头毫无半点矜持的欢呼声，不由得失笑。

只不过，到了演唱会当天，时韫却意外地被放了鸽子——室友和男友吵架，死活不愿意出门，宁可浪费宝贵的门票、也要窝在宿舍里生闷气等男友过来求复合。无法，时韫只得又临时拉了梁怀远来“填场”。

“哪有一个人去看演唱会的嘛！一点气氛都没有！”她理直气壮，“演唱会，当然都是要和重要的人一起去看，一起去体验啊。”

话都说到这地步了。

于是，这年三十有二、被视为解时韫解大小姐“重要的人”的梁总经理，就这么被一群十几二十出头的年轻人四面合围着，体验了一波年轻人的鬼喊鬼叫、爱恨滔天。

时韫爱热闹，拉着他的手挥舞荧光棒，喊“安可安可”。

他被吵得忍不住皱眉，却还是没有甩开她，依旧惯着她做从前那个“太吵闹的小孩”。只有在全场灯光尽灭，演唱会即将结束、所有人的目光都聚焦在歌手所在的升降台上时，他才忽然侧过头，悄悄看了她一眼：

满头大汗的，两眼晶莹的，热切又无所顾忌的，十九岁的解时韫。

他左手悄然揪紧衣襟，在心脏传来的痛意中空前清醒，后背冒出密密麻麻的汗意，却仍是用自己的眼描摹她的脸，妄图把这一刻记住。

“时韫。”

“嗯？”

“……”

“你说什么？音响声音太大了听不清啦！”

她索性凑过去听他说话。

梁怀远却只说：“我问你，晚上夜宵想吃什么。”

“吃烧烤呀！”她只是随口一答而已，却不想那一夜烧烤没吃多少，反倒是看完演唱会兴致上头，和同为歌迷的姐妹拼桌，啤酒喝了一瓶又一瓶。

梁怀远拉不住她，她又自诩继承了父亲的酒量、千杯不醉，最后干脆上了白的，愣是喝倒了一桌人。

梁怀远在旁边无可奈何，又怕这五六个女孩回家、回学校路上出事，最后索性叫来了几个代驾司机，把人都送去就近的叶氏名下酒店，两人一间，视频留证。直等把所有的陌生女孩都安置好，这才回自己车上安抚另一个醉鬼。

没承想。

这一安抚就安抚出了事。

解时韫十九岁那年冬天，谈了自己人生中的第一场恋爱——和北电表演系的一个帅哥师兄。

那时她的周末已不再被梁怀远填满，更多是和闺蜜逛街看展，又或者忙碌于课业。

室友不知第多少次问，怎么最近没看到你那个超帅的哥哥来接你，她只得搬出之前认识的师兄救场。结果一来二去，那师兄竟突然向她表白。

她蒙了好几天，思来想去，后来却还是应了，想着既然不讨厌，谈一下当人生经验也无妨。

于是这场恋爱便真的平淡地进行下去。

进行到第三个月，春暖花开季节仍然还在一起。她也逐渐习惯了用师兄代替原本梁怀远的位置，甚至还带着人去见了梁怀远一次，介绍说“这是我男朋友”。

看似漫不经心。

实则十足地撇清关系。

十足地抹干净嘴不认人。

梁怀远却亦微笑，和对方握手。

“我是时韫的哥哥，”他说，“还请你好好照顾她。以后如果有需要帮忙的地方，随时联系我。这是我的名片。”

他的姿态从容，看不出任何的僵硬或不自在。

解时韫却气得拉着男友扭头就走。

只是再往后，那股心气亦逐渐被生活压倒。

尤其她大学三年级时，师兄即将毕业，某日红着脸交给她一把钥匙，说是他租的房子。

她去看，却发现那房子实在寒碜得可怕：三室一厅，三对情侣合租。连个隔音的效果都没有。

她只在那里待了三个小时，吃了晚饭便离开，回学校的路上，心里却突然开始发酸，想起每年生日男友如何省钱给她买昂贵礼物、配合她过舒适生活，背地里原来却快要家徒四壁——她是想帮忙的。无奈翻翻自己存款，除了母亲帮忙存的定期外，其他的，这个月买包买衣服买鞋已经用光。她又拉不下脸去找父母要钱。

末了，时隔两年，她还是拨通了梁怀远的电话。

她不愿意再喊他哥，仿佛一种固执的赌气，只有一声“喂”，然后便是开门见山地借钱。

“借多少？”梁怀远问。

“给我男朋友租房子用的，你看着借吧。”

“……你们一起住？”

她一句“怎么可能”卡在嗓子眼。

听到对面莫名的沉默里，似乎凌乱的呼吸声，一种莫名的快意却窜出来，她想，你现在知道后悔了，你现在知道问这个了——你当初又是怎么对我的，怎么当作什么事都没发生过的。

于是当年撒谎不脸红，如今撒谎不用打草稿，她说：“是啊，不然呢？”

“……”

“我不跟我男朋友住，跟你住啊？哥？”

“……”

“哥，给我租房子。”

这是梁怀远第一次挂她的电话。

但很快，他的助理便来联系她，说是已经安排好房子，不过不是租房——他直接把自己名下的两套房产过户给她，在同一个小区的两栋楼。

她被这突如其来的房子砸了个不知所措，于是索性又打电话问他，这算是什么意思。

而电话那头沉默许久。

“没有别的意思。”最后，亦只有熟悉的声音淡淡说，“只是，时韫，祝你生日快乐。”

原来过户当天正是她的农历生日。

农历的日期每年都变，阳历却很方便，每年如一。

所以她成年后，大多数时候只过阳历生日。可只有家人——只有哥哥——每年却都记得这个日子。

她怔怔间，突然哽咽得说不出话来。

以至于在那之后，花了很长一段时间才重新收拾好心情，变回那个硬骨头而不低头的她。甚至越发坦然起来，偶尔母亲打电话来关心，她也不再遮遮掩掩，反而大方地说我谈了个男朋友，对方除了家境稍差点，是个很好的人。

母亲闻言便笑，想了想，说谈谈也是好的，你是大人了，自己可以决定自己的生活，只是话音微顿，又提醒她：“但暂时不要告诉你爸爸”。

“告诉他了，他还不得飞过去找那男孩‘当面审核’，”迟雪说，“你爸这两年身体不如从前，以前那些旧伤啊老毛病的，从前年轻的时候不觉得怎么样，年纪大了，一个个都来找了，他前两天刚做完手术，都不让我告诉你。”

“啊？什么手术？”

“一个小手术。”迟雪叹了口气，“他不是老觉得肩膀疼吗？又拖着不去检查，非得我千说百说才肯去。”

“结果一照X光，发现他肩膀当年中枪之后的子弹碎片竟然都没取干净，不知道疼了多少年了，他一直不说。还是最近疼得实在受不了了，

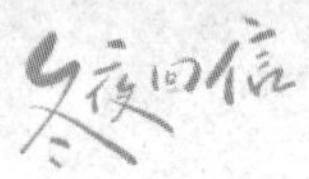

才被我问出来的。”

虽然同为医疗行业从业者，但母女俩聊起这些时，很显然，最初都只是半抱怨半无奈的语气。

毕竟，谁都想不到，一贯身体硬朗如解凛，四五十岁依然不输正当壮年年轻人的解凛，竟然真的会被那些旧伤打倒；也没想过那些旧伤其实不止一处，是日积月累下的沉疴痼疾。

直到时韫大四时拿到国外常青藤大学的 offer，准备出国留学。

正忙得昏天暗地，梁怀远的电话却突然打来，电话里，他的声音是从未有过的慌乱，他说时韫你什么东西都不用带，现在跟我回家。我们马上坐飞机回去。

“……发生什么了？”

“我们见面细说。”

他说话的时候都在发抖。

她察觉到不对，换衣服的时候突然忍不住掉眼泪，室友问她怎么了，她却哽咽得一个字都说不出来，只说我要回家。

我要回家。

家里人总是这样，把最难熬的事都瞒着她，直到瞒无可瞒。

她一路都在哭，哭得不可自抑。

直到一夜过后回到家乡，直奔市医院，VIP 病房里，解凛已然清醒，迟雪坐在病床边，正在给他喂粥。

时韫只站在门口，看到母亲好似突然老去而佝偻的背影，突然间，便如孩子般号啕大哭起来。

她跑过去抱妈妈，可安慰的话说不出来，反倒成了被安慰的那个。她去抱爸爸——想抱却又不敢抱，怕自己手笨，怕碰伤他。

解凛反而像个没事人，伸手揉揉她的头发，说：“爸爸没事。”

“爸爸没事，不要哭了。”

“怎么突然回来了？有没有吃早饭？”

“还有小远。”他说，“别傻站在那儿，过来，吃过早饭没有？没吃的话，这里还有粥。”

他分明是不爱说话的人，却为了他们而努力说些家常的话，仿佛这样，就像什么都没有发生那样。

可是又怎么可能什么都没发生过呢?

刚才还一直在安慰时韫的迟雪，突然捂住眼睛，仅露出的下半张脸，她紧咬着嘴唇，仍然阻不住泪水长流。

解凛穿着病号服，左手的袖管却是空荡荡的。

他再也没有办法将女儿举得高高引她发笑，再也没有办法一只手牵着她、一只手为她提着大包小包的“战利品”。

那一年的高楼上，二十五岁的解凛曾一个人半悬空，支撑住另一侧几乎两倍于他的重量。

那种几乎被撕裂的痛，他都可以强忍住。

后来的几十年，那种时常复发的疼痛，他都可以强忍住。

可是她做不到。

迟雪忽然哭出声来。

“解凛，”她说，“解凛……”

来来回回，她只反复说这一个词，这一句话——

焉知这风雨同舟的半生啊。

他是她面前坚不可摧的树，是坦荡大路的归途。

但是，如果知道这棵树是用钢钉支撑，用铁骨代替血肉，知道他微笑背后的难忍。她又要如何面对始终活在自己心里，那个连看到他的伤口，都伤心得无法以眼泪形容的女孩啊。

或许也正因此。

所以，解凛会对时韫说别哭，说别怕。但他从不对妻子说这些、知道她做不到的话。

他只是俯下身来，在她哭得伏到床边抽泣时，用脸颊，轻轻碰了碰她的脸颊。

“阿雪。”

他说：“只有一只手，我也可以陪你撑起这个家。”

[4]

五十四岁这一年，迟雪带着解凛四处寻访名医。

他们去过北城沪城，也曾远赴欧美。但是归根结底，对于他的旧伤复发和身体所爆发无可抑制的疼痛，几乎所有的医生，最终给予的方案都只是保守治疗，以最大限度地“延长生命”。所有人都安慰她，只要用医疗手段介入，住院接受疗养，一定程度上可以缓解他的疼痛症状。

在这之中，却只有一名早年和老迟曾有过私交的、好心的老中医，临走前又拉住她，和她坦诚地聊了聊，说你先生的情况，的确不太乐观。

“人的身体就像海绵，小迟，运气好，锤烂压扁都还能摇摇晃晃复原个大概样子，但是实际上内里已经千疮百孔，里面的结构已经改变了。”

“他的样子啊、身体啊，的确看起来比很多我诊断过的同龄人都要好。但是我看了你给我的报告，也摸了他的脉，我想他的病根，应当是出在十几年，甚至几十年前吧？你应该心里也有底——毕竟，旧病难愈啊，到底为什么难愈，原因就在于年岁太久远，日积月累下来，他的脏器、各器官的衰老已经不可逆，你可以用外力去减缓这个过程，但是既有的伤害已经无法挽回。”

虽是私下的闲聊，后来却一语成谶。

解凛此生，曾三次中弹，身上共十九处刀伤，六处贯穿伤。

少时，他可以浇酒烧针消毒，眼皮都不眨地缝补伤口，但年过半百时，当初遗留下来的各种仓促旧伤，却都一个接一个地复发。哪怕左手截肢后，肺部、左心室和右腿遗留下的旧伤仍然昼夜不息地折磨着他。

那时节，迟雪在医院陪床，偶尔半夜惊醒，下意识去看病床上的解凛，总会发现他也还没睡，就睁着一双眼睛静静看着她，额头上全都是汗。

她想伸手去拉亮灯，却被他拦住。

黑夜里，他只是默然凝望着她，许久又许久，末了，他说：“阿雪，让我出院吧。”

“我知道，我的时间不多了。”

“……别说傻话。”

“我不想最后的时间也是在医院过。”

他说：“这一辈子，我都很讨厌医院，因为我在这里，眼睁睁看了太多人离开。小时候，我在这里送走了我的父亲，长大了之后，也是在这里，我送别了队友——我不想自己有朝一日也成为被送别的那一个，不想有一天也躺在冷冰冰的太平间里。”

他说这几年，我们已经走遍了中国，去了很多地方，国外也去过，没有什么遗憾了。我想和你找个小房子，我们去没有那么多人的地方，就慢慢地变老，慢慢地走完这最后一段路。

这是他平生唯一一次的“任性”。

而作为妻子，作为爱人，作为他此生唯一的伴侣，迟雪唯一能为他做的，也只有满足他这一次的任性。也因此，同样作为医生，她反而不顾医生的阻拦，结束了医疗的外部干预，结束了他痛苦煎熬的配合诊治过程。

她带他去了自己养母的故乡，那个无数次听母亲描绘过的湘南小城，他们在那个名为“沈家村”的小村庄里买了一栋空房。

村民都姓沈，在这还未被彻底开发的山林之间，日出而作日落而息，又因民风淳朴热络，在他们搬来的第一天，听说她是沈蓉的女儿，还自发给她们办了三桌“乔迁宴”。

尽管政府已帮忙通了水电，但这里的村民还是习惯早晨去山上担水捡柴，迟雪最初以为解凛会很不适应，但事实证明，从乔迁宴过后的第一天，他仿佛就融入其中——甚至比她这个“沈家女儿”还要快，跟着村民学砍柴，学钓鱼。

哪怕只有一只手，很多家务活和重活，他依然干得利索。

只不过在钓鱼这件事上，却实在是“僧多粥少”，有时一整天也钓不上来一条。

他却耐心十足，每每坐在溪边坚持，她也不扫兴，就坐在旁边看书或洗衣，默默陪伴着他。

他们谁也没有再提起病痛和死亡的旧话题。

尽管偶尔半夜他仍然会痛醒，但冷汗涔涔间，也只是将她抱紧。

“没事。”他低声安慰，“阿雪、没事，我只是做了个噩梦……没事。”

日子就这样，被一个接一个的善意谎言盖上安稳的外衣。以至于有时迟雪甚至会突然恍惚一下，觉得那些焦心的日子，似乎也只是自己做的一个噩梦，现实里，解凛还是健康的，无所不能的，在任何时候，任何地方，他依然如他自己所说，为她撑起一个平凡温馨的家。

于是他们“躲”在避世的小村庄，烧柴火灶，泉水煮茶。

下雪天厚雪压垮天线，解凛搬个梯子爬上房顶去修，她在底下看，着急起来，喊着“不看电视也没什么，不看了不看了”，结果喊声没撼动他，倒是惊动邻居。

一群男男女女，不是跟着爬上梯子去帮忙，就是安慰她这点小事不要太担心。

后来天线果然顺利修好，为了感谢邻居，她切了自家的腊肉送到各家，结果每家每户都有回礼，最后索性都聚到一起，一群人围着一桌好菜，看了出热热闹闹的春节晚会。

解凛被勒令禁酒，只能以茶代酒，成了一群人里“最独特的风景线”，倒是迟雪被气氛感染，也跟着喝了几杯，喝到微醺，脸上发热，遂站起身来到屋外去吹风，看调皮的邻家孩子满院跑，看他们呼朋引伴堆丑丑的雪人，恍惚也看到多年前的自己。

正出神间，篱笆围栏却忽然“吱呀”一声被推开，她循声看去，是头发都被雪花染白的青年，裹着羽绒服和围巾，他只露出上半张脸，看向她的眼睛却是微笑着的。

他喊她：“阿姐。”手里提着大包小包来拜年的小远，转达了身在北城脱不开身的时韫的祝福。

小姑娘在视频电话里委屈巴巴，说护照出了点问题，机构的中介老师怕出问题，让她留在北城“随时待命”；再加上她之后还需要给那边的教授再去邮件解释、赶毕业论文，等等，万般无奈之下，也只能这么隔空和家人过年了。

“不过等我顺利出国，一定好好念书实习，等我回来，肯定就变成医术高明的大医生，到时候不管什么病都被我治好……爸爸，听见没有呀？”

“听见了。”

小姑娘雄心壮志，满眼真诚，又有些别扭地闪躲眼神，瞟了眼在镜头里当背景板、正在和邻居们寒暄的梁怀远。

那一年，解时韫二十二岁，梁怀远三十五岁。

次日一早，解凛却带着梁怀远，两人有意避开迟雪，去山上捡柴担水。

等迟雪和邻家大姐织毛衣，织着织着开始犯困，才想起来这俩人怎么一上午都没见着人，正回家去找，却发现小远放在房间的行李箱不知何时已搬走，被子亦叠得方方正正，仿佛没人来住过似的干净。

正疑惑间，解凛却又拍拍她背、突然从她身后出现。

“小远呢？”

她当下问他。

“走了。”

“……怎么这么匆匆忙忙的？”

“他把想说的话说完了，也就走了。”

与她的一头雾水不同，解凛的表情语气一如既往地平静。

停顿良久，这才淡淡补充一句：“他让你不要担心，关于时韫的事，他都会安排好。”

“出国的事？”

“……嗯。”

他并没有告诉她，那孩子这次过来，其实是专程来告别的。

正如他也没有问那孩子，所谓的安排好究竟是怎么安排好，他只是代替时韫，从梁怀远手中接下了一封信。

而清晨的竹林中，梁怀远亦只是向他深深鞠躬。

“我一直都知道，我父亲做错了事，是非常严重、无法被原谅的事。小时候我不懂，长大了却没办法自己欺骗自己。”

“所以我也知道，我这一生是需要赎罪的，只是我的身体没有办法支撑我走到最后……我尽力了，但，真的只能走到这里了。”

“多谢你和阿姐这些年来的照顾，多谢你们，愿意给我这个机会。”

“我想，我已经没有……遗憾了。”

时韫出国那天，梁怀远来送她。

她那时却还因为出国的事而和男友吵架，又在前天晚上一气之下说了分手。心情坏到谷底，自然一路也都没有给他好脸色——她想他来送她，八成也只是听了爸妈的话而已。

毕竟他们也还在冷战。

于是到了机场，她也没想着和他依依惜别，只拖着行李便闷头往安检口走，路上还频频看手机、想着那个不争气的男朋友会不会来找她挽留，要是真的来了自己要说什么——

“时韫。”

梁怀远却突然又在身后叫住她。

声音很轻。

但她仍然听清。

“怎么了？”

于是也只得强压下心中的不满，她有些不耐烦地回头。

“记住啊，”他却没头没尾地叮嘱她说，“戒骄戒躁。”

“哥哥哥哥，我好紧张！到底高考有没有什么秘诀啊？你快传授一下，我要抄在我的错题集第一页……！”

“让我想想。”

“快点快点，你可不能藏私啊，被我发现的话我会讨厌你的。”

“知道了，戒骄戒躁，虚心勤奋，放平心态……欸，还有一个是什么来着？”

“时也运也。”

他说：“时也，运也，要接受人生的不平和弯路。”

“只有往前走，才有柳暗花明又一村的那一天——只有这样，你才能真正勇敢坚定地走下去。”

……为什么突然这么严肃？

解时韫听愣了下，愣怔过后，却还是迟疑地点点头。

他便笑了，随即摆摆手，示意她过去安检。

看似只是很普通的一次分开啊。

解时韫在美国读研的那三年，却时常做梦。几乎每次都会梦到两人在机场送别的那一天，想起自己排队安检、到即将过闸口时，突然心跳得厉害，于是不由自主回头看了一眼：

那一眼。

她看到他的目送，看到他眼底恍惚的晶莹——但她仍然怀疑是自己看错。因为四目相对那一刻，他一瞬间，仿佛又变成了她熟悉的、微笑的样子。

她记得他以口型对她说：再见。

那个从容又饱含祝福的微笑，在梦里也从来没有变过。

后来她忙于学业，三年间只回国两次，奇怪的是，这么难得才回来，她那个最爱表演“兄友妹恭”的哥哥却次次都不见人影。

她心里觉得奇怪，因此问起父母亲，他们遂给她看些视频：画面里，梁怀远不是在法国开会就是在某某会议上代表发言、看似是忙得天南海北到处跑。

叶氏的官网上，他的名字也依然挂在职业经理人的第二行。顶着那个熟悉的微笑，做世人一眼可知的青年才俊——

她却看得直蹙眉，心说忙得都没有人性了，一点人情味都没有，于是泄愤似的帮着父亲砍柴，一刀一个，木屑横飞。

正挥汗如雨间。

林间却飞来一只蝴蝶，忽然停在她手背上。

她觉得稀奇，又怕这么漂亮的蝴蝶会不会是什么艳丽带毒的毒蛾，于是停下动作，僵得一动不敢动。邻家小孩见状蹿出来，好心帮她赶走了蝴蝶，可没多会儿，那蝴蝶又飞回来，停在她头发上。

"……姐姐，它很喜欢你啊！"这下，连邻家奶声奶气的小朋友也忍不住感慨，"你看它一直黏着你！是不是因为你身上很香？"

时韫自己也觉得莫名其妙，难道自己身上的香水还有招蜂引蝶的妙用？

末了，却还是母亲探出头来看一眼，沉默良久，对她说："蝴蝶嘛，不伤人的，随它去吧。"

随他去吧。

她想了想，便也真的随它去了。

后来她在美国顺利毕业，作为优秀毕业生代表上台发言。

正讲到最精彩处，台下掌声雷动，一只熟悉的蝴蝶却又停在了她的领口。她起初还没发觉，直到人们纷纷举起手机拍照记录，她低下头，这才发觉——又是那只"黏人"的蝴蝶。

主持人见她蹙眉，好心帮她挥手驱赶，无奈蝴蝶似乎铁了心要听完这场演说，飞来飞去，最后又在她的硕士帽上安家。

她见状，索性摆手阻止了主持人，而笑着说这是"my friend.（我的朋友）"。

蝴蝶听完她发言，果然振翅飞走，倒是她自己下台后仍觉得惊奇，反而和好友分享，说我想我和蝴蝶是很有缘。

"什么意思？"

"两年前我回中国看望父母，有一只一模一样的蝴蝶停在我手上。"

"嘿，朋友，别开玩笑。"

她那位立志在生物学上干出一番事业的朋友闻言，却顿时大声笑开。

“蝴蝶的寿命很短的！有的甚至只有三五天，就算是冬季出生的蝴蝶，如果不是个别特殊的品种，也只能活一个月到两个月之间。”

女孩说着，笑着拍拍她的肩膀。

“而且难道你以为，凭蝴蝶那么脆弱的翅膀，可以飞过太平洋，从中国到这里吗？如果真的被你发现，你该拿大奖了！”

……有这么夸张吗？

她被说得脸红，不自在地轻咳两声。

女孩却显然也没有执着于这个诙谐的话题，因此片刻过后，反而率先话音一转，又向她打听：“对了，那个宋引杰——这两年一直在追你那个，你们还有没有后续？”

“他是我高中同学而已，出国之后，小圈子里见过几面，不熟。”

“意思就是没有后续啊？”

“……没有。”

时韫说：“他不是我喜欢的类型。”

话虽如此，残酷归残酷，但毫无疑问，得到了这个答复，女孩的开心都写在脸上。当下欢天喜地地起身去找人拍照合影，独留下时韫一个人还坐在原处，莫名惆怅起来，又翻开手机。

她心说自己这么重要的毕业典礼，父母来不了也就算了，毕竟父亲这几年的身体不好，也不方便舟车劳顿，但梁怀远有什么理由招呼都不打一个、直接缺席？还整天说是哥哥呢，从没见过这种不负——

不负……

她的手指突然僵住。

颤抖着。

许久，终于定在了叶氏官网第二行，那个灰色的头像上。

[5]

迟雪六十一岁那年，为解凛张罗六十岁的酒宴，请来了邻里街坊好几大桌人。

时韫已然回国，在北城一家三甲医院做外科医生——旁人三四十岁才企求得到的机会，她二十八岁已经得到，亦算得上是年轻有为。只是请假却实在是件难事。她因此连去年过年期间，从除夕到初五，也都几乎全在医院度过。

这次还是提前了两个月和院里申请，才终于拿到了难得的一周假期。

等她一路风尘仆仆赶到沈家村，迟雪已在村口等候多时。见她手里大包小包，聊着天的空隙，做母亲的已顺手接过所有行李，一手拖箱，一手拎包，她抢都抢不过来，最后只得这么两手空空，一路走到自家的小院。

也是走进里头一看，才知今天为什么父亲竟没有过来接她——原是在院子里晒太阳、倚在躺椅上睡着。家里养的狸花猫窝在他脚边，也睡得很香。

迟雪不忍吵醒他，因此拉着女儿、脚步悄悄。

于是解凛便就这样，在冬日的阳光底下睡了个好觉，一直睡到晚餐前夕，被菜香勾起馋虫，这才慢吞吞睁开眼睛。

女儿在他旁边看书，想也知道，八成是被她妈妈赶出来的，笨手笨脚，又不会做菜，见他醒来，时韫笑着扭头，说爸，看你睡得好，都不忍心吵醒你。

“……”

他看着她的笑容，不知想起什么，却有一瞬的愣神。

末了，还是迟雪从厨房探头出来，喊父女两人吃饭，他这才回过神，在时韫的搀扶下站起身来。

一家人吃着饭，席间迟雪问及女儿的男友怎么没来，时韫只推说是工作太忙，说宋家的那个老爷子最近身体不好，他们一群儿孙只好轮流去照顾，过年期间正好轮到宋引杰，也就没让他跟来。

解凛却似慢了一拍，有些惊异，说：“宋引杰？”

“嗯。”

“他追你，我倒是听你妈妈提起过，什么时候在一起的？”

“就上个礼拜，他在我医院门口撒第六回花了，”时韫无奈地揉揉太阳穴，“我想着，他能做到这地步，也的确够给我面子了，就在一起试试吧，不在一起试试，他也不知道我们有多不合适。”

这又是哪里来的歪理。

迟雪听得失笑，侧头去看解凛。

两夫妻无奈地对视一眼，却终究都没说什么。毕竟，时韫长得像妈，性格脾气却像她爸，是如出一辙的一根筋到底，而只要能走出去，哪怕只是一点点，也比永远只在画地为牢的圈里过活要好。

他们谁都不再提及当年时韫匆匆回国时的撕心裂肺。

正如他们也不会再一遍又一遍地向时韫解释，当年为什么配合怀远撒谎，为什么把他提前拍好的视频当作“现在时”来欺骗她他还活着，为什么让叶氏迟迟不发讣告、只等到她顺利毕业，才宣告他的离开。

说到底，只因为他们所有人，都曾那么恳切地想要保护她的人生免于惊苦。

但命运总是如此，难免会有遗憾。

那天晚上，时韫久违地做了个梦。

梦里自己还是十六七岁的女孩，在学校门口等着梁怀远来接她回家。

一路上，她如旧在他面前吹牛“画饼”，说以后会成为超——级伟大的医生，把所有让人痛苦的病都治好，而他只是听她说，不反驳也不否认，话到末了，才忽然微笑，是很温柔又很欣慰的笑。

他说：“我会努力等那一天的。”

“哥，是你说的。”

“嗯。”

“你要是在我成为大医生之前就……那个了，那我就不当医生了。”

“半途而废？”

“倒也不是——”

她急忙否认，可想了半天，最后也只是小声地、有些苦恼地补充：“因为……因为如果我真的成了那么厉害的医生，治好很多病人，但是唯独来不及治好你，我会觉得……很不平衡呀。真的很不公平。为什么我那么努力地做医生，却救不了我最想治好的人呢？”

她在他面前，胡言乱语很多，妄语不少。

可原来他每一句都记住。

所以，才会在意识到死亡已经到不可逆地步，心脏衰竭令他不住吐血、无法正常呼吸之后，从容地安排好了一切，与所有可以告别的人告别，而唯独选择了对她沉默和隐瞒——又或许，在他心里，他们机场分别的那一面，那沉默的一眼，那句“再见”，就是唯一的告别——

因他绝不能成为她人生路上的阻碍，不能成为她梦想折断尾翼的那份外力。

哪怕是以爱的名义，也绝不可以。

时韫在毕业典礼后匆忙回国，急于确认官网讣告消息的真假，甚至几次致电叶氏的工作人员，语气凶狠地要求他们不得传播虚假消息。

但所有的坚强，在她赶到沈家村，看到同样泪眼涟涟等待她的母亲时，都终于溃不成军。

她只是来来回回地问她："为什么要瞒着我呢？"

"怎么能瞒着我呢？"

她已经从父母的态度里知道了自己想问的答案，却始终拒绝去看他的墓碑，拒绝承认他的死亡，直到解凛沉默着坐在痛哭的她身旁，许久又许久，他交给她一封信。

黄色的信封已然有些卷边，但封口依然完整。

时韫却难得与父亲僵持，不愿意伸手接过，末了，解凛索性拉过她的手，将信封放在了她的手里。

"你哥哥很疼你。"

他说："但是时韫，这世界上的很多事，往往是不能随心所欲的。他只是比你更早地清楚了这一点。"

"……"

"他是你哥哥。"

"……"

"时韫，一开始是，到最后也会是。你明白吗？"

他毕竟是做过警察的人，从小到大，无法认清脸，就习惯于靠肢体动作和习惯来辨别人、乃至于人与人之间的关系。

也因此，尽管迟雪对这两人之间的微妙无所察觉，但他又怎么可能对女儿的心情一无所知——

可他终究是她的父亲。

他有自己的私心，也有自己的底线。

如果故事越过那条线而无所控地发展下去，指向"引狼入室"又或是"农夫与蛇"的结局。难保他不会出面，亲自斩断那些不该有的发展。

还好，在此之前，这一封信，那天竹林里的深深鞠躬，梁怀远已经

给了他确切的回答。

所以此刻，他亦只是轻轻拍了拍女儿的肩膀，便起身拉着满脸惊愕的妻子离开，给她留下了只属于她的空间。

而时韫在颤抖的痛哭中读完了那封信，把那封信按在心头。

起初她只是很小声、很小声地哭。

到后来，那哭声却变成号啕，变成毫无美感毫无章法的哭喊——

任山林之间，惊起飞鸟。

泪湿衣襟，悔恨如江河。

时韫：

我想当你看到这封信的时候，你也许已经毕业，也许已经成为一名医生，恭喜你，你完成了自己人生志愿的第一步。只是距离“最伟大”三个字，未来也许还有很长很艰辛的路要走——当然，我相信你一定能做到。

但很遗憾，这段路，我也许只能陪你走到这里了。

我名下的所有财产，都已经通过律师公证，会在我死后过到你名下。

我想你毕业后，很快应该就会有律师联系你。不要耍小性子拒绝，不要为难律师，收下吧。

……

很抱歉，那个晚上我说了不够谨慎的话，一直想找机会和你解释，但是，我想，如果真的要解释清楚，就不得不否认。可全盘否认也无法让它成为纯粹的真话……我从不知道我的语文竟然学得这么差，所以才词不达意，但……你会懂的。

总有一天你会懂的，时韫。

这世上，父母之爱，男女之情，朋友之谊，每一样都弥足珍贵。但在这些感情之外，一定还有更独特的，深刻的羁绊和感情。也许那不是你想要的，但是，我们之间，那段羁绊始终都在。

我不在你身边，但还是会变成天上的星星，地上的蚂蚁，海里的游鱼，海上的飞鸟，用另一种方式陪伴你。

我知道你性子急，但这一次，一定不必着急来见我。

你知道吗？我从前最大的愿望，是能够变老，活到八十岁。

而现在最大的、也是最后的愿望，是看到你白发苍苍的样子。

无论你变成什么样，哥哥一定都能一眼认出你。

所以，不要着急，慢慢地，好好地活吧。

怀远

绝笔

[6]

解凛的生日就在年关附近，过了生日又过年，邻里街坊都来送礼。

是以过完年，不说腊肉香肠挂满墙，连后院的鸡仔都被喂肥不少。

但住惯了大城市的时韫却哪里见过这场面？院子里天天都是打牙祭的街坊和熊孩子，一开始她还十足不习惯，被吵醒起床就生闷气——是到后来，才慢慢品出淳朴的兴味来，和小朋友都打成一片。

二十七八岁的人了，天天带着一群小孩漫山遍野跑，钓鱼捉鸟玩了个遍。

直到院里频频电话来催，说七天假期已经到头，她不胜其烦，这才收拾好行李动身。

临别前，迟雪还不放心，又不知从哪儿找出来一个大行李箱来，给她装了满满一箱子的腊肉和特产，连自家种的菜也拾掇过来。时韫拖着一大一小两个箱子，手里还提着附近邻居给的“临别礼物”，在次日早晨踏上归程。

她不知道，其实迟雪和解凛坐在村口的小巴站前，还默默目送了她很久，很久。

迟雪的眼圈红透，就这样读懂了当年老迟在火车站拉着她的手迟迟不松、满眼是泪的心情。

这一生，不过是从不回头的人变成目送的人，直到不回头的人无处回头，目送的人不再目送。

一甲子的时光，也不过如此幽幽逝去。

那天晚上她抱着自家的狸花猫，坐在院子里发了很久的呆。解凛洗完碗，见她还维持着一个姿势不动，于是端了一杯热茶过来给她暖手。

两夫妻并肩坐在积了一指厚雪的院里，雪已停了，寒风却瑟瑟，他给她披上衣服。

迟雪却突然问他："解凛，你说来年开春，我们在院子里种一株玉兰怎么样？总觉得现在院子有点太空。"

"我吧……有点怀念了。突然有点怀念。"

她说："我想，这一辈子怎么就过得那么快呢？我总觉得，我好像还是十几岁一样，一直都在十几岁，好像一抬头，喏，你就在那个玉兰树上头，像这样，抱着猫，然后对我说——"

"让开一下。"

"猫偷溜上来了，结果不敢下去，我得抱着它。"

她还能想起那个满脸是汗、困窘却不掩眉眼清俊的少年，想起他校服衬衫上被浸润的玉兰花香，他走过她身边，目不斜视，她却不由自主地回过头去看他。

那一眼的背影，从十六岁到六十岁，她记了那么多年。

解凛却疑惑："什么玉兰花？猫……那个时候的猫吗？"

他果然不记得那次滑稽的初遇了。

所以啊。

"算了，还是现在好。"她久久地看着他，突然又笑："那个时候，你永远只看我一秒钟——就一秒，然后你就不看了，你就挪开眼睛——我都常常觉得很受伤，你知道吗？"

"当时心里总想，难道我就那么不好看吗？为什么都不愿意认真看看我，打量我一下呢？其实也是因为这个，所以高中毕业之后不久，我就拿着攒了好久的钱去做近视手术了。"

这也算某种意义上的弄巧成拙吧。

毕竟，那时的她又哪里能想到，正是因为摘下眼镜，反而摘下了他辨认她的最直接证据之一。

命运总是这么爱捉弄人。

但还好——如今，他终究是这样坐在她身边了。

"我从来都没有觉得过你不好看。"他说。

"知道、知道……"而她笑着倚在他肩上，又调侃说："如果觉得我不好看，就不会娶我了吧？"

"不好看也会娶你。"

"……你真的觉得我不好看？"

“不是。”

但，怎么好看也不是，不好看也不是？二十五岁就难倒过他的问题，六十岁还能难住他。

解凛眉头紧蹙，默默低头思考最优解。

“为老不尊”的阿雪，却在此刻默默侧过头来，轻轻亲了他一下。

“算了。”她说，“现在想想，其实有什么好纠结的？反正无论多好看的人，老了以后也会变得不那么好看。你好看的，不好看的样子我都看过了。但，你变老了我也还是爱你，解凛。同样的，我想你也这么爱我吧。”

她是如此坚定不移地相信着这一点，所以才能够撑过最难熬最无助的那段时光，所以这三十年来，无论什么境况，无论怎样田地，她都坚定牵着他的手。

“解凛啊。”所以，她只是说，“三十年都走过来了，再陪我三十年吧。等玉兰花开出花，等老猫生出小猫，等时韫结婚，等……好多个未了的心愿都完成，那个时候，我们再走。”

“……嗯。”

“嗓子眼吊着的那口气，”她说，“不要松啊。”

于是，亦在这年开春，他们果真在院中种下了一株玉兰花苗，悉心培育。

而那树苗年年长高，从小腿高，长到半人高，逾三年，已长得快要伸出院墙去。

邻家的小孩也在这期间不知不觉间长成大孩子，时常翻墙来摘花，偷送给心仪的女孩。

次数一多，却被父母抓住，被揪着衣领领过来道歉。

迟雪那时正趁着中午太阳好，戴着老花镜在院子里绣十字绣。

见小孩儿一脸凄凄惨惨戚戚，从前多俊俏的孩子、被打得鼻涕眼泪糊满脸，当即心疼地站起身来、给他擦擦脸。

“这有什么的嘛？”她嘴里小声咕哝着，“干吗打他呢？”

“三岁看小七岁看老——这么小就会偷东西了！我看就该把他腿打折了，这不学好的东西！”

农家的教育方式野蛮，说着便满院子找棍子。

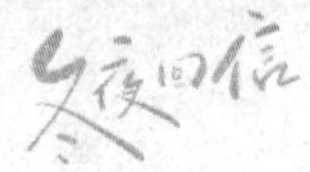

迟雪只得把孩子往身后护，又给一旁砍柴的解凛使眼色，示意他藏起来刀啊棍子什么的，嘴里赔笑道：“不碍事，不碍事！”

“不如这样，”她说，“我正好想做点玉兰花糕，但我们夫妻俩这把年纪，也不好爬树、摇下来又觉得脏。这样，让孩子帮忙摘点花给我，我做了糕点，也好给大家都送点吃，一举两得呀。”

一边抹眼泪一边摘花的小少年，或许许多年后，仍然不会忘记甜滋滋又泛着清香的玉兰花饼味道。

迟雪揉揉他脑袋，趁着来帮忙的邻居不注意，还偷偷另外多塞了几个给小孩，又轻声在他耳边说：“回头送给你喜欢的小姑娘吃去。”

男孩满脸通红地抬起头看她。

她却难得顽皮地冲人眨眨眼。

从此后每年，到了玉兰花开的季节，那男孩总过来院子里帮忙摘花。这么一摘，又摘了整整三年，而时韫在这第三年的夏天结婚，最终还是嫁给了年少时便暗恋她、后来又挖空心思追了她整整近十年的宋引杰。

两夫妻因此时隔多年离开村庄、回到故乡。

迟雪把玉兰花饼做成喜饼，带去给时韫吃，从前的小姑娘、如今的大医生，低头吃着吃着，却突然泪湿眼睫。

迟雪问她为什么哭，是不是不舍得爸妈。又说傻孩子，不管你嫁给任何人，哪怕以后也做了妈妈、奶奶，在妈妈的心里，你永远还是坏脾气的小女孩。

她从不会因为时韫长大或成为他人的妻子，就勒令女孩改掉自己过去的种种脾气。

她只是说，不管你做什么决定，妈妈都支持你。如果你未来觉得受委屈，爸爸妈妈就是你最坚强的后盾。

“所以不要哭，”迟雪说，“既然已经有了选择，就不要拿眼泪来当答案。时韫，妈妈知道，你心里是什么都明白的。”

而时韫什么都没有说，只是含着泪，又竭力忍住落泪，在结婚的前夜，吃完了一整盒的玉兰花饼。

那一年，解时韫三十四岁。

而解凛亦几乎奇迹般地活到了六十六岁。

院中的玉兰花年年花开，年年结果，年年凋零殆尽，等待新的一年再焕发生机。

可人不如树，却从没有“再少时”。

解凛在六十七岁这一年，第一次劈柴时看花眼，柴刀不偏不倚落在脚边，险些划去了半根脚趾。虽没太伤到筋骨，却仍然血流不止，他因此被迟雪要求、在床上休息了小两个月。

怕他不安分，甚至连从前捡柴担水的重活，她也一并担下。

而白天里闲着无事的时候，就一边陪他，一边在床边绣新的十字绣打发时间，只是，那句老土的“家和万事兴”才绣到“万”字，不小心、她手里的银针竟戳破了手。

解凛见状，忙要下床去给她拿创可贴，她却浑不在意地拦住他，只说嘴里含下就可以止血。

但血虽止住，仍不免感慨，说是最近好像犯了血光之灾，怎么不是这个流血就是那个流血。

第二天，她因此还和邻居大姐结伴，跑去几公里外的小庙求了个平安符，回来后便虔诚地挂在了解凛的脖子上。

“怎么不给自己求一个？”解凛却只问她。

说话间，便要把平安符取下给她。

“欸，别弄它，好好戴着。”

迟雪却再次拦住他。

半晌，她一本正经地强调：“做人不能太贪心嘛，哪能个个都平安，我想，还是你平安一点好，你平安，我就不会有大事——别笑，我真的好不容易才求过来的，解凛，你别取一下就弄断了。”

他们其实都清楚。

平安符挂在他的脖子上。

实际上，却只是为她求一份心安。

就这样，从深秋又到寒冬——

后来，好像只是很普通的一天吧。

头天临睡前，迟雪随口抱怨了一句最近太冷，大冬天捡柴捡得她手都快冻僵；担水也是，一路下来水没有多少，晃都晃没了，要解凛给她传授传授经验。

解凛却只用被子把她裹得更紧些，说睡觉吧，不要想这些。

他的声音莫名有些发抖，迟雪以为是冷成这样，又把自己的被子推给他，也把他盖得更严实。

两夫妻在一床被子底下相偎而眠。

睡到半夜，估摸才一两点的样子，迟雪却被旁边窸窸窣窣起床的声音惊动。

睡意蒙眬间，她小声问他怎么起来了。

解凛却没回答，只用在被子里捂暖的大手摸摸她额头，之后是脸颊。

……孩子气得很。

她心想。

冬天里却实在是怕冷又犯困，她很快又睡过去，就这么一觉睡到天亮——亮得过分那种亮。

她摸过手机一看，才发现自己这天竟睡到了九点多才起床，当即又好气又好笑，心说这下干什么都来不及了，便又随手推推旁边不知道什么时候又上床来的解凛，说怎么都不叫我起床。

解凛面向床内侧睡着，没有说话。

她想着他也许是昨晚上失眠，这会儿得补补觉才好，便也没有吵他，兀自换了衣服鞋下床。

她走到厨房才发现不对劲。

柴火灶旁，原本空落的柴垛，不知何时堆得满满当当，一捆又一捆的柴，如一夜凭空变出来的“惊喜”。

她愣了半天，随即打开水缸，发现里面也已然装满——到了再加一瓢就要溢出来的程度。

不用想也知道是谁的杰作。

原来半夜不睡不是失眠，而是去做“仙鹤姑娘”了。

她一时失笑。却连做早饭时心里都带着莫名的甜蜜，磨磨蹭蹭，拖到快吃中饭，见解凛还没有起床，这才去卧室试图叫醒他。

“解凛。”

她戳戳他肩膀，声音放轻，是老夫老妻之间许久没有的小心翼翼。

她喊他：“起床了，这么大了还赖床啊？”

“再不起床饭都凉了……”

“我今天做了你最爱吃的冬笋排骨汤，你得喝完啊。”

“怎么都不理我的……解凛？”

她把他翻过身来。

许久，手指却突然开始颤抖——

在摸到他僵硬过分的手臂过后。

在摸到他失去温度的脸颊过后。

她放弃了就近的手腕脉搏，而跪在床边弯下身，去听他的心跳。

可那声音如此空寂——空寂得如生生剜走了她的心。

她不知所措，唯有低头，低头去看他的手，甚至还残留着前夜被寒风吹冻的红肿，肿得像两只馒头包。她看了好久。

起先觉得好笑，可笑着笑着，眼泪突然却又落下来。

“解凛。”她说：“我哪里用得完啊……你又忘了。”

你又忘了。

我那时说过的。

“你不走，我哪里也不去。”

“但是，解凛，你要走的话，一定把我也带去。”

你不在了，我又哪来的多余的时光，去用尽那些柴禾？

解时韫在许多年前的冬天，失去了哥哥。

又在这年冬天，失去了最疼爱她的父母。

她的父亲在睡梦中溘然长逝，而母亲，在为父亲守灵的当夜，也追随而去。

他们给她留下了几辈子也花不完的钱，却果然如当年母亲教她放风筝时所说的，谁都无法陪她走到最后。

她整理遗物时，发现了母亲曾拍给她看的那副“家和万事兴”，发现刚刚绣到结尾处，“兴”字的最后一点却似永缺，再也加不上去。

这代代传承，百岁千秋的漫长岁月。

她们原都不过是为一次又一次地送别那些最重要的人。

少时她不懂母亲，为何会在外公的葬礼上哭到无力站起。直到这一日，她也同样悲伤到无法自抑，几度晕厥——闭上眼，梦里是少年时的欢声笑语，孩童意气，父母尚在，仍有归途；睁开眼时，却仍然还要面对这荒凉孤独的一生。

每年都寄给她的腊肉和毛衣，从此再不会有了。

每年都等候她回家过年拜年的、到路口来接她的父母亲，再不会有了。

她闭门不出数日。

情况稍好转后，便又开始守孝，穿白衣，吃素——因此还和婆家人几度争吵。

丈夫在婆婆面前偏帮她，但回到家，也忍不住小声试探，说一直吃素，也许会影响身体，说他们已经三十四五，再不要孩子会不会来不及。

她却无力再回应什么，只关上房门，也把一切的喧嚣都关在门外。

到深夜，丈夫却还是热了牛奶，又悄悄送进门来。

他坐在床边，沉默良久，末了拍拍她肩，说："如果不想生，就不生吧。时韫，我能娶到你，这一生已经很满足。"

她沉默，整个人缩在被子里，一副抗拒的姿态。

男人却仍迟迟不走，只如哄孩子般，有一下没一下地轻拍着她的背。

直到她都有些昏昏欲睡，忽然却晃神。

原来这就是要陪她过下半辈子的人——这个人，从此以后，三十年，四十年，是要睡在她身边，陪她走完半生的人。她的余生，不也是一眼就能望到头了吗?

"宋引杰。"

于是她突然叫他的名字。也是平生第一次，突然对他有了好奇，她问他："你为什么对我好？"

"……"

"你当初为什么喜欢我？我有什么值得喜欢的地方吗？"

她的声音瓮声瓮气，听起来像是自己都怀疑自己似的。

他却根本没有多犹豫或思考，仿佛那个答案已藏在心里许多年，随时随地都可以说出口。

他说："因为你是解时韫啊。"

"我第一次注意到你，你扎着高马尾，脸雪白雪白，嘴唇却很红，像童话故事里的白雪公主——神态却骄傲得像只黑天鹅——你那么骄傲，不愿意多看任何人一眼，但那一次考试，我考了第一名，刚刚好高过你一分。"

她于是满世界寻找着那个“不识相”的人。

找来找去，最后停在他的桌前，泄愤似的拍拍他桌子。

“你叫宋引杰？”

“啊……你别这个表情，我又不是来寻仇的……就是力气大一点嘛。”

“我叫解时韫——这次的年级第二，认识一下啊，年级第一。”

骄傲的公主分明低下头颅，却仍然似居高临下俯视着他。

而他被笼罩在那样的目光之中，至此余生，都在追逐着那个眼神。亦步亦趋，自始至终。

也许在旁人看来，这不过是一场卑微的海底捞月。

“但，月亮永远是月亮，在天上，在水里，或是在我手心，永远都是只此一个的月亮。”

宋引杰说：“我会永远尊重你，爱护你。时韫，所以，你不要再把我当作一个‘侵略者’，也把我当成你的家人就好，好不好？”

解时韫闭上眼睛，没有说话。

只等到男人终于离去，房间里只剩下她一人，这才半撑起身来，捧起床头柜上那杯已然冷透的牛奶，一口一口，小口地啜饮着。

她走到窗边。

大雪已落了整夜，窗外漫天飞雪，银装素裹。

她打开窗，伸出手去，想碰碰那破碎的雪花。

不知从哪儿飞来的一只蝴蝶，却扑扇着翅膀，默默栖在了她指尖。

·番外四·平行世界：如果冬夜不回信

[1]

这个故事，事实上，是从迟雪的一个梦开始的。

雁江桥底下死了个人。

听记者描述，死者似乎是个很年轻的男学生。

目前还不知是自杀还是被杀，但应该离世有些日子，因此被发现时，尸体甚至已有些巨人观——即便新闻画面打了马赛克，那样子依旧凄惨。

迟雪边看晨间新闻边吃早餐，看到那画面，顿时有些反胃，手里的三明治也不由自主放下。

正一边调走频道一边小口喝着咖啡，又听见开门声，她循声望去，丈夫正好睡眼惺忪地从卧室出来，又慢吞吞踱步去洗手间刷牙洗脸，一路水声没停过。

等他洗完，她正好也喝完。见他上桌，顺手便又把没吃完的三明治放到老公碗里，由他来消灭“厨余”。

“你才吃这么一点，就吃饱了？”

“嗯。”

“行吧，那剩下的都我解决，”丈夫说，“好不容易老婆给做的爱心早餐，一定全都吃光。”

说着，他便当真大快朵颐起来。片刻工夫，盘里的早餐已被一扫而光。他喝完咖啡，准备起身去上班，又作势要凑过来亲迟雪的脸告别。

迟雪却无奈，笑着别开他的脸，只说老夫老妻了，不要这么黏糊，最近怎么越长越回去了？

“话可不能这么说。”丈夫闻言却纠正她，“我们是要过一辈子的，当然要时刻维持‘新鲜感’，别总说什么老夫老妻，趁着没有孩子……”

“好了，好了，上班的时间快到了，你别又迟到。”

迟雪目送欲言又止的丈夫走出家门，终于长舒一口气。

毫无疑问。

在这场在外人看来已十足圆满的婚姻里，她最怕提起的，仍然还是关于孩子的话题。

也因此，尽管老迟已然好几次来电话试探，不是今天说是孩子名字已经取好只等她选，就是隔天说别人家的外孙多么多么可爱，但她似乎总无法攻克这道心理难关。

更别提医院的工作忙，晋升难，她今年三十岁，好不容易才顺利爬到三甲医院主治医师的位置，正是意气风发拼事业的时候。

如果生个孩子，孕期加上哺乳期、这么一年多耽误下来，想往上爬，难度没有十倍也至少五倍。

……她心里觉得不值得，行动上也就一直拖着。

家庭给她的安全感，终究还不足以让她放弃自己的事业安心做一个家庭主妇或合格的妻子。

还好丈夫总是理解她。虽然两人也只是相亲认识，还没有对彼此多做了解，便在双方家长的催促下匆匆结了婚。

但结婚三年来，她倒夜班疏忽家中事也好、和婆婆因不生孩子的事反复争吵也罢，他始终都是站在她这边的。

想到这里，她瘫在沙发上，忍不住也露出个难得松快的笑容来。

只是，原还想着昨天刚值完大夜、今天放假，可以小眯一会儿补觉再去收拾餐桌，之后做做瑜伽、看点电影解闷。

但人还没彻底放松下来，放在手边的手机却又开始恼人地振动。

来电显示是个陌生的电话号码。

她按掉几次，对方还是打来，最后不得不接起。

结果电话那头传来的竟是丈夫的声音，着急忙慌地说出门时不小心把手机落在洗手间，问她方不方便给他送来。

“我等会儿还有个会，一来一回肯定赶不及，”他说，“老婆，你今天反正放假，能不能拜托你帮忙跑一趟？”

对方好声好气，她倒也没有拒绝的理由，于是点头说好。

从洗手间找到手机、揣进兜里，便叫了辆车直奔丈夫所在的保险公司。

不料车开到雁江桥时，前方竟然拥堵。

她怕耽误时间，忍不住把头探出车窗去看前面到底是个什么情况，却只看到密密麻麻的人群围在一处，很快，警笛声从对面方向呼啸而来，警察很快穿过人群进行干预，周围拉起醒目的黄色警戒线。

她看得心惊又一头雾水。

“又死人啦！”

旁边的司机却反而消息灵通。不用看窗外，瞥一眼手机上的司机群，已足够在旁边给她绘声绘色地解说：“就这几天，死两个人了！”

“一个是在桥底下被抛尸的，估计是死了都好久，人都泡发了。结果这又来一个，被人直接裹着麻袋抛尸在桥上——真明目张胆！听说还是个年轻姑娘呢，结果被车碾来碾去，都不成个人形了。”

碾来……碾去？

迟雪光是想象一下那景状，都不由得胆寒，一时也没了催促的心情，恹恹缩回了头。

只是等了半天，她怕丈夫着急，于是又给他刚才打来的号码回个信息。结果发过去了也半天没反应。反而是放在右边外套兜里的、他忘带的手机振动起来。

她拿出来看，却只来得及看到两条饱含质问意味的短信。

“聂振北，你老婆一年过几回生日？”

“回回都拿这个理由敷衍我，你有完没完？”

迟雪的脸色瞬间变得极为难看。

女性天生的第六感，让她几乎第一时间便品出这短信背后不同寻常的意味，随即便尝试解锁手机，输入950317——丈夫所有电子产品的解锁密码，自他们结婚之后，或许是为了让她安心，他便全都改成了她的生日。

然而手机却只提示她密码错误，连续数次的尝试仍然失败，手机直接陷入停用状态。

旁边的司机看出她状态不对，关心地问她怎么了，是不是赶时间着急，又道："急也没有办法嘛，只能干等了，毕竟人命关天的事。"

她却只是摇头，下意识地把手机迅速收回口袋，便又佯装无事地倚在座位上，闭上眼假寐。

然而闭上眼，脑子里仍然来来回回是那两条短信，是错误密码的提示。

她的心头如有熊熊烈火在烧。

但等半小时后，她真正见到公司一楼大厅里、如热锅上蚂蚁一般着急等她过来的丈夫时，却还是强忍了怒火，没有在公共场合发作，只僵着动作把手机递给对方，又冷冷地说了一句："密码换了的事，你好像没跟我说？"

"密码……什么密码？"

"没什么。"

仅存的理智让她至少维持着表面上的，所谓"成年人的体面"，丈夫的眼神却躲闪着，在她的逼视下满脸通红。

两人正僵持间

"聂助，在这儿傻站着干吗？"

一道熟悉的女声响起——迟雪扭头看，瞧见一身淡蓝职业套装的老同学施施然走来。

见到是她，对方又扬起一个礼貌的笑容，伸手来与她交握，说："迟雪？好久不见了。"

事实上，陈娜娜是这间保险公司的副总经理，这件事她也早有耳闻。但为了避嫌，也怕见到后尴尬，她其实并不怎么来丈夫的公司"刷脸"，更不知道自己的丈夫什么时候从行政部被调去当了谁的助理。

"怎么这个表情？"陈娜娜却似恍然"惊醒"，又来恭喜她，"你还不知道吗，振北'升级'了，被调去做总经理助理，现在我们都笑他是'聂助'了——当然，肯定不是嘲笑的笑，是觉得他运气好，这岗位很多人想要都求不到呢。"

"是吗？"迟雪闻言，回以一个僵笑，"那挺好的。"

“你不问总经理是谁？”

“……”

迟雪心说你们总经理是谁跟我有什么关系，是他聂振北的事，面上只仍笑着，却并不接陈娜娜的话茬。

陈娜娜自讨没趣，视线略带调笑地看了夫妻二人一眼，终究也没再多说什么。

而迟雪说了再见，很快掉头就走。聂振北在她背后“欸”了两声，想去拦人，但又哪里还来得及？她走得飞快。

穿过大厦外的停车坪时，正好与一辆初初停稳的兰博基尼“擦肩而过”。

只一瞬的错身而已。

车上的男人却似乎注意到什么，眼神久久停在后视镜上，紧盯着女人离去的背影——以至于在司机诧异的目光中，竟突然降下车窗，探头去看。

偌大的停车坪里，没有别的障碍物，那道在梦里描绘过无数遍的背影，此刻就离他不过几米。

“迟雪！”他于是突然喊出声来。

迟雪脚步一顿。

身后传来开门声，紧接着，是脚步声由远及近。

“……迟雪。”

下一秒，那男人便又一次，准确无误地喊出了她的名字。

她却满心疑惑，扭头去看对方。

男人西装革履，一副社会精英打扮，本就生得俊美，金边眼镜架在鼻梁上，更添几分秀气的斯文。

两人四目相对，她半天没认出来眼前人在哪儿见过，一时迟疑。他反倒笑意盈盈。

“你不记得我了。”

他说：“我是叶南生。高中的时候，我坐在你后面……迟雪，你有没有印象？”

后来迟雪才知道，叶南生就是陈娜娜口中那位从北方调来新上任的总经理，也就是自己丈夫的直属上司。

当天偶遇，叶约她这个老同学出去吃饭时，也坦诚说他大学毕业便出国，之后一直在北城总部负责财政方面的工作，至于这次回来——

“也是家里有些事，托别人办不好办，就只能我回来了，”他看出她的心不在焉，又抬手为她倒茶，“负责保险公司只是顺带的小任务，没想到竟然能够碰见你，真的很开心。”

“嗯。”

“你刚才说你老公叫聂向北？这边公司给我安排的新助理？”

“嗯。”

简直是哪壶不开提哪壶。

换了平时或许还好，但在意外频发的今天，迟雪却压根不想多聊这些话题，多说一个字都难免反胃。

而叶南生一向是个善于察言观色的人，见状，很快收束后话。只又扶了扶眼镜，微笑说：“聊了这么久，不好再耽误你时间，这个点也不好打车，不如我送你回家？”

她本就心烦意乱，也没有拒绝这个与人方便的提议。

只是车开进小区时，叶南生降下车窗，前脚才接过小区保安递过来的陌生车辆登记册，正低头填写内容，保安袁叔却一眼瞄见了窝在副驾驶座的迟雪，又开口叫住她：“欸！迟小姐，正好你在。”

他说着，便扭头从保安亭里拿出一个中等大小的包裹，紧接着绕到车副驾驶座旁，敲开了她的车窗：“喏，你的快递，刚送过来的。”

迟雪接到手里，却并不急着拆或检查，只努力挤出个笑脸，对袁叔说了句谢谢。

路上叶南生问她是什么快递，她也只随口说是自己买的家用品——

但其实只有她自己知道。

她从来没有网上购物的习惯，反而是丈夫对此痴迷不已，若是买给她的，市场便干脆把收件人写上她的名字。

但她此刻哪里还有心情去看快递？也根本不好奇丈夫买的到底是什么，只沉默地上楼。插上钥匙，推开家门，又一眼即看到了玄关处悬挂的日历。

在 3 月 17 日这个日期上，有人画了一个巨大的红心标记：

她的生日是冬天最后的余韵，是倒春寒的时节。而每年的生日，丈夫都会早早准备，精心买来一份礼物来为她庆祝。

往年她还会因此开心惊喜，今年却只有被欺骗的愤怒和疑似被背叛的心焦。是以呆坐在沙发上看了那包裹半天，最后还是没有拆开，只随手把它塞进了茶几下的角落。

此后一整天，除了早饭，她再没有吃别的，只窝在卧室睡了扎扎实实的十几个小时。

一直等到晚上十一点多丈夫加班结束回到家，小心翼翼推开房门，脚步声这才将她惊醒。

男人轻轻坐在她床边。

两夫妻心照不宣地沉默多时。

而迟雪闭上眼，深呼吸，终于还是问出那句：“你何必呢？”

“……”

“如果不喜欢就离婚，如果累了就分开再去找新人，你何必拖了一个又一个？”

“老婆……”

或许是已经检查过手机，清楚她到底看到了什么。

他竟连解释都不再解释，而是选择直接道歉：“我对不起你，我真的该死。但我只是一下野了心，我鬼迷心窍……我、我会跟她分干净的，我心里只有我们的家，我会和那个女人分手的。”

“我那天只是出差的时候喝醉了酒，因为我妈老因为咱俩没孩子的事找我吵架，我那天实在是太烦躁……我跟你发誓，我真的就只犯了那一次错，后面都是她在纠缠我。”

千篇一律的说辞。

说来说去，他不过是犯了“全天下男人都会犯的错”。

迟雪却对他的声泪涕下没有任何反应，沉默又沉默，说到底，还是只有那句话。

“你何必呢？”

她已然疲于应对并不爱的丈夫，看似平静其实只是相敬如宾至极的婚姻，人生路上的绊脚石。

也因此，哪怕这一晚，对方如何挖空心思来自证清白，甚至亮出给她买好的生日礼物、昂贵的钻石项链，几乎卑微地从背后抱住她和她说抱歉，说不该在她生日的前一天闹出这种事，他一定明天就带着她去见老迟，在老迟面前下跪道歉……凡此种种，她却仍然只觉得累。

甚至拒绝丈夫睡在她身边，而是自己抱了枕头被子，跑去客厅沙发上睡。

丈夫追出来，却再怎么说也说不动她——旧日的温柔剥去，她终于露出自己的“本来面目”，如一颗油盐不进的顽石，只是用力拽过被子把自己裹紧，便全程背对着他不说话。

但她脑子里需要考虑的事却仍然很多。

譬如怎么离婚，怎么分割财产处理他们的房子和车，怎么和老迟交代、怎么再和医院请个假去办离婚手续……折腾到半夜，才又迷迷蒙蒙睡去——

却也是在这夜。

她做了个很久违的梦。

梦里她和丈夫结婚，还是二十六七的样子，彼此都还年轻。

结婚的决定虽然仓促，但老迟却过分开心，因此提前了好久便开始布置婚房，又挨个联系了周围邻居：到了她出嫁那天，老城区的一班邻居都是自发的群众演员。铺红毯的铺红毯，撒花的撒花，打伞的打伞，连花童小朋友也是她看着长大的邻居家小孩。

所有人脸上都挂着诚心祝愿的笑容，挤满了诊所内外。

小城的婚礼没有那么多繁文缛节，新郎连抢新娘的环节都没经历——因她也没有太多要好的闺蜜，就把她接到了手。

两人在一楼跪别老迟，过程里，她没怎么哭、心说又不是以后见不着；反倒是新郎一把鼻涕一把泪，一个劲拉着老迟的手，说爸爸我一定会好好照顾小雪。两个男人哭成一团，折腾得险些误了吉时。

又因老迟人缘好，老街区也很久没有做过这样的大喜事，那天，诊所被来看热闹的人群围了个里三层外三层。

到最后，新郎新娘几乎得要高喊着“借过借过”，这才勉强能从人堆里挤出去。

偏偏那天还下雨，年久失修的道路遇水则泥泞。

她一出诊所门，拖地的雪白裙摆便被沾湿得黑一块灰一块，负责提裙摆的小花童早已在雨里玩得不亦乐乎，哪里还记得正事？她只能自己去提。

结果顾了后面没注意前面，快要上婚车前，脚下竟突然一个趔趄，眼见着就要摔倒，身侧新郎忙着帮她撑伞，另一只手提着过分热情的邻居们送来的伴手礼，一时也反应不及，只能眼睁睁看她整个人往前栽……

她都已经做好“面目全非”的准备。

旁边人群里却突然伸出只手，稳稳托住了她的手掌。

她被人搀扶起身。惊魂未定间，急急忙忙抬头看，与那伸出援手的男人四目相对，却又冷不丁被吓了一跳：因那人脸上虽戴着口罩，仍然遮不住整张脸上纵横的伤疤和灼伤痕迹，乍一看……不得不说，还挺吓人。

其中最恐怖的又当数他的右眼——义眼的颜色并不自然，转动也极为僵硬，眼下的皮肤更明显经过植皮。

如此粗糙而残缺的元素，组成他露在外头的半张脸。

如一张弄脏的画布，东一块西一块地拼凑起勉强相近的颜色，却怎么也拼不回原来的模样。

那一眼，他似乎读懂她眼底的惊惶，飞快收回手。

迟雪回过神来，还来不及对人说声谢谢。

那人却已转身，头也不回地离开。

任她再怎么好奇张望，亦只看到那格外萧瑟、逆人群而行的佝偻背影——尽管他刚才伸出来搀扶她的手、还看得出来是个年轻人。但他的背却不知何故，已经弯成被生活压垮的模样。

……但或许也正是因为怪异吧。

迟雪想，因此，如今再在梦里去看，她竟将他记得最深。

以至于所有的人群和背景都失声失色，天地之间，独留那人远去的背影。

而梦里一袭白纱的她，就牵着另一个男人的手，那么静静看着，远远地目送着。

——“你与我的永别”。

不知为何，脑海里却突然蹦出一句奇怪的话来。

她满头大汗，在沉沉夜色中骤然惊醒，花了好久才勉强坐起身来。

却仍然心有余悸，摸索着要去拿茶几上的水杯。

结果摸了半天，没摸到水杯，反而摸到一条项链——她拿起来，借着月色细细观摩，忽想起这大概就是丈夫早前和她道歉时提起的生日礼物，一条造价不菲的钻石项链。

她兴致缺缺地将项链放回原位，起身去接水的路上，摁亮壁灯，视线却突然莫名扫过沙发旁那低矮茶几的角落，那只不起眼的黄色快递盒。

既然那根项链才是丈夫送的生日礼物。

她鬼使神差地想。

那，这个收件人写着“迟雪”的快递，又会是谁寄过来的？

[2]

快递拿在手里，分量并不轻。

迟雪还以为里头会有什么惊吓或惊喜，因此深更半夜，带着看电影般的好奇心情拆开快递盒。

结果打开一看，里头却只有几只融完的冰袋围起来的一个巴掌大小的生日蛋糕，以及看起来像是硬塞在里头，一枝快要凋零的、生气尽失的百合花。

想来是她打开快递盒的时间已经远超寄件人预计，因此蛋糕塌陷，花朵凋败，哪样看起来都不齐整。

迟雪看了半天，脸上的神情无奈又惶惑。

直到一个个把冰袋拿出来，才发现冰袋最底下还压着一个黄色的厚信封。

因冰袋全融光后有些渗水，信封的外壳已然湿透，露出里头斑驳的字迹。

她原想拆开，结果稍微一动，湿透的纸便被撕烂，只得拿出手机、在搜索引擎上查找可行的解决办法。最后，她选了最保险的一个——

将信封连带着蛋糕，都放进了冰箱的冷冻层。

……

“不是吧？你又收到那个跟踪狂的礼物了？”

第二天清早。

迟雪故意避开丈夫的起床时间，提前一个小时赶到医院上班。一直忙到中午才有空休息，正好同科室的刘程也还没吃饭，便干脆约着一起去食堂吃午餐。

说起来，两人也算是规培时便认识的老熟人，一晃已经共事七八年，比迟雪和丈夫相识的时间都要长。当初老迟险些便要把他俩凑成一对。

只还好没成。

因此，如今虽没做成“怨侣”，至少还是不错的朋友。

迟雪把昨天收到快递的事讲给刘程听，起初只是想要问问他有没有类似的经历。也因为他是为数不多几个“知情人”，知道她前几年就被这件事困扰。

对方却登时听得眉头紧蹙，没说两句，差点叫嚷起来——眼见得四下目光都因那句“跟踪狂”而聚焦，迟雪连忙拍拍刘程手背，示意他噤声。

“我倒是觉得，他可能没什么恶意。”

她说：“只是前几年最多也就是让外卖骑手送到医院，这次竟然直接寄到我家，我觉得……有点怪怪的。蛋糕也没吃，早上我想了好久，最后还是觉得不安全，带出去扔掉了。”

刘程则当即颇为肯定地点点头。

“挺好，你这么做才保险。”他说，“毕竟这人都跟了你好几年了，也挺疯狂的！谁知道他有没有可能往蛋糕里放什么东西？我跟你说，归根结底还是现在咱医院保密工作做得太不行了，好多那病人什么的，都能打听到咱们的住址电话，一点隐私都没有。”

说罢，他又一脸痛心疾首地压低声音：

“你应该还记得孟医生吧？孟万山，就那个很牛的脑科医生，咱们医院千请万请才请来的大拿。当时还不就是在回家路上被人跟踪——那麻脸多心狠，就因为不满意他妈术后感染，觉得是医生不够上心，也不问原因不听解释，直接一刀子捅穿了孟医生的肺，之后又往人身上连刺了十几刀。”

“我还记得当时负责抢救的就是咱导，我当天值班，亲眼看到他被送到医院来的时候已经是个血人，当时就觉得不妙，果然，最后还是没救过来……死的时候才五十出头呢，要再多熬几年，那可也是院长级别的人物啊！就这么被人害死了。”

刘程说得惋惜。

一旁的迟雪亦听得默然。

心说自己又怎么可能不记得，毕竟犯事的那个麻仔，她其实比大多数只听过或看过案件新闻的人都要更熟，甚至两人还是十几年的邻居。

只是，记忆里那个怯懦孤僻的小孩，她再一次见到他时，已经是个形容枯槁的瘾君子，手背上密密麻麻的针孔和溃烂的下肢，无一不昭示了他的改变。

她想帮也有心无力，后来更是忙着结婚的事，减少了和他的接触。

那之后不久，便先后听说了黄玉阿姨术后感染离世和麻仔十七刀残忍捅杀主治医师的惨案。

小城市里一向风平浪静，很少发生如此骇人听闻的凶杀事件，一时间所有的媒体都涌向医院，连迟雪都几次无法避免地被镜头扫到，人生头一回上了电视——当然，不是主角，而是人群里的路人甲乙丙丁。

她只觉得苦恼，也对发生的一切心情复杂。

老迟却是真情实感因为黄玉阿姨和麻仔的事伤心了很久，直到她结婚办酒前夕才缓过来。

再后来，便是她从他人的八卦闲聊中听说麻仔一案，因犯罪情节特别严重、案件带来的社会影响尤其恶劣，被告被判决死刑立即执行。

而她没有和老迟一起去见麻仔的最后一面。

冥冥之中，某夜却突然惊醒，恍惚听到震耳欲聋的一声枪响——

她捂着心脏，悚然间慌乱坐起身。

熟睡中的丈夫被她动作吵醒，瓮声瓮气问她怎么了。

许久没得到回应，拉亮台灯一看，却见她不知何时已满面是泪，满头是汗，半晌，忽然不知所措地哭出声来。

“我做了一个梦……”迟雪说，“很奇怪的一个梦。”

那些惊心动魄的生死瞬间，总让她有种梦里不知身是客的恍惚错觉。

用了许多镇静安眠的药也不见好，她后来甚至因此迷信了一回，偷偷跑去天桥底下算命，想问清楚自己最近的心烦意乱和种种反常到底是从何而来。

瞎了右眼的老翁坐在小板凳上，听完她的问题和生辰八字，把怀里那本快被翻烂的册子打开。

末了，却兀自神神道道地咕哝了好半天，又上下打量她一眼。

“姑娘，”他说，“你晓不晓得什么叫作‘人生自有定数’？”

“譬如人都是要死的，这是定，但怎么死，不定；你每天都要去上班，但你路上选择走路还是散步，方式可以有好多种，但你最终还是会走到你上班的地方去，这就是定和不定。毕竟有时候，选择嘛，一念之差，就搞得过程千奇百怪都有。但到最后，你可能会发现，什么都没有改变。有一件事，它从没有变过。”

“……什么没有变过？”

老翁笑而不答，只话音一转，又说你的命其实很好：亲缘深厚，财运亨通，吃穿不愁。只要熬过一道坎——现在你已经过了，你的前途必然无量，好日子数不尽——除了姻缘上有点缘薄。

“说起来，我前几天还碰到个小伙子，他的命就跟你完全比不了。不仅六亲无靠吧，还……说句不好听的，注定客死异乡，”老翁摇头叹道，“但你们俩，说实话，某种意义上还挺互补的，只可惜你没早几天来，不然我得做件好事，介绍介绍你们认识。”

“我已经结婚了。”

“结婚了？那敢情好啊，好好过日子。”

老翁闻言，当即笑着摆摆手：“别把我说的话放心上，毕竟有缘无分的事多了去了，也不可能强把看起来适合的一对配一起。”

“而且，他那副尊容……介绍给你，可别吓到你。”

不知怎的，当时没放在心上的一句话，时隔多年，回家路上，却一直反反复复在迟雪脑海中响起。

她又想起自己昨晚上的那个怪梦，那个在婚礼上忽然出现搀扶自己的怪人。

思忖间，她心不在焉地推开家门，却见本不该在这个点就下班的丈夫，竟然两手抱胸，僵硬地坐在沙发上。

见她进门，他也是一反常态没有开腔，而是扭过头来、冷着一张脸看她许久。

四目相对。

迟雪觉得莫名其妙，只想转身回卧室，避开和他的单独相处。

“迟雪。”丈夫却忽然直呼她名字，直言道，“你别走，我们聊聊。”

“如果你是想跟我聊离婚手续的话，”迟雪却头也不回，走进卧室，

“我已经和律师联系了，等他们草拟出方案我会再跟你谈。”

语毕。

她正想关门。

怎料丈夫忽然起身，大步上前，竟不顾手掌被门夹住的风险，便不管不顾伸手来卡门缝。她看得迟疑，因此门还没能关紧，又被人越过来一把攥住手腕。

结婚三年多，丈夫从没对她动过粗，这次却是实打实下了狠劲。

她的生日因此没有半点惊喜，只有夫妻之间，蛮不讲理地质问和讥讽。

他说迟雪，你昨天是怎么对我的？你是怎么演得跟个多失望的伤心人似的？

认识这么多年，没发现你演技这么好啊，是不是故意找碴儿，想找个机会踹了我好跟你那个他重修旧好？

迟雪听得一头雾水，手上却仍用力挣扎，厉声斥道：“出轨的人是谁你心里清楚，你不要在这里给我颠倒黑白！什么我的‘那个他’，我从来没有做过什么对不起家庭的事。”

“没有？”

“没有！”

丈夫倏然冷笑一声：“你当我瞎子还是傻子？”

他说着，随即指向窗台上插在花瓶里奄奄一息的百合花，又指着冰箱：“那你告诉我，那一袋子信是谁写的？花是谁送的？我给你的项链你随便丢在茶几上，别人给你的烂花你就拿个瓶子好生装起来？！”

“那个人每年都给我送，我都不知道他是谁也不知道从哪里送过来的，怎么杜绝？！我都跟你说过了，是个跟踪狂！你今天到底发什么疯？”

她虽然谈不上多爱眼前这个男人，但结婚这几年，也的确是从没有过隐瞒，包括年年生日收到花和蛋糕这件事。

只是那时男人正在上升期、工作繁忙，最初还说要查清楚到底是谁在骚扰她，后面见每年也就只这一天，其余没有什么别的影响，便又很快抛之脑后。

他现在拿这件事来责难她？

迟雪只觉得莫名其妙，心里一发狠，也顾不上自己这只手多金贵，忍痛挣开他，左手护着右手，便又防备地后退半步。

“我早都跟你说了！你从来也没有帮我解决过。聂振北，我昨晚说过，现在再说一遍，我真的已经不想再跟你纠纠缠缠了！”

“而且结婚的时候我们就聊过不是吗？别的问题可以商量，原则性的问题没有二话，那时候你也跟我发过誓、保证过……现在我不求你有什么悔改，也不需要你悔改，我们就这么离婚，彼此放过对方不好吗？”

她所有的温柔，在发现他的不忠过后，都变得支离破碎。

“什么跟踪狂……”

聂振北的眼圈却逐渐红了，嘴里咕咕哝哝说着什么。

末了，竟又忽显出癫狂的模样，痛苦地抱住脑袋，只一个劲念叨着：“什么跟踪狂，根本就是旧情人！迟雪，你跟我离婚你讨不到好的，那些都是证据！我告诉你，你分不到财产的，你别想那么轻松就甩了我！”

但尽管他再怎么“表演”，迟雪自始至终，却都只是沉默看着他发疯，犹如旁观一出狗血的家庭剧，甚至于看得无聊，又冷静地回头走到冰箱前，打开门检查再三，发现信封不在，又绕回卧室翻找，心想什么叫“不是跟踪狂，是旧情人”？

她哪里来的旧情人？

那个“跟踪狂”……原来认识她？

记忆仿佛又回到那年的深冬。

据说医院附近不知为何，突然来了许多流窜的不良青年。

好几次有女医生在回家路上受到骚扰，还被人拦住盘问，再加上麻仔的事赶过去不久，医院里一时间人心惶惶。

有男朋友的，要男朋友来接送；没男朋友的也要求搭伴，或是约好几个人一起租车回家。

迟雪却始终游离其外——不为别的，因她正在准备结婚的各种事宜，本就疲于应对。

医院的假又迟迟没有批下来，她无法，只能在两者之间反复横跳，那段时间甚至经常在大马路上走着走着，就忽然头晕目眩，只能在身上常备一些糖果来缓解低血糖的症状。累成这样，也就实在很难对身边发生的许多事抽空了解和参与。

当然，哪怕后来了解了，她仍然不想麻烦未婚夫或老迟天天来接送，或是浪费钱打车，是以仍然坚持一个人走大路回家。起初她觉得只因为自己幸运，似乎哪怕孤身一人，从来也没遇到过什么坏人。

直到某天，某个爱八卦的女同事却突然找她聊天，神秘兮兮地把她拉过一侧，说我昨天和某某一起坐车回家，路上看到有个戴口罩的男人一直在后面跟着你！

女同事三言两语，把情况描绘得绘声绘色，凶险万分，又邀请迟雪要不要跟她们一起打车、平摊路费。

迟雪却仍然将信将疑。

拒绝对方过后，当天晚上便又多留了个心眼，走路时常回头。却不想“好事不来坏事必到”。

本来不看还没什么，这么一留意，她反而真的注意到路边突然出现的一群人，尤其为首的那个，看起来便是个不好惹的狠角色。眉尾被平白截去一道，整张脸白如恶鬼，没有生气，高挑的个子，更是显出十足的压迫感来。

他没有过分靠近，却始终隔着一条街，目不转睛地观察着她，又莫名地看向她身后。

迟雪与他不巧对上视线，被那毒蛇般的目光看得心惊胆战，当即加快步子往前走。但，一直到她下了公交车，快要走到诊所附近，却仍然觉得身后似乎还有人在跟着她。于是她又突然扭头，壮着胆子看向空无一人的街道。

在自己熟悉的“地盘”，她果然一下便发现了不对劲：不远处的书店拐角处，似乎隐隐约约有半个藏不住的影子。

更别提第二天，第三天……后来的很多天，只要她留心观察，似乎总能发现类似的蛛丝马迹。

好像天都故意要她发觉什么似的。

她终于忍不住，有次遂停在熟悉的位置，扭过头，向着黑影的方向开口：“喂？”

“……”

“你好？”

“……”

她的不擅社交，在这一刻全都显出笨拙原形。

那个人却并没有被吓走或现身，只是一动不动地站在原处——他的影子也一动不动。

她说你为什么要跟着我，又说你是不是认识我，是不是有什么图谋，对方始终一语不发。只有她试图向他走近时，那个影子终于动了——他向后退了一步。

多可笑，“跟踪狂”竟然害怕被跟踪的弱女子。

她一时觉得新奇，又解释说我真的很穷也没钱，你不可能从我身上拿到什么的，你还是尽快找点正事做吧。

对方闻言，从拐角处伸出手——准确来说，是两根手指，并拢、向她弯了弯，大概是在示意说“知道”。

“那你以后不要跟着我了？”

“……”

这一问，他的手却没有伸出来。

迟雪的直觉告诉她，这个人大概没有恶意，但是想到去解释时，医院里她被人“跟踪”的传闻却已经被大嘴巴的同事四处传开，人人都知道她被人跟踪，连一向忙得神龙见首不见尾的未婚夫也被惊动，从此准时准点到医院门口接她下班。

“有我在，那个人不会敢跟着你了。”聂振北说，“我会保护你。”

他拉着她的手。两个人的影子在路灯下拉得好长，恍惚如相依偎的模样。

但不知为何，鬼使神差间，迟雪却忽然回头看。

眼底是长睫凄清，四下无人的冷落街道。阴暗角落里的流浪野猫却似被什么惊动，“喵呜——”一声，忽然叫出声来，窸窸窣窣地爬上墙根逃跑。

迟雪：“……”

她从此越发觉得“跟踪狂”实在是个固执的怪人，怎么赶都赶不走。

更恐怖的是，不久后即是她的生日。

午餐间隙，却忽然有人送来了蛋糕和百合花。

她打开蛋糕包装盒上夹着的卡片，上面只有一句简短的祝福，写着：

“生日快乐，新婚快乐。”

尽管没有署名也没有地址。但负责派送的小哥一句“口罩帽子男”，她便又瞬间会意过来寄件的人是谁。

不明身份的跟踪狂。

阴魂不散的深夜“背后灵”。

甚至还不知道通过什么途径打听到了她的生日。

种种危险元素加在一起，让那盒蛋糕，最后毫无意外地被扔进了垃圾桶里。

唯独那一枝百合花却还始终留着。

插在路边买的廉价花瓶里养了几天，作了办公桌上唯一生机勃勃的点缀。

可惜没活过一周，便蔫蔫地低垂下头，而后迅速凋败。

而迟雪彼时已经请假回家。正在和新郎一起最后确认婚礼当天的细节，便又收到隔壁桌同事的微信，说花已经彻底枯了，询问要不要顺便帮她把花处理了。

她想着也许那花实在已经有碍观瞻，不然人家不会特意问一嘴。

于是她很干脆地回复，说：“好，麻烦帮我扔一下吧，谢谢了。”

等休假完毕回到办公室，办公桌上果然只剩下光秃秃的花瓶。

直到第二年她的生日。

第三年她的生日。

花总是续上，又总是凋败。

那个总是赶也赶不走的、阴魂不散的“跟踪狂”，却似乎已经很久没有出现过。

他匆匆出现在她的生命，又无声地消失在茫茫人海。

[3]

聂振北有小三的事，在公司里其实并不算个秘密。

毕竟男人三五成群，茶余饭后的谈资，不外乎就是世俗银钱几两，又或是那些避不开的床上荤腥话题。说得多了，后来几乎人人都晓得他家里那位冷淡。

除了身材纤细，脸蛋能看，实在少有别人家妻子体贴温柔的娇态。

无怪乎两人结婚三年，也迟迟没有孩子，更从没见过他家里那位当医生的妻子哪天放下手术刀，来给他送过一回热乎饭菜。

夫妻情淡，说得好听是相敬如宾，说得不好听是貌合神离。

因此，聂振北和陈副经理的表妹勾搭在一起，后来又顺理成章被陈副经理安排高升去做总经理特助，似乎也变成了众人心中不必言说的“桃色交易”。

只是谁也没想到，他那个看起来没什么脾气，也从不发火的妻子，这次竟会要和他闹到离婚的地步，而且丝毫没有转圜余地罢了。

他自己也为此心神恍惚，一上午连着两个会，只忙着偷偷给妻子发短信、发消息，道歉说昨天晚上或许自己太冲动，希望和她能坐下来谈谈。

然而没等到半句回复不说，会议记录甚至都出了大问题。

还好新上任的叶总并非什么爱刁难人的性格，相反很是善解人意。只说这两个会议都不算什么大会，不过是自己刚来、员工之间聊聊天而已，记录的事之后再整理即可。

聂振北闻言，心中感激，连连鞠躬。

叶南生却没急着让他走，复又关切地问他眼底乌青，看着憔悴，是不是有什么心事。

“要不要一起去吃个饭？”末了，这位小叶总更是微笑提议，“我知道有个很地道的本帮菜馆。大家熟络一点，我也好向你‘取取经’，了解一下公司里的人事情况。”

于是，当天夜里，推杯换盏，两三杯酒下肚。

也不知是不是感受到这位新老板如沐春风般的和煦态度，又或是气氛到了，心情也的确想要找人倾诉。

聂振北聊着聊着，谈到家事，竟突然捂着脸哭出声来，说起自己当初的“一念之差”，又说起妻子婚后对他的冷淡。

“她赶鸭子上架和我结婚，结了婚也总是没什么情绪……哪像什么夫妻？明明更像是搭伙过日子。我那天郁闷，喝多了酒，不小心就犯了个错……真的是不小心，我哪里知道她平时闷声不响的，竟然发起脾气来这么油盐不进？我跟她解释不了，下跪也没有用。”

“但我真的不想跟她离婚……我还记得第一次见她，她穿一条白裙子站在路口，刚下完雨，手里还拎着把伞，她就站在路口等我。我明明之前没见过她，不知道为什么，还是人群里一眼就认出她。远远看到天边有彩虹冒头，于是我跑过去，跟她说的第一句话就是——‘你看，有彩虹。’”

二十六岁半的迟雪，总是心事重重。

但那一刻，她循着他手指的方向回头去，抬起头，看见天际那道若隐若现的虹光，却不晓得想起什么，倏而笑了。

她说是啊。

“看来今天……也许是个不错的日子。”

叶南生面上仍然笑着听他说，眼神却渐渐冷下来，捏着杯沿的右手缓缓收紧。

聂振北却实在是喝上头，没发觉气氛的淡淡诡异。

倾诉到末了，说起两人离婚的决定，更是痛哭流涕。

“为什么我都能原谅她，她不能给我一点点的机会？我都能原谅那个男人……我早就知道不简单，我还是跟她结婚，现在那个男人嗅到苗头就给她写那些肉麻的信，都已经踩到我头上来了，我还是一忍再忍，我只想她给我一个机会……”

“如果她还这么决绝，我发誓我不惜一切代价都会要她……要她拿不到任何东西……”

男人的极端自私和恋恋不舍，种种情绪，在他脸上复杂交织。

叶南生却似听到什么意料之外的消息，头一次在此夜露出莫名的神色。

想了想，还是开口追问他所谓“那个男人”是谁，“肉麻的信”又是怎么回事。

“一个警察嘛。”而聂振北说，“一个……很丑的男的，亏他还是警察！”

“我和迟雪还没结婚那时候，有段时间那男的老跟着她。我开始还被那男的样子吓到了，脸跟演恐怖片似的，以为他是出来报复社会的。”

“嗯？”

“结果后来我瞒着我老婆偷偷报了警——她那时候就不让我报警！说是那男的没恶意，只说如果不放心，让我陪她一起下班就好。我当时就该发觉他们俩不简单……报了警之后，果然还是不了了之。反而是有天夜里他主动找上门，跟我说他是个警察，说他是为了保护迟雪，让我装作什么都不知道就好。”

“知道太多不是什么好事，有的时候，嘴太快也很危险。”

那个面若恶鬼的男人彼时站在他面前。十足的压迫感和冷冰冰的态度，逼得他几近抬不起头。

他咽着口水，满头冷汗，只能努力背靠着墙壁以求站稳。

末了，悚然地问对方，如果是警察为什么不表明身份，何必这么偷偷摸摸。

那男人闻言，沉思良久。最后莫名其妙地说了一句——说，不是所有的身份，都能随心所欲亮在阳光底下的。

“我只能担保，我不会做任何伤害迟……伤害你们的事。”

“你也不用告诉她任何关于我的事。”

“我还会给你一笔钱，这笔钱足够你过上不错的生活，你也可以当作是我给你们的结婚红包。但如果你把这笔钱用在别的事情上——你也许会付出你自己都想不到的代价。你最好对这段婚姻忠诚。”

而这也正是为什么当初结婚时，同样只是出身小康之家的聂振北，却全款买下了一间新房，写上了迟雪的名字作为彩礼。

在他心里，对方只是个心态畸形、对迟雪如痴如狂的可怜男人。

但无论如何，最终的赢家随着婚礼结束尘埃落定，毫无疑问只有自己。

由此，哪怕只是看在钱的份上，他当然都不会再去“解决”关于所谓跟踪狂的问题。

只不过在叶南生面前。尽管酒意作祟，晕晕乎乎，出于那点可怜的男性尊严，聂振北到底还是有所隐瞒，没有尽数提起钱和房子的事。

叶南生亦只静静听着。半晌，问他：“那个人的脸，怎么伤的？”

“看起来像是烧伤，还有刀疤什么的，反正看起来吓死人。”

“……这样。”

温文尔雅的叶总从来不多言自己的心理活动。

三言两语间，却已然猜出那个奇怪的人是谁。

因此，听聂振北似乎来了劲、反复描述那张恐怖的脸，说起那个男人的神出鬼没，气场凶狠，心态更不可谓不微妙——毕竟，他此行回来，有百分之八十的目的，也正是为了找解凛。

他那位时隔多年不见的堂兄弟。

解凛从小到大，性格都太固执，一向不愿意向叶家披露自己的踪迹。他们最后一次得到他的消息，还是几年前陈娜娜在边境偶遇解凛那次，解凛仿佛不认识她，连招呼都不打一个，把她气得不轻。

然而，等到他们反应过来派人去找时，当地竟没一个人认识“解凛”。

只有一个叫“谢凛”的小头目，几个月前，据说因背叛组织而被活活烧死，最后沉尸江中。

他们托人拿到“谢凛”最后的照片，老太太看到之后，当场惊骇过度，休克昏迷，从此一病不起，没过几个月，便在苦闷中撒手人寰。

而老太太死后，叶南生及其父母，则顺势接手了叶家所有的产业，忙得脚不沾地。

也正因此，那之后的三年多，叶南生一直忙于处理叶氏总部的繁琐事务，忙着弥合父母表面上的和谐关系，始终没空去处理自己的感情生活。

却不想，这次匆忙接到消息说解凛疑似在南方出现，回到多年不曾踏足的家乡，又有了另一番际遇。

……他和迟雪之间，似乎总是阴错阳差，百转千回。

但不可否认，见她的第一面，许多过去的回忆，只一瞬便又止不住浮现脑海。

那些他许多年来总习惯性遗忘的不甘心和奢望，都在那一刻变得鲜活如初。

只可惜，终究还是晚了一步。

他冷冷瞥向坐在自己身旁，面红耳赤痛哭流涕的男人。

心说迟雪千挑万挑，竟然会和眼前这个窝囊废结婚。

不过还好，也只是个窝囊废，踹了就踹了，没什么负担。

如果她做不了这个决定，他不介意在这件事上偷偷帮她一把。

“不过，那个信封。”叶南生忽然开口，“你怎么确定是写给迟雪的？又怎么确定是那个‘跟踪狂’写的？”

“他每年都送什么蛋糕啊花啊什么的……要不是看在那五十……不是，我的意思是，他每年都送，除了他还会有谁，而且信里的内容，”

聂振北说，“我看了点，没看完，大概他真的是个警察吧。我能联想到的也只有他了。”

“你打算怎么处理那些信？”

“我想……再跟我老婆谈谈。”

“万一谈不拢呢？”

“谈不拢，那些信就是证据，我、我总不能没了老婆又没房子，什么都没有，我至少得留点什么东西在手里。”

毕竟，男人嘛，哪怕再痛苦，演得再情深似海，到关键时候要分家，心里还不是明镜似的，算盘打得比谁都响。

但叶南生其实最“喜欢”的，正是这种自私又贪心的人。

“确实，我也这么觉得。”因此甚至笑了，他举杯，和聂振北轻轻相碰，“不如这样？你如果信得过我，我有个认识的律师，打离婚官司很有一手。”

“这……”

“不用担心费用的问题，他是我朋友，你也是我的帮手。”

叶南生说：“你要是愿意，过两天可以直接去找他，把你的情况和他说一说也行，这样心里也有个底。当然，最好还是带着那些信过去和他见一面，让他给你看看有几成胜算吧……喏，这是他的名片，你先收着。”

一周后。

叶南生结束工作回到家，律师裴骁早已喝着咖啡，在会客厅静候他多时。

两人一见，如老友重逢，当即笑着拥抱，回忆起当年在美国的点点滴滴。

寒暄多时，才终于绕回正题。

裴骁从公文包里掏出那皱巴巴的黄色信封，也同样把那里头装着的厚厚一摞信件转交给叶南生，看自己这位老同学难得眉头深锁，低头一页一页翻看，又不免打趣道：“你这又是哪门子的恶趣味，看上人家老婆？”

而叶南生头也不抬。

“很快就是前妻了。”

“你倒是很有自信。”

“毕竟有你在。”

叶南生说：“‘宁毁十座庙，不拆一桩婚’，这么算，你已经拆了几千座庙，不介意多拆几座？看在老同学的面子上。”

“当然。”裴骁忍俊不禁。

不过话音一转，又扬扬下巴，示意他手里的那个信封。

“那你有没有兴趣跟我说说八卦？不收你的钱，听点八卦回本总可以吧——这深情款款的信是谁写的？那男的说这叫偷情证据，我听得云里雾里。”

裴骁喝了口咖啡，满脸写着无语：“我倒是觉得这信没什么过分的，充其量就是跟你一样，喜欢他老婆吧……两个人又没有越线行为，他也找不出来他老婆给对方的回信或者暧昧证据。”

“后面我问他，是不是结了婚还要剥夺‘被暗恋’权了，那他那小三该怎么算，他倒没话说了。”

“这信我也看了几张，后面怪惨的，又怕在人面前露馅，就没看下去，难不成还有什么别的故事？”

“不过话先说在前头哈，真要打官司，我能保证他们离，但女方那边能保留多少财产，你也知道我的水平，不信男的归不信男的，但是真要是上了法庭，黑的也能说成……Nassir（纳赛尔，叶南生的英文名），你怎么了？脸白成这样？”

“Nassir？”

裴骁一连喊了叶南生好几次。

他却迟迟没能回过神来，一直到裴骁大大咧咧凑到近前，试图看他手里信的内容，他方才猛地反手盖住信件内容。

“别看。”

“……这么神秘？”

“我改主意了。”

叶南生却并不回答他的问题，只兀自抛下一句：“信先放在我这里，你不必管官司的事了，这些信，我不会让它呈上法庭去做证据。”

“那你打算怎么解决？”

“用钱解决。”

从前法子七弯八绕，是想迟雪先彻底对聂振北死心，之后才有他“英雄救美”的情节。但此时此刻——

此时此刻。

他的表情彻底变得晦涩，不动声色地紧按住掌下那一张薄薄信笺。

试图盖住龙飞凤舞的字迹，也盖住飞溅残留的斑斑血痕。

“记住。”他侧头看向裴骁，只是一字一顿，话音平静而笃定，“你就当没有发生过这件事，后续我会解决。”

“嗯？怎么突然……”

“总之，如果你还当我是兄弟，就不要跟任何人提起，”叶南生说，“不要提起关于这件事的任何细节。”

法律的手段，有时只是一张华美的袍子。

但对于他而言，果然最合适的解决方法还是钱。

为了掩盖住不该被发现的秘密，他不吝啬那几百万，让聂振北陪自己演一出好戏，打发走贪心不足蛇吞象的蝼蚁。

迟雪和聂振北离婚的那天。

盛夏时节，烈日炙烤大地。

他们拖了整整三个月，最终还是不欢而散。闹到家里人都不满意，就连一贯不给她好脸色的婆婆都低声下气来道歉，她仍然固执地要和他撕破脸。最终，聂振北还是在她“哪怕净身出户也不低头”的架势中败下阵来。

夫妻俩平分了账面上的财产。

其中房子留给迟雪，车则给了聂振北，算是维持了表面上的一时体面。

只是，领完离婚证出来，在民政局门口，说好了好聚好散的男人，彼时却又突然冷冷上下打量了她一眼，说没想到啊迟雪，你原来烂桃花不少。

“什么烂桃花。”

“你自己心里清楚。”

“不干不净的人有什么资格来指着我的鼻子说烂桃花？”

"……"

聂振北脸通红，不发一语，转身要走。迟雪却突然似想起什么，又快步追上前去，一把拽住他手，锲而不舍追问那信封的事。

"把那信还给我，你告诉我，是谁写的？"

"不知道，烧了。"

"你不要太过分。"

"这辈子你都不会知道了。"

聂振北被她问得莫名妒火中烧，半晌，仍然挣不开她，竟人生头一回，发狠似的甩开了她的手。

迟雪被他大力甩在地上，吃痛间低哼一声。

聂振北一愣，顿时伸手想要去扶，却又被她默默避开，自己撑着地板站起身来。

"我的信，"她只是强调，"还给我。"

"你不是口口声声说不认识那个跟踪狂？现在又在意起来了？"

"但那是给我的东西。"

"我说了，烧了。"

"你再说一遍。"

"……烧了。"

迟雪一眨不眨地盯着他的眼睛。

聂振北起先还能顽抗，对视久了，忽然却想起自己和叶南生那不光彩的"交易"，又想起自己现在房子没了，老婆没了，私下里拿了那位叶总的钱，以后不得不离开家乡，去他乡重新奋斗打拼，眼神不由得一时复杂，一时闪躲。

况且"烧了"也不过是叶南生教给他的说辞。

他现在手上根本没有那信——说到底，他自己也只是连环套里的一环而已。

他只能咬死说信已经没了。

而迟雪深呼吸，似乎努力在平复自己的情绪。

几分钟后，头也不回地扭头离开，既没有再争吵，也没有再追问。

她一路走了不知道多久。身后没人追赶，她只与无数陌生人擦肩而过，仿佛世界亦在那一刻万籁俱寂。

她只是闷头往前走着，试图压下自己心里那股不知名的、怅然若失的情绪。却鬼使神差地，又想起那年天桥下，笑盈盈的老翁抚着胡须，问她知不知道什么叫作定数。

过程里的千奇百怪，也许都只是奔向一个无法改变的结局。那么，无法改变的结局，从始至终没有改变的东西，到底是什么？

她思索着，渐渐放慢了脚步，只兀自满脸愁云，蜗牛似的沿着路边往前走——

身旁却突然传来道车喇叭声，吓了她一跳，不自觉停下脚步，循着声音侧头看去。

而她所望去的方向，豪车的车窗亦恰好降下，露出一张熟悉的脸。

“迟雪。”叶南生说，“又见面了。你怎么一个人在路边、无头苍蝇似的走？我看你走好久了。”

“……”

她不做声。

“别傻站着，看你那汗。”

他却忽然笑了，随即很是自然地指了指副驾驶座的位置：“上来，正好顺路，我捎你一程？”

[4]

其实从小到大，迟雪一直是个对感情稍显迟钝的人。

因此这一生数过来，哪怕把结婚包括在内，似乎心动也好，情浓也罢，她总没有太多感怀的念头；于是离婚也好，分手也罢，更没有太多需要感伤的时间。

三年的婚姻生活走到尽头，似乎只是抽离走了她身体里关于爱情和家庭的那一部分本就微弱的期望。

于是离开聂振北，她的生活——至少表面上看，也依旧什么都没有改变。

她仍然把大部分的精力都放在了事业上，似乎攒着一股无处使的劲，比任何人都更拼命，因此年仅三十五岁，便成为院里最年轻的副主任医师。后来又变成了师弟师妹嘴里“年轻漂亮、事业有为”的代表。

那几年，她忙于各种复杂的手术，忙于论文、医学会议和带学生，逐渐成了本地知名的外科医生，几次上过电视节目，甚至成了不大不小一个名人。

名气大了，身边自然也不乏一些上赶着来求爱的暧昧面孔，只不过，还不用她自己解决，通常已有人挥挥手便赶走“苍蝇”。

下班时总风雨无阻来接她的那辆车，从兰博基尼换成拉风的法拉利，起初是为了惹眼和打发“莺莺燕燕”；三年后，终于也换成低调的黑色宾利——而原因亦无它。

追了快五年，迟医生终于还是心软点头。

于是大灰狼也变乖巧白兔，指哪打哪，该换就换。她说不喜欢那么抢眼，他就换了辆（他认为的）不那么吸引目光的车来。

只是，确认关系第一天，他送她回家的路上。

她斟酌许久。

“……为什么非得是我？”

到最后，却仍然还是抛出这句他都听得耳朵生茧的问句。

如果是聂振北，这会儿大概已经烦了。

迟雪想。

然而叶南生这人却似乎总有用不完的耐心，闻言，仍然在等红绿灯的间隙笑着侧过头来，说因为你是迟雪啊。

温柔却平和的语气。金丝眼镜掩去眼底锋芒，他看她的眼神，至少这一刻，没有筹谋也没有算计。

他只说迟雪，我已经说过很多遍，从小到大，我最大的梦想就是成家立业赚大钱，想要证明给所有人看我不会辜负他们的期望。但从那天重新见到你开始——

“我想，那个成家立业的‘家’里如果没有你，会是我一辈子的遗憾。我只是想到就去做了，没有什么别的理由。”

“……可我其实一直不知道，你喜欢我什么？”

“你的优点本来就有很多，要说起来就说不完了。”

“比如？”

“比如，认真，负责，做什么事都坚持做到底。”

他不打算敷衍她难得的郑重其事，索性把车靠边停。紧接着，便又一个接一个，掰着手指给她细数她身上的闪光点。

“还有优秀，努力，从来不轻言放弃。”

“做事不会拖泥带水，当断则断，但也很讲义气。”

“有原则，有底线，有能力……当然，长得也很漂亮。”

他真诚地说了一大堆，话如倒豆子一般往外倒。

迟雪却依然听得懵懵懂懂，恍惚间，有个声音在脑子里盘旋——是和当年结婚时一模一样的问题。

她在问自己，也在心里问对方：如果这些优秀的品质从来都只是我应对世界的一种方式，而我也有自私、懦弱、无能的一面，最后也和所有人一样不可避免地老去。那时候，“优秀等于被爱”的等式还会继续成立吗？

“叶南生。”于是她忽然开口，轻声打断他，“但其实人外有人，天外有天。这些所谓的优点，我想在你这样的‘层级’里，一定有很多更好的选择吧。”

“是吗？”

“我想是的。”

迟雪说：“我总觉得我们之间缺了什么。”

“好像……怎么形容？就是那种‘在一起也没什么，可是在一起，也不会有什么改变’。我昨晚的确是喝多了，所以迷迷糊糊说了很多，当时觉得答应你对我们两个来说，某种程度上也是个好结果。但今天想了一天，我又忍不住自己怀疑自己，这种轻率的决定……是不是，也算对你不负责？”

“……”

“我知道三十多岁的人了，再去谈心动有点不切实际。但是，我已经在聂振北那摔了蛮狠的一跤。当时就是觉得心动不心动的，说到底有些飘忽，至少这个人可以过日子，可以让我爸放心，所以就结了——结果你也知道了。现在其实又是一样的情况。我只是在想，如果还是第二次走进同样的困境，而我还没有做好完全的准备，你也给不了我一个安心的答案，这是不是又是个不够谨慎也不负责的决定？对你对我都是。我也不想再因为草率做决定，导致又匆匆浪费好几年。”

她的话虽然残忍，但也的确诚恳，乃至于说得掏心掏肺，不惜自戳伤口。

闻言，叶南生单手托着下巴，似乎也“如她所愿”般沉思良久。

久到迟雪都以为自己终于说服他，在心里悄然松了口气，手亦悄悄摸向安全带的锁扣。

他却突然伸手，手指覆住她的手背。

“谁说一样？”

叶南生说：“迟雪，我对你和他对你根本不一样。他喜欢过你二十年吗？”

“……”

“你对我来说，和所有女人代表的意义都不一样。哪怕如你所说有比你更好的，可是人生有几个二十年？”

这好像还是他第一次，在她面前这样郑重其事地说话。

不是试探也不是话里有话，他头一次把话说得这样直白。迟雪愣了一下，下意识想要缩回手，却被他更紧地攥住。

“我是个彻头彻尾的俗人，没有风花雪月你侬我侬也没什么，我更加不介意你心里想什么，我只看眼前，迟雪，我要图一个结果。”

“什么才算结果？”

“我会娶你。”

“……”

“我会把徒劳无功的事情做到底。迟雪，你不是流沙也不是空气，至少这一次，我会牢牢握住你。”

不知是不是她的幻觉。

他脸上的表情分明坚毅，四目相对，她却总依稀望见他眼底模糊的晶莹。

他说：“我知道我是个俗气的坏人。没有底线，不择手段，太有野心。我知道你始终也不喜欢我的做事手段，但我答应你，只要我活着，迟雪，我一定会把最好的都给你。我会把脏东西都洗干净才给你，我会记住你说的，‘勿以善小而不为，勿以恶小而为之’。也许我还是做不来好人，但我永远不会害你。”

只要我还在。

只要你还愿意在我身边。

你所在的地方，就是我两手拢住，掌心亦撑起荫蔽遮盖的、唯一的一片净土。

他说着，给她看手机上小花伞的锁屏，给她看塞在自己钱包里十几年来没有取下，边角已经泛黄的双人毕业照。又说起自己故意考砸的高考，说起自己被送出国，说起美国留学的那些日子，自己的浑噩与醉生梦死。

“那时候我也觉得，没有你没什么了不起。其实我比任何人都明白，你和我的世界格格不入，迟雪，你不会欣赏我做人和做生意的方式。我觉得不必拥有……也许不必，你只需要存在过就好了，我本来也不打算打扰你的生活。说到底，我不是那种会因为感情放弃事业的人，和你一样，大不了还可以找和你长得像或性格像的人……你说得对，我有无数个替代品的选择。如果不是又遇见你的话。”

如果不是那天在停车场的惊鸿一瞥的话。

纵然只是一个背影，相似的人成百上千，他仍然一眼就认出她，仿佛已然在心里排演过千遍万遍。这一次，他终于不是“只差一步”。

“我想。”叶南生说，“是天意让我再见到你的，迟雪。”

这段犹如求婚般的话说完。

车厢内顿时一片寂静。

许久过后，迟雪却在失笑中无奈摇头：“但你知道我一直都不太相信……这种玄乎的东西。”

“我知道。”

“男人的誓言我也听过很多，都不可靠。”

“嗯，”叶南生轻轻点头，“因为真正可靠的，从来都不是说话这件事本身。”

他轻轻摩挲着她的手背。

右手中指的位置，还依稀留有上段婚姻的戒指红痕。

“所以？”

“给我一个机会。”

“……”

“我向你证明，迟雪。”他说，“如果坏人遗臭万年是真的，我愿意少赚九千九百年的钱，和你一起做吃力不讨好的滥好人。十年不够就二十年，我向你证明，我没有说假话……如果你不介意，现在跟我去律师事务所。”

“去那儿干什么？”

“签婚前协议。”

“……你怕我吞你的钱？”

还没结婚，还在甜言蜜语，就开始想这个了？

迟雪一时间被说得愣住。

“不。”他却倏然笑了，笑着重新发动引擎，一脚油门，风驰电掣般驶入大路。

“婚前协议，准确来说，五年前就写好了。你可以去看看有没有什么想补充的。”

他说：“但其实也只有一个核心思想——你嫁给我，我把我赚了半辈子的钱都给你，迟雪，下半辈子的钱也给你。如果我有任何原则性的错误，我会自己净身出户——这也是我能给的最重的承诺了。再往下，估计就得写在刑法里了。”

迟雪：“……”

她原本已到喉口的那句“不如我们还是再想想”，在不经意瞄到前视镜里他亮晶晶眼神时，突然说不出口，唯有默默咽下。

不知为何，却又突然想起少年时，曾无数次翻来覆去背的那首《琵琶行》。

“商人重利轻别离，前月浮梁买茶去。”

在她心里，他的确曾是散漫不经的逐利者，是惯会玩弄人心、机关算尽太聪明的“反角”。

但这一刻，鬼使神差地，她突然侧过头去看他。

他的神色中，似依稀还有少年时的利落张扬。恍惚还是许多年前，时隔一年后的再相遇，阴森压抑的教学楼，那少年在楼上，而她在楼下。

她头也不回地离开，他却追出门来，远远叫住她——也是看着她的背影，也是人群中一眼就望见，毫不犹疑。

他说迟雪，好久不见了，你现在读哪一班？

她愣住，抬起头去看他。

少年满脸似笑非笑的神情，掩不去的，却是那过分频繁滚动的喉结。

他在等她的回答，只是她从来不曾认真瞧过他，当然也没有注意到。

只有多年后在回忆里想起，才明白，原来他不是在调笑。

他只是真的错过了太多次。

每次都只差一步。

——他只是，真的等了她太久。

迟雪第二次结婚，在自己的三十六岁。

她原本打定主意不要太过大张旗鼓，但叶家这块金字招牌，似乎也容不得她不张扬。

也因此，纵然叶南生再怎么压下消息，嗅到苗头的媒体还是如潮水般涌来医院，在各个出口“围追堵截”。

如此壮大的声势，无可避免影响到医院的正常运作。迟雪心里歉疚，只能请同科室的医生吃饭赔罪——虽然补偿不了全部，到底能“赔”一点是一点。

不料中午，一桌人正吃着，食堂外头却突然传来喧哗声，夹杂着几道惊恐异常的惊叫。

众人纷纷放下碗筷去看热闹，走在前头的刘程最先看到外头的情况，却当机立断，把几人都拦在身后。

“别看了，别看了。”

“什么事啊？刘程你别拦着。”

“是啊，什么不能看的？”

“啊，有人跳楼了？”

一群人七嘴八舌地讨论着。

而人群之中，已经被护士医生紧紧包围住的身影，血液混着不明的物什流了满地。

迟雪被刘程拦着，没看清楚细节，也是到了下午做完一台大手术出来，才知道跳楼的那个原是给医院食堂送菜的梁老伯。而问及跳楼的原因，同事更只唉声叹气，满脸叹惋：“还不是为了他那个孙子。”

“你说小远？”

“嗯啊，都算是我们看着长大的孩子了……从小就待在医院……”

名叫梁怀远的少年，小时候因突发心肌炎住院，后来逐渐发展成心衰，成了医院的常客。

迟雪虽不属于相关的科室，带学生查房时也见过他几次，对他最深的印象便是有礼貌，其次是干瘦白净。医院里的护士医生，凡见过他的，没有人不喜欢他。

又因他家中实在困难，父亲据说还是因公殉职，只有一个爷爷勉强靠四处踩三轮车送菜维持生计。医院还组织了好几次捐款，也数度为他减免医药费。

但如今看来，似乎也只是收效甚微。

“小远这孩子，命太苦……真的太苦。”

同事是个年轻而多愁善感的女子，聊到最后，终是忍不住湿了眼眶，几乎是哽咽着和她说明了今天的始末：“上午……突然就不行了，抢救不过来，最后还是走了，那么小一个孩子，今年才不到十七，高考还没考呢。”

“梁伯受不了这个打击，我们只能拼命劝他，一开始还以为劝住了，所以让他回去好好休息，结果、结果……”

结果没想到，梁伯只是强装出来地冷静，取出自己所有的存款，强撑着缴清了之前欠缴的大部分医药费后，老人家随即爬上医院天台，毫不犹豫地一跃而下。

没有遗书，没有任何想说的话，只是小远的死，真的带走了他生活的所有希望。

他已强撑了太久，勉强自己太久，这一刻，终于可以放下所有的担子，追随自己的家人而去。

迟雪静静听着，面无表情。

许久，同事却在自己哭泣之余，也给她递来一张纸巾。

她愣愣接到手中。

她眨眨眼，试图缓和模糊的视线，又后知后觉地摸了摸脸颊，这一刻，才发觉自己眼泪亦不知何时落了满面。

明明她和那孩子并不熟才对啊。

为什么……心里却好像被割去了一块肉，那么疼。

那么疼。

疼得无法呼吸。

她是医生，也无法缓解这样铺天盖地的疼痛，只能在同事愕然的视线中，以纸巾掩面，却仍然控制不住，失声痛哭起来。

或许也正因此，两年后，当她生下自己的儿子。

面对老迟和叶家亲属送来的一大堆诸如时韫、时云、时雨等，既考虑到“时”字辈，又考虑到美好寓意的名字，她却自己做主，给孩子选了个远字，取名叫叶时远。

丈夫虽然不解，仍然支持她。

于是，此“小远”虽非彼“小远”，却似抚慰了她某处多年未愈的心伤。

相濡以沫的岁月平静如流水，她逐渐老去，却也见证着时远一天天地长大，眼睛像自己，鼻子像丈夫，嘴巴则综合了两人的优点，逐渐长成个俊俏的小少年。

她和丈夫会轮流去学校接他，周末则规划各种各样的亲子活动，寒暑假更是一次不落，跑遍了全国各地世界各地去玩——丈夫是个典型的精英教育培育“作品”，也毫无疑问，把这样的教育方式沿袭到了孩子身上。

时远十岁时，已经说得一口流利的英语，热衷于和各色人等交流，进退有度，温文尔雅，活脱脱一个“小南生”。

迟雪强调他还只是个孩子，理应有个自由快乐的童年，不需要那么多规则束缚，也不需要早早接触那么多大人世界的法则。

结果，还没等丈夫出来“发言”，时远反而一本正经地“驳斥”她，说是不想输在起跑线上，又说小学里的大家都学了多少多少才艺，还有人同时精通四国语言，将她说得无语凝噎。

她于是逐渐放手了孩子的教育问题，索性一心扑在教育上，把孩子交给他爸去管。

但丈夫是个敏感细心的人，也许也意识到母子之间的小小微妙。没几天，又“指使”着小远来抱她大腿，求着给讲睡前故事。

迟雪还以为所谓的睡前故事会是安徒生童话或伊索寓言，不料一看书桌，上头却只有全英文版的《小王子》《月亮与六便士》《了不起的盖茨比》——甚至于，《一个陌生女人的来信》。

她看得嘴角抽抽，问他是谁给买的这么些大人才读的书。

“我自己选的呀，爸爸让我自己选。”时远却满脸天真地“揽功”，“我把看起来很有意思的书都买了一遍——我才不想读那种什么《格林童话》

之类的幼稚书，那是小孩子才看的。”

“但你还是个孩子。”

“我已经十岁了！”

“……”

“妈妈，听爸爸说，他十岁的时候，已经同时在上英语、德语和日语课，而且都能说得不错了，我还差得远呢。”

小孩子丝毫不察觉自己似乎被卷入了某种内耗的怪圈，反而满心激动，只想追赶“前人”的步伐。

迟雪想劝，又想起上次说起类似事件的结局。最终思忖再三，还是沉默，唯有叹息着揉了揉小远的头。

那天晚上，她给小远读了几页《小王子》，哄他睡着，自己却不知为何失眠。

丈夫忙于应酬还没到家，她便在客厅拉亮了落地台灯，借着灯光，读那本《一个陌生女人的来信》——只因那本书最薄，文字量最短。果然，很快她便读到尾声，与书里的作家，一同看遍了那个深爱他多年却不为人所知的女人的爱与控诉，泪与悲。却始终没有，也不会有悔。

她被那种心情所感染，看得心焦，手指不自觉地摩挲着纸页。

最卑微的暗恋或许也不过如此吧。

迟雪心想。

毕竟，还有什么比书里写的，“你没有认出我来，之前没有，之后也没有，在我的一生之中，你永远没有认出过我”——如此简短而哀切的话更能诉说那种卑微到泥土里的爱呢？所求到最后，亦不过是一面的恍然大悟而已。

哪怕只是说一句，“原来是你”，对于那个始终默默跟随、亦步亦趋的人来说，一生的执着，至少也有了一个不咸不淡的答案。

可是故事里，连老管家也能认出那个女人，连无数她不爱的路人也能为女人的美貌而留下或浅或深的印象，她百般万般牵挂的男人，却只把她当作一个妓女。

一个需要用钱打发的妓女。

一个逢场作戏、不愿与之纠缠的妓女……

迟雪不忍再读，几次合上那本书。

思来想去，最终却还是又打开。

伴着簌簌翻动的纸页，某段许多年前便尘封在脑海深处的记忆，似乎也快要冲破藩篱，跃出水面——

[5]

“哎。”

但原来，也不过是轻轻的一声而已。

她于是又想起那棵枝丫伸出红墙的玉兰树，想起那个衬衫上浸润花香的少年，他与她错身而过的瞬间。

而她隔着三十年乃至更久的岁月，遥遥向他回望，试图看清楚他的脸。

仿佛只要一眼，就能突然回到少时，忘了这么多年的颠沛曲折，关山难越，她还是那个两颊飞霞的少女，在命中注定的惊鸿一面，天真地交付真心，试图跟随他的脚步；她还是那个努力藏住心动努力教会他背书的“小老师”，会在他生日那天，用力地说解凛祝你快乐，不是只有今天快乐，要每一天都快乐——

可是原来，一切已经过去了这么多年。

不愿承认啊，她还能想起他的背影，却再也记不起他的脸。

生活不是缠绵悱恻的小说，他们之间没有纠缠的故事，没有痴心不改的跟随。

那个随久远记忆一同泛黄褪色的少年，只是永远留在了她不会回来的十九岁。

她长大了。

他却永远不会老去，以一个不回头的背影，长留在她的记忆深处。

迟雪默默合上了眼前的书册。

凌晨三点多。

叶南生拖着一身疲惫回到家中，进门时才发现，一楼客厅的落地灯竟没有关，而妻子和衣而卧，就蜷缩在沙发的一角。

应当是在等他回来？

他怕吵醒她，小心翼翼换了鞋、走进客厅，见她已经睡熟，却不由得失笑。

于是先放下怀里那一束百合花，随即轻手轻脚抱起她。

直到将人放回卧室，仔细盖好被子，这才重新阖门走到客厅。

他已困倦至极，却仍然强打精神，修剪好百合花枝插入花瓶，确认没有花叶浸泡水中。再三端详，心想等妻子醒来，便能在生日的早晨看到她最喜欢的百合花，又不由得微笑，将花瓶放回了茶几正中央醒目的位置。

他很快关了客厅的灯，回到卧室、简单收拾洗漱过后，拥着妻子入睡。

却没注意到，客厅的纱窗并未关严。

等夜色更浓，倒春寒的冷风不管不顾沿着缝隙钻入房间，没多会儿，沙发上随手放着那本薄薄的书册便被掀翻在地。

茶几上的百合花，亦被风吹得蔫下脑袋。

地上的纸页胡乱翻卷。

末了，颤颤巍巍，停留在最后一页。

“他的目光忽然落到他面前书桌上那只蓝花瓶上。”

“瓶里是空的，这些年来第一次，在他生日这一天花瓶是空的。没有插花。他悚然一惊：仿佛觉得有一扇看不见的门突然被打开了，阴冷的穿堂风从另一个世界吹进了他寂静的房间。”

“他感觉到死亡，感觉到不朽的爱情。”

她终究永不会知道，那个“从来没有改变的东西”是什么了。

正如那些多年前便化为灰烬的信件。

第十七封。

迟雪：

跳进江里那一刻，我以为自己必死无疑，但结果最终还是活了下来，算不算是老天爷跟我开的一个玩笑？

我过去受过很多次伤，但现在才知道，原来这种杀不死又逃不掉的伤才是最恐怖的。住院的最初一段时间，我几次想到过自杀，精神几乎在崩溃的边缘，痊愈的进度又很久没有进展，最后只能任由右眼被摘去，再接受数不清的手术。

……

你现在应该认不出我来了，因为我看着镜子，也想不起来自己以前

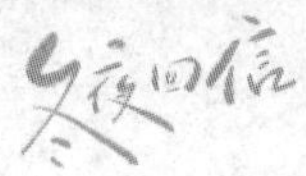

是个什么样子了。

第二十封。

在回南方的路上，我在高铁上看到一个年轻的母亲牵着孩子，身形很像你。我想仔细看看，结果她们好像被我吓到，孩子大声哭起来……

我没有再看，大概也不会再想了。

第二十九封。

实在太痛！半夜醒来，全身是血，草草整理完，发现是某几处伤口又开裂，不知道还能撑多久。

老头又派来两个人，见面发现还只是不懂事的小孩，头痛。

似乎烦心事总是不断……不是故意只跟你分享这些，而是除此之外，生活里好像没有其他。我无数次想自己如果死在那天，或许是更好的结局。

但想到活着回来，也许还能再见你一面……心里竟有可悲的窃喜。

我剩下的时间不多了，迟雪，你到底在哪里？

那些触目惊心的字与句。

因手指的伤口握笔即开裂，几乎每张纸上都沾满斑斑血迹。

……他却仍然坚持写着。

第四十封。

陈的孩子竟然犯罪被抓，所有的计划都被打乱。

原本不抱希望地在找你，但今天，竟然在新闻上见到一个很像你的人。

尽管电视里的迟雪已经不戴眼镜，不梳两条长长的发辫，他的义眼迟钝地转动着，唯一完好的左眼，却仍然在人山人海中，敏感地捕捉到了她瑟缩躲避的侧影。

然而残酷的命运之轮从不停歇。

陈之华的出逃计划、病态的痴念、越发暴戾而肆无忌惮地搜索如巨大的阴影笼罩着这座一无所知的城市。警方暗中保护，他却仍然不放心，许多个凄冷的长夜，如老鼠一般蜷缩在角落，鬼祟地跟随着她的背影。

他送她回家。

他送她出嫁。

在相隔时间越来越长的信件里，唯一不会少的那一封，必然是出在每年的 3 月 17 日。

他写：

迟雪，祝你新婚快乐，生日快乐。

迟雪，祝你生日快乐。

迟雪，生日快乐……人生的路很长，不要害怕，你要往前走。

最后的那个“走”字，因手指颤抖而晃荡出长长“尾巴”。

他想，自己的一生中，似乎总是在送别。

少年时，送别父亲；成年后，送别战友；强弩之末时，他认领雁江桥下的浮尸，认领雁江桥上被压碾的女尸——他说那是他的弟弟和妹妹。在众人讶异的目光中，他似乎亦不害怕尸体恐怖的模样，反而伸出手，小心翼翼为他们整理遗容。

彼时警方的“春寒行动”已然顺利收网，隐姓埋名出逃数年的大毒枭陈之华与其同伙共四十五人，于深城落网。

但数天后，陈之华便被人刺杀于押运路上，死时身中两百余刀，全身几无一块好肉，近乎千刀万剐；运送警员却始终对刺杀者的信息缄口不言，直到七十二小时无间断的审问过后，终于吐露真凶——通缉令亦很快散布到全国各地。

当然。

……他们最终没有能够抓到活着的“凶手”。

因为“凶手”本人，在刺杀陈之华的当天，也同样因对方的反抗而身中数刀，身上旧伤口大面积撕裂，在“逃亡”的路上，即失血过多而死。

那天正是 3 月 16 日。

可笑的是，他竟没有选择逃向国外，逃向远方，而是搭乘着驶向某个南方小城的巴士。

在颠簸的路上，借来邻座学生的笔，用膝盖作垫板，他潦草地写下了此生最后一封信。直到学生察觉不对，忽然惊声尖叫起来，说：“血！”

“好多血！”

坐垫已然被血浸湿，鲜血在地板上积起血洼。

寥寥数人的小巴上，顿时吵作一团。

学生哪里见过这种恐怖片般的场面？险些被吓晕过去，跳起身来——然而还没来得及远离，那戴着口罩、面容恐怖的男人，却眼疾手快紧攥住他的手。

男人的声音刺耳，如卡住的磁带，沙哑难闻。

却是哀求的语气，低声对他说：“不要报警……不要，报警……我是警察……”

“我是警察……”

“我不是，坏人……”

男人掏遍了全身上下，把血淋淋的钞票和信封一起塞到他手里，恳求他能够帮他将信封带到某个蛋糕店，说蛋糕店的店主会知道要把这些寄给谁。

学生将信将疑，最后却也只是眼睁睁看着男人被小巴车主送到医院——之后发生了什么，他再不知道。

但某种意义上来说，或许也算那男人看人看得准。

因未入社会的天真和学生气作祟，于心不忍的他，最终还是帮忙把东西送到了蛋糕店。

蛋糕店的店主向他再三确认，要寄信的人是不是个“口罩男”“刀疤脸”，他点点头。

那店主这才“啧”了两声，咕哝着“今年怎么突然早了一天”，收下钱，又利索地将早做好的蛋糕和一枝百合塞进装满冰袋的盒子，打电话让快递员来取。

结果快递员一来，看到那里头竟有个血迹斑斑的信封，怀疑或许是什么“赃物”，却死活不愿意送。

最后还多亏学生机灵，跑去店对面买了一个新的黄信封，又把旧的拆开，把信拿出来——

却实在没想到里头大大小小的、不同尺寸的信那样多，他一只手抓不稳，眼见得一张从手里飞出去，吓得把信往店主手里一塞，又忙伸手去捡险些飞走的那一张——

亦是第三百七十二封。

最后一封，由解凛亲笔写下的信。

有一天我的肉体终将死去。

也许死在江河里，也许死在田野上，那都不重要。

但请你相信。

迟雪，河清海晏的那一天总会来临。

如果只能有一个人站在那片天空下。

我希望是你。

解凛。

信的末尾，绝笔两字曾写上，又被划去。

于是终此一生，她并不知道他原来早早走在自己前头，也不知他如何离去，何时离去。

生日时的百合花倒是年年常在，又年年凋败。

她也许还会想起他。

……也许永不会再记起。

·番外五·岁月迟暮，共你终老

高考前夕的最后一个寒假，大年初一，迟雪起了个大早，陪父亲一起去乡下扫墓。

母亲和爷爷奶奶都葬在祖宅后头的山上。他们提着纸钱和祭品，得走两个小时的山路上山。到了地方，光是拔杂草擦墓碑也半个钟头，两父女大冬天累得满头是汗。

好不容易收拾好，老迟又马不停蹄给她在坟前铺好报纸。

他一本正经，千叮咛万嘱咐，只说待会儿磕头的时候一定心里默念、得请爷爷奶奶保佑，高考的时候让她考个好成绩。

“可那哪是想保佑就能保佑得到的嘛……”迟雪小声咕哝。

但说归说，她到底还是恭恭敬敬磕了头，祈祷爷爷奶奶在天有灵，可以保佑父亲身体健康，保佑他以后不要那么辛苦。

老迟满怀欣慰地看她，半晌，视线一转，看向不远处妻子的墓，却还是忍不住悄悄擦了擦泪。

而迟雪很快又垫着报纸，在母亲墓前跪好。

小女孩双手合十，瓶盖眼镜底下的圆眼睛紧闭着。两条长辫子随着她鞠躬动作、在腰间一坠一坠——她嘴里却似始终念念有词，和母亲有说不完的悄悄话。

一会儿说妈妈，我很快就要高考，我会考去最好的医学院，未来毕业当个很好很好的医生，你会在天上看着我对吗？

又说我毕业之后想去做手术取掉眼镜。女孩子有一点点爱美的心情没关系对不对？我会自己攒钱，所以，不算……太浪费……对不对？

很多在父亲面前难以启齿的少女心事，只有在面对母亲时——哪怕只是墓碑上的黑白照片都好。

只有面对那样宽慰又带着爱意的笑容，她才能说服自己，一点一点将心事往外倾吐。

但“说”到一半，她忽然又飞快掀起眼皮看了眼父亲，发现他没有看这边，这才在心里小声地补充了一句：

“还有，妈妈，我有很喜欢很喜欢的人了，真希望有一天能带他来见你啊。”

她只是在心里说说而已，却不知不觉、脸都红透，甚至于一句还不够，于是想了又想，一句又一句地补充：

“真希望他也喜欢我啊。”

“如果不喜欢，至少也不要讨厌。”

“他真的很好，是看起来有一点点……冷冰冰，但是其实很温柔很尊重人的男孩子，我觉得他特别特别好。”

“妈妈，所以，可以的话，请你也要保佑他平安健康啊——保佑他快快乐乐。”

“希望他心里不要再有不开心的事，希望所有他爱的人都爱他。”

……这个愿望。

或者说，很多很多个愿望组合起来的祝愿，在并不遥远的十几年后得以实现。

不过，当然那也都是后话了。

彼时的迟雪，连在心里承认这件暗恋小事也觉得羞怯，脑子晕晕乎乎。

这股后劲亦一直持续到第二天，他们去舅舅家吃饭。

席间，男人几杯白酒下肚，又顶着张猴屁股似的脸冲迟大宇阴阳怪气，说是女儿大了就去嫁人，读书读来读去，也不过是赔钱给别人家养老婆，何必把家底都耗光了；又说如果有钱供女儿读书，不如把钱凑出来还他。

“本来就欠了一屁股债，还劳心劳力供她读书，你图什么？”

“我们小雪她会读书的嘛，成绩也好……”

“成绩好有什么用？！我跟你说，我们乡下隔壁家那个女儿，也是十九，孩子都两岁了，刚坐完月子就去深城打工，一个月能汇个三五千回来补贴家用。你呢？你养了这么多年，收回点成本没有？”

“别说了、你别搞得孩子不开心。”

“什么不开心？孬不孬啊你，她一小孩还要我们大人迁就？”

男人笑道：“姐夫，我姐要是还在我也得这么说，你这辈子就是太受女人管了，大的管完了，现在小的都能管你了是吧？”

“……”

迟大宇一向不擅和人争执，没说几句就熄火，每次都只有哑口无言的份。

却不想两父女一不说话，男人反倒越发来了劲，又扭头来打量迟雪——那眼神实在不像看自家的外甥女，反倒是像看某种货物。

“看看你女儿，长得也还凑合，干脆收拾收拾嫁出去。到时候你还能收个万把的彩礼……别说做亲戚的不提点你啊，我认识一个男的，大老板，家里搞矿的，他那个儿子就不错，长得黑壮也挺结实，跟你女儿互补……”

或许是因为人到中年，靠承包工程暴富，做舅舅的，钱袋鼓了，底气也足。

每次迟家父女过来吃饭，少不了被指着鼻子说教一番，又或是拿着他们欠钱的事反复开涮。平时迟雪也都忍了。

但唯独那一次，却不知哪来的勇气，她忽然“腾”地站起身来，沉着脸走进表妹的房间。

没多会儿，竟拿了把美术剪刀出来，当着众人的面，“唰唰”两刀，便剪掉了两条辫子的发尾。

头发虽只短了一小截，但毕竟人人都知正月剪头是个什么“寓意”。

舅舅死盯着她，脸色由红变白，由白变红，眨眼间闪烁了几个来回。

末了，他猛地拍桌而起。也不顾舅妈连拖带拽的阻拦，伸手就要来打她耳光。

“反了你了！”

男人高声叫嚷：“欠了老子的钱调子还高是吧？你有本事你就自己赚钱你别去借，一个抱来……你推我干什么？迟大宇，好啊你，我姐不在了，你还当自己是个人物是吧，你还敢跟我动手了！”

“臭丫头有本事别走！你给我站住！”

任他再怎么在背后喊，满地狼藉，摔东西的声音响彻不绝。

迟雪却是个十足有骨气的闷葫芦，平时好声好气，真来了脾气、谁也拽不住，哪怕是迟大宇，那次竟也没能挽留住她。

她一语不发，低着头，就那么靠着双脚走，从中午走到晚上，从乡下的舅舅老家走回城。

直到看见路边终于有开着的商店，她这才走进去，花五毛打电话，给迟大宇报了平安。

电话里父亲叹息不断，说毕竟是欠了人家的钱，他还得给人赔礼道歉，没办法赶回来陪她聊天开解。

她听着听着，心里的火气逐渐变成愧疚。

想到父亲赔着笑卑微低头的样子，眼泪“啪嗒啪嗒”往下掉。

“对不起”那三个字却似乎卡在喉咙口，怎么都说不出来。

“我会读书。”她只是反反复复，哽咽着说那一句，“我会读书，爸，我要读书。我会读书然后养你。”

“……爸爸知道。”

“我会挤时间赚钱，我就算读书也会赚钱补贴家里……”

“傻孩子。”

迟大宇这次却打断她，半晌，轻声说：“那不是你要做的事。”

“爸爸是吃苦的命，但你不是。小雪，你有你自己的人生，爸爸……要送你往外走，往上走。”

父亲那边的背景音嘈杂，似乎还夹杂着舅父愤愤不平的叫骂声。

但电话里，他仍然还是笑着，说：“好了，小雪，爸爸知道你受了委屈，但这都不是你的错。你自己回家，早点洗澡休息好不好？爸爸等下给你带外婆做的糯米饭吃，明天早上就能吃到了。”

“睡一觉就什么都好了。”

迟雪明知这只是安慰，亦只能流着眼泪挂断电话。

再往前走，她很快找到邻近的公交车站，坐上公交车。

却不知怎的，并没有坐回家的九路，而是坐了直达市中心的六路。

谁料屋漏偏逢连夜雨。

下了车，走到望天苑附近时，她忽然感觉脚底下一轻——低头看，却原来是之前廉价促销时买的靴子，鞋底已然在“暴走”过后分离成两块。

她不想让人发现自己脚底下的异常，只得死压着脚步往前走。好不容易找到附近一个花坛边的垃圾桶，小心翼翼撕下鞋底。

“……”

她正看着这一高一矮的两只靴子发愣。

“哎。”

身后却突然传来熟悉的一声。

她回头看，解凛穿着白色的长款羽绒服，不知何时站在她身后不远处——他似乎一直都偏爱白色，连围巾也雪白。

只是从前她看，只会觉得他从头到脚一副拒人于千里之外姿态，如今却觉得，莫名有些“巨人版”雪团子的可爱即视感。

尤其是他似乎等困了，下半张脸都埋在围巾里，只露出两只懒洋洋的眼睛。

那眼神望向她，她悚然一惊，下意识要把手里寒碜的靴子藏到身后。

他却已然迈开长腿走到她面前，又低下头，似打量似观望地看她一眼。

“小老师。”他说。

“你迟到了。”

……迟到？

迟雪一愣。

呆坐着想了好半天，才反应过来好像自己确实是答应过，初二那天走完亲戚就回来给他上课。

但，那不是建立在坐车回城的基础上吗？

她尴尬又无措，支吾了半天不知怎么解释现在的处境，还在心里抓耳挠腮中。

解凛却已在等待的间歇打了不知多少个哈欠，一副百无聊赖的样子。等了半天，看她还没有说话的打算，索性又直接问她：“鞋码。”

“啊？”

“你穿多少号的鞋。”

他三言两语问到鞋码，丢下句“你在这等我”，随即便把自己脖子上还带着余温的围巾留给她捂手，扭头离开。

这么一走，就是半个多钟头。

迟雪坐在花坛边上等他，围巾却没有真拿来暖手，而是小心翼翼抱在怀里。

不想，千等万等，却只等到了一杯暖乎的热豆浆。

没买到鞋。

“才初二，又九点多，商城都关了。”而解凛解释说，“找了半天，只有便利店还开着。”

语毕，顺手给她把豆浆插上吸管递过来。

两人肩并肩坐在花坛上。

直到豆浆慢吞吞见了底，直到头顶忽然飘起雨丝——雨里似乎还依稀夹着雪花，没多会儿，把两只闷葫芦都冻成“红鼻子驯鹿”。

解凛突然说：“我背你吧。”

“……啊？”

“我家有鞋。”

“……哦。”

“不过是拖鞋。”

怎么说话还带大喘气的。

迟雪本想说我其实可以穿着靴子回去，把两个鞋底都撕掉就好了。

然而，或许是豆浆暖胃，或许是被怀里毛茸茸的围巾“蛊惑”，鬼使神差地，她想了半天，却只是轻轻说了声好。

于是，十九岁的冬天。

少年背着他的小老师，就在这越来越“肆无忌惮”的飞雪中，慢吞吞走过小区门口的长街。

他维持着蜗牛般的步速，淋着雨似乎也不着急。

急的人只有迟雪——她把两手搭成屋顶状挡在他头上，想为他挡一点飞雪。

解凛不经意侧头，透过路边小店的玻璃窗看清她的笨拙，忍不住却一笑。

“小老师。”他说。

“嗯？”

“我没叫你之前，你刚刚为什么坐在花坛边上哭。”

“……我没有。”

“我又不是瞎子。”

“……”

“不过，不想说就算了。”他说，“但如果有我能帮到你的地方，你跟我讲，我会帮你。”

直男如他，连安慰人的方式都这样“出奇”。

她却难得硬气，说我会靠自己。

解凛只能说好吧，想要掀过这一页——不想却被她反将一军。

“那你呢，为什么半夜不睡觉在大马路上乱走？”

“因为有人迟到。”

“但平时你都在家里等的。”

“天气预报说，今晚会很冷。”

听起来驴唇不对马嘴的回答。

迟雪却还来不及想明白这中间的微妙之处。

因“慢性子”的某人，这会儿却突然背着她跑起来。

在深夜寂静无人的长街，漫天飞雪里，他忽然孩子气地逗她，说抱不住了也许会掉下来，吓得她只能抱紧他的脖子。

紧贴的两颗小脑袋中间，只隔着围在她脖子上、雪白的毛绒围巾。

不知是谁先乱了呼吸。

就这么越跑越快，一路跑进小区，又跑上楼。

直到公寓门前，两个人低头拍雪，抖落一地雪花。

“小老师。”

“嗯。”

“刚刚是骗你的。”

“什么？”

“你一点都不重。”

刷卡进门前，他忽然又轻声说。

“但下次不要迟到了，或者你要晚来，给我打个电话。”

迟雪脸一下通红，以为他在责怪自己不该说话不算话，急忙摆手解释：“啊……对不起啊，但其实是我今天、我家里……”

结果，解释还没说完，解凛已然推开公寓门。

仿佛比谁都急迫于收回自己刚刚那句话似的。

“你喜欢白色还是蓝色？”他说。

“……”

“我说拖鞋的颜色。”

这个故事已然非常陈旧。

令迟雪突然想起它来的契机，也不过是因许多年后的某个周末，时韫吵着闹着，要和她一起整理橱柜。

两母女翻到最后，却莫名其妙翻出一双颜色已有些泛黄的白色男拖。

时韫看得新奇，于是一只手一个、把款式陈旧的拖鞋当手套玩起来。

迟雪却嫌脏，忙让她把拖鞋卸下。

无奈她偏要作对，竟连滚带爬逃脱母亲的抓捕，一路往楼上跑。

路上，不是把哥哥当作挡箭牌，嚷着“哥哥哥哥救我”，就是泥鳅似的钻进父亲的房间，躲到书桌底下，又冲还在开视频会的解凛疯狂比“嘘”。

“我在和妈妈玩捉迷藏。”

时韫给爸爸做口型。怎料书桌底下露出的一截小白腿还是泄露了她的踪迹。

末了，解凛亦只能眼睁睁看她如被抓包的小兔子似的，蹬着腿张牙舞爪、最后还是被迟雪拎了出去，乖乖去洗手间洗手。

但这双“诡异”的拖鞋，却还是被好好保留下来。

陈旧的礼物激起了旧日的回忆。

以至于某日迟雪给时韫读睡前故事，读她最爱的《小王子》。

“最好在同一时间来，”狐狸说，“比如说，你在下午四点来，一到三点我就开始幸福了。时间愈近，我愈幸福。到了四点钟，我已坐立不安；我发现了幸福的代价，你要是想什么时间来就什么时间来，我就不知道什么时候装扮我这颗心……仪式还是必要的。”

读到后面，她突然忍俊不禁。

时韫赖在她怀里，闻声疑惑抬头，问她在笑什么。

而她想了半天，具体的理由当然不能说，说了难免教坏小孩。

最后，只能一本正经地告诉女儿：“因为觉得狐狸很可爱。”

后来。

可爱的狐狸先生应酬回家，半夜带着寒气钻进被窝。

她伸出手给他取暖，忽然又拉过他的手，轻轻贴住自己的脸颊。

“解凛。”她说，“我发觉我真的很爱你，是越来越爱的那种爱。”

“以前觉得遗憾好多，错过好多。但年纪大了，反而每多想到一点过去，就多爱你一点……好奇怪，但真的一点加一点，慢慢就数不清了——原来我们已经认识了这么多年，解凛，但，肯定还有好多好多我没发现的事吧。”

“……”

“但没关系，我还可以‘发现’很多次。”

迟雪说：“能和你在一起，好像是老天爷都听到了我祈祷的声音。所以解凛，我真的很珍惜，我真的还想和你这么过下去，过很多很多年。我只想这一辈子能慢一点，再慢一点……”

毕竟人的一生那么短。

几十年而已，怎么够呢？

好不容易得到的美满，只能紧握住几十年，怎么够呢？

而他静静听着。

没有回答她难得肉麻的告白，却只将她揽入怀。

许久，他说：

“其实没关系。”

“快也好，慢也好，一辈子总是要过去的。”

“……”

“但如果我先走，迟雪，我就在天上等你。”

解凛说：“你不来，我哪里也不去。”